Nicola Lagioia

Die Stadt der Lebenden

Aus dem Italienischen
von Verena von Koskull

btb

Erster Teil

Kommensalen des Menschen

Rom ist die einzige nahöstliche Stadt, die
kein europäisches Viertel hat.

FRANCESCO SAVERIO NITTI

Schieben wir die Schuld an den Übeln Roms
nicht auf die Überbevölkerung.
Als es nur zwei Römer gab, tötete einer den anderen.

GIULIO ANDREOTTI

Am 1. März 2016, einem Dienstag mit wenigen Wolken, hatten sich die Tore des Kolosseums soeben geöffnet, um die Touristen die berühmteste Ruine der Welt bewundern zu lassen. Tausende Leiber schoben sich auf die Ticketschalter zu. Manche stolperten auf den Steinen. Manche stellten sich auf Zehenspitzen, um die Entfernung bis zum Venustempel abzuschätzen. Oben köchelte die Stadt ihre Wut im eigenen Verkehr, in den schon um neun Uhr morgens liegengebliebenen Bussen. Unterarme schmetterten Schmähungen aus offenen Wagenfenstern. Am Straßenrand verteilten Polizisten Strafzettel, die niemand je bezahlen würde.

»Klaaar ... sag's doch dem Bürgermeister!« Die Ticketverkäuferin an Schalter Nummer 4 brach in hämisches Gelächter aus und sorgte bei ihren Kolleginnen für Erheiterung.

Der ältere holländische Tourist jenseits der Glasscheibe blickte sie verdattert an. In der Faust reckte er die beiden falschen Eintrittskarten, die ihm zwei falsche Angestellte der Ausgrabungsstätte kurz zuvor verkauft hatten.

Dass man sich beim Bürgermeister beschweren solle, war einer der beliebtesten Sprüche der letzten Wochen. Aufgekommen in der Stadtverwaltung hatte er sich unter den Taxifahrern, Hoteliers, Müllmännern und Kioskverkäufern verbreitet, die mangels eindeutiger Zuständigkeiten in der heillos versagenden städtischen Infrastruktur von den Touristen um Hilfe gebeten wurden.

Der Holländer runzelte die Stirn. War es möglich, dass sich selbst die echten Vertreter der Autoritäten in Dienstuniform über ihn lustig machten? Das Raunen der Wartenden hinter ihm wurde lauter.

»Der Nächste!«

Der holländische Tourist rührte sich nicht.

Die Ticketverkäuferin musterte ihn, ein kaltes Feixen erschien auf ihrem Gesicht.

»Next one!«

Viele dieser Touristen hatten die Nacht in den billigen Hotels des Rione Monti verbracht, in den heruntergekommenen B&Bs rings um die Porta Maggiore. Die Nase in der Luft, um einen Engel zu bewundern, schlugen sie plötzlich vornüber aufs Pflaster. Gestolpert über einen Müllsack, den umgerissenen Pfahl eines Verkehrsschilds. Hoch oben der weiß strahlende Marmor, auf der Straße die Ratten. Und die Möwen fraßen die Ratten. Die schlecht Informierten hatten vergeblich auf einen Bus gewartet und sich schließlich zu Fuß auf den Weg zum Kolosseum gemacht. Jetzt waren sie dort. Man hätte ungehalten werden können ob des Schneckentempos der Warteschlange, doch die tote Schönheit überwältigte sie alle: Der Himmel über den Travertinbögen, die zweitausend Jahre alten Säulen, die Maxentiusbasilika. In der Pracht schwang Bedrohung mit, als könnten unsichtbare Mächte all jene, die sich ihnen widersetzten, ins Reich der Schatten ziehen. Eine Gefahr, die die Römer völlig kaltließ.

Die Ticketverkäuferin bediente einen anderen Touristen. Der Kollege am Nachbarschalter ebenso. Der Andrang war beträchtlich, aber sie hatten Schlimmeres gesehen. Das Jubiläum der Barmherzigkeit hatte mies begonnen. Ein Flop, schrieben die papstfeindlichen Zeitungen. Das Jahr der Vergebung der Sünden, der Versöhnung, der sakramentalen Buße zog nicht mehr Pilger an als die, die ohnehin schon kamen, um das Jahr der Saufgelage, der straflosen Anarchie und der Sündenböcke zu feiern.

Der ältere holländische Tourist verließ die Schlange. Machte sich auf den Weg zur Piazza dei Cinquecento. Neben sich einen Jungen. Sie erreichten die Straße und verschwanden zwischen den Oleanderbüschen.

»Ey, was'n das für'n Gestank?«, blaffte die Ticketverkäuferin. Ihre Augen waren starr auf den Bildschirm geheftet, die Hand bediente die Mouse.

Ein chinesischer Tourist wartete auf seine Karten.

Die Ticketverkäuferin erteilte den Druckauftrag und blickte auf ihre Hand. Sie fuhr zusammen. Neben dem Mousepad waren zwei rotbraune Flecken aufgetaucht. Ehe sie blinzeln konnte, waren es drei Flecken. Jetzt waren vier Flecken auf dem Schreibtisch.

»Heilige Muttergottes!«

Der chinesische Tourist wich zurück. Die Ticketverkäuferin sprang erschreckt auf, überwältigt von der schwärzesten Vorstellung für einen Bewohner dieser Stadt: die einer Heimsuchung, von der alle anderen verschont bleiben. Sie blickte nach oben. Die Tropfen fielen von der Decke. Also tat sie das, was in Rom alle tun, wenn Blut aus den Wänden einer Behörde sickert. Sie rief ihren Vorgesetzten an.

Wenige Stunden später wurden zwei der vier Ticketschalter des Kolosseums geschlossen.

»Das Blut einer toten Ratte«, sagte der Direktor des Denkmalschutzes.

»Ein Ratz?«, kam es aus den hinteren Reihen. Die Anwesenden glucksten hämisch.

Mittwoch, 2. März. Die Pressekonferenz war einberufen worden, um den Abschluss der Sanierungsarbeiten rings um das Kolosseum zu feiern. Ein Reporter fragte rundheraus, weshalb zwei Ticketschalter den ganzen Vortag über geschlossen geblieben seien.

Der Direktor sah sich gezwungen, ins Detail zu gehen. Eine fette graue Ratte war in der Zwischendecke des Ticketschalters stecken geblieben. Von einer Metallstrebe durchbohrt, hatte sie offenbar versucht, sich loszureißen, und ihre Lage dadurch verschlimmert. »Daraufhin ist der diensthabenden Angestellten das Blut auf den Schreibtisch getropft. Die Schalter sind zwecks Rattenbekämpfung geschlossen worden.«

Die Rattenplage landete auf den Titelseiten der Tageszeitungen. In letzter Zeit krochen die Nager unablässig aus der Kanalisation. Ratten rings um den Bahnhof Termini. Ratten in der Via Cavour. Ratten neben dem Opernhaus. Sie wieselten über die Straßen, ohne sich um den Verkehr zu scheren. Huschten in die Souvenirläden und erschreckten die Touristen. Die Zeitungen wiesen darauf hin, in Rom gebe es über sechs Millionen Ratten. Auch New York und London seien voll davon, aber in Rom hätten sie sich zu den Königen der Stadt aufgeschwungen.

»Das ist das Resultat von Jahren miserabler Verwaltung«, erklärte ein Stadtplaner.

»Das größte Problem ist die Abfallentsorgung«, sagte ein Kammerjäger, »Ratten sind schließlich Kommensalen des Menschen.«

Die Abfallentsorgung durchlitt in Rom tragische Zeiten. Der Müll war überall. Die Müllwagen kamen kaum voran. Riesige Müllsäcke verstopften die Straßen. Das Pflegepersonal der Sant'Eugenio-Klinik – die Ratten flitzten auch durch die Krankenhäuser – sagte der Presse, dies sei der absolute Gipfel, eine Ohrfeige, die die Stadt zwingen würde, endlich aufzuwachen. Der Meinung waren viele. Doch zugleich beschlich sie die Ahnung, selbst noch zu schlafen. Die Schwinge einer riesigen Möwe tauchte die Stadt in Schatten. Also verlegten sich die Römer wieder aufs Lachen.

»Klaaar, na sicher … sag's doch dem Bürgermeister!«

Der Spruch erfreute sich so großer Beliebtheit, weil Rom zu der Zeit keinen Bürgermeister hatte. Die Stadt wurde kommissarisch verwaltet. Ein Ermittlungsverfahren namens *Mondo di Mezzo* – Zwischenwelt – hatte die Stadt auf den Kopf gestellt. Unter Anklage stand eine verblüffende Anzahl Stadträte, Berater, hoher Tiere, leitender städtischer Beamter, Würdenträger, Geschäftemacher, Unternehmer und gewöhnlicher Krimineller. Der Kuriosität nicht genug: In Rom gab es zwei Päpste.

In solch kopflosen Momenten suchten die Römer den Himmel getreu einem antiken Brauch gern nach einem Zeichen ab. Doch im Jahr 2016 drohte auch das – die Wolken nach einem geheimen Fingerzeig ausspähen – nach faulem Zauber zu klingen.

Am Freitag, den 4. März, ereignete sich der Mord.

Tags darauf versank Rom im Regen.

Am Sonntag, den 6. März, lümmelte Mario Angelucci nach einer arbeitsreichen Woche auf dem Sofa und sah fern.

Er war vierundfünfzig Jahre alt, mager, mit Geheimratsecken und arbeitete für einen lokalen Radiosender. Aus Erfahrung hatte er ein feines Gehör für Stimmen. Wenn er im Studio vor dem Mischpult saß, musste er den Worten des Sprechers nicht folgen: Er hörte die »Coda« des Radiobeitrages, legte den Finger auf die schwarze Taste, und eine halbe Sekunde nachdem der Redner verstummt war, setzte die Zwischenmelodie ein.

Mario zappte weiter. Schnaubte. Räkelte sich zwischen den Kissen. Etwas, das er kurz zuvor gehört hatte, machte ihn unruhig. Obwohl er den Worten nicht die nötige Aufmerksamkeit geschenkt hatte, wusste er, dass es wichtig war. Auf RAI 1 stieß er erneut auf die Nachricht. Gerade sagte die Nachrichtensprecherin, in einer Wohnung in einem römischen Randbezirk sei ein junger Mann um die zwanzig auf grausame Weise ermordet worden.

Die Kamera zeigte ein orangefarbenes Mietshaus, das zwischen spätwinterlichen Bäumen aufragte. Mario Angelucci riss die Augen auf. Der Mord war in Rom begangen worden, wo er lebte. Er hatte sich zwischen Collatino und Colli Aniene ereignet, wo er wohnte. Doch nun zeigte das Fernsehen *von außen* dasselbe Fenster, das er *von innen* hätte öffnen können, wäre er nur aufgestanden und hingegangen. Angelucci wurde von einer der eigentümlichsten Empfindungen seines Lebens ergriffen. Ihm war, als hätte Gott ihn in den Blick genommen. Und was passiert für gewöhnlich, wenn Gott sein Auge auf einen richtet?

»Via Igino Giordani 2.«

Wie zum Beweis, dass er nicht den Verstand verlor, hatte die Nachrichtensprecherin gerade seine Adresse genannt. Mario Angelucci sprang auf. Hastete in den Flur. Sein Herz schlug heftig. Sein Sohn war einundzwanzig, am Abend zuvor hatte er ihn zum letzten Mal gesehen; als er gegangen war, hatten er und seine Frau sich von ihm verabschiedet und ihn nicht wieder nach Hause kommen hören. *Samstagabend.* Der Tag der Woche, an dem junge Leute sich in Schwierigkeiten bringen.

Mario Angelucci erreichte das Ende des Flurs. Riss die Tür auf. Ein übler Mief verbrauchter Zimmerluft schlug ihm entgegen. Dann erhellte das Licht den Raum. Handtücher, Comics, zusammengeknüllte Socken, eine Rolle Klopapier. Mario Angelucci sah die zerwühlten Decken auf einem Bett, in dem alles passiert sein konnte, und obenauf einen Hünen von einem Meter neunzig, der ungeniert vor sich hin schnarchte.

Eine Woche später, als in Italien von nichts anderem als dem Mord die Rede war, sprach Mario Angelucci mit seinen Kollegen über das, was passiert war.

»Leute, schlimmer als 'ne Panikattacke. Bei mir ging ein Film ab, ich dachte, ich werd' nicht mehr!«

Die Radiokollegen fragten ihn, wie er denn darauf gekommen sei, sein Sohn könnte etwas mit der Geschichte zu tun haben.

»Was soll ich euch sagen, ich kann's mir selbst nicht erklären.«

In den Zeitungen hieß es, der Mord sei in einer Wohnung im zehnten Stock begangen worden.

»Kanntest du die Leute?«, fragte einer der Kollegen.

»Nur guten Tag und guten Abend«, antwortete Angelucci.

»Aber als du Panik bekamst, dachtest du da, dein Sohn wäre der tote Junge oder der Mörder?«

»Also, ehrlich gesagt«, antwortete der Mann, »sowohl das eine als auch das andere. In dieser Stadt kann alles passieren.«

In dem Moment erschien auf Angeluccis Gesicht, dem die hageren Züge und die schmalen Lippen stets einen leicht gnatzigen Ausdruck verliehen, ein strahlendes Lächeln. Erleichterung. Erleichterung darüber, verschont worden zu sein, *übersehen* worden zu sein, denn wer ahnt schon, auf wen sich Das Auge richtet, und mochten manche Tragödien auch nur einen von hunderttausend treffen, musste es diesen Unglücklichen dennoch geben: An ihm zerbricht – um bei den anderen unversehrt zu bleiben – der Irrglaube, manche Dinge könnten uns niemals passieren.

Am Sonntag, den 6. März, um 13:30 Uhr, wusste Mario Angelucci, dass seine Familie in Sicherheit war.

Wenige Stunden später, am anderen Ende der Stadt, erhielt Rechtsanwalt Andrea Florita einen Anruf. Florita war vierundvierzig Jahre alt. Drahtige Statur, offener, kluger Blick. Wie viele seiner Kollegen hatte er seine Kanzlei in Prati eröffnet. In der Stadt waren Macht und Wunder gleichmäßig auf beide Tiberufer verteilt. Auf der rechten Seite die Kaiserforen, der Quirinalspalast, die Staatsregierung. Auf der anderen Seite das Gericht, die RAI, die Sixtinische Kapelle. Diesen Sonntag hatte Florita mit seinem Sohn verbracht. »Mein Sohn ist noch klein. Wenn ich mit ihm zusammen bin, vermeide ich es, den Fernseher anzuschalten. Als ich ans Telefon ging, hatte ich keine Ahnung, was passiert war.«

In der Leitung erklang die Stimme eines erwachsenen Mannes.

»Guten Abend, Dottor Florita, ich heiße Giuseppe Varani. Mein Sohn ist ermordet worden.«

Erst am späten Abend ging Florita auf, dass er zum Anwalt in einem der aufsehenerregendsten Prozesse der letzten Jahre geworden war. Nach seinem Telefonat mit Giuseppe Varani begegnete er auf dem Heimweg einem Bekannten. Noch ehe der Anwalt ihm von seinem neuen Mandanten berichten konnte, wurde er nach seiner Meinung zu dem Mordfall gefragt.

Alle wollten Meinungen zu dem Mordfall hören. Vor allem wollten sie ihre eigene loswerden. Binnen weniger Stunden wurde das Verbrechen in Rom zum Hauptgesprächsthema. Die Taxifahrer am Bahnhof Termini debattierten darüber, die Baristi an der Piazza Bologna, die Cliquen in Monti und in Testaccio. Von den Menschen zu Hause ganz zu schweigen. Väter stritten mit ihren Kindern. Frauen hielten ihren Männern die Folgen einer allzu laxen oder – im Gegenteil – allzu strengen Erziehung vor.

»Hast du gelesen?«, »Hast du gehört?«, – »*Hast du gesehen*, was passiert ist?«

»Grauen am Stadtrand von Rom. In einer Wohnung in Collatino wurde ein dreiundzwanzigjähriger Junge nach stundenlanger Folter umgebracht. Für das Verbrechen gibt es augenscheinlich kein Motiv.«

»La Repubblica«, 6. März 2006

Am Samstag, den 5. März, verließ Manuel Foffo kurz nach sieben Uhr morgens das Haus.

Er hatte eine Verabredung mit seiner Mutter, seinem Bruder Roberto und den Großeltern mütterlicherseits. Der Tag versprach alles andere als heiter zu werden. Onkel Rodolfo war gestorben. Sie würden beim Gemelli-Krankenhaus vorbeifahren müssen, wo der Tote in der Trauerhalle aufgebahrt lag, und dann weiter nach Bagnoli del Trigno, in das Heimatdorf seines Onkels im Molise, wo die Beisetzung stattfinden sollte.

Rodolfo war der Bruder von Daniela, Manuels und Robertos Mutter. Er war mit achtundfünfzig an Krebs gestorben. In der Nacht von Mittwoch auf Donnerstag hatte Signora Daniela im Krankenhaus bei ihm gewacht. Um halb vier in der Früh hatte Roberto sie abgeholt und nach Hause gebracht. Kaum in der Wohnung, war die Frau in der Küche auf einen Stuhl gesunken und dort sitzen geblieben, stumm, eingehüllt in die Einsamkeit, die dieses Haus so gut heraufzubeschwören verstand. Dann war sie ins Bett gegangen. Wenige Stunden später hatte das Telefon geklingelt. Wieder ihr Sohn Roberto. Onkel Rodolfos Zustand, sagte er, habe sich dramatisch verschlechtert.

Also hatte Signora Daniela ihre Schuhe gesucht, war in den Mantel geschlüpft und hatte die Wohnung erneut verlassen. Zu Fuß hatte sie sich auf den Weg zu den alten Eltern gemacht, die im Haus gegenüber wohnten. Man musste sie vorbereiten. Am selben Abend sollte sie am eigenen Leib erfahren, dass es für eine Mutter – und sei sie auch noch so gut gewappnet –, keine

Obergrenze für schlimme Nachrichten über die eigenen Kinder gibt.

Manuel wartete unten vor dem Haus. Er war ein kräftig gebauter junger Mann. Groß, mit kahlen Schläfen, die Wangen von einem unausgegorenen Bartflaum umrahmt: zu üppig für einen Kinnbart, zu spärlich für einen Vollbart. Auf den ersten Blick wirkte er älter als die am Monatsende wartenden neunundzwanzig Jahre, und obwohl er an diesem Morgen vollkommen fertig aussah – das Gesicht aufgedunsen, Ringe unter den Augen –, waren die Hosen das Erste, was seiner Mutter auffiel. Ein paar helle, zerschlissene Jeans. Nicht gerade die angemessene Kleidung für eine Beerdigung. Die Gründe, weshalb Mütter am Aufzug ihrer Kinder etwas auszusetzen haben, sind immer wieder verblüffend.

»Ich sagte ihm, er solle sich umziehen, weil es in Bagnoli kalt ist«, erzählte die Frau den Carabinieri.

Manuel nickte, verschwand im Haus und kehrte wenige Minuten später in anderen Hosen zurück. Ebenfalls Jeans, aber immerhin nicht zerrissen.

»Ich weiß nicht, ob er sich in seiner Wohnung umgezogen hat oder in meiner. Dort hebe ich seine sauberen Sachen auf.«

Danielas Wohnung lag im neunten Stock. Manuels im zehnten. Signora Pallotto hatte die Wohnungsschlüssel ihres Sohnes, regelmäßig ging sie hinauf und machte bei ihm sauber. Vor allem, wenn Manuel die Wohnung brauchte, »um eine Freundin mitzubringen«. Natürlich kamen auch männliche Freunde zu Besuch. Seine Mutter war immer für ihn da, stets bereit, ihm zur Hand zu gehen. Die Zimmer in Ordnung zu halten. Die Böden zu wienern. Manuel hasste Hausarbeit. Er besaß nicht einmal eine Waschmaschine, seine Mutter machte ihm die Wäsche.

Signora Daniela sah auf die Uhr. Bald würde Roberto vorbeikommen, sie würden in sein Auto steigen und die Bäume und Grünflächen, die Kirche und das wuchtige orangefarbene Wohngebäude hinter sich lassen, in dem sich, ohne dass irgendjemand außer Manuel etwas davon wusste, etwas verbarg, was ihr Leben für immer verändern sollte.

Früher hatte die ganze Familie Foffo in der Wohnung im neunten Stock gewohnt, Mutter, Vater und die beiden Söhne. Als Roberto achtzehn geworden war, durfte er als Erstgeborener in die Wohnung im Stockwerk darüber ziehen. Ein paar Jahre später war die Ehe der Eltern in die Brüche gegangen. Es kam zur Trennung. Valter, der Vater, war ausgezogen. Dann war Roberto ausgezogen, der inzwischen verheiratet war und zwei Kinder hatte. Manuel war nach oben gewechselt.

Valter besaß mehrere Restaurants in Collatino. Außerdem betrieb er einen im ganzen Viertel bekannten Kfz-Zulassungsservice. Roberto arbeitete mit ihm zusammen. Es war nicht leicht, alles am Laufen zu halten. Wer als Unternehmer nicht reich geboren ist, lebt in Italien im Dauerstress. Verbringt schlaflose Nächte. Ein falscher Schritt, und schon macht man die Grätsche. Valter Foffo hatte nicht die Grätsche gemacht. Er und Roberto arbeiteten hart, Schwierigkeiten machten ihnen keine Angst, und im Rahmen der Möglichkeiten gönnten sie sich das eine oder andere Extra. Sie kleideten sich gut. Fuhren dicke Autos.

Um 7:30 Uhr kam Roberto Foffo in die Via Igino Giordani. Er parkte den Wagen. Signora Daniela und die Großeltern setzten sich nach hinten, Manuel setzte sich neben seinen Bruder. Dann fuhren sie los. Eine halbe Stunde später überquerten sie die Tor-di-Quinto-Brücke, unter der, dunkel und träge, das Wasser des Tibers dahinströmt.

Roberto konzentrierte sich aufs Fahren. Manuel musste sich zusammenreißen, um nicht einzuschlafen. Brüder. Es hat immer etwas leicht Beklemmendes, sie nebeneinander zu sehen.

Wenn der Altersunterschied nicht sämtliche Ungleichheiten rechtfertigt, fallen beim gleichen Fleisch und Blut stets die Unterschiede ins Auge, die zwischen den Gewinnern in der Schlacht des Lebens und den Verlierern bestehen.

Roberto war vier Jahre älter als Manuel, er hatte seinen Abschluss mit einer Diplomarbeit in Versicherungswissenschaften an der LUISS gemacht. Er arbeitete. Hatte Familie. Manuel hingegen war mit seinem Jurastudium weit hinterher, hatte ein chaotisches Liebesleben, und es war schwer zu sagen, wie er seine Tage verbrachte. Roberto chauffierte die Familie, um einem soeben verstorbenen Verwandten das letzte Geleit zu geben, und selbst bei dieser banalen Tätigkeit – ein Auto lenken – hätten die Rollen der Brüder nicht vertauscht sein können. Manuel war der Führerschein wegen Trunkenheit am Steuer entzogen worden. Außer überhöhten Promillewerten hatte man in seinem Blut Spuren von Xanax und Rovotril festgestellt. Wer greift heutzutage nicht zu Benzodiazepinen?

Das wirklich heikle Terrain war die Arbeit.

»Und was treibst du so im Leben?«

Rom ist eine Stadt, die Vagheit bei manchen Themen durchgehen lässt. Doch wird ein gewisses Maß überschritten, kippt die Nachsicht in Häme. Bei der Frage nach seinem Berufsleben fühlte Manuel sich deshalb mitunter genötigt, einen recht abenteuerlichen Gebrauch von der ersten Person zu machen.

»Ich betreibe mehrere Speiselokale, zusammen mit meiner Familie. Außerdem bin ich an verschiedenen digitalen Projekten dran. Ich ziehe gerade ein Start-up auf.«

Fragte man bei seinem Bruder nach, lautete die Antwort: »Manuel kommt nur zum Essen ins Restaurant. Er interessiert sich für Marketing, liest viel, hin und wieder versucht er, uns ein paar Tipps zu geben, aber eigentlich arbeitet er gar nicht.«

Wenn Valter von seinem jüngeren Sohn sprach, betonte er dessen Charaktereigenschaften. »Er ist ein anständiger, wohlerzogener, friedfertiger, zurückhaltender Junge. In der Schule hatte er nie irgendwelchen Ärger.« Laut seinem Vater war Manuel zudem »blitzgescheit«, führte ein »geregeltes« Leben, war hungrig nach Kultur (»manchmal kauft er sich zwei Bücher auf einmal und liest sie in einer Nacht durch«), hatte aber nie besonderes Interesse für den Kfz-Service gezeigt, der ihm eine sichere Zukunft geboten hätte (»ich habe versucht, ihn miteinzubeziehen, wie ich es mit Roberto getan habe. Es war zwecklos«). Der junge Mann besuchte mit Begeisterung Marketing- und Informatikkurse (»das Geld für die Kurse bekommt er von mir«), und in den letzten Monaten hatte er tatsächlich intensiv an einem Start-up gearbeitet. Es ging um ein Projekt für das Nationale Olympische Komitee Coni, mit dem er – so behauptete Valter – »die Kurve hätte kriegen können«. Doch das Projekt, fügte er an, »hatte keinen Erfolg«.

Er hätte die Kurve kriegen können. Es hatte keinen Erfolg.

Wenn Väter so von ihren Söhnen sprechen, weiß man nie, ob sie sie loben oder schlechtmachen oder sie gerade dadurch demütigen, indem sie sie über den grünen Klee loben.

Die seltsamste Aussage über Manuel stammte allerdings von seiner Mutter: »Manuel sagt mir nicht, ob er zum Arbeiten ins Restaurant geht oder nicht. Ich weiß nicht einmal genau, was für ein Verhältnis er zu seinem Vater hat.«

Nach der Überquerung der Via della Pineta Sacchetti tauchte die riesige Silhouette der Gemelli-Klinik auf.

Roberto parkte. Die fünf stiegen aus und betraten den Krankenhauskomplex.

Manuel schlurfte beim Gehen, spürte den Blick seines Bruders. Zwei Tage zuvor, zu einer Uhrzeit, die für Roberto

»Lass Opa auf deinen Platz, dann haben wir es bequemer.«

Eine Stunde später wurde er von seinem Bruder geweckt. Er hörte Vogelzwitschern. Sie hatten an einer Tankstelle haltgemacht. Vor ihnen eine Snackbar. Nach ein paar Minuten tauchte er auf. Das Auto beschrieb eine halbe Kurve und hielt, dann setzte der Mann die Füße auf den Asphalt. Valter Foffos Erscheinung genügte, um die Aufmerksamkeit der Familie auf sich zu ziehen. Manuel überließ seinen Platz dem Großvater, stieg aus Robertos Wagen und ging zu dem seines Vaters hinüber.

Kaum hatte er sich hineingesetzt, spürte der Junge den Stromschlag. Manchmal braut sich zwischen Vätern und Söhnen ein Sturm zusammen, auch wenn gar nichts passiert ist, erst recht, wenn einer der beiden glaubt, der andere habe sich ihm gegenüber respektlos verhalten. In diesem Fall war Valter verstimmt. Manuel glaubte den Grund zu kennen. Wortlos startete Valter den Wagen.

Wenige Minuten später glitt das Auto über die Straße dahin. Ab und zu musterte Valter seinen Sohn, dann seine eigene Mähne im Rückspiegel. Er war ein ausnehmend gutaussehender Sechzigjähriger. Schlohweißes Haar, volle Lippen, eine Nase, die zur Zeit der alten Römer einem Konsul hätte gehören können. An dem Tag trug er ein schwarzes Jackett über einem weißen Hemd, eine gestreifte Krawatte und dunkle Hosen. Seine gepflegte, elegante Erscheinung ließ kaum erahnen, wie gestresst er war. Die Arbeit ließ ihm keine Ruhe, und die Familie war nicht besser. Endlich machte er den Mund auf.

»Willst du mir sagen, was los war?«

Anderen gegenüber beschrieb Valter seinen Sohn als einen in sich gekehrten Jungen, der unfähig sei zu lügen. Doch sobald er ihn vor sich hatte, bekam das, was in den Augen Dritter als große Tugenden herhalten sollte, eine andere Bedeutung. Ehrlichkeit konnte ein Anzeichen von Schwäche, Zurückhaltung, von Verdrucksthheit sein.

»Darf man fragen, wo du abgeblieben bist?«

Den ganzen vorigen Tag hatte er ihn zu erreichen versucht. Er hatte ihn mit Anrufen bombardiert, ohne die geringste Antwort zu erhalten. Wie immer hatte er sich dazu hinreißen lassen, seinem Sohn hinterherzurennen, um ihm einen Gefallen zu tun: Er musste eine Rate für einen der zahllosen Kurse bezahlen, die Manuel besuchte, und brauchte die Angaben für die Überweisung.

Manuel hockte stumm auf dem Beifahrersitz. Seine Augen waren verquollen. Das war seinem Vater nicht entgangen, gleich bei seinem Anblick an der Raststätte war ihm klar gewesen, dass irgendetwas nicht stimmte. Der Junge war *merkwürdig*. Der Mensch, der ihn laut Manuel mehr als jeder andere auf der Welt zu missverstehen vermochte, war zugleich der einzige, der gespürt hatte, dass sein Sohn an diesem Tag womöglich mehr Scherereien bereiten könnte als der Tod des Onkels.

»Und? Ich habe ständig versucht, dich anzurufen. Wieso bist du nicht rangegangen?«

Manuel hatte sich vorgenommen, bis zum Abend eine Entscheidung zu treffen, doch wenn sein Vater ihn in die Mangel nahm, zog er ihm die Worte aus der Nase.

»Also, was war los? Hast du gesoffen? Hast du dich volllaufen lassen? Manuel!«

»Papa, ich war bekokst.«

Sie fuhren an einer Molkerei vorbei, dann an einer Markisenfabrik. Eine kleine Pappelgruppe ragte einsam zwischen den Feldern auf, umspielt vom Nachmittagslicht. Valter riss sich aus der Benommenheit, in die ihn die Worte des Sohnes geworfen hatten.

»Wie, bekokst?«, er klang zornig. »Wie konntest du so tief sinken?«

In manchen Fällen sind Floskeln hilfreich.

»Papa, ehrlich gesagt, bin ich noch tiefer gesunken.«

Jetzt war Valter perplex. Eine allzu arglose Frage lag ihm auf der Zunge: »Was kann schlimmer sein als Kokain?«

»Wir haben jemanden umgebracht.«

Das Auto glitt weiter über die Landstraße. Eine Tankstelle zog vorbei, eine Überführung, dann tauchte ein Schild auf, das die örtlichen Unternehmer zum Kauf von Werbeflächen einlud.

»Was soll das heißen, *wir* haben jemanden umgebracht?«

Valter war wie vor den Kopf geschlagen, verdattert, sprachlos, etwas loderte in seinem Magen auf, doch der erlittene Schlag hielt ihn nicht davon ab, instinktiv nach Auswegen zu suchen. Der Gebrauch des Plurals. Die Gegenwart einer anderen Person konnte die Verantwortung seines Sohnes mindern, wenn nicht gar ausschließen. Valter spürte sein Herz schneller schlagen. Während er in der Konfusion, in der Verwirrung, in der Absurdität, in die er, wie ihm nach und nach aufging, hineingeschleudert worden war, nach irgendeinem Halt suchte, klammerte er sich schließlich an einen tödlichen Unfall. Manuel hatte getrunken. Er hatte es wieder getan. Obwohl er den Lappen losgeworden war, hatte er sich halb besoffen ans Steuer gesetzt. Das war passiert. Manuel hatte Scheiße gebaut. Wenn er denn am Steuer gesessen hatte.

»Papa, es war kein Verkehrsunfall.«

»Und wie ist diese Person dann zu Tode gekommen?«

»Ich glaube, durch Messerstiche. Mit Hammerschlägen.«

Valter blickte starr auf die Straße, um sicherzugehen, dass er noch da war, bei Sinnen, auf demselben Planeten, auf dem er am Morgen aufgewacht war. Er hörte seine Stimme nach dem Namen des Mittäters fragen.

»Ein Typ, der Marco heißt. Ich habe ihn nur ein paarmal im Leben gesehen.«

»Und wann soll diese Sache passiert sein?«

»Weiß ich nicht mehr«, antwortete Manuel, »vor zwei, vier, fünf Tagen.«

Vor zwei, vier, fünf Tagen?

Wie konnte er das nicht wissen? Bestand noch die Chance, dass das alles ein idiotischer Scherz war? Konnte dies ein Racheakt auf der unendlichen Skala von Missverständnissen sein, die Väter und Söhne verbinden und die manche Söhne kränken, wenn nicht gar auf Dauer schädigen? Eine Rache für das Verhalten, das ihre Väter an den Tag legen, um sie zu Männern zu machen? Hatte Manuel sich diese Geschichte nur ausgedacht, um ihn für Fehltritte zu bestrafen, bei denen selbst der Psychologe, zu dem Valter seinen Sohn geschickt hatte, Mühe gehabt hätte, sie ihm zuzuschreiben?

Valter fragte seinen Sohn nach dem Namen des Opfers.

Manuel sagte: »Den kenne ich nicht.« Er hatte Tränen in den Augen.

Also fragte Valter, *wo* sich die Person befand, von der sein Sohn behauptete, sie getötet zu haben.

Das wusste Manuel. »Zu Hause«, sagte er. Die Leiche befinde sich in seiner Wohnung in der Via Igino Giordani.

Roberto Foffo hörte sein Handy klingeln. Er las den Namen auf dem Display: Sein Vater rief ihn aus dem vorwegfahrenden Wagen an. Bis nach Bagnoli del Trigno waren es nur noch wenige Kilometer.

»Roberto, fahr bitte mal rechts ran.«

Sein Vater klang seltsam. Nachdem er aufgelegt hatte, sah Roberto ihn abbremsen und am Straßenrand anhalten.

»Was ist los?«, fragte Signora Daniela.

Getreu einer stillschweigenden Abmachung zwischen ihm und seinem Vater vermied Roberto jede Erklärung. Er hielt ebenfalls und stieg aus.

In der Haltebucht ging er auf seinen Vater zu.

Valter machte ihm ein Handzeichen, die beiden entfernten sich. Als sie außer Hörweite waren, sagte Valter: »Wir haben einen Toten im Haus.«

»*Wie bitte?*« Roberto riss die Augen auf.

Während er sich bemühte, ruhig zu bleiben, versuchte Valter, die Situation zusammenzufassen. Er beschrieb das Problem einer namenlosen Leiche, die sich vielleicht in der Wohnung in der Via Igino Giordani befinde, sie müssten so schnell wie möglich nach Rom zurückkehren, sagte er, es handele sich womöglich um einen Mord. Dann gab er die Identität des mutmaßlichen Mörders preis.

Im ersten Moment war Roberto erleichtert.

»Ach, Papa«, sagte er, »Manuel verzapft einen Haufen Scheiße!«

Manuel war zu einem Psychologen gegangen. Er litt unter Stimmungsschwankungen. Umstände, die Roberto zunächst glauben ließen, sein Bruder könnte einen Mord auf sich nehmen, den er nicht begangen hatte.

»Das ist bestimmt nicht wahr. Wer weiß, was wirklich vorgefallen ist.«

Valter wurde immer nervöser. Wenn man sich unbedingt Manuels Absonderlichkeiten vor Augen führen wolle, sagte er, dann sollte man sich auf die ungewöhnlichste von allen konzentrieren: »Vergiss nicht, dein Bruder sagt immer die Wahrheit.« Er deutete auf den geparkten Wagen. Manuel stand wenige Schritte daneben reglos an der Leitplanke.

»Geh hin und rede mit ihm«, sagte Valter.

Als Roberto zu seinem Vater zurückkehrte, hatte sein Gesichtsausdruck sich verändert. Er war blass, angespannt. »Papa«, sagte er, »vielleicht ist wirklich was passiert.«

In einer Welt, von der wir annehmen, sie sei auf allzu materiellen Fundamenten erbaut, fällt es uns schwer zu glauben, Worte hätten sich ihre magischen Kräfte bewahrt. Und doch hatten wenige einfache, von Manuel hervorgebrachte Sätze sie in einen Albtraum katapultiert. Sie waren zweihundert Kilometer von zu Hause entfernt und standen in einer Haltebucht. Jeden Moment konnte der Leichenwagen mit dem Sarg des toten Onkels auftauchen. Kalter Wind peitschte auf sie ein. Manuel hatte sich gerade eines Mordes bezichtigt. Und nur wenige Schritte entfernt saßen, vollkommen ahnungslos, der Großvater, die Großmutter und die Mutter des angeblichen Mörders.

Ab diesem Moment waren Signora Danielas Erinnerungen konfus. Einerseits hatte sie, während sie dort am Straßenrand standen, begriffen, dass etwas Besorgniserregendes vor sich hatten, sollte die junge Frau zu einer Art ursprünglichen Reinheit zurückführen.

»Alex wollte, dass Martina ihm eine Liste sämtlicher Männer gab, mit denen sie zusammen gewesen war«, hatte ein Zeuge ausgesagt.

Die Tatsache, dass sich zwei junge Menschen mit einem Händchen für Investmentfonds und Finanzalgorithmen wie mittelalterliche Inquisitoren aufführten, hatte die Neugier der Menschen geweckt. Martina hatte sich das »A« von Alex in die Wange ritzen und seinen Namen auf den Busen tätowieren lassen – eine moderne Hester Prynne, deren scharlachroter Buchstabe das alte Gespenst des Ehebruchs mit dem Geltungsdrang des 21. Jahrhunderts in einem einzigen Feuer lodern ließ. Was waren diese beiden Angeklagten für Menschen? Litten sie an schweren psychischen Störungen? Oder waren sie *Monster*?

»Es gibt keine Monster«, sagte Andreano zu den Journalisten, »wir sind es, die immer wieder Monster erschaffen, um unser Gewissen zu erleichtern.«

Wenn der Anwalt auf dem Fernsehbildschirm auftauchte, fiel als Erstes seine Statur ins Auge. Er sah aus wie ein Rugbyspieler. Groß, stattlich, aber nicht statisch. Sobald er anfing zu reden, sah man ihn vor sich, wie er mit einem Ordner voller Haftentlassungsanträge unter dem Arm losstürmte, um für seine Klienten zu kämpfen.

In jener Zeit war Andreano häufig im Fernsehen zu sehen. Er legte ein beeindruckendes Arbeitspensum an den Tag. Er arbeitete zu Hause. Er arbeitete im Auto und im Restaurant. Er arbeitete im Urlaub. Es war zu vermuten, dass er sogar im Schlaf die Details eines Verfahrens durchging.

»Michele, hör mal, ich habe ein Problem.«

»Was für ein Problem?«

»Es ist etwas ganz Schlimmes passiert. Du musst nach Rom kommen.«

»Nach Rom? Und wann?«

»Jetzt. Du musst sofort kommen. Wir sind in meinem Büro in der Via Verdinois.«

Michele Andreano seufzte. Riss den Blick von den Prozessakten los.

»Valter, hör mal, ich arbeite. Ich sehe zu, ob ich vielleicht …«

»Es geht um Manuel.«

»Deinen Sohn Manuel?« Andreano war überrascht.

»Ganz genau.«

»In Ordnung, Valter, gib mir Zeit. Ich sehe zu, was ich machen kann.«

Andreano legte auf. Er wusste nicht, was er denken sollte. Sollte er alles stehen und liegen lassen, um nach Rom zu hetzen? Immerhin war es Samstagnachmittag, und die Gerichte würden bis Montag geschlossen sein. Viele Mandanten pochten auf irgendwelche Dringlichkeiten, von denen sich herausstellte, dass sie sich auf ganz normalem Weg lösen ließen. Andreano stemmte sich aus seinem Stuhl, überschlug die Zeit, die er brauchen würde, um nach Rom zu fahren, mit Valter zu sprechen und nach Ancona zurückzukehren. Er seufzte. Dachte noch einen Moment nach. Dann machte etwas in seinem Kopf klick. Er griff wieder zum Handy. Jetzt war es nicht mehr die Befürchtung, eine Reise umsonst zu machen, die ihn dazu bewegte, sondern ein gegenteiliges Gefühl.

»Valter«, sagte er, kaum hörte er dessen Stimme, »willst du mir vielleicht ein wenig genauer erklären, was zum Teufel passiert ist?«

»Miche', Säure ist nichts dagegen …«

»Da war mir klar, dass es sich um Mord handelte.«

Daran – an den exakten Moment, in dem er begriff, dass etwas Schlimmes passiert war – sollte Andreano in den folgenden Monaten noch häufig zurückdenken, wenn er mit Freunden in aller Ruhe Tee trinken. In Rom gemahnt der Regen alle daran, dass der Fortschritt im endlosen Lauf der Zeit nur ein Wimpernschlag ist. Wenn es in Rom regnet, explodieren die Gullys, der Verkehr kommt zum Erliegen, Äste brechen von den Bäumen. Auf der Cassia wird ein betagtes Pärchen von einem einstürzenden Vordach zerquetscht. Dann ergeht vom Kapitol ein erster Aufruf an die Bewohner: »Bleiben Sie zu Hause!« Doch die Römer sind allesamt unterwegs. Von Ponte Milvio bis Garbatella verwandeln sich die Straßen in schwarze Sturzbäche, die die geparkten Motorroller mit sich reißen. Die Busse bleiben stehen oder werden umgeleitet. Wie Glühbirnen in einer kaputten Lichterkette stellen die U-Bahn-Stationen eine nach der anderen ihren Dienst ein. Verrostete Saugpumpen werden aus den Depots geholt und bleiben gleich darauf zwischen den Autos stecken.

Es scheint, als würde die Stadt in sich zusammenbrechen und eine frühere Stadt aufscheinen lassen. Dann eine weitere, die noch älter ist als diese. Den alten Portikus der Argonauten hinter dem Vaterlandsaltar. Das seit Jahrhunderten verschwundene Amphitheater des Caligula anstelle des Palazzo Borghese. Sollte es weiterregnen, könnte man wetten, die alten Götter würden sich wieder des Ortes bemächtigen. Doch die eigentliche Botschaft ist eine andere. Früher oder später wird der Regen sämtliche Städte zerstören. London und Paris sollten sich nichts vormachen. Nennt es Regen. Nennt es Krieg oder Hungersnot. Nennt es einfach Zeit. Alle wissen, dass das Ende der Welt kommen wird. Doch menschliches Wissen ist ein zerbrechliches Gut. Die Bewohner Roms haben das Wissen um die Endlichkeit im Blut und sie so verinnerlicht, dass sie nicht mehr darüber nachdenken. Wer hier lebt, hat das Ende der Welt bereits hinter sich, der Regen hat nur den lästigen Effekt, einen Wein aus dem Glas zu spülen, den man in der Stadt dauernd trinkt.

Es war bereits dunkel, als Michele Andreano bei den Geschäftsräumen in der Via Verdinois ankam. Drinnen warteten Valter und seine beiden Söhne. Die Kfz-Serviceagentur war zu einer Zuflucht inmitten einer Naturkatastrophe geworden. Valter war unruhig, Roberto hatte das Gesicht eines Menschen, der vergeblich versucht, mit der Wirklichkeit klarzukommen, doch die Aufmerksamkeit des Anwalts richtete sich auf Manuel.

»Manuel wirkte dicht, vollkommen zugedröhnt, komplett abwesend.«

War es möglich, dass seine Familie gar nichts mitbekommen hatte? Es hatte einen Mord gebraucht, damit die vermeintlich doppelt verriegelte Wirklichkeit – die Kinder stellen sich mit ihren schamlosen Lügen bloß, die Eltern blenden die so schlecht verhohlenen Lügen aus – ans Licht kam.

Valter fasste die Situation für Andreano zusammen. Die Fahrt ins Molise. Manuels Geständnis. Die Existenz dieses Mittäters, über den niemand etwas wusste. Und dann das Wichtigste: die Leiche.

Von dort, wo sie sich gerade befanden, war Manuels Wohnung nicht weit entfernt, zehn Minuten hätten genügt, um festzustellen, ob seine Geschichte stimmte. Doch noch könnten sie das nicht tun, sagte der Anwalt, erst müssten sie die Carabinieri rufen.

Andreano erinnerte sich, ein paarmal mit dem Jungen zu Abend gegessen zu haben. Bei diesen Gelegenheiten war Manuel sehr still gewesen, er hatte an der Unterhaltung nur teilgenommen, wenn es unhöflich gewesen wäre, es nicht zu tun, ansonsten hatte er nichts von sich preisgegeben. Schwer zu sagen, was für ein Typ er war. Trotz seiner Leidenschaft für Informatik hatte er kein Profil in den sozialen Medien. Andreano hatte ihn zum Abendessen getroffen, um ihn in einer Angelegenheit zu beraten, bei der es genau darum ging: Manuel arbeitete an einer App namens My Player. Theoretisch sollte die Applika-

Andreano beendete das Telefonat mit den Carabinieri. Musterte Manuel. Jetzt hieß es warten. Draußen hörte man den Regen. Reglos saßen sie da und lauschten. Ein Geräusch mischte sich mit einem anderen – Andreanos Blick fiel auf Manuels Fuß, der wippend auf den Boden tippte. Der Junge war nervös. Eine Viertelstunde verging. Niemand kam. Wenn es in Rom regnet, machen die Leute nicht einmal Platz, wenn sie die Sirenen der Carabinieri hören. Weitere Minuten verstrichen.

Ein besonders tiefer Seufzer, dann sprang Manuel auf.

Andreano runzelte die Stirn. Der Junge blickte ihn mit einem Ausdruck an, den der Anwalt nicht zu deuten vermochte. »Gibst du mir noch eine Zigarette?« Er zündete sie an, kehrte dem Anwalt den Rücken zu, verließ ohne ein Wort den Raum, trat auf die Eingangstür zu, griff nach der Klinke, verließ das Büro und rauchte draußen, in Regen und Wind. Der Anwalt sah ihm beunruhigt nach, dann war Manuel aus seinem Blick verschwunden.

Und wenn er versuchte abzuhauen? Wenn er beschlossen hätte, *jetzt* abzuhauen, nachdem er die Carabinieri angerufen hatte, und sie alle in riesige Schwierigkeiten brachte?

»Jetzt mach ich dem aber mal ’ne Ansage!«, sagte der Mann und schlug die Bettdecke zurück.

»Pöbel«, knurrte seine Frau, den Kopf zwischen den Kissen.

Im fünften Stock des Hotels San Giusto hatten die Gäste des Zimmers neben der Nummer 65 Mühe zu schlafen. Seit Stunden folterte sie ein obsessiv wiederholtes Lied. Kaum war es zu Ende, begann es von vorn. Die Wände dämpften die Lautstärke ein wenig, aber die Stimme der Sängerin war dennoch deutlich zu hören.

Der Mann stand auf. Seine Frau drehte sich auf die andere Seite. Der Mann schlüpfte in die Pantoffeln, knipste das Licht an, um nach seiner Brille zu suchen, knipste es aus, durchquerte das Zimmer und griff nach der Türklinke. Er trat auf den Flur hinaus, um für Recht und Ordnung zu sorgen.

Tags zuvor waren sie aus Treviso nach Rom gekommen. Er war Arzt. Am Montag sollte er an einem Kongress im EUR teilnehmen. Er und seine Frau hatten beschlossen, sich ein Wochenende in der Hauptstadt zu gönnen. Noch nie hatte sich eine Entscheidung als unglücklicher erwiesen. Seit Jahren waren sie nicht mehr in Rom gewesen und hatten nicht damit gerechnet, es so heruntergekommen zu sehen. Die Leute auf der Straße waren völlig irre. Die Autofahrer führten sich allesamt wie potenzielle Mörder auf, die Fußgänger waren nicht besser. Auf der Piazza della Madonna dei Monti hatten sie eine widerwärtige Szene beobachtet. Neben dem Brunnen verschlang eine Möwe eine tote Ratte. Mit Schnabelhieben hatte sie ihr den

Bauch aufgerissen und wühlte im Kadaver herum. Ein kleines Mädchen zerrte seine Mutter am Ärmel: »Mama, Mama, die Maus!« Das Mädchen war voller Mitleid. Die Frau blieb stehen und starrte ihre Tochter an, als würde sie sie nicht wiedererkennen. Dann verpasste sie ihr mit der freien Hand eine schallende Ohrfeige, die womöglich die Philosophie der Stadt enthielt: »Was plärrst du denn, du Dummkopf, schließlich bist du nicht tot!«

Der Mann klopfte an die Tür der Nummer 65. Das Zimmer wurde von einem jungen Mann bewohnt, der Marco Prato hieß, doch das konnte der Gast nicht wissen. Er wartete ein paar Sekunden, doch abgesehen von dem Lied regte sich jenseits der Tür nichts. Also beschloss der Mann, sich an der Rezeption zu beschweren.

Während er im Aufzug stand, fiel ihm der Titel des Liedes ein. *Ciao amore, ciao* von Luigi Tenco, in der Version von Dalida.

»Schau mal, da!«

Im Rückspiegel machten die Carabinieri den Schemen eines Mannes aus. Eine vom Regen aufgelöste Gestalt hastete mit rudernden Armen hinter dem Streifenwagen her. Der Streifenwagen bremste ab. Der Mann erreichte das Auto, einer der beiden Carabinieri ließ das Fenster herunter.

»Guten Abend.«

Der Mann sagte, er heiße Valter Foffo. »Sie sind am Büro vorbeigefahren, ohne es zu merken.« Er war klatschnass, in den letzten Minuten hatte das Unwetter seinen Höhepunkt erreicht. Man konnte kaum weiter als bis zur eigenen Nasenspitze sehen, geschweige denn eine Hausnummer erkennen.

»Folgen Sie mir«, sagte der Mann.

Angeführt von Valter betraten die Carabinieri das Büro. Anwalt Andreano kam ihnen mit ausgestreckter Hand entgegen. Dann tauchte ein sehr gut gekleideter junger Mann auf. Er stellte sich als Roberto Foffo vor. Schließlich erblickten die Carabinieri Manuel. Der Junge war nicht abgehauen. Das hatte er nie vorgehabt. Wenn man ihn so neben Roberto sah, war schwer zu sagen, in welchem Verwandtschaftsverhältnis die beiden standen. Roberto schien bei seinem Äußeren auf das kleinste Detail zu achten. Manuel wirkte völlig zerrupft. Die Carabinieri fragten, ob er sich des Mordes bezichtigte, dessentwegen man sie gerufen hatte. Manuel nickte. Sie fragten ihn, ob er allein gehandelt habe. Manuel wiederholte, er habe mit einem Freund gehandelt, der Marco Prato heiße. Daraufhin stellten die Carabinieri die Frage, die Manuel weder seinem Vater noch dem Anwalt hatte beantworten können. Zum dritten Mal sagte er: »Ich weiß nicht, wie die Person heißt, die wir umgebracht haben.«

Die Carabinieri baten Manuel um sein Handy. Der junge Mann ließ sich nicht zweimal bitten. Sie fragten nach dem Entsperrcode. Manuel nannte ihn. Sie fragten nach den Wohnungsschlüsseln, und Manuel händigte sie ebenfalls aus. Dann kam der heikelste Moment. Einer der Carabinieri holte die Handschellen hervor. Manuel musterte die schmalen Metallringe, dann hielt er den Ordnungshütern fügsam die Handgelenke hin. Die Carabinieri teilten dem Anwalt mit, dass der Junge vorläufig festgenommen sei.

MF: »Nimm dir nächsten Do nix vor, wenn's geht. Melde mich die Tage.«
MP: »OK ;).«
MF: »Bestens.«
MP: »Wie soll ich mich aufrüschen?«

WhatsApp-Austausch zwischen Manuel Foffo und Marco Prato, eine gute Woche zuvor.

Kein Mensch ist den Tragödien gewachsen, die ihn erwarten. Menschliche Wesen sind ungenau. Tragödien hingegen, einzigartig und makellos, erscheinen jedes Mal wie von göttlicher Hand gemeißelt. Die Empfindung von Komik entspringt diesem Ungleichgewicht.

Die Carabinieri parkten in der Via Igino Giordani vor der Nummer 2. Das Haus ragte im regengepeitschten Dunkel auf. Zwei identische Gebäude standen daneben. Von oben betrachtet, hätte man in kurzer Entfernung ein riesiges schwarzes Rechteck erblickt, bestehend aus Buchen, Brombeergestrüpp und Feldblumen, unter denen die größte Nekropole des kaiserlichen Roms begraben lag. Eigentlich hätte das Gebiet zu einem archäologischen Park werden sollen, doch das Projekt war im endlosen bürokratischen Sumpf versackt. Nicht weit von dort, wo seit Jahrtausenden Kolumbarien und Gerippe begraben lagen, befanden sich Sportplätze, Tabakläden, kleine Geschäfte und riesige Wohnblocks.

Die Carabinieri baten Valter, sie zu Manuels Wohnung zu führen. Anwalt Andreano folgte ihnen. Roberto blieb wartend im Erdgeschoss zurück. Manuel saß im Streifenwagen in Gewahrsam.

Nachdem sie in den zehnten Stock hinaufgefahren waren, deutete Valter auf die Tür. »Ist es die hier?«, fragten die Carabinieri. Der Mann nickte. Ein Carabiniere steckte den Schlüssel ins Schloss, den Manuel ihm ausgehändigt hatte. Die Tür ließ sich nicht öffnen. »Sie klemmt.« Ein alarmierter Schauder – in dem eine heimliche Hoffnung glomm – durchfuhr manche der Anwesenden. Die Tatsache, dass die Tür von innen verschlossen war, widersprach Manuels Version. Es war die erste Unstimmigkeit, was bedeutete, dass es weitere geben konnte. Die Carabineri versuchten, das Schloss mit Gewalt zu öffnen. »Wartet.« Einer von ihnen hatte drinnen ein Geräusch gehört. Die Männer lauschten gebannt. Nichts geschah. Wieder machten sie sich am Schloss zu schaffen.

»Halt! Stopp!«

Diesmal hatten alle das Geräusch gehört. Nach ein paar Sekunden begann *jemand* auf der anderen Seite der Tür, *etwas* zu bewegen. Die Carabineri zuckten zurück, Michele Andreano und Valter Foffo blickten sich an, das Herz schlug ihnen bis zum Hals. Sie träumten nicht. Jemand war in der Wohnung, und er *lebte!*

»Wir waren kurz davor, uns in die Arme zu fallen, Freudensprünge zu machen und zu jubeln«, erinnerte sich Andreano.

Es ist nicht klar, was sie zu der Annahme bewegte, jenseits der Tür befände sich das noch lebende Opfer der Gewalttat. Nüchtern besehen, hätte jenseits dieser Tür sonst wer sein können. Beispielsweise hätte dort Manuels Kumpel sein können, besagter Marco Prato, über den niemand etwas wusste. Die Möglichkeit wurde nicht einmal in Betracht gezogen. Verletzt, womöglich gar schwer, aber am Leben, musste sich dort drin der Junge befinden, von dem Manuel behauptete, ihn getötet zu haben. Das war es, was alle dachten. Dieser arme Junge hatte es geschafft, sich zur Tür zu schleppen, und nun versuchte er verzweifelt herauszukommen.

»Schnell! Beeilt euch!«

Michele Andreano wurde losgeschickt, um einen Krankenwagen zu rufen. Die Carabinieri machten sich erneut daran, die

Tür aufzubrechen. Valter stürzte hinunter zu Roberto, um ihm die unfassbare Neuigkeit zu verkünden.

Die Szene dauerte nur wenige Minuten, und sosehr man sich auch bemüht – es fällt schwer, sie nicht im Licht einer infernalischen Komik zu sehen.

Es war Roberto Foffo, der den Zauber brach. Zwar hatte er seinen Bruder wenige Stunden zuvor als krankhaften Lügner bezeichnet, doch offenbar hatte er seine Meinung inzwischen geändert. Valter berichtete ihm, was dort oben vor sich ging, und Roberto sagte: »Papa, bist du sicher, dass du den Carabinieri die richtige Wohnung gezeigt hast?«

Grausamer als die Tragödie, die uns trifft, ist die Tragödie, der wir entronnen zu sein glaubten. Als sich die Tür endlich öffnete, waren die Sicherheitskräfte ebenso überrascht wie die Person auf der anderen Seite. Die betagte Wohnungseigentümerin, die überzeugt gewesen war, einen Einbruch abwehren zu müssen, stand plötzlich zwei jungen Carabinieri gegenüber.

»Guten Tag, ist dies die Wohnung von Manuel Foffo?«

»Nein«, antwortete die Dame, »Sie haben sich in der Tür geirrt.«

Roberto half dem Gedächtnis seines Vaters auf die Sprünge. Die Carabinieri wechselten das Stockwerk. Wenige Minuten später standen sie vor einer anderen verschlossenen Tür.

Die Letzten, die ihn lebend gesehen hatten, waren ein städtischer Beamter und ein blondes Mädchen unbekannten Namens.

Der Mann hieß Fabio Guidi, war fünfundvierzig Jahre alt, lebte unweit der Via Trionfale, hatte die Nachricht im Internet gelesen (im Netz und in den Zeitungen sprach man von nichts anderem) und das Gesicht des Jungen erkannt. Er erzählte den Carabinieri, er sei ihm am Freitag um zehn vor acht zufällig begegnet, kurz bevor er ermordet wurde.

An dem Morgen war Guidi wie üblich früh aufgestanden, hatte das Haus verlassen und den Zug genommen, um zur Arbeit zu fahren. Die S-Bahn-Züge bestanden aus zweigeschossigen Wagen – schwerfällig und klapprig durchquerten sie wie riesige, verwundete Tiere die Stadt, um den Autoverkehr zu entlasten, und boten die ideale Oberfläche für erste Graffiti-Versuche.

»Ich habe mich nach oben ans Fenster gesetzt. Ganz in der Nähe saß er. Irgendwann hat er mich angesprochen.«

Luca Varani trug helle Jeans, Turnschuhe, eine dunkle Jacke, eine Baseballkappe und einen Rucksack auf den Schultern.

»Er fragte mich, ob der Zug in Tiburtina halte. Ich antwortete, das wisse ich nicht, weil es für mich keinen Unterschied macht, ob ich den nehme, der um 07:48 oder den, der um 07:56 in Ostiense ist. Ich riet ihm, auf die Haltestellenschilder zu achten.«

Hätte sich die Szene in Mailand abgespielt, wo die Menschen völlig auf ihre Arbeit fixiert sind, oder in Turin, wo Fremde anzusprechen mitunter als unhöflich gilt, hätte der Reisende nicht die Gelegenheit gehabt, sich an das Gesicht des Jungen zu erinnern, an die großen, schwarzen Augen, die schönen Lippen, die harmonischen, freundlichen Züge zwischen Licht und Schatten, die einem Besucher der Kirche San Luigi dei Francesi, wo Caravaggio sie einem Engel verliehen hatte, bekannt vorgekommen wären. Doch in Rom ist es ein gesellschaftliches Muss, sich beim Erstbesten, der einem über den Weg läuft, über die eigene Misere zu beklagen. Nach der unbefriedigenden Antwort ging der Junge in die Vollen.

»Er sagte, er müsse jemanden treffen, der ihm tausend Euro für ein Auto schulde. *Das Auto hat er genommen, aber das Geld hat er mir nicht gegeben.* Anscheinend hatte ihm diese Person, die ihm das Geld schuldete, geraten, in Tiburtina auszusteigen und dann ein Taxi zu nehmen. *Aber wie soll ich ein Taxi nehmen, wenn ich nicht mal einen Euro habe?*«

Unterdessen fuhr der Zug Richtung Primavalle, zog an weiten Brachen, Vororten, heruntergekommenen Häuserblocks, Freiflächen voller Metallschrott und kaputter Klos vorbei.

»Der Junge fragte mich, ob ich auf seinen Rucksack und das am Ladekabel hängende Handy aufpassen könne, und verschwand am Ende des Wagens. Ein paar Minuten später kehrte er mit einem Mädchen zurück.«

Dieses Mädchen mochte zwischen zwanzig und fünfundzwanzig Jahre alt sein. Blond, dünn, mit einer dunklen, knielangen Jacke und engen Hosen. »Ich glaube, die beiden kannten sich«, sagte der Mann, »sie setzten sich nebeneinander und fingen an, eindringlich aufeinander einzureden.«

Wäre Rom nicht die Stadt, in der es völlig in Ordnung ist, sich in die Angelegenheiten anderer einzumischen, hätte der Reisende nicht die Ohren gespitzt und die Unterhaltung der beiden jungen Leute nicht wiedergeben können.

»Er bat sie um eine Zigarette. Das Mädchen sagte, sie habe kaum noch welche, doch am Ende gab sie ihm eine. Irgendwann sagte er, glaube ich, etwas zu ihr wie: *Normalerweise verdiene ich dreißig, aber heute kriege ich tausend.* Dann sagte er noch: *Wenn er mich anzeigt, zeige ich ihn an. Soll er doch, soll er mich doch anzeigen!*« Der Reisende sagte den Carabinieri, Luca habe auf ihn den Eindruck eines draufgängerischen, aber sehr arglosen Jungen gemacht. In dieser Arglosigkeit schwang eine Sanftheit mit, die durch die zur Schau gestellte Coolness noch deutlicher und anrührender erschien.

Nach ein paar Haltestellen stieg das Mädchen aus.

»Ehe sie ging, sagte sie: *Luca, sieh dich bitte vor.* Er antwortete: *Was sollen die schon machen? Die schulden doch mir Geld.* Das Mädchen schien es ernst zu meinen.«

Dann wandte sich Luca wieder an den Reisenden.

»Er fing an, über die möglichen Vorteile zu reden, die er bei den Leuten, die er treffen sollte, herausschlagen könnte. Er sagte: *Wenn ich die Adresse von demjenigen, der mir Geld schuldet, einem anderen weitergeben würde, den ich kenne, würde der mir zweitausend Euro dafür geben.* Dann sagte er: *Unehrlichkeit zahlt sich manchmal aus. Was meinen Sie?* Ich antwortete, ich würde gar nichts meinen.«

Der Junge fing an, sich über sein Smartphone zu beklagen. Er sagte, er müsste sich ein neues kaufen, dieses mache ständig schlapp. Der Reisende schlug ihm vor, sich nur einen neuen Akku zu kaufen, aber der Junge antwortete, er habe schon einen Käufer für sein altes Telefon gefunden: Er würde es für vierzig Euro verticken. Ladegerät hin oder her, er wolle ein neues Handy.

»Dann sagte er, er brauche ein Ticket für die U-Bahn. Von Tiburtina müsse er nach Ponte Mammolo. *Sie haben nicht zufällig eines übrig, das sie mir geben können?* Ich sagte, ich hätte keines, ich habe ein Abo. Daraufhin zog er ab. Einfach so. Er schnappte sich den Rucksack und das Handy, kehrte mir den Rücken zu, durchquerte den Wagen und verschwand zwischen den anderen Fahrgästen. Er hat sich nicht mal verabschiedet.«

Hier ist ein hübsches Rätsel für die Kriminalpolizei. Die Haltestelle Ponte Mammolo ist eine U-Bahn-Station in der Nähe der Via Igino Giordani. Aber nicht die allernächste. Man könnte vermuten, dass Luca Varani vor dem Treffen, das für ihn fatal sein sollte, noch eine andere Verabredung hatte. Oder man könnte einfach annehmen, dass er bis dahin noch nie in der Via Igino Giordani gewesen war und sich in der Haltestelle geirrt hatte.

Noch ein Dilemma: Wer war die Person, von der Luca behauptete, sie schulde ihm tausend Euro? Und die zweite Person, die ihm für die Nennung der Adresse der ersten das Doppelte gegeben hätte? Vielleicht waren die Informationen zu wirr, um als konkrete Anhaltspunkte herzuhalten. Oder vielleicht erinnerte sich der Reisende nicht richtig. Mit ein bisschen Fantasie hätte man vermuten können, dass Luca den Drang verspürte, jemandem von seinen Problemen zu erzählen, allerdings in verschlüsselter Form. Das »Auto« konnte beispielsweise kein wirkliches »Auto«, sondern etwas anderes sein. Das wäre eine anrührende Vorstellung, denn nur bei jungen Menschen sind Scham und das Bedürfnis, ihre Gefühle zu zeigen, derart miteinander verquickt. Aber junge Menschen trauen nur anderen jungen Menschen. Deshalb also die Blondine. Ehe sie ging, hatte sie zu Luca gesagt, er solle sich vorsehen. Vorsehen vor wem? Vielleicht hatte er ihr etwas anvertraut, was er niemandem sonst gesagt hatte?

»Erinnern Sie sich noch an weitere Einzelheiten des Mädchens?«, fragten die Carabinieri den Reisenden.

»Sie hatte glattes Haar bis über die Schultern, ein hübsches Gesicht, geschminkt, aber nicht zu stark.«

In kürzester Zeit rankten sich um dieses Mädchen die wildesten Vermutungen. »Suche nach dem blonden Mädchen im Zug«, titelte der *Corriere della Sera*.

Die fantasievollsten Gemüter mutmaßten, die Blonde wäre eine Erscheinung, eine imaginäre Vertraute, an die Luca im Vorgefühl dräuender Gefahr so intensiv gedacht hatte, dass sie sich im Zug nach Ostiense materialisiert hatte. Ein guter Geist oder gar ein Engel.

Wenige Tage später vernahmen die Carabinieri eine blonde Vierundzwanzigjährige, die behauptete, mit Luca Varani in der S-Bahn nach Tiburtina gesessen zu haben. Die junge Frau sagte, sie kenne Luca aus der Schule. An jenem Morgen habe sie ihn zufällig getroffen, sie hätten über dieses und jenes gequatscht, bis sie ausgestiegen sei. Das war alles: Keine Andeutung einer drohenden Gefahr, nichts, was irgendwie merkwürdig gewesen wäre.

Einer der Carabinieri schob den Schlüssel ins Schloss, und diesmal öffnete sich die Tür.

Die Sicherheitskräfte betraten die Wohnung. Schalteten das Licht an, durchquerten den Flur, blickten sich um. Die Räumlichkeiten waren trist und eng, im Wohnzimmer lagen Kleidungsstücke, Papiermüll, Gläser, leere Flaschen herum. Es herrschte völliges Chaos, als wäre der Wohnungsbesitzer bei sich selbst eingebrochen. Auf dem Schreibtisch häuften sich Zeitungen und Zeitschriften, darunter eine Ausgabe von *Uomo & Fitness* und eine von *Millionaire*, Unterlagen, Arztrezepte, drei A4-Ausdrucke einer Wikipedia-Seite über »Anstiftung oder Beihilfe zum Suizid«. Auf der Ablage daneben lagen Bücher, vor allem juristische Fachbücher, Sprachkurse, Selbsthilferatgeber. Die Schubladen waren mit Xanax- und Haroperidol-Schachteln vollgestopft. Auf dem Fernsehtisch lag ein Küchenmesser mit schwarzem Griff. An der Klinge waren keine Blutspuren.

Auf dem Esstisch weiteres Durcheinander – zusammengeknüllte Zigarettenschachteln, ein Pizzakarton, Werbeflyer und, einigermaßen ungewöhnlich, zwei Paar Schuhe. (»Um keine Spuren auf dem Fußboden zu hinterlassen: Offenbar haben die beiden geglaubt, sie könnten davonkommen«, sagte ein Carabiniere.) Die zu drei Vierteln heruntergezogenen Rollläden machten den Anblick noch trostloser und klaustrophobischer. Es war anzunehmen, dass die Wohnung in den vergangenen Tagen keinen Strahl Tageslicht gesehen hatte.

Im Spülbecken in der Küche stapelten sich schmutzige Gläser. Dann das Bad. Neben dem Waschbecken bemerkten die Carabinieri ein Paar zusammengeknüllte Socken. In der Wanne lagen zwei merkwürdigerweise ineinandergesteckte Tüten. Darin eine Trainingshose. Befleckt mit einer dunklen Substanz.

»Nichts anfassen. Warten wir auf die Spurensicherung.«

Diejenigen, die das Glück hatten, die Wohnung vor ihrer Versiegelung zu betreten (oder das Pech, denn einige von ihnen wurden von dem Anblick noch wochenlang verfolgt), erzählten, dass die Beklemmung darin mit den Händen zu greifen war. Manche sagten, die heillose Unordnung habe den geistigen Zustand ihres Bewohners widergespiegelt. Andere formulierten einen scheinbar banaleren Gedanken und meinten, die Wohnung habe ausgesehen wie die von Studenten, die dort eine wilde Party geschmissen hatten und dann verschwunden waren, damit die Erwachsenen ihnen hinterherräumten. Ein Carabiniere sagte, nach Erfahrungen wie dieser sei man restlos davon überzeugt, dass das Böse keine abstrakte Idee, sondern eine greifbare Tatsache sei.

Im Schlafzimmer waren sämtliche Schubladen aufgerissen. Darin fanden die Carabinieri weitere Medikamente und eine Schachtel Kondome. Auf dem Boden ein Küchenmesser und ein mittelgroßer Hammer. Ein wenig weiter vorn ein Kissen. Das Kissen war voller Blut. Die Wände waren voller Blut. Aus einem Plastikeimer quoll Küchenpapier, ebenfalls voller Blut. Auf der Matratze deckte eine dicke, orangefarbene Decke etwas zu. Die Carabinieri traten näher und hoben sie an.

Der Körper des Jungen war schlank, muskulös. Abgesehen von den Frotteesocken war er vollkommen nackt. In seiner Brust steckte ein Messer. Ihm war wiederholt auf den Schädel, ins Gesicht, in den Mund, auf die Hände, auf die Zähne geschlagen worden. Es gab tiefe Wunden auf der Höhe des Brustkorbs, klaffende Schlitze am Halsansatz. Zu den tiefen Wunden kamen zahllose oberflächliche Verletzungen. Der Kopf war nach rechts geneigt. Halb um den Hals geschlungen eine Art Stromkabel. Vielleicht hatten sie auch versucht, ihn zu erdrosseln.

Die Carabinieri waren an Abrechnungen zwischen Kriminellen gewöhnt. In diesen Fällen beschränkte sich alles auf ein paar Pistolenschüsse oder mehrere wohlgesetzte Messerstiche. Was sie nun vor sich hatten, zeugte von einem Gewaltausbruch ganz anderen Kalibers. Wer auf diesen Jungen losgegangen war, war wie besessen gewesen und hatte eine wilde, primitive Wut an ihm ausgetobt. Doch neben den klaffenden Wunden und den weiteren Verletzungen wies der Körper des Opfers noch etwas anderes auf: Auf dem linken Arm, vom Ansatz des Bizepses bis knapp über den Ellenbogen, war der Name MARTA GAIA tätowiert.

Die Carabinieri kehrten ins Erdgeschoss zurück. Bald würden die Leute von der Spurensicherung eintreffen, der Gerichtsmediziner, der Staatsanwalt.

Inzwischen hatte es aufgehört zu regnen. Ehe Manuel auf die Wache an der Piazza Dante gebracht wurde, stellten die Carabinieri ihm noch ein paar Fragen: Jetzt, da feststand, dass er kein krankhafter Lügner war, begann für alle eine neue Runde. Manuel sagte, der ermordete Junge sei am Freitagmorgen in seiner Wohnung aufgetaucht. Er habe ihn noch nie zuvor gesehen. Mit Marco Prato verkehre er hingegen seit einigen Monaten. Sie fragten ihn, wo sich dieser Marco Prato verkrochen habe. Manuel sagte, nach dem gemeinsamen Mord habe er die Wohnung verlassen. Er habe Schlimmes im Sinn gehabt.

»Inwiefern?«, fragte einer der Carabinieri.

»Er wollte sich in einem Hotel in der Nähe der Piazza Bologna umbringen«, antwortete Manuel.

MF: »Machen wir doch schon morgen Abend? Kannst du?«
MP: »Wozu hast du morgen Abend Lust?«
MF: »Reden, dann einkaufen.«
MP: »Ok. Wo?«
MF: »Hm, bei mir? Oder sag du.«
MP: »Bei dir geht klar.«

WhatsApp-Austausch zwischen Manuel Foffo und Marco Prato wenige Tage vor dem Mord.

»Ein Schiff ist im Hafen sicher, doch dafür werden Schiffe nicht gebaut.«

Das Zitat von John Augustus Shedd war das Letzte, was Ledo Prato in seinen Blog schrieb, ehe er erfuhr, dass sein Sohn des Mordes beschuldigt worden war. Der Satz – Ledo hatte ihn klug mit einem »heutzutage ist der Hafen vielleicht jedoch der am wenigsten sichere Ort« kommentiert –, spielte nicht auf das Verhältnis zwischen Eltern und Kindern an, sondern auf die Herausforderungen, mit denen es die kleinen städtischen Gemeinden aufnehmen mussten, um den wirtschaftlichen Stürmen des 21. Jahrhunderts zu trotzen.

Ledo Prato war Kulturmanager, einer der angesehensten seines Metiers. Er war achtundsechzig Jahre alt, verheiratet, hatte zwei erwachsene Kinder, einen Sohn und eine Tochter. Er war in der Provinz Foggia geboren, nach dem Gymnasium nach Rom gezogen, wo er seinen Hochschulabschluss gemacht und zu arbeiten angefangen hatte. Er war ein Mann von sanftem, ernstem Auftreten. Wer ihm begegnete, sah in ihm das, was man heute bei Männern in verantwortungsvollen Positionen häufig vergeblich sucht: Besonnenheit, Rechtschaffenheit, keine Spur von Narzissmus.

Ledo Prato beriet das Kulturministerium. Er war der Generalsekretär einer Gesellschaft, die im Denkmalschutz tätig war. Er pflegte Umgang mit Führungskräften im öffentlichen Dienst, Juristen und Akademikern, die es zu öffentlichen Ämtern brachten. Ganz gleich, ob er mit Studenten sprach (er hielt sehr geschätzte Vorlesungen an verschiedenen Hochschulfakultäten) oder für die Zeitung schrieb, seine freundliche Energie und seine Herzlichkeit kamen bei allen an. Nie ein gehässiges Wort, nie eine Entgleisung, zudem war er ein guter Katholik oder versuchte es zumindest zu sein, und trotz der Grausamkeit, die in der Welt herrschte, glaubte er daran, dass die Fähigkeit, sich für das Gute einzusetzen, stets die Macht besaß, über die zerstörerischen Kräfte zu siegen.

»Das ist die tägliche Herausforderung«, wiederholte er in seinem Blog, »manchmal gewinnt man, manchmal nicht, doch wehe, man gibt vor dem Schlimmsten klein bei!«

Und so waren von Ledo Prato fast nur die hellen Seiten zu sehen. Wutausbrüche oder Groll waren bei ihm schwer vorstellbar. Überhaupt ertappte man ihn schwerlich bei etwas, das dem allgemeinen Bild von ihm widersprach. Als er am Abend des 5. März erfuhr, dass sein Sohn in Schwierigkeiten steckte – in ernsten Schwierigkeiten, Schwierigkeiten, die alle Vorstellungen übertrafen –, musste es deshalb selbst jenen, die ihn kannten, schwerfallen, seine Gedanken zu durchschauen.

»Marco, *mein Sohn?*«

Was dachte Ledo Prato in dem Moment und in den folgenden Stunden? Ließ er zu, dass sein besonnener Optimismus unter dem Gewicht dessen, was gerade passierte, zusammenbrach? Oder benutzte er Vernunft und Vorsicht als Zerrlinsen, um die brutalste Seite der Dinge auszublenden?

Der erste Anruf war der von Ornella Martinelli. Die Carabinieri hatten ihre Nummer und die weiterer Freunde auf Marcos Handy gefunden. Sie hatten sie kontaktiert und gebeten, Prato ausfindig zu machen und ihm mitzuteilen, die Polizei würde nach ihm suchen.

Es war nicht das erste Mal, dass Ledo besorgniserregende Nachrichten über seinen Sohn erhielt. Das hatte es gegeben, als

Marco in Paris gelebt hatte, und auch einige Zeit später in Rom. Doch das lag Jahre zurück, die Dinge hatten sich erheblich gebessert, und es wäre engherzig gewesen, daran zu zweifeln, solange man keine Anrufe wie diesen erhielt. Ledo liebte Marco abgöttisch. Er schätzte seinen scharfen Verstand, seine Unternehmungslust, und obwohl Vater und Sohn Lichtjahre zu trennen schienen – der eine ein mustergültiger, bürgerlich katholischer Manager, der andere einer der schrillsten PR-Leute der römischen Schwulenszene –, herrschte zwischen ihnen tiefe Verbundenheit. Vielleicht verband sie auch eine heimliche Schwermut, die der eine hinter Besonnenheit und der andere hinter exaltierter Lebendigkeit verbarg.

»Ist gut, Ornella, ich danke dir.«

Nach weiteren Telefonaten gelang es Ledo Prato, mit den Carabinieri zu sprechen. Sie baten ihn, zu ihnen ins Hotel Giusto an der Piazza Bologna zu kommen. Sie hatten seinen Sohn gefunden. »Er lebt«, sagten sie. Er habe versucht, sich in einem Hotelzimmer umzubringen.

Ledo Prato sollte nur wenige Minuten brauchen – die Piazza Bologna war nur ein paar Meter von seiner Wohnung entfernt –, um sich zu vergewissern, dass Marco überleben würde. Doch auf diese Weise wäre er auch gezwungen zu erfahren, dass sein Sohn in einen grausigen Mord verstrickt war. Und ihm sollten nur wenige Tage bleiben, um – trotz seines Vertrauens in die Menschen – das Ausmaß an Zynismus, Bosheit, Brutalität, Geschmacklosigkeit und sozialem Hass zu erfassen, der dort draußen alle angesteckt hatte.

»Jetzt wird der feine Papi alle Hebel seiner Klasse in Bewegung setzen, um ihn aus dem Dreck zu ziehen.«

»Ein Boho, ein Vatersöhnchen, das sich für was Besseres hält: ABSCHAUM.«

Das waren noch die zahmsten Kommentare unter denen, die

ein Heer Unbekannter blindwütig auf Marco und seine Familie abfeuern sollte. Eine wutschnaubende, völlig enthemmte Meute.

Ledo und seine Frau Mariella begaben sich auf schnellstem Weg zur Piazza Bologna. Das Schiff hatte den Hafen verlassen, der Sturm hatte gerade erst begonnen.

Ornella Martinelli hatte Federica Vitale angerufen. Beide hatten mit Lorenza Manfredi gesprochen. Erste Einzelheiten hatten in einem engen Freundeskreis die Runde gemacht. Dann war die Bombe geplatzt und hatte den Damm brechen lassen. Im Krankenhaus wegen versuchten Selbstmords? Sogar *ein Mord* war im Spiel? Die Besorgnis war voll kribbliger Erregung, wie wenn einem Promi etwas Unglaubliches zustößt. Bei Marco Prato war das nicht verwunderlich, in gewisser Weise war er ein Promi.

Egal, ob man persönlich mit ihm zu tun hatte oder ihn aus der Ferne verfolgte, Ledo Pratos Sohn blieb nicht unbemerkt. Neunundzwanzig Jahre, schöne, dunkle Augen, zurückgekämmtes Haar. Der Schnurrbart über den vollen Lippen unterstrich den durchdringenden Blick: Wenn er einen ansah, wusste man nicht, ob man sein Interesse geweckt oder soeben auf der Liste von Leuten gelandet war, mit denen es keinen Zweck hatte, seine Zeit zu vergeuden.

»Nur ein Schnösel, der sich für sonst was hält«, sagten die Neider.

»Einer der warmherzigsten und klügsten Menschen überhaupt«, hielten seine Fans dagegen.

Marco Prato machte PR, er arbeitete in der Gastroszene. Im Park von Colle Oppio richtete er mit zwei Partnern regelmäßig einen Aperitif namens *A(h)però* aus. Er veranstaltete auch andere Abende. Zu Silvester hatte er im Theater Quirinetta eine Party organisiert, die sehr gut gelaufen war. In Rom waren solcherlei Vergnügungen nicht die Entschädigung für einen harten Arbeitstag, sondern die intensivsten Momente eines Schlafes, der Jahre dauern konnte. Im Herzen der Nacht streiften die Laserstrahlen der DJ-Sets über die Caracalla-Thermen und beleuchteten für Sekunden die Mächte der Unterwelt.

»Wir suchen PERFORMER, TÄNZER/INNEN, SCHAUSPIELER/INNEN, SÄNGER, DRAGQUEENS, BANDS UND KÜNSTLER jeder Art. Das Casting findet in der ersten Märzwoche statt!«

In seinem Job war Marco brillant und überzeugend. Es war ihm wichtig, seine Rolle gut zu spielen. Dazu gehörte auch eine gewisse Barschheit (etwa, wenn er Leuten, die er für unwürdig erachtete, den Eintritt ins Lokal verweigerte). Er besaß eine außergewöhnliche Eloquenz, die wiederum nicht zum üblichen Rüstzeug eines PR-Managers gehörte.

»Er ist ein großartiger Gesprächspartner.«

»Er hat immer die treffenden Ausdrücke parat, und wenn er mit einem redet, wickelt er einen gekonnt mit anspruchsvollen, wohldurchdachten Reden ein.«

Er wickelt einen ein oder *er belagert einen?* Seine rhetorischen Fähigkeiten konnten sein Gegenüber ins Schwitzen bringen oder – je nachdem, wen er vor sich hatte und in welcher Stimmung er war – ihm das Gefühl geben, willkommen und geschätzt zu sein.

»Er hat es wirklich drauf«, hieß es, was nicht zwingend ein Kompliment war.

»Marco besitzt ein einzigartiges Einfühlungsvermögen. *Er sieht dich.* Er erkennt in dir das, was die anderen nicht wahrnehmen. Man vertraut ihm Geheimnisse an, die man bis dahin mit niemandem geteilt hat. Und außerdem ist er lieb und fürsorglich.«

Schwarzer Kajal um die Augen, lackierte Nägel, wer ihm das erste Mal begegnete, konnte ihn als überkandidelt empfinden

(Hatte er ein bisschen dick aufgetragen? Hatte er schamlos versucht, einen anzubaggern?), aber ist es nicht das Überraschende und nicht das Erwartbare, weshalb einem jemand in Erinnerung bleibt?

Marco hasste Homophobe. Er verteidigte die Schwulenszene. Polemisierte gegen gewisse »rechtslastige römische Abende«, die sich nur deshalb bei der Homoszene anbiederten, um »auch dabei zu sein«.

»Was heißt denn Gay-Abend?«, wurde er von Leuten gefragt, die nicht zur Szene gehörten.

»Das bedeutet Ghetto für diejenigen, die sich eingeengt fühlen, und Freiraum für die, die es locker nehmen«, antwortete Marco.

Seine politische Leidenschaft war nicht sonderlich ausgeprägt, aber eindeutig (»Im Grunde ist Politik wie eine Autobahn«, pflegte er zu sagen, »rechts fühlt man sich tendenziell sicherer, aber nur wer links fährt, kann überholen und kommt voran. Und überhaupt … Wer rechts überholt, ist ein Arschloch!«), doch der Ödnis eines Wahlkampfes hätte er die glitzernden Pailletten auf dem Kleid einer erfolgreichen Sängerin allemal vorgezogen.

Wie das Verhältnis zu seiner Familie war, war nicht ganz klar. Marco hatte den Mumm gehabt, schon als Junge aus der Deckung zu kommen, als der Begriff »Coming-out« noch nicht existierte. Erhobenen Hauptes hatte er dem Spott der Schulkameraden getrotzt. Am Anfang, so sagten seine Freunde, hätten die Eltern die Sache nicht gut aufgenommen. Bei der Mutter habe es viel Unverständnis gegeben. Ledo sei da offener gewesen. Mit den Jahren hatten sich jedoch viele Spannungen gelegt. Inzwischen stand Ledo mit vorbehaltlosem Stolz zu seinem Sohn: Wie bei allen Eltern war ihm wohl nicht ganz klar, worin der Job seines Kindes bestand, doch der Junge hängte sich rein, und das musste einen Vater einfach freuen. Marco machte aus der Bewunderung für seinen Vater keinen Hehl, er gratulierte Ledo öffentlich auf Facebook zum Geburtstag: »Er hält immer zu mir … auch jetzt. Herzlichen Glückwunsch, Papa!« – »Was für eine liebevoller Gedanke«, antwortete Ledo auf Marcos Pinnwand, »im Grunde halten alle Väter (und Mütter) zu ihren Kindern und wissen, dass die Rollen sich eines Tages umdrehen können. Doch macht ihnen das keine Sorgen, denn sie wissen, dass sie, wenn sie richtig zu ihnen gestanden haben, auf starke und großherzige Kinder zählen können, die ihnen wiederum beistehen. Und ich bin sehr froh, weil ich weiß, dass es mit meinen Kindern so sein wird! Ich habe dich lieb!«

Hin und wieder schien aus Ledos stiller Beharrlichkeit, Gutes zu tun, ein Tropfen Schmerz hervorzusickern. In seinem Sohn wuchs sich dieser Schmerz zu einer strahlenden Mythologie aus. Marco vergötterte französische Musik, kannte Dalidas Lieder auswendig und hatte die Schönheit ihrer Stimme und die Tragödie ihres Lebens zu einem Kult erhoben. Marco beschränkte sich nicht darauf, Dalida zu hören, er *betete sie an*, er wusste alles über sie, er *wollte sie sein*. Mit seinem Mini Cooper flitzte er durch Rom und schmetterte aus voller Kehle *Loin de moi*.

In einer Welt, die einen verurteilt, ohne einem eine zweite Chance zu geben, schien Marco jeden Zweifel darüber zerstreuen zu müssen, eine entscheidende Schlacht gewonnen zu haben. Glanzlosigkeit gegen Brillanz. Unscheinbarkeit gegen Besonderheit. Haben nicht alle dieses Problem?

Manche behaupteten, in letzter Zeit habe Marco sich verändert. Seit einer Weile wirkte er angespannt, reizbar, und traf man ihn in einem Lokal, konnte man es schnell bereuen, auf ihn zugegangen zu sein. »Man begrüßt ihn, und er bügelt einen mit einem giftigen Kommentar nieder. Man versteht nicht, wieso.

Und vielleicht versteht er es selbst nicht.« »Sein Job läuft mies, er ist dauernd pleite, pumpt die Leute um Geld an.« »Du musst ihn dir doch nur anschauen: An dem Grinsen ist das Koks schuld.«

Keine Frage, wir alle machen schwierige Phasen durch, aber wie war es möglich, dass jetzt sogar die Polizei nach ihm suchte?

Seine Freunde hätten auf die Nachricht, dass Marco zwei Nächte lang völlig zugekokst in einem Hotel verbracht hatte, mit einem Schulterzucken reagiert. Die engsten Freunde hätten sich auch nicht über die Nachricht von einem Selbstmordversuch gewundert: Das hatte es schon gegeben. Aber ein Mord … Marco Prato, der jemanden umbrachte? Es war allenfalls vorstellbar, dass er jemanden *rumzukriegen* versuchte, dass er einem Jungen, den er gerade erst kennengelernt hatte, zwischen den bunten Lichtern eines Lokals einen Cocktail unter die Nase hielt und das Objekt seiner Aufmerksamkeit dazu brachte, Dinge zu tun, gegen die es sich wenige Minuten zuvor noch verwahrt hatte. Aber töten … *Töten, Marco?* Also, das war undenkbar, unmöglich, vollkommen absurd, übertroffen nur von der Annahme (bemerkte ein Neider mit Häme), er könnte es in einer hässlichen Wohnung im Collatino-Viertel getan haben.

»Mama, geh nicht zu Oma und Opa rauf, ich muss mit dir reden.«

Am Abend kehrte Daniela Pallotto nach Rom zurück. Die Cousins hatten sie vom Molise in ihrem Auto mitgenommen. Sie konnte nicht fassen, wie ihr Ex-Mann und ihre Söhne sie bei der Beerdigung einfach im Stich gelassen hatten. Es war ein quälender Tag gewesen, doch das Schlimmste sollte noch kommen. Als sie einen Krankenwagen vor dem Haus sah, auf der Straße ihren Ex-Mann und ihren älteren Sohn, dazu einen kräftigen Herrn, der auf beide aufzupassen schien, begriff sie, dass etwas passiert war. Es war *noch etwas anderes* passiert.

Kaum hielt der Wagen, kam Roberto ihr entgegen. Er sagte, sie solle die Großeltern allein in ihre Wohnung hinaufgehen lassen. Er müsse mit ihr sprechen. Gleich darauf erschien der kräftige Herr. Er stellte sich als Manuels Anwalt vor. *Manuels Anwalt?* Sie begriff nicht. Da sagte Roberto, Manuel habe sich des Mordes bezichtigt. In seiner Wohnung sei die Leiche eines jungen Mannes gefunden worden. Er müsse nur wenige Meter über ihrem Kopf getötet worden sein, und das womöglich, während sie zu Hause war.

»Ich erinnere mich, dass mich in dem Moment eine riesige Verlorenheit ergriff«, erzählte die Frau den Carabinieri. Am selben Tag hatte sie ihren Bruder beerdigt, gerade die alten Eltern nach Hause begleitet, denen ein Sohn gestorben war, und nun, binnen weniger Stunden, wurde ihr gesagt, dass *ihr* Sohn einen Mord begangen hatte.

Signora Pallotto wurde mit ihren Angehörigen in die Carabinieri-Kaserne gebracht.

Unterdessen begannen die in der Via Igino Giordani verbliebenen Carabinieri, an die Türen der Nachbarn zu klopfen. Sie müssten den Hausbewohnern ein paar Fragen stellen. Was für ein Typ war dieser Manuel Foffo? Hatte es in den letzten Tagen verdächtige Geräusche gegeben? Menschen, die schrien? Um Hilfe riefen?

Die Befragten beschrieben Manuel als einen »völlig normalen«, »ganz ruhigen«, »sehr anständigen« Jungen. Wenn das Gewöhnliche so bemerkenswert umschrieben wird, ist das stets eine interessante Erfahrung. Auf die Frage, ob Manuel einer Arbeit nachgehe, antworteten einige Hausbewohner entrüstet: »Natürlich hat er gearbeitet!«, wie zum Beweis dafür, wie gut sie übereinander Bescheid wussten. Ansonsten sagte niemand, irgendetwas Verdächtiges gehört oder gesehen zu haben.

»Dabei hört man in diesen Wohnungen *alles*, sogar das Klirren von herunterfallendem Besteck, sogar die Schritte der Leute, die rein- oder rausgehen.« Dieser Satz stammte nicht von einem Ermittler, um einem der Hausbewohner auf den Zahn zu fühlen, sondern von der Person, der er, zumal vor den Ermittlern geäußert, am unangenehmsten hätte sein müssen.

Manuels Mutter beteuerte gegenüber den Carabinieri, auch sie habe nichts Verdächtiges gehört, und gerade das sollte bei genauerem Nachdenken doch misstrauisch machen. Sie forderte sie auf, diese scheinbare Absurdität als einen Hinweis zu nehmen, sagte, ihr Sohn sei ein »zurückhaltender«, »gut erzogener«, vollkommen »friedfertiger« Junge, es sei unmöglich, dass er jemanden umgebracht habe. Er habe sich selbst belastet? Nun, er konnte doch fremde Schuld auf sich genommen haben.

In den folgenden Tagen legte die Frau nach. »Alles, was ich zu hören kriege, erscheint mir abwegig, unmöglich.« Als man sie daran erinnerte, dass, aller Abwegigkeit zum Trotz, *tatsächlich* die Leiche eines Dreiundzwanzigjährigen in der Wohnung ihres Sohnes gefunden worden sei, ließ die Antwort nicht auf sich warten. »Dieser Junge gehörte nicht zu Manuels alten Freunden. Außerdem frage ich mich: Was hatte ein dreiundzwanzigjähriger Junge in seiner Wohnung zu suchen? Mein Sohn ist fast neunundzwanzig und nur mit Gleichaltrigen zusammen.« In diesem riesigen Haus seien eine Menge schräger Gestalten unterwegs, fügte sie hinzu, *und was für* schräge Gestalten, ob denn niemand sehe, wie *schräg* die ganze Sache sei?

In den Stunden nach einem Mord dürfen die Ermittler keine Vermutung ausschließen. Es gilt, Personen zu vernehmen, Beweisstücke zu untersuchen, Aussagen abzugleichen. Jeder kann lügen. Jeder kann die Wahrheit sagen. Die Carabinieri hörten der Frau bis zum Ende zu. Mit einer Vehemenz, die man ihr nicht zugetraut hätte, versuchte Manuels Mutter, sie zu überzeugen, dass sie auf dem Holzweg waren, sie ging fast so weit zu behaupten, die Leiche könnte ohne das Wissen ihres Sohnes in die Wohnung geschafft worden sein. Die Ermittler zogen jedes Wort eingehend in Betracht. Doch weil die übersteigerte Emphase eines Redners den Zuhörer erst recht stutzig machen kann, kamen sie schließlich zu dem Schluss, dass die Frau nur versuchte, ihrer Fassungslosigkeit irgendeine Gestalt zu verleihen.

Um hinter solche Fragen einen Punkt zu setzen, gibt es die Spurensicherung.

Am späten Abend kamen die Carabinieri der siebten Abteilung in die Kaserne. Sie begrüßten die anderen Sicherheitskräfte. Fragten, wo der Raum sei, in dem der junge Mann in Gewahrsam saß. Sie stellten sich Manuel vor, wechselten ein paar Höflichkeitsfloskeln, ganz freundlich. Dann baten sie ihn, die Hosen herunterzulassen und Schuhe und Socken auszuziehen, damit sie mit einem Teststäbchen Proben nehmen konnten.

»Jeder Carabiniere mit ein bisschen Erfahrung versucht, diese Schritte schnellstmöglich zu erledigen«, erzählte einer von ihnen, »Mordverdächtige und selbst geständige Mörder neigen dazu, die Wahrheit in den allerersten Stunden zu sagen. Dann gehen ein paar Tage ins Land, sie besprechen sich mit ihrem Anwalt, der überredet sie unter Umständen dazu zu behaupten, wir hätten sie mit irgendwelchen Drohungen zu einem Geständnis gedrängt. Die Aussagen der Angeklagten kann man verändern. Wissenschaftliche Ergebnisse anzufechten ist schon schwieriger.«

Manuel zog sich aus. Zwischen seinen Zehen waren kleine dunkle Sprenkel, die die Beamten sofort bemerkten. Ebenso wie eine Tätowierung auf der Wade. Wie seltsam. Luca Varani hatte sich den Namen seiner Freundin auf den Arm tätowieren lassen. Manuel Foffo hingegen hatte sich das Logo eines der Restaurants seiner Familie stechen lassen, »Dar Bottarolo«, eine ziemlich kuriose Wahl. Ein Carabiniere fuhr ihm mit dem Stäbchen über Fußsohlen und Knie. Die Proben wurden in eine Kapsel gesteckt und ins Labor geschickt, das Untersuchungsergebnis sollte die Möglichkeit, dass die Leiche ohne Manuels Wissen in seiner Wohnung gelandet war, kategorisch ausschließen.

Nichts ist schwieriger, als Eltern von ihrer Meinung über ihre Kinder abzubringen. Es gibt Eltern, die überzeugt sind, ihre

Kinder seien unverbesserliche Versager, andere glauben, Genies in die Welt gesetzt zu haben, oder zumindest Wesen, die zu einem Fehler nicht fähig wären. Solche Blindheit ist manchmal ärgerlich, doch im Extremfall rührt sie zu Mitleid. Ob wahr oder nicht, verbreitete sich das Gerücht, dass Manuels Mutter die Monate nach der Verhaftung am Fenster verbrachte und auf die Rückkehr ihres Sohnes wartete. Es handelte sich um einen Justizirrtum. Um ein riesiges Missverständnis. Man musste den Ermittlern Zeit geben, damit sie einsähen, was sie, die auf ihr Mutterherz hörte, von Anfang an genau gewusst hatte. Und deshalb würde eines Morgens – bald, sehr bald – die blasse Figur ihres Sohnes am Ende der Via Igino Giordani auftauchen.

MF: »Sagen wir 23:00 bei mir? Die Einkäufe erledigst du? Das Geld gebe ich dir dann natürlich wieder.«
MP: »Ich dachte, heute Abend kümmerst du dich um alles. Diesmal kann ich nichts ausgeben, und das letzte Mal bin ich 7 oder 8 Hunnis losgeworden.«
MF: »Ok, aber ich hab höchstens 150.«
MP: »Gib mir noch mal die Adresse.«
MF: »Via Igino Giordani 2. Ruf mich an, wenn du da bist.«

WhatsApp-Austausch zwischen Manuel Foffo und Marco Prato drei Tage vor dem Mord.

Ciao amore, ciao ist ein Lied von 1967, und Marco Prato war verrückt danach.

Das Lied, geschrieben von Luigi Tenco, hatte eine recht komplizierte Entstehungsgeschichte und durchlief mehrere Versionen. Die endgültige Fassung erzählte vom Unbehagen eines Jungen vom Lande, der in die Stadt gekommen war, ein im damaligen Italien immer noch aktuelles Thema. Angeblich war Tenco nicht damit zufrieden. Erst die französische Sängerin Dalida, mit der Tenco ein Verhältnis hatte, konnte ihn überzeugen, dass das Stück beim Festival von Sanremo gute Chancen hätte. Die Geschichte ist hinlänglich bekannt. *Ciao amore, ciao* konnte die Hürde der Zuschauerjury nicht nehmen und wurde auch nicht von der Trostpreis-Kommission gerettet, die *La rivoluzione* von Gianni Pettenati und Gene Pitney vorzog, ein Song, an den man sich heute nur noch deshalb erinnert.

Dass er ausgeschieden war, erfuhr Tenco, nachdem er auf einem Billardtisch eingeschlafen war. Womöglich war er nach einem Besäufnis dort gelandet. Als er die Neuigkeit hörte, stand er vom Billardtisch auf, kehrte in sein Hotelzimmer zurück und jagte sich dort wenige Stunden später eine Kugel in den Kopf. Die Leiche wurde in der Nacht gefunden. Im Zimmer wurde neben der Leiche auch ein Abschiedsbrief entdeckt, der es zu Berühmtheit bringen sollte.

Ich habe das italienische Publikum geliebt und ihm vergeblich fünf Jahres meines Lebens geschenkt. Ich tue dies nicht, weil ich lebensmüde bin (ganz im Gegenteil), sondern als Akt des Protests gegen ein Publikum, das *Io tu e le rose* ins Finale schickt, und gegen eine Kommission, die sich für *La rivoluzione* entscheidet. Ich hoffe, es hilft, den einen oder anderen zur Vernunft zu bringen. Ciao. Luigi

Zwei Tage später hatte sich *Ciao amore, ciao* bereits achtzigtausendmal verkauft.

Allerdings war es nicht Luigi Tencos Version des Liedes, die Marco Prato in Dauerschleife hörte, sondern die von Dalida. Die Geschichte klingt wie aus der Feder eines Drehbuchautors, der sich der Glaubwürdigkeit nicht verpflichtet fühlt: Nachdem sie bei der Polizei ausgesagt hatte, kehrte Dalida nach Paris zurück. Sie sang *Ciao amore, ciao* in der Öffentlichkeit. Am 27. Februar, genau einen Monat nach Tencos Selbstmord, gab die Sängerin vor, nach Italien aufzubrechen. Stattdessen begab sie sich ins Hotel Prince de Galles, nahm unter falschem Namen das Zimmer 404, dasselbe Zimmer, in dem Tenco gewohnt hatte, wenn er in Paris war. Dort schloss sie sich ein, schrieb drei Abschiedsbriefe (einen an ihren Ex-Mann, einen an ihre Mutter, den letzten an die Fans) und schluckte Unmengen von Schlaftabletten. Sie wurde von einem Zimmermädchen gerettet. Inzwischen hatte sich *Ciao amore, ciao* bereits dreihunderttausend Mal verkauft.

Zehn Jahre später, im Jahr 1977, verfiel Dalida erneut in eine depressive Phase. Ein paar Jahre zuvor hatte sich ihr zweiter Mann umgebracht, Lucien Morisse, und einige Jahre später sollte sich ihr Ex-Partner Richard Chanfray umbringen. Eine Epidemie. Am 3. Mai 1987 verbarrikadierte sich Dalida in ihrer Villa in der Rue d'Orchampt und schluckte einen tödlichen Schlafmittelcocktail. Dieser Versuch war erfolgreich. In der Abschiedsnotiz stand schlicht: »Vergebt mir, das Leben ist mir unerträglich.«

Dreißig Jahre später, am 5. März, im fünften Stock des Hotels San Giusto in Rom, kündigte sich eine unruhige Nacht an.

Das diensthabende Zimmermädchen meldete, dass der Bewohner des Zimmers 65 bereits seit dem Nachmittag mit voller Lautstärke *Ciao amore, ciao* höre. Die Gäste in den Nebenzimmern würden sich beschweren.

»Zwischen Mitternacht und halb eins war Marco Prato an die Rezeption gekommen«, erzählte der Hotelportier den Carabinieri, »er fragte nach einem Zimmer für zwei Nächte. Er gab mir seinen Pass. Ich gab ihm den Zimmerschlüssel. Er sagte, er wolle im Voraus zahlen, und zog Bargeld hervor.«

»Woran erinnern Sie sich noch?«, fragten die Carabinieri.

»Er trug eine Wildlederjacke und hatte eine Stofftasche bei sich. Ich gab ihm das WLAN-Passwort, er sagte, er wolle ausschlafen, deshalb bitte keine Zimmerreinigung am nächsten Morgen.«

»War das das letzte Mal, dass Sie ihn gesehen haben?«

»Ehrlich gesagt, nein«, antwortete der Portier, »kurz vor Morgengrauen tauchte er erneut an der Rezeption auf. Trotz der Uhrzeit wirkte er nicht müde. Ich fragte ihn, was ich für ihn tun könne, er bat mich um einen Stift. Ich glaube, ich habe ihm einen BIC-Kuli gegeben. Eine halbe Stunde später war meine Schicht zu Ende.«

Gegen 21:30 Uhr trafen die Carabinieri am Hotel San Giusto ein. Das Kommando der Piazza Dante hatte die Registrierungen sämtlicher Hotels der Gegend durchgesiebt, bis endlich der Name des jungen Mannes aufgetaucht war.

Die Beamten baten den Portier um einen Generalschlüssel, stiegen in den fünften Stock hinauf, das Zimmer, in dem Marco Prato wohnte, befand sich auf halbem Flur.

»Das ist ein Lied von Luigi Tenco«, sagte ein Carabiniere, als er sich der Tür näherte.

»In der Version von Dalida«, ergänzte ein Kollege und klopfte. Keine Antwort.

Also zückte der erste Carabiniere den Generalschlüssel. Die Tür wollte sich nicht öffnen lassen, sie musste von innen abgeschlossen sein. Die Carabinieri brachen das Schloss auf.

Das Zimmer war schlicht und ansprechend. Auf dem Fußboden dieselbe rote Auslegeware wie im Flur. Die Wände waren hell gestrichen, an der rechten, direkt über dem Bett, prangte der Druck einer *Madonna mit Kind.* Das Lied von Dalida kam aus einem iPhone 5, das am Ladekabel auf dem Nachttisch lag. Auf dem Boden lag bäuchlings ein junger Mann mit dem Kopf unter dem Bett. Die Carabinieri traten näher. Der Junge war halb weggetreten. Fünf Fläschchen Lormetazepam-Tropfen auf dem Schreibtisch erhärteten die Vermutung eines versuchten Suizids. Neben den Fläschchen stand eine Flasche Amaro del Capo, ein Hinweis, dass die Schlafmittel zur besseren Wirkung mit Alkohol gemischt worden waren.

Die Carabinieri zogen den Jungen hoch. Zwei von ihnen versuchten, ein Gespräch anzufangen. Der dritte rief einen Krankenwagen. Nach einem kurzen Wortwechsel, in dem der Junge es fertigbrachte, seinen Vor- und Nachnamen zu sagen (»Marco Prato«), schleiften die Carabinieri ihn aus dem Zimmer. Sie hielten ihn an den Armen fest und bugsierten ihn zum Aufzug. Der Krankenwagen wartete vor dem Hotel. Wenige Meter entfernt auf der Straße standen Marcos Eltern: Sie waren gerade noch rechtzeitig eingetroffen, ehe der Junge ins Krankenhaus gebracht wurde. Kaum sah er ihn, lief Ledo Prato auf ihn zu, Vater und Sohn umarmten sich. Ledo flüsterte Marco etwas zu, dann wurde der Junge in den Krankenwagen geladen, der mit gellenden Sirenen ins Pertini-Krankenhaus davonfuhr.

Die Carabinieri untersuchten das nunmehr von seinem Gast verlassene Zimmer. Auf dem Kofferständer an der Wand fanden sie einen Kunstpelz. Auf dem Boden lag die vom Portier erwähnte Stofftasche. Die Carabinieri öffneten sie. Darin befanden sich ein gepolsterter Stoff-BH, ein paar hohe Schuhe mit blumenverzierten Absätzen, ein Schlauchkleid mit Leopardenmuster, Spitzenhöschen und eine stahlblaue Perücke.

Auf dem Schreibtisch, wenige Zentimeter neben den Schlafmittelfläschchen und dem BIC-Kugelschreiber, lagen sieben linierte Blätter mit fünf Abschiedsbriefen.

Der erste Brief war an die Eltern gerichtet. Auf den in Abschnitte gegliederten Seiten stand Marco Pratos letzter Wille.

Letzter Wille für Mama und Papa

1.) Schmeißt an meiner Beerdigung eine Party. Keine Kirche. Ich wünsche mir eine weltliche Zeremonie, Blumen, Lieder von Dalida, schöne Erinnerungen. Eine Party! Ihr sollt Spaß haben!
2.) Beauftragt »Private Friends«, den Friseurladen an der Piazza Mazzini, mir die Mähne zu richten, ehe ihr mich einäschern lasst. Bindet mir die rote Krawatte um. Spendet meine Organe. Lasst mir den roten Nagellack auch auf den Fingern. Als Frau hätte ich immer mehr Spaß gehabt!
3.) Veranstaltet immer, einmal die Woche/Monat, ein Abend- oder Mittagessen mit meinen wahren Freunden, die ich so sehr geliebt habe. Lulli, Serena, Miriam, Doda, Ornella, Francesca, Fiore, Monica, Patrizio, Guido, Fabio und viele andere.
4.) Vergesst nicht zu feiern. Hört hin und wieder Dalida ;).
5.) Spielt *Ciao amore, ciao*, wenn die Party für mich vorbei ist, und erinnert euch alle gemeinsam an mein schönstes Lächeln.
6.) Werft mein Telefon weg und zerstört es zusammen mit den zwei Computern. Sie bergen meine hässlichen Seiten.
7.) Kümmert euch um Silvana und Loredana, die mich mit euch zusammen großgezogen haben.

8.) Elena Maria Crinò, meine Therapeutin. Ich bitte euch, steht ihr zur Seite, denn sie ist einer der wenigen Menschen, die mir ausgeglichene Jahre geschenkt haben.
9.) Haltet meinen Namen und meine Erinnerung in Ehren, trotz allem, was man sagen wird.
10.) Forscht nicht nach meinen düsteren Seiten. Sie sind nicht schön.
11.) Schreibt auf meinen Social-Media-Kanälen, dass es eine Party geben wird. Dann versucht, sie abzumelden, ohne Einmischungen oder Nachforschungen.

ICH LIEBE EUCH!

Auch der zweite Brief richtete sich an die Eltern. Hier war der Ton gefasster. In manchen Passagen ließ sich das Wesen einer Beziehung erahnen, über die die Carabinieri, der Staatsanwalt, die Psychiater, die Kriminologen, die Journalisten wie auch ein zahlloses Heer von Neugierigen in den folgenden Monaten nicht aufhören würden, Vermutungen anzustellen.

Mama und Papa

Ich liebe euch und habe euch immer geliebt! Ich empfinde weder Groll noch Wut, sondern nur Liebe für euch. Mama, ich habe dich jeden Tag meines Lebens geliebt, und du darfst nicht einmal eine Sekunde lang an die Zeiten der Funkstille denken, denn für mich haben sie nie existiert. Mir geht es schlecht oder vielleicht ging es mir schon immer so. Ich habe entsetzliche Dinge in mir und in der Welt entdeckt. Das Leben ist zu schmerzhaft: So, wie ich es kennengelernt habe, ist es mir unerträglich. Versucht, einander zu lieben, und lebt eure Leben weiter. Fühlt euch niemals schuldig für all das. Seid auch weiterhin füreinander da und blickt nach vorn, wie ihr es mich gelehrt habt. ICH LIEBE EUCH.

Der dritte Brief richtete sich an Patrizio Archetti und Guido Bonazzi, Marcos Partner bei seiner Tätigkeit als Eventmanager.

X A(h)però
X Patrizio
X Guido

Macht weiter mit meinem Elan. Vergesst nie unser Baby. Erhaltet es am Leben und füttert es, so gut ihr könnt!

Patrizio, pass gut auf dich auf, hilf dir selbst. Du warst mein bester Freund. Glaub niemals, dass ich das vergessen kann.

Der vierte Brief wandte sich an die Freundinnen, den magischen Zirkel weiblicher Gestalten, denen jeder, der sich mit Marco Pratos Leben auseinandersetzen sollte, immer häufiger begegnen würde.

X Lulú
Mein Fels
X Serena
Meine Sicherheit
X Doda
Mein Lächeln
X Lolla
Mein Hirn
X Miriam
Meine Geschichte

Ich liebe euch alle. Passt auf euch auf. Behaltet mich stets wegen der schönen Dinge in Erinnerung.

Der letzte war ein eher allgemein gehaltener Abschiedsbrief, geschrieben in einer immer wirreren Handschrift, was darauf schließen ließ, dass der Verfasser ihn hingekritzelt hatte, während das Schlafmittel bereits wirkte.

An alle Menschen, Liebsten und Freunde, die ich nicht genannt habe. Ich liebe euch trotzdem, aber ich schreibe das alles, während ich fortgehe. Ich denke an euch und bitte euch um Entschuldigung. An alle Menschen, denen ich wehgetan habe oder die ich zu erwähnen vergessen habe.

Verzeiht mir
Ich schaffe es nicht
Ich bin müde und ein schrecklicher Mensch
Erinnert nur das Schöne von mir
ICH LIEBE EUCH

Loslassen und eine Ordnung herstellen. Kontrolle auf das ausüben, was man für immer verlässt. Wenn es einen Geist gab, der Marcos Briefe beseelte, dann strebte er nach Unmöglichem. Doch für die Carabinieri waren andere Aspekte von Bedeutung. Zum Beispiel die Bitte, die Computer zu zerstören. »Sie bergen meine hässlichen Seiten«, hatte Marco geschrieben. Und dann natürlich das iPhone. Diesem Handy war es zu verdanken, dass die Ermittler binnen weniger Stunden auf die Identität des Opfers stießen.

Alle in Rom kennen die Gegend um die Piazza Bologna, wo Marco Pratos Familie lebte. Rings um das Postamt, ein trutziges, rationalistisches Gebäude aus der Zeit des Faschismus, hat sich mit der Zeit ein Viertel der gehobenen Mittelschicht entwickelt. Unweit davon liegt die Villa Torlonia, auch die Villa Mirafiori. Der Stadtteil ist voller Bars und Feinkostläden. Am Abend wimmelt es vor jungen Leuten, die trinken und Musik hören.

Ebenso kennen alle die Gegend, in der die Foffos wohnten. Im Gegensatz zur Piazza Bologna ist Collatino kein angesagtes Viertel. Die Hochhäuser an der Via Bergamini sind gewiss keine Attraktion, das Gleiche gilt für die breiten, baumbestandenen Straßen, wo einsame Männer, von Stille umgeben, ihre Hunde spazieren führen. Wer Collatino durchquert, ist immer irgendwohin unterwegs, immer mit den Gedanken woanders, und so schleicht sich die wuchtige städtische Bebauung in unser Bewusstsein wie die Bilder, die uns vom Wachzustand in den Schlaf begleiten.

Und doch gibt es in Rom Orte, die reiner Traum sind. Testa di Lepre. Grottarossa. La Storta. Viele Römer wissen, dass sie existieren, sind aber nie dort gewesen, die Namen faszinieren sie, doch auf einem unbeschrifteten Stadtplan wüssten sie sie nicht zu verorten. Die Wahrheit ist, dass Rom keine klaren Grenzen hat. Lässt man den Vatikan hinter sich, ist man auf der Aurelia unterwegs. Nach einigen Minuten wird das Licht heller, die Wohnhäuser dünnen aus, die Vegetation gewinnt über das vom Menschen Erschaffene die Oberhand. Ist man über den Umgehungsring hinaus, gibt es Wölfe, Wiedehopfe, Wildschweine. Viele glauben, hier sei Rom zu Ende. Doch nach und nach bildet sich die Stadt neu. Zuerst ein paar einzelne Häuser. Dann die klotzigen Wohnburgen. Wieder Pinien und ungepflegte Rasenflächen. Lässt man auch die Kreuzung mit der Via Boccea hinter sich, wird der Horizont flach. Der Himmel weit. Schafherden äsen auf den Weiden jenseits der Zäune am Straßenrand. Die ersten Bauernhäuser tauchen auf. Hier und da eine Weinkellerei. Via della Storta. Bei der Hausnummer 248 steht eine alte Tankstelle. Nach einem halben Kilometer taucht hinter einem Gitter ein rotes Ziegelgebäude auf. Man bemerkt es, weil des Abends oder früh am Morgen stets ein Lieferwagen mit einem blauen Schriftzug auf der Seite davor parkt: EURO DOLCIUMI.

Das war das Haus, in dem Luca Varani mit seinen Eltern lebte. Sein Vater Giuseppe arbeitete als fahrender Händler von Süßwaren und Dörrobst. An Bord des Fahrzeuges (»ein Verkaufslaster«, nannte er ihn) klapperte er Volks- und Patronatsfeste ab. Er war ein Mann von einundsechzig Jahren, dunkler Teint, kurzes Haar, kompakte Statur, nicht allzu groß, mit kleinen, harten Augen. In dem unrasierten Gesicht prangte ein stattlicher Schnurrbart.

Am Freitag, den 4. März, um zehn Uhr abends waren Signor Varani und seine Frau Silvana in großer Sorge. Luca war wie vom Erdboden verschluckt. Der Junge war dreiundzwanzig Jahre alt und ihr einziges Kind. Er arbeitete in einer Autowerkstatt in Valle Aurelia, und hin und wieder half er seinem Vater auf den Jahrmärkten. An diesem Morgen hatte er das Haus verlassen und war nicht wieder zurückgekehrt. Viele junge Leute halten es nicht für nötig, ihre Eltern über das, was sie tun, auf dem Laufenden zu halten, doch Luca rief seine Mutter so gut wie immer an, wenn er nicht zum Abendessen nach Hause kam. Der Anruf war ausgeblieben, also hatte sie es bei ihm versucht. Das Telefon hatte ins Leere geklingelt. Dann, nach Mitternacht, war es nicht mehr erreichbar gewesen. Giuseppe und Silvana hatten es noch stundenlang versucht, schließlich waren sie ins Bett gegangen und hatten sich auf eine äußerst ruhelose Nacht gefasst gemacht.

Am nächsten Tag hatte Giuseppe Marta Gaia angerufen. Die Freundin seines Sohnes war zweiundzwanzig Jahre alt und arbeitete in einem Cateringunternehmen. »Hallo? Marta?« Das Mädchen bekam die gleiche Frage zu hören, die sie gern dem Mann gestellt hätte, kaum hörte sie seine Stimme.

»Habt ihr vielleicht Streit gehabt?«

»Nein«, antwortete Marta Gaia.

»Nein«, bestätigte Giuseppe Varani, als Marta ihn das Gleiche fragte.

Die Kontakte abbrechen. Sich der Welt als Form des Protests entziehen. Hin und wieder tat Luca das, und Marta Gaia fand das unerträglich: Es hatte entsetzliche Kräche darüber gegeben, dass er mitunter ohne ein Wort der Erklärung abtauchte.

Nach Marta Gaia rief Giuseppe Varani Mario Aceto an, den Inhaber der Autowerkstatt, in der Luca arbeitete. Die beiden Männer kannten sich kaum. Giuseppe erklärte die Situation. Aceto sagte, tags zuvor sei Luca nicht in die Werkstatt gekommen. Er sei krank gewesen, oder nicht?

»Wie, krank?« Signor Varani war überrascht.

Nun, erzählte der Autoschlosser, Luca habe ihm unmissverständliche Nachrichten geschickt. In der ersten schrieb er, er habe Bauchweh. In der zweiten war er genauer gewesen: Er komme vom Klo nicht runter und würde es nicht in die Werkstatt schaffen. »In Ordnung, Mario, danke«, sagte Signor Varani.

Nun war klar, dass irgendetwas im Gange war.

Soweit Giuseppe wusste, war sein Sohn in den vorangegangenen Tagen nicht krank gewesen, weder Fieber noch Magenschmerzen oder Schnupfen, gar nichts. Der Mann begab sich geradewegs in die nächstgelegene Carabinieri-Wache. Er wartete, bis er dran war, und als der Polizist ihn aufforderte, sich zu setzen, schilderte er gefasst die Situation.

Die Carabinieri sagten Signor Varani, er solle noch ein wenig abwarten, ehe er sich beunruhigte. Sein Sohn sei volljährig, seit seinem Verschwinden sei erst ein Tag vergangen, er könnte aus freien Stücken gegangen sein; dazu habe er jedes Recht. Sicher, das Verhalten sei merkwürdig.

Giuseppe Varani einigte sich mit den Carabinieri, dass sie später voneinander hören würden. Kopfschüttelnd verließ er die Dienststelle. Als er wieder zu Hause war, fingen Silvana und er an zu warten. Der Mittag wurde zum Nachmittag, der Nachmittag verpuffte im Nu. Um neun Uhr abends rief Giuseppe Varani erneut bei den Carabinieri an. Ob es etwas Neues gebe? Sie antworteten, es gebe nichts Neues, sie würden ihm gegebenenfalls gleich Bescheid geben. Draußen war es frisch geworden, Dunkelheit hatte sich über die Pinien und Gehöfte gelegt.

MP: »Treffen bestätigt, auch für die Einkäufe.«
MF: »Ok, bis gleich.«
MP: »Ich bin hier unten, bei der Kirche und dem Fußgängerzugang.«

WhatsApp-Austausch zwischen Marco Prato und Manuel Foffo drei Tage vor dem Mord.

Am Samstag, den 5. März, um 22:10 Uhr wurde Marco Prato in der Notaufnahme des Pertini-Krankenhauses eingeliefert, und verließ sie um 14:15 Uhr des nächsten Tages.

Der Krankenpfleger schrieb in die Krankenakte: *Gemeldete Einnahme von 5 Fläschchen Lormetazepam + einer Flasche Spirituose. Patient teilweise kooperativ. Zugegen die Sicherheitskräfte.*

Trotz der Einlieferung mit Blaulicht stellte sich Marco Pratos Zustand als nicht kritisch heraus. Der Blutdruck war 130 zu 75, der Puls bei 84, der Sauerstoffgehalt bei 96. Das toxikologische Gutachten ergab, dass er Schlafmittel eingenommen, Kokain und Alkohol in erheblichen, jedoch nicht lebensbedrohlichen Mengen konsumiert hatte. Eine Magenspülung war nicht nötig.

»Nach dem, was ich der Akte entnehme, handelte es sich nicht um einen Patienten in Lebensgefahr«, sagte der Leiter der Notaufnahme einige Tage später, »und ich habe ernste Zweifel an der gleichzeitigen Einnahme von fünf Fläschchen Lormetazepam. Bei fünf Fläschchen wäre es um den Patienten sehr viel schlimmer bestellt gewesen.«

Nach der ersten Visite wurde Marco Prato von zwei Ärzten untersucht, die einen akzeptablen Gesundheitszustand bestätigten (normale Atmung, keine neurologischen Defizite) und den Patienten an eine Psychiaterin überwiesen. Wenn auch schlampig durchgeführt und möglicherweise simuliert, handelte es sich dennoch um einen versuchten Selbstmord eines Patienten, der eskortiert von Carabinieri eingeliefert worden war.

Die Psychiaterin bemerkte sofort zwei Details, die kein Stethoskop je hätte feststellen können. Marco Prato hatte lackierte Nägel. Und seine Haare waren nicht echt. Die prächtige schwarze Mähne, die der Junge zur Schau stellte – und von der er sich womöglich nicht einmal trennte, wenn er allein war –, war ein Toupet. Das erklärte den Verweis auf das Haarstudio in einem der Abschiedsbriefe. Marco Prato bekam eine Glatze.

Die Psychiaterin versuchte, ein Gespräch anzufangen. Trotz einer gewissen anhaltenden Verwirrtheit – sowie des Bewusstseins, in einem Haufen Schwierigkeiten zu stecken –, zeigte sich Marco vollkommen in der Lage, eine Unterhaltung zu führen.

Er fragt mich, weshalb ihm das Handy abgenommen worden sei und wieso er seine Eltern nicht sehen dürfe, schrieb die Psychiaterin in ihrem Bericht, *er sagt, er erinnere sich, dass er mit einem Jungen namens Fabrizio zusammen war. Dann verbessert er sich und sagt, dieser Junge heiße Manuel, ein Bekannter, mit dem er beschlossen hatte, ein paar Tage zu verbringen und Kokain zu konsumieren.*

Marco erzählte der Psychiaterin, er würde seit Jahren Kokain nehmen. Fast brüstete er sich damit auf eine Art, die angesichts der Situation nur verblüffen konnte. »Ich bin für Exzesse«, sagte er, »wenn man die Grenzen überschreitet, dann richtig.«

Das klang nicht wie ein Geständnis, sondern eher nach dem weichen, nachgiebigen Ton, mit dem Marco sich gern selbst darstellte. Er sagte der Psychiaterin, er sei ein Gewohnheitskonsument von Stilnox. Stilnox nehme er zum Einschlafen. Mit Lormetazepam hingegen habe er versucht, sich umzubringen. Wenige Minuten später, in halbem Widerspruch, behauptete er, das Lormetazepam verwende er je nach Gelegenheit, um die Wirkung des Kokains zu schwächen oder zu steigern. Er sprach von seiner Psychiaterin, Doktor Crinò. Er sehe sie zwei- oder dreimal die Woche. Dann ging er zum Familienleben über. Er sagte, er lebe in einer Wohnung, die ihm die Eltern gekauft hätten, mit der sie ihn aber »unter ihrer Fuchtel« hielten. Er redete von seinem Job. Um als Eventmanager erfolgreich zu sein, sagte er, müsse man eine Gabe zu nutzen wissen, mit der er gesegnet sei.

»Die da wäre?«, fragte die Psychiaterin.

»Verführungskraft«, antwortete Marco. Dann fragte er nach etwas zum Beißen: »Ich habe seit sechs Tagen nichts gegessen.«

Als ich ihn frage, warum nicht, lächelt er, notiert die Psychologin.

Marco redete weiter, erschuf mit Detailfreude eine Person für ein Publikum, das sich bei dieser Gelegenheit auf eine Zuhörerin beschränkte. Tatsächlich hatte er damit Erfolg. Seine Bemühungen, die Aufmerksamkeit auf sich zu lenken, waren nie lächerlich oder banal.

Der Gemütszustand des Patienten weist keine depressive Neigung auf, schrieb die Psychiaterin, *obwohl noch nicht wieder vollständig hergestellt, wirkt er klar und orientiert.*

Das, was die Ermittler stutzig machte, war eine letzte Anmerkung der Psychiaterin. *Es zeigen sich keinerlei Anzeichen von Schuld oder Selbstbezichtigung, ebenso wenig Regungen von Scham oder Verzweiflung. Der Patient verfügt über ein angemessenes Selbstwertgefühl.*

Ein paar Stunden später wurde Marco Prato aus dem Krankenhaus entlassen.

»Der Tiefpunkt wurde mit der Schließung zweier Ticketschalter des Kolosseums erreicht. Das, was sich zu Beginn des Monats rings um das Wahrzeichen Roms abspielte, bestätigte die Rattenplage in der Hauptstadt. Gestern hat die Staatsanwaltschaft diesbezüglich zwei weitere Verfahren eingeleitet.«

Francesco Salvatore, »La Repubblica«.

»Alarm in der Säuglingsstation des San-Camillo-Krankenhauses in Rom: 16 Kinder und 17 Krankenpfleger wurden mit dem Staphylococcus aureus infiziert. Das örtliche Gesundheitsamt hat die Bakterien bei Kindern festgestellt, die Symptome wie Dermatitis, Bindehaut- und Ohrenentzündung aufwiesen. Das Personal wurde freigestellt und einer Antibiotika-Behandlung unterzogen.«

Camilla Mozzetti, »Il Messaggero«.

»Roms Straßen platzen immer weiter auf, kaum regnet es, bröckelt der Asphalt. Kleine und große Krater entstehen in den Straßen. Gestern versank Parioli im Chaos. Staus und Umleitungen entstanden kurz nach 17:00 Uhr, als die Viale della Moschea gesperrt werden musste. Die Autofahrer suchten nach alternativen Routen: Einige zerstörten die orangefarbenen Absperrnetze mit Stöcken.«

Adealide Pierucci, »Il Messaggero«

Kurz vor Mitternacht traf auch Dottor Francesco Scavo in der Kaserne ein. Der achtundfünfzigjährige gebürtige Römer war der Staatsanwalt, den man mit der Leitung der Ermittlungen betraut hatte. Soeben hatte er eine Tatortbegehung in der Via Igino Giordani hinter sich. Er hatte die Leiche gesehen. Jetzt hatte er sich ins Polizeirevier an der Piazza Dante begeben, um Manuel Foffo zu treffen.

Nicht besonders groß, mit lebhaften Augen und schwarzem Haar, das ihm in einem kleinen Schopf in die Stirn fiel, war Francesco Scavo der seltene Fall eines Profis, bei dem Klugheit und Menschlichkeit im Einklang standen. Aus Erfahrung wusste er, dass es gefährlich ist, Schlüsse zu ziehen, ehe man zuhört, und seine Bereitschaft zuzuhören war durch die aufrichtige Neugier für die Menschen gegeben, mit denen ihn seine Arbeit konfrontierte. Wenn man ihn in Aktion sah, hatte man das Gefühl, als sei für ihn die menschliche Gattung kein Fehler, den es mit dem göttlichen Maß der Rechtsprechung zu messen galt, sondern ein bodenloser Brunnen, den das Handwerkszeug der Justiz zumindest ansatzweise zu erhellen versuchte.

»Scavo traf zwischen elf und halb zwölf zum Verhör ein«, erinnerte sich Michele Andreano, »ich blickte ihn an, er wirkte mitgenommen. Tja, kein Wunder: Das wäre jeder gewesen, der gesehen hätte, was sie diesem armen Jungen angetan hatten.«

Bedachte man die Statistik der in Rom begangenen Morde, hätte man meinen können, die Stadt sei gar nicht so gefährlich. Sie war auf seelischer Ebene brutal. Bewegte man sich zwischen ihren riesigen Stadtteilen, atmete man eine aufgeheizte, wuterfüllte Luft, die Unbedarfte zu Leichtsinn und absoluter Selbstaufgabe zugleich hinzureißen vermochte. Es schien, als seien selbst Gesetzesverstöße nicht dazu da, die herrschende Ordnung zu torpedieren, sondern einen absurden Stillstand zu untermauern. Die in kriminellen Kreisen begangenen Straftaten schufen eine Atmosphäre allgemeiner Anarchie. Die Ehedelikte dünsteten Ohnmacht aus. In den Morden zwischen Blutsverwandten (Vater erschießt Sohn, Bruder metzelt Schwester mit Axthieben nieder) schwärten Groll und Frust. Doch an diesem Abend im zehnten Stock der Via Igino Giordani schien es, als hätte sich all die Verzweiflung, die Missgunst, die Arroganz, die Grausamkeit, das Gefühl des Versagens, vor denen die Stadt barst, auf einen einzigen Punkt zusammengezogen.

Der Staatsanwalt machte eine kleine Runde durch die Wache. Er begrüßte die Carabinieri, ebenso Manuels Angehörige. Er vergewisserte sich, dass der mutmaßliche Mörder zu einer voraussichtlich kurzen Befragung in der Lage war. Dann begrüßte er den Anwalt Andreano.

»Zigarette?«

Es hatte aufgehört zu regnen. Trotz der Lichtverschmutzung blinkten am Himmel über dem Esquilino-Viertel ein paar Sterne. Der Mülllaster durchbrach die Stille der Piazza Vittorio. Die Obdachlosen, die stundenlang unter den Bogengängen ausgeharrt hatten, waren verschwunden. Die Läden der Chinesen waren geschlossen. Die Schatten von San Lorenzo hatten die Afrikaner und Bengalen verschluckt. Der Traum vom multiethnischen Viertel, der die vorangegangenen zehn Jahre beseelt hatte, war implodiert und hatte weder Rassenkonflikte noch Klassenkämpfe ausgelöst, sondern Schlaf, Schlendrian, einen sachten Verfall, in dem, zwischen Kotze und Müll, alle miteinander langsam untergingen.

»Das sieht mir nach der klassischen kleinen Party aus, die übel aus dem Ruder gelaufen ist«, sagte Scavo.

Der Staatsanwalt beschrieb dem Anwalt, was er in der Wohnung gesehen hatte. Das Durcheinander. Die herabgelassenen Rollläden. Die nackte Leiche. Er hielt Andreano eine Zigarette hin. Der Anwalt zündete sie an, nahm einen ersten Zug. Auch Scavo hatte sich eine angesteckt. Er inhalierte, dann stellte er die Frage.

»Was hat er vor? Macht er davon Gebrauch?«

Das passierte sehr oft. Hätte Manuel von seinem Aussageverweigerungsrecht Gebrauch gemacht, wäre das Verhör nach ein paar formalen Bemerkungen zu Ende gewesen, und die wichtigen Erkenntnisse hätte es in den nächsten Tagen gegeben.

»Nein, er will reden.«

Francesco Scavo zuckte zusammen, drückte mit hastigen Bewegungen die Zigarette aus, und obwohl es der Anwalt gewesen war, der die Neuigkeit verkündet hatte (der Junge wollte auspacken, er hatte nicht vor, sich hinter Artikel 64 der Strafprozessordnung zu verschanzen), war die Geste des Staatsanwalts so ansteckend, dass Andreano ebenfalls seine halb gerauchte Zigarette ausdrückte.

»Gehen wir wieder rein.«

So begann die Vernehmung.

Neben Scavo und Andreano waren der Collonnello der Carbinieri Giuseppe Donnarumma, Capitano Lorenzo Iacobone sowie Maresciallo Mauro Fioravanti mit im Raum. Manuel sah grauenvoll aus, er war todmüde, aber dennoch in der Lage, auf die Fragen zu antworten. Er schien sogar erpicht darauf zu sein, als habe ihm die restlose Hingabe an das Böse eine Chance gegeben, die ihm die sogenannte Normalität – das, was wir mit der Ausübung des Guten verwechseln –, lange verwehrt hatte.

»Ihnen wird Beihilfe zum Mord vorgeworfen, zusammen mit Marco Prato, im Zeitraum zwischen dem 4. und dem 5. März 2016 in Rom, in der Wohnung, in der Sie leben«, sagte Dottor Scavo, »wissen Sie, wie der junge Mann heißt, der getötet wurde?«

»Nein.«

»Nicht einmal seinen Vornamen?«

»Nein.«

»Haben Sie sich einander nicht vorgestellt?«

»Kann schon sein, aber, na ja … also … Ich habe den Namen vergessen.«

»Vermutlich heißt der junge Mann Luca Varani.«

»Ich weiß es nicht.«

»In Ordnung, Sie wissen es nicht. Jetzt müssen Sie mir sagen, ob Sie auf meine Fragen antworten wollen oder nicht.«

»Ich will antworten.«

»Zunächst zur Tat«, sagte Dottor Scavo daraufhin, »geben Sie zu, diesen Jungen getötet zu haben?«

»Ja.«

»Allein oder mit dieser anderen Person, die da heißt?«

»Marco Prato.«

»Und wie haben Sie beide diesen Jungen getötet?«

»Mit Messerstichen. Mit Hammerschlägen.«

»Wer hat was genau getan?«

»Wir haben den Mord zusammen begangen.«

»Wie lange hat das alles gedauert?«

»Lange. Was an dieser Sache echt wehtut, ist, dass, ehrlich gesagt … Also, er hat *wahnsinnig* gelitten.«

Man musste nur eine Frage stellen, und die Antworten kamen wie von selbst. Die Anwesenden begriffen, dass sie sich in einer echten Ausnahmesituation befanden: Diesmal war es nicht die Justiz, die sich bemühte, Licht in die finsteren Winkel der menschlichen Natur zu bringen; es war der Grund des Brunnens, der hier nach oben drängte und sich denen offenbarte, die sich darüberbeugten.

»Beginnen wir mit dem Anfang«, sagte Scavo.

»Angefangen hat es so. Marco und ich treffen uns.«

»Kontaktierten Sie Marco Prato oder er Sie?«

»Wir haben uns Nachrichten geschrieben, wir hatten vereinbart, uns wiederzusehen. Das noch vorweg: Wir hatten uns zwei Monate vorher kennengelernt, an Silvester, und dann haben wir uns noch mal auf ein Glas Wein getroffen.«

»Sie kennen sich erst seit kurzem.«

»Genau. Aber eigentlich … Wir wussten, dass wir beide Kokain nehmen. Als wir uns dann getroffen haben, waren wir drei Tage bei mir zu Hause, aber nicht immer nur zu zweit.«

»Wer war noch dabei?«

»Zum Beispiel kam noch ein halber Freund von mir.«

»Wann?«

»Ich glaube, zwischen Mittwoch und Donnerstag.«

»Erinnern Sie sich, wer dieser *halbe Freund* ist?«

»Er heißt Alex, ihn habe ich auch nur ein einziges Mal getroffen.«

»Alex wie?«

»Den Nachnamen weiß ich nicht mehr. Im Handy habe ich ihn unter Alex Tiburtina gespeichert.«

»Alex Tiburtina.«

»Weil ich ihn in einer Pizzeria an der Via Tiburtina kennengelernt habe.«

»Gut. Also zwischen Mittwoch und Donnerstag ist er dazugekommen.«

»Ja, aber Alex kam in einem Moment … also irgendwie … Wir standen zwar unter Drogeneinfluss … aber … wir hatten noch eine Art logisches …«

»Ihr wart noch bei klarem Bewusstsein.«

»*Bewusstsein*, ganz genau. Man konnte noch eine Unterhaltung führen.«

Manuel sprach mit dünner, schwankender Stimme, er war befangen, dann wurde er locker, noch ein paar Wortwechsel, und er wirkte sogar gelangweilt, ein einziges »irgendwie« und »eigentlich«, die das Grundrauschen Roms bilden, dieses ewige Durcheinander, in dem man sich zufällig in einer Pizzeria begegnet und im nächsten Moment am Ort eines Gemetzels wiedertrifft.

»Dieser Alex kam«, sagte Manuel, »irgendwann stieß auch ein Freund von Marco zu uns … An den Namen erinnere ich mich nicht mehr … Damiano! Er heißt Damiano. Aber dann, als Luca kam …«

»Was heißt *als er kam*? Habt ihr Luca kontaktiert?«

»Ich kannte ihn nicht mal. Marco hat ihm WhatsApp-Nachrichten geschickt.«

»Wie viel Rauschmittel hattet ihr konsumiert?«

»Richtig viel. Die genaue Menge kann ich Ihnen nicht nennen.«

»Dann sagen Sie mir, wie viel Sie ausgegeben haben.«

»Also … Ich habe was von meinem Geld abgehoben … aber da war vor allem noch die Sache, dass Marco … also … er hatte auch was mit der Karte von diesem Damiano aus dem Geldautomaten gezogen. Alles in allem waren es wohl so was wie tausendfünfhundert Euro. Ein Haufen Geld. Jedenfalls hat Marco in den drei Tagen von sich aus ein paar Sachen gemacht, zum Beispiel hat er mein Telefon genommen und Kontakte von mir angerufen, oder er hat mich …«

»Ist Marco schwul?«

Theoretisch war das eine unerhebliche Frage, doch der Staatsanwalt hatte etwas in die Nase bekommen und folgte der Witterung.

»Ja, er ist schwul«, antwortete Manuel. Sofort meinte er etwas klarstellen zu müssen: »Das heißt, ich bin heterosexuell ... aber, jedenfalls ... Ich treffe mich mit Marco ... Ich meine, *treffen* ist zu viel gesagt ... Es ist das zweite Mal, dass ich ihn sehe ... wie auch immer, ich meine ... Ich *weiß nicht*, ob Marcos Freunde schwul oder hetero sind.«

»War Marco denn«, sagte Scavo, »an Ihnen interessiert?«

»Ja.«

»Hatte er das deutlich zu verstehen gegeben?«

»Ja.«

»Hatten Sie das begriffen?«

»Ja«, sagte Marco mit sehr leiser Stimme.

»Und hat das auf irgendeine Weise Ihren Wünschen entsprochen?«

»Marco habe ich über gemeinsame Freunde kennengelernt«, sagte Manuel, »wir haben Silvester miteinander verbracht ... und dann, was passiert ... Marco und ich haben Drogen genommen ... Er *wollte* weiter in meiner Wohnung bleiben, mit dem Vorwand, mir noch mehr Kokain anzubieten ... und was passiert ... Es passiert, dass ... irgendwie ... Marco Prato hatte Oralsex mit mir.«

An Sex zwischen Männern ist nichts merkwürdig. Dennoch zeugten Manuels Worte von großem Unbehagen, und Dottor Scavo wusste, dass gewisse Irritationen – für sich genommen unerheblich, aber umso gewichtiger für den, den sie betreffen – in der komplizierten Dynamik, die die Menschen zu den hirnrissigsten Taten treibt, eine wichtige Rolle spielen können.

»Wann ist das passiert?«

»Also, eigentlich ... Mir ist klar, dass ich vielleicht nicht glaubwürdig bin«, sagte Manuel, »aber ich fand die Sache widerlich. Ehrlich gesagt, wollte ich mit Marco gar nichts mehr zu tun haben. Aber wir hatten gemeinsame Freunde ... Also, einerseits wollte ich nichts mehr mit ihm zu tun haben, aber andererseits konnte ich nicht *nichts* mit ihm zu tun haben … weil irgendwie, wissen Sie, Dottor Scavo … Da war dieses Video …«

»Es gab ein Video?«

»Ja.«

»Und wer hat dieses Video gemacht?«

»Wir zusammen«, sagte der Junge, »wir haben es zusammen gemacht. Ein Video, in dem er Oralsex mit mir hatte.«

Der nächste Tag war noch immer bewölkt. Immer wieder regnete es und klarte wieder auf. Eine matte, ferne Sonne erhellte die Felder von La Storta, als das Auto der Carabinieri eintraf.

Giuseppe Varani war bereits seit einer ganzen Weile wach. Er wusste nicht, ob er überhaupt geschlafen hatte. Die Anspannung verlieh ihm eine schwer zu beschreibende Klarheit. Anspannung und Angst. Anspannung und Hoffnung hatte er verspürt, als er ihn zum ersten Mal sah. Vor dreiundzwanzig Jahren, als sie ihn adoptierten. Luca wusste das. Alle wussten es. Seine Frau wurde schwanger und verlor das Kind, es war mehr als einmal passiert. Die Ärzte sagten, allmählich würde es gefährlich. Also holten er und Silvana Erkundungen ein. Sie wussten von Leuten, die nach Brasilien gefahren waren. Andere berichteten von Paaren, die sich lediglich an ein Waisenhaus in der Emilia Romagna oder unweit von Latium hatten wenden müssen. Kaum interessiert man sich für ein Thema, hört man plötzlich alles Mögliche darüber. Giuseppe und Silvana stellten mehrere Anträge gleichzeitig. Wenn man auf mehrere Pferde setzt, steigen die Chancen.

Die erste Reise in das ehemalige Jugoslawien unternahm Giuseppe in Begleitung eines Mazedoniers. Das Land war vom Krieg zerstört. Sie kamen nach Bitola, nahe des Prespa-Sees. Dort lag das Waisenhaus. Die Nonnen waren sehr freundlich. Sie baten ihn um seine Papiere, nahmen seine Personalien auf, ließen ihn Formulare ausfüllen. Sollte sich etwas ergeben, sagten sie, würden sie ihn kontaktieren. Sie verabschiedeten sich, und er kehrte nach Rom zurück, ohne zu wissen, was daraus werden würde.

Im Mai des darauffolgenden Jahres 1993 erhielt Giuseppe Varani einen Anruf. Es war das Waisenhaus von Bitola. Er und Silvana brachen sofort auf. Auf ihrem Weg sahen sie Blauhelme. Der Krieg war vorüber. Man riet ihnen, sich zu beeilen: Es könnte Anschläge geben.

Im Waisenhaus erwartete sie eine Überraschung. Es gab gleich drei zur Adoption freigegebene Kinder, sie würden sich eines aussuchen müssen. So hatten sie sich das nicht vorgestellt, sie glaubten, die Zuweisung erfolge automatisch gemäß der Anträge, stattdessen wurde alles ihnen überlassen. Es kamen drei Mitarbeiter der Einrichtung, jeder von ihnen mit einem Kind auf dem Arm. Es wirkte wie eine Filmszene, dabei war es ein dramatischer Moment. Wählst du eines aus, tust du den anderen unrecht, dachte er. Er und seine Frau wechselten nervöse Blicke. Der Erste von uns, der in einem dieser Kinder unser Kind erkennt, hebt die Hand, sagten sie, und der andere ist einverstanden. Doch sie hatten ihre Unterredung noch nicht beendet, als eines der drei Kinder lächelte. Ein hinreißendes Lächeln, und es galt ihnen. Giuseppe nahm es in den Arm, und die Entscheidung war gefallen. Die Waisenhausmitarbeiter verließen das Zimmer und brachten die anderen Kinder fort. Das Gefühl war unglaublich: Zum letzten Mal blickst du dein potenzielles Kind an. Hättest du dich anders entschieden, wäre es ein anderes. Ein anderes und nicht er. Er und kein anderer.

Sie sollten kommen, um ihn zu interviewen. Das ganze darauffolgende Jahr sollten sie ihn nicht in Ruhe lassen. Und Giuseppe sollte sich dem nicht entziehen. Er redete und schrie und fluchte und protestierte. Handelte sich den Ruf eines jähzornigen Hitzkopfes ein. Alle meinten: »Ist doch normal, sie haben seinen Sohn ermordet, ich hätte noch viel heftiger reagiert.« Doch hinter seinem Rücken zerrissen sie sich das Maul, ereiferten sich über seinen hitzigen Ton, seine einfache Herkunft. Dennoch brauchten sie ihn. Es gab Seiten zu füllen, Fernsehsendungen, die ohne ein Interview mit ihm nur halb so viel hermachten. Also fingen sie wieder an, ihn zu hofieren. Zu Anfang machten ihn die Fernsehkameras immer befangen, doch nach ein paar Sätzen wurde er lockerer, redete in krudem römischem Dialekt, rekonstruierte das Geschehnis mit seinem scharfen, von Stimmungsschwankungen gepeinigten analytischen Verstand. Irgendwann brach seine Stimme. Die schändliche Weise, auf die sie ihn umgebracht hätten. Sie hätten ihm all das angetan, und noch immer nicht zufrieden, hätten sie ihn sogar durch den Dreck gezogen. Sie stammten aus wohlhabenden Familien, hätten gute Anwälte, würden alles tun, um davonzukommen. Lebenslänglich! Lebenslänglich! Na bitte, jetzt hatte er Feuer gefangen. Er brüllte, den Blick starr in die Kamera gerichtet. Der Reporter bedeutete dem Kameramann, beim Close-up zu bleiben. Zynismus war die Luft, die alle atmeten, niemand würde ihnen einen Vorwurf machen.

Hin und wieder stellte ein kluger Journalist eine andere Frage.

»Signor Varani, was haben Sie gefühlt, als Sie mit diesem Kind zurück nach Italien kamen?«

»Als hätte ich einen Sieg errungen«, antwortete er stolz.

»Und in welchem Moment genau haben Sie sich *wirklich* als Lucas Papa empfunden?«

»Sofort, auf der Stelle. Sobald ich ihn in den Arm nahm. Da habe ich gespürt, das ist unser Sohn.«

»Wer hat den Namen ausgesucht?«

»Luca gefiel meiner Frau. Sie mochte den Namen. Das genügte.«

»Wie war Luca als Kind?«

»Er war ein lebhafter Junge. Alle schlossen ihn ins Herz. Er war liebenswert, verstand sich mit jedem, er war offen, fröhlich. Verstehen Sie? So war Luca als Kind.«

Die Zeitungen sollten dutzende Fotos von Luca veröffentlichen. Mit fünfzehn, mit achtzehn, mit einundzwanzig Jahren. Er war ein wunderschöner Junge. Sanfter Blick, große Augen, hohe Wangenknochen. Mit nacktem Oberkörper und einer Katze im Arm. In Rapper-Pose. Ordentlich angezogen in schwarzem Jackett und weißem Hemd, die Piazza Colonna im Hintergrund. Dann die Fotos mit Marta Gaia. Dutzende Bilder, auf denen das Pärchen sich eng umschlungen hält.

Luca und Marta Gaia waren zusammen, seit sie vierzehn waren. Für manche war das der Gipfel der Romantik. Andere fanden die Sache eher erdrückend. In dem Alter sollte man Erfahrungen sammeln, sagten sie, man kann nicht die ganze Zeit mit demselben Mädchen zusammen sein.

Hin und wieder verschwand Luca in der Versenkung. Zu manchen Tageszeiten wusste niemand, wo er steckte. In Rom kann man jederzeit untertauchen, wenn man für sich sein will. Er hatte sich an der Fachoberschule eingeschrieben. Irgendwann war er durchgefallen, also hatte er angefangen, Abendkurse zu besuchen. Kurz vor dem Abschluss hatte er die Abendkurse sausenlassen und angefangen, in einer Autowerkstatt zu arbeiten. Doch er hatte vor, wieder zur Schule zu gehen, sagten seine Lehrer nach dem Mord. Er war ein intelligenter Junge, gut in Mathe, immer neugierig auf alles. Er hätte den Abschluss gemacht, sagten sie, ganz bestimmt hätte er den gemacht.

Die Carabinieri drückten auf die Klingel. Giuseppe Varani ging öffnen. Er musterte sie. Sie waren allein.

»Bitte, kommen Sie rein«, sagte er.

Zwei waren in Zivil und zwei in Uniform. Während er ihnen den Rücken zukehrte, um ihnen voranzugehen, dachte Giuseppe nach. Luca war nicht bei ihnen. In Abwesenheit des Jungen hätte man ihm gute Neuigkeiten telefonisch mitgeteilt.

»Also, was ist passiert?«, fragte er, ohne abzuwarten, bis sie im Wohnzimmer waren.

»Tja, nun, das sagen wir Ihnen gleich«, antwortete einer der Carabinieri.

»Aber wissen Sie, wo Luca ist?«, drängte er.

»Wir haben ihn gesehen«, sagte ein anderer Carabiniere vage.

Die Atmosphäre war so eigenartig, dass es schwerfiel, offen zu reden. Signor Varani wurde unruhig.

»Machen Sie uns einen Kaffee?«, versuchte einer der Carabinieri die Spannung zu lindern.

»Sicher, wieso sollte ich euch keinen Kaffee machen? Ich mach euch gleich welchen«, sagte er.

Nach der Bitte um einen Kaffee dachte Signor Varani, Luca hätte Ärger mit der Justiz. Sie hatten ihn festgenommen. Das war passiert. Ein Streit. Er hatte sich mit jemandem geprügelt.

»Junge Leute können jeden Abend in zehntausende seltsame Situationen geraten«, sollte er Monate später sagen, als er sich das Gefühl jenes Morgens in Erinnerung rief.

Es stimmte, jungen Leuten kann alles passieren. Doch das, was er sich vorzustellen vermochte, war nichts im Gegensatz zu dem, was sie ihm eröffnen mussten. Die Wirklichkeit ist zu grausam, als dass der menschliche Verstand sie ertragen könnte. Der menschliche Verstand ist dafür gemacht, die Wirklichkeit einzudämmen. Er verleiht dem entsetzlichen Geheimnis der Zeit eine neue Ordnung. Verschleiert den Gedanken an den Tod. Gibt den nackten Tatsachen Namen und verwandelt sie in Symbole.

»Können wir uns im Haus umsehen?«

Die Carabinieri tasteten sich behutsam vor. Es gab keinen Leitfaden. Kein Protokoll, an das sie sich halten konnten. Alles war jedes Mal dem Fingerspitzengefühl desjenigen überlassen, dem die Aufgabe zufiel. Das Unterfangen war heikel, auch weil die Empfänger der Neuigkeit häufig begriffen, was los war. Sie begriffen, warteten aber lieber ab. Also fühlten sich die Carabinieri genötigt, sich nach ihnen zu richten, und drückten sich wie sie um das Thema herum, damit die *Sache* möglichst lange nicht wahr würde.

»Macht ruhig, wieso denn nicht?«

Die Carabinieri verteilten sich im Haus. Sie verschwanden hinter einer Tür. Tauchten wieder auf. Er blieb nie allein. »Wie ist denn Ihr Verhältnis zu Ihrem Sohn?« – »Gut, gut. Also normal.« – »Stimmt es, dass Sie ihn adoptiert haben?« – »Ja, adoptiert«, bestätigte er. »Was hat Luca denn so für Gewohnheiten?« Die Fragen kamen aus allen Richtungen. Giuseppe antwortete, versuchte, sein Bestes zu geben. Luca ist tot. Das sagte plötzlich einer der Carabinieri. Man muss erst in eine absurde Situation geraten, damit eine absurde Nachricht überbracht werden kann.

»Tot? Wie, *er ist tot.* Wie, *tot, hey!*«

»Er wurde umgebracht«, sagte der Carabiniere.

An dem Punkt hätte Giuseppe Varani zusammenbrechen können. Doch er stand noch, stand noch immer reglos vor den Polizeibeamten. Es hat einen Streit gegeben und jemand hat ein Messer gezückt, dachte er. Ähnlich wie das Geräusch bei einem Körper in Bewegung, war der Gedanke schneller als die Erschütterung, die ihn hervorbrachte. »Wir haben sie gefasst, sie haben gestanden«, beeilte sich ein anderer Carabiniere zu sagen. »Wo haben sie ihn umgebracht?«, fragte Signor Varani. Je mehr die Wirklichkeit die Dämme des Erträglichen einriss, desto mehr bemühte sich der Verstand, sie ein paar Meter weiter wieder aufzubauen. »In einer Wohnung«, sagte der Carabiniere und riss den gedanklichen Schutzwall des Mannes abermals nieder.

»In einer Wohnung?«

Es hätte auf der Straße passieren sollen, damit die Sache noch einen Funken Sinn ergäbe. Ein Junge bleibt an der Ampel nicht stehen, ein Autofahrer brüllt ihn an. Die zwei werden handgreiflich. Sturz, Verhängnis. Oder: Man legt sich mit jemandem an, der gefährlich ist. Die Straße ist der ideale Ort, um es einem heimzuzahlen. Aber nicht einmal das war es.

Ein paar Stunden später wurde er zur Identifizierung ins Leichenschauhaus begleitet. »Da ist er«, sagten die dortigen Mitarbeiter. Sie deuteten durch eine Glasscheibe. »Sie können jetzt hinsehen.« Die Aufforderung war unerträglich, alles war seit ein paar Stunden unerträglich, doch er tat, was getan werden musste. Der Leichnam lag auf einer Bahre. Die Kehle aufgeschlitzt. Die Zähne eingeschlagen. Sie hatten sich hemmungslos ausgetobt. Doch das, was er dann sah, verstörte ihn noch mehr. Das Gesicht und der Unterleib seines Sohnes wiesen mehrere oberflächliche Schnitte auf. »Ganz feine Male«, erzählte er. Da waren all diese Schnörkel, wie Stickereien, auf den Wangen und auf der Stirn. Signor Varani schwieg ein paar Sekunden. »Schandkerle«, sagte er schließlich, »die wollten sich amüsieren.« Sie hatten sich nicht damit begnügt, ihn umzubringen. Es war eine Vorstellung, die jedwedes Begriffsvermögen überstieg, doch am Ende gelang Giuseppe Varani auch das: Er schaffte es, das Undenkbare zu denken. Erst da war er sich sicher, begriffen zu haben, wie die Dinge lagen. Diese Schnitte hatten nicht zum Tod seines Sohnes geführt, aber sie waren eine Erklärung.

»Sie haben den Graben übersprungen«, sagte er, »aber ich bin noch immer auf dieser Seite.«

Er wollte damit sagen, dass er am Ufer des menschlich Fassbaren auf die für Lucas Tod Verantwortlichen warten würde, denn früher oder später würden die, die dieses Massaker angerichtet hatten, dorthin zurückkehren müssen. Vielleicht war das der Grund, weshalb Signor Varani während der Fernsehinterviews und selbst, wenn er außer sich war vor Zorn und laut wurde und den rechten Handrücken in die linke Handfläche schlug, nur selten so weit ging, die für den Mord Verantwortlichen »Monster« zu nennen. Er sagte, sie hätten etwas Ungeheuerliches getan, sie hätten sich wie Monster aufgeführt, aber sie waren menschliche Wesen, Kreaturen, zu deren Bestrafung die abstrakte Formulierung eines moralischen Prinzips nicht genügte. »Hier braucht es das Gefängnis«, wetterte er, »als gerechte Strafe für das, was sie getan haben.«

Man hatte ihn abgezockt. Und obendrein beklaut. Aber die Aussicht vom Gianicolo war atemberaubend. Der holländische Tourist setzte sich auf einen Betonpoller. Von dort konnte man eines der schönsten Stadtpanoramen der Welt genießen, doch die Dinge spielten sich in der Tiefe ab, in den Straßen, dem Gedränge, dem Gestank. Die Person, die er treffen sollte, kam zu spät. Tja, normal, dass sie sich verspätete, dachte er. Eine der jüngsten Legenden besagte, dass Rom als einzige europäische Hauptstadt keine Anschläge erlitten habe gerade wegen dieser ewigen Unzuverlässigkeit. Zwei Terroristen verabreden sich, um den McDonald's an der Spanischen Treppe in die Luft zu jagen. Sie synchronisieren ihre Uhren, aber schaffen es nicht, sich zu treffen: Streik im öffentlichen Nahverkehr, vorgezogene Schließung der U-Bahn, eine nicht genehmigte Demo auf der Via Nazionale.

Am Kolosseum hatte man ihm zwei gefälschte Tickets angedreht. Zwei Tage später hatte man ihm zwischen den Haltestellen Lepanto und Manzoni die Brieftasche geklaut. Er hatte es am Colle Oppio bemerkt. Zum Glück hatte er Ausweise und Kreditkarte im Hotel gelassen. Es war das fünfte Mal in den vergangenen zwei Jahren, dass er nach Rom kam, er hatte die Regeln gelernt: Das, worum die Stadt einen erleichterte, war nichts im Vergleich zu dem, was sie einem gab, doch man musste auf der Hut sein. Er wohnte im Ariston. Aber dann hatte er, zehn Minuten von der Piazza dei Cinquecento entfernt, ein zweites Zimmer genommen, wo man keinen Ausweis vorzeigen musste.

Auf dem Handy tauchte eine Nachricht auf. Der holländische Tourist las und antwortete.

Die Kanone des Gianicolo feuerte ihre übliche Salve ab, woraufhin die Kirchenglocken ringsum läuteten. Ein Starenschwarm stob von den Bäumen auf.

Er war Ingenieur bei Boeing gewesen, jetzt war er in Rente. Touristen seines Schlages – Männer fortgeschrittenen Alters, solide Allgemeinbildung, arriviert, verwitwet oder geschieden – kamen nach Rom, um sich in die Vergangenheit zu stürzen. Sie bewunderten den *Moses* von Michelangelo und missdeuteten ihn, standen ergriffen vor den Mosaiken von Santa Prassede. Überzeugt, sich mit Kunst auszukennen, weil sie ein paar Bücher gelesen hatten, bildeten sie sich ein, dass das wenige Leben, das ihnen noch blieb, sie dem Geheimnis dieser unsterblichen Werke näherbrachte. Doch sie irrten. Die Sterblichen gehörten zu den Sterblichen. Die Einzigartigkeit Roms bestand nicht im Ruf der Transzendenz, den nur Idioten hören konnten, sondern in dem allgegenwärtigen Bewusstsein, dass alles menschlich ist und alles verdirbt. Das war die Lektion der Vergangenheit. Nie ist die Gegenwart kostbarer, als wenn man weiß, dass man sterben muss. Ein Junge und ein Mädchen, die in einer Bar lachten, ein Taxifahrer, der mit offenem Mund schlief, die Augen eines kleinen Jungen zwischen den Apfelständen eines Marktes. Deshalb war er dort. An der Porta Portese hatte man ihm eine Fälschung angedreht und für eine echte etruskische Vase ausgegeben, aber die Argumente des Fälschers waren so abgefeimt und so offensichtlich erfunden gewesen, dass er am Ende bewundernd nach der Brieftasche gegriffen hatte. Am Lungotevere Marzio hatte er etwas gesehen, dessen Logik sich ihm entzog: Ein Junge hatte ein nagelneues Fahrrad von einer Brücke in den Tiber geschmissen.

In Monti hatte er sich in den Gassen des Viertels verloren. Stimmen. Farben. Hochelegante junge Frauen. Irgendwann hatte ein entsetzlicher Gestank ihn fast in Ohnmacht fallen lassen. Ein schwarzer Geruch nach Tod. Die Metzgerei in der Via Panisperna. Dort kauften die höchsten Diener des Staates ein. Der Präsident Giorgio Napolitano, Carlo Azeglio Ciampi, davor Francesco Cossiga. Die Metzgerei wurde auch von Normalsterblichen besucht, Menschen, die bereit waren, ein paar Euros mehr auszugeben, um das Gleiche auf der Zunge zu haben, was das Staatsoberhaupt bei Tisch genoss. »Oder um das Gleiche zu scheißen«, sagten die Witzbolde. Jetzt war die Metzgerei pleitegegangen. Als die Beamten den Kuckuck geklebt hatten, hatten sie den Strom abgedreht, ohne zu ahnen, dass im Kühlraum noch zentnerweise Fleisch lagerte.

Der holländische Tourist war um die Ecke gebogen. Der Gestank hatte nachgelassen. Wie ein Schiffbrüchiger auf der Suche nach Rettung war er auf die Via Nazionale getreten. Er hatte die Autofahrer gesehen, die die Straße entlangrasten und wegen der Schlaglöcher Kreuzschmerzen bekamen.

»Die Schlaglöcher kommen daher, dass die Unternehmen einen städtischen Beamten schmieren, um die Ausschreibung zu gewinnen«, hatte der Leiter der Korruptionsbekämpfung ein paar Tage zuvor auf einer Pressekonferenz erklärt, »der Unternehmer holt das Geld wieder rein, indem er die Straßenbauarbeiten schlampig ausführt, denn so müssen sie bald wiederholt werden, was zu weiteren Schmiergeldern, weiteren Aufträgen und weiteren Schlaglöchern führt.«

In diesen Schlaglöchern landeten irgendwann alle, ob ehrlich oder unehrlich.

Der holländische Tourist blickte abermals auf sein Handy, hob den Kopf und sah den Mann. Er löste sich vom Betonpfeiler, kehrte der Schönheit der Kirchen den Rücken und ging dem Leben entgegen.

»Das hier würde mich interessieren«, sagte er wenig später und deutete auf eines der Fotos, die der Mann ihm zeigte.

»Als Luca kam, war es, als würden Marco und ich eine stillschweigende Abmachung treffen«, sagte Manuel.

»Eine stillschweigende Abmachung wozu?«

»Es war, als wäre diese Sache zwischen mir und ihm … also, na ja, *noch lebendig.*«

Es war zwanzig vor zwei Uhr morgens.

»Fassen wir noch einmal zusammen«, Scavo machte einen Schritt zurück, »Marco schickt Luca diese WhatsApp-Nachricht, und wann haben Sie davon erfahren?«

»Als Luca vor meiner Tür stand.«

»Und was haben Sie gedacht, als Luca kam? Haben Sie nicht gedacht, *wer ist denn bitte dieser Typ?*«

»Ja, das dachte ich schon, aber bei dem Leben, das wir führten … zwischen Kokain, Alkohol, Leuten, die kamen und gingen … Na ja, so merkwürdig war das gar nicht.«

»In Ordnung«, sagte Dottor Scavo, »dann sagen Sie uns, woran Sie sich erinnern, als Luca Ihre Wohnung betrat. Haben Sie miteinander geredet? Irgendetwas zueinander gesagt?«

»Das Einzige, woran ich mich erinnere«, sagte Manuel, »ist, dass dieser Junge irgendwie adoptiert war. Und dass er ein Stricher war.«

»Ein Stricher?«

»Na ja, er ging anschaffen.«

»Und woher wussten Sie das?«

»Das hatte mir Marco erzählt.«

»Wo ist Lucas Telefon abgeblieben?«

»Das haben wir in eine Mülltonne geworfen. In Wirklichkeit hatte er zwei Handys. Ich glaube, Luca hat auch gedealt.«

So ging es noch ein paar Minuten. Dann, ohne dass es irgendetwas mit den Fragen zu tun hatte, verspürte Manuel das Bedürfnis, etwas klarzustellen.

»Sehen Sie, Dottor Scavo, in meinem Freundeskreis sind nur Leute, die ... Also, es ist nicht so, dass wir uns nicht verlieben könnten, aber wir sind irgendwie mehr ... Wir denken vor allem an Sex ... manchmal auch gegen Bezahlung. Und deshalb«, fuhr er mühsam fort, »will ich nicht, dass Sie denken, nur weil ich auf Gefühlsebene keine festen Beziehungen habe ... Ich will nicht, dass Sie denken, ich könnte einer dieser Typen sein, die es nicht auf die Reihe kriegen ...«

Er war kein Anders Breivik, er war kein Charles Manson. Das versuchte er den Leuten, die er vor sich hatte, klarzumachen. Obwohl die Fakten das Gegenteil zu belegen schienen, war er *ein Mensch*. Manuel schien seine Ankläger zu bitten, Licht in das zu bringen, was passiert war – erklärt mir, was ich getan habe, helft mir zu verstehen. Die Protagonisten der Straftaten, die die Nachrichtensendungen füllten, definierten sich über ihre kriminellen Handlungen. Hier hingegen schien es, als hätte ein überaus gewaltsamer Mord – dem stundenlange Folter vorausging – nichts mit den Absichten dessen zu tun, der ihn begangen hatte. Es schien kein Motiv zu geben. Es schien keine emotionale Verbindung zum Opfer zu geben.

»Schauen Sie, wir fällen keine ethischen Urteile«, sagte Scavo.

»Wir sind nicht hier, um moralische Urteile zu fällen«, bekräftigte Colonnello Donnarumma.

»Hör zu, Manuel«, sagte der Strafverteidiger, »erinnerst du dich, ob Marco dich vielleicht anstachelte oder drängte, dem Jungen Gewalt anzutun?«

»Ja«, antwortete Manuel, »das ist auch passiert. Aber es ist jetzt nicht so, dass Marco der Böse ist und ich der Gute. Ich bin verantwortlich.«

Um fünf vor drei Uhr morgens stand Dottor Scavo vom Schreibtisch auf. Das Verhör war beendet. Er gab Anweisung, das Aufnahmegerät abzuschalten. Er verabschiedete sich von Manuel und verließ den Raum. Dann trug er einem Carabiniere auf, der Direktorin der Haftanstalt von Regina Coeli zu schreiben.

Im frühen Morgengrauen ging Manuel Foffo das erste Mal in seinem Leben ins Gefängnis.

Wenige Stunden später wurde Marco Prato aus dem Krankenhaus entlassen. Die Carabinieri brachten ihn auf das Revier an der Piazza Dante. Hier führten zwei Polizisten eine recht ungewöhnliche Beschlagnahme durch. »Am 6. März 2016 um 19:20 Uhr«, vermerkte man im Bericht, »Beschlagnahme eines (1) Exemplars künstlicher Haare (Toupet) als mögliches Beweismittel.« Dann wurde Marco ebenfalls nach Regina Coeli überführt, mit dem absoluten Verbot, seine Angehörigen oder Manuel Foffo zu treffen.

Zum ersten Mal die Gefängnistüren hinter sich zufallen zu hören, ist eine Erfahrung, die niemand vergisst. In Regina Coeli mischt sich dieses Unbehagen mit anderen Gefühlen. Der Bau liegt mitten in einer der schönsten Gegenden der Stadt. Nicht weit entfernt ist der Gianicolo mit seinen Panoramen. Auf der Ostseite fließt der Tiber. Das ist der magische Punkt, an dem ein Wimpernschlag über das Wasser die Synagoge, die luftigen Bögen des Ponte Garibaldi, den Glockenturm von San Bartolomeo einfangen könnte. Alle erdenkliche Herrlichkeit der Formen ist in Sichtweite. Doch unter seinem grünlichen Film ist der wahre Fluss blind und kalt, und sein schlammiger Grund bevölkert von gesichtslosen Kreaturen.

[illegible] an das Match [illegible] der Café [illegible]

Um Viertel vor drei Uhr [illegible] Señor [illegible] [illegible]. Das [illegible] [illegible] [illegible] [illegible] [illegible] den Raum. [illegible] [illegible] [illegible] [illegible] zu [illegible]

[illegible] Manuel [illegible] in seinem Leben [illegible]

[illegible] Marc [illegible] [illegible] [illegible] [illegible] [illegible]

[illegible] [illegible] [illegible] [illegible]

[illegible] [illegible] [illegible] [illegible] [illegible] [illegible] [illegible] [illegible] Punkt [illegible] [illegible] Wasser [illegible] [illegible] [illegible] [illegible] [illegible]

Zweiter Teil

Der Wasserspiegel

Wenn der Einzelne nichts wissen kann,
warum sollten alle zusammen mehr wissen?

GUSTAVE FLAUBERT

Zuerst haben die Massenmedien uns weisgemacht,
dass die Einbildung Wirklichkeit ist, und jetzt
machen sie uns weis, dass die Wirklichkeit Einbildung ist.

UMBERTO ECO

Cristina Guarinelli rief mich am 8. März um zwei Uhr nachmittags an. Sie fragte, ob ich eine Reportage über den Mord an Luca Varani schreiben wolle. Ich lehnte das Angebot ab. Ein paar Stunden später rief ich sie zurück und sagte, ich nähme den Auftrag an.

Cristina Guarinelli arbeitete für das Magazin *Venerdì*. Trotz der irren Hektik im Journalismus legte sie Professionalität und menschliche Wärme an den Tag. In Absprache mit Attilio Giordano, dem Herausgeber der Zeitung, hatte sie beschlossen, dem Fall einen Hintergrundbericht zu widmen.

Als die Meldung am Sonntag zuvor in den Nachrichten kam, hatte ich wie hypnotisiert vor dem Fernseher gesessen. Obwohl die Einzelheiten der Geschichte noch diffus waren, hatte ich sofort das Gefühl, etwas Vertrautes darin wahrzunehmen. Etwa so, als würde man bei einem Passanten auf der Straße die Züge eines Menschen wiedererkennen, den man seit Jahren nicht gesehen hat. Ich hasste mich dafür, den Bericht bis zum Ende gesehen zu haben, und schaltete den Fernseher ab.

Zu der Zeit verlief mein Leben in ruhigen Bahnen. Das war seit einer ganzen Weile nicht mehr passiert. Ohne große Erschütterungen gingen die Wochen dahin. Ich schrieb gerade an einem Buch. Meine Ehe lief gut. Ich hatte alles einigermaßen im Griff. Normalerweise haben wir Dinge im Griff, die wir bereits durchschaut haben. Und so befürchtete ich sofort, der Fall Varani könnte in all dem, was ich zu bewahren versuchte, etwas aus der Spur bringen. Deshalb war ich perplex, als ich den Anruf der Zeitung erhielt: Ich hatte nie über Verbrechen geschrieben, wie groß war also die Wahrscheinlichkeit, dass man mich bat, ausgerechnet den Fall zu verfolgen, um den ich einen großen Bogen zu machen versuchte?

Ich antwortete Cristina Guarinelli in einem Ton, der ihr recht patzig erscheinen musste. Ich sagte, ich hätte keine Zeit für einen so aufwändigen Auftrag, und legte auf.

Kaum hatte ich das Telefonat beendet, kehrte ich an den Computer zurück. Voll guten Willens machte ich mich wieder an die Arbeit, doch wie ich dort am Schreibtisch saß, sah ich plötzlich fassungslos zu, wie der Text, dem ich jeden Tag der vergangenen Monate gewidmet hatte, unter meinem ohnmächtigen Blick Seite für Seite in sich zusammenfiel, ausgehöhlt nicht von der brillanten Idee für ein neues Buch, sondern von einer *Kraft* – einer ziemlich düsteren Kraft –, von der ich tatsächlich nichts wusste. Verbissen arbeitete ich weiter. Je mehr ich zwischen den Kommas wühlte, desto weniger fand ich.

Als meine Frau am Abend nach Hause kam, merkte sie sofort, dass ich einen schlechten Tag gehabt hatte. Ich erzählte ihr, was passiert war, doch ehe ich ins Detail gehen konnte, sagte sie: »So ein Glück.«

Es sei ein wahres Glück, dass sie mich gebeten hätten, mich ausgerechnet mit dem Fall zu beschäftigen, der mir – »gib es zu«, sagte Chiara – seit Tagen nicht mehr aus dem Kopf ging. Wegen gewisser Ereignisse in meiner Vergangenheit konnte mich ein solcher Fall nicht kaltlassen. Genauer gesagt, war es mir unmöglich, mich einem solchen Fall zu entziehen. Häufig haben wir gerade die Dinge, denen wir knapp entkommen sind, nie richtig begreifen können, und wenn uns *diese Sache* nach Jahren in neuem Gewand wiederbegegnet, dann zumeist, um sich befragen zu lassen, wie es uns damals nicht möglich war.

»Ich versuche, mich freizuschaufeln. Lass uns reden, wann es dir passt.«

Mit dieser SMS – bemüht, den Schein zu wahren – meldete ich mich erneut bei Cristina Guarinelli.

Als ich den Auftrag des *Venerdì* annahm, waren vier Tage seit dem Mord und zwei seit seinem Auftauchen auf der medialen Bühne vergangen. Die Nachrichten hatten sich schier überschlagen, dann hatte die Geschichte die Form angenommen, in der die öffentliche Meinung sie für lange Zeit wahrnehmen sollte, die unvermeidlich verkehrte Form, in der sich die wildesten Triebe austobten.

Anfangs wurde der Fall als ein Ausbruch unbegreiflichen Grauens dargestellt. Die Festgenommenen waren zwei normale junge Männer, für den Mord gab es kein Motiv, es war schwer nachvollziehbar, was passiert war.

In was für einer Welt leben wir bloß?

Anscheinend wurde dieser arme Junge umgebracht, weil die Mörder Langeweile hatten.

Diese Stadt ist widerlich!

Ein paar Stunden lang beschränkten sich die Kommentare in den sozialen Netzwerken darauf, allgemeine Fassungslosigkeit kundzutun. Doch dann kam der Montag, und ein paar mehr Details wurden bekannt gegeben. Der Mord wurde zu einem Klassendelikt.

Ein armer Junge, von zwei widerlichen, nichtsnutzigen, verwöhnten Mörderschweinen barbarisch umgebracht.

Ich hoffe, Marco Prato kriegt lebenslänglich, aber wetten, dass es bei so einem hippen Salonkommunisten in einer Farce endet?

Ein verdruckster Langzeitstudent, Sohn eines rüden Restaurantbetreibers, schloss Freundschaft mit dem exaltierten

Sohn eines Kulturmanagers, Freund von Freunden wichtiger Leute, und zusammen machten sie sich einen Spaß daraus, den zwanzigjährigen Adoptivsohn von fahrenden Händlern aus La Storta zu foltern. Drei Gesellschaftsschichten, drei Gehaltsebenen, drei unterschiedliche Gegenden der Stadt, und schon ging die Rechnung perfekt auf.

Löst sie in Säure auf, ich will sehen, was das mit ihnen macht!

Verbrennt sie bei lebendigem Leib, mit der gleichen Gleichgültigkeit, die sie an den Tag gelegt haben.

Todesstrafe mit ordentlichen Qualen! Zugedröhnte Bestien!

Die Idee einer Vergeltung Auge um Auge, Zahn um Zahn begeisterte die Hardliner. Die Progressisten waren allerdings auch nicht besser. Verschiedene Twitter-Nutzer instrumentalisierten den Mord, um Matteo Salvini und die Lega anzugreifen: Keine illegalen Einwanderer hatten Luca Varani getötet, sondern zwei weiße, reiche, durch und durch italienische, wohlerzogene Söhne aus sogenannten anständigen Familien, brüllten ebenfalls weiße, italienische, aus anständigen Familien stammende Kommentatoren.

Die Welle der Empörung erfasste die ersten öffentlichen Personen. Die Fernsehmoderatorin Rita dalla Chiesa, Tochter eines von der Mafia ermordeten Generals, schrieb auf ihrer Facebook-Seite: »Wenn ich für diese elenden Monster die Todesstrafe verlangen würde, würde die sogenannte Intelligenzija über mich herfallen. Bitte, nur zu, denn diesmal wünsche ich mir die Todesstrafe. Und wie!«

Die Diskussion ging bis tief in die Nacht weiter. Dann, mit Beginn des neuen Tages, wurden weitere Einzelheiten bekannt. Man erfuhr, dass Marco Prato schwul war. Man erfuhr, dass Manuel Foffo, obwohl er sich als hetero bezeichnete, Sex mit ihm gehabt hatte. Der »Klassenmord« vermischte sich mit dem Thema der sexuellen Orientierung.

Luca Varani von perversen Schwulen getötet.

Beschissene Schwuchteln #lucavarani.

Und solche Drecksäcke lassen wir auch noch Kinder adoptieren #lucavarani.

Marco Pratos Facebook-Pinnwand war voller Posts, aus denen seine Homosexualität ganz selbstverständlich hervorging, Texte und Videos voller Ironie und Spielereien, die im Grunde völlig harmlos waren; dennoch gab diese Art der Unbefangenheit der Entrüstung vieler Kommentatoren zusätzlichen Auftrieb.

Wäre Marco Prato Faschist, würden alle ihren Senf dazugeben. Stattdessen ist er ein LGBT-Aktivist, der klassische Lifestyle-Anarcho, ein aalglatter Spießer, der mit Silberlöffel im Mund geboren wurde.

@marcoprato ich schneide dir die Daumen ab und mache dich kalt!

Zunächst konzentrierte sich der Hass auf Prato. Doch im Laufe der Stunden begann Manuel Foffos Abwesenheit von der digitalen Bühne Verdacht zu erregen. Wieso war Manuel nicht auf Social Media? Selbst auf Google waren keine Fotos von ihm zu finden, und in den Zeitungen war ein verblasstes Passbild aufgetaucht, auf dem das Gesicht nicht genau zu erkennen war. Manche vermuteten, seine Familie sei die eigentlich einflussreiche: Die Foffos hatten so viele Beziehungen, hieß es, dass sie den Jungen binnen vierundzwanzig Stunden aus dem Internet verschwinden lassen konnten.

Daraufhin folgte der Post über Adam und Eva.

Wer sich die Mühe machte, Luca Varanis Facebook-Profil anzusehen, stieß auf etwas Unerwartetes. Auf den ersten Blick war es die klassische Pinnwand eines Jungen Anfang zwanzig: Liebesnachrichten von der Freundin (»Ich will neben dir aufwachen, dich in den Armen halten und dir noch eine Wahrheit verraten … Ich liebe dich!«), gute Vorsätze (»Jeder Tag ist eine Chance, ein besserer Mensch zu werden.«), Schmähungen ohne einen erkennbaren Gegner (»Schämt euch!«), kurze Clips mit im römischen Dialekt synchronisierten Disneyfilmen (»Schneewittchen und die kodderigen Zwerge«).

Doch hin und wieder fand sich dazwischen etwas anderes.

Vor allem waren es Posts, die Luca mit anderen Nutzern geteilt hatte. Einer enthielt ein Meme von Cécile Kyenge, der ersten Ministerin mit afrikanischen Wurzeln in der Geschichte der Republik. »Ich bin Italienerin«, ließ der Autor des Memes Kyenge sagen. »Und ich bin eine Katze«, antwortete ein Hund in der Vignette darunter. Ein anderer Post enthielt einen fiktiven Dialog zwischen Cécile Kyenge und Benito Mussolini. »Die italienischen Einwanderungsgesetze sind eine Schande«, sagte die Ministerin. Und Mussolini: »Eine Schande ist, wenn Leute aus dem Kongo hierherkommen und einem Volk, das stolz auf seine Geschichte ist, Vorschriften machen.«

Das Unglück wollte es, dass sich zu diesen Posts einer mit homophobem Beigeschmack gesellte, und dass es der letzte war, den Luca Varani veröffentlicht hatte, ehe er getötet wurde. Ein religiöses Motiv mit der Unterschrift: »Gott erschuf Adam und Eva, nicht Adam und Claudio.«

Sagten diese Posts etwas Eindeutiges über Luca Varanis Persönlichkeit und seine Ansichten aus? Machten sie ihn zu einem überzeugten Schwulenhasser? Zu einem Rechtsextremisten? War es nicht unklug, sie zum Aushängeschild eines jungen Mannes zu machen, über den man nichts wusste? Doch jeder Vorsicht zum Hohn wurde Luca Varani für ein Heer von Kommentatoren sofort zu einem Hetero, den zwei Schwule umgebracht hatten, weil er sich zur natürlichen Familie bekannte. Auf der neuen Welle surften ausgerechnet jene, die für Besonnenheit und Zurückhaltung stehen sollten: die Politiker.

Der Erste, der aus der Deckung kam, war Mario Adinolfi. Der ehemalige Abgeordnete der Demokratischen Partei war ein katholischer Abtreibungsgegner und wackerer Verfechter der traditionellen Familie. In jenem Jahr geköpfter Stadtregierungen arbeitete Adinolfi an seiner Kandidatur als Bürgermeister von Rom. Auf seinem Facebook-Profil schrieb er: »Der letzte Post des armen Luca Varani war ein biblisches Motiv mit der Unterschrift: *Gott schuf Adam und Eva, nicht Adam und Claudio*. Hätte ich ihn veröffentlicht, hätte man mich wochenlang als homophob beschimpft. Luca Varani wurde auf brutale Weise von zwei Schwulen ermordet, die ihn betäubten, mit Drogen vollpumpten und folterten. Die *Repubblica* hat folgende Schlagzeile: *Sex, Nachtleben und anderer Wahnsinn: Der Absturz von Manuel und Marco*. Das Wort *schwul* taucht erst ganz am Ende des Artikels auf. Ich sage, in der Welt der Kommunikation agiert eine homosexuelle Lobby, die jede Nachricht, die dem Bild der LGBT-Community schaden könnte, herunterspielt. Wie hätten die Zeitungen getitelt, wenn das Opfer ein von zwei Wachleuten getöteter Schwuler gewesen wäre? Ich hoffe, ehrliche Richter fragen sich, warum ausgerechnet Luca als Opferlamm herhalten musste. Das ist wichtig, um zu verstehen, ob all die schmutzige Gewalt, die uns entgegenschlägt – nur weil wir gegen die Homosexuellen-Ehe sind –, nicht einen Verfolgungswahn auslöst, dessen Gipfel diese Tat ist.«

Auch ein Teil der LGBT-Community fing an, sich Gehör zu verschaffen, und auch in diesem Fall waren es die politischen Vertreter, die die Initiative ergriffen. Vladimir Luxuria, die erste Transgender-Abgeordnete im Europäischen Parlament, erzählte, sie habe Marco Prato vor einiger Zeit kennengelernt. Auf Twitter zeigte Luxuria den Screenshot einer alten Nachricht von Prato, in der der Eventmanager sie einlud, während eines Abends im Os Club ihr neuestes Buch vorzustellen. Luxuria bekundete Verstörung über das, was passiert war (»in Menschen, bei denen man es nicht erwartet, können Monster lauern«), und bot ihre Meinung zum Lebenswandel des Opfers feil: »Oft sind die größten Homophoben verkappte Schwule, deshalb würde ich auch auf diese Möglichkeit tippen. Das Opfer war kaum älter als zwanzig und hatte eine Freundin: Was, bitte, hatte er an einem Freitagabend mit zwei erklärtermaßen schwulen Kerlen, die es gern krachen ließen, in einer Wohnung in der römischen Peripherie zu suchen, statt mit ihr zusammen zu sein? Die Antwort liegt auf der Hand.«

Andere Aktivisten behaupteten, das Problem sei der Selbsthass. Die Unfähigkeit, zu sich selbst zu stehen, bringe Schmerz und Frust hervor, Schmerz und Frust brächten Gewalt hervor, und wo sonst entstünden Schmerz, Frust und schließlich Hass, wenn nicht in der homophoben und patriarchalischen Kultur, die seit jeher unser Leben bestimmte? Die verinnerlichte, den eigenen Bedürfnissen zuwiderlaufende Intoleranz führte zu Katastrophen: Es sei die fehlende Akzeptanz der eigenen Homosexualität gewesen, die Foffo und Prato dazu gebracht hätte, Varani zu töten.

Es mangelte nicht an interessanten Ansichten von Kriminologen und ausgewiesenen Soziologen. Jemand führte sogar den Teufel ins Feld.

Wer das Werkzeug des Teufels benutzt, glaubt, übernatürliche Fähigkeiten zu erlangen, die andere nicht besitzen.

Verfluchte Dreckskerle, elende Kreaturen, Satansjünger!

Das Netz ist hemmungslose Emotionalität, dachte ich, nachdem ich stundenlang diese Nachrichten gelesen hatte. Dennoch fragte ich mich, ob in dieser Hemmungslosigkeit nicht ein Funken Wahrheit steckte: Berührte die Kakofonie der Social Media, die in einem Sturm aus Vereinfachung und Schwarzweißmalerei alles verzerrte, bei aller Unkorrektheit nicht vielleicht doch gewisse Wahrheiten, die man auf gemäßigterem Weg weniger schnell erreicht hätte?

»Nicola!«

Aber was passiert, wenn die Menschen, die in solche Fälle verwickelt sind, *selbst* beschließen, die Vereinfachungsmaschine der öffentlichen Erzählung zu befeuern?

»Nicola, komm schnell!«

Das war meine Frau, sie rief mich aus dem Wohnzimmer. Ich ging zu ihr, sie wandte mir den Rücken zu und deutete auf den Fernseher, das alte, unverwüstliche Haushaltsgerät, auf dessen Bildschirm gerade das große Gesicht von Valter Foffo zu sehen war, der, vier Tage nach dem Verbrechen und nur zwei nach dem Geständnis seines Sohnes, während Manuel gerade ins Gefängnis gesteckt und Luca Varani noch nicht beerdigt war, die Einladung einer Talkshow angenommen hatte, um zum Wohle mehrerer Millionen Italiener seine unvergessliche Version der Fakten zu erzählen.

Welcher Teufel hat den bloß geritten?

Das war die Frage, die sich die Wohlwollenderen stellten, während Valter Foffo im Fernsehen auftrat und einem riesigen Publikum eine perfekte Vorlage für Skandal, Empörung und Schmähungen bot, die sich allesamt an zwei Hauptgründen entzündeten: daran, was Valter Foffo zu sagen vermochte, und daran, was er *nicht* zu sagen vermochte.

»Was soll ich sagen, wir wurden schlecht beraten.«

Einige Zeit später sah Valter Foffo seinen Fehler ein. Er war weniger neben der Spur als in den ersten Tagen. Der anfängliche Schock war der profanen Handhabung des Ausnahmezustands gewichen: Unbekannte, die ihn auf der Straße beleidigten, die Geschäfte im steilen Sinkflug, die langen Diskussionen um einen möglichen Ausweg.

»Der Anwalt. Er hat uns dazu überredet.«

Valter Foffo wandte den Blick ab, während er das sagte, als wollte er einen Gedanken verscheuchen, der ihn aus der Fassung zu bringen drohte. Aber worauf konnte er den Blick richten? Wohin er sich auch wandte, stürzten die Probleme auf ihn ein.

»Es stimmt, ich habe ihm dazu geraten. Aber es war unmöglich vorauszusehen, was er von sich geben würde. Ich weiß nicht, was ihn geritten hat.«

Anwalt Andreano betrachtete die Episode aus einem anderen Blickwinkel. Valter Foffos Fernsehauftritt sei fraglos ein

Debakel gewesen. Aber die Leute könnten sich nicht vorstellen, was dahintersteckе. Sie wüssten nichts von der Angst, dem Druck, sie hätten keine Ahnung von dem echten Wahnsinn, dem die Familie eines geständigen Täters ausgesetzt ist, sobald ein Fall wie dieser zum Allgemeingut werde. Die Journalisten, die Programmdirektoren, alle waren sie hinter ihm her. Sie wollten, dass er ihnen den Vater des Jungen auslieferte. Sie wollten die Mutter des Jungen. Zur Not wäre der Bruder des Jungen auch in Ordnung gewesen.

»Es tut mir leid, Manuels Angehörige geben keine Erklärungen ab.«

Anfangs wehrte Andreano die Attacken ab und verweigerte jede Interviewanfrage. Allerdings änderte sich die Situation stündlich, das lodernde Feuer der Verachtung begann auf seinen Mandanten zuzurollen: Das Schweigen der Foffos drohte die Schuld noch schlimmer zu machen, was die Richterschaft durchaus zur Kenntnis nahm. Von Journalisten belagert, baten Manuels Familienangehörige ihn um Rat. Andreano dachte nach. Ein Interview. Ein einziger öffentlicher Auftritt, der die Erzählung, die sich um den Fall zu ranken begann, zumindest teilweise ändern könnte.

»In Ordnung, ich mach's.«

Wenn man diese Karte zum Wohl des Jungen ausspielen musste, dann wenigstens in der bekanntesten Talkshow des Landes. Bei *Porta a Porta* geschahen Dinge, die woanders undenkbar waren. Dort hatte Silvio Berlusconi seinen Vertrag mit den Italienern unterschrieben. Bei *Porta a Porta* hatte sich – und das hatte selbst den routinierten Moderator aus dem Konzept gebracht – der Papst höchstpersönlich per Live-Schaltung gemeldet. Auch die Verwandten des Mafiabosses Vittorio Casamonica waren dort zu Gast gewesen, und wenige Wochen später war der Sohn von Totò Riina aufgetreten, um die Geschichte seiner Familie zu erzählen.

Valter Foffo erschien makellos gekleidet in den Fernsehstudios, dunkles Jackett über weißem Hemd, rubinrote Krawatte, das schlohweiße Haar ordentlich gekämmt, die Wangen glattrasiert.

Ehe Bruno Vespa ihm das Wort erteilte, spielte er den Beitrag ab, der das Geschehen zusammenfasste.

Während die Stimme aus dem Off den Mord schilderte, begannen die Bilder von Marco Prato, Luca Varani und Manuel Foffo über den Bildschirm zu flimmern. Zwischen einem Bild und dem nächsten wurden ganze Seiten aus Manuels Vernehmungsprotokoll eingeblendet, die aus dem Off eingesprochenen Sätze waren gelb unterlegt (»Wir sind mit dem Auto los, ich weiß noch, dass wir Lust hatten, jemandem wehzutun.«, »Wir sagten uns, dass wir ihn umbringen mussten.«), andere Sätze wurden hingegen nur flüchtig gezeigt, ohne dass die Stimme sie verlas (»Luca prostituierte sich.«, »In der Silvesternacht hatte ich mit Marco Oralsex.«). Für die Zuschauer war es nicht leicht, sich zwischen all den Informationen zurechtzufinden. Der Beitrag war schnell vorüber, die Kamera schwenkte auf Bruno Vespa.

»Valter Foffo ist Manuels Vater«, hob der Moderator an, um den Studiogast vorzustellen, »ihm hat Manuel gestanden, Luca getötet zu haben. Signor Foffo, wie hat er Ihnen das gesagt?«

Valter Foffo seufzte. Er war sich der auf ihn gerichteten Kamera bewusst. Ein winziges Schweigen. Dann begann er zu erzählen. Er erzählte die Geschichte von der Autofahrt. Er sagte, ehe sein Sohn ihm den Mord gestanden habe, hätte er ihm gesagt, er habe Kokain genommen.

Der Moderator unterbrach ihn: »Entschuldigen Sie, Ihr Sohn sagte, er nehme seit zehn Jahren Kokain …«

Signor Foffo ging zur Verteidigung über. »Zehn Jahre? Also, davon weiß ich nichts.«

»Nun ja, das hat Ihr Sohn gesagt, ich habe keine Ahnung.«

»Nein, hören Sie«, stellte der Mann klar, »im Protokoll steht, dass er ein paar Jahre älter war.«

Vespa wurde sich des Missverständnisses bewusst: »Nein, nein, um Himmels willen!«, beeilte er sich zu sagen. »Nicht zehn Jahre *alt*; seit er neunzehn ist, *vor zehn Jahren*.«

Wie konnte Valter Foffo annehmen, man würde ihn fragen, ob sein Sohn als zehnjähriges Kind kokainsüchtig geworden sei? Hatte er das geglaubt, weil er durcheinander war? Weil im Fernsehen nichts undenkbar ist? Weil er sich an die Vorstellung gewöhnte, dass inzwischen mit allem zu rechnen war? Wieder einmal streifte Komik die Szene, als die Möglichkeiten der Tragik erschöpft waren.

»Ja«, beeilt sich Valter Foffo zu sagen, »so steht es im Vernehmungsprotokoll.«

»Und all diese Zeit über«, fragte der Moderator, »haben Sie nie irgendetwas bemerkt?«

Valter Foffo war ein Unternehmer mit langer Erfahrung, er war es gewohnt, Situationen zu meistern, in denen die meisten Leute aus dem Showbusiness versagt hätten. Allerdings hatte er nie in einem Fernsehstudio gesessen. Und so, benommen von den Lichtern, dem Spiel der Kameras, erschöpft von den vergangenen Tagen, gehetzt von der Frage, die im Fernsehen noch immer als die Mutter aller Fragen galt (»Wissen Sie, dass ihr Kind Drogen nimmt?«), stürzte sich Valter Foffo ins Leere.

»Nein, schauen Sie«, sagte er, »ich habe nie irgendetwas bemerkt, Manuel war immer ein vorbildlicher Junge. Ein friedliebender Junge. Ein Autodidakt. Ein sehr lieber Junge, vielleicht *allzu* lieb. Und auch verschlossen. Ein Junge mit einem überdurchschnittlichen Intelligenzquotienten.«

»Nun, das ziehe ich gar nicht in Zweifel«, schaltete sich der Moderator ein und passte den perfekten Augenblick ab, um seinen Interviewgast, dem er die Möglichkeit gegeben hatte zu sagen, sein Sohn verfüge über überdurchschnittliche Intelligenz, zu den Umständen des Mordes zurückzubringen.

Valter Foffo erzählte das wenige, das er wusste. Doch wieder war es das, was er zu wissen meinte, das die Zuschauer in Überraschung versetzte. Er sagte, zunächst habe er Manuels Geständnis nicht geglaubt (»Er wirkte allzu ruhig, von *eisiger* Ruhe.«), und so war ihm der Verdacht gekommen, das Kokain habe Manuel Dinge sagen lassen, die gar nicht passiert seien. Vespa fragte, ob es stimme, dass sein Sohn Alkoholprobleme gehabt habe. »Ja, ich selbst hatte ihn zu einem Psychologen geschickt«, lautete die Antwort. »Und was hat der Psychologe gesagt?« – »Mit mir hat er nicht darüber gesprochen, es gibt die berufliche Schweigepflicht.« – »Ja, natürlich«, sagte der Moderator, »aber hat der Psychologe Ihnen wenigstens gesagt, dass die Situation Ihres Sohnes alarmierend sei?« – »Keineswegs«, sagte Valter Foffo, dann betonte er noch einmal: »Manuel … ein *vorbildlicher Junge.*« An der Stelle schaltete sich die Psychotherapeutin Vera Slepoj ein. Sie war unter den Studiogästen und fragte Valter, ob er sich nicht ein allzu idealisiertes Bild von seinem Sohn gemacht habe. Valter Foffo antwortete, er habe sich vor allem das Bild eines fleißigen Jungen gemacht. Die Psychologin merkte an, dass ein Junge mit Alkohol- und Kokainproblemen doch irgendeinen Verdacht hätte erregen müssen. Valter Foffo wirkte gereizt. Bruno Vespa kam beiden zu Hilfe: »Wie dem auch sei, welchen Eindruck hatten Sie von Ihrem Sohn?« – »Einen *hervorragenden* Eindruck«, antwortete Valter Foffo, »was die Sache mit dem Alkohol angeht, habe ich, wie gesagt, gleich eingegriffen. Aber echte Alkoholsucht, Dottoressa, *ist was ganz anderes*«, sagte er in gereiztem Ton zu der Slepoj, »ein Alkoholiker ist jemand, der jeden Tag trinkt, Manuel rührte monatelang keinen Tropfen an.« Im Studio saß auch der Schriftsteller Maurizio de Giovanni. Er zeigte sich erschüttert über das, was passiert war. Der aus Mailand zugeschaltete Anwalt Andreano sagte, man müsse klären, inwieweit Manuel zurechnungsfähig gewesen sei, während er tat, was er getan habe. Valter Foffo äußerte die Vermutung, sein Sohn und Marco Prato hätten sich den Verstand weggekokst. »Möglicherweise haben sich die beiden auch gegenseitig manipuliert«, tippte die Psychologin. »Eine *sehr unwahrscheinliche* Vermutung«, entgegnete Valter Foffo entschieden. De Giovanni fragte, ob es stimme, dass Manuel sich ärztlich habe untersuchen lassen, um den Führerschein wiederzubekommen. »Ja, denn einen Abend ist er aus der Disco gekommen«, antwortete Valter Foffo, »mit dem Auto ins Schleudern geraten, und da kam die Polizei.« – »Ja, aber solche Untersuchungen werden nicht gemacht, wenn die toxikologischen Werte oder der Promillegehalt keinen Anlass dazu geben«, bemerkte de Giovanni. »Das ist vor anderthalb Jahren passiert«, verteidigte sich Valter Foffo, »seitdem hat Manuel keinen Alkohol mehr angerührt. Er hat die Untersuchungen gemacht. Er hat sie wiederholt. Sie waren negativ.«

»Signor Foffo«, setzte Bruno Vespa der Diskussion ein Ende, »als Vater fühle ich mit Ihnen. Als Journalist glaube ich, dass jetzt ein anderer Film losgegangen ist.«

Niemand erfuhr, wie die Vernehmungsprotokolle in die Hände der Sendungsmacher gelangt waren. Sie im Fernsehen zu zeigen konnte Pratos Anwälten in die Hand spielen und ihnen Einzelheiten liefern, von denen sie sonst nicht erfahren hätten. Auch im Brustton der Überzeugung für Manuels anhaltende Abstinenz zu garantieren konnte sich als unglückliche Idee erweisen. Es standen schwierige Tage bevor. Das Fernsehen hatte noch immer die Macht, jemandem, dem es im Guten oder im Schlechten gelang, bei den Zuschauern Eindruck zu machen, zu jähem Ruhm zu verhelfen. Für Valter wurde es schwer, das Haus zu verlassen, ohne dass ihn jemand beschimpfte. »Mörder!«, brüllte man ihm auf der Straße entgegen. Und dann das Netz. Dort wurde die Verdammung zur Lawine.

Wenn ich der Vater von Manuel Foffo wäre, würde ich nicht an Vespa, sondern an Selbstmord denken.

10 Jahre Kokain, und Vati hat's nicht bemerkt.

Das ist die Erziehung, die er seinem Sohn mitgegeben hat! Der sollte sich verstecken, statt im Fernsehen aufzutreten! Er hat ein Monster großgezogen und verteidigt es auch noch!!

Dieser Mann denkt nur daran, das Bild seines Sohnes und sein eigenes als Vater zu verteidigen.

Was für widerwärtige Leute. Der elektrische Stuhl für ihn und die ganze Brut.

Zu spät ging Valter Foffo auf, auch über andere Dinge nicht nachgedacht zu haben. Zum Beispiel schien er vergessen zu haben, dass an jenem Abend auch Luca Varanis Eltern vor dem Fernseher sitzen würden, seine Freunde, seine Freundin Marta Gaia. Warum hatte er sich nicht an sie gewandt? Das wäre ein guter, medienwirksamer Zug gewesen. Er hätte sagen können, wie zutiefst erschüttert er wegen Luca sei, er hätte ihm einen Gedanken widmen können, er hätte sich an die Eltern des Opfers wenden, kamerawirksam um Verzeihung bitten, um irgendeine Art von Vergebung ersuchen können. Warum hatte er es nicht getan?

Niemand wird so sehr vom Wiederholungszwang heimgesucht wie der, der schwere Fehler begeht. Und so brachte Valter Foffo es in den folgenden Tagen fertig, einen weiteren zu begehen, und dann noch einen.

Über Nacht verwandelte sich Marta Gaia Sebastianis Leben in einen Trümmerhaufen.

Marta war zweiundzwanzig Jahre alt und mit Luca zusammen, seit sie vierzehn war. Binnen eines Tages erfuhr sie, dass ihr Freund tot war, dass es sich nicht um einen Unfall handelte, dass zwei Typen, von denen sie noch nie gehört hatte, ihn in einer Wohnung, die Luca freiwillig betreten hatte, gefoltert hatten und dass man, als wäre all das nicht genug, in Erwägung ziehen musste, dass er ein Doppelleben geführt hatte.

»Er war ein Stricher«, hatte es geheißen.

Ein Stricher? *Luca, ein Stricher?*

Und weil der Wahnsinn der Welt keine Grenzen kennt, behauptete jetzt auch noch ein Herr mittleren Alters im ersten Programm der RAI ganz ungerührt, sein Sohn, ein geständiger Täter, sei ein vorbildlicher Junge.

Achtundvierzig Stunden zuvor war das Leben noch ganz normal verlaufen. Jetzt war alles dem Erdboden gleichgemacht.

Marta Gaia wohnte in Casalotti, in einer von niedrigen Häusern und Magnolien gesäumten Straße. Seit kurzem arbeitete sie für einen Cateringbetrieb. Sie schätzte sich glücklich, diesen Job gefunden zu haben, doch tatsächlich musste sich jeder Arbeitgeber glücklich schätzen, wenn ihm jemand wie sie über den Weg lief. Marta Gaia war zuverlässig und gewissenhaft; konnte sie eine Aufgabe erfüllen, tat sie das mit vollem Einsatz, und sobald sie merkte, dass sie ihr nicht gewachsen war, versuchte sie zu lernen. In der Berufsschule hatte sie nur eine sehr vage Vorstellung von dem vermittelt bekommen, was sie in der Gastronomie erwartete, aber was ihr an Erfahrung fehlte, machte sie mit Beharrlichkeit, Loyalität und Teamgeist wett. Sehr schnell war klar, dass man mit ihr einen guten Griff getan hatte. Und außerdem hatte Marta Gaia *ihn*.

1. Du bist wunderschön.
2. Du siehst in allem bezaubernd aus.
3. Jeder Blick von dir haut mich um.
4. Für ein Lächeln von dir würde ich mein Leben dem Teufel geben.
5. Du bist süß und fürsorglich.
6. Wenn du lachst, wird die Sonne rot.
7. Für mich bist du das Leben selbst.
8. Du weißt, wie du mich beruhigen kannst.
9. Du kennst meine größten Träume.
10. Du behütest mein Herz.
11. Wir verstehen uns mit einem Blick.
12. Du magst es, mich an deinem Leben teilhaben zu lassen.
13. Wenn du diesen Brief liest, wirst du die Fehler verbessern.
14. Deine Berührungen verschaffen mir Gänsehaut.
15. Jedes Mal, wenn du mir was schenkst, triffst du ins Schwarze.
16. Du erträgst meine sinnlosen Wutausbrüche.
17. Du hast gegessen, was ich gekocht habe (mutig von dir).
18. Wenn du schläfst, bringst du alles um dich zum Leuchten.
19. Du bist überrascht, wenn ich dich mit etwas überrasche, womit du schon gerechnet hast.
20. ICH LIEBE DICH

Zwanzig Gründe, um ihr zu sagen, dass er sie liebte, aufgelistet auf zwei linierten Blättern.

Zwanzig war für sie beide eine magische Zahl. Sie hatten sie in einen Schlachtruf verwandelt: »Marta Gaia + Luca für immer zusammen gegen alles und alle, seit dem 20/10/2007 und in alle Zukunft!«

Mit vierzehn hatten sie sich das erste Mal gesehen. Nach der Schule nahmen sie denselben Bus. Er saß hinten, plauderte mit Vincenzo Giunta. Marta Gaia kannte Vincenzo, aber diesen hübschen, dunklen, langen, schmalen Jungen hatte sie noch nie gesehen.

»Ey! *Wer war das?*«

Luca hatte seinen Rucksack zwischen die Fahrgäste geworfen. Marta war darübergestolpert. »Er hatte ein bisschen auf Proll gemacht, um ihre Aufmerksamkeit zu erregen«, erinnerte sich Vincenzo grinsend. »Wer war das?«, wiederholte Marta Gaia. Luca blickte sie schweigend an. Marta fand seine Augen wunderschön. Derweil näherte sich der Bus den letzten Haltestellen, bald würde Marta aussteigen.

Sie war diejenige, die die Hand ausstreckte, ehe es zu spät war: »Freut mich. Marta Gaia.«

Er drückte sie. »Ich heiße Luca.«

Marta und Luca wurden unzertrennlich. Sie sahen sich, wann immer es möglich war, den ganzen Tag riefen sie sich ständig an oder schrieben sich Nachrichten. Sie war »Frauchen«, er war »Maskottchen«. »Hundert Euro, dass die beiden heiraten«, sagten die Freunde. Sie gingen auf verschiedene Schule, hatten verschiedene Freundeskreise. Marta hing mit ihren Freunden aus Casalotti ab, die Luca kannte. Luca hing mit irgendwelchen Freunden an der U-Bahn-Station Battistini ab, die Marta Gaia indes noch nie getroffen hatte. Sie traf sie absichtlich nicht. Sie gefielen ihr ganz und gar nicht.

»Aber liebst du mich?«

»Klar liebe ich dich.«

»Würdest du mich gegen eine andere eintauschen?«

»Nein.«

»Und wenn die andere eine bessere Version von mir wäre, makellos, schlanker, und du mit ihr alles machen könntest, was du willst?«

»Was perfekt ist, kann man nicht verbessern.«

Marta Gaia hatte ein energisches Wesen, sie war eigensinnig, willensstark, und auch an gesundem Menschenverstand fehlte es ihr nicht. Luca war ausweichend, ohne egoistisch zu sein, rastlos, ohne garstig zu sein, und fand in ihren Armen Ruhe und Zuflucht. Hin und wieder redeten sie über die Zukunft. Sie würden zusammenziehen, bessere Jobs finden, heiraten und Kinder haben. Sie wussten, dass die Zeiten schwierig waren, dass ihnen nichts geschenkt werden würde, sie waren nicht reich, hatten keine einflussreichen Freunde, genossen keinerlei Privilegien, waren sich bewusst, dass es Einsatz erfordern würde, weiterhin zusammenzubleiben, die Fähigkeit, sich über seine Fehler hinwegzusetzen, Kampfbereitschaft. All das begeisterte sie.

»Du bist die Frau meines Lebens. Ich liebe dich, Frauchen!«

Wenn sie ihn in den besten Momenten so reden hörte, war Luca für Marta Gaia der liebevollste Junge der Welt. In anderen Momenten war er aufbrausend, argwöhnisch, wurde aus unerfindlichen Gründen wütend. Dann verschwand er von der Bildfläche. Es war, als durchströme ihn das Leben in seinen Tiefen so ungestüm, wie Kinder es empfinden, deren innere Welt täglich neues Land gebiert und heftige Erschütterungen erleidet. Wenn Luca spurlos abtauchte, wurde Marta Gaia fuchsteufelswild, sie bombardierte ihn mit Nachrichten, bis er endlich antwortete, sie zankten sich auf WhatsApp – machten einander Vorwürfe, warfen sich alles Mögliche an den Kopf –, doch am Ende versöhnten sie sich immer wieder. Die Endstation des 905er-Busses war ihr Treffpunkt. Sie stritten und tauchten schließlich Arm in Arm aus dem Schatten des Abends auf. Sie gingen eine Pizza essen, und er sagte: »Du machst die Menschen besser.«

Nach dem Mord sagten die Übelmeinenden, Marta Gaia habe alles darangesetzt, ihn nicht von der Leine zu lassen. Hätte sie es nicht getan, wäre er eines Tages für immer verschwunden: Luca war so schön, sagten sie, jeder schmachtete ihn an, es sei allein ihrer Hartnäckigkeit zu verdanken, dass sie so lange zusammengeblieben seien. Andere sagten, man müsse die Welt nicht in Bescheidwisser und Ahnungslose unterteilen, sondern in die, die die Kraft besaßen hinzusehen, und die, die mit Tomaten auf den Augen herumliefen, um bloß nichts mitzukriegen. Marta Gaia kannte sämtliche Indizien, um eins und eins zusammenzuzählen, hätte sie denn den Mut dazu gehabt.

Am Donnerstag war er sie besuchen gekommen. Es mochte fünf Uhr nachmittags sein. Sie hatten eine Weile geplaudert. Irgendwann hatte Luca gesagt, er brauche ein neues Ladekabel für sein Handy. »Ich schnorre mir ein bisschen was an der Cornelia-Haltestelle zusammen.«

Er war chronisch blank. Schnorrte Kleingeld für Zigaretten oder fürs Benzin, sagte ein Freund. Wenn er mit Marta Gaia ausging, war häufig sie diejenige, die zahlte. Hin und wieder pumpte Luca sie um kleine Summen an, Marta sagte nicht nein, weshalb er ihr inzwischen fast hundert Euro schuldete. Aber sobald Luca ein paar Scheine in der Tasche hatte, gab er sie freigiebig für andere aus. Er war großzügig, überschüttete Marta Gaia mit Geschenken, führte sie zum Abendessen aus, und am nächsten Tag war er wieder abgebrannt. In der Autowerkstatt zahlten sie ihm hundertfünfzig Euro die Woche. Schade nur, dass sie im Boccea-Viertel lag, das voller Spielhallen war. Luca versenkte einen Haufen Geld in Spielautomaten.

Bevor es Abend wurde, tauchte Luca wieder auf. Er begleitete Marta Gaia zum Volleyball. Als das Freundschaftsspiel dran war, zählte er die Punkte. Sie hatten viel Spaß. Das Training war um halb elf zu Ende, gerade rechtzeitig für die letzte Fahrt des 31er-Busses. Um zehn vor elf küssten sich Luca und Marta, umfangen von der Nacht der römischen Peripherie.

Am nächsten Tag begannen sie gleich frühmorgens, sich zu whatsappen. (»Kätzchen, was machst du?« – »Bin gerade aufgewacht, muss zur Arbeit.«). Er textete ihr, dass er auf dem Weg in die Werkstatt sei, aber log sie genauso an wie seinen Arbeitgeber. (In den folgenden Tagen kam Marta Gaia zu dem Schluss, dass er ihr die letzten Nachrichten geschrieben haben musste, als er bereits vor Manuel Foffos Haustür stand.) Wenige Minuten später riss der Kontakt ab, Marta Gaia schickte weitere WhatsApp-Nachrichten, Luca antwortete nicht. Sie versuchte, ihn anzurufen. Das Telefon klingelte ins Leere. Er hat es wieder getan, dachte sie. Hat sich in Luft aufgelöst. Der Kerl war unmöglich! Sie vermutete, dass er mit seinen Eltern gestritten hatte. Und wenn er gar nicht zur Arbeit gegangen war? Sich zu diesem durchgeknallten Haufen an der Battistini-Station gesellt hatte? Marta begann, ihm wutschnaubende Nachrichten zu schicken, rief ihn abermals an. Wo zum Scheißdreck war er abgeblieben? Nach ein paar Stunden war Lucas Handy nicht mehr erreichbar. Komm schon, jetzt beruhigen wir uns mal, dachte Marta Gaia. Luca war ein Schussel, womöglich hatte er das Handy irgendwo liegenlassen. Oder der Akku war leer. Schließlich funktionierte das Ladekabel nicht richtig. Bestimmt war das die Erklärung dafür. Aber am Abend war das Handy noch immer abgeschaltet.

Am nächsten Tag, Samstag, rief Marta Gaia Signor Varani an.

Am Sonntagmorgen war Marta Gaia bei der Arbeit. Auf der Tageskarte standen Fettuccine all'amatriciana, Calamarata mit Pilzen, Kalbsschnitzel in Zitrussauce. Wie immer am Wochenende kamen eine Menge Leute, es ging hoch her. Irgendwann blickte Marta Gaia auf, und ihre Mutter stand vor ihr. Wie seltsam. »Ciao, Mama, was gibt's?« Die Frau sah sie mit einem Ausdruck an, den sie noch nie bei ihr gesehen hatte. Dann lag Marta Gaia in ihren Armen.

Jetzt schluchzte sie. *Tot*, hieß es. Aber alles in ihrem Körper behauptete das Gegenteil. Es war, als würde man ihr einreden, dass es draußen schneite, obwohl ihre Augen noch die Sonne sahen. Alle redeten von Luca. Das ganze Viertel redete über ihn, kurz darauf die ganze Stadt, am Abend ganz Italien. Man machte den Fernseher an, und auf dem Bildschirm erschien sein Foto. Marta Gaias Telefon begann, sich mit Nachrichten zu füllen, die Freunde fingen an, sie anzurufen, ihre Lehrer, alle möglichen Leute fragten, ob sie zu ihr kommen könnten.

Dann kam der Anruf der Carabinieri.

Am frühen Nachmittag meldete sich Marta Gaia auf der Carabinieri-Station an der Piazza Dante.

Sie gab ihre Personalien an, drückte dem Inspektor die Hand und begann, seine Fragen zu beantworten. Ihre Antworten überraschten sie selbst. Zur wahrheitsgemäßen Schilderung der Fakten verpflichtet, sagte sie Dinge, die zu bestätigen schienen, dass es einige dunkle Flecken gab, Ungereimtheiten, denen sie nie die nötige Aufmerksamkeit geschenkt hatte. Wie viele Gedanken muss man sich über das machen, was wir von geliebten Menschen nicht wissen? Und selbst wenn wir alles über sie wissen könnten – wäre das richtig?

Nach der Unterredung mit den Carabinieri kehrte Marta Gaia nach Hause zurück. Sie war aufgelöst, verzweifelt, brauchte einen Ort, an dem sie sich sicher fühlte. Sie ging auf Facebook. Ihre Pinnwand war gespickt mit Nachrichten. Ein Berg elektronischer Mitteilungen, alle für sie. Es trafen Beileidsbezeigungen ein, Ermutigungen, stark zu bleiben, kurze, mitfühlende Kommentare. Sie stammten von ihren Freunden, aber vor allem von einem Heer Unbekannter.

Aufrichtig gerührt von all den Zuneigungsbekundungen schrieb Marta Gaia einen Dankespost.

> Echt tausend Dank euch allen für die Gedanken und Worte … Leute, die ich nie gesehen oder kennengelernt habe, schenken mir Worte des Trostes. Und DANKE an die alten Freunde, ich habe wahnsinnig viele Messages und Anrufe bekommen. Der Schmerz

ist einfach riesig und unbeschreiblich, egal was, so darf man nicht enden. Ich möchte, dass alle Luca als den lieben und sensiblen und nicht als den »schwachen« und manchmal überheblichen Jungen in Erinnerung behalten. Das Gerede ist mir egal, alles ist mir egal. Ich liebe ihn und werde ihn immer lieben, aber nicht den Luca, der er für alle war, sondern den, der er mit mir war … Nämlich mein MASKOTTCHEN.

Erst danach stieß sie auf Valeria Proietti.

Sie hatte sich auf Messenger gemeldet und bat sie, privat mit ihr zu chatten. Wie seltsam. Valeria Proietti gehörte zu der Battistini-Clique, eine Blondine mit Pin-up-Kurven, die alles verkörperte, was Marta Gaia nicht leiden konnte. Sie war schrill, überzogen (auf den Fotos hielt sie die knallig geschminkten Lippen in die Kamera oder streckte die Zunge heraus, um ihr Piercing zu zeigen) und liebte es, mit aggressiven Sprüchen zu provozieren. »Ich sage immer: Wenn sie dich irgendwann hassen, weißt du, dass du deinen Job gut machst.« Sie war siebzehn.

Marta Gaia und Valeria waren nicht befreundet, keine der beiden hatte die Nummer der anderen, sie kannten sich nur flüchtig. Valeria war mit Alessandro Mancini zusammen, dann waren da noch die beiden anderen Mancini-Brüder, Valerias Schwester, Daniele Spada, Gabriele Rivetti, außerdem ein gewisser Adriano, eine gewisse Alessia und noch ein paar andere. Das war die Battistini-Clique. Es hieß, manche von ihnen würden koksen. Doch so oder so waren sie als planlose Nichtstuer bekannt, die keinerlei Bedürfnis hatten, etwas an ihrer Situation zu ändern. Marta Gaia hatte nie etwas mit ihnen zu tun haben wollen. In ihren Augen waren diese Leute für einen wie Luca die perfekte Versuchung, die ideale Gesellschaft, um ihn von seinen guten Vorsätzen abzubringen. Dass er trotzdem mit ihnen abhing, war der einzige Grund, weshalb Marta sich auf einen Chat mit Valeria einließ. Sie klickte auf das Icon. Und las.

Hey Marta die haben gesagt sie kennen ihn kaum aber ehrlich gesagt wenn er mit uns ausging … mit der Schwuchtel hat er schon geredet und uns gesagt der würde ihm Geld leihen und dann verschwand er ein halbes Stündchen und kam wieder … ich weiß nicht was er da getrieben hat … aber ich schwöre dir das hätte ich nicht erwartet er war so toll … und du mach dir keine Sorgen weil er wird immer bei dir sein.

Weil er hat mir immer gesagt dass er dich wahnsinnig liebt er wird dich vor allem schützen da bin ich mir sicher …

Obwohl Valerias schriftliches Italienisch mehr als wackelig war, war der Subtext mehr als klar. Marta Gaia war wie vom Donner gerührt.

Ich bin sprachlos. Wieso ging er sich Geld beschaffen? Wozu brauchte er das? Ich glaub's nicht. Ich weiß nicht, ob du was weißt, aber wenn ja, dann sag's mir.

Valeria Proietti antwortete.

Ja

… also ich glaub er ging da hin und hatte was mit dem … weil er hat es mir alessandro filippo meiner Schwester gesagt … Aber am Ende war das seine Sache … er war mein Freund ich mochte ihn so wie er war er war immer cool mit uns … filippo als er das mitgekriegt hat ist völlig ausgerastet … er hat ihnen echt was bedeutet … aber was ist eigentlich mit seinem Telefon passiert??? Da kriegst du was raus auch wenn er immer alles gelöscht hat … Klar hat er Drogen genommen …

Ich hab ihm immer gesagt er soll dich mal mitbringen oder dir sagen wenn er mit uns abhing und ausging … er hat immer gesagt du wolltest nicht dass er mit alessandro und filippo abhing … Dabei hat er denen irgendwie echt immer viel bedeutet … Und er sich sowieso nie was sagen lassen … seine Schlamassel alleine erledigt …

Bildete Marta Gaia sich das ein, oder wurde ihr die Tatsache, dass sie nicht wollte, dass Luca mit den Battistini-Leuten rumhing, gerade zum Vorwurf gemacht? War das eine Art Abrechnung?

Verstört durch das, was sie zwischen den Zeilen zu lesen glaubte, vermied Marta Gaia es zu antworten. Was Valeria Proietti nicht davon abhielt nachzuladen.

> Marta hör mal wenn ich dir geschrieben habe dann nur um dir zu helfen auch weil ich außer dem Schmerz einen Freund verloren zu haben nichts davon habe …
> Und wer weiß schon was wirklich los war … wer weiß schon wie er sich in der Wohnung von denen zugedröhnt hat … wie sie ihn beeinflusst haben … Oder vielleicht weil er nichts mit ihnen haben wollte sind sie sauer geworden und haben es mit Gewalt gemacht.
> Aber ich rate dir nur ihn in Erinnerung zu behalten wie du gesagt hast … wie er war weil er ja immer so lieb war und alle ihn mochten … und du kannst sicher sein dass er bei dir ist und dich immer beschützen wird weil du die frau seines Lebens warst … er hat mir immer von dir erzählt!!!
> Umarmung
> Entschuldige wenn ich dir dauernd schreibe
> Aber ich schwöre dir dass Filippo den ganzen tag zu hause geheult hat.

Ein Konzentrat aus übler Nachrede und vermeintlicher Menschenfreundlichkeit. Also gab Marta Gaia schließlich nach.

> Ich weiß nicht … Ich kann es nicht glauben, dass Luca sich wirklich prostituiert hat …

Valerias Antwort ließ nicht auf sich warten.

> Also ich glaub er hat das nur gemacht wenn er Geld brauchte weil er ging nicht immer hin. Kann sein dass er uns das nur aus spaß gesagt hat. Aber dass er zu dem ging und mit Geld wieder-

kam … ich schwöööööre. Am Anfang hat er uns gesagt dass er ihm das geschenkt hat. Aber niemand schenkt dir Geld …

Nach weiterem Geplänkel wurde Marta Gaia nervös.

Du erzählst einen Haufen Scheiße.

Valeria Proietti änderte die Tonlage.

Hättest du wohl gern. Hahahahahahahaha. Würde keinen Sinn machen. Hahahahaha.
Na schön Martaaaa
Glaub was du willllst
Mach dir nichts drauuuus wie blöd du neun Jahre lang warst Hahahahahaha
Ich schreib dir nicht meehr
Ciaooooo

Marta Gaia war fassungslos, mit so einer Reaktion hatte sie bestimmt nicht gerechnet, und ein einziges Mal in der Konversation ließ sie die Deckung sinken.

Außerdem waren es nicht 9 Jahre, wir hatten Schluss gemacht, und was er gemacht hat, als wir nicht zusammen waren, ist sowieso seine Sache.

Es stimmte. Ende 2010 hatten sie und Luca sich eine Auszeit genommen. Die Tatsache, dass Marta sich damit zu verteidigen versuchte, hätte Mitleid erregen sollen. Aber Valeria Proietti war nicht der Typ, der weich wurde.

Ah klar ich wusste dass du eine ganze Weile mit ihm schluss gemacht hattest aber in oooooooordnung aber es passierte auch als ihr zusammen wart weil er dir textete dass er in der Schule war

> aber er war mit uns zusammen
> Jetzt ciaooooo
> Mir egal
> Hast recht ich rede scheiße
> Hat wohl keinen Sinn dir scheiße zu erzählen ich sag nichts schlechtes über ihn. Aber weil ich ihn kannte und ihn fast jeden tag gesehen habe konnte ich dir helfen.

Marta nahm ihre letzte Kraft zusammen, um die Unterhaltung zu beenden.

> Na gut, hör zu, schreib mir nicht mehr, ich habe keine Lust, mir noch mehr Schwachsinn über ihn anzuhören.

Was zum Henker war mit den Leuten los? Was ließ die Menschen so grausam werden?

Marta Gaia war zu verstört, um diesen Fragen nachzugehen. Nicht zuletzt, weil ihr beim Blick auf den Bildschirm noch etwas anderes auffiel. Ihr letzter Post, in dem sie denen dankte, die ihr Beileid bekundet hatten, hatte über zweitausend Likes bekommen. Ein Post von wenigen Tagen vor dem Mord war nicht auf zehn Likes gekommen. Und weil Marta Gaia nach dem Austausch mit Valeria anfing, richtig sauer zu werden, beschloss sie, ihre neue Macht auf die Probe zu stellen, und tippte erneut auf die Tastatur.

> Ich rede nicht, weil all das, was ihr euch ausdenkt, euch auf die gleiche Stufe mit Lucas Mördern stellt. Die Erinnerung an einen für mich lebenswichtigen Menschen in den Dreck zu ziehen, um Aufmerksamkeit oder Geld zu kriegen, ist wirklich unsäglich. Ihr kommt darüber hinweg, weil es mit euch glücklicherweise nichts zu tun hat, ich werde diesen Schmerz mein Leben lang mit mir herumtragen […] Wie widerlich sind die italienischen Gesetze? Wie widerlich ist das, was passiert ist? Oder wie widerlich sind alle die, die noch immer Müll über Luca verbreiten?

Sie hatte den Post kaum veröffentlicht, da kamen schon die ersten Reaktionen. Dutzende, dann hunderte Likes und Herzchen. Ein Heer neuer Follower wollte mit ihr interagieren.

Wir müssen uns zusammentun, damit die Gerechtigkeit siegt!!!!

Wir alle wollen Gerechtigkeit, denn das, was deinem Freund passiert ist, hätte uns allen passieren können.

Hör nicht auf die Laberer, lass dich von deinem Weg nicht abbringen, Kriegerin.

Wir sind alle massenweise bei dir und fordern Gerechtigkeit für Luca.

Alle gaben ihr recht und alle waren solidarisch. In kurzer Zeit bekam der Post über dreitausend Likes. Binnen weniger Stunden sollten die Zeitungen und das Fernsehen anrufen. Sie war nicht mehr das Mädchen von einigen Tagen zuvor, vielleicht nicht einmal mehr das Mädchen von wenigen Stunden zuvor. Marta Gaia Sebastiani war eine öffentliche Person geworden.

Tags darauf war Marco Prato an der Reihe, seine Version der Tatsachen zu schildern.

Im Vernehmungsraum des Regina-Coeli-Gefängnisses wurde der Angeklagte dem Ermittlungsrichter vorgeführt. Bei ihm waren Dottor Francesco Scavo und der Verteidiger Pasquale Bartolo.

Trotz seines kürzlichen Krankenhausaufenthaltes schien Marco bei guter Gesundheit zu sein. Er war ruhig und gefasst. Das fehlende Toupet beeinträchtigte seine Ausstrahlung und war dennoch passender für das, was nun für ihn auf dem Spiel stand – angefangen bei der Anklage des vorsätzlichen Mordes, die ihm lebenslänglich einbringen konnte.

»Fangen wir bei den Personalien an. Sie heißen Marco Proto, richtig?«, fragte der Richter.

»Prato«, korrigierte ihn der junge Mann.

»Geboren in?«

»Rom, am 14. Juni 1986.«

»Leben Sie allein oder zusammen mit anderen Personen?«

»Zurzeit bei meinen Eltern.«

»Ihre Familie setzt sich wie zusammen?«

»Ich habe eine ältere Schwester, sie ist verheiratet.«

»Also lebt Ihre Schwester nicht mit Ihnen zusammen.«

»Sie lebt im selben Gebäude, nicht in derselben Wohnung.«

»Sind Sie verheiratet? Wie ist Ihr Familienstand?«

Und hier, nur wenige Minuten nach dem Beginn des Verhörs, nahm Marco Prato sich seine erste Freiheit heraus.

»Junggesellin.«

»Sie meinen, Junggeselle«, korrigierte der Richter.

»Junggeselle, Entschuldigung«, sagte Marco.

Die Journalisten waren Marcos Eltern – Ledo Prato und Maria Pacifico – genauso auf den Fersen wie in den vorangegangenen Tagen den Foffos. Sämtliche Interviewanfragen wurden von Anwalt Bartolo zurückgewiesen. Die Reporter fingen an, die Gegend um die Piazza Bologna zu belagern, sie postierten sich an jeder Straßenecke, neben jeder Bar und jedem Lokal, bei dem zu vermuten war, dass dort früher oder später ein Angehöriger oder ein Freund von Marco auftauchen würde. Je weniger sie herausfanden, desto gereizter wurden sie. Je gereizter sie wurden, desto mehr neigten sie dazu, schlecht über ihn zu schreiben.

Bartolo fungierte als Schutzschild. Am Tag der Vernehmung in der Via della Lungara warf sich der Anwalt den Journalisten vor dem Gefängnis von Regina Coeli zum Fraß vor.

»Dottor Bartolo, warten Sie kurz!«

Bartolo drosselte den Schritt. Sogleich war der in einen dunklen Mantel gehüllte Mann mit den Geheimratsecken und dem hageren, leicht nervösen Gesicht von Fernsehkameras umringt.

»Was ich Ihnen sagen kann, ist, dass wir beschlossen haben, auf sämtliche Fragen zu antworten, die uns gestellt werden.«

»Also wird der Angeklagte nicht von dem Recht der Aussageverweigerung Gebrauch machen?«, fragte eine Journalistin.

»Er wird klarstellen, welche Rolle er in der Angelegenheit gespielt hat.«

Die Journalistin änderte den Ton: »Wie geht es Ihrem Mandanten? Haben Sie miteinander gesprochen?«

»Es geht ihm wie einem jungen Mann, der gerade versucht hat, Selbstmord zu begehen.«

»Aber hat er sich reuig gezeigt?«

»Schauen Sie«, sagte Bartolo, »er hat Reue gezeigt wie ein junger Mann, der, nachdem er eine Sache getan hat, versucht hat, sich das Leben zu nehmen. Ich glaube, dem ist nichts weiter hinzuzufügen.«

Genau, aber um welche *Sache* handelte es sich?

Luca Varanis Vater begann zu reden. Signor Foffo hatte der Presse mit seinem Auftritt in *Porta a Porta* für Wochen Futter gegeben. Die Pratos schufen ein Vakuum um sich. Weder Marcos Vater noch die Mutter, die Schwester, Angehörige oder engste Freunde hatten sich zu der kleinsten Äußerung hinreißen lassen.

»Zwecklos, die halten alle dicht«, sagten die enttäuschten Reporter.

Allerdings ist es schwer, sich den Carabinieri zu entziehen, wenn sie mit einem amtlichen Durchsuchungsbefehl vor der Tür stehen.

Die Ermittler waren erpicht darauf, an Marco Pratos Computer zu kommen. Die im Zimmer des Hotels San Giusto geschriebenen Abschiedsbriefe waren unmissverständlich gewesen wie die Aufforderung, seine Computer zu zerstören. »Sie bergen meine hässlichen Seiten.« Um 20:40 Uhr klingelten die Carabinieri bei den Pratos. Signora Pacifico öffnete ihnen. Die Ermittler durchsuchten die Wohnung. In Marcos Zimmer fanden sie einen Laptop. Es fehlte der zweite Computer. Signora Pacifico sagte, sie habe ihn dem Anwalt überlassen, damit er sein Mandat besser ausüben könne. Die Antwort gefiel den Carabinieri nicht. Der Computer konnte dem Verteidiger übergeben worden sein, um Beweise zu vernichten. Ein Dringlichkeitsantrag auf Beschlagnahme auch für den zweiten Computer wurde unterzeichnet.

Nachdem das iPhone und die beiden Computer untersucht worden waren, meldete die operative Einheit die Entdeckung mehrerer Dateien und bat um die Aufnahme in die Prozessakten: »Zwei offenkundig pädophil orientierte pornografische Videos« (»die haben mir Bekannte geschickt, ohne dass ich was dagegen machen konnte«, lautete Marcos Verteidigung), zu denen sich drei Videos gesellten, in denen Marco mit jungen Männern Oralsex hatte, darunter Manuel Foffo. Die Carabinieri meldeten auch die Internetseiten, die Marco mit dem Handy besucht hatte, ehe es beschlagnahmt worden war: ein Artikel über Adoptionen für schwule Paare; Pornovideos; mehrere Google-Suchen, um sich Abendessen nach Hause liefern zu lassen; mehrere Google-Suchen, um herauszufinden, wie man sich mit einer Überdosis Lormetazepam umbringen konnte.

Das Problem war die Cloud, das heißt, jene Dokumente, die Marco für gewöhnlich remote sicherte und die jeder, der das Passwort besaß, in jedem beliebigen Moment verändern oder löschen konnte. Als die Carabinieri die Cloud öffneten, fanden sie nichts Wichtiges, allerdings waren kürzlich Änderungen vorgenommen worden, die niemand wiederherzustellen vermochte.

»Ist ja schon absurd, dass Apple Ihnen nicht hilft, wenn ein Mord im Spiel ist«, sagte ich einige Zeit später zu einem der Carabinieri, der sich besonders gewissenhaft um den Fall gekümmert hatte.

Er schaute mich an, als wäre ich gerade von einem anderen Planeten gelandet.

»Ich bitte Sie«, sagte er, »erinnern Sie sich nicht an den Terroranschlag von San Bernardino?«

Wenn Apple sich geweigert hatte, dem FBI das iPhone-Passwort eines Terroristen herauszugeben, der im Namen des IS vierzehn Menschen getötet hatte, was konnte man dann bei der Anfrage einer Carabinieri-Kaserne in Esquilinio wegen des Mordes an einem Vorstadtjungen erwarten?

»Welchen Hochschulabschluss haben Sie?«, fragte der Richter und setzte die Vernehmung fort.

»Politikwissenschaften an der LUISS«, antwortete Marco Prato, »und dann einen Fachstudiengang in Marketing und Eventmanagement in Paris.«

»Was für eine Tätigkeit üben Sie aus?«

»Ich organisiere Events. Ich bin selbständiger Unternehmer. Mit zwei Partnern habe ich eine Firma namens *A(h)però*. Ich berate und übernehme die künstlerische Leitung verschiedener Lokale.«

»Seit wann gehen Sie dieser Arbeit nach?«

»Seit ich aus Paris zurückgekommen bin. In Paris ging es mir schlecht, 2011 habe ich nach dem Ende einer Liebesbeziehung versucht, mir das Leben zu nehmen. Ich bin nach Italien zurückgekehrt, um meine Wunden zu lecken.«

»Sie sind nach Italien zurückgekehrt.«

»Ja, eine Zeitlang war ich in einer psychiatrischen Klinik.«

»Können Sie mir schildern, welche Probleme Sie hatten?«

»Schauen Sie«, sagte Marco, ohne sich zweimal bitten zu lassen, »für einen Menschen wie mich sind die Probleme vielschichtig und facettenreich. Eines davon ist, dass meine Schwester an MS erkrankte. Da war sie vierzehn und ich sieben. Seitdem hat meine Mutter mir ihre Liebe entzogen, und ich habe ständig nach Liebe gesucht, um diese Leere zu füllen. In meiner Familie geben die Frauen den Ton an. Trotz ihrer Behinderung hat meine Schwester eine starke Persönlichkeit. Meine Großmutter hatte auch eine starke Persönlichkeit. Die Vorbilder sind weiblich. Das hat in mir zur Homosexualität geführt … und auch irgendwann zu dem Wunsch, mein Geschlecht zu ändern.«

»Sie sind also homosexuell.«

»Ja, aber mehr als homosexuell«, ergänzte Marco, »ich fühle mich zu Heterosexuellen hingezogen. Ich hatte eine Menge

Beziehungen mit Homosexuellen. Aber eigentlich fühle ich mich zu Heteros hingezogen.«

So wie Manuel für sich das Recht auf Verwirrung beanspruchte, gab Marco sich ganz klarsichtig, er presste die Wörter hervor, als würde ihn etwas quälen und als habe niemand das in Frage zu stellen. Ich kenne mich, ich weiß, wer ich bin, schien er zu sagen, und ihr wisst es nicht. Macht euch Notizen. Schreibt mit. Ich erklär's euch.

»Ich nehme an, Ihnen sind die Fakten bekannt, die Ihnen angelastet werden«, sagte der Richter, »es handelt sich um eine äußerst gravierende Anklage. Totschlag in besonders schwerem Fall gemeinsam mit Manuel Foffo. Zuallererst frage ich Sie: Bekennen Sie sich im Sinne der Anklage der Tat schuldig oder streiten Sie sie vollkommen ab?«

»Ich streite sie nicht vollkommen ab.«

Er bestritt nicht, in Manuels Wohnung gewesen zu sein. Er bestritt nicht, die Verbindung zu Luca Varani hergestellt zu haben. Er bestritt nicht, ihn sterben gesehen zu haben. Nichtsdestoweniger gab es ein paar Dinge klarzustellen.

»Also, schauen Sie. Manuel Foffo habe ich zweimal im Leben gesehen. Vier Tage, vom ersten bis zum vierten Januar. Dann nochmal vier Tage wegen dieser letzten Sache.«

Diese letzte Sache war Lucas Tod.

»Und hatten Sie eine freundschaftliche Beziehung? Oder war das etwas anderes zwischen Ihnen?«

»Sagen wir, ich war sein Püppchen.«

»Sein was?«, fragte der Richter.

»Sein Püppchen. Sein Sexobjekt in diesen vier Tagen. Und weil Manuel sich für heterosexuell hält, lehnte er es ab, dass ich … Na ja, er wollte nicht, dass ich ein Mann bin. Also hat er mich enthaart. Er hat seine Rasierer benutzt. Dann hat er mir die Nägel lackiert. Ich habe noch den Nagellack seiner Mutter auf den Fingern.«

»Im Grunde hat Manuel Sie als Frau geschminkt.«

»Ja.«

»Und das passierte im Januar?«

»Bestimmt haben Sie die alten Fotos von mir gesehen, die dieser Tage in Umlauf sind. Sie haben sicher gesehen, dass ich auf denen einen Bart trage. Aber jetzt habe ich keinen mehr. Ich habe mich in Foffos Wohnung rasiert. Er wollte mich so. Ich habe mir den Bart abgenommen, die Hände depiliert. Wie gesagt, der Nagellack ist von Foffos Mutter. Das Parfum auch. Der Lippenstift und die Wimperntusche …«

»In Ordnung, in Ordnung, kehren wir zu den Tagen im Januar zurück«, sagte der Richter, »haben Sie bei der Gelegenheit Alkohol konsumiert?«

»Alkohol und Kokain.«

»In welchen Mengen?«

»Um vier Tage mit Manuel zusammen zu sein, ohne müde zu werden, vor allem bei den Sachen, die er von mir wollte, habe ich wohl kaum wenig genommen.«

»Das Kokain haben Sie gekauft?«

»Das habe ich gekauft, aber der Dealer kam vor sein Haus. Und weil Manuel Angst um seinen Ruf hat, ist er selbst runtergegangen, um es zu holen. Er wollte nicht, dass die Nachbarn mich in Frauenkleidung sehen.«

Sie sprachen über das Video, das Manuel mit dem Handy gemacht hatte.

»Er wollte die Gewissheit, dass das Video nicht in Umlauf geriet.«

Dann sprach Marco wieder von sich. Er sagte, dass er mit seiner Mutter seit einem Jahr nicht mehr reden würde, dass er in den letzten Monaten eine andere Affäre gehabt habe (»mit einem Homo, der mich wahnsinnig langweilte«), und fügte hinzu, als er im März in die Via Igino Giordani zurückgekehrt sei, hätten er und Manuel weiteres Kokain gekauft und Leute eingeladen. Dieser Alex Tiburtina sei gekommen. Dann noch ein anderer Typ. »Ein Mitarbeiter aus dem Restaurant von Manuels Vater. Ich weiß nicht mehr, wie der heißt«, sagte Marco, »ich nenne ihn Fettsack.«

»Es kam also …«, der Richter unterbrach sich. »Entschuldigung«, sagte er, »hat dieser Mensch auch einen Namen? Versuchen Sie bitte, sich zu erinnern, sonst nenne ich ihn am Ende auch noch Fettsack.«

Marco erzählte, sie hätten auch Damiano Parodi angerufen, einen seiner Freunde, ein netter, gut betuchter Typ. Er war es, der ihn mit Luca bekannt gemacht hatte. »Luca Varani war ein Automechaniker aus Valle Aurelia«, sagte er, »aus Valle Aurelia oder aus Primavalle, ich weiß es nicht mehr.«

»Und wenn ich es richtig verstanden habe«, sagte der Richter, »war Luca die Art Person, die sich prostituierte.«

»Der war nicht *die Art Person, die sich prostituierte*«, stellte Marco klar, »er *prostituierte* sich.«

»Er prostituierte sich …«, wiederholte der Richter.

»Ein Stricher«, lud Marco nach, »aber er hat auch gedealt. Hin und wieder rief er mich an, um mir Koks zu verkaufen.«

Der Richter fragte, wie es ihm gelungen sei, Luca in Manuels Wohnung zu locken.

»Ich habe ihm gesagt: *Komm vorbei, du kriegst hundertfünfzig Euro.*«

»Es gibt also … eine eindeutige telefonische Abmachung?«

»Sicher.«

»Bei der Sie … also …«, sagte der Richter.

»*Komm vorbei, wir sind zu zweit, ein Heterofreund von mir und ich als Nutte aufgedonnert: Du kriegst hundertfünfzig Euro.* Ich glaube, ich habe ihm so was in der Art gesagt.«

»Er hat ja gesagt?«

»Er hat ja gesagt.«

Der Richter fragte, was dann passiert sei. Auch dazu lieferte Marco seine Version der Dinge. Er hatte zwei versuchte Selbstmorde hinter sich, dröhnte sich mit Alkohol und Kokain zu, ihm fehlte die Zuneigung seiner Mutter, er war aus dem Krankenhaus entlassen worden, hatte soeben Bekanntschaft mit dem Gefängnis gemacht, wo er vermutlich lange bleiben würde, hatte vier Tage des Wahnsinns durchlebt, die in der Tötung eines Jungen gegipfelt hatten, und trotzdem redete er, als hätte er alles unter Kontrolle, als könne er jedes Detail, jeden Augenblick, selbst die veränderten Bewusstseinszustände in eine schlüssige Reihenfolge bringen, um sie seinen Anklägern unanfechtbar und gebrauchsfertig darzulegen.

Marco rekonstruierte den Hergang des Mordes, lieferte seine eigene Version dessen, wer von ihnen beiden was getan hatte, erklärte insbesondere, Luca nie attackiert zu haben.

Dottor Scavo sagte: »Es gibt erhebliche Abweichungen zwischen den beiden Befragungen.«

»Ja«, bestätigte der Richter, »es gibt starke Abweichungen zwischen seiner Version der Fakten und der, die Manuel Foffo gegeben hat. Hören Sie«, wandte er sich an Marco, »haben Sie dieser Tage ferngesehen?«

Er bezog sich auf die Möglichkeit, dass Marco Prato und sein Anwalt ihre Verteidigung auf dem aufgebaut hatten, was Manuel Dottor Scavo gesagt hatte, Informationen, die ihnen nicht bekannt gewesen wären, hätte es das Fernsehinterview mit Bruno Vespa nicht gegeben.

»Wir wurden ebenfalls eingeladen, an dieser Sendung teilzunehmen«, sagte sein Verteidiger, »doch wir haben uns geweigert. Aber als ich die Sendung sah, konnte mir unmöglich entgehen, dass das Vernehmungsprotokoll gezeigt wurde.«

»Das hätte nicht in Umlauf gebracht werden dürfen«, sagte der Staatsanwalt.

»Ich versichere Ihnen, für Manuel ist es einfacher zu glauben, er habe jemanden aus Spaß umgebracht, als sich vorzustellen, er wäre schwul«, wechselte Marco Prato das Thema.

»In Ordnung, Sie können unterzeichnen«, sagte der Richter und beendete die Vernehmung.

Die Leute wetteiferten darum, wer auf Facebook mehr gemeinsame Freunde mit ihnen hatte.

Ich hatte drei mit Marco Prato gemeinsam. Alle in meinem Freundeskreis hatten gemeinsame Freunde mit Marco Prato. Niemand mit Luca Varani. Sehr wenige mit Marta Gaia Sebastiani.

Mein Freundeskreis bestand aus Schriftstellern, Journalisten, Gymnasiallehrern, Leuten, die in irgendeiner Form beim Radio oder in der Verlagsbranche arbeiteten. Zu Marcos Freundeskreis gehörten Innenarchitekten, Stylisten, Fernsehschauspieler, Gastronomen. Die beiden Welten standen in Verbindung. Ein paar Telefonate, und ich stand mit Stefano in einer Bar in Trastevere.

»Einer dieser Typen, die koksen, in Kneipen Schweißausbrüche kriegen und sich einbilden, alle wären sauer auf sie. Das war Marco Prato.«

Stefano war sechsundvierzig Jahre alt, führte mehrere Bekleidungsgeschäfte rund um die Via Cola di Rienzo, bewegte sich zwischen Prati, Monti, Ponte Milvio und der *Gay Street* von San Giovanni. Das waren die einschlägigen Treffpunkte. In die Vororte kamen Marcos Bekannte nur selten.

»Und diese Geschichte mit Dalida? Kommt dir das nicht *krass* lächerlich vor?«, sagte er.

Stefano nahm einen Schluck von seinem Blaubeersaft. Zwischen unseren Lebenswelten gab es Berührungspunkte. Doch im Gegensatz zu meinem Bekanntenkreis, der so sittsam und besonnen war, umgaben sich Stefano und Marco Prato mit Leuten, die zumindest ansatzweise mit dem Feuer spielten. Sie eröffneten Boutiquen, Nachtlokale, Kunstgalerien. Sie riskierten etwas. Brachten ein bisschen Geld in Umlauf.

»Er trug ein Toupet, weil er einen Glatzenkomplex hatte. Er versuchte, sich mit Promis zu zeigen. Er war sogar so tief gesunken, sich als Flavia Ventos Freund auszugeben.«

»Flavia Vento, das Showgirl?«

Stefano sagte, Marco Pratos Abende seien nichts Dolles gewesen. Ob ich je bei *A(h)però* gewesen sei? Es reichte ein Funken Geschmack, sagte er, um nicht sonderlich beeindruckt zu sein.

»Was für Leute sind seine Eltern?«, fragte ich.

»Mit seinen Eltern gab es den üblichen Clinch. Aber das tut nichts zur Sache.«

Wir alle hätten eine komplizierte Familiengeschichte, sagte er, wir alle hätten gekämpft, um nicht daran zu zerbrechen. »Mein Vater war furchtbar. Als er erfahren hat, dass ich eine Schwuchtel bin, hat er mich nicht mehr gegrüßt. Wir haben uns seit Jahren nicht mehr gesehen. Aber laufe ich deshalb durch die Gegend und bringe Leute um? Scheiße, nein!«

Der steigert sich mächtig rein, dachte ich. Wir lebten in einer Stadt, in der man auf Tragödien mit Groll reagierte, um sich nicht davon unterkriegen zu lassen. Wir pumpten uns mit Zynismus voll, um den Zynismus zu überleben, der Roms wichtigste Lektion fürs Leben war.

»Einer wie Marco hält im Knast nicht durch«, sagte Stefano grimmig, »aber die Pratos haben eine Menge Beziehungen, die können sich Topanwälte leisten.«

Stefano war vor zwanzig Jahren aus Kalabrien nach Rom gekommen. Er hatte wie ein Verrückter gearbeitet. Kellner, Verkäufer, Schwimmlehrer. Seinen ersten Laden hatte er mit einer Abfindung finanziert. Er verzieh es Marco nicht, aus einer privilegierten Stellung in eine so grauenvolle Geschichte geraten zu sein.

»Kannst du dir vorstellen, wie ich mir den Arsch aufreißen musste, um an einem Ort wie diesem auf einen grünen Zweig zu kommen? Rom ist eine Stadt, die nichts produziert«, er schüttelte den Kopf, »es gibt keine Industrie, keine Unternehmertradition, die Wirtschaft ist parasitär, der Tourismus drittklassig. Die Ministerien, der Vatikan, die Fernsehanstalten, die Gerichte ... Das ist Rom, eine Stadt, die inzwischen nur noch Macht produziert, Macht, die auf andere Macht zurückfällt, die andere Macht erstickt, die anderer Macht Auftrieb gibt, und das alles ohne einen einzigen Fortschritt, ist doch normal, dass die Leute durchdrehen.«

Er bestellte noch einen Blaubeersaft.

»Lass dir erzählen, was dein Marco angestellt hat, als er das letzte Mal auf Mykonos war«, sagte er immer abfälliger.

Wir redeten noch ein bisschen. Dann ging ich zu meiner nächsten Verabredung.

»Es war in der Hexennacht, und tatsächlich ist dann über der ganzen Stadt dieses unfassbare Unwetter niedergegangen«, sagte Elisa gerade.

Wir waren an der Piazza Vittorio, nur wenige Schritte von der Carabinieri-Wache entfernt, auf der Marco vernommen worden war. Elisa war ein paar Jahre jünger als ich. Wir kannten uns schon länger. Blond, zierlich, lange, schwarze Augenbrauen. Sie arbeitete in einem Grafikbüro, hatte mit DJs, Werbeleuten und jungen Stylisten zu tun, die davon träumten, für Gucci zu arbeiten.

»An dem Abend herrschte in der *Gay Street* Panik«, sagte sie, »alle starrten auf ihre Handys und fühlten sich als potenzielle Opfer. Marco hatte mehrere Grindr-Profile.«

Wir gingen Richtung Colle Oppio. Ob begründet oder nicht,

das Gerücht vom russischen Roulette machte die Runde. Marco Prato und Manuel Foffo, hieß es, hätten dutzende Messages an willkürlich ausgewählte Telefonkontakte verschickt. Eine Einladung zu einer Party. Wer anbiss, riskierte, sein Todesurteil zu unterschreiben. Deshalb kriegten jetzt dort in der Via San Giovanni in Laterano, einem der beliebtesten Treffpunkte der Schwulenszene, alle, die in den vorangegangenen Tagen eine Nachricht von Marco Prato erhalten hatten, einen hysterischen Anfall.

Wir betraten den Colle Oppio. Links lag die von Pinien umgebene Bar, die Luft ringsum war frisch, das Licht weich, auf den Bänken schliefen die Penner.

»Manipulativ veranlagt, Überlegenheitskomplex, völlig unfähig zu Empathie. Dann nimm noch die Drogen dazu«, versuchte Elisa, ihre persönliche Sicht der Dinge wiederzugeben.

»Angeblich haben die in drei Tagen achtundzwanzig Gramm Kokain durchgezogen«, bemerkte ich, »wie haben die das geschafft?«

»Fast alle meine Freunde sind schwul«, wechselte sie das Thema, »in gewissen Kreisen hat sich die Schwulenszene verändert seit damals, als wir jung waren, da sind zum Beispiel die, die in Warengruppen denken. Jeder hat eine feste Rolle, jeder spielt eine Figur. Alle treten gegeneinander an. Deshalb herrscht ein so angespanntes Klima.«

»Nicht, dass es in der Heterowelt anders wäre«, sagte ich.

Elisa sprach noch einmal von dem sintflutartigen Regen, der gleich nach dem Mord niedergegangen war. Es war, als hätte die Stadt einen Weg gefunden, sich ihrer seit Wochen aufgestauten Übel zu entledigen. Doch war die Erleichterung flüchtig: Kaum war die Räude fortgewaschen, kehrte sie zurück.

In dem Moment sahen wir es. Ganz plötzlich tauchte am Ende der Allee das alte Amphitheater auf, fahl und grau, fast wie der Mond, wenn er knapp über dem Horizont steht und auf einen zuzustürzen scheint. Das Kolosseum in der kalten Märzluft, zwischen dem Papiermüll, den Obdachlosen, dem fauligen Wasser der Brunnen. Ganz in der Nähe, kaum von einer Hecke verdeckt, pisste ein Herr mittleren Alters in die Landschaft. In Rom macht nun mal jeder, worauf er Bock hat, dachte ich. Die Fans von Feyenoord stiegen besoffen in den Trevi-Brunnen und bewarfen Berninis Barcaccia mit Flaschen, im Park der Villa Borghese köpften Vandalen die Dichterstatuen, große Müllsäcke flogen von einem Gebäude zum nächsten, alle pissten überallhin, eine Hemmungslosigkeit lag in der Luft, und selbst ich, der in einer anderen Stadt lieber in die Hosen gemacht hätte, hatte mich mehr als einmal beim Benässen der Servianischen Stadtmauer ertappt.

»Was für ein irrer Ort«, dachte ich laut.

»Wann seid du und deine Frau hierhergezogen?«

»Ich vor achtzehn Jahren, sie vor sechzehn. Sie aus Piacenza, ich aus Bari.«

»Und wie geht es euch jetzt hier?«

»Als wir ankamen, war alles großartig«, sagte ich, »Rom hörte nie auf. Auch jetzt hört es nie auf, aber anders.«

»Habt ihr das Gefühl zu ersticken?«

»Sagen wir, hin und wieder haben wir das Gefühl zu versinken. Manchmal fürchte ich, dass wir gewissermaßen auch Teil der *Sache* sind, ohne es zu merken.«

»Da gibt's einen Typen«, sagte Elisa, »er heißt Michele. Er kannte Marco viel besser als ich. Rede mal mit ihm.«

Eine halbe Stunde später war ich am Portikus der Octavia. Ich nahm den Bus bis zur Piazza Venezia. Am Torre Argentina sah ich einen Taxifahrer, der mit einem Fahrgast handgreiflich wurde. Unweit der Piazza del Gesú, zwischen der Kirche und dem Palazzo gegenüber, schien Wind durch die Straßen zu heulen, eine Klage, dem untröstlichen Weinen eines Greises gleich. Ich fand den Pub, wo besagter Michele gerade etwas mit ein paar Freunden trank. Ich stellte mich vor. Wir redeten vor der Kneipentür.

»Ein übergewichtiges Kerlchen. Unbeholfen. In der Schule wegen seiner Homosexualität gemobbt. Die Eltern völlig überfordert. Das hätte ihn kaputtmachen können«, sagte er, »stattdessen ist er ein paar Jahre in der Versenkung verschwunden und als neuer Mensch wiederaufgetaucht. Viel Krafttraining.«

Michele war fünfunddreißig Jahre alt. Groß, wallendes Haar, Jeansjacke und schwarze Kappe.

»Es stimmt nicht, dass das billiger Budenzauber war«, fuhr er fort, »in letzter Zeit hatte sich *A(h)però* herausgemacht. Es kamen ein paar VIPs. Nadia Bengala, die Ex-Miss-Italia. Hin und wieder schaute ein Filmschauspieler vorbei. Nach und nach tauchten auch Schwule auf, die keine Lust auf Gay-Abende hatten, und das ist das Beste, was an einem Gay-Abend passieren kann. Marco war auf Zack, fix in der Birne, hatte ein gutes Gespür, er war auch exzentrisch, aber wer steht nicht gern im Mittelpunkt?«

»Er war ein Scheiß-Egozentriker und ein Stalker«, schaltete sich ein junger Typ ein, der unsere Unterhaltung mitangehört hatte, »ich bin Alessandro, freut mich.«

»Aber wieso redet ihr von Marco in der Vergangenheit?«

»Er hatte mich vor Monaten auf Grindr angequatscht«, sagte er nur, »ich bin ein paarmal mit ihm ausgegangen. Marco war passiv, meinte, er sei bipolar, alles Schwachsinn, um sich interessant zu machen. Wie auch immer: Ich war nicht sein Typ und er nicht meiner, aber manche Freunde behaupten, sie seien von ihm regelrecht verfolgt worden.«

»Wie, verfolgt?«

»Heterofreunde. Hör mal, ich muss ein paar Kumpels an der Piazza dei Re di Roma treffen, wenn du willst, kannst du mich begleiten.«

Er brachte mich in ein Lokal unweit der Via Faleria, stellte mich seinen Freunden vor. Sie waren alle jünger als ich. Wir setzten uns und tranken etwas.

»Bis zum Erbrechen wiederholte er die alte Leier, sich von einem Mann einen blasen zu lassen, sei unvergleichlich im Gegensatz zu dem, was selbst das willigste Mädchen mit einem anstellen kann«, sagte ein Typ in den Dreißigern namens Roberto, »er bearbeitete die Leute so lange, bis endlich einer nachgab. Er fühlte sich so sehr als Frau, dass er direkt auf die Heteros abzielte.«

»An ihm war alles seltsam. Wenn er sich zukokste, war er wie abgeschaltet.«

»Apropos, macht irgendjemand einen Pitstop auf dem Klo?«

»Wo er auftauchte, gab es immer Ärger.«

»Einmal hat er einen Heterojungen regelrecht gekidnappt. Die Eltern wollten die Polizei rufen.«

»Ich glaub, so war das nicht.«

»Im Gymnasium hing er mit einer Gruppe Linker ab. Bei den Filmclubveranstaltungen machte er auf große Show. Er redete und redete. Darin war er echt gut. Er legte sich mit den Faschos an.«

»Goldklasse«, sagte einer der Jungen, der vom Klo wiederkam.

»In der Schule gab er seinen Freunden umsonst Nachhilfe.«

»Im letzten Jahr liefen die Geschäfte bei ihm nicht so. Er war verbittert.«

»Auf Mykonos hat er sich in die Villa irgendwelcher Mailänder Geldscheißer eingezeckt. Als die geschnallt haben, dass er auf ihre Kosten Ferien machen wollte, haben sie ihn vor die Tür gesetzt.«

»Er war einer der intelligentesten und einfühlsamsten Menschen, denen ich je begegnet bin«, sagte ein Junge im Zopfpulli, »ich glaube, ihr blickt gar nichts.«

»Er hatte panische Angst davor, eine Glatze zu kriegen.«

Sie redeten noch immer über ihn, als wäre er tot. Selbst die, die ihn verteidigten, gingen auf Abstand. Ich hatte das Gefühl, als befürchteten sie weniger, mit einem Mord in Verbindung gebracht zu werden, denn mit etwas absurd Lächerlichem, gerade so, als läge darin – in der Lächerlichkeit, nicht im Grauen – die eigentliche Gefahr.

»Als am Sonntag der Mord bekannt wurde, sollte im Os Club gerade *A(h)però* losgehen.«

»Marcos Geschäftspartner waren völlig fassungslos. Sie wussten nicht, was sie tun sollten. Im Handbuch für den perfekten Aperitif steht nicht, wie man sich in solchen Fällen verhalten soll. Am Ende haben sie die Sache trotzdem steigen lassen.«

»Die Situation war unglaublich.«

»Alle tranken Spritz und redeten über den Mord.«

»Angeblich haben sie ein Casting veranstaltet, um das Opfer auszusuchen.«

»Dreiundzwanzig identische Nachrichten. *The Ring* in Collatino, by 20th Century Homo. Wer muss mal aufs Klo?«

Die kinematografische Anspielung kam von einem, der sich Vaniglia nannte, ein junger Kerl um die dreißig, der beim Reden ständig seinen dicklichen Fuß aus dem Lederpantoffel zog und auf den Boden drückte, als müsste er eine Zigarette austreten. Ein Bekannter von mir betrat das Lokal. »Paolo!«, ich ruderte mit den Armen. Er lächelte, grüßte auch die anderen. Offenbar wohnte er hier. Er arbeitete in einer Druckerei außerhalb von Rom, wir hatten uns vor Jahren kennengelernt. Er setzte sich zu uns.

»Kennt jemand von euch Manuel Foffo?«, fragte ich, als sich die Unterhaltung fortsetzte.

»Vor Sonntag noch nie von dem gehört«, sagte Roberto.

»Der gehört nicht zu unserem Kreis.«

»Nie gesehen oder gehört.«

»Wie's scheint, eine arme Sau.«

»Und Luca Varani?«

»Der Stricher? Kein Eintrag.«

»Stricher *never covered.*«

»Stricher *never mind*«, sagte ein anderer und machte eine Handbewegung, als müsste er einen lästigen Gedanken verjagen.

»Zigarette?«, fragte Paolo nach ein paar weiteren Bemerkungen dieser Art nervös.

Vor dem Lokal plauderten wir weiter. Ich sah den auf der Straße entlangrasenden Autos nach.

»Hast du gehört, wie die reden?«, sagte Paolo und nahm mich zur Seite. »In der Gay Street lassen sie die geilen Typen raushängen, und dann fahren sie zu Weihnachten zu ihren Eltern in ihr Heimatkaff und erzählen denen, sie hätten eine Freundin in Rom. Hier hasst jeder jeden, und am meisten hassen sie sich selbst.«

Paolo hatte mein Alter. Er entstammte einem anderen Umfeld als dem, mit dem wir es gerade zu tun hatten. Er hatte sich geoutet, als er fast noch ein Kind war, mit Stolz und Entschlossenheit. Als Jugendlicher hegte ich große Bewunderung für solche wie ihn, junge Menschen, die sich mit offenen Augen in das Geheimnis der eigenen Sexualität stürzten und daraus emportauchten, um den Vorurteilen der Leute die Stirn zu bieten. Jungs von fünfzehn, sechzehn Jahren, Jungs, die Jungen liebten und sich nicht davor fürchteten, auch sehr viel ältere Männer zu lieben. Es war immer eine Frage des Begehrens, damals.

»Ich verstehe die Verachtung für Luca Varani nicht«, sagte ich.

»Reiner Klassendünkel, sonst nichts«, sagte Paolo, »vergiss nicht, dass ein Teil der Schwulenkultur inzwischen rechts ist.«

»Aber die wählen doch alle links.«

»Die verwechseln den Kult ums Geld mit dem Schönheitskult. Schönheit bedeutet für sie die achtzig Millionen Follower von Rihanna. Macht. Yacht. Ferien in den Tropen. Wer nicht so leben kann, ist es nicht wert zu existieren. Das Problem ist, dass sie die Ersten sind, die nicht so ein Leben führen.«

Obwohl sie nichts über Luca wussten, stand für sie außer Frage, dass er anschaffen ging, dachte ich, und wenngleich das bei dem, was geschehen war, auf moralischer Ebene überhaupt nichts zur Sache tat, versuchten sie, ihn abzuwerten: Hinter ihrer Abfälligkeit versteckten sie ihre eigene, persönliche Verachtung für die Schwachen. Hinzu kam, dass sie sich sicher fühlten, wenn sie den Mord der Prostitution und nicht dem Zufall zuschrieben. Mir könnte das niemals passieren, dachten sie.

Unterdessen bildeten die Autos einen riesigen Schwarm, strahlenförmig stoben sie von der Piazza Re di Roma auseinander und rasten über die Via Appia davon, stürzten sich hinab nach Cinecittà. Die Scheinwerfer im Dunkel der Nacht, die Bremslichter. Plötzlich erhielt der Verfall Roms wieder eine eigene Logik. Der Zynismus schlug in Glauben um, die Langeweile verwandelte sich in Hoffnung, die Trägheit wich der Betriebsamkeit. Das war der Weg des Kokains, das weiße Stromnetz, das die Stadt umspannte. Je mehr der Sinn aus den Straßen wich, desto mehr füllte das Kokain sie mit seinem eigenen Sinn, es trieb Angestellte, Freiberufler, Studenten, Arbeiter, Manager, Zahnärzte, Straßenkehrer aus den Häusern, verband alles und alle, machte bei Rasse, Geschlecht, Religion oder Schicht keinen Unterschied, ein formidabler sozialer Kitt, der Menschen zusammenbrachte, die von selbst niemals zusammengefunden hätten. Es zwang sie, einander kennenzulernen, miteinander zu reden, alle Arten von Bekanntschaften zu knüpfen.

»Weil wir in einer Welt leben, die uns Schwule letztlich verachtet«, sagte Paolo gerade, »mussten wir uns mehr ins Zeug legen, um eine Gefühlsgrammatik zu entwickeln. Aber bei denen«, er deutete auf die anderen, »ist der Mangel an Vorbildern eklatant. Die Gesellschaft bietet hunderte von Schablonen, um sich die tierische Anstrengung zu ersparen zu begreifen, wer man wirklich ist.«

Der Wasserspiegel, dachte ich, ohne zu erkennen, was darunterlag.

»Wieso interessiert dich dieser Fall?«, fragte Paolo.

»Weil ich manches darin sehe, das mit mir zu tun hat.«

»Inwiefern?«

Mir war nicht danach, ihn anzulügen, aber ich hatte auch keine Lust, ihm von meinen Angelegenheiten zu erzählen.

»Dinge, die mir als Jugendlicher passiert sind.«

»Was immer das sein mag«, sagte er, »ich halte es für ziemlich ausgeschlossen, dass du darin Ähnlichkeiten entdeckst. Wir sind Geschöpfe der Vergangenheit. Die neuen Generationen haben Probleme, Fähigkeiten, Ängste, Eigenschaften, die wir uns kaum vorstellen können. Die Vergangenheit ist so gut wie verschwunden. Und zu unserem Glück gehört die Zukunft ausschließlich ihnen.«

Es war nach Mitternacht. Ich war müde, verabschiedete mich von allen, durchquerte den Park an der Via Carlo Felice, dann die Piazza Santa Croce di Gerusalemme. Der Himmel war voller Sterne. Die Pizzerien der Ägypter schlossen gerade, ebenso die vollgestopften Läden der Bengalen. Ich ließ die tote Gegend zwischen Via Mica und Via Balilla hinter mir. Gegen einen Rollladen gelehnt, zog ein Mann an einer Zigarette und starrte ins Leere.

Als ich zu Hause war, schlüpfte ich in den Schlafanzug und schaltete den Computer ein. Ich kontrollierte die Mails, beantwortete ein paar. Wie schon seit einigen Abenden hob ich mir das, was mich am meisten interessierte, bis zuletzt auf. Google Alert. Hunderte neue Mitteilungen zum Fall Varani. Ich las die ersten Artikel. Zuckte zusammen. Damit hatte ich am allerwenigsten gerechnet. Ledo Prato war aus der Deckung gekommen. Der gefasste, nüchterne Profi aus dem katholischen Bürgertum hatte beschlossen, sein Schweigen zu brechen. Er hatte es nicht getan wie Valter Foffo, er war nicht so unvorsichtig gewesen, sich dem Blick einer Kamera auszusetzen. Er hatte eine lange Betrachtung in seinen Blog geschrieben. Ich klickte auf den Link. *Das bin immer noch ich, trotz allem.* So der Titel des Eintrags. Ich begann zu lesen.

Liebe Freundinnen und Freunde,

ich möchte euch öffentlich für die zahlreichen Nachrichten danken, die ihr mir habt zukommen lassen, um Nähe, Zuneigung, Schmerz, Mitgefühl angesichts der Tragödie auszudrücken, die meine Familie und meine Angehörigen getroffen hat. Das Leben hält zahlreiche Überraschungen bereit, einige sind erfreulich, andere nicht. Sie alle machen das Leben aus, zeichnen es, verleihen ihm Farbe, Form, Substanz […] In diesen langen Jahren habe ich versucht, vielen Menschen Hoffnung, Mut, Vertrauen zu geben, Schönheit zu erschaffen, die Grundwerte des Lebens zu bewahren, an eine gute Zukunft zu glauben. Manches Mal ist mir das gelungen, andere Male nicht, wie diese Tragödie zeigt. Wir mögen glauben, in menschlichen und familiären Beziehungen eine maßgebliche Rolle zu spielen, doch dem ist nicht immer so.

Zuweilen schreiben wir uns Fähigkeiten zu, die wir nicht besitzen, und unser Leben, das sich an den Werten wie Ehrlichkeit und Respekt für das eigene Leben und das der anderen orientiert, das uns geschenkt wurde und über das wir nicht vollkommen Herr sind, konfrontiert uns mit schwierigen Umständen, sich wandelnden zwischenmenschlichen Beziehungen, mitunter streitbaren Entscheidungen, Vorkommnissen, die Werte zunichtemachen und die Mission eines Lebens, der man sich rückhaltlos gewidmet hatte, entwerten wollen.

In diesen Tagen, in denen die Presse die Leben dreier auf dramatisch unterschiedliche Weise betroffener Familien in Fetzen gerissen hat, konnte man oberflächliche Urteile, Teil- oder Scheinwahrheiten lesen, abgedroschene Floskeln aus den finstersten Zeiten des zivilen Lebens. Mir kommt ein Text des Evangeliums von vor einigen Wochen in den Sinn. Es geht darin um einen Feigenbaum, der keine Früchte trägt, und so überlegt man, ihn zu fällen. Dann entscheidet man sich anders, lockert die Erde ringsum, wässert ihn und setzt sich eine Wartezeit: Wenn er in drei Jahren keine Früchte trägt, wird er gefällt. Dies ist nicht nur ein Akt der Barmherzigkeit, sondern der Weisheit, der zu Vorsicht und Geduld mahnt, denn Wahrheitssuche braucht Zeit, und die Wurzeln der menschlichen Gerechtigkeit reichen tief […]

Heute müsst ihr euch frei fühlen, diese Seite zu verlassen, eure Freundschaft aufzukündigen, wenn diese unsere Tragödie euch Leid oder Unmut verursacht, wenn ihr nicht mehr daran interessiert seid, ein paar Gedanken zu lesen und zu teilen, weil ihr das Vertrauen in ihren Autor verloren habt […] Ich will nur einige Zeilen von den zahlreichen wiedergeben, die ein sehr guter Freund mir schrieb, der in jeder Hinsicht größer ist als ich und den ich seit über 20 Jahren kenne. Er schrieb: »Deine grenzenlose Fähigkeit, zusammenzuführen, zu vermitteln, zu entschärfen, die Lücke zu finden, in die eine Lösung passt, oder die kleine Unebenheit, in die sich ein Keil treiben lässt, wird es dir erlauben, fest in deinem Glauben zu bleiben, nicht in das schwarze Loch zu fallen, dich im Wert der Dinge wiederzufinden, die du getan hast, und auch, Marco beizustehen. Du bist ein Mensch, der es versteht, Schlechtes in Gutes zu verwandeln, und diesmal wirst du es in einer Weise tun müssen, die die Welt in Staunen versetzt.«

Ich kann es schaffen, das schulde ich meiner ganzen Familie, meinen Angehörigen, meinen vielen Freunden […] Mit eurer Hilfe, mit der des Herrn, der uns nie alleinlässt, weil er bereit ist, sich mit unserer Geschichte zu mischen, mögen wir auch Sünder sein, machen wir uns leichten Schrittes daran, diesen Sturm zu durchqueren. Möge Gott all denen helfen, die seine Hilfe brauchen.

Ledo Prato

In den Tagen zuvor hatte ich Ledo Pratos Schweigen sozusagen aufmerksam gelauscht. Ich hatte seine Abwesenheit beobachtet, unsicher, was ich denken sollte. Seine Zurückhaltung konnte eine bewundernswerte Respektsbezeugung sein oder, im Gegenteil, eine Masche, mit der gewisse Leute verschleiern, was ihnen wirklich durch den Kopf geht. Als ich versucht war, Ledo Prato zu verurteilen, kam mir der Verdacht, mein schlechtes Gewissen könnte daran schuld sein, und als ich indes kurz davor war, ihn für ein seltenes Beispiel von Tugend zu halten, kam mir die Befürchtung, in eine rhetorische Falle getappt zu sein. Doch nun hatte Ledo Prato das Schweigen gebrochen und seine hehren Prinzipien in den Dienst der undankbarsten aller Aufgaben gestellt. Dennoch ließ mich sein Eintrag mit einem unguten Gefühl zurück. Ich las den Text noch einmal. Formal war an der Abhandlung nichts auszusetzen, nicht ein Satz, den ein Wortklauber hätte herausfischen können, um nach Verurteilung und Strafe zu rufen. Vielmehr war es das, was ich zwischen den Zeilen zu lesen meinte, was mich stutzig machte. Ledo Prato beweihräucherte sich als guter Familienvater, er griff die Presse an, hielt die Werte von Ehrlichkeit und Respekt hoch, als hätten die Journalisten sie heftiger mit Füßen getreten als diejenigen, die Luca Varani getötet hatten, er sonnte sich in den Solidaritätsbekundungen, die er erhielt, zeigte Verständnis für jene, die ihn verurteilten. Zitierte das Evangelium. Hinter dieser zur Schau gestellten Demut spürte ich die Empörung über seinen in Gefahr gebrachten guten Ruf. Das war es, was ihn zum Schreiben gedrängt hat, dachte ich.

Verurteilt nicht, und ihr werdet nicht verurteilt, ermahnte ich mich. Er ist ein leidgeprüfter Mann, sagte ich mir, überwältigt von etwas, das größer ist als er, und sosehr er sich auch bemüht, die Ruhe zu bewahren, ist er nicht Herr seines Handelns.

Dennoch war ich verblüfft. War es die Art, mit der er die drei betroffenen Familien über einen Kamm zu scheren drohte?

Waren es die Bemühungen, sich so tugendhaft zu zeigen? Oder waren es der gesetzte Ton, der Versuch, die Tragödie mit den Grenzen der Besonnenheit zu umfrieden, die Überzeugung, etwas, vor dem man nur kapitulieren konnte, mit gesundem Menschenverstand in die Knie zwingen zu können? Dann, als ich bereits bei der dritten oder vierten Lektüre war, stolperte ich über ein Detail, das ich zuvor nicht wahrgenommen, nicht in den Blick bekommen, seine Gegenwart jedoch die ganze Zeit gespürt hatte. Besser gesagt, seine Abwesenheit. Ledo Prato erwähnte seinen Sohn nie direkt. Das einzige Mal, dass Marcos Name fiel, war aus dem Mund eines Bekannten, der den Jungen nur erwähnte, um die humane Gesinnung des Vaters hervorzuheben. Auf einmal kam mir Marco Prato wie der einsamste Mensch der Welt vor. Und wie zum Beweis dafür, was für ein unentwirrbares Knäuel von Widersprüchen diese Geschichte war, rief Ledo Pratos Post, der mich so misstrauisch gemacht hatte, plötzlich ein gegenteiliges Gefühl in mir hervor. Überrascht stellte ich fest, dass ich Mitleid mit einem jungen Mann empfand, der eines entsetzlichen Mordes angeklagt war.

Wenn Marta eine Mathearbeit schrieb, fotografierte sie die Aufgabenstellung und schickte sie ihm. Er war gut in Mathe. Er schickte ihr die Lösung über WhatsApp. Einmal tauchte er mit einem Blatt voller Gleichungen bei ihr auf, die er mit den Eckdaten ihrer Liebesgeschichte aufgestellt hatte: Auch nach dem Gesetz der Zahlen, zeigte er ihr, seien sie dafür bestimmt, für immer zusammenzubleiben.

Jetzt, wo er nicht mehr da war, musste Marta Gaia ständig daran denken.

Der Carabinieri-Inspektor hatte gefragt: »Was meinst du, wenn du sagst, am Donnerstag wollte Luca Geld für das iPhone-Ladekabel schnorren?«

»Wenn er Sachen kaufen musste, die nicht viel kosteten, sagte er oft, er würde losgehen und schnorren«, hatte Marta Gaia geantwortet, »und sei es nur, um sich ein Stück Pizza zu holen. Das war ein bisschen seine Lebensphilosophie. Er lebte in den Tag hinein.«

Luca sagte: »Kriege ich einen Kuss?«

Und Marta Gaia: »Nach Küssen fragt man nicht, die gibt man.«

Um ihren ersten Monat zusammen zu feiern, machte er ihr ein Geschenk. *Der Klunker.* So hatten sie es aus Witz genannt, nachdem sie das Päckchen aufgemacht hatte.

»Ich habe dir ein Herz als Kettenanhänger besorgt, Mädchen stehen auf solche Sachen.«

»Ich bin nicht wie die anderen Mädchen.«

»Ich habe es gekauft, weil es mich an dich erinnert hat, weil du mein Herz bist, ab es war mir peinlich, dir das zu sagen.«

»Schon besser.«

Der Inspektor hatte gefragt: »War es normal, dass Luca sich aus dem Staub machte? Verschwand er oft von zu Hause, ohne von sich hören zu lassen?«

Marta Gaia hatte geantwortet: »Wenn wir stritten, reagierte er nicht mehr auf meine Anrufe. Wenn er mit seinen Eltern stritt, kam es vor, dass er ein paar Tage von zu Hause abhaute, dann schlief er im Auto, zumindest bis er es verschrotten lassen musste.«

Mein Liebster, hatte sie ihm an einem Abend ein paar Wochen zuvor auf WhatsApp geschrieben. Und wenige Minuten später *mein Bärchen*. Dann *mein Desaster*. »Hey!«, hatte Marta Gaia schließlich getippt. »Wieso antwortest du nicht?« – »Heute Abend geht's mir nicht gut«, hatte Luca geschrieben. »Dann rufe ich dich an.« – »Bin nicht in Stimmung zu reden.« Aber klar, sicher, hatte sie gedacht. »Na schön, du hast Geheimnisse vor mir.« Sie hatten Millionen Mal gestritten, und Millionen Mal hatte Luca ihr versprochen, es würde nicht mehr vorkommen. Aber es kam immer wieder vor.

Der Inspektor hatte gefragt: »Hat er dir jemals Drogen angeboten?«

»Zu mir hat er immer gesagt, das ganze Zeug mache ihm Angst«, hatte Marta Gaia geantwortet, »und ich rauche nicht mal Zigaretten.«

Wie alle Paare hatten sie ihre eigene Sprache entwickelt. Sie benahmen sich wie Kinder. Sie benutzten Sätze wie: »Wassuussuuu?« (*was machst du gerade?*), oder »Schnuuuuffi Buuuuuussiiiiiiialarm« (*Schatz, ich brauche einen Kuss*). Das fanden sie wahnsinnig lustig. »Daaa« war *ja*, »tatti« war *das hier*, »tassa« bedeutete *das da*. Überall schrieben sie ihre Namen hin. *Marta + Luca FIUE.* Oder *L + M 20.10.2007.* Einmal, ganz am Anfang, versuchte Luca, sie bei einem Wolkenbruch mit einem Blatt zu schützen, das er von einem Baum gerissen hatte. Um die Erinnerung zu feiern, ließ er sich Jahre später mit einem Kleeblatt auf dem Kopf fotografieren.

Der Inspektor hatte gefragt: »Kennst du jemanden seiner engen Freunde?«

Marta Gaia hatte geantwortet: »Ich kenne einen Filippo Mancini und seine Brüder. Luca hatte seine Leute an der Battistini, aber ich wollte da nie hin: Manche von denen nahmen Drogen, das gefiel mir nicht. Ein gemeinsamer Freund, Edoardo Petroni, hatte mir verraten, dass Luca *heftig* kokste. Er sagte mir auch, dass Luca aus der Flasche rauchte und dass er dealte. Ich weiß nicht, ob das stimmt.«

Es war zu Silvester 2012, sie suchten nach einem Ort, wo sie etwas essen konnten. Er liebte McDonald's, aber der war geschlossen. Sie schwenkten um auf einen chinesischen Takeaway. Sie feierten im Auto, machten ein Selfie. Auf dem Foto streckte er die Zunge heraus, sie reckte den Daumen und hielt das Essen in der Alufolie hoch. Sie schienen zu strahlen.

Der Inspektor hatte gefragt: »Mit wem hatte Luca sonst noch Umgang?«

Marta Gaia hatte geantwortet: »Er war der typische ›Jedermanns Liebling‹«, sie hielt einen Moment inne. »Edoardo erzählte mir, manchmal würde Luca zusammen mit den Mancini-Brüdern ›Raubzüge‹ machen, das heißt, sie zogen los und klauten Kettchen.«

Der Inspektor hatte gefragt: »Hatte er sogenannte Laster?«

Einmal, zu Karneval, fuhr Luca sie nach Hause. Plötzlich hielt er auf einem Parkplatz, drehte *A te* von Jovanotti im Autoradio auf volle Lautstärke, sie stiegen aus dem Wagen, sangen aus voller Kehle mit und filmten sich dabei mit dem Handy.

Marta Gaia hatte geantwortet: »Laster? Na ja, da waren die Spielautomaten: Das war sein Laster. In der Autowerkstatt verdiente er hundertfünfzig Euro die Woche und gab sie fürs Zocken aus. Wenn wir ausgingen, war ich dann diejenige, die zahlte. Nicht immer, aber oft. Er hatte *ständig* Geldprobleme, hin und wieder dachte ich, vielleicht würde er für Geld alles tun, und habe ihn mal gefragt, ob er für Geld Sex mit Frauen haben würde.«

Einmal hatten sie in der Schule beide eine schlechte Note bekommen. Die Eltern hatten ihnen Hausarrest erteilt, Marta konnte fünf Minuten Freiheit herausschlagen und rief ihn an. Er fragte: »Welchen Kosenamen hast du mir heute Morgen gegeben?« Und Marta Gaia: »Schatzispatzi?« Und Luca: »Ah, ich dachte Mottchenmaskottchen.« Stille. Dann prustete Luca los. Er lachte und wiederholte: »Schatzispatzi. Mottchenmaskottchen.« Das Lachen brach schallend aus ihm heraus. Noch nie hatte sie ihn so lachen hören.

»Er antwortete, er würde mich niemals mit einer anderen betrügen«, hatte Marta Gaia dem Inspektor gesagt, »wenn er mich zum Abendessen einlud oder mir Geschenke machte, fragte ich ihn, woher er das Geld habe. Er meinte, ein gewisser Giorgio hätte es ihm gegeben. Ich weiß, dass dieser Giorgio, den ich nie gesehen habe, schwul ist. Er war schon leicht angegraut und trug eine Brille. Ich habe ihn auf seinem WhatsApp-Profil in Lucas Handy gesehen. Manchmal leitete Luca mir die Nachrichten weiter, die Giorgio ihm schickte. *Du bist süß. Ich habe geträumt, dass wir zusammen schlafen.* Ich fragte Luca, was dieser Typ gegen Geld von ihm wolle, er antwortete, für Homos habe er nichts übrig.«

Zwei Wochen zuvor hatte einer ihrer nächtlichen Chats seinen Höhepunkt erreicht.

»Gute Nacht, mein Geliebter«, hatte sie geschrieben.

»Bis morgen, Schuffeli«, hatte Luca geantwortet.

»Du fehlst mir.«

»Du mir auch.«

Und sie: »Na schön, noch einen Kuss.«

Und er: »Ich halt's nicht aus, ich will mit dir einschlafen.«

Und sie: »O Gott, wie süß.«

Dann, ganz plötzlich und vielleicht ohne zu wissen, weshalb, hatte Marta Gaia geschrieben: »Hör mal, Luca, ich muss dich was fragen.«

»Ich höre«, hatte er geschrieben.

»Schwörst du mir, dass du deinen Körper nicht für Sex verkauft hast, um ein bisschen Kohle zu kriegen oder mir was zu spendieren?«

»Für was für einen Widerling hältst du mich?«

»War nur eine Frage.«

»Und das war nur eine Antwort. So etwas würde ich nie tun.«

»Ich wünschte, du wärst jetzt hier.«

»Meine Geliebte«, hatte Luca geschrieben, »ich bin bei dir, in deinem Herzen.«

Wie kam sie auf so eine Frage? Hatte etwas sie misstrauisch gemacht? Hatten sich die Puzzleteile in Martas Kopf zusammengefügt, ehe es ihr überhaupt bewusst war? Oder war alles ein riesiger Irrtum?

In denselben Tagen fing Manuel Foffo an, seine Familie anzugreifen. Er tat es aus dem Gefängnis Regina Coeli, wo der Staatsanwalt ihn abermals verhörte.

»Im Laufe der Jahre hat sich viel Wut bei mir angestaut«, sagte er zu Francesco Scavo, »ich habe heftigen Groll gegen meinen Vater.«

»Welche Art von Groll?«, fragte der Staatsanwalt.

»Schauen Sie, Dottore«, sagte Manuel, »mein Vater hat meinen Bruder immer vorgezogen. Bei meiner Geburt hat er sofort gedacht: *Das ist nicht mein Sohn, der kommt nach seiner Mutter.*«

Manuel fing an, eine lange Liste von Versäumnissen, Achtlosigkeiten und Schikanen aufzuzählen, an denen Valter ihm gegenüber im Laufe der Jahre angeblich nicht gespart hatte.

»Mein Vater wollte zum Beispiel, dass ich Jura studiere. Aber ich wollte Wirtschaft machen, weil mein Kopf eher wirtschaftlich als juristisch tickt. Aber nein, am Ende musste ich Jura machen.«

Scavo musterte ihn.

»Er glaubt immer, er hat recht«, fuhr Manuel fort, »er war überzeugt, mit Jura wäre ich dem Familienunternehmen nützlicher. Nur schade, dass er mich dann rausgekantet hat.«

Der Staatsanwalt versuchte, ihn auf die Umstände des Mordes zurückzubringen.

»Da genauso«, sagte Manuel, »ich glaube, so richtig den Kopf verloren habe ich, als das Thema von meinem Vater aufkam.«

»Was soll das heißen?«

»Das Vaterthema«, wiederholte der Junge, »wenn das Vaterthema zur Sprache kommt, steigt das ganze Gift in mir hoch.«

»Hören Sie«, sagte Scavo, »kann es sein, dass Sie dieses ganze Gemetzel angerichtet haben, um sich an ihm zu rächen?«

»Das schließe ich nicht aus«, entgegnete Manuel.

»Und kann es zufällig sein«, wagte sich Scavo vor, »dass Sie und Marco Prato darüber gesprochen haben, Ihren Vater umzubringen? Vielleicht auch nur als abstrakte Vorstellung.«

»Möglicherweise ja.«

»Was heißt *möglicherweise?*«

»Das heißt, ich habe diesen Flash.«

»Haben Sie diesen Flash jetzt gerade oder hatten sie ihn schon vorher?«

»Ich hatte ihn heute Nacht. Mir ist die Sicherung durchgebrannt, weil … Na ja, ich spüre diese ganze Geschichte auf mir lasten … diese Geschichte, die seit Jahren läuft.«

»Also hat Manuel Foffo Luca Varani umgebracht, um sich an seinem Vater zu rächen?«

»Valter Foffo geht ins Fernsehen, um seinen Mördersohn in den höchsten Tönen zu loben, und der Sohn zieht ihn vor den Staatsanwälten in den Dreck?«

Die Journalisten gerieten erneut in Fahrt. Valter Foffo zu interviewen, wurde für alle Blätter wieder zum obersten Gebot.

Alessio Schiesari war ein junger Reporter, der für *Tagadà*, arbeitete, die Nachmittagssendung beim Fernsehkanal La7. Der Sender hatte dem Fall zahlreiche Beiträge gewidmet, und die Zuschauer warteten begierig auf die neuesten Entwicklungen. Inzwischen begannen diejenigen, die konstant über den Mordfall berichteten, sich untereinander zu kennen, sie trafen sich, schrieben sich, tauschten Meinungen und Fakten aus. Mein Kontakt zu Alessio kam dank einer gemeinsamen Freundin zustande. Er sagte, er komme gerade von zwei Tagen sinnloser Beschattung. Er war mit dem Team beim Bottarolo gewesen (dort war keine Menschenseele) und dann in der Via Igino Giordani (dort war es nicht besser gelaufen).

Am Abend unserer ersten Unterhaltung beschloss Alessio, zum Bottarolo zurückzukehren. Das Glück musste man herausfordern. Dieses Mal nahm er nicht das Team mit, sondern betrat das Restaurant in Begleitung einer Freundin. Die beiden setzten sich, ohne unter den spärlichen Besuchern aufzufallen, bestellten etwas zu essen und fingen an, wie ganz normale

Gäste über dieses und jenes zu reden. Ein paar Minuten vergingen. Dann sah Alessio ihn.

Valter Foffo diskutierte mit einem Kellner. Als er fertig war, durchquerte er den Flur, blickte sich um und verließ das Restaurant. Sofort stand Alessio auf. Weil er seinen Kameramann nicht bei sich hatte, ließ er die Videokamera des Handys mitlaufen. Unterdessen ging Valter auf ein geparktes Auto zu.

Die einfachste Ausrede der Welt.

»Entschuldigen Sie, haben Sie Feuer?«

»Bitte«, sagte Valter Foffo und näherte das Feuerzeug dem Gesicht des jungen Mannes.

»Darf ich Ihnen eine Frage stellen?«

Der Mann begriff.

»Noch so einer«, sagte er, »der Siebenunddreißigste heute.«

Er trug ein helles Hemd, darüber eine Strickjacke, seine Stimme war müde.

»Ich bin ein Journalist von La7«, stellte sich der junge Mann vor, »ich würde gerne eine Sache verstehen, die die Aussagen in den Zeitungen betrifft.«

»Welche Aussagen?«

»Die Ihr Sohn dem Staatsanwalt gegeben hat. Die, nach denen Manuel …«, er suchte nach dem richtigen Wort, »*in Wallung* geraten ist, nachdem er mit Marco Prato über Sie gesprochen hat. Können Sie sich das erklären?«

Valter Foffo seufzte: »Wie soll ich Ihnen dafür wohl 'ne Erklärung geben können? Jetzt hab' ich Ihnen die Frage zurückgegeben. Ich warte die Ergebnisse ab«, sagte er, »ich will sämtliche Akten lesen, ich will die toxikologischen Gutachten sehen.«

»Und als Vater, wie erklären Sie sich das?«

»Ich habe volles Vertrauen in Dottor Scavo«, versuchte Signor Foffo in die Defensive zu gehen, »ich überlasse die Sache ihm und den zuständigen Behörden.«

»Anscheinend hat Ihr Sohn erzählt, Sie hätten ihm sein Leben lang Vorschriften gemacht«, ließ Alessio nicht locker, »zum Beispiel bei der Wahl des Studiums. Manuel wollte Wirtschaft studieren, aber Sie hätten ihn gezwungen, Jura zu belegen.«

Redeten sie wirklich darüber? Über die Tatsache, dass sein Sohn zum Mörder geworden war, weil es zehn Jahre zuvor in der Familie eine Diskussion über den richtigen Studiengang gegeben hatte?

»Das sind alles Hirngespinste«, meinte der Mann, um dem Gespräch ein Ende zu machen, »ich habe keine Ahnung, was meinen Sohn dazu gebracht hat, so etwas zu behaupten.«

»Glauben Sie noch immer an Manuels Unschuld?«

»Inzwischen glaube ich an gar nichts mehr. Warten wir die Untersuchungen ab. Die Spurensicherung tut ihre Arbeit. Es gibt die Carabinieri. Alles fähige Leute, richtig? Hör mal«, sagte er, »wie heißt du?«

»Alessio.«

»Hör zu, Alessio, ich verstehe, dass du deinen Job machst. Aber kannst du dir vorstellen, wie es uns geht?«

»Sie können mir glauben«, sagte der junge Mann, »wenn ich über Skandale in der italienischen Politik berichten muss, macht mir das Spaß. Aber Situationen wie diese bringen mich in Schwierigkeiten.«

»Geschäftlich läuft hier gar nix mehr«, sagte der Mann, »das Restaurant ist leer, die Leute rufen uns nach: *Ihr seid Mörder!* Verstehst du, wie's uns geht? Leute, die brüllen. Leute, die sich irgendwas ausdenken.«

»Weil es eine haarsträubende Geschichte ist.«

»*Mörder*«, wiederholte Valter Foffo, »und das mir, der nie einer Fliege was zuleide getan hat.«

»Ich mache nicht gern heimliche Aufnahmen mit dem Handy«, sagte der junge Mann, »deshalb frage ich Sie: Wären Sie bereit, auf diese Fragen vor einer Kamera zu antworten?

Zehn Minuten, nicht länger als die Zigarette, die wir gerade geraucht haben.«

»Alessio«, sagte der Mann, »ich verstehe, dass du deinen Job machst, aber mal ehrlich, ihr Journalisten lebt vom Unglück der anderen.«

»Die Medien haben wegen der Erklärungen Ihres Sohnes ihre Scheinwerfer wieder angeworfen«, versuchte der junge Mann zu erklären, »er behauptet, an seiner ganzen Wut sei das Verhältnis zu Ihnen schuld.«

»Das Verhältnis zu mir«, konstatierte der Mann. »Ich weiß nicht, was ich dazu sagen soll. Eines Tages werden wir ihn fragen, falls er wieder freikommt.«

»Vor ein paar Tagen war ich bei den Varanis.«

»Wirklich?«, fragte Valter neugierig. »Was sind das für Leute?«

»Sie verkaufen Süßwaren.«

»Süßwaren«, wiederholte der Mann, als begriffe er nicht ganz.

»Sie verkaufen Süßwaren auf Märkten.«

»Straßenhändler.«

»Genau, Straßenhändler«, sagten Alessio und seine Freundin im Chor.

»Luca war kein leibliches Kind«, stellte das Mädchen klar.

»Hört mal«, sagte Valter Foffo mit Nachdruck, »wer adoptiert normalerweise Kinder? Entweder Leute wie große Schauspieler, die wirtschaftlich mehr als ausgesorgt haben … aber die adoptieren sie nicht richtig, sondern überlassen sie eher einem Kindermädchen. Oder es sind Familien, die keine Kinder kriegen können, sie adoptieren ein Kind, und dieses Kind … wie soll ich sagen … wird zu ihrem kleinen Schatz. Diesen kleinen Schatz hat jemand den Varanis genommen. Also: Wie kannst du da mit den Eltern von Luca Varani reden? Wer hat den Mut, die zu treffen? Was soll ich zu denen sagen, wenn ich sie treffe? Dass es mir leidtut?«

»Haben Sie mit Pratos Eltern geredet?«

»Ich kenne Marco Pratos Familie nicht, ich weiß, dass das eine gute Familie ist. Wir sind alle gute Familien. Das Problem sind die Kinder. Ich kann noch immer nicht glauben, dass ich mit euch über diese Dinge rede.«

Am Dienstag darauf ging Valter Foffo seinen Sohn im Gefängnis besuchen. Es vergingen weitere zwei Tage, und obwohl Valter sich fest vorgenommen hatte, nicht mehr mit Journalisten zu reden, tat er es wieder. Es war nicht klar, ob er jedes Mal in die Falle tappte oder nur auf die Gelegenheit wartete, um einem immer größeren Publikum zu sagen, was er wollte. Dieses Mal passierte es vor einer Bar auf der Tiburtina, nicht weit vom Restaurant.

Camilla Mozzetti vom *Messaggero*. Sie stellte sich vor.

»Schauen Sie mich an«, sagte Valter und fuhr sich demonstrativ mit der Hand übers Gesicht, »meine Haut ist total spröde. Die Ärzte sagen, das ist der Stress.«

Die Frau ging gleich in die Vollen.

»In den Vernehmungen hat Manuel gesagt, er hätte Sie töten wollen.«

»Das hat er überhaupt nicht gesagt«, schlug der Mann zurück, »das bezog sich nicht auf mich. Das sagte er mir, als ich ihn besuchen gegangen bin. Das können Sie nachprüfen, im Gefängnis wird alles aufgezeichnet.«

»Hat er Ihnen gestanden, dass er Luca Varani getötet hat?«

»Er hat mir gesagt, den ersten und den letzten Messerhieb hat Marco Prato ausgeführt.«

»Die beide fangen an, sich gegenseitig zu beschuldigen.«

»Mein Sohn ist erpresst worden, er hat Prato vor ein paar Monaten kennengelernt, in der Silvesternacht. Bei der Gelegenheit hatte er sexuellen Verkehr mit ihm. Prato hat alles mit dem Handy aufgenommen, er hat gedroht, das Video in

Umlauf zu bringen. Mein Sohn fühlte sich in die Ecke gedrängt.«

»Wollen Sie damit sagen, Ihr Sohn ist ein Opfer?«

»Ich warte ab, bis alles ans Licht kommt«, wiederholte er seinen üblichen Text, »ich vertraue dem Staatsanwalt, wir warten die toxikologischen Gutachten ab, ich bin überzeugt, dass das Kokain und wer weiß welche anderen Substanzen dazu beigetragen haben, das Bewusstsein meines Sohnes zu trüben, der allerdings«, fügte er an, »nicht schwul ist.«

»Besser drogenabhängig als homosexuell?«

Valter Foffo schwieg. Die Journalistin ließ nicht locker.

»Aus den Akten geht wohl hervor, dass Ihr Sohn kurz vor dem Begehen des Mordes sexuellen Verkehr mit Marco Prato hatte.«

»Das ist ebenfalls nicht wahr. Er hatte nur einmal sexuellen Verkehr mit ihm, am 31. Dezember. Wir Foffos haben für Schwule nichts übrig«, sagte er, »wir stehen auf echte Frauen. Und mein Sohn ist da keine Ausnahme.«

Am selben Abend rief mich Alessio Schiesari an. Er sagte, am nächsten Tag würde er mit seinem Team frühmorgens in die Via Igino Giordani zurückkehren. Ob ich Lust hätte, ihn zu begleiten?

Die Leute wühlten in den Müllcontainern.

Das passiert in allen Städten, aber seit er das letzte Mal in Rom gewesen war, hatten sich die Dinge geändert. Früher waren es die Einwanderer und Obdachlosen gewesen. Jetzt waren es die Alten. Die Jungen. Ordentlich angezogene, weiße junge Leute mit dem Kopf in einer Mülltonne. An der Piazza die Quiriti hatte ein Typ um die dreißig in Jeans und grauem Sweater den Deckel eines Müllcontainers mit einem Stück Holz festgekeilt und machte sich eifrig zu schaffen. Der holländische Tourist ging an ihm vorbei, erreichte die Via Cola di Rienzo und nahm ein Taxi. »Viale Trastevere«, sagte er.

Der Fahrer fuhr wie ein Wahnsinniger, brüllte und fluchte. Der holländische Tourist stieg aus dem Taxi und hielt sich den Magen. Er drang in das Viertel vor. Gassen und rote Dächer. Die goldene Kulisse des Mosaiks von Santa Maria in Trastevere blendete ihn.

Mutter aller Völker. Riesige Garage der italienischen Mittelschicht. Was eben so passiert, wenn die Bauwerke einer Stadt allzu lang überdauern.

Als er das Restaurant erreichte, fragte er nach Signor Franco. Die Kellner führten ihm einen Freudentanz auf. Dottore, wie geht's. Wie schön, Sie wiederzusehen. »Sind Sie es in Holland nicht leid?«, – »Klar sind Sie es leid«, sagte ein anderer, »sonst wären Sie nicht hier.« Signor Franco sei noch nicht da. Aber wieso nehme er nicht schon einmal Platz? Heute gebe es Nudeln mit Kichererbsen, es gebe Vulkanspargel. Der holländische Tourist war verstört, es war nicht gut, dass sie ihn wiedererkannten. Zugleich wusste er, dass seine Befürchtung unbegründet war. Kaum würde er das Restaurant verlassen, hätte er für sie nie existiert; in Rom ging man über das Gedächtnis derer, die vertraulich mit einem wurden, so flüchtig dahin, wie Wasser über Kieselsteine floss.

Der Tourist ließ die Höflichkeitsfloskeln über sich ergehen, setzte sich, bestellte etwas zu essen und vertrieb sich die Wartezeit damit, den Unterhaltungen der Gäste zu lauschen.

»In der Villa Torlonia, wo das Kriegsarchiv ist«, sagte gerade ein Mann zu den beiden Freunden, die ihm gegenübersaßen, »habe ich die Briefe gelesen, die Papst Pacelli während des Krieges an die englischen und amerikanischen Luftwaffengeneräle schreiben ließ. Einer lautete folgendermaßen: *Sehr geehrter Herr General Henry Arnold, wir hoffen, es geht Ihnen gut, wir schreiben im Namen des Heiligen Vaters und möchten Sie bitten, sollten Sie die Absicht haben, die Luftangriffe auf Rom fortzusetzen, zwischen vierzehn Uhr und fünfzehn Uhr dreißig davon abzusehen: In diesen Stunden ruht sich seine Heiligkeit im Vatikan aus. Heil und Frieden.* Seine Heiligkeit ruht sich aus. Versteht ihr, was für ein Typ das war, dieser Papst?«

Eine Golddrachme, die die Dauer der Finsternis aufwiegt. Ein Markt der öffentlichen Beichten, bei dem die Knoten des Geheimnisses nur noch enger gezogen werden.

Der Kellner brachte den Kaffee. Der holländische Tourist verlangte nach der Rechnung. Der Kellner sah ihn fast mitleidig an: Er würde doch nicht bezahlen müssen! Er sagte, Signor Franco würde nicht kommen, sah die enttäuschte Miene des Touristen. »Aber nein, das haben Sie missverstanden«, beeilte sich der Kellner zu sagen, Signor Franco trinke gerade seinen Kaffee in der Bar Caruso und warte dort auf ihn.

Ein Tischnachbar nieste. Der holländische Tourist rückte unwillig ab, wischte sich die Hand an einer Papierserviette ab, erhob sich vom Tisch und ging Richtung Caruso davon. Als er die Bar erreicht hatte, sagte man ihm, Signor Franco sei gegangen, um eine dringende geschäftliche Angelegenheit in der Nähe zu erledigen. Der holländische Tourist hatte keine Lust auf einen zweiten Kaffee, doch um nicht unhöflich zu erscheinen, trank er trotzdem einen. *Il Messaggero* lag aufgeschlagen auf dem Tresen. Schlagzeile: »Hätte ich einen schwulen Sohn, würde ich ihn in einen Heizkessel werfen und anzünden.« Das hatte ein Stadtrat von der Lega gesagt. An einem anderen Tisch redeten zwei Männer über eine Beerdigung.

»Irgendwann regnete es Rosenblätter vom Himmel. Die Musik ging los. Die Leute weinten. Wir alle waren ergriffen.«

Der Tote war ein Boss der zweitwichtigsten Verbrecherorganisation der Stadt. Die wichtigste, witzelten die Leute, waren die Baulöwen. Die Beisetzung war eines Staatsoberhauptes würdig gewesen. Von einem Hubschrauber abgeworfene Blumen, ein riesiges Foto des Clanchefs in päpstlichem Weiß, die Musikkapelle hatte den Sarg mit der Melodie von Nino Rotas *Der Pate* begleitet.

»Ein halber Tag wie dieser ist mehr als genug. Entschuldige, dass ich dich hab warten lassen«, sagte eine Stimme hinter ihm.

Der holländische Tourist drehte sich um.

Signor Franco lächelte, puterrotes Gesicht, klobige Brille, genauso wie bei ihrer letzten Begegnung im Jahr zuvor. Er trug ein hübsches hellblaues Jackett über einem gestreiften Hemd. Der holländische Tourist wollte aufstehen, Signor Franco sagte, sie könnten ruhig hierbleiben, niemand würde auf sie achten. Er steckte die Hand in die Jackettasche, zog den Umschlag hervor, darin der Schlüssel der Wohnung und ein Zettel mit der Adresse. Der holländische Tourist zog daraufhin die Brieftasche hervor, zählte die Scheine, sieben Fünfziger. Das Geld wanderte von einem zum anderen. Anstandshalber plauderten sie noch ein wenig über dies und das.

Jeder Taxifahrer in Rom ist auf seine eigene Art verrückt. Dieser hier beispielsweise tat beim x-ten Stau etwas, das der holländische Tourist noch nie erlebt hatte. Er klaubte das Kleingeld vom Armaturenbrett, ließ das Fenster herunter und fing an, die unrechtmäßig auf der Taxispur haltenden Fahrzeuge mit Munzen zu bewerfen. »He, du Arschloch! Zieh Leine!«

Die ruppigen Manieren waren ein Markenzeichen der Stadt. Doch im Vergleich zum vergangenen Jahr waren die Leute reizbarer. Richtig verbiestert waren sie. Die Leute waren ärmer geworden, die schwarze Welle der Krise überrollte sie, sie hatten allen Grund, reizbar zu sein. Doch letzten Endes, dachte er, waren sie die gleichen Jammerlappen wie immer.

Auf der Höhe der Ponte Sublicio meinte er einen Mann zu sehen, der ein Fahrrad in den Fluss warf. Er war verblüfft. Das musste eines der Geheimnisse der Stadt sein, die ihm noch immer verschlossen waren.

Das Taxi hielt an der Basilika von Santa Maria Maggiore. Nicht weit davon lag die Kirche San Pietro in Vincoli. Vor wenigen Tagen war er dort gewesen, hatte die schattige Treppe erklommen, die zur Basilika hinaufführt, war eingetreten und hatte das Objekt des größten Missverständnisses zahlreicher Touristen betrachtet. In den Augen der Dummen war Michelangelos *Moses* das Inbild der inneren Kraft, die Verherrlichung des Glaubens, der zu den größten Taten befähigt. Nichts war falscher: Er war das Zeugnis einer Niederlage. Hätten diejenigen, die dorthin kamen, sich die Mühe gemacht, sich zu informieren oder wenigstens einen kurzen Blick in ein Kunstgeschichtsbuch zu werfen, hätten sie erfahren, dass der leidenschaftliche Blick des Moses nicht Glaube ausdrückte, sondern Empörung. Michelangelo hatte den Propheten kurz vor dem Zornesausbruch gebannt, als er, mit den Gesetzestafeln vom Sinai herabgestiegen, das auserwählte Volk beim Tanz um das goldene Kalb überrascht. Im nächsten Augenblick – den die Statue nicht zeigte – würde Moses die Tafeln zu Boden werfen und zerschmettern.

»Das macht zwanzig Euro, Dotto'.«

Der holländische Tourist betrat das Hotel und ging in das Zimmer hinauf, er wusch sich das Gesicht, putzte sich die Zähne, zog sich um. Ließ den Blick über die herrliche Aussicht auf Dächer und Kirchen schweifen. Die Menschheit war seit jeher verloren. Er griff sich die Schlüssel, die ihm der Restaurantbetreiber gegeben hatte, und verließ abermals das Hotel.

Kaum bog man um die Ecke, kippte das Szenario. Jetzt ging er durch die Via Cattaneo. Vor einer Minute noch das Gold und der Marmor der Kirchen, jetzt die Säufer und die Obdachlosen. Die Piazza Manfredo Fanti war ein einziger Müllhaufen. Er las die Adresse auf dem Zettel. Die Kreuzung an der Via Turati. Die Lädchen der Chinesen. Da war das Haustor. Er zog die Schlüssel hervor. Der Hauseingang war dunkel und klamm, er zwängte sich in den Aufzug, fuhr in den fünften Stock hinauf. Durch das Treppenhaus schallten Schreie in unbekannten Sprachen herauf. Er schob den Schlüssel ins Schloss.

Die Wohnung war klein und trist. Ein Ehebett mit einer Decke darüber, ein Nachttisch, ein hässlicher Schrank. Das Gefühl war berauschend. Dort drin war er niemand mehr. Es gab kein Verzeichnis, in dem sein Name stand. Die Hauptstadt der Laster. Der schönste Korb für diese faulen Äpfel.

Über Casal Bruciato erreichte ich die Via Igino Giordani. Ich sah sie schon vom weitem: In eine leise Unterhaltung vertieft, standen Alessio Schiesari und sein Team nur wenige Schritte von der klotzigen und uninspirierten Kirche Gesù di Nazareth zusammen. Gegenüber lag das Mehrfamilienhaus, das Manuel Foffo verlassen hatte, um zur Beisetzung seines Onkels zu fahren. Außer Alessio waren ein Toningenieur, ein Kameramann und zwei Teamassistenten dabei. Wir kamen nicht dazu, uns zu begrüßen. »Arschlöcher«, sagte eine Stimme hinter uns.

Vor einer Bar standen ein paar Männer und stierten feindselig zu uns herüber. Es wurde auf den Boden gespuckt, Verachtung für die Geier, die bei ihnen fleddern wollten. »Drecksäcke«, sagte ein anderer von ihnen voller Verachtung. »Gehen wir«, riet Alessio.

Wir überquerten die Straße, traten durch das Eingangstor. Die Haustür war verschlossen. Alessio drückte auf gut Glück sämtliche Klingelknöpfe, bis irgendjemand öffnete.

Wir stiegen die Stufen hinauf, eingehüllt in eine fahle, von künstlichem Licht erhellte Stille. Der Bau glich einem gewaltigen, himmelwärts führenden Zementschlauch. Auf unserem Weg nach oben wurde die Stille so tief, dass das Klappern von Geschirr zu hören war. Teller, Gläser, in Spülbecken scheppernde Töpfe. Die Leute hatten sich in ihren Wohnungen verschanzt. Bestimmt fühlten sie sich verfolgt. Und verängstigt, wütend, verschreckt. Nur wenige Meter von ihren Wohnräumen entfernt war ein Mord begangen worden, der in aller

Munde war, schon hunderte Male war ihr Wohnhaus aufgenommen und im Fernsehen und im Internet gezeigt worden, man hatte es in »die Wohnburg des Grauens« oder »das verfluchte Haus« umbenannt. Im vierten Stock verschwand ein betagter Herr in Pullover und Trainingshosen, kaum dass er uns sah, hinter seiner Wohnungstür. Auf dem nächsten Treppenabsatz öffneten sich zwei Türen und schlossen sich wieder, ohne dass jemand sich blicken ließ. In dem Moment setzte einer der Teamassistenten noch eins drauf, drehte sich zu mir und Alessio um, blickte uns mit ausdrucksloser Miene an und sagte, es sei zwar absurd, aber er habe das Gefühl, das ganze Gebäude stünde in einer Wanne voll Blut. Man könne es riechen, fügte er hinzu. Es sei kein wirklicher Geruch, schob er eilig hinterher, sondern eher die *Vorstellung* einer ekelerregenden Ausdünstung, die jeden, der ihr allzu lange ausgesetzt sei, in den Wahnsinn zu treiben vermochte.

»Hier ist sie, nimm das auf.«

Im neunten Stock angekommen, machte Alessio dem Kameramann ein Zeichen, ihm zu folgen. Er trat dicht an die Tür, um das Namensschild zu lesen. »Da sind wir«, sagte er. Die Wohnung von Manuels Mutter. Alessio klingelte. Wenn die Frau öffnete, hätte sie die Kamera direkt vor der Nase, dachte ich, und wenige Stunden später würde ihre Verwirrung als Unterhaltung für hunderttausende Fernsehzuschauer herhalten. Alessio drückte erneut auf die Klingel. Ein zweites, ein drittes Mal. Die Tür blieb verschlossen.

Während Alessio noch versuchte, seinen Scoop zu landen, blickte ich auf den Treppenabsatz, leer und kalt im sonnigen Morgen. Ich begann, die Stufen hinaufzusteigen.

Im zehnten Stock angekommen, war das Erste, was mir ins Auge fiel, die Vergitterung. Anstelle der typischen Hochhausfenster gab es ein nach außen offenes Halbrund, eingefasst von dicken Metallstangen, um zu verhindern, dass jemand sich zu weit nach vorn beugte und hinunterfiel. Ich spürte den Wind im Gesicht. Aus dieser Höhe überblickte man die östliche Peripherie. Man konnte die Autobahn nach L'Aquila sehen, die Hochspannungsmasten. Auf der anderen Seite lagen Industriebaracken, Bingohallen, weiß getünchte Schwarzbauten im urbanen Nichts. Der Wind pfiff durch die Gitterstäbe und verlor sich wirbelnd im Treppenhaus. Ich drehte mich um. Wenige Meter entfernt, in einem durch den Winkel der Mauern erzeugten Schattenkegel, lag die Wohnung. Die Tür war von den Carabinieri versiegelt. Das rotweiß gestreifte Absperrband spannte sich sternförmig über das Türblatt, an dem drei identische Zettel mit der polizeilichen Begründung klebten. Dort drin war alles passiert. Ich trat näher, ich war dazu erzogen worden, nicht an die Übernatürlichkeit unseliger Häuser zu glauben, und dennoch war das, was ich vor dieser Tür empfand, real. Es war, als brächte eine plötzliche Verdichtung der Masse die Zeit fast zum Stillstand, in dem jedoch keine Ruhe, sondern nur Dummheit, Einsamkeit, Verzweiflung lag.

Als hätte man eine Hand in den Styx getaucht und spürte die Schatten noch bleiern auf ihr lasten, dachte ich, nachdem ich nach Hause zurückgekehrt war. Gibt es böse Orte?, fragte ich mich, kann man von einem physischen Fortbestand des Bösen sprechen, nachdem es begangen wurde? Oder ist das nur Einbildung?

Am Nachmittag ging ich durch Esquilinio spazieren. Ich war nervös. Nachdem ich ziellos an den Läden der Chinesen vorbeigestreift war, stand ich plötzlich an der Porta Maggiore, dann bog ich in die Casilina ein. Ich wanderte Richtung Tor Pignattara, rechts waren die Gleise der Regionalzüge, vor mir das weite Panorama. Auf der anderen Seite des Zubringers, jenseits der letzten Gebäude, am Ende der von Gräben und Ruinen übersäten Landschaft, erhoben sich sanft die Hügel der Castelli Romani. Während ich die in azurblaues Licht getauchten Erhebungen in der Ferne betrachtete, spürte ich in mir die Antwort auf das Gefühl aufsteigen, das ich vor Manuel Foffos Wohnung empfunden hatte. Von all dem hier fortgehen. Verschwinden aus Rom.

So ein Gedanke hatte mich niemals auch nur gestreift, doch plötzlich schien er mir das einzig Sinnvolle zu sein.

Als ich vor zwanzig Jahren hierhergekommen war, kannte ich niemanden. Ich hatte wenig Geld und einen lächerlichen Job, doch schon im Laufe weniger Wochen hatte mich die Stadt mit ihrer planlosen Großzügigkeit mitgerissen – sie war chaotisch, lebendig, unfassbar zynisch und deshalb unfähig, ihre eigene Bosheit ernst zu nehmen. Hatte man einen Hauch von Ambitionen, machten sie sie einem zunichte, wagte man es zuzugeben, dass man es im Leben zu etwas bringen oder gar groß rauskommen wollte, klopften sie einem auf die Schulter und lachten einen aus. Was glaubst du, wo du bist? Rom existierte seit 2700 Jahren, die Stadt hatte alles gesehen, sie enthielt das einmalige Konzentrat aus Lähmung und rhetorischer Taschenspielerei der italienischen Politik, und obendrein lag in ihr das Epizentrum der weltweiten theokratischen Enttäuschung. Hierzulande waren die Leute nicht so naiv zu glauben, dass Selbstbestätigung oder, schlimmer noch, Ruhm einen Wert an sich darstellten. In Rom kannte man Menschen aller Couleur, man mischte sich mit anderen Körpern, wenn es gut lief, machte man ein bisschen Geld, man starb, und der Meereswind blies auch die Asche deiner Erinnerung fort.

Alles war in der Schwebe zwischen Harmonie und Chaos, Schönheit und Nachlässigkeit, Geselligkeit und Verfall. Doch dann hatte all das begonnen, rasant ins nächtliche Dunkel abzugleiten. Es hatte den Skandal *Mondo di Mezzo* gegeben. Die Ermittlungen betrafen Privatpersonen und öffentliche Ämter wegen aller Arten von Straftaten. Abgekartete Ausschreibungen, Korruption, Betrug, Spekulationen in den Bereichen Sozialwohnungen, Einwanderung, Müllentsorgung, dazu Beamtenbestechung, Erpressung, Geldwäsche … ein Riesending. Der Name der Ermittlung leitete sich aus einem von den Carabinieri abgehörten Telefonat ab: »Das ist die Logik der Zwischenwelt, Kumpel«, hatte einer der Abgehörten gesagt, »die Lebenden sind oben und die Toten unten. Wir sind dazwischen, denn es gibt eine Welt, eine Zwischenwelt, in der alle sich treffen. Du sagst: *Scheiße, wie ist das möglich? Dass ich morgen zum Beispiel plötzlich mit Berlusconi beim Abendessen sitze?* Aber es ist möglich. In der Zwischenwelt mischen sich alle. Man begegnet Menschen aus der *Oberwelt*, weil ihnen vielleicht jemand aus der *Unterwelt* irgendwelche Gefallen tun soll, die sonst keiner vermag.«

Die Zwischenwelt war nichts Neues. Alle in Rom fanden seit jeher einen Weg, um sich mit allen zu treffen. In den Nächten des Jahres 40 nach Christus schlüpfte Messalina, die siebzehnjährige Gemahlin des Kaisers Claudius, aus ihren königlichen Gewändern und ging (»die dunkle Mähne unter einer blonden Perücke, die Brustwarzen vergoldet«, schrieb Juvenal) in den Gossenvierteln der Stadt auf den Strich.

Ich ließ das Pigneto-Viertel hinter mir. Wanderte weiter an den Bahngleisen entlang. Rom war so viele Male gestorben und wiederauferstanden, und ich war nicht so anmaßend zu glauben, dass der gegenwärtige Absturz der letzte wäre. Auf meine Lebenserwartung und die der Menschen bezogen, die ich liebte, drohte er allerdings der letzte zu sein. Die untere Stadt fraß die obere, die Toten verschlangen die Lebenden, das Ungestalte gewann an Boden. Eine Hoffnung zu hegen, wurde nicht mehr nur als töricht empfunden, sondern als tödliche Beleidigung; das, was noch lebensvoll war, zog Aggression auf sich, das Gift der Verderbnis, und diese kleine, holzfurnierte

Barriere, Manuel Foffos Wohnungstür – dachte ich, noch immer in den Anblick der fernen Hügel versunken –, versinnbildlichte die Endstation eines langen Niedergangs. Zugleich war sie eine Vorahnung, ein Versprechen. *Ihr alle werdet hier hindurchgehen, wenn ihr nicht bereits hindurchgegangen seid.*

»Luca Varani hat sich nicht prostituiert. Da lege ich meine Hand ins Feuer. Ich kenne ihn. Ich weiß, wer er ist. Ich war sein Lehrer.«

Davide Toffoli, dreiundvierzig Jahre, unterrichtete Italienisch an der Fachoberschule Istituto Einstein-Bachelet, wo Luca Abendkurse besucht hatte.

»Der Junge war ein offenes Buch«, fuhr er fort, »es fiel ihm schwer, seine wahren Gefühle zu verbergen, von einem Doppelleben ganz zu schweigen.«

Ich hatte Toffoli in einer Bar in Primavalle getroffen. Wir tranken Eistee. Es war fünf Uhr nachmittags, goldenes Licht flutete die Häuserblocks und ließ alles ringsum friedlich und weit erscheinen. Er war ein Mann mit sanfter Ausstrahlung, dunklem Teint und der Drahtigkeit eines Sportlers. Ein aufmerksamer, fürsorglicher Lehrer, in zahlreiche Weiterbildungsprogramme involviert, die ihn weit über die Unterrichtszeit hinaus beschäftigt hielten. Ich hatte sofort einen sehr guten Eindruck von ihm.

»Wie war er in der Schule?«, fragte ich.

»Direkt, lebhaft, er hatte immer eine eigene Meinung zu den Dingen und verteidigte sie, ohne zu übertreiben. Wenn er einen guten Tag hatte, hörte er nicht auf, Fragen zu stellen, dann war er eine richtige Plaudertasche, man konnte nicht von ihm erwarten, dass er zu Hause besonders viel lernte, aber er war der typische Schüler, der durch Mitarbeit im Unterricht die fehlenden Hausaufgaben wettmacht. Und dann die Liebe. Er war ungewöhnlich erwachsen für sein Alter, redete ständig von Marta Gaia, sie hatten eine wunderschöne Beziehung.«

»Deiner Meinung nach stimmt es also nicht, was die Zeitungen schreiben.«

Toffoli sah mich mit hochgezogenen Augenbrauen an, aber ohne Unmut. Es tat ihm nur leid, entsetzlich leid, dass die Menschen zu solcher Schäbigkeit fähig waren.

»Wer Luca kannte, weiß, dass er gewisse Dinge nicht getan hätte. Dieser Tage kursieren die seltsamsten Gerüchte, die Leute reden, als wäre das, was passiert ist, auch seine Schuld. Ich finde diese Anschuldigung verstörend. Wenn wir Luca unbedingt etwas anlasten wollen, dann die Arglosigkeit. Es ist gefährlich geworden, den Menschen um uns herum zu trauen. Für jemanden mit meinem Beruf ist es hart, das zu sagen.«

Das, was Toffoli auf maßvolle Art gesagt hatte, begegnete mir in immer lauterer Form, je mehr ich mich La Storta näherte.

»Er war nur ein Junge«, sagte die Inhaberin einer Bar mit Tabakverkauf, »er kam, um Zigaretten zu kaufen. Zehnerpacks, um weniger auszugeben.«

»Hin und wieder ging ihm das Benzin aus«, sagte ein Mann um die fünfzig, der unweit von dort arbeitete, »ich erinnere mich noch an den letzten Sommer. Auf der Via della Storta hatte sich ein ellenlanger Stau gebildet, ich bin mit dem Motorrad an allen vorbei und habe gesehen, dass er da vorn war und sein Auto schob. Also habe ich angehalten, zehn Euro rausgeholt, und wir haben getankt.«

»Es nervt mich, die Zeitungen zu lesen«, sagte ein Junge um die zwanzig, dürr, groß, welliges Haar, Lederjacke, »was die schreiben, ist echt das Letzte. Journaille. Sie bewerfen wehrlose Leute mit Dreck.«

»Dass er gestorben ist, habe ich auf Facebook erfahren«, sagte ein anderer Zwanzigjähriger, raspelkurzes Haar, weißes

Hemd, Bomberjacke und Kettchen, »was so geredet wird, ist total hirnrissig. Die behaupten sogar, er war schwul. Von wegen schwul, die sind selber schwul.«

»Luca ging weder anschaffen noch dealte er«, sagte das Mädchen neben ihm, zurückgestriegeltes Haar, gezupfte Augenbrauen, »wir trafen ihn immer in Casalotti. Wenn irgendetwas faul gewesen wäre, hätten wir das mitgekriegt.«

»Drecksäcke. Scheißkerle. Verleumden einen armen toten Jungen.« Das war Stefano. Weißes T-Shirt, finsterer Blick, wir plauderten vor einer Spielhalle miteinander. »Was die in den Zeitungen schreiben, ist echt zum Kotzen«, fuhr er fort, »die Leute haben keinen Anstand. Die leben von Lügen. Parasiten.« Hinter uns waren die Geräusche der Spielautomaten zu hören.

»Von wegen Dealer! Von wegen schwul!«, gackerte ein junges Mädchen vor dem Multiplex Andromeda abfällig. »Er stand auf alle meine Freundinnen.«

Wenngleich Verallgemeinerungen immer zu kurz greifen, hatte ich nach einigen Tagen des Fragenstellens den Eindruck, dass Lucas Freunde sich im Großen und Ganzen aufteilten in Jugendliche der untersten Mittelschicht und in solche, die man früher *Ragazzi di vita, Subproletariat,* genannt hätte. Doch hatte das neue Jahrhundert die Bedeutung dieser Kategorien zwar nicht hinfällig gemacht, aber fraglos verändert.

Während Marco aus einem progressiven Umfeld stammte, konnten viele von Lucas Freunden diese Kreise nicht ausstehen. Es wäre unzutreffend gewesen, sie als rechts zu bezeichnen, und ebenso zu behaupten, einige von ihnen würden mit den Faschisten sympathisierten (viele von Marco Pratos Freunden in diesen konfusen Zeiten als links zu bezeichnen, wäre genauso abwegig gewesen), doch zweifellos hassten sie professionelle Gutmenschen, politische Korrektheit, die Regenbogenkultur und eine zur Schau getragene Verteidigung von

Werten, die sie mit den Eliten verbanden. Zu sagen, dass einige von Lucas Freunden homophob waren, wie manche schrieben, war gleichfalls falsch. In den meisten Fällen hatten sie weder etwas gegen Schwule noch grenzten sie sie aus, was sie allerdings nicht daran hinderte, einen misstrauischen Blick auf die Schwulenkultur zu haben, die die sexuelle Orientierung in ihren Augen zur gesellschaftlichen Diskriminierung missbrauchte. Natürlich waren Marco Prato und Manuel Foffo für sie nicht nur Vertreter der Schwulenlobby, sondern zwei privilegierte Papasöhnchen, die bis zum Ende ihrer Tage im Knast schmoren sollten.

Die Angehörigen der Battistini-Clique waren wiederum sehr jung, gaben Gas und ließen in ihren Unterhaltungen keinerlei politische Orientierungen erkennen, was sie gerade deshalb zur politischen Avantgarde schlechthin machte. Während Pasolinis *Ragazzi di vita* zu einer verklärten Vorzeit gehörten, waren die *Ragazzi* am Battistini-Bahnhof – trotz wackliger Bildung, keinerlei Leseerfahrung, nicht dem Hauch eines ideologischen Schutzschildes – viel moderner als ihre Altersgenossen im Stadtzentrum. Die Jugendlichen aus Parioli hockten in ihren Kinderzimmern und hörten De Gregori. Die Battistini-Jugendlichen gingen zu Technokonzerten und tanzten die ganze Nacht inmitten von durchgeschwitzten, mit Ecstasy zugeknallten Leibern. Die Jugendlichen aus dem Zentrum protzten mit ihren schönen Klamotten, die Jugendlichen von der Battistini hatten oft wunderschöne Körper. Unter ihren Eltern gab es keine Notare, Journalisten, Direktoren, sondern Klempner, Lagerarbeiter, Friseure, Nachtportiers. Sie lebten nicht in schönen Häusern, konnten sich keine teuren Autos leisten, setzten auf ihre Körper: glatt, straff, muskulös, aggressiv, mitunter schönheitschirurgisch aufgepimpt, auf alle möglichen Arten auf der Straße und in den Social-Media-Kanälen zur Schau gestellt. Ihre Körper waren ihr Vermögen und ihre

Rache. Ansonsten waren sie unverfroren, überbordend und lebten ihre Jugend aus mit dem leisen Verdacht, dass weder das Erwachsenenalter noch eine normale Portion Glück an ihren Lebensumständen etwas ändern würde.

Doch ganz gleich, ob die von der Battistini oder die reflektierteren Leute aus Primavalle oder La Storta, alle wiesen die Vermutung, Luca würde anschaffen gehen, wütend zurück.

Sie wiesen sie zurück, weil sie sie als ehrrührig empfanden, weil sie Opfer und Täter auf die gleiche Stufe gestellt hätte, und auch, weil ihr stattzugeben bedeutet hätte, der Erzählung des Feindes Vorschub zu leisten. Was zählte, war nicht nur die Wahrheit der Fakten, sondern die Weise, auf die sie dargestellt, die Rhetorik, von der sie getragen wurden, und die Vorstellung zurückzuweisen, dass Luca sich prostituierte, bedeutete auch, eine falsche Darstellung abzulehnen, die selbst wenn sie wahr gewesen wäre, umso verdächtiger wurde, je mehr sie von guten Absichten untermauert war.

Diese Sache mit Lucas Doppelleben vergiftete den Kern der Geschichte, dachte ich. Sie war der perfekte rhetorische Trick, sie mochte für die persönliche Beziehung zwischen ihm und Marta Gaia von Bedeutung sein, und auch Giuseppe und Silvana mochten sich fragen, was Luca in der Zeit gemacht hatte, die er nicht mit ihnen verbrachte. Aber außerhalb der persönlichen Beziehungen, auf moralischer Ebene und auch, was die einfache Frage der Verantwortung hinsichtlich seines Todes betraf, spielte sie keine Rolle.

Weshalb also verbreitete sich diese Erzählung so erfolgreich und brachte die Leute dazu zu glauben, dass Luca es darauf angelegt hatte oder – schlimmer noch –, dass er und seine Mörder ein gemeinsames Schicksal teilten? War es die Schuld der Journalisten? War es ihre dramaturgische Schlagkraft? (Wir lebten in der Ära des Storytellings, einer Zeit, in der skrupellose Profis das Instrumentarium beherrschten, mit dem sie falsche Geschichten konstruierten, um Konsens zu schaffen oder Hass zu schüren.) Oder war es der Hunger des stets von niederen Instinkten geleiteten Publikums?

Ich versuchte dahinterzukommen, doch es war, als würde man nach Sonnenuntergang in einen Brunnen starren, und vielleicht lag es daran, dass man im Dunkeln die absurdesten Dinge zu sehen glaubt oder die interessantesten zu erahnen meint, dass mir schließlich der Gedanke kam, es wäre der Fall selbst mit der ihm innewohnenden Niedertracht, der die Dinge verzerrte, ich dachte, dass er vielleicht tatsächlich über einen eigenen Willen, eigene Absichten verfügte, Böses gebiert Böses, es nutzt gewisse rhetorische Formen als Übertagungswege, und so bezirzt uns das Böse, dachte ich weiter, streut uns Sand in die Augen, verwendet Splitter von Wirklichkeit, um uns von Dingen zu überzeugen, die nicht wahr sind.

Ich streifte weiter durch La Storta, bat um Auskunft, stellte Fragen, rief Erinnerungen wach, suchte nach Elementen, die mir halfen zu verstehen. Luca baute in der Werkstatt eine Antriebswelle aus. Lachte mit Freunden. Redete mit Marta Gaia am Telefon, sie planten, sich zusammen einen Micra zu kaufen. Marta warf Luca vor, das Geld rinne ihm durch die Finger. Luca begleitete sie zum Volleyball, sie ärgerte sich, dass der Trainer sie in den offiziellen Matches nicht spielen ließ. Luca sagte: »Ich rufe dich nachher an«, und verschwand. Dann nannte Marta Gaia ihn einen Lügner, behauptete, es sei unmöglich zusammenzubleiben, wenn er sich so benehme, schlimmer als die Fluchten sei das Schweigen, schrieb sie in ihren Nachrichten, die Art, wie er dichtmachte, nichts rausließ. Doch ganz egal, wo Luca war, er redete immer von ihr. »Wann hörst du auf zu rauchen«, fragte Marta und löste sich aus seiner Umarmung. »Im Februar«, grinste Luca. »Hast du Stoppinos Wasser gewechselt?« Stoppino war ihr Hamster. Hin und wieder ging Luca zur

Battistini. Marta wollte nicht, dass er diese Typen traf, aber er hatte Lust auszugehen. Manchmal kam er spät zurück. Seine Eltern schliefen, und nachdem er mit Marta getextet hatte, ging Luca in die Küche, holte einen kleinen Topf heraus und machte sich Suppe heiß, eingehüllt in die Stille von La Storta, die Bäume tanzten im Dunkel, dahinter lagen die mondhellen Felder, er blickte hinaus oder war ins Essen vertieft, den Kopf über den Teller gebeugt … Da ist er! Plötzlich loderte die Flamme in meinem Kopf auf, und mir war, ihn vor mir zu sehen, befreit von den Schlingen, die das Unfassliche in ein narratives Klischee zwängten: Das ist Luca, dachte ich überzeugt.

In wenigen Sekunden verlosch die Flamme, und ich sah ihn nicht mehr. Wird man gewisser Intuitionen beraubt, ist man wie vom Glauben verlassen. Ich wurde wieder zum Sklaven der Erzählung. Wie war es zu dem Mord gekommen?, fragte ich mich. Gab es da irgendetwas – eine Geste, einen Wortwechsel, einen verbalen Schlagabtausch – das sich als entscheidend erweisen sollte, um zu begreifen?

In den folgenden Wochen führten mich die Fakten zurück ins Stadtzentrum. Im Prati-Viertel hatte ich eine Verabredung mit Savino Guglielmi.

Guglielmi war der Anwalt von Marta Gaia Sebastiani, die beschlossen hatte, als Nebenklägerin aufzutreten. Die Kanzlei befand sich in der Via Valadier. Der Anwalt war ein Mann um die vierzig, schlank, im Jackett und mit Schlips, äußerst redegewandt. Er sagte, logischerweise habe das, was passiert sei, Marta regelrecht zerstört. »Jahrelang war ihre Liebesbeziehung so etwas wie eine eigene Welt, wenn sie und Luca zusammen waren, schien alles um sie herum zu verschwinden.« Was natürlich nichts daran änderte, dass die Welt dort draußen weiterhin existierte. Marta Gaia habe angefangen, die Sache aufzuarbeiten, sie werde von einem Psychologen betreut. Sie habe nicht alle Prozessakten gelesen, einige Teile seien sehr schwer erträglich, sie würde sich damit befassen, wenn sie bereit dazu sei.

Das Leben, das wir gelebt zu haben glauben. Das Leben, wie es sich eines Tages zeigt.

»Sind Sie verheiratet?«, fragte mich Anwalt Guglielmi unvermittelt.

»Ja.« Ich fürchtete zu ahnen, worauf er hinauswollte.

»Glauben Sie, Ihre Frau zu kennen?«

»Ich kenne sie sehr gut.«

»Gut«, wiederholte er. »Würden Sie Ihre Hand ins Feuer legen, dass Ihre Frau kein Doppelleben führt?«

Ich meinte sie fast vor mir zu sehen, eine große, glühende Flamme, rechts vom Anwalt, zwischen dem Aschenbecher und dem bürgerlichen Gesetzbuch. Ich musste nur die Hand ausstrecken, und dieses neuzeitliche Gottesurteil würde die absolute Transparenz meines Ehelebens bestätigen.

»Nein, ich würde meine Hand nicht ins Feuer legen«, sagte ich, »auch aus Respekt vor dem freien Willen meiner Frau. Vor allem«, fügte ich lächelnd hinzu, »würde ich sie nicht ins Feuer legen, weil wir über die Menschen, die wir lieben, nie wirklich alles wissen.«

»*Wir* wissen es nicht«, sagte der Anwalt ebenfalls lächelnd, »aber vielleicht weiß es Facebook.«

Wir redeten über den entsetzlichen Nachrichtenaustausch zwischen Marta Gaia und Valeria Proietti. Wir redeten über die WhatsApp-Nachrichten von Luca Varani, die man auf Marco Pratos Handy gefunden hatte, von den tausenden Informationen – SMS, WhatsApp, Chatverläufe, Geolokalisierungen –, die das Privatleben eines jeden jederzeit aus dem Gleichgewicht bringen konnten, Informationen, zu denen wir, was unsere Herzensbindungen anbelangte, zum Glück keinen Zugang hatten und die die Datenriesen wie ungezündete Bomben auf ihren Servern verwahrten.

Colonnello Giuseppe Donnarumma leitete die Einsatzgruppe der Carabinieri, die mit dem Fall betraut war. Ich traf ihn am 11. März, eine Woche bevor Luca Varanis Leichnam für die Familie freigegeben werden sollte. Die Auswertung der Obduktionsergebnisse hatte länger gedauert als erwartet, seit Tagen wurde die Beisetzung in den Zeitungen angekündigt und wieder abgesagt.

Um neun Uhr morgens erreichte ich die Piazza San Lorenzo in Lucina. Die Palazzi und Kirchen ringsum strahlten in glasklarem Licht. Es war das erste Mal seit Jahresbeginn, dass die Temperatur über fünfzehn Grad kletterte. Vom Palazzo Montecitorio kamen die Abgeordneten bis hierher, um die Sonne und einen Kaffee bei Ciampini zu genießen.

Ein junger Carabiniere mit hellen Augen kündigte mich an. Ich stieg die große Treppe hinauf, die in den ersten Stock führte.

»Darf ich?«, fragte ich durch die Tür, die er mir gewiesen hatte.

»Nicola, kommen Sie herein!«, sagte eine kräftige Stimme.

Colonnello Donnarumma empfing mich in seinem großen, äußerst ordentlichen Büro. Er war ein imposanter Mann um die fünfzig. Er drückte mir die Hand und fragte mich sogleich, wie alt ich sei, wo ich geboren sei, was ich studiert hätte, welcher Arbeit ich nachginge. Es war keine Befragung. Es war der Staat, der sein Ohr an eines seiner Kinder legte, um einen besseren Einblick zu erhalten. Hinter ihm die Trikolore und eine Fotografie des Präsidenten der Republik.

»Setzen Sie sich doch.«

Zwischen Politikern und Staatsdienern liegen in Italien oft Abgründe. Die Politiker, die ich kennengelernt hatte, wirkten stets vielbeschäftigt und irgendwie schluderig, sie saßen in unordentlichen, mit Unterlagen und nutzlosem Krempel vollgekramten Zimmern oder in allzu sterilen Räumen, in denen die Hand eines Interior-Designers der einzige Hinweis auf wirkliche Arbeit war. Ihre Gier ging untrennbar mit einem ausgeprägten Gefühl der Kurzlebigkeit einher: Gerade wollten sie in eine Scheibe öffentliches Gut beißen, da entschwanden sie schon gen neue Ämter. Sie waren Glücksspieler. Dagegen arbeiteten Männer wie Donnarumma – und ebenso alte Schuldirektoren, namhafte Linguisten und andere redliche Leute, denen die Idee, ihrem Land zu dienen, mehr bedeutete als die Karriere – immer in nüchterner Umgebung. Es waren würdige, aber niemals luxuriöse, angenehme und mitunter überdimensionierte Räume.

»Also«, sagte Donnarumma, »wie kann ich Ihnen behilflich sein?«

Ich hatte eine ganze Reihe Fragen vorbereitet, doch zuerst versuchte ich, ihm zu erklären, weshalb der Fall mir interessant erschien. Ich sprach in groben Umrissen von Luca Varani, Marco Prato, Manuel Foffo, sagte, dass das Leben eines jeden ein anderes Licht auf die Stadt werfe, redete darüber, wie die Presse und die öffentliche Meinung auf den Vorfall reagierten, betonte die Absurdität, die manche scheinbar grundlosen Verbrechen umgab, sprach von hemmungsloser Gewalt und wie scheinbar normale Menschen Dinge taten, die ihnen selbst unerklärlich waren.

»Arme Kerle«, sagte Donnarumma irgendwann.

Der Colonnello ging von der These aus, der Mensch sei ein schwaches Wesen, das zuweilen nur eine bombensichere Moral und unzerstörbare Willenskraft davon abhielten, im Desaster zu enden.

»Und das, was sie umgibt, ist nicht gerade hilfreich«, fügte er hinzu.

Er meinte die Stadt.

Ich fragte ihn, was er von dem *Mondo di Mezzo* halte. Täglich füllten die Ermittlungen die Zeitungen, zusammen mit dem Varani-Fall. Die Ausmaße der Korruption waren tatsächlich beeindruckend. Allerdings war nicht eindeutig klar – und darüber prallten die Meinungen in der öffentlichen Debatte aufeinander –, ob der Tatbestand der mafiösen Vereinigung gegeben war.

»Ich habe einen Riesenrespekt vor der Justiz«, sagte der Colonnello, »egal, wie die richterliche Entscheidung lauten wird, ich werde sie richtig finden. Aber wenn man darüber nachdenkt, ist schwer zu sagen, was schlimmer ist.«

Wenn der fehlende Tatbestand einer mafiösen Organisation – mit Aufnahmeritualen, strengen Hierarchien, paramilitärischem Arsenal – uns einen Seufzer der Erleichterung tun ließ, konnte das wiederum bedeuten, dass die Korruption in Rom eine undefinierbare Form angenommen hatte. Ihre Grenzen waren ungewiss, es war wie eine riesenhafte, gasförmige Wolke, die wir alle, vermischt mit dem kleinen Rest sauberer Luft, ständig einatmeten. In den Bereichen, in denen die Korruption um sich greife, sagte er, würden die Leute Straftaten begehen, ohne es überhaupt zu merken.

»Kommen wir zu unserem Fall zurück.«

»Sie waren zusammen mit Dottor Scavo in der Wohnung«, sagte ich.

»Ich bin schon viele Jahre im Dienst«, antwortete der Colonnello, »ich habe so einiges gesehen. Aber als wir in dieser Wohnung waren … Na ja, wir kamen ziemlich verstört wieder raus.«

Es gab Morde, und dann gab es diese andere Art von Morden. Die Grausamkeit, die enthemmte Gewalt, die völlige

Grundlosigkeit dessen, was geschehen war. All das rückte den Vorfall in den finstersten aller Schattenkegel.

»Nicola, glauben Sie an Gott?«

Seit Ewigkeiten hatte mir niemand mehr diese Frage gestellt. Ich hätte gern geantwortet, dass ich dazu neigte, an den Sohn zu glauben, aber nicht an den Vater. Stattdessen sagte ich, wie viele Menschen sei ich nur oberflächlich religiös, ich sei Agnostiker. Colonnello Donnarumma fragte, was ich damit meine. Ich erklärte es ihm.

»Schön, man lernt nie aus. Sehen Sie, Nicola«, meinte er, »ich sage, wenn wir Carabinieri unsere Arbeit gut machen wollen, brauchen wir einen besonderen Schutz.«

»Einen Schutz?« Ich war nicht sicher, ob ich ihn richtig verstanden hatte.

»Eine Aura, einen Schutzschild, der uns gegen das wappnet, womit wir es zu tun haben.«

Das Böse. Jeden Tag hatten sie mit dem Bösen zu tun. Der Colonnello sagte, das Böse sei keine abstrakte Idee, aber man dürfe es sich auch nicht wie ein ein für alle Male definiertes Wesen vorstellen. Das Böse sei veränderlich, vielgestaltig und vor allem ansteckend. Je länger man in seiner Nähe sei, desto stärker laufe man Gefahr, nach seinen Plänen zu handeln. Es gebe nichts Traurigeres, sagte er, als einen Carabiniere, der seine Uniform beflecke. Auch das komme mitunter vor. Deshalb könnten die, die von einer schützenden Aura umgeben seien – die sich als ihrer würdig erwiesen, schien er sagen zu wollen –, darauf hoffen, ihre Arbeit zu machen, ohne abzustürzen.

Ich fragte ihn, was er von Marco Prato und Manuel Foffo halte.

»Sie sind einander begegnet«, sagte Donnarumma, »und das ist das Problem.«

Verbrechen dieser Art, mit zwei Komplizen, die sich erst seit kurzem kannten, folgten fast alle dem gleichen Schema. Nicht drei, nicht fünf, nicht acht. Zwei war die stets wiederkehrende Zahl. Ein Incubus und ein Succubus. Ein Manipulierter und ein Manipulator, auch wenn die Rollen häufig austauschbar waren. Es handelte sich um Individuen, die für sich allein nur schwerlich die Taten begangen hätten, deretwegen sie, ehe sie sich's versahen, im Knast landeten. Mit Serienmördern hatten sie nichts zu tun. Theoretisch waren sie normale Leute.

»Aber wie lautet letztendlich die Wahrheit über Luca Varanis Privatleben? Und über das von Foffo und Prato?«

Ich versuchte ebenfalls, bei meinen Fragen kein Blatt vor den Mund zu nehmen.

»Schauen Sie, Nicola«, Colonnello Donnarumma lächelte, »dazu kann ich Ihnen leider nichts sagen. Wir sind zu gewissen Vermutungen gelangt, und mit dem Fortschreiten der Ermittlungen erhärten sich diese Vermutungen. Sagen wir, Sie müssen sich auf jedwedes Szenario gefasst machen.«

»Stimmt es, dass Foffo und Prato dreiundzwanzig identische SMS verschickt haben, um das Opfer auszuwählen? Eine Art Todeslotterie?«

»Sie haben Nachrichten verschickt. Ich würde nicht beschwören, dass es tatsächlich dreiundzwanzig waren, wie die Zeitungen behaupten, und ich würde nicht unbedingt von *Todeslotterie* sprechen. Sie haben drei Tage in der Wohnung verbracht, Kokain geschnupft und ununterbrochen geredet, irgendwann haben sie auch die Nachrichten verschickt.«

»Stimmt es, dass Manuel seinen Vater umbringen wollte?«

»Manuel hat Groll gegen seine Familie angestaut. Ich habe das während der Vernehmung gesehen, es war dramatisch.«

»Ist Ihnen nicht aufgefallen, dass in dieser Sache vor allem die Männer reden und die Frauen den Mund halten?«

»Hören Sie, Nicola«, der Colonnello änderte den Ton, »die Ermittlungen gehen weiter, irgendwann werden sie öffentlich gemacht. Sie machen mit Ihrer Recherche weiter, sicherlich werden Sie viele Personen treffen, Interviews führen, die Teile zusammenfügen und irgendwann, mit dem einen oder anderen Teil mehr oder weniger, die ganze Geschichte rekonstruieren können. Wir werden alles daransetzen, damit das Gesetz auf bestmögliche Weise angewandt wird. Doch ich nehme an, Sie wollen der Sache tiefer auf den Grund gehen. Das sehe ich. Deshalb erlauben Sie mir«, sagte er, »Ihnen einen Rat zu geben.«

Colonnello Donnarumma zog eine Schublade auf. Holte etwas heraus, das auf den ersten Blick wie eine Pressemappe aussah. Tatsächlich enthielt sie Zeitungsausschnitte. Er fing an, darin herumzublättern, und zog einen hervor: »Hier«, sagte er, »darauf sollten Sie sich konzentrieren.« Das Blatt wanderte von seiner Hand in meine. Ich begann zu lesen. Zuerst glaubte ich, er hätte sich im Artikel geirrt, ich schaute auf und sah ihn an, Donnarumma nickte. Folgsam senkte ich den Blick wieder auf das Blatt.

Es war ein Artikel aus *Il Giornale*. Der einige Tage zuvor erschienene Beitrag gab die Worte von Pater Amorth wieder, eines der berühmtesten Exorzisten der Welt. Der hochbetagte und inzwischen kranke Gabriele Amorth zeigte sich von dem Mord an Luca Varani betroffen. »Hinter diesem Verbrechen kann sich nur die Handschrift des Satans verbergen«, hatte der Geistliche zu seinen Mitarbeitern gesagt, »in diesem Sinne bediene ich mich des Satzes eines berühmten atheistischen Psychiaters, Professor Emilio Servadio, der sagte: *Wenn die Bosheit menschlich unerklärliche Ausmaße erreicht, erkenne ich darin die Tat des Dämons.*«

Wäre ich in dem Moment aufgestanden und hätte Donnarumma den Rücken zugewandt, hätte ich eine Ehrenurkunde an der Wand gesehen. Es war eine Tapferkeitsmedaille, 2007 vom Präsidenten der Republik Giorgio Napolitano verliehen. Jahre zuvor hatte der damalige Capitano Donnarumma in Cagliari bei der Rettung einiger in einem brennenden Haus eingeschlossener Menschen eine entscheidende Rolle gespielt, obwohl er gerade nicht im Dienst war. Nachdem er das Gebäude hatte räumen lassen, hatte er sich abermals hineingestürzt. Er war in den vierten Stock hinaufgelaufen und in eine der Wohnungen eingedrungen, aus denen noch niemand herausgekommen war. Darin hatte er eine ans Pflegebett gefesselte alte Frau vorgefunden. Donnarumma hatte sie hinausgetragen und gerettet, er trug eine Kohlenmonoxidvergiftung davon und lag eine Woche im Krankenhaus.

Damit will ich sagen, dass vor mir ein heldenhaft mutiger Mann saß, dessen Ehrenhaftigkeit außer Frage stand, und dessen Intelligenz – er war diplomierter Wirtschaftsingenieur – auf rationalen Fundamenten ruhte. Dennoch brachte er den Mord an Luca Varani mit Teufelswerk in Verbindung. Und weil er einen kaum merklichen Anflug von Erstaunen bei mir wahrnahm – ich wollte nicht unhöflich sein, und außerdem spürte ich, dass etwas an seinem Standpunkt interessant war –, redete er weiter.

Er sagte, einmal, vor vielen Jahren, als er in Norditalien Dienst tat, habe er in einem aufsehenerregenden Fall ermitteln müssen. Bitterarme Familie, eine Mutter mit drei Töchtern. Ein Haus in der tiefsten Provinz, nicht weit vom Fluss Adda. Der Vater war gestorben oder fortgegangen. Die Mutter schuftete für wenig Geld. Die jüngste Tochter, ein achtzehnjähriges Mädchen, arbeitete als Kellnerin. Irgendwann verlobte sich dieses Mädchen mit einem Forstmann. In solchen Milieus bedeutete das die Chance auf einen gesellschaftlichen Aufstieg. Obendrein war der Forstmann ein schöner Mann, was die Sache noch besser machte. Doch die menschlichen Gefühle nehmen verschlungene Pfade. Sosehr sie sich auch sträubte, es sich einzugestehen – zumindest war anzunehmen, dass es anfangs so gewesen war –, empfand die Mutter gegen die Tochter brennende Eifersucht. Je mehr Zeit ins Land ging, desto galliger wurde sie. Eines Abends, als sie im Bett lag, hörte die Mutter die Tochter und den Forstmann im Nebenzimmer. Wenige Stunden später verließ der Forstmann das Haus, um zur Arbeit zu gehen. Die Mutter stand auf, ging ins Bad, wo die Tochter sich gerade wusch. Die Frau griff sich eine Bürste und fing an, mit dieser behelfsmäßigen Waffe wild auf die Tochter einzuschlagen, bis sie tot war.

»Wir hatten eine Reihe von Beweisen, aber uns fehlte das Geständnis«, sagte Donnarumma, »also bestellten wir die Mutter in die Kaserne, und das Verhör begann. Ich werde das nie vergessen. Ich machte der Frau klar, dass es für sie keinen Ausweg gebe, dass es besser wäre, sie würde gestehen. Sie blickte mich an und tat keinen Mucks. Also änderte ich die Tonlage. *Rabenmutter! Wir haben einen Haufen Beweise gegen dich! Wir kriegen dich auch noch wegen Verbergen der Leiche dran. Das bedeutet lebenslänglich! Gesteh, du Rabenmutter, gesteh endlich!* Da packte die Mutter meinen Arm, und ich spürte eine unbeschreibliche Hitze, die meinen ganzen Körper ergriff. Sie legte ihr Geständnis ab und fiel in Ohnmacht. Ich war noch immer wie vom Donner gerührt. Sehen Sie, in dieser unnatürlichen Hitze lag etwas Ähnliches wie das, was man beim Betreten von Manuel Foffos Wohnung spürte.«

Wir plauderten noch ein wenig über dieses und jenes. Ich hörte zu und versuchte nachzudenken. Es war zu einfach, die letzten Ausführungen des Colonnello als Aberglaube abzutun. Donnarumma war Katholik, doch auch, wenn man die Religion beiseiteließ, blieb der Grundgedanke seiner Worte interessant. Wenn man sich das Böse als Teufelswerk vorstellte, konnte man es bekämpfen, ohne die Menschheit gänzlich aufzugeben. Wir waren nicht unrettbar böse. Wir waren schwach, und irgendjemand da draußen war sehr viel stärker als wir. Das war eine mögliche Erklärung. Je nach Etymologie, war *Er* »der Widersacher«, »der Verleumder«, »der Lichtträger«, er war auch »der, der spaltet«. Was war es, das uns in diesen unruhigen Jahren so gekonnt spaltete? Und muss ein Verleumder nicht auch ein guter Geschichtenerzähler sein, damit ihm sein Vorhaben gelingt?

Alex Quaranta telefonierte gerade mit seiner Freundin, als er den Beitrag im Fernsehen sah. Von dem Mord hatte er bereits reden hören. Zu der Zeit hatte er keinen Cent, schlief häufig in Notunterkünften oder bei Freunden. Da machte man schräge Bekanntschaften. Schräge Geschichten passierten in Rom alle naselang.

»Entschuldige mal kurz.«

Alex nahm das Handy vom Ohr. Der Beitrag zeigte die Wohnung, in der der Mord passiert war.

»Was zum Scheißdreck …«

Es kommt nicht selten vor, dass das Fernsehen Geschichten von Leuten erzählt, denen die unglaublichsten Dinge passieren. Doch was ist, wenn du derjenige bist, von dem gerade die Rede ist?

»Ich rufe dich später zurück«, sagte Alex zu dem Mädchen. Sein Herz schlug wie wild.

Er wäre um ein Haar umgebracht worden und erfuhr es erst jetzt. Und er hatte eine Art Künstlernamen, den offenbar alle kannten, nur er nicht. *Alex Tiburtina.*

Ein paar Tage zuvor war Damiano Parodi an der Reihe gewesen.

Sonntagnachmittag saß Damiano im Auto Richtung Mailand. Er fuhr nach San Raffaele, um eine Zwangsstörung behandeln zu lassen, unter der er seit Jahren litt. Im Autoradio lief die Nachricht von dem Mord an einem Dreiundzwanzigjährigen. Er hörte nicht genau zu, was der Sprecher sagte, und wechselte den Sender.

Doch wenige Stunden später erreichte ihn der Anruf seines Freundes Angelo Vecchio. Er war gerade im Fitnessraum des Hotels.

Angelo klang äußerst besorgt.

»Ich dachte, du wärst tot oder hättest was mit der Sache in Rom zu tun«, sagte er.

»Wieso, was ist passiert?« Damiano verstand nicht, wovon er redete.

Angelo Vecchio sagte, der ermordete Junge sei Luca Varani und dass Marco Prato verhaftet worden sei.

Tiziano De Rossi erfuhr es von seiner Mutter. Sie sagte ihm, die Fernsehnachrichten hätten von der Auffindung einer Leiche in Manuels Wohnung berichtet. »Ich fasse es nicht«, sagte Tiziano und versuchte, seine Gefühle im Zaum zu halten, während seine Gedanken zu dem zurückkehrten, was wenige Nächte zuvor passiert war.

Sie sollten von den Carabinieri vernommen und dann von den Journalisten verfolgt werden. Die drei kannten einander nicht und waren sich nie begegnet. Doch was diese Geschichte anbelangte, waren sie für immer miteinander verbunden. Sie waren die Einzigen, die dort gewesen, einen Fuß in die Wohnung in Collatino gesetzt hatten, ehe Luca Varani eintraf. Hätte einer von ihnen dran glauben müssen, wenn die Dinge anders gelaufen wären? Mussten sie sich als Überlebende erachten, die einer Katastrophe entronnen waren? Gewisse Fragen sind unvermeidlich und zugleich völlig nutzlos.

Luca Varanis Beisetzung fand am 29. März statt, zwei Wochen nach seinem Tod. Die gerichtsmedizinische Abteilung der Universität La Sapienza teilte Dottor Scavo die Obduktionsergebnisse mit. Der Staatsanwalt veranlasste die Rückgabe des Leichnams an die Familie.

Es war ein Samstag, die Sonne strahlte über der Stadt. Bereits seit dem frühen Morgen begann sich die Santa-Gemma-Kirche, ein Fünfzigerjahrebau, mit Schaulustigen zu füllen. Stattlich und klotzig erhob sich die Kirche über einer kleinen Häusergruppe im Vorort Porcareccia, unweit von La Storta. Der Kirchplatz wimmelte vor Fernsehteams und Carabinieri, auf der Freitreppe lagen Blumensträuße und Kränze. Blumen vom Istituto Einstein-Bachelet. Blumen von Lucas Verwandten. Blumen von den Freunden. Dazu zahllose weiße Luftballons, zusammengehalten von einer Kordel. An der Kirchentür stand: »Auf ausdrücklichen Wunsch der Familie Varani kein Zutritt für Journalisten, Fotografen und Kameraleute.«

Kaum war ich eingetreten, stellte ich fest, dass der Raum zum Bersten gefüllt war. Unmöglich, zum Altar vorzudringen. Es gab eine kleine Empore, also versuchte ich, mir dort oben einen Platz zu ergattern. Auch die Empore war voller Menschen. Erwachsene mit gesenkten Köpfen. Junge Leute mit geballten Fäusten. Ganz hinten fand ich einen Platz. Von der Menge verdeckt, sprach der Pfarrer die *Seligpreisung*. Seine Stimme hallte klar durch den Raum. Er sagte, die Menschen und Völker, von denen die *Seligpreisungen* sprachen, seien »fehlbare« Menschen und Völker, es seien Menschen, die Gewalt erlitten, die Unrecht erlitten, doch Gott sprach zu ihnen: *Verzweifelt nicht, dies ist nicht das letzte Wort über euer Leben, ich bin euer Bürge.* Die Anwesenden lauschten ergriffen. Der Pfarrer sagte, das letzte Wort über Luca könne nicht das sein, was geschehen sei. Gott habe nicht gewollt, dass der Junge auf diese Weise starb, man mochte glauben, seine Lebensspanne würde ihn beschreiben, doch lasse sich das Mysterium eines jeden Menschen nicht ergründen, selbst wenn dieser Mensch hundert Jahre lebte, ein Teil bliebe stets im Dunkeln, fuhr er fort, der Teil, den wir nicht sehen, und er sei es, der allem einen Sinn gebe. Gott sehe ihn. Gott sei es, der für Luca bürge. »Und wir mit ihm«, sagte der Pfarrer und forderte uns auf, die Handflächen himmelwärts zu heben. Die Orgel setzte ein, und ein Mädchen begann zu singen, kurz darauf begleitet von einer männlichen Stimme. *Jesaja 62.* Die Härchen auf meinen Armen stellten sich auf. Das Mädchen sang wunderbar, ihre Stimme war melodiös und klangvoll, und die Stimme des Jungen, so ernst und fest, war ihre ideale Begleitung. Der von ihnen musikalisch dargebrachte Bibeltext erzählte von der Erlösung des auserwählten Volkes nach der Zerstörung Jerusalems. *Um Jerusalems willen will ich nicht innehalten, bis seine Gerechtigkeit aufgehe wie ein Glanz und sein Heil brenne wie eine Fackel.*

Dann verstummte die Orgel, und in der vollkommenen Stille stimmte das Mädchen das Hauptmotiv an.

Man solle dich nicht mehr nennen Verlassene
und dein Land nicht mehr Einsame

Die Frau neben mir brach in Tränen aus. Zwei Reihen weiter begann eine Frau zu schluchzen. Neben ihr presste ein Mann mit ausgebreiteten Armen und geöffneten Händen die Zähne aufeinander, die Wangen tränenüberströmt. Ich spürte einen Kloß im Hals. Wie seit Jahrtausenden bei kollektiven Riten waren hunderte Menschen in einer Schwingung vereint. Wir waren solche Emotionen so wenig gewohnt, dass uns sogar die Verblüffung darüber überwältigte. Plötzlich wussten wir, dass wir nicht allein waren, wir lebten in einer Stadt, die alle miteinschloss, die Lebenden und die Toten. Der Pfarrer bat Gott, die Tränen von Lucas Eltern, seiner Freundin Marta Gaia, seiner Freunde aufzunehmen. Er sagte, der Glaube schließe nicht aus, auf das Walten menschlicher Gerechtigkeit zu hoffen. Er rief Davide Toffoli auf die Kanzel, den Italienischlehrer, mit dem ich wenige Tage zuvor gesprochen hatte. Ich stellte mich auf Zehenspitzen, um ihn zu sehen.

»Armselig und unannehmbar ist, wer den Tod sät«, sagte Toffoli von der Kanzel, »armselig und unannehmbar ist, wer das Opfer mit dem Täter verwechselt. *Um den Toten weine weniger, da er die Ruhe fand*, sagt Sirach, *doch des Toren schlechtes Leben ist noch schlimmer als der Tod.*«

Als der Gottesdienst zu Ende war, strömten die Menschen aus der Kirche. Rote Gesichter. Fiebrige Blicke. Und die bis zu diesem Moment im Zaum gehaltene Wut.

»Dreckskerle!«, hörte man es in der Menge raunen. Die Männer und Frauen, Jungen und Mädchen, aufgeladen von der Energie, die sie während der Messe vereint hatte, verteilten sich auf dem Vorplatz, als wüssten sie genau, was zu tun, was zu sagen, welche Haltung einzunehmen zu sei. Die Journalisten stürzten sich auf sie.

»Er arbeitete mit mir in der Werkstatt«, sagte ein Zwanzigjähriger, kaum hielt ihm jemand ein Mikro unter die Nase, »das letzte Mal habe ich ihn einen Tag vor dem Mord gesehen. Ein ganz besonderer Mensch. Er kam mit einem Lächeln zur Arbeit und ging mit einem Lächeln nach Hause. Das Wichtigste ist jetzt, dass diese Bestien verurteilt werden, die Befürchtung ist, dass sie nicht ihre gerechte Strafe erhalten.« – »Ich weiß noch, wie er in der Schule war«, sagte ein anderer in schwarzer Jacke, »er war einer von uns. Er war gutgläubig, sie haben ihn in eine Falle gelockt.« Lucas Mutter und sein Vater erhielten eine Umarmung nach der anderen. Marta Gaia, Sonnenbrille und dunkles Kleid, weinte im Gedränge.

Mit den Journalisten sprachen Lucas ehemalige Schulkameraden. Einige von ihnen hatten eine Kollage angefertigt, die Luca in verschiedenen Momenten seines Lebens zeigte: Zwei Mädchen hielten sie zwischen sich hoch und zeigten sie wie ein Beweisstück herum, wie ein Zeugnis. Und dann war da noch die Battistini-Clique. Sie hielten sich von Kameras und Carabinieri fern. Mit stolzen, scharfen Blicken kontrollierten sie die Gegend ringsum, als wären sie die wahren Ordnungshüter. Man hörte einen Aufschrei, Applaus brandete auf. Der Sarg hatte die Kirche verlassen. Geschultert von acht Männern wurde er zwischen den Blumen in den Laderaum eines schwarzen Kombis geschoben. Der Pfarrer drängte sich durch die Menschenmenge, näherte sich dem Sarg und erteilte den Segen. Alle belagerten den Kombi. Wer konnte, streckte den Kopf in den Laderaum und küsste den Sarg. Zuerst Lucas Angehörige. Dann die Jungs vom Einstein. Jetzt war Marta Gaia an der Reihe. Schließlich die Leute von der Battistini. Ganz vorn ein Junge mit seitlich abrasierten Haaren und einem Tattoo über der rechten Augenbraue. Er legte beide Hände auf den Sarg. Jemand hinter ihm zischte: »Lebenslänglich für diese Scheißkerle.« Der Junge starrte noch immer auf den Sarg, verschränkte die Arme, ein bitteres Lächeln trat in seinen finsteren Blick, als würde er mit Lucas Geist reden und als sei er allein dazu befugt. Am Ende schlug er wie zum Abschied mit der flachen Hand auf das Holz und ließ den Geist ziehen. Es war warm. Die Menge wurde immer aufgebrachter. Jemand zerschnitt die Kordel, die Luftballons schwebten in den Himmel. Klatschender Beifall, dann Rufe. Die Leute reckten die Fäuste gen Himmel.

»Gerechtigkeit!«
»Gerechtigkeit!«
»Gerechtigkeit!«

Dritter Teil

Der Chor

Meine eigenen Angelegenheiten langweilen mich immer zu Tode;
ich bevorzuge die anderer Menschen.

OSCAR WILDE

Alles, was du sagst, erzählt von dir, vor allem,
wenn du von jemand anderem sprichst.

PAUL VALÉRY

»Als ich klein war«, sagte Marco Prato zum Staatsanwalt, »betete ich manchmal vor dem Schlafengehen. Ich betete, dass ich am nächsten Morgen wie durch ein Wunder in einem Mädchenkörper aufwachen möge. Ich wollte es so sehr.«

FEDERICA VITALE

Ich kenne Marco Prato seit ungefähr fünfzehn Jahren. Wir waren bis zum Abi in derselben Klasse. Unsere Beziehung ist mit der Zeit stärker geworden, vielleicht, weil wir beide homosexuell sind. Ich habe Marco immer für einen sensiblen Menschen gehalten. In der Schule haben die anderen ihn fertiggemacht, sie zogen ihn auf, weil er schwul war und weil er dick war. Nach dem Abschluss hat er sich an der LUISS eingeschrieben und wir sahen uns seltener.

2011 hat er versucht, sich umzubringen. Er machte gerade einen Master in Paris. Ich habe nie genau verstanden, was passiert war, ich glaube, er hatte mit seinem damaligen Freund Schluss gemacht.

Gegen Ende des letzten Jahres haben wir uns wieder öfter gesehen. Ich habe mich gefreut. Einmal die Woche trafen wir uns auf eine Pizza. Er erzählte mir von seinem neuen Job als Eventmanager. Während einer dieser Unterhaltungen vertraute er mir an, dass er eine Geschlechtsumwandlung vornehmen lassen wolle. Ich hatte den Eindruck, als würde er mir das nur sagen, damit ich seine Entscheidung guthieße. Gleich im Anschluss fragte er mich, ob ich das Gleiche vorhätte. Ich sagte nein. Ich habe nie daran gedacht, mein Geschlecht zu ändern.

Das letzte Mal wollten wir uns am 2. März sehen. Im letzten Moment hat er die Verabredung abgesagt, er schrieb mir, ein Arbeitstreffen sei verschoben worden.

Drei Abende später war ich mit Freundinnen in einem Restaurant. Plötzlich rief mich Ornella Martinelli an. Sie war total aufgeregt. Anscheinend hatten die Carabinieri bei Lorenza angerufen und ihr gesagt, Marco sei ins Krankenhaus gebracht worden und man müsse der Familie Bescheid sagen. Wir haben sofort wie wild hin und her telefoniert, um rauszukriegen, was los war. Es war nicht rauszukriegen.

Am nächsten Morgen bekam ich einen Link zu der Nachricht, zwei junge Männer seien wegen eines Mordes in Collatino verhaftet worden. Da war mir alles klar.

SERENA PALLADINO

Als Kinder spielten wir auf demselben Volleyballplatz. Für mich ist Marco mein bester Freund. Mit der Zeit haben wir eine geradezu symbiotische Beziehung entwickelt. Ich habe immer geglaubt, er wäre für mich da, ganz egal, was mir im Leben zustoßen würde.

Wir haben uns fast immer in meinem Lokal gesehen. Ich mache um ein Uhr nachts Schluss, er kam auf einen Absacker vorbei.

In letzter Zeit hatte er keinen festen Freund, es gab flüchtige Beziehungen sowohl mit Schwulen als auch mit Heteros. Ich will dazusagen, dass das einvernehmliche Beziehungen zwischen Erwachsenen waren. Ich sage das, weil ich in den Zeitungen komisches Zeug gelesen habe.

Ganz selten, vielleicht einmal im Monat, konsumierte er Kokain. Ich wollte, dass er aufhörte. Er wollte es auch, also haben wir im November einen Pakt geschlossen: Marco würde mir die Gewinne geben, die er mit seinen Abenden machte, und ich würde sie für ihn verwahren. Rund einen Monat haben wir das so gehalten. Leider liefen die Geschäfte schlecht. Er arbeitete nicht mehr wie früher, was bedeutete, dass er viel freie Zeit hatte, und das war ein Problem.

Hochintelligent. Gebildet. Brillant. Ein fantastisches Gedächtnis. Wortgewandt. Das ist Marco Prato. Ich glaube nicht, dass er zu physischer Gewalt fähig ist, er ist nicht brutal. Er ist sehr emphatisch und mitfühlend. Und großzügig.

Als wir vor ungefähr einem Monat zusammen zu Abend gegessen haben, sagte er mir, er habe sich vorgenommen, mit seiner Mutter zu reden. Die Situation war nicht einfach. Marco meinte, zwischen ihnen herrsche Funkstille, er litt darunter, glaubte, die Sache mit dem Schwulsein würde sich auf die Liebe seiner Mutter auswirken. Er war noch ein Junge, als er ihr gesagt hatte, er sei schwul. Ich weiß noch, dass seine Mutter mich damals anrief. Sie sagte, ihrem Sohn gehe es schlecht, man müsse ihn zu einem Psychologen schicken. *Zum Psychologen?* Ich antwortete, es sei nichts Schlimmes dabei, homosexuell zu sein, das sei schließlich keine Krankheit. Von dem Tag an wollte Marcos Mutter nichts mehr mit mir zu tun haben.

Letzten Sonntag habe ich den Artikel auf der Website von *La Repubblica* gelesen. Ich bin ins Pertini-Krankenhaus gerast, aber sie haben mich nicht reingelassen.

LORENZA MANFREDI

Wir machten das Bachelor-Studium an der LUISS, er war ein Freund meines Freundes.

Auf dem Gymnasium hatte er Probleme mit seinem Aussehen. Er war dick. Das hat er uns selber erzählt, er hat uns sogar Fotos gezeigt. Als wir ihn kennenlernten, war er tatsächlich noch ein bisschen pummelig, er hatte nicht die Figur, die er jetzt hat, er lachte darüber, aber ich glaube, er hat diesen Komplex nie überwunden.

Nach dem Bachelor ist er nach Frankreich gegangen, hat den Master in Paris gemacht. Dort hat er versucht, sich umzubringen. Pillen, gemischt mit Alkohol. Er hat uns Freundinnen eine Nachricht geschickt. Die Message enthielt Zitate aus Dalida-Songs.

Ich weiß noch, als wir diese SMS bekamen, haben wir sofort alle Hebel in Bewegung gesetzt. Irgendwie konnten wir ein Mädchen auftreiben, das in Paris lebte, eine Bekannte. Sie hat ihn gerettet. Der Grund für den Selbstmordversuch war ein Junge namens Nicolas, ein Franzose, anscheinend hatten sie Schluss gemacht.

Nachdem das passiert war, hat Marco seinen Master nicht beendet. Zurück in Rom versuchte er noch einmal, sich umzubringen, wieder wegen Nicolas. Das Seltsame ist, wenn ich mich recht erinnere, dass Marco mit Nicolas Schluss gemacht hat und nicht umgekehrt. Offenbar konnte Marco nicht damit umgehen, als er erfuhr, dass Nicolas mit anderen Jungs ausging.

Nach diesen Ereignissen haben wir uns aus den Augen verloren. Ich bin nach Chile gegangen.

Fast zufällig haben wir im September wieder voneinander gehört. Er erzählte mir, inzwischen verdiene er gut, und meinte, er sei so bescheuert und würde alles für Kokain raushauen. Ich war total baff. Soweit ich mich erinnerte, hatte er in seinem ganzen Leben nicht mal einen Joint angerührt.

In demselben Telefonat erzählte er mir eine Episode, die mich verstörte.

Er sagte, als er einmal eines Nachts von einer von ihm organisierten Party zurückgekehrt und am Bahnhof Tiburtina vorbeigekommen sei, ganz in der Nähe seiner Wohnung, habe er zwei Typen in einem geparkten Auto bemerkt. Es war offensichtlich, dass sie ein bisschen beschwipst und Ausländer waren. Marco klopfte ans Fenster und fragte die beiden, ob sie Hilfe bräuchten. Es stellte sich heraus, dass sie Australier waren und tatsächlich Hilfe brauchten. Sie hatten sich verfahren. Sie suchten ihr B&B. Da nahm Marco sie unter dem Vorwand, ihnen zu helfen, mit zu sich nach Hause.

MAURIZIO VALLI

Das erste Mal habe ich am 6. September 2015 mit ihm gesprochen. Das weiß ich noch, weil es der Geburtstag meines Freundes Paolo Lepore war. Paolo und ich sind eine halbe Stunde nach Mitternacht zur Tiberinsel gegangen. Dort arbeitete Claudio Bosco, ein weiterer Freund von uns. Wir waren ein bisschen angetrunken, und obwohl ich normalerweise nicht der Typ bin, der Drogen nimmt, nahm ich Marco Pratos Einladung an, dem Abend ein bisschen Zunder zu geben.

Aber der Reihe nach.

Als wir ankamen, war die Situation entspannt. Am Tresen war Claudio. Marco Prato stand nicht weit daneben und schaute uns an. Er arbeitete sozusagen auch dort, hatte den Laden mit ein paar Partnern gepachtet. Erster Cocktail, zweiter Cocktail, der Abend ging erst richtig los, als Claudio die blöde Bemerkung brachte, ich sähe aus wie Kim Rossi Stuart. Prato blickt auf und sagt: *Na ja, du bist schon ein hübscher Kerl, aber wir wollen mal nicht übertreiben.* Ich stimmte ihm zu, so groß ist die Ähnlichkeit wirklich nicht. Marco kam rüber, fragte, was wir im Leben so treiben. Ich erzählte ihm, dass ich was mit Film mache, also, nach der Akademie habe ich mit Schnitt angefangen, ich arbeite mit Videos und so. Paolo sagte, er wäre *Trader*, auch wenn er in Wirklichkeit den ganzen Tag vor dem Computer hockt, um das Geschehen im Auge zu behalten, in Wirklichkeit ist es sowieso dieser Algorithmus, der alles macht und dafür sorgt, dass man auf verschiedene Faktoren spekuliert und in Aktien investiert.

Wir plauderten, es war nett, muss ich sagen. Irgendwann sagt Marco: *Und wie wär's jetzt mit ein bisschen Schnee?*

Vielleicht lag es daran, dass wir getrunken hatten oder weil allgemeine Partystimmung herrschte, jedenfalls sagten Paolo und ich ja. Claudio ist nach Hause, er musste am nächsten Tag früh raus.

Marco fing an, die Lines vorzubereiten, nicht allzu fett oder allzu lang. Nach der ersten Nase schlug er vor, bei ihm zu Hause weiterzumachen. Er war nett. Als wir für die Cocktails bezahlen wollten, meinte er: *Glaubt ihr ernsthaft, ich lasse euch bezahlen?* Bevor wir gegangen sind, habe ich ihm gestanden, dass ich nicht oft kokse. Er hat gesagt: *Ach, hör auf, was glaubst denn du, ich mache das auch nur gelegentlich.*

Marco wohnte im Souterrain. Eine kleine, halb sanierte Wohnung. Rohre guckten aus der Wand, es gab nicht einmal eine Kochnische. Im Wohnzimmer standen Sofas, ein niedriger Couchtisch mit einem Computer, einen Telefonanschluss gab es nicht, er benutzte das Handy als Router.

Marco trug kurze Hosen und ein bis obenhin zugeknöpftes gemustertes Hemd. Es war sehr warm, also schlug er irgendwann vor, die Hosen auszuziehen und in Unterhosen dazusitzen. Wir folgten seiner Aufforderung. In der Zwischenzeit bereitete Marco die Getränke zu. Wodka, Gin Lemon. Wir haben getrunken. Noch mehr gekokst. Zuerst saßen Paolo und ich nebeneinander, dann hat sich Marco zwischen uns gesetzt.

An dem Punkt fing er an, ein bisschen zweideutiges Zeug zu reden, das ich als »Vorstoß« bezeichnen würde. *Ich weiß, dass ihr nicht schwul seid,* sagte er, *ich weiß, dass ihr Angst habt, aber ihr müsst euch keine Sorgen machen, wir gucken bloß einen Porno.* Inzwischen lief auch Musik. Wir haben noch mehr gekokst. Weil ich mich wohlfühlte, beduselt von all dem, was wir uns reinzogen, wollte ich Marco ein paar Videos zeigen, die ich gerade machte. Videos, die ich auf meine Seite geladen habe, das ist mein Job, ich wollte sie jemandem zeigen, der mir was dazu sagen konnte. Marco hat sie sich angesehen. Dann hat er gesagt: *Schön, und jetzt gucken wir Pornos.* Er hat sich auch angeboten, uns eine Fußmassage zu machen. Wir haben eingewilligt. Das hat sich gut angefühlt.

Am Anfang suchte Marco die Filme aus, er ging auf Xtube, auf TubeGalore, auf YouPorn. TubeGalore war eigentlich meine Idee. Wir haben uns ein paar angeschaut. Marco meinte, er finde sie gut, weil er sich in die Frauen hineinversetzen würde.

An dem Punkt sind wir in eine Dimension eingetreten, die ich als »Beichte« bezeichnen würde. Marco hat den Auftakt gemacht, ungefähr so: *Also, Maurizio, du gehst jetzt nach nebenan, und Paolo erzählt mir sein Geheimnis.* Ehe ich mich's versah, stand ich vor der Tür. Ich versuchte, was mitzukriegen, konnte aber nicht ein Wort von dem verstehen, was sie zueinander sagten. Also habe ich mich auf den Boden gehockt und angefangen zu rauchen. Nach zwanzig Minuten tauchte Paolo wieder auf. *Paolo, was ist passiert?* Er gab mir zu verstehen, dass sie Oralsex hatten. Dann hat er gesagt: *Komm schon, Mauri, einmal im Leben … Scheiß drauf, versuch's auch mal!* Ich habe ihm geantwortet, dass ich nicht vorhätte, seinem Beispiel zu folgen.

Ich bin zurück ins Zimmer, wo Marco Prato war. Kaum hat er mich gesehen, hat er sich angeboten, mir eine zweite Fußmassage zu machen. Er sagte: *Komm schon, entspann dich.* Ich habe ihn machen lassen. Es war angenehm. Nach einer Weile habe ich gesagt, das Einzige, wozu ich noch bereit wäre, sei, mir einen runterholen zu lassen, aber nur, wenn er es mit einem Gegenstand und nicht mit den Händen täte. Marco war verblüfft. *Entschuldige, aber was würde das ändern?*, meinte er. *Genau genommen wäre dieser Gegenstand nur ein Ersatz für die*

Hand. In dem Moment ist Paolo zurückgekommen. Er kam zu mir und meinte, wenn ich es genau wissen wolle, sei Claudio, der bekanntlich auf Frauen stehe, auch in dieser Wohnung gewesen. Das war vielleicht der Aha-Moment.

Marco hat angefangen und beide Hände benutzt. Er saß in der Sofamitte, mit der rechten hat er angefangen, mir einen runterzuholen, mit der linken Paolo. Paolo kriegte keinen hoch. Ich schon. Ob Marco einen Steifen hatte, weiß ich nicht mehr. Ich vermied es, ihn anzusehen. Allein die behaarten Beine stießen mich ab, er hatte breite Hüften, einen dicken, leicht unförmigen Hintern. Währenddessen liefen die Pornos.

Er befriedigte mich weiter, und kurz bevor ich gekommen bin, habe ich ihn gestoppt. *Stopp*, sagte ich. Ich habe seine Hand genommen und sie weggezogen.

Marco hat mir Vorwürfe gemacht: *Es ist dumm, seiner Geilheit nicht nachzugeben*, meinte er, *ich habe nichts für Leute übrig, die sich selbst so schlecht behandeln.*

Ich habe versucht, ganz ruhig zu antworten und nichts Falsches zu sagen, immerhin war ich sein Gast, und offenbar hatte meine Zurückweisung ihn verärgert. Wir haben uns wieder aufs Koksen verlegt.

Nach einer Stunde beschlossen wir zu gehen. Marco bot sich an, uns im Auto nach Hause zu fahren, weil Paolo nicht wirklich in der Verfassung war, das Mofa zu fahren.

Als ich zu Hause war, ging es mir saudreckig.

Ich fing an, mich sowohl körperlich als auch psychisch richtig schlecht zu fühlen. Mir ging es so schlecht, dass ich meinen Vater bat, mich zu einem Psychologen zu bringen. Meinem Vater habe ich nur die Sache mit dem Koks erzählt. Ich hatte einen Kloß im Hals, ich ekelte mich an, ich konnte mir nicht einmal mehr einen runterholen, dabei machte ich das jeden Tag. Ich musste mit jemandem reden, *alles* meiner Freundin erzählen. Sie ist Dänin, in dem Moment war sie gar nicht in Italien, ich habe ihr eine SMS geschickt, und wir haben geskypt. Ich habe ihr alles erzählt. Ich sagte, wenn ich nicht mit ihr geredet hätte, hätte ich eine Panikattacke bekommen. Es war auch eine Form des Respekts ihr gegenüber. Nachdem ich zu Ende geredet hatte, hat meine Freundin mich beruhigt. Sie stand zu mir. Nach und nach renkte sich alles wieder ein.

Das Problem war, dass ich Marco Prato drei Tage später anrufen musste. Ich hatte meinen Führerschein und meine Krankenversicherungskarte bei ihm im Auto liegenlassen. Schon der Gedanke, ihn zu treffen, machte mich fertig. Wir verabredeten uns bei mir in der Nähe. Als er plötzlich vor mir auftauchte, klopfte mir das Herz bis zum Hals. Er fragte mich, wie es mir gehe, ich sagte die Wahrheit, dass es mir beschissen gehe. Er sagte so etwas wie: *Du liebes bisschen, so schlimm …*

Gegen November habe wieder ich ihn kontaktiert. Ich habe ihm eine WhatsApp-Nachricht geschickt. Ehrlich gesagt, war das, was ich geschrieben habe, ein bisschen pervers. Ich wollte, dass er mir einen Dreier mit zwei Mädchen organisiert. Er meinte, er habe ein paar Freundinnen, die er mir vorstellen könne. Ich schrieb zurück: »Wenn du mir zwei von deinen Freundinnen klarmachst, lasse ich dich zu Ende bringen, was du nicht beendet hast.«

Er hat nicht geantwortet.

ORNELLA MARTINELLI

Er ist zu psychischen Grausamkeiten fähig und auf jeden Fall ein Manipulator, aber er war nie aggressiv. Ich meine, körperlich.

Ich heiße Ornella, bin neunundzwanzig Jahr alt und führe zusammen mit meinem Vater ein Bed & Breakfast. Ich kenne Marco seit dem Gymnasium.

Schon damals war er bekennender Schwuler und pflegte mit uns Mädchen sehr enge Freundschaften. Er versuchte, sich mit starken Frauen zu umgeben, von uns Freundinnen verlangte er vollkommene, uneingeschränkte Akzeptanz, vielleicht, weil er sie von seiner Mutter nie bekommen hatte. Mit einer gewissen emotionalen Übergriffigkeit drängte er uns seine Exzesse auf und sparte nicht mit Urteilen über unser Leben. Ich habe miterlebt, wie er seinen scharfen Verstand benutzte, um Leute zu verletzen. Darin war er wahnsinnig geschickt, er besaß ein mentales Archiv für alles, was wir Freundinnen in der Vergangenheit getan hatten, und brachte dieses Wissen im passenden Moment zum Einsatz.

Als er versucht hatte, sich in Paris umzubringen, wurde mir langsam klar, dass hinter all dem Exhibitionismus und Narzissmus ein Mensch steckte, der litt.

Nach dem Krankenhaus hat er sich im Fitnesscenter eingeschrieben. Sein Leben geändert. Sich sozusagen dem Schönheitskult verschrieben. Er hat abgenommen. Sich ein Toupet zugelegt. Kaum hatte er sich körperlich wieder in Form gebracht, fühlte er sich sicherer und fing an, seine alten Freundschaften zu vernachlässigen, er hat sich von uns allen entfernt, um sich in die römische Schwulenszene zu stürzen.

Das letzte Mal habe ich ihn vor rund drei Wochen gesehen. Er kam mit Monica und Serena bei mir vorbei. Er hat meinen ganzen Kühlschrank gelehrt, sogar den Limoncello, den er mir mitgebracht hatte, hat er ausgetrunken. Er war so lästig, wie ich ihn schon lange nicht mehr erlebt hatte. Redete seltsames Zeug über irgendwelche Schlafmittel. Ich weiß, dass er bei einer Psychologin in Behandlung war, Dottoressa Crinò. Wenn man bedenkt, wie Marco anderen Leuten seine Sicht der Dinge aufdrücken kann, bin ich nicht ganz sicher, inwiefern diese Crinò ihn wirklich durchschaut hat, ob sie überhaupt mitgekriegt hat, dass Marco in einer wirklich heftigen Phase steckte.

Eine Krankenakte der S. Alessandro-Klinik von 2011 tauchte auf. Dort war Marco Prato nach seinen ersten Selbstmordversuchen behandelt worden.

Ich sprach mit Chiara Ingrosso darüber, einer Journalistin, die für die Tageszeitung *Il Fatto Quotidiano* arbeitete.

Wir trafen uns an der Piazza di Pietra. Ich kam aus Ostiense, wo sich, halb versteckt zwischen Tiber und Bahnhof, eine Italienischschule für Asylbewerber befand. An diesem Ort sammelten sich Tag für Tag manche der unglaublichsten Geschichten, die einem im Rom des beginnenden 21. Jahrhunderts zu Ohren kommen konnten: Die Hamids, die das Meer in einem Boot voller toter Kinder überquert hatten, die Shorshs, die in Libyen monatelang mit einem Flaschenhals gefoltert worden waren, die Alis, die Syoums, die Gabriels … Trotz der außergewöhnlichen Schicksale dieser Menschen zogen es die meisten von uns vor, sie zu ignorieren, wir taten so, als existierten sie nicht, als würde uns ein Zauber oder ein Hexenbann daran hindern, die Ohren aufzusperren, die Augen für das zu öffnen, was wir direkt vor der Nase hatten.

»Marco Prato und Manuel Foffo haben mich bis in meine Träume verfolgt.«

Im Stadtzentrum Kaffee und frisch gepresster Orangensaft. Anwälte. Fernsehredakteure. Eine vollkommen andere Welt.

Ich hatte Chiara Ingrosso kontaktiert, nachdem ich ihren Radiobeitrag gehört hatte. Die Art, wie sie von dem Mord sprach, verriet, dass sie nicht mehr davon loskam. Sie war fünfzehn Jahre jünger als ich, hatte eine Zeitlang in einer Disco gearbeitet und nebenher kleine Artikel für das Onlineportal der Zeitung verfasst. Seit sie den Fall verfolgte, konnte sie allerdings an nichts anderes mehr denken. (»Am Samstag, den 5. März, führe ich die Gästeliste im Club. Im Morgengrauen gehe ich schlafen. Als ich ein paar Stunden später halb benommen aufwache, ruft mich der Web-Redakteur an. Er beauftragt mich mit dem Fall, weil er meint, ich bewege mich in demselben Milieu. Also schleppe ich mich mühsam aus dem Bett, verlasse das Haus, fange an, die Leute zu interviewen, die ich kenne. So hat es angefangen. Seitdem habe ich nicht mehr aufgehört, alles andere ist aus meinem Leben verschwunden.«) Chiara gab den Job im Club auf, saß Tag und Nacht an dem Fall, machte Interviews, sammelte Unterlagen, es war, als hätte der Mord ihr auch auf emotionaler Ebene »einen Mittelpunkt« gegeben. Zugleich hatte er ihr die Augen über ihre tatsächliche Berufung geöffnet: Polizeireporterin. Marco Prato und Manuel Foffo, sagte sie, waren die Menschen, an die sie im Laufe des Tages am meisten dachte.

»Schauen wir uns mal diese Unterlagen an.«

Aus der Krankenakte der S. Alessandro-Klinik ging hervor, dass Marco am 28. Mai 2011 versucht hatte, sich in Paris das Leben zu nehmen (Antihistaminika, zusammen mit Alkohol) und dann am 15. Juni desselben Jahres in Rom (eine Flasche Diazepam, Schnaps, oberflächliche Schnittverletzungen an den Handgelenken). Die psychiatrische Anamnese sprach von einer »präpathologischen« Persönlichkeit, charakterisiert durch innere Leere, Stimmungsschwankungen, das ständige Bedürfnis nach Aufmerksamkeit. Das psychologische Gutachten ergab, der junge Mann verfüge über einen hohen Intelligenzlevel und sei es gewohnt, seine Umgebung laufend im Blick zu behalten. Er musste die Situationen ständig unter Kontrolle haben, sammelte Informationen über die Menschen, mit denen er es zu tun hatte. Die sogenannte »rationale Methode«, die er ebenfalls sehr gut beherrschte, geriet jedoch ins Stolpern, sobald er anderen Menschen zu nahe kam, insbesondere, wenn sich eine emotionale Bindung entwickelte. Seine »verkopfte« Einstellung zu Gefühlen (über sie zu reden, statt sie zu leben) mochte eine Schutzfunktion haben. Aber Schutz wovor? Er wurde mit der Diagnose einer narzisstischen Persönlichkeitsstörung entlassen.

»Vielleicht hat er sich von seinen Kindheitstraumata nie erholt«, sagte ich lahm, »vielleicht vom Schweigen seiner Mutter. Oder dem Mobbing in der Schule.«

»Mich erinnert er eher an diese radikalen Philosophen der Jahrhundertwende«, sagte Chiara. Ich starrte ein verkohltes Fahrrad an, das, inmitten des üblichen, über den Asphalt verstreuten Abfalls neben einem Müllcontainer stand.

»Wie meinst du das?«

»Ich meine, all dieses Übertreiben, über die Stränge schlagen, Grenzen überschreiten, gibt mir das Gefühl, als hätte er vor einer Art endgültiger Leere gestanden, vor einem schwarzen Loch, das den Sinn der restlichen Dinge verschluckte. Erinnerst du dich noch, was er in einem seiner Abschiedsbriefe schrieb? *Ich habe entsetzliche Dinge in mir und in der Welt entdeckt.*«

»Was fasziniert dich so an diesem Fall?«, fragte ich.

»Ich will verstehen. Ich habe viele Typen wie Marco gesehen. Die meisten enden nicht in derart grauenvollen Geschichten, aber der Weg verläuft ähnlich. Ich erkenne sie sofort, ich schaue Marco an und sehe die anderen. Das ist meine Generation, richtig? Die Discotheken, die Nachtclubs, der Chemsex, ich habe in Discotheken gearbeitet, ich habe alles gesehen: Wenn man einmal mit diesem Leben anfängt, ist man ganz schnell auf der anderen Seite. Wäre dieser Fall nicht dahergekommen, der mich so beschäftigt, wäre ich irgendwann vielleicht auch dort gelandet. Wer weiß das schon?«

»Meine Eltern lebten schon immer als getrennte Leute unter einem Dach«, sagte Manuel dem Staatsanwalt, »ich höre ihre Auseinandersetzungen, seit ich denken kann. Als ich klein war, lag ich immer mit gespitzten Ohren im Bett, um herauszufinden, ob sie stritten. Mein Bruder und ich … Wenn es Zoff gibt, geht bei uns sofort die rote Lampe an.«

»Hören Sie …«, sagte der Staatsanwalt.

»Wissen Sie, Dottor Scavo«, kam Manuel ihm zuvor, »als Junge hatte ich ein Moped. Damals war mein Leben großartig, ich hatte eine Freundin, spielte Fußball, in der Schule lief alles prima. Und was passiert? Als ich mit dem Gymnasium fertig war, hat mein Vater mein Moped aus heiterem Himmel einem Typen geschenkt, der in einer Bar arbeitete. Ich war unglaublich wütend.«

»Warum hat er es verschenkt?«

»Das habe ich mich auch immer gefragt. Ich hing wahnsinnig an diesem Moped. Und dann der Yaris. Ich hatte meinen Vater gebeten: *Kaufst du mir einen Yaris?*«

»Einen Yaris?«

»Ich hatte mir schon einen Plan gemacht, wie mein Leben aussehen sollte. Zum Beispiel wollte ich ein unkompliziertes Auto fahren. Ein Yaris war perfekt. Bequem, klein, genau das Richtige für jemanden, der gerade den Führerschein gemacht hat. Aber mein Vater meinte, ich brauche ein robustes Fahrzeug, falls man einen Unfall hat. Er kaufte mir einen Käfer. Dieser Käfer bereitete mir einen Haufen Probleme, kaum hatte ich ihn, fing ich an zu trinken, Drogen zu nehmen, ich musste mit dem Fußball aufhören, machte mit meiner Freundin Schluss. Mir ist alles auf einmal passiert … eine ganze Reihe von Sachen, die mich, so banal es klingt, ruiniert haben, ich hatte diese wunderhübsche Freundin … ich hatte das Moped, das mein Vater …«

»Verkauft hat«, ergänzte Scavo.

»Nein«, stellte Manuel klar, »er hat es wirklich verschenkt. Ohne mir was zu sagen. Mit dem Käfer habe ich eine Menge Unfälle gebaut. Einmal bin ich gegen eine Mauer gefahren, der Airbag ist aufgegangen, das Auto fing Feuer, ich musste rausspringen, um mich zu retten … Dabei hatte ich meinem Vater gesagt: *Kauf mir ein einfaches Auto*. Denn sehen Sie, Dottor Scavo, für viele Jungs, vor allem, wenn sie aus gut betuchten Familien kommen, ist es besser, wenn sie nicht sofort einen dicken Wagen fahren, weil die Frauen … die Mädchen in dem Alter stehen nicht auf Geld … an Geld denken sie *später* … Mädels erobert man mit anderen Sachen … Wenn man also ein dickes Auto hat, steht man da wie einer mit den Taschen voller Geld, das er aber nicht selbst verdient hat. Verstehen Sie, was ich meine? Deshalb war der Käfer ein Fehler. In diesem Auto, das ich sowieso zum Kotzen fand, musste ich meine Persönlichkeit ändern. Denn wie soll man sich benehmen? Also, am Ende wusste ich nicht, wie ich …«

»Entschuldigen Sie«, sagte Dottor Scavo, »sagten Sie gerade, der Käfer zwang Sie, Ihre Persönlichkeit zu ändern?«

»Vielleicht habe ich …«

»Diese Aussage erscheint mir doch etwas beunruhigend.«

»Vielleicht habe ich übertrieben«, sagte Manuel, »ich bin einfach sehr angespannt.«

GIORDANO PEROTTI

Ich arbeite als Angestellter einer Kooperative. Ich habe Manuel mit ungefähr fünfzehn kennengelernt. Wir waren Freunde, haben viel Zeit miteinander verbracht. In letzter Zeit sah ich ihn seltener. Nach einem langen Urlaub auf Ibiza ist es bei Manuel mit den Problemen losgegangen. Als er zurückkam, war er nicht mehr derselbe. Damals nahmen wir nur ab und zu mal Kokain, höchstens ein Gramm am Samstagabend und auch nicht jeden Samstag. Ich habe dann mit dem Kokain aufgehört. Aber nach dieser Reise kokste er viel öfter und trank auch eine Menge.

Irgendwann war das dann die Regel, wenn wir zusammen ausgingen. Manuel betrank sich. Seine Besäufnisse waren total schräg. Wenn er betrunken war, schaltete er ab, redete mit niemandem, hockte reglos da und stierte ins Leere. Am Anfang machten wir Freunde uns noch darüber lustig. Aber auf Dauer wurde es unangenehm. Wir wollten ihn darauf ansprechen, waren uns einig, dass wir mit ihm darüber reden müssten, aber wir haben es nicht gemacht. Stattdessen haben wir ihn gemieden.

Am 2. März hat Manuel aus dem Nichts eine WhatsApp-Gruppe mit dem Namen »Cristian« erstellt. Darin waren ich und Luciano Invernizzi. Den Namen benutzten wir seit Jahren, um auf Koks anzuspielen. Wir sagten: *Heute Abend gehen wir mit Cristian aus*. Manuel hat also diese Gruppe erstellt und angefangen, uns komische Messages zu schicken. Praktisch lud er uns ein, bei ihm zu Hause zu koksen. *Yo, Bros, Schnee, yalla* … Er benutzte Ausdrücke, die nicht zu seinem üblichen Wortschatz gehörten. Luciano und ich waren uns einig, dass da was Merkwürdiges im Gange war, aber wir haben ihm nicht geantwortet.

»Wegen meiner Mutter musste ich mit dem Fußball aufhören«, sagte Manuel zum Staatsanwalt, »denn was passiert, wenn man zu gut ist? Ist doch klar, die anderen Jungs fingen an, neidisch zu werden. Meine Mutter, eine halbe Psychopathin, hat sich eingeredet, die könnten mir was antun, jeden Tag hat sie geweint … also habe ich es am Ende sein lassen.«

»Welche Beziehung haben Sie zu Ihrer Mutter?«

»Meine Mutter ist Hausfrau«, sagte Manuel, »die ist ganz einfach gestrickt … Ich kann über fast nichts mit ihr reden … also, sie hat keine große Bildung … aber sie kann wahnsinnig gut kochen, auf einen Teller Pasta musste ich nie verzichten … und das freut mich, es erfüllt mir das Herz, ich habe sie lieb … aber ehrlich gesagt, ist das auch schon alles. Wenn ich ein Problem habe, kann ich damit bestimmt nicht zu meiner Mutter gehen.«

»Wer ist dann Ihre Bezugsperson?«

»Niemand.«

»Niemand?«

»Nachdem mein Vater mich zum Jurastudium gezwungen hatte«, sagte Manuel, »damit ich was für die Firma tun kann, hat er stattdessen meinen Bruder reingeholt und mich rausgekantet. Er hat mich praktisch ausgeschlossen, plötzlich stand ich blöd da, ohne das Studium, das ich eigentlich wollte, ohne Arbeit, ich hing völlig in der Luft … also habe ich mir gesagt: *Manuel, dann bleibt dir wohl nichts anderes übrig, als es selbst in die Hand zu nehmen.* Ich habe angefangen, all diese Bücher zu lesen. Ich las wahnsinnig gern … ich las andauernd … Zeitschriften über Business, über Wirtschaft, über alles … bis ich nach drei Jahren dieses super Projekt auf die Beine gestellt habe, die Fußball-App … My Player. Ich bin zum Fußball-Dachverband gegangen, habe Gespräche geführt, habe meinen Bruder mitgenommen, mir die besten Informatiker gesucht … Die Sache war so gut wie im Kasten … Wir haben mit dem Generalsekretär gesprochen … Der Sekretär war begeistert: *Jetzt entscheidet der Präsident* … Hätte der Präsident unterschrieben, wäre ich jetzt Millionär … Es ist nicht nur das Geld … es ist die Befriedigung … Ich war nur einen Hauch vom Ziel entfernt … Ich hab's nicht geschafft … Jedes Mal, wenn ich kokste, dachte ich an den Schmerz, den ich in mir trage … Tatsache ist, dass mich nie jemand verstanden hat. Anna, meine Zugehfrau, hat das auch immer gesagt: *Manuel, du bist ein verkanntes Genie* … Also heißt das vielleicht, dass der Stress, das Kokain, der Alkohol und diese ganze Verkennung mir am Ende die Sicherung rausgehauen haben und ich getan habe, was ich getan habe.«

Der Staatsanwalt sah ihn an.

»Marco Prato hingegen«, sagte Manuel kurz darauf, »hat mir gesagt, er verstünde sich bestens mit seinen Eltern.«

MAURO BERGAMASCHI

Mit Manuel habe ich seit der Schulzeit zu tun. Das erste Tattoo hat er sich auf den linken Arm stechen lassen. Das muss 2007 oder 2008 gewesen sein. Er ließ sich ein M und ein F tätowieren, seine Initialen, aber dem Design nach hätten es auch die Initialen seiner Eltern sein können. Das zweite Tattoo war ein Karpfen. Bei der Gelegenheit war ich auch dabei. Mit den Tätowierern des Karpfens ist er in Kontakt geblieben und hat sich später von ihnen noch eine Geisha stechen lassen. Das nächste Tattoo war ein Bogenschütze. Schließlich hat er sich ein Fass am Fußgelenk tätowieren lassen. Das Fass sollte an den Namen des Familienrestaurants erinnern, »Dar Bottarolo«.

In den letzten Monaten hing er jeden Nachmittag im Restaurant ab. Kann sein, dass er am Computer arbeitete. Oder er dachte nach. Vielleicht surfte er auch im Internet. Einmal habe ich ihm ein Facebook-Profil eingerichtet, damit er bei einem Fantacalcio-Turnier mitmachen konnte. Das Profil hat er nie benutzt, er hatte Angst, jemand könnte eine Freundschaftsanfrage stellen und er würde sie annehmen müssen. Er wollte die anderen nicht an seinen Angelegenheiten teilhaben lassen. Jedenfalls war er in letzter Zeit völlig fertig. Ich wusste nicht, weshalb. Jetzt habe ich zufällig in der Zeitung von diesem Video von ihm und Marco Prato beim Oralsex gelesen. Da dachte ich, sein Stimmungswandel hätte was mit diesem Dokument zu tun.

Das letzte Mal, dass ich mit ihm gesprochen habe, muss der 2. März gewesen sein. Wir haben über unwichtiges Zeug geredet. Dann, am 5. März, um 18:56 Uhr, habe ich völlig unerwartet eine ganz merkwürdige Message auf mein Handy bekommen. Ich wiederhole wörtlich: »Ich war allen ein aufrichtiger Freund, aber ich glaube nicht, dass ich eure Freundschaft verdiene. Auch wenn du es nicht verstehst, möchte ich vergessen werden.«

LOREDANA CASELLA

Alles lief glatt bis 2015. Letzten Sommer gingen die Probleme los.

Ich bin neunundvierzig Jahre alt, arbeite in der Gastronomie. Marco Prato habe ich im Sommer 2013 kennengelernt, als ich ein Restaurant in Testaccio übernahm. Marco kam einfach als Gast. Er war freundlich, sympathisch und hatte es drauf. Es war ihm anzusehen, dass er es draufhatte. Zwei Jahre später habe ich mit meinem Sohn und meiner Schwiegertochter ein Fischrestaurant für die Sommersaison auf der Tiberinsel übernommen, das Mediterraneo. Beim Mediterraneo ist Marco mit eingestiegen.

CLAUDIO BOSCO

La falopa, la falopa, la falopa … La falopa, la falopa …

Mein Gott, ich krieg's einfach nicht aus dem Kopf.

Ich bin sechsundzwanzig, arbeite als Immobilienberater, spiele Bassgitarre in einer Band, aber im Sommer 2015 konnte man mich auf der Tiberinsel finden. Ich war einer der Leute, die im Mediterraneo arbeiteten. Die Betreiber waren Loredana, ihr Sohn und ihre Schwiegertochter. Dann ist er mit eingestiegen.

Ich glaube, Loredana hat Marco Prato mit ins Boot geholt, weil sie hoffte, er würde neue Kundschaft aus der Schwulenszene mitbringen. Zugleich baute sie darauf, dass er ihr helfen würde, das Restaurant zu führen. Weit gefehlt. Marco war mit seinen *A(h)però*-Abenden beschäftigt und ließ sich so gut wie nie im Restaurant blicken. Und dazu kam noch das Kokain.

Es gab tausend Dinge, die Marco im Restaurant hätte machen sollen und nicht machte, und das, was er machte, hätte er nicht machen sollen. Loredana hatte ihn zum Beispiel damit betraut, die Alkoholvorräte aufzufüllen, aber er dachte gar nicht daran. Am Ende musste sich Loredana darum kümmern, sie wuchtete all diese Flaschen ins Auto, ich meine, sie ist nicht mehr die Jüngste. Ein weiteres Problem waren die sogenannten VIP-Freunde, die Marco ins Restaurant einlud, ohne sie zahlen zu lassen. Das Gleiche mit den Dragqueens, die zu den *A(h)però*-Abenden kamen und dann bei uns reinrauschten. Er hat sich mehrere Male mit Flavia Vento fotografieren lassen, einmal sogar, während sie sich küssten. Sie taten so, als hätten sie einen Flirt. Diese Fotos sind dann in der Zeitung gelandet.

An Damiano Parodi erinnere ich mich. Schwul, total netter Kerl, es heißt, er habe Luca Varani mit Marco Prato bekannt gemacht. Damiano war ein ganz Ruhiger, vom Typ her völlig anders. Einmal habe ich ihn einen Spruch sagen hören: *Um einen Mann ins Bett zu kriegen, muss* ich *ihn nicht unter Drogen setzen.*

In Wirklichkeit zwingt bei solchen Sachen nie jemand irgendwen zu irgendwas. Nach ungefähr einer Woche, die ich im Restaurant arbeitete, hat Marco mich gefragt.

Ey, nimmst du eigentlich Drogen?

Zuerst glaubte ich, er würde das fragen, weil er die Koksnasen unter uns rausschmeißen wollte. Weit gefehlt.

Er fing an, mich zu fragen, ob ich mit ihm koksen wolle. *Willst du la Falopa, willst du la Falopa, willst du la Falopa …* So nannte er das, »la Falopa«. Es war wie ein Ohrwurm. Nach ein paar Wochen im Restaurant ließ ich mich breitschlagen. Gegen 17 Uhr kam ich auf die Insel. Loredana kam um 19:30 Uhr. Marco kam später. Hin und wieder snifften wir, nachdem wir den Laden zugemacht hatten. Marco fing an, mir Komplimente über mein Aussehen zu machen, dann ließ er Sprüche los wie: *Stippst du deinen Keks in meinen Cappuccino?* So'n Zeug.

Ich bin hetero. Als ich das erste Mal zu ihm gegangen bin, haben wir uns mit Kokain zugedröhnt, getrunken, dann durfte ich mir einen Porno im Internet aussuchen. Mit der Ausrede, es sei heiß in der Wohnung, überredete er mich, mich auszuziehen. Er fing an, mich anzufassen. Seien wir ehrlich: Er musste mich nicht lange überreden. Ich habe mich ein bisschen geziert, aber am Ende habe ich ihn machen lassen. Es war schön, auch wenn ich in Wirklichkeit nicht mal einen hochgekriegt habe. An dem Abend haben wir auch über Musik geredet, über die VIPs, von denen er behauptete, er hätte sie rumgekriegt, über die Mädchen, auf die ich stand.

Am nächsten Tag überkamen mich Gefühle wie: *O Gott, was habe ich getan?* Man weiß ja, das Kokain-Down macht ein bisschen paranoid. Also habe ich Diego angerufen, einen engen Freund. Er hat gesagt: *Hattest du Spaß? Ja? Na dann, bleib locker, ist doch alles okay.*

Aber dann war da die Sache mit Loris. Wie gesagt, ich spiele Bass in einer Band. Loris ist am Schlagzeug. Um es kurz zu machen, Loris ist auch bei Marco Prato zu Hause gelandet. Nur war das leider kein x-beliebiger Tag. Wir hatten ein wichtiges Konzert, Loris war den ganzen Nachmittag verschwunden, um acht Uhr abends rief er mich an, er war total zugedröhnt und meinte, er sei bereit für den Auftritt. Niemals hätte ich mich mit einem Bandmitglied in diesem Zustand bei einem Konzert gezeigt, auch weil es das erste Mal war, dass mein Vater kommen wollte, um uns zu hören. Am Ende ist das Konzert geplatzt. Ich war stinkwütend.

Aber kommen wir zu dem zweiten Mal, als ich zu Marco gegangen bin. Er hatte mich eingeladen. Na schön, er ist schwul, habe ich mir gesagt, aber eigentlich hatte ich beim letzten Mal Spaß. Vielleicht hatten wir im Restaurant angefangen, was zu nehmen. Bei ihm haben wir dann weitergesnifft. Er sagte *noch 'ne Nase, noch 'ne Nase, noch 'ne Nase, los …* Ich habe mich gehen lassen. Er hat angefangen, mir einen zu blasen, obwohl ich wie üblich keinen hochkriegte. Irgendwann habe ich zu ihm gesagt, es tue mir leid. Es tat mir leid, mich nicht mit Analsex revanchieren zu können. Er hat mich beruhigt: *Komm schon, mach dir keine Sorgen, du bist mein Gast …* Ich war sein Gast. Er hat mir immer weiter endlos viel Koks angeboten. Wie auch immer, irgendwann kriegte ich diese Panikattacke. Genauer gesagt, ich kriegte *die* Panikattacke. Im Unterschied zu den Anfällen, die ich als Junge hatte, ein bisschen Beklemmung und Atemnot, ging es mir diesmal richtig dreckig. Herzrasen, Schweißausbruch, Sprachstörungen. Ich zitterte am ganzen Körper. Mir war, als wäre ich *losgelöst* von meinem Körper, ich dachte, ich müsste sterben.

Marco, das muss man ihm zugutehalten, ist mir sofort zu Hilfe gekommen. Er nahm mich in den Arm, bot mir Wasser an, legte mich aufs Sofa, machte Musik an und versuchte, die richtigen Dinge zu sagen, bis ich eingeschlafen bin. Nach zwei oder drei Stunden bin ich aufgewacht. Dann sind wir einen Kebab essen gegangen.

Nach dieser Episode fing er an, Sprüche zu machen wie: *Hey, denk dran, dass ich dir das Leben gerettet habe.* Ansonsten schien er sich beruhigt zu haben. Aber das hielt nur wenige Tage. Dann legte er wieder los. *Willst du la Falopa, willst du la Falopa, willst du la Falopa …* Chinesische Wasserfolter. Er brachte sogar Sprüche wie: *Wenn du nicht mitmachst, lasse ich dich feuern.* Ich sagte zu ihm: *Ja, toll, feuere mich ruhig, und was erzählen wir dann Loredana?* Daraufhin wechselte er das

Thema: *Komm schon, lass gut sein, ich verschaffe dir Auftritte in Lokalen von Leuten, die ich kenne …*

Abgesehen davon, was am Abend der Panikattacke passiert ist, muss ich zugeben, dass Marco Prato ein kluger, charismatischer und sogar netter Typ ist, wenn er will. Er konnte auch lustig sein. Andere Male hasste ich ihn.

Nach der Panikattacke bekam ich einen Hass auf Kokain. Ich fing auch an, meinen Job als Barmann zu hassen. Bei der Arbeit sieht man Koks an allen Ecken und Enden, es hat mich echt angewidert.

Als ich von dem Mord erfuhr, habe ich sofort mit Loris darüber geredet. Er meinte, er müsse fast kotzen, er war geschockt, er meinte, so etwas hätte auch ihm passieren können. Mir ging es auch schlecht. Ich konnte die Zeitungen nicht lesen. Meine Eltern haben nichts mitgekriegt. Klar, meine Mutter hat mir ein paar Fragen gestellt, sie wusste, dass Marco mein Arbeitgeber gewesen war. Ich habe auch mit Marcos Vater geredet. Danach habe ich mich besser gefühlt.

Jedenfalls versuche ich, nicht an den Mord an Luca Varani zu denken. Wie gesagt, ich bin Immobilienberater. In dem Beruf merkt der Kunde sofort, wie man drauf ist.

»Haben Sie darunter gelitten, dass Ihr Vater Ihren Bruder vorzog?«

»Schauen Sie«, antwortete Manuel, »dass er der Lieblingssohn war, habe ich immer gewusst, aber Neid hat es nie gegeben. Ich mag meinen Bruder von Herzen gern. Als passiert ist, was passiert ist, habe ich gleich nach der Verhaftung gedacht, dass *ich* auch fünfzig Jahre Knast ertragen würde, aber *er* … Roberto hat denselben Nachnamen wie ich, er ist zweiunddreißig, hat zwei Kinder, arbeitet bis zum Anschlag, er ist ein anständiger Mensch, auch ich bedeute ihm viel … Genau, ich habe gedacht, dass ich sein Leben ruiniert habe. Aber klar wurden wir beide unterschiedlich behandelt.«

»War das schon so, als Sie beide klein waren?«

»Als meine Mutter das erste Mal schwanger wurde, wollten meine Eltern kein Kind, aber dann wurde Roberto geboren, und sie haben ihn heiß geliebt. Das zweite Kind, das hingegen ein Wunschkind war, wäre am Ende paradoxerweise besser nicht auf die Welt gekommen. Als ich groß wurde, versuchte ich, das zu verstehen. Ich fragte: *Mama, erzählst du mir, was Papa über mich gesagt hat?* Einmal hat meine Mutter mir etwas erzählt, das ich nicht mehr vergessen habe. Die Anekdote stammte aus einer Phase, in der ich viel trank. Angeblich hat mein Vater in der Zeit eines Tages zu meiner Mutter gesagt: *Du wirst eines Tages deinen kalten Sohn küssen.* Wie kann man so einen Satz vergessen? Wenn ich mit meinem Vater stritt, redete er im Plural mit mir: *Ihr habt dieses und jenes getan, ihr seid für dieses und jenes verantwortlich* … Ich habe mich lange gefragt, warum er den Plural verwendete. Dann habe ich begriffen. Er warf mich und meine Mutter in einen Topf, als wollte er sagen, dass ich und sie aus demselben Holz geschnitzt sind.«

»Aber sind Sie sich sicher, dass Ihre Mutter ganz ehrlich war, wenn sie von Ihrem Vater sprach?«

»Können Sie die Frage wiederholen?«

»Ihre Mutter«, sagte Dottor Scavo, »ist vielleicht ein Mensch, der Groll gegen Ihren Vater hegt.«

»Ganz bestimmt. Aber meine Mutter hat mir auch erzählt, dass sie schöne Momente mit ihm erlebt hat.«

»Sie sagten, Sie könnten Ihren Vater nicht als Bezugsperson betrachten.«

»Ich gebe Ihnen noch ein anderes Beispiel. Unter meinen Freunden sind Menschen, die wissen, wie man bei Mädchen landet … das heißt, die haben mindestens vierhundert, fünfhundert Mädchen gehabt … Diese Freunde wissen, das Mädels heute total auf Bart abfahren. Aber wenn ich mir zu Hause einen Bart stehen lasse … tja, dann bin ich ein Verräter …«

Der Staatsanwalt war verdutzt.

»Mein Vater hat für Bärte nichts übrig«, fuhr Manuel fort, »sie machen ihn misstrauisch. Er sagt: *Wenn einer einen Bart trägt, dann traue ich dem nicht, Bartträger sind Verräter* … Meine Freunde haben mich sogar gefragt: *Manuel, warum lässt du dir nie einen Bart stehen?* Mit dem Ergebnis, dass, wenn ich mir einen Bart wachsen ließ, auch, um meinem Vater eins auszuwischen, meine Freunde dachten, ich hätte meine Persönlichkeit verändert … Will heißen, Dottor Scavo, so oder so hielten mich alle für ein bisschen daneben.«

»Wie würden Sie Ihr Verhältnis zu Frauen beschreiben?«

»Grundsätzlich von Sex bestimmt. Damit das klar ist, ich bin kein Playboy. Aber die Beziehungen, die ich mit Frauen hatte, na ja … also … wie gesagt, es ging nie wirklich um Liebe …

auch weil Frauen nichts an mir finden können, so, wie ich bin. Ich kann einer Frau keine wirkliche finanzielle Sicherheit bieten … und wie sich gezeigt hat, auch keine Unbeschwertheit … denn neben der finanziellen Sicherheit ist gute Laune für eine Paarbeziehung wichtig.«

»Hören Sie«, sagte Dottor Scavo, »erzählen Sie mir von den Mädchen, die Ihnen in letzter Zeit ein wenig mehr bedeutet haben?«

»Ehrlich gesagt …«

»Sagen wir, Frauen, mit denen sie mindestens drei- oder viermal ins Bett gegangen sind.«

»Also«, sagte Manuel, »eine heißt Marcella.«

»Marcella wie?«

»Santoro. Marcella Santoro. Diese Marcella … irgendwie … na ja, die ist nicht gerade eine Schönheit … Sie ist hässlich, aber nützlich, denn wenn ich zu Hause abhänge, rufe ich Marcella an, sie kommt, bläst mir einen, und dann schicke ich sie wieder weg. Sie beklagt sich darüber, dass ich nie richtig mit ihr schlafe. Aber sie gefällt mir einfach nicht gut genug. Alles andere ist in Ordnung. Aber ich lasse mir von ihr nicht nur einen blasen. Hin und wieder quatschen wir auch ein paar Stunden, weil sie … na ja, dass sie Grips hat, zählt für mich auch … Sie hat einen Abschluss in Wirtschaft und weiß interessante Sachen … Ich erzählte ihr immer von meinem Business, und sie gibt mir einen Haufen Tipps.«

»Ihr Vater ist Sie im Gefängnis besuchen gekommen.«

»Als mein Vater mich im Gefängnis besuchen kam, hat er als Erstes gesagt, dass er mich sehr lieb hat. Für mich, Dottor Scavo, ist das … Das ist wie das Jubeljahr, das passiert nur alle fünfundzwanzig Jahre. So was ist total berührend. Ich habe eine halbe Stunde lang geheult. Aber dann, wenn der Moment der Rührung vorbei ist und so … kommt alles wieder hoch. Ich meine, die Wut. Mir ist die Wut wieder hochgekommen.«

MARCELLA SANTORO

Ich bin siebenundzwanzig Jahre alt, habe Wirtschaft studiert, mache ein Praktikum bei einem Finanzberater. Manuel habe ich vor zehn Jahren über gemeinsame Freunde kennengelernt.

Ein ruhiger, ausgeglichener, schlauer Typ, obendrein sehr nett. Er war nie gewalttätig, ist nie laut geworden. Ich wusste, dass er an den Wochenenden mit seinen Freunden Kokain nimmt.

Das, was ich jetzt erzähle, ist ein paarmal passiert. Wenn er und ich bei ihm zu Hause waren, nachdem wir geredet, uns ausgetauscht hatten und so weiter, lagen wir manchmal schon auf seinem Bett. Aber ausgerechnet, wenn es zum Äußersten kam, machte er einen Rückzieher. Ich meine, er machte einen Rückzieher davor, richtig miteinander zu schlafen. Stattdessen bat er mich, ihn auf andere Weise zu befriedigen.

In den letzten fünf Monaten habe ich ihn höchstens zwei- oder dreimal gesehen. Wir redeten viel. Manuels Lieblingsthema war sein Informatikprojekt. Darüber redete er andauernd. Er meinte, er würde sich gern mit mir austauschen, er hielt mich für intelligent. Ich habe ihm eine Menge Tipps gegeben. Immerhin verstehe ich was von Wirtschaft.

Hätte ich nicht darauf bestanden, richtig miteinander zu schlafen, hätten wir uns vielleicht ein bisschen öfter gesehen. Oder vielleicht hätte es gereicht, offen zuzugeben, dass er nur mit mir reden wollte. Wäre ja nicht schlimm gewesen. Aber er hat es nicht gemacht. Also habe ich ihn irgendwann abblitzen lassen, vor allem in letzter Zeit.

»Hören Sie, Manuel«, sagte Dottor Scavo, »könnte es vielleicht sein, dass Ihr Vater Ihnen in gewissen Momenten des Lebens als Alibi gedient hat?«

»Mein Vater war immer gegen mich«, sagte Manuel, »einmal hat er versucht, mich zu schlagen, nur um sich abzureagieren.

Ich weiß noch, seine neue Freundin war auch dabei … diese Freundin übrigens, na ja … Er ist einer, der sich gern zeigt, er lässt sich die Augenbrauen zupfen, geht ins Solarium … der macht immer auf tollen Hecht, mein Vater …«

»Wann hat er versucht, Sie anzugreifen?«

»Das war 2014, wir hatten gerade das Bottarolo eröffnet. Wenn mein Vater was Neues aufzieht, behauptet er immer, er tue es für die Familie. Wenn Sie mit ihm reden, Dottor Scavo, wird er Ihnen erzählen, er arbeite nur für das Wohl seiner Söhne. Aber so ist es nicht, das versichere ich Ihnen, er macht es aus rein persönlichem Vergnügen … Aber ich will Ihnen noch eine Geschichte erzählen … 2010 haben wir ein weiteres Restaurant eröffnet, geplant und auf die Beine gestellt von meinem Vater und Onkel Pietro, ein wunderbarer Mensch. Was haben sich die beiden da ausgedacht? Die eröffnen ein Luxusrestaurant in Pietralata … also in einer Gegend, die man zwar mögen kann, die aber nicht gerade exklusiv ist … zwar nicht Tor Bella Monaca, aber eben auch ein ganz anderes Pflaster als Parioli. Die beiden ziehen also dieses Luxusrestaurant auf und nennen es Les Chic. Man sah es schon von außen … Man kam sich vor wie in … Es war total protzig … Die Gäste fühlten sich gezwungen, zu flüstern … Es war alles nur peinlich. Am Anfang wollten mein Vater und mein Onkel ein Fischrestaurant draus machen. Nach einem Monat magerer Umsätze überlegten sie es sich anders: nur Fleisch. Nach weiteren anderthalb Monaten lief das Restaurant noch immer schlecht … weil, mal ehrlich, am Ende war dieses Restaurant weder Fisch noch Fleisch … und sie machten nicht mal Werbung … also, die dachten, die könnten ein Luxusrestaurant ans Laufen bringen, ohne eine gewisse Kundschaft anzuziehen. In Pietralata. Das Problem ist, dass ich versucht habe, ihnen klarzumachen, dass das Restaurant so nicht funktionieren kann, heutzutage informieren sich die Leute übers Internet, das läuft heute anders als früher … Nichts zu machen, die haben nicht auf mich gehört. Am Ende ist das Restaurant pleitegegangen.«

»Und das hat in Ihnen …«

»Stress ausgelöst«, sagte Manuel, »das war für mich stressig. Das ist aber noch nicht alles. Nehmen wir das Bottarolo. Ich bin derjenige, der den Businessplan erarbeitet hat. Wussten Sie das? Ich habe angefangen, den sogenannten Wareneinsatz zu berechnen, habe die verschiedenen Geschäftsmodelle durchgespielt … das Marketing … *alles* habe ich durchgespielt … dann gehe ich damit zu meinem Bruder, weil mein Vater mir niemals zugehört hätte … ich gehe zu Roberto und schlage ihm vor, dieses Restaurant zu machen … ein Restaurant mit einer besonderen Einrichtung, einem besonderen Stil, die Leute konnten vom Tisch aufstehen und sich den Wein direkt aus den Fässern zapfen, römische Küche … meine Schwägerin entwirft das Logo, mein Bruder erfindet den guten Namen *Dar Bottarolo*.«

»Und so ist das Restaurant entstanden.«

»Praktisch war alles meine Idee. Am Anfang haben wir zu dritt dort gearbeitet. Ich, mein Bruder und meine Schwägerin, jeder in einem anderen Bereich.«

»Und dann?«

»Die ersten fünf Monate habe ich gekellnert. Dann habe ich *Millionaire* und andere Wirtschaftszeitschriften gelesen, die ich abonniert habe, und mir ist die Idee von dem Start-up gekommen … Ich bin seltener ins Restaurant gegangen … und da hat mein Vater …«

»Ihr Vater hat Sie ausgeschlossen?«, vermutete der Staatsanwalt.

»Mein Vater behauptete immer: *Wir Foffos entscheiden*. Aber in Wirklichkeit hat immer er entschieden oder er und mein Bruder.«

»Und haben Sie deshalb gestritten?«

»Nein, ich hab's einfach gut sein lassen. Mich dem Start-up gewidmet. Wie ein Verrückter habe ich daran gearbeitet. Ich hatte so viel Wut in mir, dass ich irgendwie abends … Na ja, ich trank.«

»Warum haben Sie nicht die Kraft gefunden, sich zu wehren?«

»Ich hab's ja versucht!«, sagte Manuel. »Zum Beispiel einmal, ist schon ein bisschen her, in der Zeit, wo es in der Familie Zoff gab … Da habe ich mich im Internet bei einer Jobvermittlung angemeldet … Ich bin dann zum Arbeiten nach London. Ich wohnte in Whitechapel, zusammen mit anderen Jungs … Ich fühlte mich wohl, morgens jobbte ich in einem Cafè, machte Cappuccinos, servierte an den Tischen … Nach wenigen Monaten lief es auch mit der Sprache, ich fing sogar an, auf Englisch zu träumen … *unfassbar* … träumen auf Englisch … Mir ging's gut, endlich war ich unabhängig … aber was passiert? Mein Bruder ruft mich an und sagt: *Manuel, du musst zurück nach Hause kommen, der Mama geht's schlecht.*«

»Was hatte Ihre Mutter?«

»Meine Mutter hat Gleichgewichtsprobleme. Paranoide Schizophrenie. Das haben irgendwelche Ärzte gesagt. Mein Bruder wiederum ist einer, der bei solchen Sachen … Er hält so was alleine nicht gut aus … Wenn es unserer Mutter schlecht geht, dann tut er so, als würde er es nicht sehen, bis er nicht anders kann … deshalb hat er mich gebeten, zurückzukommen … Also bin ich wieder zurück nach Italien.«

»Sie sind also wegen Ihrer Mutter zurückgekommen.«

»Nach der Trennung musste sich meine Mutter mit meinem Vater wegen der Alimente streiten … Die Frau hat echt gelitten …«

»Störte es Sie, dass Ihr Vater Ihre Mutter so behandelte?«

»Klar störte mich das. Einmal sogar … wir waren in einem Restaurant in Belpoggio … ich weiß es noch wie heute …

nahm mein Vater meinen Bruder ins Gebet … an dem Tag war mein Vater stocksauer, er sagte, man solle ihm gefälligst Respekt zollen, denn wenn er meine Mutter psychologisch *fallenlasse*, würde ich auch *fallen* … wenn einer fällt, fällt auch der andere … als gäbe es da eine Verbindung … zwischen mir und ihr, nicht etwa zwischen mir und ihm … Verstehen Sie, was ich meine? … Mein Familienleben war schon immer geprägt von mangelndem Verständnis, von Spannungen … Als ich klein war, ging ich an manchen Abenden ins Bett und dachte vor dem Einschlafen: *Entweder, ich werde Fußballer, oder es wird alles ganz schlimm enden.*«

AURORA VALENTI

Ich war mit ein paar Freunden am Strand von Ostia. Es war Anfang August. Manuel und ein anderer Typ, der Verkehrspolizist ist, sind am Meer zu uns gestoßen. Der Verkehrspolizist kannte einen von meinen Freunden. Wir haben uns einander vorgestellt. So hat es angefangen.

In Rom sind wir dann zusammen ausgegangen. Manuel war sehr still. An manchen Abenden sagte er kein Wort. Ich fragte ihn, woran er denke, er antwortete: *Ich überlege*. Oder: *Ich denke über Start-ups nach*. Ich hatte begriffen, dass er Probleme mit seinem Vater hatte, es belastete ihn, dass viele seiner Freunde reich waren. Auch seine Familie stand ziemlich gut da. Nur, dass es Manuel nicht leichtfiel, um Geld zu bitten.

Unser Sex war absolut normal.

Allerdings fand ich es ein bisschen absurd, wie ich von der Familie aufgenommen wurde. Gleich am Anfang wurde ich zur Taufe des Sohnes seines Bruders eingeladen. Wir waren erst ganz kurz zusammen. Ich weiß noch, dass beim Taufessen eine Tante zu mir kam, erst hat sie mich angesehen und dann

Manuel, halb ungläubig, halb erstaunt: *Siehst du, Manuel? Da hast du ein richtig anständiges Mädchen gefunden!* Sie sagte es, als wäre das was Außergewöhnliches. Es war, als würde Manuel alles zum ersten Mal passieren.

Wir sind dann fast jeden Abend ausgegangen. Hin und wieder machte er in einer Bar halt und bestellte Gin und Cola. Am Anfang dachte ich mir nichts dabei. Aber etwas anderes fiel mir auf. Manuel war immer ohne Auto. Immer und ewig ohne Auto. Als ich ihn fragte, wieso, antwortete er, er habe es seiner Mutter geliehen. Na, so ein Zufall, dachte ich. Ich fragte mich, wie es sein konnte, dass seine Mutter jedes Mal, wenn wir ausgingen, das Auto brauchte. Ich fing an, ihn mit Fragen zu löchern. Am Ende stand er mit dem Rücken an der Wand und gestand mir, sie hätten ihm den Führerschein abgenommen. Trunkenheit am Steuer. Er war halb besoffen gegen mehrere Müllcontainer gefahren.

Hin und wieder kam die Sprache auf seinen Vater und seinen Bruder. Irgendwann sagte er mir, sein Vater habe ihm mit dem Tod gedroht. Ich glaube, das stimmte nicht, manchmal übertrieb Manuel. Bei der Taufe zum Beispiel fiel mir auf, dass sein Vater auf ihn zukam. Aber Manuel wich ihm aus.

Über seine Mutter erzählte er, sie sei schizophren, er sagte, dass es ihr jetzt so schlecht gehe, sei allein die Schuld seines Vaters.

Die Sache mit dem Alkohol wurde zum Problem. Manuel konnte eine halbe Karaffe Wein in einem Zug leeren. Er kippte ein Glas nach dem anderen, als würde ihm immer was fehlen. Und er beließ es nicht beim Wein. Einmal hatten wir heftigen Zoff. Wir hatten im Restaurant seiner Familie gegessen, und schon da hatte er eine halbe Karaffe getrunken. Nach dem Restaurant landeten wir in einer Bar. Wir setzten uns nach draußen, und er becherte ordentlich Gin und Cola. Allmählich wurde mir das zu viel. Außerdem fand ich es rücksichtslos mir gegenüber, ich trinke nämlich keinen Alkohol. Obendrein langweilte ich mich. Das habe ich ihm dann vorgeworfen. Er wurde total wütend, wurde laut. Ich genauso. Ein übler Krach. Wir lieferten eine echte Show, alle starrten uns an. Irgendwann sagte er, wenn wir so streiten müssten, könnte ich auch nach Hause gehen. Er griff sich das Telefon und rief ein Taxi. Schade, dass er der Zentrale nicht einmal sagen konnte, wo wir waren. Er war so besoffen, dass er die Hausnummer nicht lesen konnte.

Das war der Tropfen, der das Fass zum Überlaufen brachte.

Einmal, wir hatten abends zusammen gegessen und waren wie üblich in eine Bar gegangen, sind wir zu ihm, um dort zu übernachten. Manuel konnte nicht einschlafen. Irgendwann, mitten in der Nacht, stand er auf und ging in die Küche. Als er wieder ins Schlafzimmer kam, war er in einem Zustand zwischen Delirium und Halluzination. Er stammelte unverständliches Zeug. Ich fragte: *Manuel, was hast du nebenan gemacht? Hast du was genommen? Wieso nuschelst du so?* Und er: *Vor dir kann man auch nichts geheim halten … Ja, ich hab Tropfen genommen*. Dabei klang er noch ganz okay. Seltsam, aber okay. Ich vermute, es war Delorazepam. Er legte sich wieder ins Bett. Aber kurz darauf sprang er plötzlich wieder auf, ging zu den Schubladen des Kleiderschranks und fing an, sie aufzureißen und hektisch zwischen den Anziehsachen herumzuwühlen, er suchte seine Badesachen. *Ich muss eine Badehose finden und sie anziehen, sonst sehen sie mich!* Und ich: *Manuel, wer sieht dich?* Allmählich bekam ich Angst. Ich hatte das Gefühl, jeden Moment könnte etwas Schlimmes passieren.

Manuel wühlte noch immer in den Schubladen herum und sagte dabei zu mir: *Du gehst mir auf den Sack! Immer musst du Widerworte geben! Wie mein Vater und meine Mutter! Ich halt's nicht mehr aus!* Dann verschwand er für ein paar Minuten in der Küche, kam ins Bett zurück, kroch unter die Decke, schloss die Augen und schlief endlich ein.

Das Schlafmittel, dachte ich, endlich wirkt das Schlafmittel.

Jetzt schlief er. Aber ich bekam kein Auge zu. Ich war total verschreckt. Ich wollte gehen. Zugleich war ich wie versteinert vor Angst. Also beschloss ich, bis zum Morgen zu warten, dann ganz normal aufzustehen, die Wohnung zu verlassen und ihn nie mehr wiederzusehen.

Mir ist noch eine andere Geschichte eingefallen. In unserer Anfangszeit kam ich eines Abends zu ihm ins Familienrestaurant. Ich hatte einen schwulen Freund dabei. Dieser Freund machte ein Selfie und stellte es auf Facebook. Er taggte auch das Restaurant. Am nächsten Tag rief mich Manuel an. Er war wütend. Er schrie ins Telefon, ich sollte meinem Freund sagen, dieses Foto runterzunehmen, er wollte nicht, dass die Leute sehen, *dass er mit Schwuchteln verkehrt*.

Auch damals haben wir heftig gestritten.

Alles in allem dauerte unsere Beziehung rund anderthalb Jahre.

ORNELLA MARTINELLI

An dem Abend sind wir alle zum Inder essen gegangen. Dann bin ich zurück ins B&B. Es sollten Gäste kommen, und ich musste mich darum kümmern. Die anderen sind später nachgekommen. Wir haben uns in eines der B&B-Zimmer gesetzt und angefangen zu quatschen. Ich will klarstellen, dass wir keine Drogen konsumiert haben.

Am nächsten Morgen erfahre ich, das Samuele nicht nach Hause gekommen ist. Ab da war die Hölle los.

FULVIO ROSINI

Ich bin zweiundsechzig Jahre alt, arbeite bei der Steuerbehörde. Am 20. Januar 2016, vor nicht einmal zwei Monaten, habe ich beim Polizeikommissariat Rom Vescovio eine Vermisstenanzeige wegen meines Sohnes erstattet. Ich bin der Vater von Samuele.

SAMUELE ROSINI

Ich bestätige, dass wir an dem Abend zum Inder gegangen sind. Dann sind wir in Ornella Martinellis B&B rübergegangen. Außer Ornella waren Enrico Bevilacqua, Serena Palladino und

Marco Prato dort. Wir haben uns unterhalten. Irgendwann sagte jemand, es bräuchte eine Flasche Wodka. Ich bot mich an, eine zu holen. Marco begleitete mich. Kaum waren wir unten auf der Straße, habe ich eine dunkle Gestalt bemerkt. Es war ein Mann, er sah uns an, klein, kurzes, welliges Haar, ein Ausländer, bestimmt aus Osteuropa. Tatsächlich hatte der Mann auf ihn gewartet.

Marco ist zu ihm hin, sie haben ein bisschen geredet und sind zusammen zum Geldautomaten. Offensichtlich war der Typ ein Dealer. Marco ist zu mir zurückgekommen. Bevor wir den Wodka holen gegangen sind, sind wir noch mal zurück ins Haus. Gleich dort, auf dem Treppenabsatz, hat Marco eine Line auf dem Handydisplay vorbereitet. Er hat gesnifft. Dann hat er auch eine für mich klargemacht. Ich habe angenommen. Das hätte ich nicht tun sollen, aber ich war müde, seit zwei Monaten hockte ich in der Bude und schrieb an meiner Diplomarbeit.

Wir sind los, um den Wodka zu holen.

Zurück im B&B haben wir angefangen zu trinken und zu quatschen. Ich fühlte mich ziemlich high, die anderen hatten Spaß, Marco hat mir eingeschenkt und leise zu mir gesagt, im Bad warte eine weitere Line auf mich. Als ich zurückkam, war mein Wodkaglas wieder voll.

Gegen drei Uhr morgens zerstreuten wir uns allmählich. Ich hatte Enrico gesagt, ich würde ihn auf dem Moped mitnehmen. Auf dem Weg die Treppe hinunter ist Marco zu mir gekommen und hat geflüstert: *Wo wohnst du, wir sehen uns vor deinem Haus für eine letzte Nase.* Ich habe ihm die Adresse gegeben. Als ihm das nicht reichte, habe ich ihm auch meine Telefonnummer gegeben.

Wir sind raus in die römische Nacht. Ich habe Enrico abgesetzt und bin zurück zu mir. Während ich das Moped abschloss, bemerkte ich, dass Marco Pratos Auto bereits vor meiner Haustür stand. Wegen dem, was er vorher gesagt hatte, stieg ich zu ihm ins Auto. Aber kaum saß ich drin, packte er nicht, wie erwartet, das Koks aus, sondern fuhr los. Ich begriff nicht, was er vorhatte. Ich fragte ihn, wohin wir fuhren, am nächsten Tag musste ich an der Diplomarbeit arbeiten, und deshalb wollte ich es nicht noch später werden lassen.

Keine Sorge, meinte er, *ich habe nur keine Lust, im Auto zu hocken. Ich wohne gleich hier in der Nähe. Wir brauchen nicht lang, dann bringe ich dich wieder nach Hause.*

Und so sind wir bei ihm gelandet.

Die Wohnung war noch im Umbau, sie war nicht fertig eingerichtet. Ich setzte mich auf einen Zementsack neben einem Tischchen. Immerhin gab es einen Kühlschrank, und aus dem hat er eine Flasche Wodka geholt, zwei Gläser hingestellt, das Koks vorbereitet, und wir haben wieder angefangen zu reden. Irgendwann hat er mir anvertraut, dass er sein Geschlecht ändern wolle, er wollte sich einem chirurgischen Eingriff unterziehen, er redete und redete, und währenddessen schenkte er mir immer wieder nach. Dann versuchte er, sich an mich ranzumachen. Er wurde immer aufdringlicher. Er hat meine Hose aufgemacht, sie runtergezogen, mir einen geblasen. Alles dort, auf dem Zementsack.

Schließlich sagte ich zu ihm, ich müsse nach Hause. *Die Diplomarbeit*, meinte ich. Und dann bin ich eingeschlafen.

Glaube ich zumindest. Ich erinnere mich nicht mehr genau.

Woran ich mich aber noch gut erinnere, ist, dass Marco mich, kaum bin ich aufgewacht, nach meinem Facebook-Passwort gefragt hat. Anscheinend suchten meine Eltern nach mir. Ich habe ihm das Passwort gegeben, er hat auf Messenger an meine Geschwister geschrieben. Sie haben kapiert, dass das nicht von mir kam, es war nicht mein Stil. Ich glaube, es war elf Uhr morgens. Die Rollläden waren unten, es war schwer zu sagen. Dann muss ich wieder eingeschlafen sein. Irgendwann war da Marco und starrte mit komischem Gesicht auf das Handydisplay, er sah besorgt aus. Kurz darauf fing das Handy an zu klingeln, Marco ging ran, hielt es mir hin. Es war Enrico Bevilacqua, er sagte, meine Eltern hätten eine Vermisstenanzeige aufgegeben. Sie glaubten, ich sei entführt worden. Ich war total von der Rolle, das würde einen Riesenärger geben. Ich muss mich wieder fangen, habe ich gedacht. Marcos Handy klingelte wieder. Es war meine Mutter. Marco hat mir den Anruf weitergereicht. Ich habe mit ihr gesprochen. Aufgelegt. Dann habe ich mir schnell das Gesicht gewaschen, habe die Jacke angezogen und zu Marco gesagt, dass ich gehen müsse.

Am nächsten Tag hat sich Marco wieder gemeldet. Er fing an, mir Nachrichten auf WhatsApp zu schicken. Er war sauer. Er wollte, dass meine Eltern sich entschuldigten, er fand es absurd, dass sie Anzeige erstattet hatten, er sei kein Krimineller: Wenn diese Anschuldigungen nicht zurückgenommen würden, würde er seine Anwälte »damit beauftragen«, dagegen vorzugehen. Da habe ich Panik gekriegt. Ich habe Marco angerufen und ihm sofort meine Mutter gegeben. Sie haben geredet. Nach ein paar Minuten habe ich gehört, wie meine Mutter sich bei ihm entschuldigte, wohl, um die Sache zu beenden.

Letzte Klarstellung. Ich hatte seit zehn Jahren keine Drogen genommen.

Die Zeitungen verglichen Marco Prato und Manuel Foffo mit den Schlächtern des IS. Man müsse sie sich als Foreign Fighters der Großstadt vorstellen, schrieben sie. Manch ein Kommentator behauptete, der Mord an Luca Varani erinnere an Opferrituale aus der Antike, mit dem Unterschied, dass der Sündenbock einst im Sinne eines gesellschaftlichen Paktes mit den Göttern starb, um deren Zorn zu besänftigen, während in diesem Fall nur Ekel und Perversion, Chaos und Selbsterniedrigung die Auslöser waren, verbunden mit dem dramatischen Unvermögen, über den eigenen Horizont hinauszusehen.

Ich war in einer Bar auf der Via Flaminia. Während ich darauf wartete zu erfahren, wo ich den Journalisten treffen sollte, der mir Einblick in das kriminologische Gutachten der Staatsanwaltschaft versprochen hatte, hörte ich den Unterhaltungen an den Nachbartischen zu. Wenige Meter entfernt verschränkte ein recht ungepflegter Herr um die sechzig mit langem Haar und struppigem Bart die Finger mit denen einer sehr viel jüngeren, schöneren und augenscheinlich bessergestellten Frau. Unweit daneben und wie zum direkten Ausgleich küsste ein junger Mann leidenschaftlich eine Frau, die ungefähr doppelt so alt zu sein schien. Die Nachricht des Journalisten traf ein. Er bestellte mich zum Bahnhof Termini. Ich zahlte. Das waren die Momente, dachte ich beim Blick auf die Tische der Bar, in denen die Stadt ein paar schöne Überraschungen bereithielt. In Rom konnten gesellschaftliche Hürden, Altersunterschiede und ästhetische Widersprüche mit einem Mal in sich zusammenfallen.

Ich ging den Lungotevere entlang. Kam nach Prati. Nachdem ich die Gegend um die Piazza Mazzini hinter mir gelassen hatte, bemerkte ich, dass ich zu früh dran war. Ich beschloss, die Treppe zum Fahrradweg hinunterzusteigen, wo der Verkehrslärm verebbt, der Fluss nur wenige Schritte entfernt träge dahinfließt, wilde Vegetation die Ufer bewuchert. Während ich dahinspazierte, fiel mein Blick auf ein Fahrradwrack, das auf einer Kiesbank hängen geblieben war. Über mir der Schatten der Umberto-I.-Brücke. Dann wieder Himmel. Wenige Meter vom schlammigen Ufersaum entfernt, hörten Jugendliche zwischen den aus dem Wasser ragenden Bäumen Musik. Ein Stück weiter vorn ein weiteres Fahrrad. Es war auf einem Inselchen gestrandet. In meinem Kopf blitzte etwas auf, zunächst bekam ich es nicht recht zu fassen, doch ich wusste, dass es im Begriff war, das Gefühl, das ich in der Bar empfunden hatte, umzukippen. Als ich fünf Minuten später ein Knäuel Altmetall erblickte, das einmal ein Fahrrad gewesen sein mochte, womöglich abgefackelt oder zusammengetreten, zu Schrott gedroschen, ging mir plötzlich ein Licht auf. Die ganze Woche über hatte ich unterwegs *ständig* herrenlose Fahrräder gesehen. Fahrräder mit verbogenem oder zerbrochenem Rahmen, mit kaputten Rädern, zerstörtem Sattel, abgerissenem Lenker, in den Boden gerammte, von den Brücken geworfene, mit Gewalt in Müllcontainer gestopfte Fahrräder. Fahrräder, die übrigens vollkommen gleich aussahen. Sie waren so sehr Teil des Stadtmobiliars, dass sie mir nicht aufgefallen waren. Es waren Modelle eines neuen Bike-Sharing-Angebots. Seit einigen Jahren war man auch in Rom auf die Idee des Bike-Sharings gekommen. Zuerst hatte es die Stadt versucht und war gescheitert. Dann waren verschiedene ausländische Unternehmen an der Reihe gewesen, amerikanische und chinesische Konzerne. Mit großem Trara bewarben sie ihr Projekt, und wenige Wochen später landeten hunderte nagelneue Fahrräder in der Stadt. Im Laufe eines Monats war von diesen Fahrrädern nichts mehr übrig. Die Römer schleuderten sie von den Brücken, setzten sie in Brand, malträtierten sie auf jede denkbare Weise, zerstörten sie mit blinder, primitiver Wut.

Kurz gesagt, sie wiesen das Almosen zurück. Diese Räder nach Rom zu bringen, bedeutete, sich anzumaßen, einen Sterbenskranken mit Aspirin zu kurieren, es war eine Beleidigung, eine Demütigung, schlimmer noch, es war die Arroganz, die neuesten technologischen Errungenschaften in einer Stadt zu etablieren, die jede Idee des Fortschritts abgeworfen hatte und im Stillstand dümpelte, in der chronologischen Leere, ähnlich dem Staub auf den Pyramiden nach dem Niedergang der ägyptischen Zivilisation, mit dem paradoxen Unterschied freilich, dass Rom noch immer vor Leben barst.

Ich traf meinen Kontakt am Bahnhof Termini. Der Journalist arbeitete für eine große überregionale Zeitung. Er war ein Mann um die fünfzig. Wir kannten uns seit ein paar Jahren. »Wollen wir irgendwohin gehen?«, sagte er. Wir setzten uns in eine hässliche Bar in der Via Marsala, bestellten etwas zu trinken, er zog ein rund siebzig Seiten starkes Dokument aus dem Rucksack, darin die kriminologischen Profile von Marco Prato und Manuel Foffo sowie die sogenannte Opfer-Analyse von Luca Varani, die im Unterschied zu den Profilen der Angeklagten natürlich das Ergebnis einer *in absentia* durchgeführten Untersuchung war, einer Ermittlung zu jemandem, der nicht mehr existierte.

GIUSEPPE VARANI

Reden wir mal Klartext, statt um den heißen Brei herum. Nach Collatino ist Luca in gutem Glauben gefahren. Er ist mit dem Rucksack von hier los zur Arbeit. Verstanden? Ohne im Mindesten zu ahnen, was passieren könnte.

Was wurde nicht alles gesagt, weil das Opfer ja eh nicht mehr reden kann. Dass mein Sohn anschaffen ging … dass er für hundertzwanzig Euro in diese Wohnung ist … das haben die behauptet. *Aber wer kommt auf so was?* Luca brauchte kein Geld. Er hatte eine Arbeit! Das mit der Prostitution haben die sich ausgedacht, um einen Haken hinter eine übel ausgegangene Party zu machen … aber ich sag's noch mal, Prato und Foffo haben Party gemacht … und ich sag's noch mal, aus genannten Gründen … Der Grund war, einen Menschen leiden zu sehen. Und dieses Leiden zu *genießen*. Sie haben es bis zum letzten Moment genossen. Das muss gesagt werden. Das muss ein Ende haben. Die haben gesagt, *er* sei ein Stricher. Aber sie haben nicht gesagt, wer *die* sind.

Ich gebe keine Ruhe, bis nicht Gerechtigkeit geübt wurde. Lebenslänglich. Mehr gibt's nicht zu sagen.

MARIO ACETO

Ich bin der Eigentümer der Kfz-Werkstatt in Valle Aurelia, in der Luca Varani seine Ausbildung machte. Wenn er nicht für seinen Vater arbeitete, natürlich. Er war ein gutwilliger Junge, ein anständiger Kerl. Ich glaube, er hatte Schulden beim Finanzamt wegen irgendwelcher nicht gezahlter Kfz-Steuern.

Am 4. März hat er mir eine WhatsApp-Nachricht geschickt und gesagt, er käme nicht zur Arbeit. Am nächsten Tag rief mich sein Vater an. Sie konnten ihn nicht finden.

Luca hat sich nie Geld von mir geliehen. Ich streckte ihm höchstens kleine Summen vor, die mit seinem Lohn verrechnet wurden, wir reden von zehn oder fünfzehn Euro. Ich hätte nie gedacht, dass er Rauschgift konsumierte. Das stelle ich bei meinen Mitarbeitern kategorisch klar: Ich will keine Leute, die Drogen nehmen.

ANTONELLA ZANETTI

An dem besagten Morgen habe ich Luca Varani getroffen. Ich kenne ihn seit Jahren, wir gingen zusammen zur Schule. Ich traf ihn auf dem Weg zur Arbeit, weil wir manchmal dieselben Verkehrsmittel nehmen. An dem Morgen trafen wir uns in der Bar am Bahnhof La Storta-Formello. Ich habe einen Kaffee getrunken, er hat Zigaretten gekauft. Wir haben kurz geplaudert, ich fragte ihn, wie es ihm gehe. *Gut*, antwortete er. Wir sind in denselben Zug gestiegen. Ich habe mich auf meinen üblichen Platz gesetzt, er ist aufs obere Deck gegangen, da gibt es Steckdosen, und er musste sein Handy aufladen. Eine Viertelstunde später, zwischen Appiano und Valle Aurelia, ist er die Treppe runtergekommen und hat mir ein Zeichen gemacht. Ich bin zu ihm hin. Er fragte mich, wie er nach Tiburtina komme. Mir war nicht klar, ob er zum Bahnhof musste oder nur in die Gegend. Dann haben wir uns verabschiedet, uns ein schönes Wochenende gewünscht und uns nicht mehr gesehen.

EDOARDO PETRONI

»Luchetto«, so lautete sein Spitzname. Unsere erste Begegnung war ein bisschen ungewöhnlich. Ich saß in einem Linienbus, irgendwann waren da nur noch er und ich. Er und ich allein im Bus, meine ich. Wir fingen an zu quatschen. Wir haben über Freundinnen und andere Sachen geredet. Er war nett, normal, umgänglich, es war schön, mit ihm zu reden. Danach habe ich ihn eine Weile nicht mehr gesehen. Ich traf ihn wieder, als ich anfing, mit einer Gruppe in der Gegend um die U-Bahn-Station Battistini abzuhängen.

So wie ich ihn kannte, war Luca ein Junge mit schwachem Charakter. Er steckte sein weniges Geld in Spielautomaten, nur weil die Leute um ihn herum ihn dazu brachten. Sie sagten zu ihm, er solle zocken. Oder vielleicht sah er sie einfach zocken, und das hat gereicht.

Seit diesem Sommer habe ich mit der Gruppe nichts mehr zu tun, zum einen ist es von mir zu Hause ziemlich weit bis dahin, ich wohne in Casal del Marmo, zum anderen hatten Luca und ich irgendwann eine Auseinandersetzung. Ich habe mich nämlich an Marta Gaia rangemacht. Seitdem habe ich ihn nicht mehr gesehen.

Von seinem Tod habe ich auf Facebook gelesen, dann habe ich die Zeitungen gesehen, und ich kann mit absoluter Sicherheit sagen, dass die beiden Tatverdächtigen nicht zu unserer Clique gehörten.

MARTA GAIA SEBASTIANI

Alle fragten mich, *Woher willst du denn wissen, dass du ihn für immer lieben wirst?* Ich sagte einfach, *Ich weiß es und basta.* Die Antwort reichte ihnen nicht, also fing ich an, geduldig sämtliche Gründe aufzuzählen, weshalb ich mir sicher war, dass es außer Luca nie einen anderen geben würde, aber das reichte immer noch nicht, die Leute zogen mich auf, lachten mich aus und sagten: *Du machst eh mit ihm Schluss, weißt du, wie vielen du im Leben noch begegnen wirst?*

Es stimmt, ich bin so einigen begegnet, habe mit vielen geredet, mit fast allen gelacht, aber nur er hat mich sprachlos gemacht, einfach weil er mich nur ansehen musste, um mich vollkommen zu durchschauen, und es ist nicht leicht, sich ohne Worte zu verständigen; wenn man das mit einem Menschen schafft, dann heißt das, dass einen etwas Großes verbindet.

Also, ich will damit sagen, wenn ihr nie jemanden so sehr geliebt habt, dann beleidigt wenigstens nicht die Gefühle eines Menschen, der Verstand, Zeit, Herz und Seele einem anderen gewidmet hat. Ich bin eine Träumerin, ich glaube, alle Menschen tragen etwas Gutes in sich, ich lebe in der Hoffnung, dass sich die Dinge eines Tages zum Positiven wenden werden. Niemand kann mich davon abbringen, dass Luca der Einzige gewesen wäre.

(aus einem Facebook-Post vom 10. April 2016)

ALICE PEPE

Ich habe Luca Anfang November kennengelernt. Das weiß ich noch, weil ich in der Zeit, genauer gesagt am 17. November, anfing, mit Filippo Mancini zu gehen. Ich wohne an der Muratella, bin siebzehn Jahre alt, Luca Varani traf ich an der Battistini, in einer Bar unweit einer Schule, oder wir sahen uns im McDonald's an der Cornelia. Er arbeitete in einer Autowerkstatt in Valle Aurelia, gegen 18 Uhr hatte er Schluss, danach trafen wir uns. Von seiner Arbeit erzählte er nicht viel, aber er klagte über die Bezahlung, er wollte seine Freundin zum Essen ausführen, ihr Geschenke machen, aber die Kohle war nun mal knapp und er schaffte es nicht, was beiseitezulegen.

In der Zeit ging es ihm schlecht wegen Marta Gaia. Sie hatten vorübergehend Schluss gemacht, genau an dem Tag, an dem wir uns kennenlernten. Ich weiß nicht genau, was passiert war.

Er war ein Sonnyboy, sympathisch, wenn wir uns trafen, sagte er, es gehe ihm gut, weil ich ihm das Lächeln zurückbrachte. Er trug keine auffallenden Klamotten. Im Gegenteil, seit er nicht mehr mit Marta Gaia zusammen war, ließ er sich sogar ein bisschen gehen. Dann, als sie wieder zusammenkamen, im Januar, glaube ich, ging es ihm sehr viel besser. Von da an hat er sich natürlich seltener bei der Gruppe blicken lassen. Sie war eifersüchtig.

Bei uns von der Battistini-Clique fühlte er sich wohl. Vor allem mit Filippo Mancini verstand er sich gut. Sie kannten sich seit einer Ewigkeit. Ich habe Filippo kennengelernt, als er in einer Pizzeria in Casalotti arbeitete, später hat er gekündigt und sich keinen neuen Job gesucht.

Das letzte Mal, dass ich Luca gesehen habe, war nach meinem Geburtstag. Da war mit Filippo schon Schluss. Luca war an der U-Bahn-Station Cornelia. Er war allein. Vielleicht wartete er auf Marta Gaia.

MARTA GAIA SEBASTIANI

Guten Tag, alle miteinander!!!!!

Heute Abend läuft bei *Chi l'ha visto* auf RAI3 mein Interview. Ich weiß nicht genau, um welche Uhrzeit (höchstwahrscheinlich fängt die Sendung damit an), aber soweit ich verstanden habe, wird an mehreren Stellen von Luca die Rede sein, um ihm eine Stimme zu geben und ihn durch meinen Blick und meine Worte wieder aufleben zu lassen. Ein herzliches Dankeschön an das ganze Team und an alle, die die Sendung heute Abend gucken.

(Facebook-Post vom 13. April 2016)

»Luca ist der Mensch, mit dem ich mein Leben verbringen wollte«, sagte Marta Gaia in die Kamera, »ich habe mich nie in jemand anderen verliebt. Ich sagte ihm: *Schöner als die Sterne sind nur deine Augen*. Ich musste ihn nur ansehen und war glücklich. Ich weiß, dass er ein ganz normaler Mensch war, aber für mich war er alles.«

»Was waren eure Pläne?«, fragte der Interviewer.

»Er wollte mich heiraten. Er sagte es mir jeden Tag: *Komm schon, lass uns heiraten, meinetwegen auch heimlich!*«

»Wie lange wart ihr zusammen?«

»Neun Jahre. Luca hielt nicht viel vom Lernen«, ein Lächeln huscht über die Lippen des Mädchens, »aber irgendwann hatte er beschlossen, zur Abendschule zu gehen. Seine Eltern haben einen Süßwarenstand, Luca sagte, wenn er groß wäre, wolle er damit weitermachen. Er arbeitete gern in Kontakt mit Leuten.«

»War Luca so, wie Manuel Foffo und Marco Prato ihn darstellen?«, fragte der Journalist irgendwann.

An diesem Punkt schlug die Stimmung bei den Interviews für gewöhnlich um. »Nein, das ist nicht Luca«, sagte das

Mädchen mit sich verfinsternder Miene, »die reden von einem anderen Menschen. Das ist nicht mein Luca.«

»Aber wir wissen, dass Marco Prato seine Telefonnummer hatte.«

»Ich wusste das nicht.« Der Blick barst vor Schmerz.

»Was für ein Verhaltnis hatte Luca zu Geld?«

»Er liebte es, Geld zu verdienen, um es auszugeben, wie alle, denn wozu geht man sonst arbeiten …«, antwortete Marta ein wenig ratlos.

»Tatsächlich habe ich Ihnen diese Frage aus einem bestimmten Grund gestellt«, erklärte der Interviewer. »Am Morgen des 4. März soll Marco Prato Luca eine SMS geschickt haben, in der er auf eine Verdienstmöglichkeit anspielte. Es geht um hundertzwanzig Euro. Hätte Luca sich für hundertzwanzig Euro verkauft?«

»Nein. Niemals«, sagte das Mädchen, »er hätte sich für keine Summe der Welt verkauft. Auf gar keinen Fall.«

»Was also ist Ihrer Meinung nach – und diese Frage stellen sich viele – wirklich an jenem Morgen passiert? Wieso ist er zu diesen beiden Personen gegangen?«

»Ich weiß es wirklich nicht. Ich frage mich das jeden Tag und finde keine Antwort.«

VALERIA PROIETTI

Ich bin neunzehn Jahre alt, wohne unweit der Torresina, kenne Luca Varani seit rund einem Jahr. Ich weiß, dass er arbeitete. Ich weiß auch, dass er eine Freundin hatte. Ich kenne sie nicht. Aber ich kriegte mit, wenn Luca Marta Gaia anrief. Wenn sie miteinander telefonierten, log er sie oft an, er sagte, er sei in der Schule, dabei war er mit uns an der Battistini. Hin und wieder verschwand er für ein Stündchen, ging zu einem schwulen

Freund. Wir dachten, er ginge hin, um Sex zu haben, vielleicht für Geld. Ich glaube das, weil ich einmal ein paar Messages gelesen habe, in denen Luca schrieb, er müsse so was wie dreißig Euro abholen gehen. Ich habe diese Nachrichten aus den Augenwinkeln gesehen, ich habe die Nummer von dem gesehen, mit dem er sich textete, sie war auf seinem Handy unter »Schwuchtel« gespeichert. Allerdings ging er da nicht immer hin, zu diesem Typen.

»Damiano Parodi hat mich mit Luca Varani bekannt gemacht«, sagte Marco Prato zum Staatsanwalt, »Damiano kam zu meinen Events. Er ist wohlhabend, sehr wohlhabend. Homosexuell. Hin und wieder bestellt er sich bezahlten Sex, unter gewissen Umständen auch unter Zusatz von Kokain. Ich war dabei. Nicht beim bezahlten Sex, sondern bei ein paar dieser Partys. Das muss Oktober oder November gewesen sein. Da habe ich Luca zum ersten Mal gesehen. Wir trafen uns bei Damiano an der Piazza Ungheria. Luca kam ihn mehr oder weniger jede Woche besuchen. Damiano gab ihm Geld, auch ohne Sex. Sehen Sie«, fuhr er fort, »Damiano leidet an einer Zwangsstörung, ich glaube, er gab Luca das Geld aus Angst.«

DAMIANO PARODI

Ich bin Langzeitstudent an der LUISS, Fakultät für Jura. Ich bin immer noch an der Uni eingeschrieben, bin aber aufgrund einer Krankheit, wegen der ich sowohl in Mailand als auch in Rom in Behandlung bin, nie mit dem Studium fertig geworden. Ich wohne in Rom, meine Eltern leben in Lugano, ich bin dreißig Jahre alt, leide an einer Zwangsstörung.

Marco Prato habe ich in einer Nacht im vergangenen Oktober über meinen Freund Angelo Vecchio kennengelernt.

In der Nacht waren Angelo und ich ins Lanificio tanzen gegangen. Danach sind wir noch zu mir an die Piazza Ungheria. Seit ich mit meinem Freund Schluss gemacht habe, lebe ich dort allein. Marco Prato kam ziemlich spät, eingeladen von Angelo. Danach kam auch Luca Varani, wiederum eingeladen von Andrea. Dieser Andrea ist ein fünfundzwanzigjähriger Typ, mit dem ich Ende September bezahlten Sex hatte. Na ja, ein Stricher eben. Andrea hat mich unweit der Piazza dei Cinquecento aufgerissen. Also, Varani wurde praktisch von Andrea mitgebracht, und Prato von Angelo. So haben Prato und Varani sich kennengelernt.

Marco hatte Kokain dabei, wir haben getrunken und gesnifft, für mich war es das zweite oder dritte Mal. In kurzer Zeit hat sich die Wohnung mit Leuten gefüllt. Auch zwei Dragqueens tauchten auf. Die Situation fing an, ein wenig unübersichtlich zu werden. Marco stand schmollend auf dem Balkon, ein alter Freund von mir, Ivan Beretta, der auch gekommen war, war ziemlich entsetzt, um es gelinde auszudrücken. Irgendwann sagte Andrea vor allen, auch Luca würde sich prostituieren, und meinte noch, Luca hätte einen längeren als er, da hat Luca, um den praktischen Beweis zu liefern, die Hosen runtergelassen. Wir waren alle betrunken. Irgendwann gingen dann alle.

Marco habe ich einen Monat später wiedergesehen, er besuchte mich wieder an der Piazza Ungheria. Zu dem Anlass kauften wir Kokain für dreihundert Euro. Den Stoff bekam er von einem gewissen Armando, sozusagen der Dealer seines Vertrauens. Armando war um die vierzig, kurzes, hellbraunes Haar, höchstens eins siebzig groß. Wegen irgendeiner Behinderung kann er nicht Auto fahren, also verlangte er, dass wir ihm die Taxifahrten bezahlten, und das taten wir. Armando ist kein Italiener, er hat mir erzählt, er sei albanischer Journalist, der in seinem Land verfolgt werde. Marco hat ihn auf seinem Handy unter Trovajoli gespeichert. Armando Trovajoli.

Aber kommen wir zu unseren letzten Treffen. Ende Februar sind Marco und ich in die Disco im Qube gegangen. Am Ende des Abends sind wir zu mir, Marco rief den Dealer an, Armando kam mit dem Koks. Wir bestellten Alkohol, dann versuchten wir, über Grindr ein paar Jungs klarzumachen. Wir fanden keinen, der zu uns kommen wollte. Aber kurz darauf klingelte es an der Tür, ich machte auf und vor mir standen zwei Jungs, die ich noch nie gesehen hatte. Sie stellten sich als Freunde von Marco vor, beide hießen Alessandro, einer ließ sich Alexander nennen, weil er deutsche Wurzeln hatte, und der andere nannte sich »Alessandro, der Japaner«, weil er eindeutig asiatische Gesichtszüge hatte. Nachdem ich Marco gefragt hatte, ob er sie kenne – er kannte sie –, ließ ich sie rein. Wir haben Koks geschnupft, Alkohol getrunken. Mit Alexander hatte ich Oralsex, ich habe ihm einen geblasen. Dann sind Marco und Alexander in meinem Arbeitszimmer verschwunden, während ich mit dem »Japaner« plauderte. Wir haben über alles Mögliche geredet. Alessandro, der Japaner, ist hetero.

Als ich in mein Arbeitszimmer kam, bemerkte ich, dass Marco und Alexander einen Vorhang kaputtgemacht hatten. Bevor Alessandro, der Japaner ging, bat er mich, ihm eine Sonnenbrille zu leihen. Ich hing sehr an dieser Brille, das war die einzige, die ich ertragen konnte, ich weiß nicht, warum ich sie ihm am Ende geliehen habe. Am nächsten Tag habe ich versucht, sie wiederzubekommen, ich bat Marco, Alessandro, den Japaner, zu kontaktieren, ihn um dessen Nummer gebeten. Aber ohne Erfolg, Marco wollte sie mir nicht geben.

Vor ein paar Tagen habe ich bemerkt, dass zwei Ringe fehlen. Die Ringe bewahrte ich im Arbeitszimmer auf, wo Marco und Alexander sich eingeschlossen hatten. Der erste ist ein Goldring meiner Mutter, ein Erbstück meiner Großmutter, er ist zehntausend Euro wert. Der zweite Ring hat für mich einen großen sentimentalen Wert, er stammte aus der Zeit des alten

Rom, ist ebenfalls aus Gold, mit einem eingefassten Stein, ich habe ein Foto meines Großvaters, auf dem er ihn trägt. Diese beiden Ringe waren in einer Metallkassette unter dem Schreibtisch eingeschlossen. Ich bin mir sicher, die beiden haben sie geklaut, ich überlege, ob ich Anzeige wegen Diebstahls erstatten soll, abgesehen natürlich von dem, was sie mit der Geldkarte angestellt haben.

IVAN BERETTA

Als Damiano mir sagte, Marco Prato hätte ihn Drogen probieren lassen, habe ich mir Sorgen gemacht. Damiano ist ein sehr enger Freund von mir, wir waren bis zum Sommer 2015 zusammen. Er leidet an einer Zwangsstörung, nimmt Medikamente, soweit ich weiß, ist es gefährlich, sie mit Kokain zu mischen.

Ich wusste, dass Marco und Damiano sich angefreundet hatten, ich wusste von dem Koks, aber ich wollte kapieren, was da los ist, also bin ich an dem Samstagabend direkt zur Piazza Ungheria. Dort sah es aus, als hätte eine kleine Party stattgefunden, überall lagen Flaschen herum. Abgesehen von Damiano und Marco waren noch zwei Typen da, die ich nicht kannte, zwei blutjunge Kerle, einer mit ausländischen Wurzeln, glaube ich. Ich bat Damiano, sie wegzuschicken: Sie sahen schwer nach Gigolos aus. Dann nahm ich Marco Prato zur Seite und sagte ihm, er solle Damiano in Ruhe lassen, auch weil ich solche Leute in dieser Wohnung noch nie gesehen hatte.

Ich fürchte, Damiano ist da in eine Art psychologische Hörigkeit geraten. Ich habe auch gedacht, dass er vereinsamt ist, seit ich ihn verlassen habe. Und Marco hat das ausgenutzt.

FILIPPO MANCINI

Ich bin der Einzige, der weiß, wie es wirklich war.

Ich heiße Filippo, bin neunzehn Jahre alt, wohne in La Storta; ich kenne Luca seit ewigen Zeiten. Meine Freundschaft mit Luchetto ist enger geworden, als er mir eines Tages – ich stand wie üblich an der Bushalte – anbot, mich im Auto mitzunehmen. Er fuhr einen weißen Micra. Ich kam gerade aus Montespaccato zurück und war auf dem Weg zu meiner Clique. Seit dem Tag wurde Luca Teil unserer Freundesgruppe.

In der Clique redete Luca mit jedem, aber freundete sich vor allem mit mir an. Ich glaube, weil wir uns ähnlich sind. Wir sind beide total unkompliziert, vor allem nutzen wir keine Leute aus.

Im Laufe der Zeit hat Luca Sachen gemacht, die unsere Bindung festigten. Und ich revanchierte mich, weil es echte Freundschaft war. Zum Beispiel brachte er mich mit dem Auto zu meiner Freundin und wartete, bis ich zurückkam. Als ich bei der Autowerkstatt aufhören wollte, habe ich ihn dort empfohlen, und sie haben ihn genommen. Ich habe praktisch gekündigt, um ihm den Platz zu überlassen.

In der Zeit, als ich ihn kennenlernte, schlief er im Auto, weil er mit seinem Vater Zoff hatte, ich weiß nicht, warum.

Als ich für die Sendung *Chi l'ha visto?* interviewt wurde, habe ich denen gesagt, dass Luca nicht anschaffen ging, das habe ich aus Respekt ihm gegenüber getan. Er hatte für Geld angefangen. Er sagte: *Ey, kleiner Bruder ... kein Wort zu niemandem.* Bei Luca konnte man auch zehntausend Euro auf dem Tisch liegenlassen, er hätte sie nie eingesteckt, das hätte er niemals getan, so was machte er nicht, aber mit dieser anderen Sache hatte er leider angefangen, vielleicht erschien sie ihm »ehrlicher«, schließlich brauchte er Geld.

Ich habe es vor rund einem Jahr gemerkt. Im Frühjahr 2015. Luca ging zu einem nach Hause, in Selva Nera, in die Neubauten. Ich weiß nicht, wer der Typ ist. Einer, der älter ist als wir, ich glaube, der war fünfunddreißig. Luca ging da hin, und ich begleitete ihn. Ich wartete eine Stunde unten vor dem Haus, und er kam jedes Mal mit hundert Euro wieder. Die ersten Male behauptete er vage, der Typ schulde ihm Geld, aber das zog auf Dauer nicht. Also habe ich beim dritten Mal gesagt, er soll mir verraten, was er wirklich in Selva Nera machte. Was los war, lag ja eigentlich auf der Hand, aber ich wollte es von ihm hören. Da hat Luca es mir gesagt. Ich bin sicher, dass Marta Gaia nichts von der Sache wusste.

Mit dem aus Selva Nera hat sich Luca irgendwann gezofft, ich glaube, es ging um Geld.

Dann sind Marco Prato und Damiano Parodi aufgetaucht, und ab da ging sozusagen eine andere Phase los.

»Darf ich Ihnen eine Frage stellen?«, fragte Flaminia Bolzan Marco Prato.

Flaminia Bolzan, neunundzwanzig, war die Kriminologin, die Doktor Scavo zur Beraterin der Staatsanwaltschaft ernannt hatte.

»Sicher«, sagte Marco.

»Was hielten sie von Luca Varani?«

»Inwiefern?«

»Auf menschlicher Ebene«, sagte Bolzan.

»Ich kannte ihn nicht gut genug«, sagte Marco, »aber als wir mal bei Damiano zu Hause quatschten und Drogen nahmen, fing er an, ganz unbefangen von seinem Doppelleben zu erzählen. Das verstörte mich, es verletzte mich, weil ich an seine Freundin dachte.«

»Erinnern Sie sich, ihn jemals *einen unterbelichteten Stricher* genannt zu haben?«

Der Satz (»ich bin schließlich kein unterbelichteter Stricher«) war von Marco in einem WhatsApp-Austausch mit

Damiano Parodi verwendet worden. Laut Parodi meinte Marco damit Luca.

»*Einen unterbelichteten Stricher.* O Gott … keine Ahnung«, sagte Marco, »das klingt mir ein bisschen zu ätzend für meine …«

»Wir wollen damit sagen«, schaltete sich Dottor Scavo ein, »dass Sie keine besonders hohe Meinung von Luca Varani hatten.«

»In welcher Hinsicht, Dottor Scavo?«, sagte Marco. »Auf intellektueller Ebene bestimmt nicht, da hielt ich nicht besonders viel von ihm. Aber Luca hatte ein sonniges Gemüt, war einer, der immer lachte, das werde ich nie vergessen. Einmal ging ich auf eine Kostümparty von einem Freund von mir, eine ganz besondere Party mit wichtigen Leuten, denn dieser Freund von mir ist ein bedeutender Anwalt. Ich hatte mich als Fernseh-Showgirl verkleidet, mich professionell schminken lassen und mir sogar Brustprothesen besorgt … Nach der Party kontaktierte ich Luca, wir trafen uns. Kaum sah er mich, fing er an, mich mit Komplimenten zu überschütten, er sagte, ich sei *bezaubernd.* Das hat mir total gefallen, deshalb kommt es mir seltsam vor, dass ich ihn später schlechtgemacht haben soll. Kann schon sein, dass ich aus der intellektuellen Perspektive keine großen Stücke auf ihn hielt, aber ich würde da die menschliche von der intellektuellen Ebene trennen.«

»Sie hielten ihn nicht für jemanden, der alles getan hätte, was Sie von ihm verlangten?«, fragte Scavo. »Er war für Sie kein schwaches Subjekt, das eingewilligt hätte …«

»Ganz und gar nicht«, unterbrach Marco ihn, »im Gegenteil. Ein Junge, der am Stadtrand aufwächst, der dealt, der anschaffen geht, na … vor so einem Subjekt sollte ein Mensch wie ich sich *fürchten,* statt ihn als schwach zu empfinden. Jemand wie ich könnte erwarten, dass so einer bewaffnet ist oder immerhin gewalttätig. Jedenfalls dachte ich, dass Luca für Geld alles gemacht hätte. Ich wusste über seine finanzielle Situation

Bescheid. Ich wusste, dass er Probleme zu Hause hatte. Luca vertraute sich mir an.«

FILIPPO MANCINI

Einmal, an einem Donnerstag- oder Freitagabend, habe ich ihn zur Piazza Ungheria begleitet, aber vorher sind wir einen Typen abholen gegangen, der Andrea hieß. Der wartete auf den Bänken an der U-Bahn auf uns. Ich weiß nicht, wie Luca ihn kennengelernt hat. Ich glaube, er ist Tunesier.

An dem Abend war ich mit einem Mädchen namens Giorgia unterwegs, eine aus Mailand, die in Rom Ferien machte. Ich habe sie danach nicht mehr wiedergesehen und es nicht mal geschafft, sie nach ihrer Telefonnummer zu fragen. Ich war am Steuer, sie saß neben mir, Andrea und Luca setzten sich nach hinten. Andrea fragte mich, ob ich ihn zur Piazza Ungheria bringen könnte, er müsse dort Geld abholen, dann bat er mich, ihm mein Handy zu leihen. Ich gab es ihm. Ich hörte, dass er sagte: *Kannst du mir Damiano geben?*

Als wir zur Piazza Ungheria kamen, ist Luca ganz unerwartet mit Andrea aus dem Auto gestiegen und hat mich gebeten, ihn dort gegen Mitternacht wieder abzuholen.

So *unerwartet* war das eigentlich nicht. Während der Fahrt haben Luca und Andrea geflüstert. Aber ich habe sie gehört. Ich habe ganz deutlich das Wort »blasen« gehört.

Nach Mitternacht versuchte Luca, mich anzurufen. Drei, vier, fünf Anrufe. Zuerst habe ich es nicht gehört, weil ich auf einer Party am anderen Ende der Stadt gelandet war, zusammen mit dem Mädchen aus Mailand. Dann habe ich die Anrufe gesehen.

Ich bin zurück zur Piazza Ungheria, das muss so gegen halb zwei gewesen sein. Ich bin ausgestiegen, habe mich umgesehen, bin zur Klingel und habe auf denselben Knopf gedrückt, auf den ich vorher Andrea hatte drücken sehen. Ich rechnete mit einer unbekannten Stimme. Aber es war Luca. Ich sagte: *Komm schon, Bro, ist spät.* Seine Stimme klang ein bisschen komisch, als er antwortete: *Ciao, Bro … hör mal, ich bleibe hier, aber ich komm kurz runter und bring dir das Geld.* Er meinte das Benzingeld. Ich antwortete: *He, Bro, heißt das, du bleibst da? Wenn dein Alter dich erwischt, gibt's Dresche.* Es war spät, und sein Vater war sehr streng. Außerdem war es wichtig, dass Luca mitkam, weil ich keinen Führerschein hatte. Ich sagte ihm die Sache mit dem Führerschein, noch immer über die Gegensprechanlage, und er meinte, ich könnte doch das Mädchen aus Mailand fahren lassen. Ja, klar. Nur war das Mädchen aus Mailand leider schon weg. Ich bat Luca, mich raufzulassen, inzwischen wollte ich wissen, was da abging. Er antwortete: *Nein, nein, ich komme kurz runter, du kannst nicht raufkommen.*

Aber statt Luca kam Marco Prato runter. Er musterte mich. Ich musterte ihn ebenfalls. Er hielt mir zwanzig Euro hin und meinte: *Die schickt dir Luca.* Ich fragte, warum Luca nicht runtergekommen sei. *Weil Luca zu tun hat und nicht runterkommen will,* hat er geantwortet. Allmählich dämmerte mir, was los war, also gab ich ihm zu verstehen, dass ich auch »offen« sei, ich meine für Drogen. Vor allem wollte ich sehen, was da oben abging. Marco Prato meinte: *Warte.* Er ist im Haus verschwunden und mit einem Tütchen Kokain zurückgekommen. Das müssen so fünf Gramm gewesen sein. Er schlug vor, ein bisschen was zu ziehen, ich sagte *ok*, er hat eine Line auf seinem Handy zurechtgeschoben, die haben wir uns reingepfiffen, und erst da hat er mich nach oben gebeten. *Komm*, meinte er, *ich habe schon mit Luca geredet und kapiert, dass wir dir trauen können.*

Und so sind wir nach oben. Ein Typ um die fünfunddreißig hat uns aufgemacht. Er war der Hausherr. Damiano. Schon die

Stimme verriet, dass er schwul war. Da habe ich die Stimmen von Andrea und Luca gehört. Sie waren kaum zu überhören, denn sie stritten. Brüllten sich an. Sie sind an mir vorbei schreiend aus der Wohnung gestürmt. Ich lief hinter ihnen her die Treppe runter, Andrea war stinkwütend, er sagte, Luca hätte mehr gekriegt, sie hätten ihm hundert gegeben und ihm nur vierzig, dabei hatte er ihnen den Freier besorgt. Luca hat versucht, ihm zwanzig Euro zu geben, Andrea hat den Schein geschnappt und vor seiner Nase zerrissen, er hat zu Luca gesagt, er solle so was nie wieder machen, hat auf dem Absatz kehrtgemacht und ist verschwunden.

Eigentlich hätten wir auch endlich gehen sollen. Stattdessen sind wir wieder hoch, um Lucas Zeug zu holen, Jacke und Rucksack.

Aber kaum waren wir wieder in der Wohnung, hat Marco uns in ein Zimmer gebracht, wo ganz viele Bücher standen, ein Sofa und ein Tischchen. Ein Arbeitszimmer. Marco hat das Koks rausgeholt und angefangen, vier Lines vorzubereiten. Jemand hat Wodka in Gläser gegossen. Ich habe fast noch nie welchen probiert, weil ich Wodka widerlich finde. Wir haben angefangen zu sniffen. So ging es eine Weile. Jedes Mal machte Marco drei fette Lines für uns und eine ganz kleine für Damiano zurecht, ich glaube, Damiano hatte von diesen Sachen keinen Schimmer. Marco nutzte die Situation aus. Mehr als einmal ist er an dem Abend los, um mit Damianos Karte Geld abzuheben.

Mich hat Damiano nicht angemacht. Er fragte, ob ich bi sei, ich antwortete, ich hätte eine Freundin, und das genügte. Aber nach der zweiten Nase fing Marco an, mich zu provozieren. Er sagte: *Glaubst du, du kannst hier gratis sniffen? Du musst dir wenigstens einen runterholen lassen, wir Schwule machen das besser als die Frauen …* Ich war kurz davor, ihm eine zu verpassen. Auf solche Spielchen falle ich nicht rein. Ich habe Marco klargemacht, wenn er nur in meine Nähe käme, gäbe es Ärger. Er hat mich nicht mal berührt.

Dafür hat sich Marco an Luca rangemacht, und Luca hat sich die Hosen runtergezogen, auch die Unterhosen, und stand einfach so da, mit dem Schwanz draußen. Da bin ich durchgedreht, ich fand die Szene widerlich, ich schrie, sie sollten diese Sachen gefälligst woanders abziehen, aber dann war ich derjenige, der das Zimmer verließ. Ich stand eine Zeitlang tatenlos im Flur herum. Nach einer Weile habe ich versucht zu klopfen, keine Reaktion. Ich habe die Tür aufgemacht, die Situation da drin war immer noch die gleiche.

Da bin ich ins Wohnzimmer, habe den Fernseher angemacht und mich aufs Sofa gehauen. Damiano hatte sich ins Schlafzimmer verzogen. Marco und Luca waren noch immer im Arbeitszimmer.

Wir sind dann weg, als Damianos Ex auftauchte. Luca und ich haben uns verabschiedet, sind runter, rein ins Auto und weg.

Von den hundert Euro, die Luca in der Nacht verdient hatte, hatte Andrea ihm zwanzig aus der Hand gerissen, für zehn haben wir uns Zigaretten gekauft, die zwanzig, die er mir fürs Benzin gegeben hat, sind an Spielautomaten draufgegangen, also ist ihm nur ein Fünfziger geblieben.

Wir haben nie mehr über den Abend gesprochen, weil ich diese Sachen widerlich finde.

Mein Journalistenfreund bestellte einen zweiten Kaffee. Ich saß ihm gegenüber und blätterte weiter durch das Gutachten der Kriminologin der Staatsanwaltschaft, Flaminia Bolzan.

Das Schriftstück hob hervor, dass der Mord keinen praktischen Zweck verfolgte und – vom Tatort abgesehen, einem wohlgewählten, privaten, vertraulichen, für Außenstehende unzugänglichen Ort – auf chaotische Weise sowie mit einem beeindruckenden Maß an Grausamkeit und Brutalität begangen worden war.

Bezüglich Marco Prato sprach das Gutachten von »psychologischem Rückzug«. Ein mentaler Zustand, der dazu führte, dass man sich einer als unerträglich empfundenen Wirklichkeit entfremdete (in Marcos Fall lasse sich diese Unerträglichkeit, so der Bericht, womöglich auf die schwache oder nicht vorhandene Wahrnehmung eines männlichen Selbst zurückführen, ausgelöst vielleicht durch Kindheitsprobleme oder die Beziehung zu den Eltern). Es handelte sich folglich um einen »Rückzug« in eine ekstatische Dimension, der die Perversion als möglicher Zugang diente.

Bei Manuel Foffo ging man von narzisstischen und paranoiden Zügen aus, zurückzuführen auf dauerhaft empfundene Frustration: Die Verletzungen durch familiäre Zurückweisungen, ob eingebildet oder nicht, konnten in ihm einen Größenwahn ausgelöst haben, der immer wieder am Realitätsprinzip zerschellte.

Ich ging zu dem Teil über Luca Varani über.

»Varani hatte weder einen höheren Schulabschluss noch die nötigen Kompetenzen, um eine besser bezahlte Beschäftigung als die in der Autowerkstatt zu finden«, schrieb die Kriminologin. »Womöglich verfügte er auch nicht über die relationalen Kompetenzen, um mit einem anderen Umfeld als dem seiner Herkunft zu verkehren, und auch über keine anderen Zugangsmöglichkeiten denn über die als *Stricher.*« Ausgehend von der festen Überzeugung, dass kein Opfer es verdient, eines zu sein (»er hat es darauf angelegt« ist immer Schwachsinn), lief Luca Varani laut der Kriminologin Gefahr, eine Art ideales Opfer für Prato und Foffo zu werden. Wegen seiner sozialen Herkunft, der finanziellen Unterlegenheit, der Lebensgewohnheiten, der Wesensart, der physischen Konstitution, der fehlenden Kompetenzen und Schulabschlüsse und nicht zuletzt wegen der Art, wie er sich Marco gegenüber verhielt, wenn er versuchte, ihn um Geld anzuschnorren – wie »ein Bittsteller vor seinem Vorgesetzten«, merkte der Bericht an –, war die Wahrscheinlichkeit, in die Falle zu tappen, im Vergleich zu den anderen, die vor ihm die Wohnung betreten hatten, bei Luca am größten.

Die auf Marco Pratos Handy gesicherten WhatsApp-Chats schienen diese Dynamik zu bestätigen. (»Kannst du heute Abend mit Andrea zur Piazza Ungheria kommen?«, fragte Marco Luca in einem Austausch. »Eher nicht«, antwortete Luca. Und Marco: »Warum? Ich bezahle euch!« Und Luca: »Um wie viel Uhr?« In einem anderen Chat war es abermals Marco, der Luca anschrieb: »Wie geht's? Was treibst du?« Luca antwortete: »Werde gerade wach, bin ganz Ohr.« Und Marco: »Bin bei Damiano, ordentlich sniffen und bechern. Wenn du nichts vorhast, komm vorbei.« Luca antwortete: »Nein danke, so was interessiert mich nicht mehr. Ich brauche nur Geld. Trotzdem danke Marco und trotzdem danke Damiano.« Aber wenige Minuten später schrieb Luca noch einmal: »Ich brauche 50 Euro: Wenn das heute Abend drin ist, kann ich vorbeikommen. Oder weißt du was: Ich komme einfach.« Ein anderes Mal textete Luca Marco an: »Guten Abend, mein Lieber, kannst du mir helfen? Kann 1 g Schnee bieten. Grad Bedarf?« Marco antwortete: »Nein, Luke, kein Bedarf.« Und Luca: »Scheiße, ich brauch 50 Euro für'n Arzttermin.« Marco würgte die Sache lapidar ab: »Luche, ich hab kein Geld zu verschenken.«)

Als ich zu der WhatsApp-Nachricht kam, die Luca an Heiligabend an Marco schreiben zu müssen geglaubt hatte (»Allerschönste Weihnachten dir und der Familie«), verschleierte sich mir der Blick.

»Hallo? Bist du noch da?«, frage mein Journalistenfreund ungeduldig.

Tatsächlich empfand ich Wut, ich hatte den Eindruck, in Luca tobe ein Kampf, aus dem er regelmäßig geschlagen hervorging. Er hätte gern darauf verzichtet, Marco zu treffen, aber dann gab er doch nach. Marco wiederum hatte einen sechsten Sinn für die Zögerlichkeiten und Schwächen der anderen entwickelt, er wusste genau, wann er angreifen oder abwarten musste. Aber auch das war nicht der Punkt – dachte ich, während mein Journalistenfreund mich ratlos ansah –, der eigentliche Grund für meine Frustration war der Mechanismus, dem wir alle zu erliegen drohten. Ein Mord wirft sein Licht auf das Opfer und den Täter, und es ist immer ein eingeschränktes, perverses Licht, der Mord ist das Böse, und das Böse ist der Erzähler der Geschichte. Der Mord zieht das Licht auf sich selbst, um den Rest im Dunkeln zu lassen und Opfer und Täter in der Einzigartigkeit des Geschehens miteinander verschmelzen zu lassen. Indem es uns die Täter als Monster zeigt, hindert es uns daran, ihnen emotional näherzukommen; indem es das Opfer auf die Außerordentlichkeit seines Schicksals reduziert, enthält es ihm unsere Empathie vor. Drogenhandel oder Prostitution waren Tätigkeiten, die mit den Gewohnheiten normaler Menschen nichts zu tun hatten, es fiel schwer, sich darüber mit Luca zu identifizieren. Doch außerhalb dieses trügerischen Lichtkegels lag der ganze Rest: Luca, der in der Kfz-Werkstatt arbeitete, Luca, der sich zu Hause einen Teller Nudeln warm machte, Luca, der mit Marta Gaia stritt, Luca, der mit seinen früheren Lehrern zu tun hatte. Und trotzdem, selbst das, dachte ich – die richtigen Karten aus dem Stapel zu ziehen, sich auf die Suche nach den ganz normalen Momenten in Lucas Leben zu machen, um einen Wiedererkennungseffekt zu erzielen –, war verletzend, weil es das Opfer in einen aberwitzigen Kontext schleuderte. Das unschuldige Opfer hat keine Beweise nötig, sein Körper ist heilig. Wenn der Erzähler, das heißt, die Geschichte des Mordfalls, darauf abzielt, unseren Blick zu verzerren (uns einerseits dazu zu bringen, keine Liebe für das Opfer zu empfinden, und uns andererseits vorzumachen, dass das, was wir im Täter verachten, nichts mit uns zu tun hat), dann müsste der Dreh, um sich aus dieser Falle zu befreien, ein doppelter sein. Man müsste das Opfer lieben, ohne irgendetwas von ihm zu wissen. Man müsste sehr viel über den Täter wissen, um zu begreifen, dass die Entfernung, die uns von ihm trennt, kleiner ist, als wir glauben. Den zweiten Dreh lernt man, er wird einem beigebracht. Der erste ist sehr viel geheimnisvoller.

»Erklärst du mir mal, was zum Henker du an dem Fall so wahnsinnig interessant findest?«, fragte der Journalist noch einmal, nachdem er seinen Kaffee ausgetrunken hatte.

DAMIANO PARODI

Mehr als einmal hat Luca mir anvertraut, dass Marco ihm unsympathisch war. Er war ein gut erzogener, aufgeweckter, sehr freundlicher und bescheidener Junge. Ich glaube, er prostituierte sich, weil er Geld brauchte, bestimmt nicht, weil er es gern tat. Mehr als einmal hat er mich um Geld angepumpt. Mehr als einmal bin ich seiner Bitte nachgekommen, gab ihm zwischen zwanzig und dreißig Euro. Manchmal bat er mich direkt um hundertfünfzig Euro und schraubte die Summe dann runter. Er ließ durchblicken, dass er sich sexuell revanchieren würde. Häufig sagte er, er brauche das Geld, um seine Freundin zum Abendessen auszuführen. Ich fand ihn echt rührend, er war mir fast ans Herz gewachsen, obwohl ich ihn nur wenige Male getroffen hatte. Er sagte, er hänge sehr an dem Mädchen, ich glaube, sie waren zusammen, seit sie klein waren.

Wenn Marco sagt, ich hätte ihm aus Angst Geld geliehen, ist das Quatsch. Ich hatte nie Angst vor Luca Varani.

Ja, das stimmt schon, er dealte wohl. Schon bei unseren ersten Begegnungen sagte er, wenn ich besseres Koks wolle als das, was Trovajoli besorgte, solle ich ihn fragen. Er würde sein Zeug von irgendeinem Typen beziehen, der in dem Milieu arbeitete. Wer weiß, ob das stimmte. Ich habe mich nie an ihn gewandt, um Koks zu besorgen.

Hin und wieder wurde Luca von diesem Filippo begleitet.

Auch Filippo bot sich an, mir Drogen zu verkaufen, ich habe immer abgelehnt.

Ich habe Luca eine Rolex geschenkt. Eine falsche Rolex von meinem Vater. Er hatte ein Auge darauf geworfen, also habe ich sie ihm gegeben. *Los, nimm schon*, sagte ich. Natürlich habe ich ihm gesagt, dass die fake ist. Er zuckte nicht mit der Wimper. *Ich glaube, damit kann ich ein bisschen Geld machen*, sagte er.

»*Leute, ich mache alles, aber ich bin der Aktive*. In dem Punkt war er immer klar«, sagte Marco Prato zu Dottor Scavo, »er konnte mich penetrieren, ich konnte ihm eine Fellatio machen, ich konnte ihn von Kopf bis Fuß ablecken, er konnte auf mich draufpinkeln, er konnte alles Mögliche mit mir anstellen – beim Sex sind die Variationen unendlich –, aber er hätte ihn nie in den Mund genommen und hätte sich niemals für Analverkehr hergegeben. Darin war er kategorisch. Ich glaube, auf diese Weise zog er die Linie zwischen seinem normalen und seinem heimlichen Leben und bewahrte sich in seinen Augen seine Heterosexualität. Solange die Grenze zwischen *aktiv* und *passiv* nicht überschritten wurde, konnte Luca auch weiterhin als Heterosexueller mit seiner Freundin zusammen sein.«

FILIPPO MANCINI

Das nächste Mal war ein paar Tage später. Luca und ich waren zusammen in der Werkstatt, als der Anruf kam. Er bat mich, ihn nach Prati zu bringen. Er müsse da zu jemandem hin. Wir sind aus der Werkstatt und haben uns ins Auto gesetzt. Als wir bei der Wohnung ankamen, ist Luca ausgestiegen und hat mich gebeten, auf ihn zu warten. Ich wartete über eine halbe Stunde. Dann rief ich ihn an. Er ging nicht ran. Ich wurde nervös. Wir mussten zurück in die Werkstatt. Nach weiteren Versuchen ging er endlich ran, er sagte: *Fahr, fahr ruhig, die bringen mich zurück.*

In den folgenden Monaten sahen wir uns selten, Luca war wieder mit Marta Gaia zusammen, sie war rasend eifersüchtig, also ließ er sich bei der Clique seltener blicken. Aber ich glaube, Damiano hat ihm weiter Geld gegeben. Luca sagte mir, manchmal, wenn Damiano nicht zu Hause sei, lege er ihm das Geld direkt unter die Fußmatte.

Einen Großteil davon hat Luca dann an Spielautomaten verjubelt.

Ich bin ziemlich sicher, ihn das letzte Mal im Joker gesehen zu haben, das ist eine Spielhalle. Ich weiß das noch, weil ich an dem Tag fast siebenhundert Euro verloren habe. Luca spielte allein. Bevor er ging, hat er mir dreißig Euro fürs Taxi gegeben. Die habe ich auch an den Automaten verspielt.

Am Samstag darauf rief mich sein Vater an. Er sagte, Luca sei nicht nach Hause gekommen, sie könnten ihn seit zwei Tagen nicht erreichen. Also schrieb ich ihm: *Hey, Bro, scheiße, wo steckst du? Dein Vater hat mich angerufen, er sagt, du bist nicht nach Hause gekommen, also ruf mal zurück.*

Ich habe die Messages nicht mehr, die ich mir mit Luca schrieb. Ich habe die Telefonkarte weggeschmissen, weil ich beschlossen habe, mit den alten Bekanntschaften Schluss zu machen. Ich habe mein Leben geändert. Die Stadt gewechselt. Seit zwei Wochen arbeite ich in einem Einkaufszentrum in Verona.

LEONARDO MAGGIO

Und so kam der 31. Dezember. Marco und Manuel lernten sich kennen. An dem Abend aßen meine Freundin Lorenza und ich bei einem Freund meines Bruders zu Abend. Andere Freunde wollten mit Manuel im Bottarolo essen gehen. Nach dem Abendessen sind wir alle zu der Silvesterparty, die Marco Prato im Quirinetta organisiert hatte. Dort trafen sozusagen die beiden Linien der Geschichte aufeinander.

»Es war so«, sagte Manuel Foffo, »Marco habe ich am Morgen des 1. Januar kennengelernt. Nachdem ich den Abend mit meinen Freunden verbracht hatte, beschloss ich mit ein paar von denen, zu mir nach Hause zu gehen. Dort tauchte Marco Prato auf, ich hatte ihn noch nie gesehen, er war ein Freund von Lorenza, wir fingen an zu plaudern, haben über dies und jenes geredet, ein bisschen Koks gezogen. Weil ich nichts Hochprozentiges dahatte, schlug Prato irgendwann vor: *Wer kommt mit, ein bisschen Wodka kaufen?* Weil ich die Gegend kannte, bot ich mich an, ihn zu begleiten. Wir sind runter, haben Wodka geholt. Auf dem Rückweg sagte Marco Prato: *Hör mal, was hältst du davon, wenn ich noch ein bisschen was besorge?* Er meinte Koks. *Ich besorge noch ein bisschen was, kann ich dann bei dir bleiben?* Ich hatte noch immer nichts kapiert.«

»Sie hatten keine Ahnung …«, sagte Dottor Scavo.

»Dass er mich anmachte? Das hatte ich nicht kapiert.«

»Und wie hat er Sie angemacht? Hat er Sie angefasst? Oder hat er es nur mit Worten versucht?«

»Nein, ach was, von wegen mit Worten … Marco ist ganz nah an mich ran, hat angefangen, mich zu betatschen. Und ich … na ja … obwohl ich noch nie im Leben schwule Fantasien hatte, obwohl ich die Sache im Grunde auch ein bisschen widerlich fand … tja, ich habe trotzdem einen Steifen gekriegt.«

Pausenlos fuhren Züge in Termini ein. Die frisch in der Stadt eingetroffenen Reisenden stürzten sich auf die wenigen Taxis an der Piazza dei Cinquecento. Träges Rauschen stieg von der Straße auf. Vom Fenster aus betrachtete der holländische Tourist den Sonnenuntergang. Die Fernsehantennen. Zwei dramatische Wolken über dem alten Wasserturm. Die Penner zwischen den Marmorpfeilern. Die Chinesen in ihren Läden. Schreie der Empörung. Schreie der Lust. Die Fernsehantennen färbten sich rot, flammten auf und verloschen wieder zu gewöhnlichem Grau. Die Sonne war verschwunden.

Der holländische Tourist öffnete das Fenster, der Abendwind streichelte ihm das Gesicht. Eine Stadt, in der bereits alles geschehen ist. Nach einer Woche in Rom würde selbst der Präsident der Vereinigten Staaten zu einem stinknormalen Arschloch. Wer Illusionen braucht, der sollte langes Verweilen in der Stadt vermeiden. In Rom betrachten sich die Mächtigen im Spiegel und sehen einen Totenschädel, die Gewissheit, dass wir alle zur Finsternis verdammt sind. Dass auf Augustus Tiberius folgt. Dass jeder Mensch seinen Preis hat. Dass das Fleisch schwach ist. Dass an der Kreuzung von Porta Maggiore und Viale Manzoni ein Fensterputzer mit nur einem Arm arbeitet.

Die Frau ein Stockwerk tiefer stöhnte noch immer. Sie hörte auf, Theater zu spielen, und brach in anhaltendes Gelächter aus.

Ein Bankett von Innereien und verwässertem Wein. Ewig andauernde Erinnerungslücke.

Der holländische Tourist hörte die Schritte auf der Treppe näher kommen. Es klopfte an der Tür. Die Tür öffnete sich und der Junge erschien.

Er war dunkel, dünn, lockiges Haar. In Jeans und hellem Baumwollpulli. Libyer, vielleicht Ägypter oder Tunesier. Nicht älter als fünfzehn. Der hollandische Tourist zog die Hand aus der Tasche, zeigte den Fünfziger. Der Junge begann, sich auszuziehen. Kein Gefackel. Er konnte nicht auf den Körper des Jungen verzichten, der Junge nicht auf sein Geld.

»Zuerst eine Dusche«, sagte er auf Englisch.

Der Junge nickte, ohne zu lächeln.

»Erklärst du mir mal, was zum Henker du an dem Fall so wahnsinnig interessant findest?«

Als ich siebzehn Jahre alt war – sagte ich dem Journalisten nicht –, hätte ich beinahe ein mir völlig unbekanntes Mädchen umgebracht. Im darauffolgenden Sommer war ich kurz davor, etwas Ähnliches zu tun. Tatsache ist, dass ich eine riesige Wut im Bauch hatte. Meine Eltern hatten sich scheiden lassen, als ich fünf Jahre alt war, und ich hatte Schwierigkeiten, mit der Situation fertigzuwerden. Damals lebte ich in Bari. Ich will nicht all die Sprachlosigkeit, die Lügen und Gemeinheiten auflisten, die Versuche meines Vaters und meiner Mutter, einander wehzutun. Es sei nur gesagt, dass sie der Situation nicht gewachsen waren, und ich zweifellos ebenso wenig. Damals wurden Scheidungsfamilien in manchen Gegenden Italiens mit einem gesellschaftlichen Stigma belegt. Wir stammen aus einem kleinen Dorf, wo die Missbilligung hohe Wellen schlagen konnte. Meine Eltern mussten mit der Feindseligkeit ihrer Freunde und selbst ihrer Angehörigen fertigwerden. Das Unbehagen war so groß, dass ich in der ersten Klasse rundweg log. Ich behauptete, meine Eltern seien noch zusammen. Diesen Schein erhielt ich bis zur Mittelstufe aufrecht. Es war schmerzlich und peinlich, und ich sehnte das Ende der Mittelstufe wie eine Befreiung herbei: Nur noch wenige Monate, dachte ich, und ich könnte an einer neuen Schule bei null anfangen. Doch am ersten Tag an der Oberschule fand ich mich mit drei ehemaligen Schulkameraden aus der alten Klasse wieder. Das Glück war mir nicht hold. Ich grübelte und überlegte, konnte mich jedoch zu nichts überwinden, ich ließ die anderen für mich sprechen und verdammte mich dazu, den Trug aufrechtzuerhalten, mit dem erschwerenden Zusatz, dass ich inzwischen ein auf die Volljährigkeit zusteuernder Teenager war, dessen Sozialleben auf einer Lüge aufbaute. Ich fühlte mich in der Falle.

Wenn ich heute darüber nachdenke, erscheint mir das alles so unwahrscheinlich, doch damals gab es nichts Wirklicheres in meinem Leben. Meine Tage waren von Angst geprägt, mir war nicht klar, wie viel die Klassenkameraden und die Lehrer begriffen hatten, und ich fragte mich, ob meine Eltern wussten, was los war. Wenn sie nichts mitkriegten, waren sie blind. Und wenn sie es wussten, warum halfen sie mir nicht, mich aus dieser Situation zu befreien? Dann stellte ich verblüfft fest, dass meine Eltern nicht nur über die Situation im Bilde waren – auch wenn sie ständig versuchten, sie zu verdrängen –, sondern sie obendrein förderten. Statt mir zu helfen, die Lüge loszuwerden, bestärkten sie mich in meinem Schweigen. Sie schämten sich noch mehr als ich. Ich fing an zu trinken. Zur gleichen Zeit fing ich an, abends auszugehen. Bari war eine offene und auf ihre Art kosmopolitische Stadt, zumindest verglichen mit dem Dorf, aus dem wir stammten. Ich traf mich mit meinen Altersgenossen aus der Stadt, und zugleich ließ mich die Situation, in die ich mich hineinmanövriert hatte, minderwertig fühlen. Abends gab ich mir die Kante. Ich trank und brüllte aus voller Kehle. Oder ich trank und kippte auf der Straße um. Zuerst fanden meine Freunde diese Aussetzer spannend. Doch sehr bald fing die Sache an, kompliziert zu werden. An einem Juniabend, einem dieser wunderbaren Sommerabende der adriatischen Provinz, gab es eine Party in einer Dachwohnung in der Via Camillo Rosalba. Ich war mit Freunden dort. Nachdem ich alles getrunken hatte, was der Kühlschrank des Gastgebers hergab, redete ich wirres Zeug, zog ein paar Leute von der Tanzfläche und quatschte sie voll. Ich weiß nicht, worüber ich faselte. Aber ich erinnere noch sehr genau, wie ich anfing, Flaschen vom Balkon zu werfen. Fünf oder sechs Wodkaflaschen, die ich eine nach der anderen die acht Stockwerke in die Tiefe schleuderte. Ich fing an zu tanzen. Auf einmal läutete die Türklingel Sturm. Kaum zehn Minuten später wurde ich von einem wutschnaubenden Mädchen in die Ecke gedrängt und als Vollidiot beschimpft. Andere Leute fingen an, mich anzuschreien. Ich war völlig verdattert, begriff nicht, was los war. Sie erklärten mir, dass dieses Mädchen die Via Camillo Rosalba entlangspaziert sei, als plötzlich wie aus dem Nichts wenige Meter vor ihr eine Flasche Wodka auf dem Asphalt explodierte. Das Mädchen hatte aufgeschrien. Zehn Sekunden später war eine zweite Flasche aufs Pflaster gekracht, dann eine dritte, die sie in Panik versetzte, aber glücklicherweise unverletzt ließ. Das Mädchen war in die Party geplatzt, um dem Vollidioten, der versucht hatte, sie umzubringen, ins Gesicht zu sehen. Sie trug ein weißes T-Shirt und eine Latzhose. Sie war so außer sich, dass ich mich im Suff von der Tatsache, so viel Aufmerksamkeit von jemandem zu bekommen, sogar geschmeichelt fühlte. Ich stammelte eine Liebeserklärung. Versuchte, alles ins Lächerliche zu ziehen. Ich war dermaßen unsicher und zugleich so aufgedreht, dass ich die ohnehin bereits nicht vorhandenen Erfolgsaussichten vollends zunichtemachen wollte. »Leck mich doch am Arsch!«, rief sie, ehe sie verschwand.

Es gab weitere Zwischenfälle. In der darauffolgenden Woche stieg ich mitten in der Nacht, nachdem ich zu viel Bier intus hatte, auf ein Moped und zwang vier Freunde, ebenfalls aufzusteigen. Wir krachten gegen einen Müllwagen. Zwei Monate später wieder ein Flaschenwurf. Diesmal war ich im Zug nach Kalabrien, auf dem Weg in die Sommerferien, zum Campen nach Sibari. Während der Reise hatte ich mich betrunken (Cointreau) und die leere Flasche dann aus dem Fenster geschmissen. Kurz darauf fing ein Herr an, mich zu ohrfeigen. Die Flasche hatte einen Leitungsmast neben den Gleisen getroffen, und durch das Fenster des Nachbarabteils war ein Scherbenhagel auf die Reisenden niedergegangen. »Hast du eigentlich nur Scheiße in der Birne?«, brüllte der Mann. Und ich, völlig besoffen: »Ja! Scheiße! Scheiße!« In Sibari flog ich dann nach wenigen Tagen vom Campingplatz, weil ich die Gartenbeleuchtung mit Steinen kaputtgeschmissen hatte. Ich erinnere mich an die Nacht, die ich am Bahnhof verbrachte.

Kommen wir zum Jahr 1991. Inzwischen war ich in der zwölften Klasse, lernte wenig, hatte eine Freundin. Noch immer erhielt ich den Schein beharrlich aufrecht. Meine Freundin wusste von nichts. Seit Jahren hatte meine Mutter eine neue Beziehung. Mein Vater hatte wieder geheiratet und noch zwei Kinder bekommen. Man kann sich vorstellen, wie kompliziert es war, all das vor einem Mädchen zu verheimlichen, das ich zwei- oder dreimal die Woche sah, mit dem ich diskutierte und Vertraulichkeiten austauschte, und das ich, sooft meine Eltern (was meinte ich damit eigentlich?) nicht zu Hause waren, ins Bett zu kriegen versuchte. Eines Sonntags Ende Mai lud Cristiano, einer der Freunde, die so unklug waren, Zeit mit mir zu verbringen, mich zum Mittagessen zu sich nach Hause ein. Seine Eltern waren weg, und kaum waren wir bei ihm, war sofort klar, wie wir die sturmfreie Bude nutzen konnten. Wir kippten drei Flaschen Rum und fünf Dosen Cola in eine große Salatschüssel und tranken sie in erstaunlicher Geschwindigkeit leer. Im Suff beschlossen wir, unsere Freundschaft mit Blut zu besiegeln. Cristiano nahm ein Pfadfindermesser und versuchte, sich das Handgelenk aufzuritzen. Die Versuche waren zaghaft, man sah keinen einzigen Tropfen Blut. »Lass mich mal«, sagte ich ungeduldig. »Na schön«, antwortete er. Ermutigt durch seine Antwort, griff ich mir ein großes Küchenmesser, eines zum Brotschneiden. Zur Anschauung verpasste ich meinem linken Unterarm ein paar tiefe Hiebe. Beherzt machte ich weiter, bis das Blut zu spritzen begann. »Gib mir deinen Arm«, sagte ich zu Cristiano. Ich versetzte ihm zwei oder drei Schnitte, bis er ebenfalls blutete. Der Anblick des Blutes berauschte uns. Er sagte: »Jetzt braucht es ein Menschenopfer.« Ich sah ihn in seinem Zimmer verschwinden. Wenige Minuten später kehrte er mit einem dicken Buch in den Händen zurück, *Der Name der Rose* von Umberto Eco. Seine Italienischlehrerin hatte ihn gezwungen, es über die Weihnachtsferien zu lesen, er hatte es gehasst und wollte sich nun rächen. »Töten wir Umberto Eco!« Wir nahmen das Küchenmesser, das wir für unseren Blutspakt benutzt hatten, fingen an, auf das Buch einzuhacken und es zu zerfetzen. Inzwischen mochte es drei Uhr nachmittags sein, mir fiel ein, dass ich eine Verabredung mit meiner Freundin hatte. »Wir müssen sie abholen gehen«, jammerte ich. »Das geht nicht«, sagte Cristiano, »wir sind betrunken.« – »Ich fahre, das kriege ich hin.« – »Du hast keinen Führerschein«, erinnerte er mich. »Ich habe die vorläufige Fahrerlaubnis«, stellte ich klar. Gewisse Teenagergeschichten sind zwangsläufig auch Führerscheingeschichten. Cristiano ließ sich breitschlagen, mir den Autoschlüssel zu geben. Wir verließen das Haus. Setzten uns in den Clio seiner Mutter, ich am Steuer. Schon düsten wir los in Richtung Poggiofranco, ich fuhr einen heißen Reifen. In Wirklichkeit drehte sich mir der Kopf. Zum Beweis dafür, dass der Zufall der beste Regisseur menschlicher Geschicke ist oder dass einige Orte die Erinnerung an die Geschehnisse bewahren und sie in Magnetismus verwandeln, verlor ich in der Via Camillo Rosalba, in derselben Straße, in der ich einige Zeit zuvor Flaschen vom Balkon geschleudert hatte, die Kontrolle über das Fahrzeug. Wir prallten gegen ein parkendes Auto. Zum Glück saß niemand drin, doch der Unfall war heftig. Die Windschutzscheibe barst, ein mächtiger Knall. Wenige Sekunden Dunkelheit. Dann war ich wieder bei Bewusstsein. »Alles in

Ordnung?«, fragte ich. »Ich glaube schon«, sagte Cristiano und klang eigenartig. »He, seid ihr verrückt geworden?« – »Das gibt's doch gar nicht!« – »Scheiße noch mal!« Die Stimmen kamen von draußen. Mir ging auf, dass unser Auto von Menschen umringt war. Kurz zuvor war die Straße menschenleer gewesen, jetzt drängte sich eine kleine Menschenschar um uns. Allesamt Männer, die uns feindselig ansahen. Plötzlich war ich vollkommen klar, vielleicht wegen des Schocks. Vorsichtig ließ ich das Fenster herunter, versuchte, die immer größer werdende Menge zu beruhigen. Ich weiß noch, dass ich sagte: »Wir sind versichert.« Und: »Wir kommen für den Schaden auf, niemand ist verletzt.« Da hörte ich, wie die Autotür aufging und heftig wieder zugeworfen wurde. Eine Stimme, Cristianos Stimme, brüllte: »Wir haben Umberto Eco umgebracht!« Noch sichtlich betrunken war mein Freund aus dem Auto gestiegen. Sein T-Shirt starrte vor Blut, er hatte das Küchenmesser in der Faust, sein Arm war mit geronnenem Blut bedeckt. »Wir haben Umberto Eco umgebracht!«, wiederholte er. »Wir haben's geschafft!« Das Publikum ringsum bestand nicht aus Literaturexperten. Dazu kam noch, dass Morde in Bari zu der Zeit wegen der Bandenkriege keine Seltenheit waren. Manche fingen tatsächlich an zu glauben, wir hätten einen Typen namens Umberto Eco abgestochen und besäßen auch noch die Frechheit, uns damit zu brüsten. Wie sollte man sich sonst all das Blut erklären? Und das riesige Messer? »Mörder!«, »Ruft die Polizei!« Ich hörte, wie die Autotür geöffnet wurde, zwei kräftige Arme packten mich und schleuderten mich aus dem Wagen. Ich spürte den Asphalt auf den Lippen, ein Geschmack, an den ich gewöhnt war. Die Menge rückte um uns zusammen. Wir waren kurz davor, gelyncht zu werden. Ein Mann, den wir kannten, rettete uns, er war der Vater einer Freundin, der zufällig vorbeikam, uns erkannte und schrie: »Lasst sie in Ruhe!« Dieser Mann, offenkundig ein Heiliger, redete lange auf die Leute ein, bürgte für uns, beteuerte den Anwesenden, dass wir keine Mörder seien, schaffte es, die Menge zu beruhigen und schließlich zu zerstreuen.

Nach dieser Episode legte sich in meinem Kopf ein Schalter um. Ich änderte mein Leben. Ich gestand meiner Freundin die wahre Situation meiner Familie. Schenkte allen reinen Wein ein. Hörte auf zu trinken und fing an, mich mit vollem Einsatz aufs Lernen zu konzentrieren. Machte in kurzer Zeit meinen Abschluss in Jura mit Bestnote. Vor elf Uhr im Bett, bei Tagesanbruch wach. Ich unterwarf alles, was ich tat, einer eisernen Disziplin, aber ich war jung und sehr unerfahren. Nach dem Uniabschluss verließ ich Bari, Ziel Mailand. Nach nicht einmal einem Jahr zog ich nach Rom. Ich hatte so gut wie keine Ersparnisse, einen Job in Aussicht und einen felsenfesten Vorsatz: um nichts in der Welt nach Bari zurückzukehren. In Rom kannte ich niemanden. Ich spürte die Großzügigkeit der Stadt rings um mich, doch war ich gerade erst angekommen und wusste nicht, wie ich sie nutzen sollte. Wenige Tage nach dem Umzug war ich arbeitslos. Ich hatte die Worte eines Kleinunternehmers, der mir einen Job versprochen hatte, allzu ernst genommen. Ich war naiv gewesen, und jetzt war ich pleite. Wenn ich innerhalb von zwei Wochen keine Lösung fände, würde ich das Dach über meinem Kopf verlieren. Es waren die Anfänge des Internets. Unter den diversen Ideen zur Abwendung meiner Niederlage war die, eine Anzeige auf einer Seite für Männerbekanntschaften zu schalten. Auf einer anderen Seite bot ich mich als Begleiter für Damen an. Meine Heterosexualität hinderte mich nicht daran zu begreifen, dass der eine Markt mehr florierte als der andere. Wie erwartet, gab es ausschließlich Reaktionen von der Männerfront. Vor allem alte Männer schrieben mir. Ich zögerte noch eine Weile. Als das Datum verstrich, das ich mir für den Beginn meiner Karriere als Callboy gesetzt hatte – eine Lösung, die ich als vorübergehend erachtete –, wartete ich weiter. Versuchte, Zeit zu gewinnen. Ich wollte mich nicht auf diese Art erniedrigen. Doch zugleich wollte ich mich *auch* erniedrigen. Wenige Tage später fand ich einen richtigen Job und dachte nie mehr daran.

Als ich meine Jugendprobleme der Scheidung meiner Eltern zuschrieb, entsprach das nur zum Teil der Wahrheit. Mitunter ist der Schmerz nur ein Vorwand, um seiner eigenen Blödheit oder hemmungslosem Narzissmus Luft zu machen. Was mich betrifft, kann ich nicht sagen, ob es ein Übermaß an Blödheit oder an Schwäche war, die mich damals abstürzen ließ. Dennoch bin ich mir sicher, wären mir nicht die Sicherungen durchgebrannt, als ich sowieso schon bis zum Hals im Schlamassel steckte, wäre es übel ausgegangen. Dieser Gedanke ist am schwierigsten zu begreifen: Meine damaligen Möglichkeiten waren so beschränkt, dass ich ohne diese Entgleisungen – und ziemlich gefährlichen Entgleisungen – unmöglich aus der Sackgasse, in die ich mich manövriert hatte, wieder herausgefunden hätte. Es hatte mehr als einen heftigen Ruck gebraucht, um mich daraus zu befreien.

Ich hatte Glück.

Aber was wäre passiert, wenn die Flasche das Mädchen getroffen hätte?

Und wenn ich statt ein geparktes Auto einen Fußgänger erwischt hätte?

Wenn ich für hunderttausend Lire Sex mit einem unbekannten alten Mann gehabt hätte, was hätte das mit meinem Selbstwertgefühl gemacht? Hätte ich es weggesteckt? Wäre ich daran zerbrochen?

Deshalb durchzuckte mich, als ich die Nachricht vom Varani-Mordfall zum ersten Mal hörte, sofort etwas Vertrautes. Ein Stromschlag. Natürlich war es nur eine ansatzweise Vertrautheit. Eine Flasche von einem Balkon zu werfen, ist etwas anderes, als einen anderen Menschen mit dem Messer zu traktieren. Ich wusste, was es bedeutete, einen Fuß in den Schattenkegel zu setzen, ich wusste, dass man sich so schnell wie möglich daraus zurückziehen musste. Aber dann? Was passierte mit denen, die nicht haltmachten oder nicht haltmachen konnten? Darüber wusste ich nichts. Was war mit denen, die, vom Schatten verschluckt, die Stufen weiter hinabstiegen? Jenseits einer bestimmten Schwelle öffnete sich eine unbekannte Welt.

Vierter Teil

Auf dem Grund des Brunnens

Leicht ist der Abstieg zur Unterwelt.
VERGIL

Ich glaube mich in der Hölle, also bin ich in ihr.
ARTHUR RIMBAUD

In seiner Zelle hatte Manuel Mühe, gewisse Ereignisse zu rekonstruieren. Nachts, ausgestreckt auf seiner Pritsche, stiegen plötzlich die Erinnerungen auf. *Zack!* Das Bild brach aus einem Lichtblitz hervor, dann wurde es von der Dunkelheit verschluckt. Manuel hatte die Wache um einen Stift gebeten, um sich diese Flashs zu notieren, ehe sie ihm für immer entglitten; der Gefängniswärter hatte geantwortet. »Sieh zu, dass du Schlaf kriegst, den Stift bringe ich dir morgen.« Doch am nächsten Tag ward kein Stift gesehen. Sie befürchteten, er könnte ihn benutzten, um sich damit umzubringen.

Soweit er sich erinnerte, war es Marcos Idee gewesen. Laut Marco hingegen war es Manuel gewesen, der ihn gebeten hatte, sich als Frau zu verkleiden. Es war noch immer der 1. Januar, daran erinnerte Manuel sich noch, und nach dem Unvorhergesehenen – der unglaublichen Tatsache, dass er sich von einem Typen, den er kaum kannte, einen hatte blasen lassen, kombiniert mit der noch überraschenderen Tatsache, dass er das Bedürfnis verspürt hatte, das Ganze mit Marcos Handy zu filmen – waren sie zusammen in der Wohnung geblieben, bis die Sonne alles in der trostlosen Stille in Licht getaucht hatte.

»Was machen wir?«

Als das Koks alle war, hatte Marco noch einmal Trovajoli kontaktiert: »Armandino, mein Hübscher«, hatte er geschrieben, »du müsstest mir drei starke Espressi bringen. Via Igino Giordani 2. Beeil dich! Ich zahle auch das Taxi.« Der Dealer war gekommen, Marco und Manuel hatten wieder angefangen zu koksen und waren bald in eine Dimension großer Intimität abgeglitten. Manuel hatte Marco alles von sich erzählt, von der Trennung der Eltern, von der riesigen Enttäuschung darüber, wie er aus den Familiengeschäften gedrängt worden war, von seinem Bruder, seiner Mutter, dem verlorenen Führerschein, sogar über das »Digitale Projekt«, mit dem er sein eigenes Ding machen wollte.

Marco war ebenfalls ziemlich redselig gewesen, irgendwann hatte er Manuel seine Theorien über Sexualität dargelegt. Jeder Hetero, hatte er gesagt, sei zu einem beträchtlichen Teil auch schwul, und es sei falsch, das zu verleugnen, »das, was zwischen uns passiert ist, ist der Beweis dafür, meinst du nicht?« Diese These hatte in Manuel einen nicht weniger kuriosen Gedanken ausgelöst. Schwule wie Prato, hatte er gedacht, die es gewohnt sind, ausgegrenzt zu werden, träumten von einer rein schwulen Gesellschaft: Zum einen hätte dies das Ende der Diskriminierung bedeutet und zum anderen die uneingestehbare Sehnsucht vieler von ihnen wahr werden lassen, und zwar die, in einer Welt zu leben, in der das einzig gültige Maß das eigene Spiegelbild war.

Marco hatte von seinen Plänen geredet, zur Frau zu werden. »Die Verwandlung ist lang und kompliziert. Man muss sich einer einjährigen Hormonbehandlung unterziehen, danach geht es mit den OPs los: endgültige Enthaarung, Brustvergrößerung und so weiter.« Unten auf der Straße, im Handschuhfach des Minis, hatte er gesagt, liege ein Reiseführer von Thailand, er habe ihn immer bei sich, dort wolle er eines Tages hin, dort würde er sich in aller Ruhe operieren lassen können, fernab von Urteilen und Feindseligkeiten.

An dem Punkt war die Idee mit dem Verkleiden aufgekommen.

Wer hatte es zuerst vorgeschlagen?

Manuel erinnerte sich nur, dass sie ins Auto gestiegen und nach San Giovanni gefahren waren. Dort wohnten Freunde von Marco, Maskenbildner, Leute, die im Showbusiness arbeiteten. Marco hatte fünfzig Euro gezückt. Die Maskenbildner hatten angefangen, ihn als Frau zu verkleiden, mit Perücke, Plastilin, Schminke, Manuel hatte geholfen, einen passenden Rock und einen BH auszusuchen. Zurück in der Via Igino Giordani hatte Marco gefragt: »Ist deine Mutter zu Hause?« Manuel hatte den Kopf geschüttelt und ihm die Schlüssel gegeben. Marco war in den neunten Stock hinunter und mit Nagellack und Parfums von Manuels Mutter zurückgekehrt, um das Werk zu vollenden. Sie hatten wieder angefangen zu trinken, zu sniffen. Laut Marco hatten sie auch wieder Sex miteinander. Manuel erinnerte sich nicht. Es war weniger das, was sie gemacht hatten, sondern das, was sie *gesagt* hatten. Aufgeputscht vom Kokain, aber nicht minder von der seltsamen Energie, die sich mit jedem gewechselten Blick freizusetzen begann, hatten Marco und Manuel begonnen, Pläne zu schmieden. Ziemlich abgedrehte Pläne.

Nicht selten fantasieren junge Leute sich irgendwelche Unternehmungen zusammen, um sich vom Joch der Erwachsenen zu befreien. In die Ferne fliehen. Sich eine Erbschaft unter den Nagel reißen. Ein revolutionäres System ausklügeln, mit dem sich eine Menge Kohle machen lässt. Dadurch würden sie reich werden: Marcos Unverfrorenheit gepaart mit Manuels unternehmerischen Fähigkeiten. Marco würde sich prostituieren, Manuel würde sein Zuhälter sein, eine Wohnung finden, um die Freier zu empfangen, vermögende Kunden, Leute, die bereit wären, einen Haufen Geld springen zu lassen für die Gesellschaft einer so besonderen und faszinierenden Person wie Marco. Fantastisch. Großartig. Aber warum sich mit einem Zuhälter zufriedengeben, wenn es Manager gibt? Marco würde sich operieren lassen und als Pornostar durch die Decke gehen. »Ein Pornostar?«, hatte der eine gesagt. »Scheiße, ja, ein Pornostar!«, hatte der andere geantwortet. Im Netz erreichten Pornostars Millionen Zuschauer. Marco würde Pornostar werden, und Manuel wäre sein Manager, er würde einen Anteil der Einnahmen bekommen und mit dem Geld endlich seine Fußball-App umsetzen. *Durchstarten.* Genau das. Und so hatten sie in wenigen Schritten Marcos Geschlechtsumwandlungsprobleme und Manuels Notwendigkeit gelöst, sich aus den familiären Fesseln zu befreien. Aber warum sich auf Worte beschränken? Wieso das, was man sofort machen konnte, in eine unbekannte Zukunft aufschieben? »Los! *Los!*« Schließlich *war* Marco doch schon als Frau verkleidet. Überdreht, bis zum Anschlag aufgekratzt, hatten sie das Haus verlassen und sich in Marcos Mini gesetzt.

Und so, in der Kälte der halb verwaisten Stadt, hatte Manuel Foffo Marco Prato zum Anschaffen begleitet. Manuel sagte, sie seien zuerst an den Lungotevere gefahren. Dann hätten sie das EUR angesteuert. Sie hätten die Cristoforo Colombo genommen, die große Arterie, die das Zentrum mit dem südlichen Teil der Stadt verbindet, und seien kurz vor dem künstlichen See abgebogen. Dann sei der Pilz aufgetaucht, der imposante, über fünfzig Meter hohe Wasserturm, der die dortige Stadtlandschaft beherrscht. Sie hatten geparkt. Marco war aus dem Auto gestiegen und hatte sich auf Mission begeben.

Eine befremdlichere und traurigere Szene ist kaum vorstellbar: Marco Prato, als Frau verkleidet, postiert unter dem riesigen Industriebau, eingehüllt in die Stille des EUR, um auf Freier zu warten.

Marco wartete auf Freier. Manuel beobachtete ihn vom Auto aus. Hin und wieder blies er sich den warmen Atem in die Hände. Marco war unverdrossen unter dem Pilz stehen geblieben und hatte der Dinge geharrt. Nach vierzig Minuten hatte noch immer niemand angehalten, um ihn aufzugabeln. Also war er durchgefroren wieder ins Auto gestiegen, mit kein bisschen mehr Geld als vorher, aber dadurch nicht entmutigt. Sie hatten gezeigt, dass sie ihre Ideen in die Tat umsetzen konnten. Das war ein Anfang. Noch immer voller Optimismus hatten sie den Motor gestartet und waren zu Manuel zurückgefahren.

Als sie wieder in der Wohnung waren, hatten sie weiteres Kokain bestellt. »Armando, wie geht's? Kannst du uns zwei starke Espressi bringen?« Sie hatten bei King of Delivery angerufen, Pizzen geordert. Manuel war hinuntergegangen, um das Koks entgegenzunehmen, er wollte nicht, dass die Nachbarn den als Frau verkleideten Marco sahen. Die Party ging wieder los. Die Pizza rührten sie kaum an. Irgendwann saßen sie wieder im Auto. Wie viel Zeit war vergangen? War es der Abend des 2. oder des 3. Januar? Jetzt wollten sie ein bisschen Disco-Hopping machen. Sie waren im Alibi gewesen. Dann waren sie woandershin.

Laut Manuel war das Lokal in San Giovanni, in das Marco ihn nach der Disco geschleppt hatte, »widerlich«. Ein dunkles, ziemlich zwielichtiges Etablissement. Manuel hatte sich gleich auf den ersten Blick unwohl gefühlt, ein paar Minuten war er unschlüssig auf der Schwelle stehen geblieben. Als er sich schließlich einen Ruck gegeben hatte, hatten die Rausschmeißer ihn mit sarkastischer Miene gemustert. »'n Abend auch.« »Nein, Entschuldigung, ich wusste nur nicht genau …«, hatte Manuel gestammelt. Währenddessen hielt er suchend nach Marco Prato Ausschau. Wo war er abgeblieben? Manuel hatte angefangen, durch das Lokal zu streifen, zögernd bewegte er sich von Raum zu Raum. An was für einem Ort sind wir verdammt noch mal gelandet?, fragte er sich immer wieder. Es war keine Schwulenkneipe, denn es waren auch Frauen anwesend, aber eine normale Discothek war es eindeutig auch nicht. Dass es ein »spezieller« Ort war, wurde ihm endgültig klar, als er einen besonders schummrigen Raum betrat und vor einer splitternackten Frau stand, die wie selbstverständlich zwischen zwei trinkenden, rauchenden Männern saß. Manuel schloss daraus, dass es sich um einen Swingerclub handelte. Er begann zu schwitzen. Er fühlte sich unfähig, unvorbereitet, hatte das Gefühl, als würden alle ihn anstarren, fragte sich erneut, wo Marco abgeblieben war. Er suchte einen Halt. Nachdem er noch ein wenig herumgeirrt war, hatte er ihn endlich entdeckt. Ganz hinten in einem der Räume plauderte Marco mit zwei jungen Männern. Hin und wieder brach einer seiner Gesprächspartner in Gelächter aus. Zögerlich war Marco zu ihnen hingegangen. Ehe er sich vorstellen konnte, zeigte Marco auf ihn.

»Seht ihr den? Das ist Manuel, mein neuer Freund. Süß, oder?«

Manuel war feuerrot geworden. Am liebsten wäre er im Erdboden versunken.

Ein paar Stunden später waren sie wieder in seiner Wohnung in der Via Igino Giordani. Oder war es *viele* Stunden später? Womöglich war es der Abend des 4. Januar. Jetzt hatten sie eine ziemlich heftige Diskussion. Marco wollte, dass Manuel ihn in ein weiteres Lokal begleitete, und Manuel fürchtete, dass er ihn dorthin schleppen wollte, um ihn den Leuten wieder als so etwas wie seinen Freund vorzustellen. Unter anderem wollte Marco in Frauenkleidern los. »Kommt gar nicht in Frage!«, hatte Manuel geschnaubt. »Du kannst nicht immer tun, was dir in den Kram passt.« – »Was soll das heißen, wie es mir in den Kram passt?«, hatte Marco neugierig nachgehakt. »Du kannst nicht einfach behaupten, was du vorhin über mich gesagt hast!« Er, Manuel, sei der Freund von *niemandem*. Er sei *hetero*. Verstanden? Marco hatte die Achseln gezuckt, wie um zu sagen, es sei schließlich nicht sein Bier, die Paranoia derer zu lindern, mit denen er ein bisschen Sex hatte. Daraufhin hatte Manuel ihn aufgefordert, ihn in Ruhe zu lassen. Er setzte ihn praktisch vor die Tür. Marco wurde sauer, beschimpfte ihn als Spießer, das war der einzige wirklich angespannte Moment seit ihrer ersten Begegnung. Nach ein paar weiteren Minuten hatten sich die Wogen wieder geglättet. Alles war wie durch Zauberhand wieder in normale Bahnen zurückgekehrt. Marco und Manuel hatten sich herzlich voneinander verabschiedet und einander versichert, sich bald wiederzusehen.

Am nächsten Tag, nachdem er ordentlich ausgeschlafen hatte und der Effekt von Alkohol und Koks verpufft war, hatte Manuel aus dem Fenster seiner Wohnung gesehen und das Vorstadtpanorama betrachtet. Er war gleichsam in den alten Manuel zurückgekehrt, doch war ihm aus diesem Blickwinkel eines ganz klar geworden: Er steckte in einem Schlamassel.

Nach dem, was er über sich selbst sagen konnte, stand er auf Frauen. Seine Fantasien bestätigten das. Und was wäre in Sachen Sex verlässlicher? Seit er ein Teenager war, sah er, wenn er auf einem Bett lag und die Augen schloss, Mädchen vor sich. Ihr Lächeln, die Beine, die Lippen, die Ärsche, alles war eindeutig weiblich.

Warum hatte er ihn dann von Marco Prato in den Mund nehmen lassen? Das ließ ihm keine Ruhe. Es gibt nichts Dümmeres, als sich anders zu verhalten als so, wie man ist. Ein idealer Anlass für falsche Interpretationen, denn die anderen warten nur darauf, Urteile zu fällen. In diesem unglückseligen Fall waren die anderen potenziell *alle*. Marco hatte ihm einen geblasen, und er hatte die Szene gefilmt, er hatte sie mit *Marcos* Handy gefilmt. Wie hatte er so unvorsichtig sein können? Ein Klick, und Marco hätte das Filmchen mit seinen Freunden teilen können, wenn er gewollt hätte. Noch ein Klick, und es wäre im Netz.

Ihn vor aller Welt in den Dreck ziehen. War Marco zu so etwas fähig? Manuel hatte keine Ahnung, er wusste nicht, was für ein Typ Marco war, er kannte ihn ja kaum. Er grübelte noch eine Weile nach, fragte sich, ob er ihn anrufen sollte, um die Situation aus der Ferne in den Griff zu kriegen, er könnte ihn »überwachen«, um sich zu vergewissern, dass er keine üblen Absichten hegte. Manuel wog sämtliche verfügbaren Möglichkeiten ab, dachte hin und her, spielte die verschiedenen Schritte durch, doch am Ende tat er nichts. Gar nichts. Er fühlte sich wie gelähmt. Es war Marco, der dem Zaudern binnen weniger Tage ein Ende setzte.

»Wie ich sehe, bist du echt irre interessiert an dieser Freundschaft!«

Die Message klang auf subtile Weise vorwurfsvoll.

Manuel musterte das Handydisplay. Hastig versuchte er, sich zu rechtfertigen.

»Doch, das bin ich«, antwortete er, »ich bin nur im Stress, weil ich Prüfung habe, und gehe abends nicht aus wegen Fitnessstudio!«

Sofort schrieb Marco eine weitere Nachricht. »Es braucht einen Abend bei dir.« Er meinte einen weiteren Abend mit Alkohol und Kokain. Manuel antwortete, solange er das mit der Blutprobe nicht hinter sich hätte, um den Führerschein wiederzubekommen, wäre so etwas für ihn nicht drin. »Ich kann nicht, so gern ich es wollte!«

Marco ließ nicht locker, erinnerte ihn daran, dass Kokain im Blut nach wenigen Tagen nicht mehr nachweisbar sei, dann stieß er zu. »Wäre auch schwierig geworden, mit diesem Projekt Kohle zu machen, bei deinen Moralvorstellungen.«

Manuel fuhr fort, sich zu rechtfertigen, spielte die Bedeutung dessen herunter, was sie einander an Silvester gesagt hatten. »Schließlich waren wir high«, schrieb er. Dann setzte er nach: »Eine Weile muss ich die Füße stillhalten, mich auf den Sport und das Studium, statt auf das wilde Leben konzentrieren. Aber das holen wir nach, versprochen!«

Schleimerei und Hartnäckigkeit. Einerseits verteidigte Manuel seinen Standpunkt, andererseits wollte er Marco nicht vergrätzen. »Ich spürte, dass ich ihn mir bei Laune halten musste«, sollte er später sagen, »er hatte *das Video*.«

In den darauffolgenden Tagen schrieben sie sich weiter. Das Schema blieb dasselbe. Der eine drängte, der andere schindete Zeit. Dann, allmählich, einigten sie sich. Sie würden sich zu Manuels Bedingungen sehen. Keine Drogen, keine Verrücktheiten, einfach zwei gute Freunde, die sich trafen, um zu quatschen.

Sie verabredeten sich in einer Bar in der Via dei Monti Tiburtini. Neutraler Boden.

Manuel sah ihn am Ende der Straße auftauchen. Er atmete durch, um die Spannung loszuwerden, und ging ihm entgegen. Marco trug eine schicke dunkle Jacke, Markenjeans, seine Miene war entspannt. »Und, wie geht's so?«, fragte er liebenswürdig. Sie setzten sich an einen Tisch. Bestellten zu trinken, begannen zu plaudern. Nettigkeiten. Oberflächlichkeiten. Marco redete, Manuel hörte zu und dachte dabei nach, er wollte den richtigen Moment abpassen, um das Thema anzusprechen. Wenige Minuten später ließ er die Katze aus dem Sack: »Hör mal, Marco, da gibt es was, das mir seit Tagen im Kopf rumgeht«, sagte er. Er sprach das Video an. »Ich habe Angst, dass das viral geht, dann bin ich ruiniert.«

Marco tat überrascht: »Aber Manuel, was redest du denn da? Videos verbreiten sich nicht von selbst. Es sei denn, du willst damit unterstellen, ich könnte es in Umlauf bringen.«

»Das wäre ziemlich schlimm …«

»Na, dann kann ich dich beruhigen. Ich habe nicht die geringste Absicht, das zu tun.«

Aber Manuel wirkte nicht überzeugt. Er erinnerte ihn daran, dass sie gemeinsame Freunde hatten, Lorenza Manfredi zum Beispiel, sie hatte die beiden miteinander bekannt gemacht: Was würde passieren, wenn das Video aus Versehen bei ihr landete?

»Und wie sollte so was *aus Versehen* passieren? Ganz ruhig, Lorenza bekommt das nie zu sehen.«

»Hör mal, Marco, ich will wirklich nicht ...«

»Komm schon, Schätzchen, es reicht«, sagte Marco gelangweilt.

Sie wechselten das Thema. Manuel machte noch immer ein finsteres Gesicht. Bei der nächstbesten Gelegenheit kam er wieder auf die Sache mit dem Video zu sprechen. Marco reagierte ungehalten.

»Fängst du schon wieder damit an? Du klingst wie eine Schallplatte mit einem Sprung. Ich habe dir doch gesagt, dass du dir keine Sorgen zu machen brauchst«, dann, in schmeichelnderem Ton, »Manuel, du glaubst mir doch, oder nicht?«

Manuel antwortete, ja, klar, er glaube ihm, natürlich, und doch sei die einzige Lösung, um wirklich beruhigt zu sein, die Gewissheit, dass es dieses Video nicht mehr gebe.

»Bitte, lösch es.«

»Löschen? Aber ich gucke es mir so gern an!«, sagte Marco grinsend. »So ein hübsches Filmchen, es wäre ein Jammer, es nicht mehr zu haben.« Er würde es also ganz sicher nicht löschen, aber Manuel habe sein Ehrenwort, das niemand anders außer ihnen beiden es je zu sehen bekäme.

Manuel senkte den Blick.

»Komm schon, mach nicht so ein Gesicht.«

Beklommen kehrte Manuel nach Hause zurück. Das Treffen hatte zu nichts geführt. Im Gegenteil, es hatte die Situation sogar noch verkompliziert. Marco hatte es fertiggebracht, das brennende Streichholz wieder ihm zuzuschanzen: Jetzt war es Manuels Entscheidung, ob er ihm trauen wollte oder nicht.

Doch was hatte er in der Hand, um *sicherzugehen?* Und welche Mittel hatte er, um sich zu *verteidigen*, wenn es hart auf hart käme? Manuel machte sich auf den Weg ins Büro seines Vaters. Dort standen Computer. Er schaltete einen an und begann zu surfen. Auf Google suchte er Informationen über den rechtlichen Aspekt der Angelegenheit. »Revenge porn«. Alles Mögliche ploppte auf. Wie immer waren die Ergebnisse wirr, unübersichtlich und schwer zu durchschauen, tausende Artikel über Privacy in Zeiten globaler Shitstorms. Nach mehreren Stunden quälender Recherche meinte er begriffen zu haben, dass Marco eine Straftat beginge, wenn er das Video ins Netz stellte; beschränkte er sich jedoch darauf, es mit Freunden zu teilen, wäre es nahezu unmöglich, ihn zu belangen. Bedachte man die Anzahl gemeinsamer Bekannter, reichte das, um seinen Ruf zu ruinieren.

Aber wieso sollte Marco Prato so etwas tun?, fragte sich Manuel erneut. Und war er, Manuel, sich sicher, dass er von ihm nur das Löschen des Videos wollte? Oder war da noch etwas anderes? Etwas, das er sich selbst nicht recht erklären konnte? Was verbarg sich *wirklich* hinter seinem beständigen Zwang, Marco gefallen zu wollen, hinter der Freundlichkeit, der Bereitwilligkeit, der Ambivalenz, die er jedes Mal hervorkehrte, sobald der Eventmanager ihn kontaktierte?

In der folgenden Zeit schrieben Marco und Manuel sich weiter. Und schließlich war es Manuel, nicht Marco, der die gleichsam entscheidende WhatsApp-Nachricht schrieb.

»Nimm dir nächsten Do nix vor, wenn's geht! Melde mich die Tage. Ich hab's nicht vergessen!«

Die Nachricht versprühte Begeisterung und Gefälligkeit. Manuel hatte sie am 24. Februar verschickt, nach der Blutabnahme, die er brauchte, um den Führerschein zurückzubekommen.

Marcos Antwort ließ nicht auf sich warten: »Ok. Perfekt. Wie soll ich mich aufrüschen?«

Manuel trat auf die Bremse: »Normal. Reine Freundschaft, ok?« Keine Verkleidungen. Und kein Sex, war die implizierte Botschaft.

»Worauf hast du Lust?«, fragte Marco daraufhin.

Antwort: »Reden, dann Besorgungen.«

Also kein Sex, aber Kokain war in Ordnung. Was für ein seltsamer Typ. Als Marco ihn mit einer recht unverhohlenen Nachricht darauf hinwies, dass ihnen die Situation, wären sie erst mal zugedröhnt, aus der Hand gleiten könnte, gab Manuel dem kein Gewicht. Er antwortete schlicht: »Ok.«

Sie verabredeten sich für Dienstag, den 1. März.

An dem Tag texteten sie sich, um zu klären, um wie viel Uhr sie sich treffen wollten und wie sie an das Geld für das Koks kämen. Gegen zehn Uhr abends kam Marco in die Via Igino Giordani. Er parkte den Mini. Trotz der Ansage des Freundes hatte er eine große Tasche bei sich. Darin eine stahlblaue Perücke, ein Kleid mit Leopardenmuster, ein Paar Leggings, hohe Schuhe und einen gefütterten BH. Er griff sich die Tasche, stieg aus dem Mini und ging auf das große Wohnhaus zu, das auf der anderen Straßenseite über der Kirche aufragte.

Marco und Manuel im zehnten Stock der Via Igino Giordani: Die gleiche Situation wie zu Silvester. Auch wenn die Situation nie die gleiche ist.

Nachdem er ihn hereingelassen hatte, schloss Manuel die Tür hinter sich. Marco stellte die Tasche auf den Boden. Obwohl Manuel sich klar ausgedrückt hatte (keine Verkleidungen), war Marco überzeugt, dass die Worte nicht dem entsprachen, was er wirklich wollte.

»Ich hatte alles Nötige mitgebracht, weil ich wusste, dass es darauf hinauslaufen würde«, berichtete er den Carabinieri.

»Diesmal zahlst du«, sagte Marco, kaum dass er richtig angekommen war.

Ohne mit der Wimper zu zucken, zog Manuel zweihundert Euro aus dem Portemonnaie. Sie bestellten Alkohol und Pizzen, Marco textete mit Trovajoli. Eine halbe Stunde später fingen sie an zu trinken und zu koksen. Die Stimmung war angenehm. Doch obwohl alles glattlief, wurden Marco und Manuel nach Mitternacht von der leisen Unruhe erfasst, die typisch ist für Kokser, sobald noch zwei fette Lines auf dem Tisch liegen und sie merken, dass der Stoff zur Neige geht.

»Hast du noch Geld?«, fragte Marco.

»Nein. Für heute war's das.«

Nervös blickten die beiden sich um, als könnte die Lösung vom Himmel fallen. Was zwar zum einen ihre Unruhe belegte, zum anderen aber für eine ungeschriebene Wahrheit sprach, dass an Kokserabenden die erstaunlichsten Dinge passieren können. Seltsame Zufälle. Unverhoffte Glückstreffer. Menschen, die sich urplötzlich melden und die Lösung bringen.

Was machst du?

Auf Marco Pratos Handy ploppte eine Nachricht von Damiano Parodi auf. »Was machst du?«

Marco schaute auf das Display, grinste, tippte die Antwort.

»Ich bin bei einem Freund, um zu trinken und mich ein bisschen zuzuknallen. Willst du auch kommen?«

Damiano war reich, problembeladen und in Situationen, die mit Drogenkonsum zu tun hatten, absolut unbedarft. Und er wollte seine Sonnenbrille zurück.

»Vielleicht komme ich vorbei«, antwortete er.

»Und was machst du so?«

Eine von Marcos Strategien war es, sich für das Befinden derer, die ihm zu seinen Zwecken dienlich sein konnten, besonders interessiert zu zeigen. Wie geht es dir? Wie ist die Laune? Fühlst du dich einsam?

»Ich langweile mich«, antwortete Damiano.

In Damianos Augen war Marco Prato ein Rätsel. Ihn verblüffte seine Unberechenbarkeit. Er brachte es fertig, binnen eines Satzes von Empathie zu Bosheit zu wechseln. Das hatte Damiano schon mehrfach zu spüren bekommen. Es irritierte ihn. Aber es gab ihm auch das Gefühl, Marco kurzzeitig ausgeliefert zu sein, und es war schwer zu sagen, ob das nur unangenehm war.

In den vorangegangenen Monaten hatte Marco ihn um Geld angepumpt.

»Damiano, ich wollte dich was Vertrauliches fragen«, hatte er am 10. Oktober geschrieben, »aber es muss *wirklich* unter uns bleiben. Weil *A(h)però* noch nicht wieder eröffnet hat, bin ich blank. Könntest du mir was leihen? Sonntag geht's wieder los, dann gebe ich dir alles zurück.«

»Ich würde dir gern was geben«, hatte Damiano geantwortet, »aber demnächst wird meine Kreditkarte abgebucht, und ich kann nichts mehr abheben.«

Marco hatte das Register gewechselt: »Damiano, ich bin weder ein armer Schlucker noch ein Stricher. Ich bin ein anständiger Mensch mit dem gleichen gesellschaftlichen Hintergrund wie du.«

»Machst du Witze?«, hatte Damiano geantwortet, bemüht, ihm nicht zu nahe zu treten, obschon Marco selbst die Möglichkeit einer Beleidigung – die Anspielung auf den Stricher – wie eine Falle ins Spiel gebracht hatte.

»Du könntest die Karte von deinem Vater benutzen«, hatte

Marco geschrieben, »er würde es erst nächsten Monat merken, und bis dahin hätte ich dir das Geld zurückgegeben.«

»Bitte«, hatte Marco nach wenigen Minuten nachgeschoben, »antwortest du mir jetzt nicht mehr?«

»Entschuldige, mein Handy ist ausgegangen«, hatte Damiano geantwortet, »kannst du zwanzig Minuten warten, bis meine Eltern aus dem Haus sind? Auch eine Viertelstunde.«

»In einer Viertelstunde bei dir«, hatte Marco geantwortet und Emojis angefügt.

Also hatte Damiano ihm das Geld gegeben.

Er hatte es nicht einfach aus Großzügigkeit getan, sondern wegen des feinen Schleiers der Bedrohung, in den Marco seine Bitte gehüllt und dabei weniger auf das schlechte Gewissen denn auf die Befürchtung abgezielt hatte, die Enttäuschung von Erwartungen könnte unterschwellig zu sozialer Ächtung führen. Wie stehen wir denn da, wenn wir das Geld, in dem wir schwimmen, einem guten Freund verweigern, der es braucht?

Doch dann war der Sonntag gekommen, und Marco hatte sich nicht gemeldet, um die geliehene Summe zurückzugeben. Nach ein paar weiteren Tagen hatte Damiano es für angemessen gehalten, sich zu melden, um ihn an die ausstehende Rückzahlung zu erinnern. Doch wenn er in die Enge getrieben wurde, lief Marco Prato zur Höchstform auf.

D: »Ciao, Marco, wie geht's?«

M: »Geht so. Ziemlich mies. Dir?«

D: »Ich schreibe dir, weil du sagtest, du würdest mir am Sonntag das Geld wiedergeben, das ich dir geliehen hatte.«

M: »Du lässt nie von dir hören.«

Der Einschub war wie aus einem Handbuch.

D: »Stimmt, ich habe nicht von mir hören lassen, und es tut mir auch leid, dich das einfach so zu fragen. Aber ich bräuchte das Geld.«

M: »Damiano, leider kann ich es dir noch nicht wiedergeben. Ich komme mir total mies vor. Ich hasse es, Schulden zu haben. *A(h)però* kommt gerade erst in Fahrt …«

D: »Du musst dich nicht mies fühlen. Ich hab's nur versucht, weil ich gerade nicht flüssig bin.«

Am 17. November hatte Damiano einen zweiten Anlauf unternommen.

D: »Ciao, Marco, wie geht's? Am Samstag fliege ich nach Brasilien. Glaubst du, du könntest mir das Geld zumindest teilweise wiedergeben?«

M: »Mir geht's schlecht, bin nur zu Hause. Ist ein schwieriger Moment.«

D: »Das tut mir echt leid. Wollen wir heute Abend ausgehen? Magst du bei mir vorbeikommen? Oder wenn du willst, hole ich dich ab.«

Sie hatten sich an dem Abend nicht gesehen, und Damiano war nach Brasilien gefahren. Als er am 2. Dezember wieder in Italien war, hatte er Marco geschrieben.

D: »Marco, entschuldige, wenn ich dich danach frage. Ist mir auch ein bisschen peinlich. Ich bräuchte das Geld, das ich dir geliehen habe. Kannst du es mir wiedergeben? Wenigstens einen Teil davon?«

M: »Leider nein. Glaub mir, mir ist die Sache noch viel peinlicher! Ich schäme mich zutiefst. Zu Silvester (drück die Daumen!) organisiere ich einen Abend, bei dem einiges rausspringen sollte.«

In den folgenden Wochen hatte es weitere Chats gegeben. Dann, am 5. Januar, war Damiano wieder auf das Thema zurückgekommen, wenn auch nur andeutungsweise.

D: »Frohes Neues, Marco! Wie liefen die Einnahmen?«

Marco hatte nicht geantwortet. Nach einer Woche, am 12. Januar, hatte Damiano ihm erneut geschrieben. Diesmal klang er verärgert.

»Marco, du könntest mir wenigstens antworten …«

»Liege mit Fieber im Bett«, hatte Marco am nächsten Tag geantwortet. Dann hatte er zugestoßen: »Als ich deine Neujahrsmessage gelesen habe, war ich gekränkt. Du rufst nicht mal an, um mir ein frohes neues Jahr zu wünschen, und dann fragst du mich, wie die Einnahmen gelaufen sind. Der Abend war gut, aber die Umsätze waren nicht so toll. Wie auch immer, sobald sie mir überweisen, was sie mir schulden, und das Fieber vorbei ist, fange ich an, dir was zurückzuzahlen.«

Die eigene Verfehlung in die der anderen umzumünzen war ein alter Trick, aber er funktionierte.

»Entschuldige, Marco, ich wollte nicht unhöflich sein. Du warst also sauer auf mich?«

»Nicht sauer, aber enttäuscht. Sobald ich wieder gesund bin, schreibe ich dir.«

»Ja, wäre schön, zusammen einen Kaffee trinken zu gehen. Werde schnell gesund.«

»Also, kommst du nun bei uns vorbei oder nicht?«, tippte Marco ins Handy und musterte Manuel, der sich über eine der beiden letzten Lines beugte.

»Ok, ich komme.«

»Schön. Wir sind in Collatino, Via Igino Giordani.«

Marco löste Augen und Finger vom Handy. Er blickte Manuel an und berichtete, was los war.

»Bist du sicher?«

Jetzt wirkte Manuel enttäuscht. Sogar ärgerlich.

»Wollen wir nicht lieber unter uns bleiben und ein bisschen reden? Warum muss dein Freund dazukommen? Uns geht's doch prima zu zweit.«

»Das Koks«, versetzte Marco knapp.

»Hör zu, Marco, jetzt mal Klartext. Ich will nicht noch einmal als Schwuchtel durchgehen.«

»Komm schon, keine Sorge«, sagte Marco grinsend, »wir brauchen Damiano fürs Geld. Er ist unser Geldautomat. Außerdem ist er nett, du wirst sehen, er ist ein ganz lieber Junge.«

Nicht einmal Damiano konnte sich erklären, was ihn dazu bewogen hatte, die Einladung anzunehmen. Wusste er nicht, was er mit dem Abend anfangen sollte? Langweilte er sich wirklich?

Tatsache ist, dass er sich um seine Sonnenbrille sorgte.

Er verfluchte sich noch immer, sie diesem Typen geliehen zu haben, diesem Freund von Marco Prato, der eines Nachts in seiner Wohnung aufgetaucht war. Alessandro, der Japaner. Nicht einmal seinen echten Namen kannte er.

Natürlich hatte Damiano versucht, ihn ausfindig zu machen, er hatte Marco mehrere Nachrichten geschrieben, doch der hatte immer ausweichender darauf geantwortet. Und so verließ Damiano um zwanzig vor eins in der Nacht das Haus und rief ein Taxi. Er erreichte die Via Igino Giordani, zahlte die Fahrt, stieg aus dem Wagen und blickte sich um. Er konnte die Hausnummer nicht finden. Nachts wirkte Collatino wie ein riesiger, verwaister, zementener Bienenstock auf einem fernen Planeten. Er schrieb Marco.

»Wo seid ihr?«

»Der findet nicht mal das Haus«, sagte Marco, nachdem er die Nachricht erhalten hatte.

Sie fuhren ins Erdgeschoss hinunter.

Damiano sah sie aus dem Dunkel auftauchen.

»Ciao, Marco«, sagte er zögernd.

»Damiano, mein Hübscher, da bist du ja. Ich stelle dir Matteo vor.«

Matteo? Manuel war verstört. Er hielt Damiano die Hand hin und versuchte so zu tun, als wäre nichts. Warum hatte Marco ihn unter diesem Namen vorgestellt? Wollte er ihn schützen? Oder manövrierte er ihn wieder mal in ein Schlamassel?

Die drei stiegen in den zehnten Stock hinauf und betraten die Wohnung. Auf dem Wohnzimmertisch waren bereits drei Lines Koks vorbereitet.

»Dieser Manuel, den ich Matteo nannte«, sagte Damiano zu den Carabinieri, »war am Anfang sehr still. Ich fürchtete schon, er wäre von meiner Anwesenheit genervt. Aber dann taute er allmählich auf. Insgesamt war die Stimmung entspannt. Die Probleme begannen später.«

Die drei snifften, legten Geld zusammen, um Nachschub zu besorgen, genauer gesagt, ließ Damiano das Nötige springen. Zweihundertfünfzig Euro. Er war kein Gewohnheitskokser und hatte keine Ahnung, ob das eine angemessene Summe war. Marco rief den Dealer an, es war zwei Uhr morgens. Nach ein paar weiteren Gläsern machte Manuel sich allmählich locker und fing an, mit Damiano über die Uni zu reden. Marco betrachtete die beiden zufrieden.

»Ein E-Campus? Und was soll das sein?«, fragte Damiano.

»Das bedeutet, dass ich online studiere. Die Vorlesungen sind im Netz … also … man fährt nur hin, um Prüfungen abzulegen und die Diplomarbeit zu diskutieren.«

»Nichts für ungut«, sagte Damiano, »aber für mich klingt so eine Uni ein bisschen absurd.«

Manuel versuchte, sich klarer auszudrücken. Marco machte drei Lines auf dem Tisch zurecht. An dem Punkt passierte etwas fast schon Komisches. Damiano hatte Schwierigkeiten, zu sniffen. Bei den ersten Lines war alles glattgegangen, aber jetzt nicht mehr.

»Ich leide an einer Hypertrophie der Nasenmuschel«, erklärte er, »tut mir wahnsinnig leid.«

Also rief Damiano mitten in der Nacht wieder ein Taxi, ließ sich zu einer Notdienstapotheke bringen, kaufte Nasenspray und kehrte in die Via Igino Giordani zurück.

Sie machten sich wieder ans Koksen. Jetzt führte Marco das Wort. Während er Damiano mit seinen Sprüchen unterhielt, beobachtete er Manuel aus den Augenwinkeln. Auch Manuel sah ihn an, er sah Marco an, erkannte *das Ding*. Durch das Kokain war alles wieder losgegangen wie beim ersten Mal, wie vor zwei Monaten, wie im Januar. Der *Magnetismus*. Eine weiße gleißende Woge. Jetzt waren sie wieder auf einer Wellenlänge. Sie kippten ein weiteres Glas, sniffiten, und kaum erreichte die Woge das Hirn – eine sanfte, unblutige Explosion, wie eine Feuerwerkskaskade in Zeitlupe –, blickten Manuel und Marco einander noch tiefer in die Augen.

Wenn zwei Menschen auf Drogen sich so anblicken, können sie einiges sehen. Womöglich haben sie das Gefühl, die Gedanken des anderen lesen zu können. Oder sie reden sich ein, der andere könnte ihre Gedanken lesen. Woraufhin sie sich unter Umständen auf eine Weise öffnen, die den anderen *wirklich* erahnen lässt, was sie denken. Oder sie können bei der Deutung der Gedanken des anderen komplett danebenliegen. Wer sich so anblickt, könnte es mit der Angst zu tun bekommen. Oder euphorisch werden. Wie übermannt von Glückseligkeit. Oder von entsetzlicher Panik.

Plötzlich sprang Marco auf. »Das Vorstellungsgespräch!«, rief er.

Am nächsten Tag, erklärte er, habe er einen wichtigen Termin. Er müsse früh raus. Genauso sei es. Er wandte sich an beide, aber sein Blick war auf Damiano geheftet. Damiano begriff nur allzu gut, dass sich die Botschaft an ihn richtete. Er begriff, dass er im Weg war. Wegen des veränderten Bewusstseinszustands oder wegen der unausgesprochenen Drohung, die in jedem von Marcos Worten mitschwang – die Möglichkeit, er könnte etwas übelnehmen –, stellte er sich nicht allzu viele Fragen. »Oh, aber klar, entschuldige bitte«, sagte er hastig. Er verabschiedete sich von Marco, verabschiedete sich von Manuel (»Ciao, Matteo, nett, dich kennengelernt zu haben.«), rief ein Taxi und ging.

Kaum war Damiano aus der Tür, stürzten sich Marco und Manuel auf das Koks. Marco schnappte sich die Stofftasche, die er mitgebracht hatte. Er rannte ins Bad, rasierte sich, depilierte sich Hände und Arme, schminkte sich, parfümierte sich, lackierte sich die Nägel. Er holte die Leggings aus der Tasche, das Leopardenkleid, den BH und die hohen Schuhe.

Es war fast fünf Uhr morgens, die Stimmung hatte sich vollends gedreht. Das, was im Schatten gewesen war, erstrahlte in hellem Licht. Die Scharade, die in der Luft gehangen hatte, zeigte sich in ihrer Vollendung. Marco und Manuel fühlten sich stark, entschlossen, in der Lage, einander zu verstehen, auf den Grund zu schauen, mehr als je zuvor.

Damiano erwachte vor dem Mittagessen. Er hörte, wie sich der Schlüssel im Schloss drehte, die ersten Schritte im Wohnzimmer. Seine Mutter kam ihn besuchen. Mittagessen mit ihr. Kurz darauf kehrte er ins Bett zurück, er spürte die Müdigkeit der vergangenen Nacht und schlief augenblicklich ein.

Als er wieder aufwachte, war die Wohnung in Stille getaucht. Es war Nachmittag, seine Mutter war gegangen. Er blieb noch ein bisschen liegen und sah fern. Nach einer halben Stunde beschloss er, ins Fitnessstudio zu gehen. Er packte seine Tasche und wollte sich aufmachen. Da spürte er sein Handy vibrieren. Marco Prato. Er schlug ihm einen weiteren gemeinsamen Abend vor. Diesmal könnten sie bei Damiano schlafen, schrieb er. Er lud sich praktisch selbst ein. Hastig schrieb Damiano eine Antwort.

»Ciao, Marco, danke für den Vorschlag, zu mir zu kommen♥, aber heute Abend bin ich zum Essen bei meiner Großmutter und bleibe dort über Nacht.«

Marco war nicht der Typ, der sich mit einem Emoji abspeisen ließ.

»Ich bin wieder bei Matteo«, informierte er ihn, »komm her und geh danach zu deiner Oma.«

»Würde ich gern, aber bin gerade auf dem Weg zum Sport.«

Damiano steckte das Handy wieder in die Tasche, verließ das Haus und machte sich zu Fuß auf den Weg zum Fitnessstudio. Er war schon fast dort, da meldete Marco sich mit einer weiteren Nachricht.

»Mit deiner Oma kannst du doch auch morgen essen.«

»Danke, aber heute ist es ein bisschen schwierig.«

Er hatte keine große Lust, Marco so schnell wiederzusehen. Schade nur, dass Marco zwischen den Zeilen auf unbegreifliche Weise einen Spalt wahrgenommen hatte und sich nun daranmachte, sich hindurchzuzwängen. Er spielte eine unerwartete Karte aus.

»Damiano, hör mal, eigentlich geht's mir nicht gut.«

»Wie, dir geht's nicht gut?«

Marco schrieb, seine Laune sei im Keller. Er sei »blockiert«, habe Paranoia, stehe kurz vor einer Panikattacke. Wer könne ihn besser verstehen als jemand, der an einer Zwangsstörung leide?

»Lass mich nicht hängen«, schrieb er, »ich mag dich echt gern.«

»Wenn du willst, können wir morgen den ganzen Tag zusammen verbringen«, versuchte Damiano ihn zu beschwichtigen.

»Hör mal, Damiano«, wieder hatte der Ton sich geändert, »wenn jemand in Not ist, braucht er genau dann Hilfe. Und genau dann ist bei mir *jetzt*.«

»Ja, aber ich habe ein Abendessen mit meinen römischen Cousins organisiert, die ich so gut wie nie sehe.«

Ausreden über Ausreden. Er ruderte herum.

»Eben, deine Cousins sind aus Rom«, schrieb Marco, »die kommen schließlich nicht aus Australien. Die kannst du jederzeit sehen.«

»Stimmt«, gab Damiano zu, »aber glaub mir, ich kann nicht.«

»Damiano, ich *bitte* dich«, beharrte Marco, »ich finde es schäbig, dass du einen Freund in diesem Zustand für ein spießiges Abendessen im Stich lässt.«

»Ich würde auch lieber mit dir abhängen, aber du bringst mich echt in Schwierigkeiten.«

»Dann *komm*«, schrieb Marco, »ich will kein Geld, ich will keine Drogen, ich brauche nur DICH. Wenn du *mich* gebraucht hast, war ich immer für dich da.«

»Aber wenn ich komme, trinke ich nichts.«

Er war eingeknickt.

»Ich schreibe dir die Adresse. Via Igino Giordani 2. Ich bitte dich nur um einen Gefallen. Bring mir Beruhigungsmittel mit, Angstlöser, Benzos, was du hast. Mir geht's dreckig.«

Damiano kehrte dem Fitnessstudio den Rücken. Rief ein Taxi. Nannte dem Fahrer die Adresse und schloss entnervt die Augen. Er seufzte, dann schrieb er an Marco: »Bin auf dem Weg.«

Diesmal wusste er, wo er klingeln musste.

Damiano fuhr in den zehnten Stock hinauf. Er sah, dass die Tür bereits offen stand, aber was er vorfand, war nicht das, womit er gerechnet hatte.

»Ciao, Damiano.«

Marco wirkte nicht im Entferntesten wie jemand, der kurz vor einer Panikattacke stand. Er lächelte, stand fest auf beiden Beinen, und als wäre das nicht genug, war er glattrasiert, hatte depilierte Arme und Hände und lackierte Fingernägel.

»Aber … wieso hast du dir die Nägel lackiert?«, brachte Damiano heraus.

»Ich habe mich gelangweilt«, lautete die Antwort.

Marco Pratos Anblick war überraschend. Aber ebenso überraschend war der Anblick der Wohnung. Dem ersten Anschein nach war es dieselbe Wohnung wie in der Nacht zuvor, und dennoch war es, als schwebe alles darin in einer neuen Atmosphäre, als wabere etwas zwischen diesen Wänden, besser noch, als würde man, kaum eingetreten, tausende Kilometer weit fortgeschleudert. In die Höhe oder in die Tiefe oder in eine andere Dimension, Damiano hätte es nicht sagen können.

»Wo ist Matteo?«

»Oh, der schläft in seinem Zimmer.«

Marco hielt ihm ein Glas eiskalten Wein hin.

Obwohl er sich vorgenommen hatte, nicht zu trinken (»ich war auch auf Diät«), konnte Damiano nicht ablehnen und führte das Glas an die Lippen. »Der Angstlöser?«, sagte Marco.

Damiano holte die Schachtel Delorazepam hervor, die er mitgebracht hatte. Marco griff danach und nahm sie prüfend in Augenschein.

»Wie ist das Vorstellungsgespräch gelaufen?«, fragte Damiano.

»Oh, gut, gut«, antwortete Marco eilig, »jetzt mixe ich dir noch einen Cocktail.« Er kehrte in die Küche zurück, um Nachschub zu holen.

Damiano setzte sich ins Wohnzimmer, leerte die Taschen, legte Portemonnaie und Handy auf den Tisch. Immer unbehaglicher blickte er sich um. Als Marco nach ein paar Minuten noch immer nicht zurück war, beschloss er, ihm zu folgen. »Wie lange brauchst du denn?«, fragte er, als er in die Küche kam. »Ich kühle die Gläser gern mit Eis«, war Marcos Antwort. Er kehrte ihm den Rücken zu, und als er Damiano hinter sich spürte, beugte er sich noch ein wenig mehr nach vorn. Damiano hatte den Eindruck, als wolle Marco das Stück Arbeitsplatte verdecken, auf dem er die Getränke mixte. Er trat noch einen Schritt näher. Mit einem leicht genervten Lächeln drehte Marco sich um: »Wieso gehst du nicht nach nebenan?«

»Um was zu machen?«

»Geh zugucken, wie Matteo schläft«, sagte er.

»Zugucken, wie Matteo *schläft?*«

»Das ist interessant«, entgegnete Marco, ohne eine Miene zu verziehen.

So fand sich Damiano im Flur wieder. Er hätte es nie gewagt, den Hausherrn zu stören, der sich in seinem Bett ausruhte, zumal er ihn kaum kannte. Aber zugleich wollte er Marco nicht verärgern. Am Ende des Flurs blieb er stehen, rührte sich nicht, damit Marco glaubte, er befolge seinen Vorschlag, wagte es jedoch nicht einmal, die Klinke der Schlafzimmertür zu berühren. Er zählte bis zehn und kehrte ins Wohnzimmer zurück.

»Oh, da bist du ja wieder«, sagte Marco und hielt ihm ein Glas mit einer dunklen Flüssigkeit hin. Sie sah aus wie Kräuterschnaps. Damiano nahm einen Schluck. Der Geschmack war seltsam. Er überlegte, wie er das Glas loswerden sollte, ohne dass Marco es ihm übelnahm. In dem Moment hörten sie Geräusche aus dem Schlafzimmer, dann Schritte im Flur. Wenige Sekunden darauf erschien Manuel im Wohnzimmer, begrüßte beide, schleppte sich zum Tisch, setzte sich und vergrub den Kopf in den Händen. »Ich hab Kopfweh«, verkündete er. Obwohl er gerade erst aufgewacht war, wirkte er müde. Die drei fingen an zu reden. Nach ein paar Minuten kamen sie zu dem Schluss, dass die Zeit reif wäre, um weiteres Kokain zu kaufen. Damiano zog die Geldkarte und ein Zettelchen mit der draufgekritzelten PIN hervor. Marco redete. Manuel redete. Die Stimmen drangen verzerrt bis zu Damiano vor. Der Raum ringsum begann sich zu bewegen, die Wände wogten wie Vorhänge im Wind.

»Wie soll man so einen verstehen?«, erzählte Manuel dem Staatsanwalt. »Wie soll man einen verstehen, der K.-o.-Tropfen ins Glas seines Freundes kippt, der ihm sogar Geld gegeben hat, um Kokain zu besorgen?«

Manuel berichtete, Marco habe ihm gesagt, K.-o.-Tropfen in Damianos Glas getan zu haben. Damiano sagte, er sei sich nicht sicher, ob so etwas passiert sei (wie hätte er das auch wissen können?), aber tatsächlich wurden seine Erinnerungen genau ab dem Moment verschwommen. Er erinnerte sich, auf dem Sofa aufgewacht zu sein. Er war durcheinander, benommen, begriff nicht recht, wie viel Uhr es war. »Lasst uns ein bisschen Luft schnappen. Los, gehen wir runter«, sagte Marco plötzlich. »Wie, runter?«, fragte Damiano überrascht. Ihm war, als sähe die Wohnung schon wieder anders aus. »Los, auf geht's.« Er spürte, dass man Marco Folge leisten musste. Manuel war ebenfalls unterwegs zur Tür. Damiano hievte sich vom Sofa. Wenige Sekunden später war er auf dem Treppenabsatz.

»Wir gehen zu Fuß, du nimmst den Aufzug.«

Wieder gehorchte er. Er betrat den Aufzug und starrte auf seine Füße, während es Stockwerk um Stockwerk abwärtsging. Die Türen glitten auf, und Damiano fand sich in einer anderen Welt wieder. »He, Jungs, wo seid ihr?« Er hörte seine Schritte im Nichts widerhallen, ringsherum war alles stockfinster. Allmählich gewöhnten sich die Augen ans Dunkel, und im Halbschatten machte er einen grauen Fleck aus. Er sah genauer hin. Der Rollladen einer Garage. Er war aus Versehen ins Untergeschoss gefahren. Rechts war eine Treppe, er bewegte sich darauf zu, stieg die Stufen hinauf, fand sich im Erdgeschoss wieder. Noch immer drehte sich ihm der Kopf. Er ging auf die Haustür zu, öffnete sie und war wieder draußen in der Via Igino Giordani.

Jetzt atmete er die kalte Nachtluft. Gegenüber, jenseits der Kirche, hörte er Schritte in der Ferne. Er meinte, zwei Schemen in der Dunkelheit auszumachen. »Marco? Bist du das?« – »Hier lang«, sagte eine Stimme. Damiano versuchte, ihr zu folgen. Bei einem Kreisverkehr bog er nach rechts, nahm eine von Hecken gesäumte Straße geradeaus, bog nach links und stellte fest, dass er sich verlaufen hatte.

Jetzt lief er ziellos umher, umgeben von Mietshäusern und geparkten Autos. Er rang die Panik nieder. Nach weiteren Minuten ziellosen Umherirrens erblickte er in der Ferne eine sich bewegende Gestalt. Er beschleunigte den Schritt und ging auf sie zu. Es war ein Mädchen. Damiano hob vorsichtig die Hand, er wollte sie auf sich aufmerksam machen, ohne sie zu erschrecken. Das Mädchen trat aus dem Schatten, sie wirkte nicht verängstigt. Damiano erzählte ihr, dass er sich verlaufen habe. Sie war nett und erklärte ihm den Weg zurück in die Via Igino Giordani.

Nach wenigen Minuten wusste Damiano wieder, wo er war. Kaum erblickte er Manuels Haus, machte er eine unerfreuliche Feststellung. Er kramte in seinen Taschen. *Scheiße.* Die Geldkarte. Er legte einen Schritt zu. Drückte auf die Klingel.

»Damiano, wo warst du?«

Es war Marcos Stimme.

»Ich habe mich verlaufen, machst du mir bitte auf?«

»Fahr ruhig nach Hause, ich komme auch bald runter.«

Damiano seufzte. Das war wie ein Albtraum.

»Marco, ich habe die Geldkarte bei euch liegenlassen. Lass mich rauf, dann hole ich sie und bin weg.«

»Ich habe gesagt, fahr nach Hause. In einer halben Stunde bringe ich dir alles.«

»Ich muss in einer sehr merkwürdigen Verfassung gewesen sein«, erzählte er den Carabinieri, »denn – sorry – wenn ich feststelle, dass meine Geldkarte futsch ist, und ich sage, *kann ich kurz raufkommen?*, und das wird mir verweigert – tja, in normaler Verfassung hätte ich darauf bestanden, oder? Ich hätte mich durchsetzen können. Stattdessen habe ich auf Prato gehört.«

Im Taxi kehrte er nach Parioli zurück. Als er zu Hause war, begann Damiano zu warten. Nach einer Stunde war Marco noch immer nicht da. Wenige Minuten später hörte er sein Handy piepen. Er stürzte sich auf das Gerät, starrte auf das Display. Es war nicht Marco. Es war seine Bank. Damiano las die Nachricht noch einmal, um sicherzugehen, dass er sie richtig verstanden hatte. Piep. Noch eine Nachricht von der Bank. So absurd und schamlos es war, sosehr sich Damiano auch *weigerte*, so etwas überhaupt nur für möglich zu halten, war er gezwungen, sich dem Gedanken zu stellen, dass es tatsächlich passierte. Sofort rief er Marco an. Niemand ging ran. Also fing er an, Nachrichten über Nachrichten zu schreiben.

»Tu mir das nicht an.«

»Antworte bitte.«

»So was macht man einfach nicht, Marco.«

»Lass von dir hören, bitte.«

»Jemand hat noch mal 250 Euro von meinem Konto abgehoben.«

»Muss ich die Karte als gestohlen melden?«

»Marco, ich flehe dich an, ich drehe durch!«

»Marco, das Geld ist mir egal, aber antworte.«

»Du zerstörst mein Leben.«

Stunden vergingen. Marco antwortete auf keine einzige Nachricht. Als Damiano beschloss, die Karte sperren zu lassen, waren von seinem Konto bereits über tausend Euro abgehoben worden.

Wieder allein in der Wohnung fanden Marco und Manuel sich mit zwei Gramm unberührtem Kokain, mehreren Flaschen Wodka und einer noch funktionierenden Geldkarte wieder. Es war zwei Uhr morgens am Donnerstag, den 3. März. Ohne Zeit zu verlieren, machten sie sich wieder ans Sniffen. Es war, wie den Faden einer unglaublichen, kurzzeitig unterbrochenen Unterhaltung wiederaufzunehmen. Da war die oberflächliche Realität, und darunter die verborgene Welt, die das Kokain augenblicklich in ihren Köpfen aufflammen ließ.

»Wir stürzten direkt wieder ins Delirium«, erinnerte sich Marco.

Sie redeten wieder darüber, wie sich eine Menge Geld machen ließe. Marco fing erneut von dem Plan der Geschlechtsumwandlung an. Er würde Hormone schlucken, eine transsexuelle Soldatin unter Manuels Befehl werden. Ein zu allem bereiter Körper, gesteuert von einem Businessgenie mit einer Leidenschaft für Informatik. Was passiert, wenn Sasha Grey auf Steve Jobs trifft? Der mentale Wechselstrom zwischen den beiden lief auf Hochtouren, für winzige Augenblicke verschmolz ihr Verstand, dann driftete jeder auf eigenen Bahnen davon.

»Manuel erzählte mir von einer Erbschaft, die beim Tod des Vaters an ihn übergehen würde«, sagte Marco zum Staatsanwalt, »aber warum auf den Tod warten? Dank meiner Geschlechtsumwandlung könnten wir einen Verführungsplan aushecken.«

»Einen Verführungsplan? Und zu welchem Zweck?«, fragte der Staatsanwalt.

»Manuel hatte mir seinen Vater als einen für weibliche Reize sehr empfänglichen Mann beschrieben. Als Frau verkleidet, würde ich nicht bei ihm landen können. Aber wenn ich *wirklich* eine Frau wäre … Ich hätte Signor Foffo verführt, ich hätte ihn dazu gebracht, Dinge zu tun, die Manuel von Nutzen wären, ich hätte es sogar geschafft, die Leute vom Fußballdachverband zu verführen, und dann hätten sie Manuels App abgenickt. Wie auch immer: ein Wahnsinn.«

Solange es sich nur um Worte handelte, lösten sich alle Probleme in schwindelerregendem Tempo.

»Während wir redeten, waren Manuels Augen nicht wiederzuerkennen«, sagte Marco.

Laut Manuel war es hingegen Marco, der in gewissen Momenten den »Verbrecherblick« hatte.

»Da fing er an, mir von den Vergewaltigungen zu erzählen«, sagte Marco.

»Da fing ich an, ihm das mit der Vergewaltigung *vorzuspielen*«, korrigierte Manuel.

Laut Manuels Version legte Marco ihm eine Hand auf die Schulter. »Na komm, mir kannst du alles sagen. Was ist deine allergeheimste Fantasie?« Da rückte Manuel, der in seinem ganzen Leben nicht darauf gekommen wäre, jemanden vergewaltigen zu wollen, mit der extremsten Idee heraus, die ihm in den Sinn kam.

»Ich stehe auf Vergewaltigungen.«

Er sah es als Wettstreit, er wollte die Reaktion des Freundes sehen, Marco war ein ebenso merkwürdiger wie interessanter Typ, seine Antworten waren immer verblüffend.

Da holte Marco das Handy hervor und zeigte ihm Videos.

»Die waren grauenhaft«, erzählte Manuel, »ich fand sie sofort abstoßend.« Erwachsene, die Sex mit Kindern hatten. Dann ein

Video von einem Mädchen, das von einer Männergruppe vergewaltigt wurde. Manuel sah genauer hin. Ihm war nicht klar, ob es sich um eine echte oder eine gespielte Vergewaltigung handelte. Sie tranken noch mehr Wodka. Schnupften noch mehr Koks. Manuel fing wieder an, von seinen Fantasien zu reden. Jetzt drehte er völlig frei, die Sätze zerfransten, der Blick wurde noch wirrer. Marco versuchte, Schritt zu halten, doch Manuels Augen wurden so seltsam, dass sie ihm Angst machten.

»Wir brauchen ein drittes Hirn«, sagte er daraufhin.

Nachdem die psychische Ansteckung kurz vor dem Siedepunkt stand, musste man versuchen, die Temperatur zu senken. »Gewisse Dinge, die er sagte, fingen an, wirklich *schräg* zu klingen«, erzählte Marco, »ich war verstört, aber er gefiel mir wahnsinnig gut. Also habe ich gedacht, wenn eine dritte Person dazustieße, würde sich die Situation entspannen. Ich sagte ihm: *Lass irgendeinen Freund von dir kommen, dann reden wir ein bisschen.*«

Manuels Version klang ein wenig anders: »Marco fing an, mich mit dieser Geschichte zu bedrängen, dass ich einen Freund von mir anrufen sollte. Der sollte herkommen. Er ließ nicht locker. Ließ einfach nicht locker. Also habe ich irgendwann zum Telefon gegriffen, und wir haben zusammen durch die Kontakte gescrollt.«

Während Manuel Marco seine Kontakte zeigte, machte Marco Kommentare dazu.

»Er sah sich die Kontaktfotos an und befand: *Der ist ein netter Junge; der da hat eine Verbrechervisage; der ist eine Koksnase; diesem kann man nicht trauen …*

Er sagte sogar, viele von diesen Freunden würden mich ausnutzen, sich meine Nettigkeit und Hilfsbereitschaft zunutze machen. Das alles nur anhand der Fotos.«

War das eine Methode, um ihn kleinzukriegen? Um ihn im Griff zu haben? Versuchte Marco, seine Macht über Manuel zu steigern, indem er ihm sagte, er könne manchen Freunden nicht trauen, aber ihm natürlich schon? Zudem leuchtete Manuel die Behauptung, wegen der Theorie des »dritten Hirns« müsse ein Freund von ihm kommen, überhaupt nicht ein. Oder zumindest schien noch etwas anderes dahinterzustecken.

»Marco sagte es mir nicht, aber ich befürchtete, dass er auch auf was Sexuelles aus war.«

Manuel fing an, die Kontakte anzurufen, die die Einladung bestimmt nicht würden annehmen können.

»Ich rief einen Freund an, der am nächsten Tag früh zur Arbeit musste. Einen anderen, der nicht in Rom war und Stunden gebraucht hätte, um zu uns zu stoßen. Einen weiteren, der seit Jahren nicht mehr kokste und deshalb niemals gekommen wäre. Ich machte das extra. Ich wollte niemanden in Schwierigkeiten bringen.«

Nach den ersten fruchtlosen Versuchen riss Marco ihm das Telefon ungeduldig aus den Händen. Noch einmal ging er die Kontaktliste durch und fing an, selbst WhatsApp-Nachrichten zu verschicken.

»Ich weiß nicht mal, wie viele er verschickt hat. Er schrieb und gab sich als mich aus. Aber so, wie er es anstellte, führte das zu nichts.«

Manuel verbrachte Tage damit, Restaurantkritiken auf Tripadvisor zu lesen, um dahinterzukommen, welche echt und welche gefakt waren. Er war überzeugt, dadurch ein gewisses Gespür für stilistische Feinheiten entwickelt zu haben.

»Das hätte nie klappen können. Wenn man mein Handy untersucht und sämtliche WhatsApp-Nachrichten und SMS liest, die ich im Laufe der Zeit verschickt habe, stellt man fest, dass ich immer korrektes Italienisch benutze, aber er ließ mich in den Messages, die er verschickte, ganz anders klingen. Er benutzte Wörter wie: *Alter, hier gibt's ne Runde Schnee*, und sogar *yalla*. Lauter Mist.«

Marco verschickte auch eine Nachricht an Manuels Bruder. Manuel wurde sauer. Genervt schnappte er sich sein Handy und machte sich wieder daran, bedächtig durch die Kontakte zu scrollen.

»Meine engsten Freunde hätte ich niemals in Gefahr gebracht.«

Es war 04:13 Uhr morgens, als Manuel Alex Tiburtina anrief.

»Als ich den Beitrag in den Nachrichten sah, traf mich der Schlag«, sagte Alex Quaranta zu den Carabinieri, »es ist unglaublich, wenn einem klar wird, dass man nur haarscharf einem Massaker entkommen ist.«

Manuel Foffo und Alex Quaranta hatten sich ein knappes Jahr zuvor kennengelernt und seitdem nicht mehr wiedergesehen. An einem Sommerabend, an dessen genaues Datum sich keiner der beiden erinnerte, hatte Manuel ein paar Stunden im Restaurant der Familie verbracht und dann beschlossen, nach Hause zu gehen. Vom Bottarolo bis zur Via Igino Giordani waren es zwanzig Minuten zu Fuß. Obwohl er gerade erst aus dem Restaurant kam, stellte er fest, dass er Hunger hatte. Wenn man in Rom unterwegs ist und Hunger bekommt, gerät einem früher oder später mindestens ein Ort ins Blickfeld. Nach wenigen Metern auf der Tiburtina entdeckte Manuel einen Pizza-Imbiss. Er betrat das Lokal, setzte sich, aß etwas. Hinter sich hörte er Stimmen. Die Stimmen wurden laut. Sie stritten.

»Ein Typ war mit seinen Freunden reingekommen, sie hatten Pizza und Bier bestellt. Als sie zahlen wollten, stellte er fest, dass ihm zwei Euro fehlten. Der Pizzabäcker wurde wütend. Sie fingen an zu diskutieren. Hörten gar nicht mehr auf. Um mir das nicht weiter anhören zu müssen, ließ ich den fehlenden Betrag springen.«

Alex Quaranta bestand mit einer gewissen Pedanterie darauf klarzustellen, dass die Dinge ein bisschen anders gelaufen waren.

»Mir fehlten fünfzig Cent, nicht zwei Euro. Und ich hatte keine Pizza genommen, nur ein Nastro Azzurro.«

Manuel beglich die läppischen Schulden, Alex Quaranta kam lächelnd auf ihn zu.

»Alter, du bist mega! Danke, echt, ey! So was Nettes hat noch niemand für mich gemacht.«

»Schon gut, lass stecken«, wiegelte Manuel ab.

»Ich bin sonst nicht so, nicht mal für 'n Bier hat's gereicht«, sagte Alex, »aber nur, weil ich ohne Geld los bin. Ich wohn gleich um die Ecke.«

»Wo genau?«

»Gleich hier vorn!«

Er war ein Kerl um die fünfunddreißig, dunkler Teint, offenherzig. Er machte einen sympathischen Eindruck.

Er stellte ihm seine Freunde vor. Einer der beiden hieß Samir, ein Tunesier. »Ich habe ein Restaurant gleich hier, in der Monti di Pietralata«, sagte Manuel. »Echt? Ich bin Pizzabäcker!«, sagte Samir. »Braucht ihr vielleicht jemanden?« Zusammen verließen sie den Laden. Manuel lernte gern neue Leute kennen. Alex war Fremden gegenüber aufgeschlossen (»mit jemandem, den man nicht kennt, kann man offen reden, man muss nicht dauernd aufpassen, was man sagt«), und so erzählte er Manuel von seinen Schwierigkeiten. Er stammte aus einer komplizierten Familie, war auf Entzug gewesen (»Probleme mit Koks«), aber jetzt war er clean, trainierte als Amateurboxer, suchte einen richtigen Job. Er hatte auch eine neue Freundin. »Ey, wollen wir uns mal auf einen Aperitif treffen?« – »Würde mich total freuen!«, antwortete Manuel. Sie tauschten ihre Telefonnummern aus. Um ihn nicht mit einem Freund gleichen Namens zu verwechseln, speicherte Manuel ihn als »Alex Tiburtina«.

Wenige Wochen später versuchte Manuel, ihn anzurufen, um zusammen etwas trinken zu gehen. Alex war gerade am anderen Ende der Stadt (»tut mir leid, Manuel, ich bin auf der Tuscolana«), und so wurde nichts daraus. Seitdem war der Kontakt abgebrochen.

Alex Quaranta hatte tatsächlich einen komplizierten Hintergrund. Sein Vater war ein erfolgreicher Ingenieur, »so ein mehrfach diplomierter Wissenschaftler, aber kalt, sehr nüchtern«. Seine Eltern hatten sich in Somalia kennengelernt. »Meine Mutter stammt von dort, sie war politischer Flüchtling, Tochter eines Armeegenerals.« Die beiden waren nach Rom gezogen, wo sie bis 1991 zusammengelebt hatten. Dann hatten sie sich getrennt. »Mein Vater war ein Weiberheld. Meine Mutter bekam ein Alkoholproblem. Als ich elf war, ist sie von zu Hause weg, mit Hilfe ihrer Familie ist sie in die Schweiz und dann nach England gezogen. Mein Vater ist bei mir und meinem Bruder geblieben. Um die materiellen Belange hat er sich gekümmert, aber auf Gefühlsebene null. Bis heute drückt er mir nur die Hand, wenn wir uns sehen. Jedenfalls ist er ein paar Jahre später auch weg, ist mit seiner neuen Partnerin weggezogen. Mein Bruder und ich sind in der Wohnung geblieben, Papa hat uns die Immobilie und Geld überlassen. Ich war achtzehn, und auch wenn auf finanzieller Ebene nichts fehlte, machte sich die mangelnde Zuneigung bemerkbar. Ich glaube, deshalb war mein Leben so kompliziert.«

Für Alex begann eine Zeit der Exzesse. »Ich habe ein Vermögen für Autos, Reisen, Drogen, alle möglichen Ausschweifungen rausgehauen. Irgendwann haben mein Bruder und ich die Wohnung verkauft. Als das Geld futsch war, ist mir aufgegangen, dass ich arbeiten muss. Ich habe als Lagerarbeiter in Supermärkten angefangen und bin dann nach Pomezia. In der Zwischenzeit ist mein Vater nach Spanien gezogen, also beschloss ich, zu ihm zu ziehen. Ich war dreiundzwanzig, das war die Gelegenheit, neu anzufangen.«

Eine Weile lief es für Alex in Spanien rund. Er war mit einem hübschen Mädchen zusammen. Aber dann war er auf Ibiza gelandet (»Ich bin da im Urlaub hin. Dort habe ich ein paar alte Freunde aus Rom getroffen und wieder mit Ecstasy und so Sachen angefangen«). Bei einem kurzen Aufenthalt in Italien war er wegen Rauschgifthandels verurteilt worden (»dann runtergestuft auf *geringfügige Menge für den Eigenbedarf*, ist mir wichtig, das klarzustellen«). Seine spanische Freundin war schwanger, Alex konnte es gar nicht abwarten, zu ihr zurückzukehren, er musste nur seinen Personalausweis wiederbekommen, den man ihm wegen der Probleme mit der Justiz abgenommen hatte. Es war fast geschafft, aber dann gab es eine böse Überraschung.

»Ich hatte schon das Ticket nach Spanien gekauft, meine Freundin hatte gerade ein Mädchen zur Welt gebracht, ich war außer mir vor Freude, aber dann hat sie es sich ganz plötzlich anders überlegt. Am Ende wollte sie es nicht riskieren. Ich meine, mit mir zusammen zu sein. Sie ist allein mit der Kleinen weg. Zusammen mit ihrer Familie hat sie beschlossen, mich aus allem rauszuhalten. Noch ein herber Schlag. Also bin ich in Italien geblieben.«

In Rom begann eine sehr harte Zeit. »Inzwischen lebte ich mal hier, mal da. Ich habe als Rezeptionist in einem Hotel gejobbt, dann als Kellner in einer Osteria, als Barmann, alles, was sich ergab. Ich habe eine Wohnung in Centocelle gemietet, aus der ich rausgeschmissen wurde. An manchen Tagen habe ich mir ›was erzählt‹, wie man in Rom so schön sagt. Zum Glück bin ich Sonia begegnet.«

Diese Sonia war seine derzeitige Freundin. Alex hatte sie nach einem Aufenthalt in einer Entzugsklinik kennengelernt. »In der Klinik habe ich mich endlich erholt, als ich rauskam, fühlte ich mich gut, ich hatte wieder Kraft, war bereit für ein normales Leben.«

Sonia hatte zwei Kinder aus einer früheren Beziehung. Sie und Alex lebten nicht zusammen. (»Nur wenn die Tochter bei ihrem Freund schlief und wir den Sohn zum Übernachten zu einem Kumpel schickten, konnte ich zu ihr.«) Aber sie wollten Ernst machen. »Wir hatten da diese Idee mit dem Laden. Ein Restaurant, das zugleich auch ein Laden ist. Tatsächlich wollten wir eine Gnoccheria aufmachen, wo's Gnocchi mit fünfzehn verschiedenen Saucen gibt, alle hausgemacht. Wir haben unsere Ersparnisse zusammengelegt, ich sechshundert Euro, Sonia sechshundert Euro, vierhundert hat mir Mama geschickt, wir hatten uns voll reingehängt, warteten auf die Entschädigung, die Sonia für einen kleinen Unfall kriegen sollte, mit diesem Betrag hätten wir die Renovierung des Restaurants zu Ende bringen und endlich – zumindest, was mich betrifft – eine sinnvolle Arbeit beginnen können.« Doch bis es mit der Gnoccheria losgehen konnte, musste Alex die Zähne zusammenbeißen. »Momentan habe ich keinen festen Wohnsitz«, sagte er zu den Carabinieri, »ich schlafe mal hier, mal da. Eine Nacht im Wohnheim, eine Nacht bei Sonia, eine Nacht bei Freunden. Ich bin ein anständiger Kerl, die Leute helfen mir; kann vorkommen, dass ich einen Freund anrufe und sage: *David, leihst du mir zwanzig Euro?* Aber es ist verdammt hart, es ist frustrierend, auf der Straße zu leben, wenn man aus einer guten Familie kommt, man starrt stundenlang auf den Asphalt, hört die Stille der Nacht, das macht einen fertig. Deshalb bin ich in dieses Schlamassel geraten.«

Die Carabinieri baten ihn, ganz genau zu schildern, wo er sich in der Nacht des 3. März befand, als Manuel Foffo auf Marco Pratos Drängen beschloss, ihn anzurufen.

»Ich war an der Piazzale della Radio mit einem Bier in der Hand«, antwortete Alex Tiburtina, »in der Nacht sah es schlecht für mich aus, das Geld, das ich in der Tasche hatte, reichte nicht fürs Wohnheim, ich hätte im halb sanierten Laden schlafen können, aber der war voller Bauschutt. Also schlug ich die Zeit tot, in der Hoffnung, dass irgendwas passierte.«

Und unverhofft passierte etwas.

Um 04:13 Uhr morgens leuchtete das Handy auf. Anrufer: *Manuel rest.* Alex wusste zuerst nicht, wer das sein sollte.

»Hallo?«

»Ciao, *Bello!*«

»Wer ist da?«

»Hey, ich bin's Manuel, erinnerst du dich?«

Alex' Gesicht leuchtete auf.

»Manuel! Wie geht's dir? Ich trinke hier gerade ein Bier.«

»Dann komm doch zu uns. Hier ist 'ne Party. Wir haben Spaß.«

Alex konnte sein Glück nicht fassen. »Wenn man Leute darum bittet, bei ihnen übernachten zu dürfen, ist das Selbstwertgefühl immer auf der Kippe, ein falsches Wort, und man landet vor der Tür.« Aber jetzt war es Manuel – dieser Typ, der ihm schon einmal aus der Patsche geholfen hatte –, der ihm einen Vorschlag machte, ohne dass er danach gefragt hätte. »Ich dachte an die klassische Partysituation, Leute, die trinken, abschleppen, vielleicht ein paar Drogen nehmen. Aber ich wollte nur ein Sofa zum Pennen. Ein warmes Plätzchen für die Nacht.«

»Ich gebe dir die Adresse, Via Igino Giordani 2«, sagte Manuel.

Alex hatte noch fünfzehn Euro in der Tasche. Auf einmal war ein Taxi eine gute Investition.

Manuel Foffos Version des Telefonats klang ein wenig anders.

»Während ich mit Alex redete, riss Marco mir das Telefon aus der Hand und sprach selbst mit ihm. *Komm her*, sagte er, *stell dir vor, ich habe eine Überraschung für dich.* Als er aufgelegt hatte, wurde ich wütend. *Hey, was laberst du für 'n Scheiß?* Marco beschwichtigte mich: *Er fand's gar nicht blöd*, sagte er, *er meinte, er freue sich auf die Überraschung.*«

Prato erinnerte sich: »Am Telefon sagte ich ihm, was ihn erwartete, ich meinte, ich *hätte eine Überraschung für ihn.* Für einen Vorstadtjungen ist der Spruch eindeutig. Darüber gibt es sogar ein Lied von Califano.«

Alex bestätigte, auch mit Prato gesprochen zu haben. Irgendeine Anspielung sexueller Art hätte es nicht gegeben. Oder vielleicht war er nur sehr müde gewesen und konnte sich nicht an jedes Wort erinnern.

Alex nahm ein Taxi. Als er eingestiegen war, rief Manuel ihn noch einmal an.

»Hey, kommst du nun oder nicht?«

»Wenn du dich nicht beeilst, lassen wir dich nicht mehr rein.« Das war Pratos Stimme.

Als er am Ziel war, zeigte das Taxameter einundzwanzig Euro. Alex seufzte. »Tut mir leid«, sagte er, »ich habe nur fünfzehn.« Der Taxifahrer wurde sauer: »He, so läuft's nicht, verdammt noch mal.« Aber Alex wusste sich zu helfen. »In solchen Situationen«, erzählte er den Carabinieri, »bin ich immer ehrlich, geradeheraus. Normalerweise funktioniert das.«

Es funktionierte. Schnaubend schnappte sich der Taxifahrer die Scheine und ließ ihn ziehen.

Alex stand vor einem Hochhaus in der Via Igino Giordani. Er betätigte die Gegensprechanlage. Im zehnten Stock angekommen, drückte er auf die Klingel. Er rechnete mit vielen Leuten, die tanzten, mit lauter Musik, lachenden Mädchen. Aber das, was ihn erwartete, war anders.

»Die Tür ging auf, und da stand Manuel. Ich erkannte ihn kaum wieder. Er war völlig neben sich. Hinter ihm sah ich einen Typen in Frauenklamotten. Sonst nichts. Keine Musik, keine Party, keine Mädchen. Die Situation war absurd.«

Sie war nicht nur absurd. In seinem Leben hatte Alex so einige hässliche, heruntergekommene, trostlose, verwahrloste Wohnungen gesehen, aber diese hier hatte etwas, das keine Verlotterung oder Geschmacklosigkeit hätte heraufbeschwören können: Man konnte das Böse wittern.

Manuel bat ihn herein. Seine Augen waren geschwollen, der Blick leer.

»He, Hübscher, was ist denn mit dir los?« Alex bemühte sich, unbeschwert zu klingen. »Du siehst *echt* fertig aus.«

Manuel erwiderte kalt: »Wir sind seit zwei Tagen hier drinnen und dröhnen uns zu.«

Alex hatte Erfahrung: Normalerweise brauchte es eine Woche, um sich dermaßen zuzurichten; wenn die beiden nur ein paar Tage gebraucht hatten, bedeutete das, dass sie es *echt* übertrieben hatten.

Ehe er einen weiteren Gedanken fassen konnte, kam ihm die wahre Attraktion des Abends entgegen.

»Ciao, ciao, mein Lieber, wollen wir uns bekannt machen?«

Marco Prato trug eine stahlblaue Perücke, hohe Schuhe, Lippenstift, ein Frauenkleid über den Jeans. »Eines von diesen Fähnchen, die Mädchen im Sommer tragen, wenn sie schnell was einkaufen gehen«, erinnerte sich Alex, »er redete mit einer Frauenstimme, sehr aufgesetzt. Unter der Schminke sah man die Bartlinie.«

Manuel behauptete, in dem Moment sei etwas passiert, das Alex entschieden abstritt.

»Noch bevor er sich setzte, sagte Alex: *Was auf der Meile passiert, bleibt auf der Meile.*«

Manuel verstand das als Warnung, Alex wollte, dass keiner ein Wort über das verlor, was sich in diesen vier Wänden abspielen würde. Es bedeutete, dass er nichts gegen die Abwechslung hatte, die die Verkleidung zu versprechen schien. Man mochte über die Anspielung schmunzeln, doch im Licht dessen, was später passieren sollte, machte sie Gänsehaut. Wie wahrscheinlich ist es, dass am Ort einer unmittelbar bevorstehenden Bluttat Stephen King zitiert wird?

Alex erzählte den Carabinieri, dass es sich seines Wissens um ein Filmzitat handele, aber er habe diese Worte bestimmt nicht ausgesprochen.

Marco sagte: »Setzt dich doch, mein Lieber. Gut, dass du gekommen bist.«

Manuel hockte in katatonischem Zustand zwischen ihnen.

»Er sah aus wie ein Zombie, vollkommen hinüber. Ich versuchte, eine Unterhaltung mit ihm anzufangen«, sagte Alex, »ich zeigte ihm meine Boxvideos auf dem Handy. *Ich trainiere jeden Tag. Guck mal, wie gut ich bin.* Ich erzählte ihm von meiner Tochter, von dem Plan, eine Gnoccheria zu eröffnen. Ich versuchte, zu ihm durchzudringen. Aber keine Reaktion, null Anteilnahme. Also wechselte ich das Thema. *Manuel, Mamma mia, du bist ja echt ganz schön hinüber, läuft das Restaurant wenigstens gut?* Er antwortete: *Nein, da gehe ich nicht mehr hin, die haben mich ausgebootet.* Er klang immer noch wie ein Toter. Ich kriege Gänsehaut, wenn ich daran denke.«

Es war wie ein übler Traum. Unterdessen hatte Marco sich ihm gegenüber hingesetzt. Alex musterte ihn genauer. »Und«, sagte er, »wo wohnst du so? Was machst du so?«

»Ich bin ein Freund von Manuel«, flötete Marco zurück, »ich

arbeite ein Stockwerk weiter oben. Eigentlich bin ich Student, aber na ja … gleichzeitig gehe ich anschaffen.«

Dass das nicht stimmte, konnte Alex nicht wissen. Dennoch ließ er sich nicht verunsichern. »Einerseits dachte ich: *Was zum Scheißdreck geht hier ab?* Andererseits sagte ich mir: *Okay, ganz ruhig, das ist alles sehr schräg, aber im Grunde sind die beiden harmlos.* Ich meine, wenn man ins Qube, ins Gay Village, ins Muccassasina tanzen geht, sieht man jeden Abend alles Mögliche. Da sind Schwule, Transen, Transvestiten. Manchmal kommen ganze Familien. Also habe ich gedacht: *Einer ist als Frau verkleidet, der andere ist 'ne halbe Schwuchtel, vielleicht haben die was miteinander, wo ist das Problem?*«

In dem Moment holte Marco die erste Überraschung des Abends hervor. Ein Tütchen Koks. Er öffnete es und fing an, eine fette Line auf dem Tisch zurechtzumachen. »Bitte sehr«, sagte er.

Alex wurde misstrauisch.

»Wenn man bei mir zu Hause zu viel Kokain angeboten kriegt, bedeutet das, etwas ist faul. Und außerdem bestand bei einer solchen Ladung die Gefahr, dass ich nicht mehr schlafen konnte. Marco sah, dass ich zögerte, also hat er wieder zur Kreditkarte gegriffen und die große Line dreigeteilt. Jetzt war eine normale Portion draus geworden. Wir haben alle drei gesnifft.«

Gleich nachdem er das Koks gezogen hatte, sagte Marco: »Jetzt mixe ich dir einen Cocktail.« Er verschwand in der Küche. Allein mit Manuel versuchte Alex noch einmal, eine Unterhaltung anzufangen. »Hör mal«, sagte er, »wieso habt ihr mich eigentlich angerufen? Hier ist doch gar keine Party.«

Manuel antwortete, er habe versucht, andere Leute herzuholen, aber keiner hätte die Einladung angenommen.

»Ich weiß, das klingt absurd«, erzählte Alex den Carabinieri, »aber in dem Moment hatte ich noch mehr das Gefühl, Schwein gehabt zu haben. Ich konnte es gar nicht abwarten, mich aufs Sofa zu hauen und die Augen zuzumachen.«

Aber an Schlaf war nicht zu denken. Marco kehrte mit einem Glas voll gelblicher Flüssigkeit zurück. »Was ist das für Zeug?«, fragte Alex. »Wodka Lemon«, sagte Marco. Alex wunderte sich noch mehr.

»Marco saß mir gegenüber«, erzählte er, »und Manuel hockte sich hinter mich. Seit ich klein bin, mag ich es nicht, wenn sich jemand hinter mich setzt; wenn ich U-Bahn fahre, platziere ich mich möglichst immer so, dass ich die Waggonwand im Rücken habe. Jetzt hatte ich Manuel hinter mir, ich versuchte, ihn aus den Augenwinkeln im Blick zu behalten, drehte mich ab und zu um: *Und, Manuel? Wie geht's?* Er antwortete, *gut*, aber er hockte einfach nur da und glotzte mich mit diesem leeren Blick an. Obendrein fing Marco an, mich mit dem Wodka Lemon zu bedrängen.«

Marco hielt das Glas in der Hand und rührte mit einem rosa Strohhalm darin herum. Dann reichte er es ihm. »Los, mein Hübscher, probier.« Wieder kam Alex die Erfahrung zu Hilfe.

»Ich habe in Kneipen gearbeitet. Ich kann Cocktails mixen und weiß ganz genau, dass man Wodka Lemon nicht umrühren muss. Der Zitronensaft prickelt, der mischt sich mit dem Wodka von ganz allein. Also habe ich gedacht: *Entweder ist der bescheuert und kriegt nicht mal einen Wodka Lemon zustande, oder er hat irgendwas Komisches reingetan*. Ich habe ein Gespür für so was … Manchmal höre ich nicht darauf, und dann geht es meist schlecht aus. Da war diese Stimme in mir, die sagte, trink nicht davon. *Nein danke*, sagte ich. Aber Marco ließ nicht locker. Also bin ich aufgestanden und habe versucht, mit Manuel zu reden, aber der hing noch immer auf seinem Trip. Er steckte, wie man so schön sagt, in der Koksklemme. Inzwischen hatte Marco sich wieder vor mich gepflanzt. *Na los, tu mir den Gefallen*. Er rührte noch immer mit dem Strohhalm herum. Wieder versuchte ich, ihn mir vom Leib zu halten, aber je mehr ich vor ihm zurückwich, desto mehr rückte er mir auf die Pelle. *Trink, das Zeug ist der reinste Wahnsinn.* Er redete noch immer mit Frauenstimme. Am Ende habe ich daran genippt, damit er Ruhe gibt. Das reichte ihm nicht. Kaum stellte ich das Glas ab, griff er danach und hielt es mir wieder unter die Nase. Da habe ich gedacht: *Du gehst mir echt auf den Sack, Freundchen.* Also nahm ich das Glas und trank einen großen Schluck. Muss wohl mehr als die Hälfte gewesen sein. Schmeckte beschissen. Entweder haben die da was Komisches reingemixt, dachte ich, oder sie haben den billigsten Fusel genommen. Ich tippte auf miesen Wodka, um mich nicht völlig verrückt zu machen.«

Nachdem er getrunken hatte, setzte Alex sich wieder. Manuel erwachte aus seiner Lähmung und fing an, sein Handy zu suchen.

»Es war, als würden sie nur darauf warten, mir was anzutun«, erinnerte sich Alex, »nicht unbedingt das, was hinterher passiert ist, aber ich spürte, dass die *konkrete* Möglichkeit bestand, dass im nächsten Moment eine Art Falle zuschnappen könnte. Also habe ich meine Taktik geändert. Ich habe aufgehört zu reden, bin mit dem Stuhl abgerückt. Manuel ist wieder in seinem Schlafzimmer verschwunden. Marco ist aufgestanden und auf mich zugekommen.«

»Na, du …« Marco trat auf Alex zu, beugte sich über ihn und machte sich an seiner Weste zu schaffen. »Wollen doch mal sehen, was du darunter versteckst.« Alex sprang auf: »He, was wird ’n das? Halblang!« Er grinste, um die Sache herunterzuspielen. Manuel kam ins Wohnzimmer zurück, suchte die Kopfhörer seines Handys. Marco rückte noch näher, Alex wich unbehaglich zurück. Marco legte die Karten auf den Tisch: »Na los, komm her, damit ich ihn dir lutschen kann. Darin bin ich eine Granate, weißt du.« Alex suchte nach Manuels

Blick. Aber Manuel sagte: »Wenn meine Meinung was zählt, dann lass dir gesagt sein, es lohnt sich. Ich habe sie ausprobiert, glaub mir.«

»Er zeigte mir auch die Faust mit erhobenem Daumen, wie um mir zu sagen, es sei okay. Marco drängte sich an mich ran. Er versuchte, mir die Weste, die Jacke, das T-Shirt runterzureißen, all das Zeug, was ich am Leib hatte … Er sagte: *Komm schon, lass mich mal sehen, woher du kommst, wer du bist* … Ich habe gegrinst … Ich weiß nicht, wie ich's erklären soll … wie um zu sagen, *hey, lass gut sein, was soll der Scheiß* … aber freundlich, mit einem blöden Grinsen … Ein Teil von mir dachte, das wäre vielleicht ein Witz, die wollten mich verarschen … aber Manuel hat noch mal gesagt, *Glaub mir, die ist die Beste von allen*. Daraufhin ist er endgültig in seinem Schlafzimmer verschwunden. Marco und ich blieben allein. Ich bin zurückgewichen. Marco hat eine Hand ausgestreckt. Meine Eier angefasst. Ich habe gesagt: *Eh, lass das, echt jetzt mal* … Er ist mir immer mehr auf die Pelle gerückt … Wir sind aufs Sofa gekippt … Er hat sich hingekniet, mir den Kopf zwischen die Beine geschoben … Er wollte meinen Hosenschlitz öffnen … Ich wollte ihn davon abhalten … habe mich rauszureden versucht, *hör mal*, hab ich angefangen, *du musst wissen, wenn ich gekokst habe, kriege ich nur schwer einen hoch* … Er hat nicht mit der Wimper gezuckt: *Lass mich ihn lutschen, sollst mal sehen, ob du einen hochkriegst* … Er schob seine Hände wieder zwischen meine Beine … Ich sagte ihm, er solle aufhören … Ich glaube, ich hätte mich entschiedener wehren müssen … aber ich war wie gelähmt … vielleicht die Müdigkeit … oder die Tatsache, dass ich seit Tagen in Wohnheimen schlief … Ich fühlte mich *schmutzig*, es war, als würde ich mich für ein Dach über dem Kopf verkaufen … auch wenn nichts passiert war, dass das klar ist … Ich verkaufte mich, weil ich ihn machen ließ … bis ich schließlich gesagt habe, es reicht.«

Mit einem energischen Satz sprang Alex vom Sofa auf. Stand aufrecht da. Musterte Marco von oben bis unten.

»He, was soll der Scheiß?«, brüllte er. Dann rief er nach Manuel: »Manuel, komm mal aus deinem Zimmer, komm her und erklär mir, was die ganze Scheiße hier soll!« Manuel tauchte wieder im Wohnzimmer auf. Marco rappelte sich vom Sofa hoch.

»Plötzlich hatte er keine Frauenstimme mehr«, erinnerte sich Alex, »er meinte: *Manuel, schmeiß den raus, mit dem können wir eh nichts anfangen.* Genau so hat er sich ausgedrückt. Ich konnte es nicht fassen. *Scheiße noch mal,* sagte ich, *ihr habt mich doch angerufen und fünfzehn Euro fürs Taxi verplempern lassen, verfickt noch mal!* Manuel sah mich an, er meinte: *Ja, Alex, aber glaube mir, es ist besser, wenn du jetzt gehst.*«

Daraufhin kam es zu einem weiteren bizarren Zwischenfall. Inzwischen war es acht Uhr morgens. Die Läden unten auf der Straße öffneten gerade wieder, und obwohl die Situation mehr als angespannt war, baten sie ihn, ihnen noch etwas zu trinken zu besorgen.

»Der Wodka ist alle«, sagte Marco, »komm schon, tu uns den Gefallen, hol uns ein paar Flaschen.«

Manuel öffnete sein Portemonnaie. Alex staunte über die vielen Geldscheine darin. Manuel zog einen Fünfziger aus dem Bündel und hielt ihn ihm hin: »Hol Wodka«, sagte er.

Alex hätte die Wohnung verlassen und nicht zurückkehren können, das wäre seine Entschädigung gewesen. Er wollte es tun. Er stieg in den Aufzug, fuhr ins Erdgeschoss hinunter und trat auf die Straße. Mit den fünfzig Euro in der Faust setzte er sich in Bewegung, überschlug die Situation und kam zu dem Schluss, dass er bestimmte Scheißaktionen nicht mehr bringen würde. Er sah das Schild vom *Tuodì*-Supermarkt und steuerte darauf zu. Kaum war er drin, wurde plötzlich alles klar. *Wusch!*, durchflutete die Welle seinen Kopf.

»Gerade hatte ich den Fuß in den Supermarkt gesetzt, *als es passierte*«, erzählte er den Carabinieri, »noch heute kriege ich Gänsehaut, wenn ich daran denke … auf einmal … also … da habe ich einen Frieden verspürt … einen solchen *Frieden* … so wie wenn ich nach Ibiza fuhr und mir ein paar Tüten reinzog … wie wenn ich in die Disco ging und ein paar Pillen einwarf … ein *Gefühl* … und dieses Gefühl war nicht der Effekt von dem Koks. In dem Moment habe ich glasklar und zu hundert Prozent kapiert, dass sie in den Cocktail – diesen lausigen Wodka Lemon – *irgendwas* reingetan hatten. Ich stand noch immer zwischen den Regalen, nahm dieses typische Rauschen wahr … wieder die kühle Luft wie auf Ibiza … da bin ich umgeschwenkt … Ich beschloss, Bier statt Wodka zu kaufen … genau das. In den Regalen habe ich diese schönen Halbliterflaschen Barley gesehen, die ich so gern mag … Ich dachte, *Wodka geht mir doch am Arsch vorbei, ich nehm' Bier, ich nehm' so viele Biere, wie ich will, wie früher, als ich's hab krachen lassen* … Ich habe sieben, acht Bierflaschen gegriffen … Ich fühlte mich gut, so gut, dass ich dachte, *die beiden freuen sich bestimmt auch, dass ich Bier gekauft habe.*«

Aber als Alex in die Wohnung zurückkehrte, war die Reaktion nicht die erhoffte. Kaum setzte er einen Fuß hinein, sah Marco Prato ihn vernichtend an. »Was soll der Scheiß?«, sagte er. »Du solltest Wodka kaufen und nicht dieses Zeug.«

Alex fixierte ihn. Etwas durchzuckte seinen Blick. Er stellte die Bierflaschen auf den Fußboden. Ging auf Marco zu, ohne ihn aus den Augen zu lassen. Näherte sich auf wenige Zentimeter seinem Gesicht. »Hör zu«, sagte er drohend, »jetzt bist du mir echt genug auf den Sack gegangen. Gebt mir das Geld für das Taxi zurück, und ich bin weg.«

Es war vorbei. Sofort zückte Manuel das Portemonnaie. Marco hielt dagegen: »Manuel, was soll der Scheiß, gibst du dem etwa noch mehr Geld?« Manuel hatte einen Zwanziger herausgefischt, Alex riss ihm den Schein aus der Hand, stopfte ihn in die Tasche, taxierte beide mit flacher, erhobener Hand: »Ihr ekelt mich echt an«, sagte er.

Manuel und Marco sahen ihn an. Ein paar Stunden zuvor hatte Alex ihnen gezeigt, wozu er im Ring fähig war. Sie dachten nicht daran, ihn aufzuhalten.

Als er von dem Mord erfuhr, rastete Alex aus. Einerseits hatte er das Gefühl, einem Massaker entkommen zu sein. Andererseits verstörte es ihn zutiefst, zu einer Art öffentlichen Person geworden zu sein. In den Zeitungen wurde über ihn geschrieben, Menschen, die er gar nicht kannte, nannten ihn »den obdachlosen Boxer«. Das war alles andere als angenehm. In den folgenden Tagen vermied er es, Zeitung zu lesen, er brachte es nicht einmal über sich fernzusehen, fühlte sich verfolgt. War ich der Auserwählte?, fragte er sich, war ich derjenige, der sterben sollte? Wenn er das Haus verließ, mied er die Kioske, die Schaufenster von Läden, in denen womöglich ein laufender Fernseher stand. Er fürchtete, sein Name könnte plötzlich auftauchen.

Doch obwohl er die Medien mied, kamen die Medien zu ihm. Nach der Aussage bei den Carabinieri rief ihn eines Abends sein Anwalt an und sagte, die von Mediaset hätten nach ihm gefragt, sie böten tausendfünfhundert Euro, er müsse nur ins Fernsehen gehen und erzählen, was passiert sei. Alex lehnte ab. Es folgten weitere Anrufe. »Mein Anwalt sagte, inzwischen seien sämtliche Sendungen hinter mir her. Die Angebote waren in die Höhe gegangen.« Aber er hatte Angst, vor Sonia schlecht dazustehen, vor der Freundin, die sein Leben verändert hatte, mit der er versuchte, etwas Sinnvolles auf die Beine zu stellen. Er hätte ihr sagen müssen, was vorgefallen war, aber dann hätte er ihr auch erklären müssen, warum er beim Anblick des Typen mit blauer Perücke nicht gleich Reißaus genommen hatte. Sein Anwalt informierte ihn, eine Sendung würde einen Betrag mit vier Nullen bieten.

»Meine Antwort lautete abermals nein. Ich kann nicht mein Gesicht verkaufen, um mich dann für die nächsten hundert Jahre auf YouTube zu sehen. Sonia ist mehr wert als fünfzig- oder hunderttausend Euro. Jeder Mensch hat seinen Preis, meiner sind die Menschen, die mir was bedeuten.«

Ein paar Wochen später meldeten sich die Carabinieri erneut. Sie stellten ihm weitere Fragen. Irgendwann – inzwischen kannten sie ihn, der Umgang war beinahe freundschaftlich – erkundigten sie sich nach Sonia. Alex' Miene verdüsterte sich.

»Sie hat mich verlassen«, sagte er.

»Wie das?«, rutschte es einem Carabiniere heraus.

»Zum ersten Mal im Leben habe ich es wirklich ernst gemeint«, erzählte Alex geknickt, »weil, na ja, also, nach dieser üblen Geschichte hatte ich Sonia gefragt, ob sie mich heiraten will. Wirklich. Ich habe ihr einen richtigen, offiziellen Antrag gemacht. Als Antwort hat sie mir den Verlobungsring zurückgegeben. Schluss, Ende, aus. Vielleicht steige ich bei Frauen einfach nicht durch, aber dieses Mal hatte ich alles richtig gemacht.«

Kaum hatte Alex die Wohnung verlassen, hatten Marco und Manuel Sex. Sie plauderten noch ein paar Minuten und fielen dann erschöpft in den Schlaf. Sie waren am Ende. Am frühen Nachmittag, dem kalten, wolkigen Nachmittag des 3. März, wachten sie wieder auf.

»Was machen wir?«

Sie hatten noch immer Damianos Geld. Marco schickte die x-te Nachricht an Trovajoli.

In zwei Tagen hatten sie über zehn Gramm gekauft, bis zum Abend sollten sie bei zwanzig angelangt sein, bei der Menge wäre selbst einem Grüppchen eingefleischter Kokser mulmig geworden.

Währenddessen ging Manuels Wohnung vor die Hunde. Leere Flaschen. Papiermüll. Herumliegende Kleidungsstücke. Marco beugte sich über den Tisch. Geldschein, Nasenloch. Bis auf das Make-up und den Nagellack war er wieder in Männerkleidung. »Für dich würde ich alles tun!«, sagte er zufrieden.

Sie fingen wieder an zu labern. Mit jedem Mal versanken sie tiefer im Delirium. Wie eine Platte, auf der die Nadel immer wieder in dieselbe Rille springt, aber bei wachsender Lautstärke und zunehmender Geschwindigkeit. Wieder redeten sie darüber, wie Marco seine Macht nutzen würde (»er sagte, er würde auch meinen Bruder verführen«, erzählte Manuel, »er würde ihn in der Hand haben, dadurch hätten wir auch das Problem mit meinem Vater im Griff«). Sie redeten über Manuels Fantasien. (»Manuel hätte gern das gemacht, was im römischen Slang *Meute* heißt«, sagte Marco, »also eine Frau, die mehreren Männern gefügig ist. Die Rolle der Frau sollte ich übernehmen. Wir kamen wieder auf die Vergewaltigungsfantasie, überlegten, wie wir sie umsetzen könnten, ich wollte seine Wünsche befriedigen, das war meine Art, mich als Frau zu fühlen.«) Sie redeten über Valter Foffo, und Manuel wurde nervös (»jedes Mal, wenn dieses Thema zur Sprache kommt, kocht mir die Galle hoch«). Marco wiederum reagierte verstört (»wenn Manuel von seinem Vater sprach, war er nicht wiederzuerkennen«). Aber auch Manuel kam Marco komisch vor. (»Ich weiß nicht, ob das am Koks lag, aber er sah mich mit einem Blick an … In diesem Blick zwischen ihm und mir lag ein *ehrliches* Gespräch.«)

Ein ehrliches Gespräch von Blick zu Blick. Was meinte Manuel damit?

Laut einiger Fachleute, die sich mit dem Fall befassten – Kriminologen, Psychologen, Psychiater –, vollzog sich in diesem Moment ein entscheidender Schritt. Wie bei einem überdrehten Motor brachte die sogenannte psychische Ansteckung die beiden bis kurz vor den Schmelzpunkt.

»Wir brauchen ein drittes Hirn, ein drittes Hirn!«

Marco kam wieder mit der Idee, jemanden in die Wohnung zu locken. »Man musste Sauerstoff reinlassen, die Luft in der Wohnung war mental verbraucht.«

Die Wahl fiel auf Tiziano De Rossi.

Tiziano war ein Angestellter von Valter. Manuel bekam Muffensausen: Alex Tiburtina war eine Sache, ein Kellner aus dem Bottarolo, den sein Vater und sein Bruder sehr gut kannten, eine andere. Er fragte Marco, ob er vorhabe, sich auch an Tiziano ranzumachen. »Und wenn schon? Wann kapierst du endlich, dass alle auf die Überraschung stehen?«

Na schön, aber was war, wenn Tiziano nicht darauf stand? Manuel schätzte ihn, hielt ihn für tüchtig. Obendrein war er ein hervorragender Beobachter. »Wie alle erfahrenen Kellner hat Tiziano immer alles im Auge. Er kann Gäste in Sekundenschnelle einschätzen und weiß sofort, mit wem er es zu tun hat.« Nach der Schicht gingen er und De Rossi in einem Pub unweit des Restaurants immer noch einen trinken. Tiziano genügte ein Blick, um seine Vorhersagen zu treffen: »Wetten, das Mädchen wird am Ende weich?«, sagte er und deutete auf ein flirtendes junges Pärchen. Er lag immer richtig.

Und so fürchtete Manuel einerseits, Tiziano würde sofort checken, dass zwischen ihm und Marco etwas gelaufen war. Andererseits graute ihm bei Marcos Überzeugungskraft vor der Möglichkeit, Tiziano könnte trotz seiner Cleverness genauso in die Falle tappen wie er. Aber vielleicht, hoffte er zwischen einer Nase und der nächsten, konnte gerade Tizianos langjährige Erfahrung ihm helfen, sich aus der Affäre zu ziehen. Vielleicht konnte Tiziano ihm klarmachen, in was für eine Lage er sich manövriert hatte, er selbst war dazu nicht mehr fähig.

Also überließ sich Manuel der Illusion, die so viel verführerischer ist als das Realitätsprinzip, und schrieb Tiziano De Rossi eine WhatsApp-Nachricht. Es war 21:57 Uhr.

»Geile Sache. Ein Typ, der hier im Haus wohnt, lädt alle ein. Sag Bescheid, und wenn du kommst, bring 'ne Flasche Wodka mit.«

Um die Zeit hatte Tiziano alle Hände voll zu tun. Er hetzte zwischen den Restauranttischen hin und her, nahm Bestellungen auf, redete mit den Gästen, rannte in die Küche. Er hatte gar nicht mitbekommen, dass er eine WhatsApp-Nachricht erhalten hatte. Eine gute Stunde später klingelte sein Handy.

»Es war der Sohn des Chefs«, erzählte er den Carabinieri, »er sagte, ich solle zu ihm kommen, eine Flasche Wodka mitbringen. Soweit ich es beurteilen konnte, ließ er gerade die Sau raus. Er hatte mich noch nie zu sich eingeladen. Während er redete, konnte ich im Hintergrund ziemlich schräge Stimmen hören. Die Sache gefiel mir nicht, ich sagte, ich würde nicht vorbeikommen.«

Doch wenige Minuten später bemerkte Tiziano die Nachricht. Er las sie aufmerksam durch. Überlegte noch einen Moment. Rief Manuel zurück. Diesmal war im Hintergrund keine einzige Stimme zu hören. Tiziano beruhigte sich, sagte, okay, in Ordnung, er käme vorbei. »Kannst du auch Kippen mitbringen?«, fragte Manuel.

Tiziano beendete seine Schicht, verließ das Restaurant, besorgte eine Flasche Wodka, kaufte Zigaretten. Machte sich auf den Weg zur Via Igino Giordani.

Manuel war gerade zum x-ten Mal mit dem Koksen durch, als die Gegensprechanlage schnarrte. Er sprang zur Tür und öffnete. Kehrte ins Wohnzimmer zurück, ehe Tiziano auftauchte. Blickte auf und war verdattert.

»Was zum Scheißdreck machst du da?«

Mit atemberaubender Geschwindigkeit hatte Marco sich wieder in Frauenkleider geschmissen. Manuel wurde panisch, was würde Tiziano denken, wenn er durch die Tür käme?

»Komm schon, beruhige dich«, sagte Marco, »es wird schon nichts passieren. Lass mich nur machen.«

Tiziano De Rossi fand die Tür bereits offen, trat in die Wohnung, bemerkte sofort das Chaos. Manuel kam ihm entgegen. Er war in einem erbärmlichen Zustand. Dann sah Tiziano diesen Kerl in Frauenklamotten. »Manuel, was zum Teufel geht hier ab?«, fragte er leise.

»Oh, guten Abend, mein Lieber, sehr erfreut«, sagte Marco und hob den Kopf. Er war gerade dabei, mit der Kreditkarte drei Lines zurechtzumachen.

Tiziano stand zehn Minuten herum, ehe er sich setzte (»die Situation war total merkwürdig, ich konnte mir einfach nicht erklären, was so ein schräger Vogel in Manuels Wohnung verloren hatte«), aber weil es nun einmal nicht so schwer ist, sich an die Merkwürdigkeiten des Lebens zu gewöhnen, setzte er sich schließlich ebenfalls.

Tiziano fragte, ob es das erste Mal sei, dass die beiden sich sähen, Manuel antwortete, Marco wohne im Stockwerk darüber. »Er gab mir zu verstehen, dass alles unter Kontrolle sei, das Haus sei voller abgedrehter Gestalten, fügte er hinzu. Ich glaube, wir hatten uns einander schon vorgestellt, aber ich konnte mich nicht mehr an den Namen des Transvestiten erinnern. Ich fragte nach. Er antwortete: *Tut mir leid, mein Lieber, ich rede nur einmal.* Die Art, wie er das sagte, gefiel mir nicht. Also provozierte ich ihn: *Aber du hast schon einen Schwanz, oder?* Und er: *Ich bin die Letzte, die dir darauf antworten müsste.* Er sprach von sich in weiblicher Form.

Marco fing an, über sexuelle Neigungen zu fabulieren: Auch die Hooligans in der Südkurve, beteuerte er, hätten ab und zu nichts gegen die Gesellschaft einer Transe. Ihm war nicht entgangen, dass Tiziano einen Trainingsanzug des AS Rom trug. Tiziano blickte sich um, um die Situation besser einzuschätzen, überlegte einen Moment, stand schließlich vom Stuhl auf, ging zum Tisch, beugte sich hinunter, nahm eine Nase Koks (»nicht einmal eine, vielleicht eine halbe«), richtete sich wieder auf und erklärte, er wolle die Großzügigkeit seiner Gastgeber nicht länger ausnutzen. »Ich danke euch sehr«, sagte er, »aber zu Hause wartet meine Freundin auf mich. Sie weiß nicht, dass ich hier bin. Sie wird sich fragen, wo ich stecke.«

Er winkte noch einmal, ging zur Tür und warf Manuel einen finsteren Blick zu. Dann nahm er die Beine in die Hand.

Als Damiano Parodi da war, waren sie noch ganz bei sich. Während Alex Tiburtinas langem Aufenthalt waren sie halb zugedröhnt. Doch als Tiziano De Rossi gegangen war, grenzte ihre Wahrnehmung der Wirklichkeit an Halluzination. Einander tief in die Augen schauend fingen sie wieder an zu diskutieren, sie snifften, tranken noch mehr Wodka. Die Pläne, die sie zusammen verwirklichen würden, verwoben sich mit ihrer Freundschaft. Was war der tiefere Sinn dessen, was sie gerade taten? Sie waren sich im Januar begegnet und einander nahegekommen, hatten sich Dinge gestanden, die sie enger miteinander verband als alte Bekannte, aber jetzt konnten sie noch etwas tun, etwas, das ihre Beziehung noch mehr festigen und sie für immer vereinen würde.

Marco war derjenige, der den Satz aussprach.

»Ich spüre, dass du mich anheuern willst, um deinen Vater umzubringen.«

Manuel fuhr zusammen. Der unvermutet ausgesprochene Satz hatte nichts mit dem zu tun, worüber sie gerade redeten, und dennoch klang er rätselhaft plausibel. Ihn anheuern, um seinen Vater umzubringen? Er erinnerte sich nicht, je etwas Derartiges an ihn herangetragen zu haben, doch auf rein theoretischer Ebene fand er die Idee gar nicht übel. Hätte er seinen Vater vor sich und eine Pistole in der Hand, hätte er niemals abdrücken können. Aber sich den Mann, durch dessen Schuld sein Leben eine Aneinanderreihung von Fehlschlägen war, zerstört vorzustellen, nun ja, das hatte durchaus etwas

Befriedigendes. Obwohl er derjenige war, der den Satz ausgesprochen hatte, glaubte Marco, sie hätten sich in eine Fantasie hineingesteigert. Reine Spekulation, ein abstrakter Gedanke. Aber mit dieser Fantasie zu spielen, das machte Spaß.

Sie kamen auf das Thema der Vergewaltigung zurück. Manuel sagte, in einer Schublade im Wohnzimmer müsse noch eine Packung Alcover sein. »Das da, das ist sie.« Ein Psychiater hatte es ihm verschrieben, um ihn vom Trinken abzuhalten. Wenn man Alcover mit Alkohol mischte, sagte er, riskierte man den Kollaps, das habe die gleiche Wirkung wie GHB, die Vergewaltigungsdroge. Trinken. Vergewaltigen. Vielleicht töten. Eine Fantasie jagte die nächste, die Themen überlagerten sich. Sie snifften. Tranken noch ein Glas. Sagten Dinge, die sie in den folgenden Tagen nur mühsam wieder zusammenbekommen sollten. Um halb vier Uhr morgens verließen sie das Haus.

»Ich schließe daraus, dass wir jemanden umbringen mussten«, sagte Manuel.

»Ganz und gar nicht«, erzählte Marco, »wir zogen los, weil wir Manuels Fantasie in die Tat umsetzen wollten. Wir suchten jemanden zum Vergewaltigen.«

»Ich glaube nicht, dass wir los sind, um jemanden zu vergewaltigen«, sagte Manuel, »ich weiß nicht mal, ob wir los sind, um jemanden umzubringen. Um jemanden zusammenzuschlagen womöglich. Wir hatten Übles vor, da bin ich mir sicher.«

»Wir wollten nicht *wirklich* jemanden vergewaltigen«, sagte Marco, »es sollte eine simulierte Vergewaltigung sein. Über einen Fake sollte es nicht hinausgehen.«

»Ich war total gallig wegen der Sache mit meinem Vater«, sagte Manuel, »Marco Prato war vielleicht wegen etwas anderem gallig. Ich glaube nicht, dass wir auf der Suche nach einem Stricher waren. Was ist schon dabei, einen abzuschleppen, der sich prostituiert?«

»Ich wollte Manuel glücklich machen«, sagte Marco, »am Anfang hat er ein Mädchen vorgeschlagen, eine Prostituierte, die wir bezahlen würden, um eine Vergewaltigung zu inszenieren. Ich war dagegen: Keine Frauen, ich wollte *die einzige* sein. Wir mussten einen Mann nehmen. Ausnahmsweise wäre ich der aktive Part gewesen. Das wäre mir schwergefallen, aber für Manuel hätte ich es getan. Er hätte nur zugeschaut.«

»Als Prato mir sagte, er hätte gespürt, dass ich ihn anheuern wolle, um meinen Vater umzubringen, hatte er wieder diesen irren Blick«, sagte Manuel, »seine Äußerung war auch eine Art, unsere Freundschaft zu stärken. Würde er meinen Vater wirklich umbringen, hätten wir ein ungeheuerliches Geheimnis geteilt. Auch wenn ich mir, ehrlich gesagt, nicht erklären kann, wie *Marco* Wut auf etwas kriegen konnte, was *mir* zusetzte.«

Psychiater und Kriminologen fragten sich, ob diese wiewohl unzusammenhängende Aussage womöglich ein Indiz auf den mentalen Prozess enthielt, der sie kurz vor Sonnenaufgang dazu bewog, das Haus zu verlassen. Die menschliche Natur ist empfänglich für Selbstbetrug. Wie oft müssen wir nicht die Wünsche anderer missdeuten, um unseren eigenen Wunsch zu erfüllen? Und in wie vielen Fällen bedienen wir uns der Worte eines Freundes, eines Elternteils, eines Geliebten, um uns zu Dingen berechtigt zu fühlen, die mit diesen Worten gar nicht gemeint waren? Worte sind vieldeutig, flüchtig, sie hallen anders wider, wenn sie auf unterschiedliche Materialien stoßen. Und da auf Worte – Cousinen der Hexerei – häufig Taten folgen, ist es wichtig zu verstehen, welche Erwartungen oder Missverständnisse sie beim Überschreiten dieser fatalen Grenze in sich tragen.

Sie verließen das Haus, stiegen in den Mini. Manuel setzte sich ans Steuer. Zu Make-up und Frauenkleid hatte sich Marco in einen extravaganten dunklen Pelz gehüllt.

Das erste Ziel sollte die Villa Borghese sein.

»Wir peilten die einschlägigen Strichertreffs an«, sagte Marco, »wenn es jemanden zum Abschleppen gab, dann dort.«

Sie passierten die Porta Pinciana. Linkerhand erstreckte sich, schlafend und ausgestorben, die Via Veneto. Nicht weit davon öffnete sich der Park der Villa Borghese. Pinien, Brunnen und Statuen ragten in die Kälte der Nacht. Sie überholten eine Polizeistreife.

»Marco wollte, dass ich fahre«, erzählte Manuel, »er meinte, falls die Polizei oder die Carabinieri uns anhalten sollten, hätte er freie Hand, um sie zu entwaffnen. Er würde ihnen einen blasen, und sie würden uns ziehen lassen.«

Sie waren in einem erbärmlichen Zustand. Aber sie hatten noch ein bisschen Geld. Marco wusste, dass die Straßenstricher billig zu haben waren, manchmal reichten dreißig oder vierzig Euro, er wollte hundertfünfzig bieten. Für die Summe hätte ein Stricher alles getan, und eine simulierte Vergewaltigung war das Mindeste, was sie vorhatten.

Über die für Taxis und Busse reservierte Straße drangen sie in den Park. Passierten Bäume und Hecken, Teiche und Tempel. Das Schwarz der Vegetation war noch tiefer als das des Himmels. Sie kamen an ein paar enthaupteten Statuen vorbei, dann an der Orangerie. Das Gebäude beherbergte Gemälde von de Chirico, Manzú, Warhol, Severini. Sie ließen es hinter sich. Die Vegetation endete, wieder Asphalt und künstliche Lichter. Sie waren auf dem Weg zur Nationalgalerie für Moderne Kunst. Dort, zu Füßen der Valle Giulia, verkauften sich die Jungs Nacht für Nacht. Die Kunden kamen in Autos jeden Kalibers, hielten unten an der Freitreppe, warteten mit laufendem Motor. Nach einer Weile tauchten die Jungs aus dem Gebüsch des Parks auf. Zwanzigjährige Stricher, die, flink wie Krieger, mit einem Satz bei den Autos der Freier waren.

»Scheiße, hier ist niemand«, stellte Marco fest.

Nach drei Uhr morgens ließ das Treiben üblicherweise nach. Das wusste Marco, trotzdem hatte er sich Hoffnungen gemacht. Er wies Manuel an, zur Piazza della Repubblica zu fahren.

»Zuerst waren wir dort, wo Pasolini seinen Mörder aufgegabelt hatte, bei den Ständen hinter dem Platz«, erinnerte sich Marco Prato, »aber da war keine Menschenseele.«

Nicht weit von dort, auf der Piazza dei Cinquecento, war ein weiterer traditioneller Strich. Zwischen Pinienwipfeln und Kaskaden von Vogelkot prostituierten sich Italiener, Nordafrikaner, Rumänen, Typen jeder Hautfarbe und jeden Alters. Meistens waren das elende Gestalten. Das war nicht unerheblich: Wenn sie eine Vergewaltigung vortäuschen wollten, brauchten sie Leute, die zu allem bereit waren. Aber auch an der Piazza dei Cinquecento war niemand mehr.

»Verdammt.«

Unterdessen mischten sich die ersten rosa Streifen in das fahle Himmelsgespinst. Nach und nach würde das Licht durch zahllose winzige Ritzen dringen, dann würde die Sonne explodieren und eine Flut von wütenden Menschen und Fahrzeugen den Beginn eines neuen Tages in Rom einläuten. Wie in einer Vampirgeschichte spürten Marco und Manuel, dass ihre Minuten gezählt waren.

»Fahren wir zum Bahnhof Termini.«

Marco sagte, zu der Uhrzeit würden vielleicht noch ein paar verlorene Nachtzugreisende auf der Suche nach einer Mitfahrgelegenheit herumirren. Sie parkten in der Via Giolitti. Die Straße war eng und dunkel. Marco stieg aus. In den Pelz gehüllt, fing er an, auf dem Gehsteig auf und ab zu stolzieren. Es war nicht klar, ob er sich, wie im Januar im EUR, verkaufen oder jemanden abschleppen wollte. Vor ihm tauchte ein Schemen aus der Dunkelheit auf. Ein Mann mittleren Alters. Um ihn anzuquatschen, bat Marco ihn um eine Zigarette. Der

Mann musterte ihn, hielt ihm eine hin und machte sich hastigen Schrittes davon.

Marco blieb nichts anderes übrig, als sich die Zigarette anzuzünden, er zog zweimal daran, warf sie weg und stieg wieder ins Auto. Manuel ließ den Motor an.

Da waren sie also, um sechs Uhr morgens, mit leeren Händen. Wie war es möglich, dass es so geendet hatte? War das die Bestätigung, dass mit ihren Leben irgendetwas nicht in Ordnung war? Wenn ihnen früher schon der Verdacht gekommen war, nichts auf die Reihe zu kriegen, wie konnten sie jetzt die Augen davor verschließen, da es ihnen nicht einmal gelungen war, einen Stricher abzuschleppen, obendrein für eine Summe, für die sich normalerweise jeder, der sich prostituiert, in die Arme eines Freiers stürzen würde? Waren sie totale Versager? Noch wertloser als ein Stricher?

Während sie nach Collatino zurückfuhren, riss Marco Manuel das Handy aus der Hand und fing an zu telefonieren. Er rief vermeintliche Freunde von Manuel an. Verschickte Nachrichten. Irgendwann rief er wieder bei Alex Tiburtina an. Die Hilfsbedürftigkeit des ehemaligen Boxers hatte einen guten Eindruck bei ihm hinterlassen. »Alex war so eine Art armes Schwein. Deshalb dachte ich: Wenn ich Alex Tiburtina hundertfünfzig Euro biete und ihm sagen, *für die Summe laufe ich mit meinen Stilettos über dich drüber*, wirft der sich sofort dankbar auf den Boden.«

Aber weder Alex noch die anderen Empfänger der Anrufe und Nachrichten antworteten. Manuel fuhr jetzt die Via dei Monti Tiburtini entlang. Je näher sie sich der Via Igino Giordani näherten, desto unbestreitbarer erschien ihre Niederlage.

Da kam Marco Prato die Idee, Luca Varani anzurufen.

Marco kam dieser wunderhübsche, blutjunge Kerl in den Sinn, der ständig knapp bei Kasse war. Normalerweise, dachte er, ist Luca bereit, durch die halbe Stadt zu eiern, um bei Damiano Parodi ein bisschen Kleingeld abzugreifen. Für fünfzig Euro kam er bis zur Piazza Ungheria. Wenn Marco ihm das Drei- oder Vierfache in Aussicht stellte, würde er alles stehen und liegen lassen und in null Komma nichts bei ihnen sein.

Unterdessen fiel das erste Morgenlicht auf die Via Tiburtina. Marco griff sich das Handy, suchte die Nummer heraus. Der Angelhaken versank im Wasser.

»Hallo, Marco, bist du's?«

Marco und Luca telefonierten kurz. Die Unterhaltung setzte sich per WhatsApp fort.

Marco Prato an Luca Varani: »Ruf an, wenn du kommst.«

Luca Varani an Marco Prato: »Keine Sorge. Aber um 12 muss ich weg.«

MP: »Kein Wort zu Damiano, sonst kann ich dich nicht bezahlen. Wenn du den Mund hältst, kriegst du das Geld heute noch.«

LV: »Und wann gibst du's mir? Sobald ich da bin?«

MP: »Luca, glaubst du etwa, ich will dich abziehen?«

LV: »Nein, nein, aber was ich habe, habe ich.«

Manuel bog in die Via Igino Giordani ein. Wieder die Kirche, die riesigen Wohnburgen. Sie stiegen aus dem Auto. Manuel vertrat sich die Beine. Marco, in Pelz und Stilettos, zog sich den Mantel enger und atmete die kalte Morgenluft ein. In dem Moment waren sie noch zwei Endzwanziger, die das Leben noch vor sich hatten. Wer hat als junger Mensch keinen Mist gebaut? Die Welt war voller Erwachsener, die ruhig und zufrieden in ihrem trauten Heim das Album der Erinnerungen durchblätterten und kaum fassen konnten, was für abgedrehtes Zeug sie vor Urzeiten angestellt hatten.

»Dahinten«, sagte Marco. Neben dem Kreisverkehr, der schwarze Schemen eines Mannes, aufrecht und einsam im Morgen.

»Das mache ich.«

Manuel ging auf den Mann zu. Trovajoli übergab die Ware. Dann zog er das Handy aus der Tasche und rief ein Taxi. Er hatte nie Feierabend.

»Und jetzt ein Schlückchen Wodka«, sagte Marco.

»Wir sind in eine Bar zwischen der Pietralata und der Tiburtina«, erinnerte sich Manuel, »die Flasche hat mir ein braunhaariges Mädchen verkauft. Es war nicht mal sieben Uhr morgens. *Im Ernst jetzt?*, meinte sie und hat mir den Wodka verkauft.«

Als sie wieder in der Wohnung waren, machte Manuel sämtliche Lampen an. Es war ein bisschen kalt. Sie schalteten die Klimaanlage ein und drehten die Temperatur hoch. Marco checkte das Handy.

Marco Prato an Luca Varani: »Beeil dich.«

Luca Varani an Marco Prato: »Sitz ich etwa am Steuer?«

MP: »Wo bist du?«

LV: »An der Bushaltestelle. Ich komme schon, keine Sorge.«

Die Klimaanlage lief auf vollen Touren. Jetzt war es in der Wohnung richtig heiß geworden. Manuel zog sich aus, das Sweatshirt, die Hosen. In Boxershorts und T-Shirt zog er eine Camel aus der Schachtel und zündete sie sich an. Marco hatte ein paar Lines vorbereitet. Manuel flackte sich aufs Sofa, betrachtete die Glut der Camel, die Umrisse des Wohnzimmers durch die Rauchspiralen. Morgen, Nacht, Abend, Nachmittag. Wie lange waren sie schon dort? Tief unten, in den Abgründen, gab es vielleicht nicht einmal etwas, das man als Zeit bezeichnen konnte. Es klingelte. Manuel hörte Schritte hinter sich. Die Tür ging auf. Stimmen. Die Tür schloss sich wieder. Dann wieder Schritte. »Guten Tag.« Manuel Foffo drehte sich um.

»Irgendwann tauchte dieser Junge in meiner Wohnung auf«, erinnerte sich Manuel, »ich lag auf dem Sofa, bin nicht mal aufgestanden. Habe mich nicht mal gefragt, wieso er gekommen war. Unser Leben war gerade so absurd, dass es gar keine Rolle spielte, wer der Typ war.«

Aber dann besah sich Manuel den Neuankömmling dort neben Marco genauer, und etwas passierte.

»Kaum habe ich ihn angesehen, da *habe ich es begriffen.* Ich sah ihn an. Sah Marco an, und es war, als hätten wir uns in Gedanken gesagt, *das ist er.* Zwischen mir und Marco gab es plötzlich so was wie eine stumme Abmachung. Als wäre diese Sache, die vorher da gewesen war … noch immer *lebendig.*«

Eine stumme Abmachung, um was zu tun?

»Als Luca gekommen ist, hatte ich eine lila Sonnenbrille auf, so eine mit Verlauf, wie Mina in den Sechzigern«, erinnerte sich Marco, »ich trug die Perücke, eine Art schwarzen Mantel, ein Leopardenkleid mit Brustprothesen, Leggings, hohe Schuhe und rote Socken.«

Und Manuel: »Ich habe Luca begrüßt, wir haben uns bekannt gemacht. Da ist mir wieder eingefallen, dass Marco mir von ihm erzählt hatte. Er hatte gesagt, er würde sich prostituieren. Er hatte gesagt, seine Eltern hätten ihn adoptiert. Wir haben uns alle drei an den Tisch gesetzt und angefangen zu quatschen.«

»Wir haben ein bisschen Wodka getrunken. Es war vielleicht halb zehn Uhr morgens«, sagte Marco, »wir haben nett geplaudert. *Und, wie geht's? Wie lange macht ihr das hier schon?*, fragte Luca. Und wir: *Und wie geht's dir? Wo kommst du her?* Ich habe angefangen, das Koks vorzubereiten, die größte Line war wie immer für Manuel, dann Luca und die kleinste für mich. Wir haben gesnifft. Luca auch.«

Und Manuel: »Wir haben gesnifft. Wir haben geredet. Wir haben Wodka getrunken. Irgendwann habe ich nach links geguckt, und da war Luca splitternackt, er lag bäuchlings auf dem Boden.«

»Ich hatte ihm gesagt, ich würde ihn bezahlen«, sagte Marco, »ich hatte ihn nur gebeten, Damiano nichts zu sagen. Da war noch immer die Geschichte mit der Geldkarte. Luca hat sich ausgezogen und auf den Fußboden gelegt.«

Und Manuel: »Prato sagte mir, weil ich es nicht gesehen habe, Luca hätte ihm die Schuhe abgeleckt. Sie forderten mich auf, mich auf Lucas Rücken zu stellen. Ich fand das schwachsinnig. Aber ich hab's gemacht.«

»Luca hat mir die Schuhe abgeleckt«, sagte Marco, »ich habe angefangen, über ihn drüberzulaufen, und ihm gesagt: *Wenn du noch ein bisschen leidest, geben wir dir auch dreihundert Euro.* Er hat von einem Ohr bis zum anderen gegrinst, denn so eine Summe hatte er noch nie gesehen. Ich habe mich auf Manuels Schulter gestützt und bin über ihn drübergelaufen, irgendwann bin ich abgerutscht und habe ihm einen Kratzer am Oberschenkel verpasst. Ich trug ja Absätze und habe ihn damit aus Versehen verletzt. Dann ist Manuel über ihn gelaufen.«

Und Manuel: »Ich habe versucht, vorsichtig zu sein, bin auf seinen Rücken gestiegen, sie wollten das. Ich hatte gar nicht kapiert, dass das ein erotisches Spiel war. Danach habe ich mich wieder hingesetzt. Jedenfalls hatten wir mit Luca keinen Sex.«

»Wir hatten keinen Sex«, bestätigte Marco, »wir haben wieder angefangen zu reden. Nach ein paar Minuten hat Manuel ganz selbstverständlich das Alcover aus der Schublade geholt und gesagt: *Na los, lasst uns ein paar Cocktails mixen.* Ich bin ihm in die Küche gefolgt, er sagte: *Jetzt verpassen wir ihm das hier, und dann fangen wir an, ihn zu vergewaltigen.* Zumindest habe ich es so verstanden.«

Und Manuel: »Ich hatte das Alcover vor einiger Zeit in der Apotheke gekauft, es war mir verschrieben worden, damit ich mit dem Trinken aufhörte. Aber ich hatte es nie genommen.«

»Alcover kann zu einer Art Saufkoma führen«, sagte Marco, »aber das ist ein absolut harmloses Saufkoma. Manuel hat Alcover in eines der Gläser getan, und wir sind mit drei Cocktails ins Wohnzimmer zurück.«

Und Manuel: »Marco hat ihm das Alcover ins Glas getan. Ich war einverstanden.«

»Manuel wollte die Vergewaltigungsfantasie umsetzen«, sagte Marco, »Luca Varani war aktiv, er hätte sich niemals in den Arsch ficken lassen. Deshalb das Alcover. Man musste ihn benebeln. Leider sollte ich ihn vergewaltigen. Ich sage leider, weil ich passiv bin, das war ein Kompromiss, den ich mit Manuel hatte schließen müssen, weil wir keine Frau dahatten, es war ein Opfer, das ich für ihn brachte.«

Und Manuel: »Luca trank aus einer Schüssel, die Gläser standen alle schmutzig im Spülbecken.«

»Wir habe getrunken, gelabert«, sagte Marco, »nach ein paar Minuten wurde Luca schlecht.«

Und Manuel: »Während er aus der Schüssel trank, ahnte ich, dass ihm schlecht werden würde, aber zugleich war ich mir nicht sicher. In unserem Zustand erschien mir alles schlüssig, dass ich über seinen Rücken gelaufen war, dass er Alcover trank. Alles war absurd. Und alles normal.«

»Luca hat erst genippt und dann einen größeren Schluck getrunken«, sagte Marco.

Und Manuel: »Er ist zum Kotzen ins Bad gegangen.«

»Er fing an, sich schlecht zu fühlen«, sagte Marco, »irgendwann hat er die Unterhaltung unterbrochen, gesagt: *Jungs, wartet kurz, mir ist schlecht.* Er ist aufgestanden. Er taumelte, ihm war übel, er ist ins Bad, und Manuel ist hinterher. Ich bin hinter Manuel her. Luca fing an, orangefarbene Flüssigkeit zu kotzen.«

Und Manuel: »Luca hat ins Waschbecken gekotzt, er war wirr, hat sich an die Badewanne gelehnt.«

»Er war in diese Art Saufkoma verfallen«, sagte Manuel, »er fing an, sich um sich selbst zu drehen, verlor das Gleichgewicht und landete in der Wanne. Er ist auf der Stelle eingeschlafen. Ich weiß noch, dass er schnarchte.«

Und Manuel: »Er kauerte mit dem Hintern auf dem Wannenrand, den Rücken gegen die Wand gelehnt, Marco hat ihm einen kleinen Stoß versetzt, ich weiß nicht mehr, ob mit der Hand oder dem Fuß, einen kleinen Schubs, aber das reichte, um ihn in die Wanne fallen zu lassen. Und da hat er diesen Satz gesagt.«

»So etwas habe ich nie gesagt«, sagte Marco, »das hat Manuel sich eingebildet und gedacht, ich hätte es gesagt.«

Und Manuel: »Kaum war Luca in der Wanne gelandet, sagte Marco: *Wir haben beschlossen, dass du sterben musst.* Ich habe ihn angesehen und gedacht: Also passiert es wirklich.«

»So etwas habe ich nie gesagt«, sagte Marco.

Und Manuel: »Aber er hat es gesagt. Luca war nicht mehr ganz bei sich, ich glaube, er hat den Satz gar nicht richtig verstanden. Gleich darauf machte Marco sich über ihn her. Ich weiß noch, dass ich ihn mit dem Messer in den Hals gestochen und mit dem Hammer auf den Kopf geschlagen habe.«

»Die Gewalt fing nicht im Bad an«, sagte Marco.

Und Manuel: »Nach Marcos Satz habe ich einen Filmriss. Ich weiß noch, dass wir ihn würgten, wir versuchten zu zweit, ihn zu erwürgen, zuerst seine Hände, dann meine. Ich sehe vor mir, wie Marco versuchte, ihm den Schwanz abzuschneiden. Wenn ich mich anstrenge, kann ich mir die schlimmsten Bilder ins Gedächtnis rufen, aber nicht den Ablauf.«

»Im Bad ist gar nichts passiert«, sagte Marco.

Und Manuel: »Marco hat den Anfang gemacht. Dann habe ich ihm eine volle Ladung verpasst. Die Waffen muss ich wohl aus der Küche geholt haben. Einen Hammer, ein Messer mit kurzer Klinge, ein größeres Messer, ich habe sofort den Hammer genommen, weil ich dachte, nach einem Hammerschlag wäre er sofort hinüber.«

»Wir haben ihn aus der Wanne gehievt und ins Schlafzimmer geschleppt«, sagte Marco, »ich hatte noch die Stilettos an, deshalb war es mühsam, Manuel hat ihn unter den Achseln gegriffen, Lucas Hintern schleifte über den Boden, das Schwierigste war, ihn hochzuheben und aufs Bett zu wuchten.«

Und Manuel: »In der Badewanne haben wir angefangen. Im Flash danach hatten wir ihn ins Schlafzimmer gebracht. Prato hatte mir was über die Wasserleitung erzählt. Er meinte, im Bad würde das Blut durch den Wannenabfluss in die Rohre gelangen, und man würde uns auf die Schliche kommen. Deshalb haben wir ihn woandershin getragen.«

»Als er auf dem Bett lag, habe ich mich rittlings auf ihn gesetzt«, sagte Marco, »weil er bewusstlos war, habe ich die Gelegenheit genutzt und ein bisschen an ihm rumgespielt. Ich streichelte ihn, küsste ihn. Manuel sagte: *Würg ihn, Schatz.* Und ich legte ihm die Hände um den Hals und fing an zuzudrücken, aber das war nur eine Sexpraktik, außerdem hatte Manuel gesagt: *Würg ihn, Schatz*, und nicht *Erwürg ihn, Schatz.*«

Und Manuel: »Marco sagte, ich solle eine Waffe holen, und ich habe das Messer geholt.«

»*Würg ihn, Schatz*, hat er gesagt. Aber während ich ihm den Hals zudrückte, ist Luca wieder zu sich gekommen«, sagte Marco, »er kam zu Bewusstsein, verpasste mir einen Hieb mit dem Ellenbogen und schleuderte mich zu Boden. Ich bin mit dem Hintern auf dem Fußboden gelandet. Luca hat sich taumelnd hochgerappelt. Dann ist er neben dem Bett auf dem Boden zusammengebrochen. Da habe ich Manuels Silhouette gesehen, er hatte beide Hände erhoben. In der einen hielt er das Messer, in der anderen den Hammer. Ich sah seine Augen. Es waren die gleichen Augen, wie wenn er mir von seinem Vater erzählte. Luca torkelte zur Tür, Manuel verpasste ihm den ersten Hammerschlag, und er brach zusammen.«

Und Manuel: »Dass ich ihn umbringen musste, wurde mir erst klar, als ich anfing, richtig auf ihn loszugehen. Ich schlug ihm mit dem Hammer ins Gesicht. Benutzte das Messer. Auch Marco traktierte ihn mit dem Messer.«

»Ich habe zu ihm gesagt: *Manuel, beruhige dich. Beruhige dich! Was zum Scheißdreck tust du da?*«, sagte Marco. »Er hat geantwortet: *Nein, nein, nein, ich muss diesen Arsch umbringen!* Und ich: *Wieso denn umbringen, wieso umbringen, hör auf!* Er hat mit dem Hammer auf ihn eingedroschen. Ich hörte das dumpfe Geräusch, ein unbeschreibliches Geräusch. Also bin ich aus dem Zimmer geflohen. Ich habe ein schlechtes Gewissen, weil ich es nicht geschafft habe, ihn aufzuhalten, ich war in Panik.«

Und Manuel: »Wir hieben auf ihn ein. Luca hatte rote Taschentücher im Mund. Die muss ihm Marco hineingestopft haben, damit er nicht schrie.«

»Ich bin ständig raus aus dem Zimmer und wieder rein, versuchte, ihn zu beruhigen«, sagte Marco, »das Hin und Her war meine Art, mich vor dem, was da vor sich ging, zu schützen. Nach all den Hammerschlägen richtete Manuel sich auf und sah ihn an. Er sah Luca an. Dann hat er sich wieder über ihn gebeugt, sich das Messer gegriffen und ihm ein paar lange Schnitte verpasst, von einer Seite zur anderen, als wolle er ihm Sterne in die Haut ritzen. Dann änderte er seine Taktik, rammte die Klinge richtig in den Brustkorb, ich hörte das Geräusch … Es war unbeschreiblich. Ich bin wieder ins Wohnzimmer. Ich war außer mir. Ich zog die Schuhe aus, legte mich aufs Sofa und fing an nachzudenken.«

Und Manuel: »Messerhiebe, Hammerschläge, aber Luca hörte nicht auf zu atmen. Es war, als würde er einfach nicht sterben. Er hat wahnsinnig gelitten.«

»Er konnte nicht sterben«, sagte Marco, »ich wollte, dass er aufhörte zu leiden. Auch Manuel wollte nicht, dass er litt. *Dieses Arschloch krepiert nicht, es krepiert nicht!*, sagte er. Er drosch mit dem Hammer auf ihn ein, stach mit dem Messer zu, wie es gerade kam. Ich rannte hin und her, den Kopf zwischen den Händen. Manuel sagte: *Schatz, der muss jetzt krepieren, der muss krepieren, aber wie bringe ich ihn um?*«

Und Manuel: »Ich weiß noch, dass ich ihm irgendwann eine Wodkaflasche über den Kopf ziehen wollte, um ihn umzubringen, aber Marco hielt mich zurück, weil sonst überall Scherben gewesen wären. Aber, ehrlich gesagt … es war alles so voller Blut, dass die Scherben das geringste Problem gewesen wären.«

»Er hat sich eine Zweiliterflasche Sambuca gegriffen«, sagte Marco, »er wollte sie ihm über den Schädel ziehen. Ich schrie: *Manuel, halt!* Er hat die Flasche auf den Tisch gestellt und sich wieder das Messer gegriffen.«

Und Manuel: »Auch Marco hat ihm Messerhiebe verpasst.«

»Ich hatte mich wieder ins Wohnzimmer geflüchtet«, sagte Marco, »ich kauerte auf dem Sofa, einen Arm um die Knie, ich wollte nur, dass alles möglichst schnell aufhörte. Manuel schrie aus dem anderen Zimmer: *Komm her, komm her und hilf mir!*«

Und Manuel: »Er litt wie wahnsinnig, aber er starb nicht, er starb nicht! Er wollte unbedingt leben, wir wussten nicht, was wir machen sollten.«

»Ich war noch immer auf dem Sofa«, sagte Marco, »gegenüber, neben dem Fernseher, war ein Kabelknäuel. Manuel schrie noch immer: *Hilf mir, ihn umzubringen!* Also habe ich eines von diesen Kabeln genommen und es ihm gebracht. Ich sagte: *Hier, Hauptsache, er leidet nicht mehr!*«

Und Manuel: »Wir haben versucht, ihn mit dem Kabel zu erdrosseln. Wir haben versucht, ihm das Kissen aufs Gesicht zu drücken. Nichts zu machen. Er atmete.«

»Manuel versuchte, ihn zu erdrosseln«, sagte Marco, »irgendwann bat er mich, seinen Kopf zu küssen, er wollte, dass ich ihn auf den Kopf küsste, damit er die Kraft fand, ihn zu erdrosseln, ihm das Leben zu nehmen.«

Und Manuel: »Während ich mit dem Messer auf ihn einstach, küsste Marco mich auf den Kopf, er sagte: *Los, bring ihn um*. Wir wollten das beide.«

»Ich legte ihm eine Hand auf die Schulter, und dann, ja, dann habe ich ihm diesen Kuss auf den Kopf gegeben«, sagte Marco, »ich fing an, ihn zu küssen, während er ihn erwürgte.«

Und Manuel: »Marco sagte: *Gib ihm den Gnadenstoß*. Aber dann hat er ihm den letzten Hieb verpasst, er ist mit dem rechten Knie auf Lucas Brust und hat ihm mit dem Messer ins Herz gestochen, ihm die Klinge richtig reingetrieben.«

»Manuel ist ins Wohnzimmer gekommen und hat gesagt, dass Luca tot sei«, sagte Marco.

Und Manuel: »Dass er tot war, wurde mir klar, als wir versuchten, ihn hochzuheben. Er fühlte sich kalt an.«

»Er sagte, er sei tot«, sagte Marco, »also bin ich sofort ins Schlafzimmer und habe ihn mit einer Decke zugedeckt. Ich konnte ihn nicht ansehen.«

Und Manuel: »Während wir ihn töteten, habe ich auch ein Video gedreht. Mit dem Handy, die Aufnahme war vielleicht fünfzehn Sekunden lang, ich habe dieses Video gemacht, aber dann habe ich es gelöscht, weil ich dachte: *Was mache ich denn da? Erst bringe ich ihn um, und dann filme ich ihn?* Vielleicht wollte ich damit Marcos Video wettmachen. Ich weiß es nicht mehr. Jedenfalls gibt es das Video nicht mehr.«

»Nachdem ich ihn zugedeckt hatte, bin ich ins Wohnzimmer zurück«, sagte Marco, »Luca war tot. Ich fühlte mich wie versteinert. Manuel war die Sicherung durchgebrannt, und ich hatte es nicht geschafft, ihn zurückzuhalten. Da habe ich angefangen zu reden. *Was hast du getan?*, sagte ich. Ich sah, wie Manuels Miene sich veränderte. Da bekam ich einen Schreck und wechselte in den Plural. *Was haben wir getan? Ist dir das klar?*«

Und Manuel: »Wir waren wahnsinnig müde. Wir sind ins Bett gegangen. Er und ich unter der Decke, Lucas Leiche daneben auf dem Boden.«

»Manuel ging sich im Bad waschen«, sagte Marco, »dann kam er ins Schlafzimmer zurück und legte sich neben mich. Ich war kurz vor dem Einschlafen. Aber er redete, er sagte, wir wären jetzt fürs ganze Leben miteinander verbunden, das, was wir getan hätten, würde uns für immer vereinen. *Ja, aber wir haben einen Menschen umgebracht*, sagte ich. Ich war noch immer in Frauenkleidern.«

Und Manuel: »Dort, im Bett, mit der Leiche gleich daneben. Da hatten wir den ersten Analverkehr unserer Beziehung.«

»Das ist absolut unzutreffend«, sagte Marco.

Und Manuel: »Ich war gerade eingeschlafen. Er ist auf mich drauf, wie eine Frau, die sich auf einen liegenden Mann setzt. Er nahm meinen Schwanz, wollte ihn sich reinschieben. Die Stellung ekelte mich an. Aber ich hatte eine Erektion. Also habe ich ihn umgedreht, und wir hatten Sex. Weil er so darauf bestand, habe ich es eher gemacht, um meine Ruhe zu haben, und nicht, weil ich wirklich geil war.«

»Wir hatten Sex«, sagte Marco, »aber das ist auch in den Tagen davor passiert. Er hat mich mehrmals anal penetriert, ohne Kondom. Aber nach dem Mord haben wir nichts gemacht. Wie denn auch? Schon die Vorstellung widert mich an. Wir haben uns aufs Bett gelegt und sind eingeschlafen.«

Und Manuel: »Ich nahm ihn. Aber es war, als würde er mich nehmen. Wir hatten Sex, und dann sind wir eingeschlafen.«

Ein paar Stunden später schlug Marco die Augen auf.

Er war in einen bleiernen Schlaf gefallen. Aufwachen war, als würde er vom Grund eines Ozeans emporgeschleudert, ihm blieb die Luft weg, er riss den Mund auf, um nach Sauerstoff zu ringen, fuhr auf dem Bett hoch. Wie durch ein Leck begann ein Gedanke, in seinen Kopf zu tröpfeln. Neben ihm lag Manuel und schlief, Marco starrte ihn ratlos an, dann drehte er sich zur anderen Seite und sah, ganz deutlich auf dem Fußboden, Lucas Leiche. *Dann stimmt es also*, dachte er.

In manchen Fantasy-Geschichten träumt die Hauptfigur, jemanden umzubringen, und wenn er aufwacht, liegt die Mordwaffe auf dem Nachttisch, als verstörender Beweis, dass *woanders* etwas geschehen ist. In diesem Fall hatten Marco und Manuel die Glaswand zertrümmert, die die Wirklichkeit von der Vorstellung trennt, und das Verhältnis zwischen Licht und Schatten ins Gegenteil verkehrt: Von nun an und für immer würden sie jeden Morgen in einem Albtraum erwachen.

Marco stieg aus dem Bett, verließ das Zimmer, tigerte durch das Wohnzimmer, schlug die Hände vors Gesicht und brach in Tränen aus.

Sein Schluchzen weckte Manuel. Auch er setzte sich im Bett auf, jedoch langsam. Das Zimmer war in Zwielicht getaucht. Die Luft roch abgestanden. Er sah die Leiche auf dem Fußboden, stand auf und ging zu seinem Freund ins Wohnzimmer.

»Ich glaube nicht, dass ich es verdiene, am Leben zu sein!«, schrie Marco gerade. »Es ist nicht gerecht, dass ich noch lebe, nach dem, was passiert ist!«

Manuel sah ihn an. Er begriff nicht, ob Marcos Schmerz echt war oder ob er Theater spielte.

»Schon gut«, sagte er, »aber jetzt setz dich, und wir denken nach.«

Die Wohnung war voller Papiermüll, aufgerissener Schubladen, leerer Flaschen, herumliegender Kleidung. Und überall Blut.

»Ich verdiene es nicht zu leben!« Marco hörte nicht auf zu weinen. »Und ich glaube, du verdienst es auch nicht.«

»Schon klar«, antwortete Manuel, »aber lass uns wenigstens versuchen, ein bisschen Ordnung zu schaffen.«

Marco blickte ihn mit tränenverschmierten Wangen an, dann nickte er.

Irgendwo in ihren vernebelten Köpfen flimmerte vielleicht noch die Vorstellung, sie könnten ungeschoren davonkommen. Als Manuel vom Staatsanwalt verhört wurde, erzählte er, er habe nicht an die juristischen Konsequenzen gedacht, als er mit dem Hammer auf Luca einschlug, und beim Aufwachen, mit der Leiche im Schlafzimmer, geglaubt, es würde schon irgendeinen Ausweg geben. Aber natürlich gab es keinen Ausweg. Sie hatten eine Unzahl von Spuren hinterlassen, von denen einige unmöglich zu beseitigen waren. Es war nur eine Frage von Stunden, bis sie zur Rechenschaft gezogen würden, auch wenn sie im Moment noch die einzigen Hüter eines abscheulichen Geheimnisses waren: Eine beträchtliche Anzahl von Menschen war schlagartig einer Situation ausgesetzt worden, über etwas, das ihr Leben für immer verändern sollte, völlig ahnungslos zu sein. Lucas Eltern. Marta Gaia. Manuels Familie und die von Marco. Sie waren in Rom unterwegs und ahnten nicht das Geringste. Draußen war ein ganz normaler Märztag.

Manuel rief bei seiner Mutter auf dem Festnetz an. Das Telefon klingelte ins Leere. Nachdem er sich versichert hatte, dass sie nicht zu Hause war, ging er nach unten. Er wollte Eimer, Wischlappen, Putzmittel holen.

»Ich war völlig neben mir. Ich kam in den zehnten Stock zurück und stellte fest, dass ich zum Beispiel die Lappen vergessen hatte. Also ging ich noch einmal zu meiner Mutter runter. Aber als ich wieder oben war, fehlte dann das Putzmittel.«

Jedes Mal, wenn er aus der Wohnung ging, schloss Manuel die Tür doppelt ab. So blieb Marco für einige Minuten allein, eingesperrt, von Stille umgeben, mit der Leiche im Schlafzimmer, und starrte reglos die Wände an. Irgendwann wurde ihm schlecht, er trat auf den Balkon hinaus, umklammerte das Geländer und beugte sich vor. In Ordnung, sagte er sich, das sind mindestens dreißig Meter. Ihm kam der Schauspieler in den Sinn, der *Superman* gespielt hatte, Christopher Reeve: Der war nach einem Sturz vom Pferd vom Hals abwärts gelähmt gewesen.

Manuel kam zurück. Jetzt hatte er alles Nötige. Er rief Marco. Hielt ihm Scheuerlappen und Putzmittel hin. Sie müssten putzen, sagte er, und sich dann überlegen, wie sie die Leiche loswürden.

»Er meinte, wir sollten ihn am Circeo vergraben«, erzählte Marco, »wir sollten ihn dort vergraben, aber zuerst müssten wir im Baumarkt eine Schaufel besorgen. Er war für den Circeo, weil er sagte, das sei ein Naturpark. Wer würde schon darauf kommen, in einem Naturschutzreservat herumzubuddeln? Das war seine Logik.«

Sie standen noch immer unter Drogeneinfluss. Doch manche Charaktereigenschaften bleiben auch bei Bewusstseinsveränderungen gleich. Manuel hatte Hausarbeit schon immer gehasst. Abwaschen, Wischen, Saubermachen, alles Aufgaben, die er seiner Mutter überließ. Er trug Marco auf, sich darum zu kümmern.

»Und vielleicht setzt du mal die Perücke ab«, fügte er hinzu.

Marco blickte ihn merkwürdig an.

Manuel warf einen nicht gerade beruhigenden Blick zurück. Zum ersten Mal geriet etwas in ihrem Spiel der Blicke aus der Bahn und befand sich auf Kollisionskurs.

»Na bitte, jetzt willst du mich auch umbringen!« Marco brach wieder in Tränen aus.

»Als ich ihm sagte, er solle die Perücke abnehmen, hat er mich stinksauer angestarrt«, erzählte Manuel, »mir war nicht klar, ob er sie nicht abnehmen wollte, weil er darunter kahl war oder weil er sich ohne Perücke wieder in einen Mann verwandeln würde.«

»Als er mir sagte, ich solle mich umziehen, habe ich einen wahnsinnigen Schreck bekommen«, sagte Marco, »solange ich als Frau angezogen war, fühlte ich mich geschützter, weil ich seine Komplizin, seine Geliebte war.«

»Als er sagte: *Willst du mich auch umbringen?*, habe ich tatsächlich überlegt, nach nebenan zu gehen und das Messer zu holen, um ein bisschen Theater zu machen«, gab Manuel zu, »aber ich habe es nur gedacht. Natürlich hätte ich das nicht gemacht. Ich war wirklich am Ende.«

»Ich fürchtete, er könnte mir etwas antun«, sagte Marco, »also habe ich zu ihm gesagt: *Wenn du beschlossen hast, mich umzubringen, dann lass mich wenigstens nicht leiden. Aber wie auch immer*, habe ich hinzugefügt, *denk dran, wenn du mich umbringst, müsstest du zwei Leichen loswerden.* Da hat er sich wieder beruhigt.«

»Ich habe nie wirklich daran gedacht, ihn zu schlagen oder zu töten«, sagte Manuel, »aber dass er ein Drecksack ist, habe ich schon gedacht. Ich dachte daran, wie er Varani in meine Wohnung gelockt hatte, ich hatte eine Riesenwut auf ihn, aber dann sah ich ihn weinen, und all die Aggressivität ist … ist wie in sich zusammengefallen.«

Marco sah die Ruhe in Manuels Augen zurückkehren, Manuel sah die Angst aus Marcos Miene weichen. Der heikle Moment war vorüber. Also versuchte Marco, Zeit zu schinden (»es war wieder Abend, ich versuchte, die Sache hinauszuziehen, bis die Geschäfte schlossen, denn das fehlte noch, dass er mich in den Baumarkt schleppte, um eine Schaufel zu kaufen«), und kam Manuels Aufforderung schließlich nach. »Einverstanden, räumen wir auf.«

Sie kehrten ins Schlafzimmer zurück. Knipsten das Licht an. Hievten die Leiche vom Boden, legten sie aufs Bett und breiteten wieder die Decke darüber. Klaubten die Kleider auf und brachten sie nach nebenan. Jetzt waren sie wieder im Wohnzimmer. Marco nahm die schmutzigen Gläser, stellte sie in die Küche, sammelte das Messer und den Hammer ein, faltete die Pizzakartons zusammen, stopfte sie in den Mülleimer. Manuel folgte ihm mit dem Blick, doch plötzlich erstarrte er.

So unglaublich es war, der Eindruck war real, Manuel fragte sich, ob es wirklich passierte, oder ob das Grauen, das sie angerichtet hatten, in ihn eingedrungen war und sich nun einen Spaß daraus machte, mit seinem Verstand zu spielen. *Luca*. Er starrte auf die Schlafzimmertür.

»Ich hörte Luca atmen. Ich weiß, das ist absurd. Er war seit Stunden tot. Wir hatten neben der Leiche geschlafen, ohne dass irgendetwas passiert war. Der Körper war eindeutig kalt, als wir ihn vom Boden hoben. Und dennoch, ich hörte ihn atmen. Er röchelte. Ich hatte es ganz klar im Ohr. Also gab ich mir einen Ruck und bin ins Schlafzimmer. Kaum war ich drin, war das Röcheln verschwunden. Die Leiche lag noch immer da, ich starrte sie an und rechnete mit wer weiß was, aber selbstverständlich passierte nichts. Aber dann kehrte ich ins Wohnzimmer zurück und hatte wieder das Röcheln im Ohr.«

Währenddessen hatte Marco den Wassereimer gefüllt, Putzmittel hineingeben, machte den Scheuerlappen nass und wischte den Fußboden.

»Ich kniete mich hin und fing an, den Boden zu wischen, ich sah aus wie Aschenputtel. Ich versuchte, den Fußboden ordentlich sauberzumachen, aber dann sah ich das Scheuertuch voller Blut und sagte mir, es reicht.«

Marco ließ den Scheuerlappen fallen. Richtete sich auf. Wieder waren seine Wangen tränenüberströmt. Er sagte zu Manuel, dass das, was er ihn machen lasse, keinen Sinn habe, sie hätten sich grauenhaft benommen, und zumindest, was ihn angehe, sei der Moment gekommen, zu sterben.

»Meinst du das ernst?«, fragte Manuel.

»Klar meine ich das ernst.«

»Und wie willst du dich umbringen? Mit Messern?«

Marco schüttelte den Kopf.

»Er wollte sich umbringen, aber die Messer zu benutzen, stieß ihn ab«, sagte Manuel, »er wollte einen weniger blutigen Tod. Ich dachte, ich könnte ihm das vielleicht noch ausreden, die Situation war chaotisch, wir beschlossen, noch mal rauszugehen.«

Manuel raffte Lucas Sachen zusammen. Die Kleidung, die Schuhe, das Handy. Stopfte alles in den Rucksack des Jungen. Einerseits begann er, sich der Situation bewusst zu werden. Andererseits blitzte in ihm, wie jähe Sonnstrahlen bei wolkenschwerem Himmel, hin und wieder die Illusion einer Fluchtmöglichkeit auf. Aber wohin hätten sie denn gekonnt? Es war halb neun Uhr abends, sie hatten eine Leiche im Haus, abermals war die Dunkelheit über der Stadt hereingebrochen.

»Komm, lass uns was trinken gehen«, sagte Manuel.

Raffaele Braga war einunddreißig, wohnte in Guidonia und pendelte täglich die dreißig Kilometer, die ihn von Rom trennten. In San Giovanni befand sich das Café Oval, wo er arbeitete. Minimale Einrichtung, Tische im Freien, ordentlich bestückte Getränkebar.

An jenem Freitagabend bediente Raffaele an den Tischen und am Tresen. Es war kurz nach 21 Uhr, das Lokal begann, sich zu füllen, doch es war noch nicht voll. Zwei Mädchen saßen auf den Barhockern und tranken etwas. Die beiden Männer saßen draußen. Sie saßen eher abseits, es waren keine Stammkunden, der mit dem Rücken zum Lokal war ganz in sich zusammengesunken, der andere trug eine dunkle, knielange Jacke. Nach ein paar Minuten stand der Typ mit der Jacke auf und kam an den Tresen. Er bestellte zwei Gläser Weißwein und setzte sich wieder seinem Freund gegenüber.

Nachdem er die beiden bedient hatte, kehrte Raffaele ins Lokal zurück. Als er zwei Wochen später von den Carabinieri vorgeladen wurde, sagte er, wenn es etwas gebe, das zweifellos gleichermaßen auf beide zugetroffen habe, dann, dass sie »völlig normal« wirkten.

Nachdem Marco und Manuel das Haus verlassen hatten, waren sie eine Weile durch San Giovanni geirrt. Auf der Via Magna Grecia hatten sie, ungeachtet der Carabinieri-Streifenwagen, bei einem Müllcontainer gehalten. Manuel war ausgestiegen und hatte Lucas Rucksack mit den Kleidern und dem

Handy in den Container geworfen. Dann waren sie ins Oval gegangen.

Marco Prato trank seinen Falanghina aus und sagte: »Ich will sterben.«

Er war jetzt wieder als Mann gekleidet. Die einzigen sichtbaren Spuren der vergangenen Tage waren der Lack auf den Fingernägeln und die völlig verschmierte Schminke unter den Augen.

Manuel versuchte, ihn zu beruhigen. Marco flüsterte unablässig: »Was haben wir getan … Was haben wir getan … Mein Gott, wir verdienen es zu sterben.«

»Beruhig dich mal«, sagte Manuel, »jetzt trinken wir noch ein Glas und überlegen, was zu tun ist.«

»Wir haben einem dreiundzwanzigjährigen Jungen das Leben genommen«, sagte Marco, »wir haben Gott gespielt. Jetzt ist der Moment gekommen, dafür zu bezahlen, ich will sterben, und du musst mir helfen.«

Er sagte, er wolle sich mit Schlafmittel umbringen. Er wusste, dass Manuel das Lormetazepam-Rezept zu Hause hatte. Zwei Ein-Milligramm-Fläschchen, und man schlief die ganze Nacht. Vier Fläschchen mit Alkohol vermischt, und man wachte möglicherweise nicht mehr auf.

Am Ende schien Manuel überzeugt, er würde ihm helfen, ein Ende zu finden. Sie zahlten und machten sich wieder auf den Weg zu Manuel. Als sie in der Wohnung waren, fingen sie an, nach dem Rezept zu suchen, sie suchten den Boden ab, rissen Schubläden auf, machten Chaos im Chaos und hüteten sich davor, einen Blick in Richtung Schlafzimmer zu werfen. Schließlich fanden sie den Zettel. Das Rezept war abgelaufen. Manuel suchte einen Stift, änderte das Datum und vertraute auf die Nachsicht der römischen Nachtapotheker. Geld war das nächste Problem. Sie hatten keinen einzigen Euro mehr.

»Das Restaurant«, sagte Manuel.

»Versuch, außer dem Geld auch ein bisschen Wodka zu kriegen«, sagte Marco, als sie schon im Auto saßen.

Keine vierundzwanzig Stunden, nachdem er aus der Wohnung in der Via Igino Giordani Reißaus genommen hatte, stand Tiziano De Rossi erneut Manuel Foffo gegenüber. Der Sohn des Inhabers platzte kurz nach 23 Uhr ins Restaurant. Tiziano bediente gerade die Tische. Der Junge war sichtlich aus der Fassung. Bestimmt hat er wieder gekokst, dachte Tiziano. Auch die anderen Kellner musterten ihn irritiert. Manuel steuerte direkt auf die Kasse zu, klaubte hundertfünfzig Euro heraus und riss den Kühlschrank auf. Kein Wodka. Nach dem Abendessen spendierten die Kellner des Bottarolo den Gästen gewöhnlich Likör oder Limoncello. Manuel schnappte sich eine Flasche Amaro del Capo, winkte fahrig in die Runde und hastete davon.

Es war verboten, mehr als drei Packungen Schlafmittel auf einmal zu kaufen. Zuerst steuerten sie eine Apotheke auf der Via Nazionale an. Dann eine zweite unweit der Porta Pia. In beiden Fällen fiel dem Apotheker das geänderte Datum auf dem Rezept nicht auf. Mit fünf Packungen Lormetazepam stieg Marco wieder ins Auto. Jetzt hatte er alles, was er brauchte.

Ehe sie sich trennten, schlug Manuel Marco vor, ein letztes Glas zu trinken. Marco war einverstanden (»wenn man bedenkt, was ich vorhatte, kam es mir nur entgegen, mit Alkohol anzufangen«), und so bogen sie in die Via Livorno ein. Auf der langen, schnurgeraden, in Dunkelheit gehüllten Tiburtina tauchte das Schild des Dallas auf. »Lass uns reingehen«, sagte Marco.

Es war ein kleines Lokal gegenüber dem Verano-Friedhof. Von den Tischen aus konnte man die Zypressen sehen. Marco bestellte einen Wodka ohne Eis, Manuel Rum Cola. Jetzt waren sie sehr schweigsam. Sie schauten sich an, ohne etwas zu sagen.

»Manuel, hör zu, jetzt lass mich gehen«, sagte Marco irgendwann, »ich halt's nicht mehr aus.«

»Ich bringe dich ins Hotel«, willigte Manuel ein.

Marco schüttelte den Kopf.

»Der Mini Cooper war auf meinen Vater angemeldet«, erzählte er den Carabinieri, »auf den Menschen, den ich am meisten auf der Welt liebe. Ich hatte Angst, dass Manuel Lucas Leiche im Auto verstecken würde, sobald ich mich umgebracht hätte. Dann wäre mein Vater in die Sache reingezogen worden und hätte eine Menge Ärger gekriegt. Ich sagte ihm, ich würde ihm das Auto nicht überlassen.«

Manuel zuckte die Achseln, sagte »in Ordnung« und zahlte. Er und Marco verließen das Lokal. Der Moment des Abschieds war gekommen. Sie umarmten einander.

Marco sagte: »Ich hoffe, ich sehe dich nie mehr wieder, aber nicht deinetwegen.«

Manuel kehrte zu Fuß nach Hause zurück. Es war drei Uhr morgens. Geduldig wanderte er die Tiburtina entlang, mit hängenden Schultern, die Hände in den Taschen, einen Schritt nach dem anderen. Als er wieder in der Via Igino Giordani war, suchte er die Hausschlüssel. Betrat den Aufzug. Im zehnten Stock angekommen, öffnete er die Wohnungstür, machte Licht, trat ins Wohnzimmer und setzte sich aufs Sofa.

Mit dem Rücken zum Schlafzimmer steckte Manuel sich eine Zigarette an, um nachzudenken. Er rauchte bedächtig. Dann machte er sich noch eine an. Er stand auf und ging in die Küche. Im Kühlschrank war noch eine Flasche Rum. Er riss eine Cola auf, trug alles ins Wohnzimmer und versuchte, sich so etwas wie einen Cuba Libre zu mixen. Er trank zwei Schlucke und ließ dann davon ab. Rauchte eine dritte Zigarette, stand wieder auf, um aufzuräumen. Er musste Zeit schinden. Aus der Küche holte er die Müllbeutel, fing an, die leeren Flaschen und die Reste des Abendessens einzusammeln. Als die ersten zwei Säcke voll waren, ging er hinunter, um sie in die Tonne zu werfen. Jede Gelegenheit war recht, um sich von der Leiche zu entfernen.

Als er aus dem Haus trat, graute der Morgen. Manuel betrachtete die ausgestorbenen Straßen, die Kälte kroch ihm in die Knochen. Nachdem er den Müll entsorgt hatte, kehrte er nach Hause zurück. Was sollte er sonst tun? Wieder in den Aufzug. Er öffnete und schloss die Tür, setzte sich wieder ins Wohnzimmer. Aus dem Schlafzimmer war die Gegenwart der Leiche zu spüren. Er zog eine Zigarette aus dem Päckchen, jonglierte sie ein wenig zwischen den Fingern. Allmählich sickerte das Licht durch die halb geschlossenen Rollläden. Um halb acht würde sein Bruder ihn abholen kommen, um zur Beisetzung des Onkels zu fahren. Gut, dachte er und blickte auf die Uhr, es ist fast so weit.

Er war nicht der Einzige, der sich in dieser Gegend einen Bau gegraben hatte. Orte wie diesen gab es rund um den Bahnhof einige. Das Gerücht zirkulierte seit Jahren. Das Zimmerangebot hatte sich vervielfacht. Die Kunden kamen aus der halben Welt. Wie Bukarest, nur besser. Ein Kind tauchte aus dem Untergrund der Piazza Indipendenza auf, reckte sich, begann seinen Tag.

Der holländische Tourist zahlte seinen Kaffee in einer Bar in der Via Lanza, trat hinaus und schlenderte die Straße entlang. Die Porta Magica. Die verwahrlosten Gärten in der Sonne. Dann die Frauen mit den Einkaufstüten.

Hin und wieder begegnete er auf der Straße solchen wie ihm, er erkannte sie an der Maske aus Verzweiflung und Mildtätigkeit. Hin und wieder wurde jemand geschnappt. Die Hand des Gesetzes packte jemanden beim Mantelkragen. Der Name des Schuldigen tauchte in den Zeitungen auf, doch die neuen Nachrichten verschlangen die alten, und binnen weniger Tage war es, als hätte niemand je diesen Namen gehört. Der Zollbeamte. Der Stadtrat. Der Handwerker. Zuletzt sogar ein Richter.

Der Richter hatte sich vor dem Oberstaatsanwalt damit verteidigt, »Triebe hätten ihn zu knabenhaften Gesichtern hingedrängt«. Er sagte, er habe sich stets nach dem Alter der Jungen erkundigt. Das Geld sei ein Geschenk gewesen, keine Bezahlung.

Der holländische Tourist betrachtete den flirrenden Staub, der langsam vom Markt emporstieg. Bei Santa Maria Maggiore meinte er eine kleine Windhose hinter sich zu spüren, eine Bö, die wie Gelächter klang. Er sah auf die Uhr. Er hatte keine Zeit mehr, im Hotel vorbeizugehen. Eilig machte er sich auf den Weg zum Bau. Auf dem Gehweg jetzt ein Duft nach Gewürzen. Dann kleine Schreie. Italien war ein entsetzlich altes Land. Ein Garten zorniger, garstiger Greise. Aber in dieser Gegend war das Durchschnittsalter wesentlich geringer.

Das Thrill in der Via Giolitti. Die widerlichen Kebab-Buden in der Via Manin. Die Ewigkeit zeigte sich in der Anonymität. Gestank nach Frittiertem. Sweatshirts. Strass auf den Fingernägeln. Selten eine Lederjacke. Das Angebot an Minderjährigen war überwältigend. Maghrebiner. Ägypter. Teenager aus der Vorstadt kamen hierher, um gemeinsam auszugehen. Sie nahmen den klapprigen Bus aus Labaro, aus Primavalle, durchquerten unter Gerüttel, Gequietschte und Gefluche die von Schlaglöchern übersäte Stadt. In ihren Turnschuhen mit bunten Schnürsenkeln erreichten sie die Grünflächen am Bahnhof.

Aber der holländische Tourist war wegen der Unsichtbaren dort.

Es waren vor allem Rumänen. Manchmal auch Ägypter, Tunesier, Libyer. Sie schliefen in den Grünanlagen, zwischen Ratten und Müllsäcken. Oder in den Unterführungen, Gräben, Abflussrohren. In der Kälte dicht aneinandergedrängt. Sie schliefen höchstens fünf, sechs Stunden. Einen traumlosen Schlaf.

Der holländische Tourist öffnete das Haustor. Betrat den Fahrstuhl, fuhr in den fünften Stock. Betrachtete die Antennen durch das halb geschlossene Fenster, den Wasserturm in der Via Giolitti. Er hörte den Schrei der Schwalben am Himmel. Jemand klopfte an die Tür. Der holländische Tourist ging öffnen, und er stand vor ihm. Diesmal trug der Junge ein zwei Nummern zu großes Sweatshirt. Es war das dritte Mal, dass sie einander sahen. Der holländische Tourist gab sich einen Ruck, fuhr ihm mit der Hand durchs Haar. Der Junge lächelte nicht. Dann wich er zur Seite, um ihn die Eigenständigkeit dieses Körpers spüren zu lassen, ehe er ihn sich zu eigen machte. Alles geliehen, nichts geschenkt. »Nein«, sagte der Mann. Der Junge hielt inne. Er wollte gerade ins Bad. Er würde duschen, genau wie das letzte Mal. »Nein«, wiederholte er leiser. Der Junge verstand nicht. Der Mann holte fünfzig Euro aus der Tasche, zog sie demonstrativ durch die Finger, und der Junge verstand. Er wollte nicht, dass er duschte, er wollte die Straße riechen. Der Junge zog sich das Sweatshirt aus, ließ den Gürtel aus den Schlaufen gleiten, schlüpfte aus den Schuhen, den Hosen, den Frotteesocken, den Unterhosen. Nackt, wie er war, streckte er sich auf der Matratze aus. Demonstrativ verschränkte er die Hände im Nacken und zeichnete im Geist des Mannes eine Szene nach, die sich seit Jahrtausenden wiederholte. Sie waren dort, namenlos, flüchtig. In hundert Jahren wären sie beide tot, und dieses Zimmer gäbe es nicht mehr.

Nach einer Stunde war es der Junge, der den Nachmittagshimmel durch das halb offene Fenster betrachtete. Der Mann saß auf dem Bett. Es klopfte an der Tür. Vier deutliche Schläge. »Öffnen Sie bitte die Tür!« Der Ton ließ keinen Zweifel. Vergeblich suchte der holländische Tourist in der Sprache Zuflucht. »I don't speak Italian.« Die Stimme blieb fest. »Open the door, please. Polizia!« Sie waren im fünften Stock. Er würde nicht aus dem Fenster springen können. Und in wenigen Sekunden würden sie die Tür auftreten. Also ging er öffnen. Ein kleiner Trupp Beamter betrat das Zimmer. Sah den Jungen. Sie wussten schon, wer er war. »This is not your son«, stellte ein Polizist fest. »Your passport please?«, sagte ein anderer. Sie forderten ihn auf, die Handgelenke vorzustrecken. Legten ihm Handschellen an. Führten ihn die Treppe hinunter.

Einige Monate später gingen wir aus Rom fort.

Alles geschah sehr schnell. Eines Dienstagmorgens erhielt ich einen Anruf des Vorsitzenden einer bedeutenden Turiner Kultureinrichtung. Am Abend darauf war ich bei ihm zum Abendessen. Zwischen der Vorspeise und dem ersten Gang machte er mir ein interessantes Jobangebot. Sicher, sagte er, man müsse die Stadt wechseln, und die Vorstellung, woandershin zu ziehen, sagte er mit einem liebenswürdigen Lächeln, müsse jemandem, der seit langer Zeit in Rom lebe, vielleicht blasphemisch anmuten. Ich antwortete, ich würde darüber nachdenken. Am selben Abend erzählte ich alles meiner Frau. Es war kurz nach Mitternacht, und in die Sofakissen gesunken, fingen wir mit erstaunlicher Gelassenheit an, die Möglichkeit in Betracht zu ziehen, unser Leben zu ändern: Darüber zu reden, war leichter, als den Sommerurlaub zu planen. Mir bot sich diese Gelegenheit, sie konnte von zu Hause aus arbeiten, wo lag das Problem? Um unseren Worten mehr Substanz zu verleihen, zählten wir eine Reihe guter Gründe auf, weshalb es ein Fehler sein könnte, alles aufzugeben, und taten dabei so, als würden nicht wir diese Einwände hervorbringen, sondern eine finstere Macht, die unserem Glück feindlich gesinnt war.

Beim Frühstück am nächsten Morgen, frisch und ausgeruht, wussten wir, dass wir uns bereits entschieden hatten.

Mit der grimmigen Genugtuung eines Menschen, der sich von einem Laster befreit, rissen wir uns von Rom los. Unsere

Freunde konnten es kaum glauben. »Aber seid ihr euch sicher?«, war die Frage, die ich in jenen Tagen am häufigsten zu hören bekam. Wir organisierten ein kleines Abschiedsfest, bei dem wir, zwischen Häppchen und Wein, unseren Entschluss fast übertrieben vehement verteidigten. Warum sich weiter wehtun?, sagten wir zu unseren Gästen. Es gab die unverhoffte Aussicht, in eine zivilisierte, geregelte, saubere Stadt zu ziehen, wo man Begriffen wie Arbeit, Freundlichkeit, Ehrlichkeit und soziale Verantwortung noch einen Sinn zuschrieb. Wir hatten die Chance, neu anzufangen, es wäre dumm, sie nicht zu nutzen.

Einen Monat später waren wir fort.

An kleine Alltagsüberraschungen in den ersten Tagen in Turin, die Chiara und mich in einen Zustand der Benommenheit und der Erleichterung versetzten, erinnere ich mich. Wir bestiegen ein Taxi und wurden von niemandem angepöbelt, wir mussten uns keine wilden Streitereien zwischen dem Fahrer und anderen Verkehrsteilnehmern anhören. Kaum verließen wir eine Behörde wegen bürokratischer Angelegenheiten, die in Rom einen monatelangen Nervenkrieg bedeutet hätten, wurden wir per telefonischer Nachricht von der öffentlichen Verwaltung informiert, dass der Vorgang bereits erledigt sei. Arbeitsmeetings begannen zur vereinbarten Uhrzeit, Vernunft und gesunder Menschenverstand waren Instrumente, um das natürliche Chaos der Welt möglichst in Schach zu halten. Alles ging seinen normalen Gang, und das vage Gefühl, dass nichts passierte, war, so sagten wir uns, einem inneren Vorurteil geschuldet, das wir bald überwunden hätten.

Doch dann vergingen die Wochen, und meine Frau und ich fingen an, uns unwohl zu fühlen. Ein Schleier der Traurigkeit legte sich über unsere Gesichter, ohne dass wir zunächst begriffen, was es damit auf sich hatte. Wir wachten bedrückt auf.

Abends wurde die Verlorenheit bedrängend. Jeder von uns beiden sah sich im Gesicht des anderen bestätigt und schaute weg, um sich den Konsequenzen nicht zu stellen.

In den folgenden Wochen wurde das Schweigen zum selbstverständlichen Begleiter der gemeinsam verbrachten Zeit, bis Chiara und ich schließlich gezwungen waren, miteinander zu reden. Das Problem war, gestanden wir uns ein, dass wir brennendes Heimweh hatten. Rom fehlte uns entsetzlich. Vielleicht hingen wir an der Stadt wie ein Süchtiger an seiner Droge, und vielleicht entsprach die übertriebene Nonchalance, mit der wir unseren Abschied verkündet hatten, der Wut gegen die treulose Geliebte, vor der wir geflohen waren, ohne dass sich an unseren Gefühlen etwas geändert hätte.

Die Gelegenheit fortzugehen, war eine berufliche Veränderung gewesen, aber ich wusste, dass für mich alles an dem Tag angefangen hatte, als ich vor Manuel Foffos Wohnung stand. Dort war das in den letzten Jahren schwelende Unbehagen fassbar geworden. Das Bewusstsein dessen, was hinter den Polizeisiegeln geschehen war, hatte alles andere sichtbar gemacht. Was soll man aber von sich selbst halten, wenn man sich trotz des guten Willens und der tatkräftigen Umsetzung des Plans (wir hatten einen Umzug gestemmt, unsere Gewohnheiten, Freundschaften, Beschäftigungen radikal geändert) dabei ertappt, das zu lieben, was einem bis eben noch das Blut vergiftete? Vielleicht waren wir so sehr an die Katastrophe gewöhnt, dass wir nicht davon loskamen? Weil wir ein Teil von ihr waren? Es gibt die Städte der Lebenden, bevölkert von Toten. Und dann gibt es die Städte der Toten, die einzigen, wo das Leben noch einen Sinn hat. Noch immer dachte ich an den Mord. Obwohl ich die Reportage seit Monaten abgegeben hatte, konnte ich nicht aufhören, mich damit zu beschäftigen. Es gab keinen Auftraggeber und keine Zeitung mehr, mit denen ich mich auseinandersetzen musste, es gab keine Buchhaltung, bei der ich noch etwas guthatte, es gab überhaupt keinen praktischen Grund, weshalb ich bei jeder sich bietenden Gelegenheit nach Rom hätte fahren müssen. Und doch tat ich es. Sobald es ging, sprang ich in den Zug und war in weniger als fünf Stunden in der Stadt. Am Bahnhof Termini erfasste mich dann eine Woge sehnlichen Glücks. Ich nahm die U-Bahn, wanderte kilometerweit, näherte mich mit einem Kloß im Hals Tor Pignattara, Garbatella. Bin ich dieser Orte noch würdig?, fragte ich mich in den staubigen Straßen, oder wird man mich als Außenseiter, als Verräter abstempeln? Verräter der Verräter. Was mir so sehr gefehlt hatte, war das Gefühl vollkommener Freiheit, die in Rom ein Synonym für Verfall, Anarchie und Verwahrlosung war; was mir gefehlt hatte, war die in manchen Momenten schwindelerregende Gewissheit, ein Leben als einfacher Ausdruck des Menschlichen führen zu können, ungezähmt, losgelöst von den Fesseln eines Staates und sogar von dem Zwang einer Gemeinschaft, sich ein Volk zu nennen. (Wenn die Stadt wirklich ewig war, konnte es keine Vergangenheit geben, und damit auch keine Gegenwart, die es zu respektieren galt, ebenso wenig wie eine Zukunft, für die man sorgen musste.) Verwechselte ich die Katastrophe mit Freiheit? Das war ein unheilbarer Zustand. Es sei denn – dachte ich auf der Suche nach Absolution –, ich wäre einer, der aus einem brennenden Haus flieht und dann auf dem Absatz kehrtmacht, um sich mit einem Glas Wasser bewaffnet erneut in die Flammen zu stürzen.

Hätte ich während meiner Aufenthalte in Rom im Hotel gewohnt, hätte ich mich noch fremder gefühlt, also übernachtete ich bei einem Freund an der Piazza Sanmicheli. Ehe ich zu Bett ging, unternahm ich lange Spaziergänge auf der Via Casilina, die Düfte der Stadt erschienen mir anders als ich sie in Erinnerung hatte, ebenso die Farben, die Größe der Gebäude, der

Straßenverkehr, es war, als würde man in einem riesigen Gesicht, das man so lange betrachtet hatte, bis es zu einem Rätsel wurde, eine neue Falte entdecken, die womöglich alles in ein neues Licht setzte. Rechts die Bahngleise, auf der anderen Seite die heruntergekommenen Gebäude. Es war unglaublich, dachte ich, wie Marco Prato und Manuel Foffo es geschafft hatten, mit dem Mord an Luca Varani ihr eigenes Leben zu zerstören. Kein Vorteil finanzieller Art, keine Karriere, kein Ruhm, keine persönliche Rache, es gab keinen klassischen Beweggrund, der das, was geschehen war, erklärte. Dazu kam, dass Foffo und Prato mit ihrem Vorgehen jede Chance davonzukommen, zunichtegemacht hatten. Luca nach Collatino zu locken war, als würden sie ihren eigenen Spuren folgen, um ein monatelang akribisch vorbereitetes und doch ihnen nicht bewusstes Ritual zu vollziehen.

Foffo haderte mit seinem Vater, er fühlte sich erdrückt, gedemütigt, schlecht behandelt, hatte es jedoch nie geschafft, ihm erfolgreich entgegenzutreten. Der einzige Schlag, den er ihm zugefügt hatte, war das Mordgeständnis gewesen. Damit hatte er ihn wirklich ins Wanken gebracht, und vielleicht hatte er neben der Revanche auch das Bedauern empfunden, das uns erfasst, wenn wir diejenigen verletzen, von denen wir glauben, sie hätten unsere Liebe verraten. Im Auto, auf dem Weg zur Beisetzung des Onkels, hatte Manuel, verstrickt in das Band, das Söhne an ihre Väter bindet, womöglich den ewig scheinenden Augenblick ausgekostet, in dem der Junge den Alten überwindet und die Machtverhältnisse sich umkehren. Aber Revanche war unmöglich, er steckte in einer Sackgasse, kaum dass dieser Augenblick vorüber war: Die Zeit hatte wieder zu ticken begonnen, und sein Vater war nicht zusammengebrochen.

Auch Marco klagte über fehlende Anerkennung. Seine Mutter, sagte er, vermochte ihn nicht zu sehen, sie akzeptierte ihn nicht so, wie er war, erwiderte seine Hingabe mit Schweigen. Selbst Ledos Liebe, eine bedingungslose väterliche Liebe, hatte vielleicht nicht genügt oder war nicht kraftvoll genug gewesen, um das Urteil aufzuheben, das Marco auf sich lasten spürte und das er mit der Zeit gebannt hatte, indem er zum Spaßmacher, zum Chamäleon, zum Zauberkünstler geworden war, der mit seiner Kunst versuchte, die gähnende Leere zu füllen. Aber was passiert, wenn wir, da wir nicht durch den Spiegel zu treten und die Schwelle des Schmerzes nicht zu überwinden vermögen, unser Leben nach Normen ausrichten, die unsere Scham immer wieder tilgt und aufs Neue bekräftigt? (Meine Frau, mit der ich darüber gesprochen hatte, hätte diesen Aspekt anrührend finden können, wäre nicht ein Mord im Spiel; sie hatte eine Schwäche für Menschen, die die Leere, über die sie gingen, im Katastrophenfall mit Flitter bestreuten.)

Sie hatten den Vater nicht besiegt, sie hatten die Mutter nicht eines Besseren belehrt. Sie hatten sich selbst zerstört. Aber da war noch mehr. Während einer meiner Aufenthalte in Rom las ich eines Nachmittags in einer Bar an der Ponte Milvio eine lange Zeitungsreportage, die ein Unglück auf das nächste zu häufen schien. Anscheinend war seit geraumer Zeit in Rom ein internationaler Pädophilenring rund um den Bahnhof Termini aktiv. Ich hatte lange dort gelebt und nie irgendetwas davon mitbekommen. (Zeitungen berichten das Grauen, sagte ich mir, sie schildern nie die Normalität, »die Leute mit ihrem klugen politischen Desinteresse und ihrer traurigen Verzweiflung«, hatte Marco Pannella geschrieben, Rom ist auch das: Reserven gesunder Normalität, Tonnen banaler Traurigkeit gegen das Grauen.) Doch während ich weiterlas, kam mir sogleich ein anderer Gedanke. Um nach Rom zu kommen, muss man einen Flug buchen. Man muss ein Zimmer mieten, bei dem einen niemand nach dem Ausweis fragt. Man muss gegebenenfalls einen Vermittler kontaktieren. Man ist sich also von Anfang bis Ende über sein Tun bewusst. Der Pädophile, der in einer trostlosen Einzimmerwohnung in der Via Cattaneo verhaftet worden war, wusste, eine Straftat begangen zu haben, er wusste, ein moralisches Gesetz gebrochen zu haben, über das er seine eigene Lust gestellt, wenn nicht gar ein göttliches Gesetz herausgefordert hatte. Was aber bleibt von der Schuld, wenn der Schuldige nicht mehr in der Lage ist, sie zu erkennen? Als Marco Prato und Manuel Foffo sich das erste Mal begegneten, hatten sie keine Ahnung, dass sie einen Mord begehen könnten, sie hatten nicht damit gerechnet, als sie sich das zweite Mal sahen, und sogar als sie im März, verschanzt in der Wohnung, im Delirium versunken waren, hatten sie nicht begriffen, was sie taten, bis sie es taten. Es schien ihnen nicht einmal klar zu sein, *während* sie es taten. »Also passiert es wirklich«, hatte Manuel gedacht, als das Massaker seinen Anfang nahm. Obschon jeder der beiden den Carabinieri das Verbrechen auf andere Weise geschildert hatte, juristisch entscheidende Einzelheiten hinzugefügt oder weggelassen hatte, sprachen sie davon, als hätten nicht sie gehandelt, sondern *jemand anders*, ein unheilvoller Regisseur, der die Führung übernommen hatte. Manuel hatte seinem Vater ein beinahe vollständiges Geständnis gemacht, und Marco hatte sogar versucht, sich das Leben zu nehmen. Dennoch schien es beiden weniger um eine Schuld im klassischen Sinn, denn um eine rätselhafte Verkettung von Ursache und Wirkung zu gehen. Genau hier, dachte ich, hatte der Erzähler erneut seine Finger im Spiel. Die Anerkennung der eigenen Verantwortung bei einer schändlichen Tat wurde auf emotionaler Ebene zu einer unerträglichen Prüfung. Niemand brachte es mehr fertig, sich eine Schuld zuzuschreiben, niemand gestand sich selbst die Möglichkeit des Bösen ein. War das der Narzissmus der Massen? War es die Angst vor der sozialen Ächtung, die den

Pranger zu ihrem liebsten Schauspiel erkoren hatte? So rückten an die Stelle der schuldbewussten Straftäter die ahnungslosen Mörder, die ehrlichen Lügner, die treuen Verräter, die barmherzigen Diebe, die verantwortungsvollen Gauner. Es war nicht mehr der Mensch, der das Messer hineinrammt und weiß, was er tut, sondern der Kriminelle, der sich wundert, als solcher wahrgenommen zu werden (und womöglich noch darüber empört), obwohl er genau das tut, was seinesgleichen seit jeher tut. Welche Hoffnung gab es für Marco und Manuel, sich als die Schuldigen zu erkennen und zu begreifen, durch den Spiegel zu treten und dahinter schließlich *Luca*, ihr Opfer, zu erkennen? Einerseits war es schwierig, Marco und Manuel eine wirkliche Planung der Tat anzulasten; andererseits umriss der Weg, der zum Mord führte, eine Form, die nur sie ausfüllen konnten. »Kaum habe ich ihn angesehen, *habe ich begriffen*«, hatte Manuel gesagt und sich den Moment vergegenwärtigt, als Luca die Schwelle zur Wohnung übertrat. Aber *was* begriffen? »Ich sah ihn an, sah Marco an, und es war, als hätten wir uns in Gedanken gesagt, *das ist er.*«

Sich Luca als ein vorherbestimmtes Opfer vorzustellen, war ein Unding. Eher musste man versuchen, in dem, was Manuel und Marco einem Ineinandergreifen passender Puzzleteile zuschrieben, einen Willensakt zu erkennen. Nicht das Opfer war vorherbestimmt, aber *sie* waren es, die sich zu wahrscheinlichen Tätern gemacht hatten. Und wann, fragte ich mich, wuchs diese Wahrscheinlichkeit zu einer Gewissheit heran? Hier wurde man an den Haaren in die Tiefe gezogen, in den nächtlichen, den atavistischen Teil. Luca besaß weder die Erfahrung noch die Stattlichkeit eines Alex Tiburtina, er war nicht geistesgegenwärtig wie Tiziano De Rossi, das kriminelle Gutachten hatte seine allumfassende Schwäche gegenüber den Aggressoren betont. Außerdem war Luca friedfertig. Einige Kommentatoren ließen nicht davon ab, dem Kokain die Schuld zu geben. Andere beharrten auf der Sexualität. Lucas unbewiesene Homophobie hätte ihn Marco und Manuel verhasst gemacht, oder im Gegenteil, sagten sie, die fehlende Akzeptanz der eigenen Homosexualität hätte in Marco und Manuel den Funken der Gewalt entfacht. Wir lebten in einem rückständigen Land, das in Sachen Gender und sexueller Orientierung entsetzlich hinterherhinkte, aber die Wahrnehmung der eigenen Sexualität und der der anderen, dachte ich, war in diesem Fall ein Filter, durch den immer deutlicher etwas noch Urzeitlicheres hindurchsickerte. Seit dunkler Vorzeit kauerte in uns ein Schatten. Den Schwächsten zerstören. Oder den Stärksten schwächen, um ihn dann zu zerstören. Gewalt als Überlebensgarantie. Zuschlagen, um der Angst zu entkommen, selbst getroffen zu werden. Sich ohnmächtig fühlen und den anderen in Ohnmacht stürzen. Sich in Gefahr wähnen und den anderen in Gefahr bringen. Sich wie ein Nichts fühlen und den anderen vernichten. Dieser Schwäche, dieser atavistischen Angst nachzugeben, bedeutete, eine Wahl zu treffen: Genau hier musste man in einer Zeit, in der sich dieser Grundgedanke mit jedem rhetorischen Zirkelschlag in immer weiterer Ferne versteckte, die individuelle Verantwortung wieder wachrufen. Andernfalls würde die Barbarei die Herrschaft übernehmen, oder andernfalls würde, kaum hätte die Wissenschaft (der nicht wenige Juristen vertrauten) jede unserer Handlungen auf eine Folge von chemischen Reaktionen und elektrischen Impulsen reduziert, der Schuldgedanke zusammen mit dem der Willensfreiheit verschwinden, und wir wären in der Freiheit der Schuld für immer gefangen.

Bildeten wir mit dem Trieb gewaltsamer Unterwerfung ein untrennbares Ganzes? Wer konnte dieses Band durchschlagen? War das die Aufgabe der Erziehung, der Kultur? Doch an sich waren Kultur und Erziehung ganz und gar nicht das Gegenteil von Gewalt.

Ich vermochte mir keinen Reim darauf zu machen. Ich schlug die Zeitung zu, blickte starr geradeaus. An der Ponte Milvio fiel das Licht auf die Tennisplätze und die hübschen bunten Häuser, die Vögel stoben von einem Flussufer zum anderen.

Fünfter Teil

Die Möwen

Das ist schön, sagte der Teufel hinter
Adams Rücken. Aber … ist das Kunst?

ORSON WELLES

Sie schlafen in demselben Bett, aber
träumen nicht dieselben Träume.

ZHOU ENLAI

Der Sommer war zurück. Die Schatten der Passanten in Esquilinio, Casal Bertone, Tor Pignattara wurden immer länger. Die Hitze staute sich unermesslich. Die Pförtner verbrachten die Zeit damit, hinaus auf die Straße zu starren. Die nackten Arme der Mädchen. Die Alten, die langsam über das löcherige Pflaster tappten. Am Wochenende flohen die Menschen ans Meer, aber wer konnte, ließ die Arbeit schon Mitte der Woche sausen. Verwaiste Büros. Blaue Himmel. Telefone, die ins Leere klingelten. Das war eines der leidenschaftlichsten Vergnügen der Städter: mit den Füßen im Tyrrhenischen Meer stehen und über Nichtigkeiten palavern, als könnte man von dort, dem Ufer der Mehrheit, bereits voller Überlegenheit auf die traurigen Kümmernisse der Lebenden herabschauen.

In diesem Klima ewiger Demobilisierung – jedes Jahr gleich, aber jedes Jahr hitziger – standen in Rom wieder einmal Bürgermeisterwahlen an. Binnen zweier Wochen ließ man die provisorische Verwaltung der Stadt hinter sich und kehrte offiziell zur Normalität zurück. Weg mit dem kommissarischen Verwalter, her mit dem neuen Bürgermeister: der ersten Bürgermeisterin der Stadt.

Die Situation, stellte ich von Turin aus fest, normalisierte sich trotzdem nicht. Die Stadt versank weiterhin im Chaos, das sich durch jene, die nun kraft Wählermandat am Ruder saßen, verschlimmerte.

Die Bürgermeisterin – auf der Woge des Protests gegen die alte politische Klasse gewählt – schien noch machtloser als ihre

Vorgänger zu sein. Die Touristen drifteten von einem Dienstleistungsversagen zum nächsten. Exhibitionisten badeten nackt in den Brunnen. Überall wucherte der Müll. Die Fotos des Desasters gingen um die Welt. Die ausländische Presse schrieb darüber. »Der Verfall Roms« (*New York Times*). »Der Ruf der Stadt ist so gut wie dahin« (*Le Monde*). Einige Bürger fingen an, gegen diejenigen zu protestieren, die den neuen politischen Kurs mit ihrem Protest auf den Weg gebracht hatten. Andere protestierten gegen diejenigen, die gegen die protestierten, die protestiert hatten.

Es geschahen seltsame Dinge. Ähnlich der spontanen Selbstentzündung buddhistischer Mönche, gingen Busse plötzlich in Flammen auf. Bei Torre Rossa, auf der Via Tritone, mitten auf der Piazza dei Cinquecento. Es stellte sich heraus, dass die beunruhigend häufigen Brände auf minderwertige Ersatzteile zurückzuführen waren, die mangels nötiger Geldmittel von den Mechanikern der Stadtwerke eingebaut worden waren. Ende Juni fand eine Gruppe von Kindern, die zwischen den Hecken des Colle Oppio spielten, eine riesige Schweinezunge. Auf dem Campo de' Fiori droschen die jungen Leute an den Wochenenden mit Flaschen aufeinander ein. In Tuscolano flammten kurze Straßenschlachten auf, die mit herumliegendem Müll geführt wurden. Die Kaufleute in Centocelle wurden von denen zusammengeschlagen, die ihnen das Territorium abspenstig machen wollten – wenn sie sich mit blaugeschlagenen Gesichtern an befreundete Polizisten wandten, bekamen sie zuweilen unerwartete Antworten zu hören: »Wenn du willst, stellen wir dich unter Begleitschutz«, sagten sie, »aber mach dich darauf gefasst, dann ist die Jagd auf dich eröffnet. Du hast Frau und Kinder und ein bisschen was auf der hohen Kante: Willst du dich wirklich darauf einlassen? Wenn du einen Rat willst, verkauf alles und verschwinde.« Wie üblich verschlangen die öffentlichen Dienstleistungen zwischen Verzug und Missmanagement eine Menge Geld, doch war davon immer weniger da. Die von der Wirtschaftslage entmutigten Privatleute setzten ihre Wohnungen auf Airbnb. Eine Flut neuer Mittelloser, Wohnungsloser, Notleidender drängte aus den Vororten herein. Alles ging vor die Hunde, nichts hörte auf zu existieren.

Zum Rattennotstand gesellte sich die Plage der Möwen. Mit garstigem Ausdruck in ihren stieren Knopfaugen spielten sie sich als Herren auf. Sie staksten durch den Müll, verschlangen kleine tote Tiere, stürzten sich furchtlos auf jede Nahrungsquelle.

»Die fressen uns bei lebendigem Leib«, meinten die Römer und drückten damit Unwillen oder Hoffnung aus.

Obwohl seit dem Mord an Luca Varani Monate vergangen waren, hatte das Interesse nicht nachgelassen. In der Kaserne an der Piazza Dante hörten sich die Carabinieri weiterhin Gutachter und Fachleute an, erstellten Anträge und Berichte. Die Journalisten drängelten sich auf der Jagd nach Neuigkeiten.

Marco und Manuel, beide in Regina Coeli inhaftiert, hatten einander nicht mehr gesehen oder gesprochen. Dennoch waren beide gezwungen, die Gesellschaft des anderen zu ertragen. Marco wurde ständig über Manuel befragt, Manuel wurde ständig über Marco befragt. Als sie sich vor dem Mord gesagt hatten, dass sie für immer verbunden wären, wenn sie etwas Großes vollbrächten, hatten sie nicht *das* im Sinn gehabt. Sie hatten nicht zu ermessen vermocht, was es bedeutete, dieses Band nicht durchtrennen zu können. Ihr während der Tage des Deliriums ineinanderverkeilter Verstand hatte sich entkoppelt, abgekühlt und verzehrte sich nun im Groll. In der Düsternis ihrer Zellen, fern ihres Zuhauses, ihrer Lieben, ihrer alten Gewohnheiten, waren sie zu der verstörenden Erkenntnis gezwungen, dass da, unerreichbar und dennoch so nah, getrennt nur von einem halben Dutzend Flure, *der andere* war, der Mensch, ohne den sie nicht dort wären.

Unablässig beschuldigten sie sich gegenseitig.

Manuel Foffo sagte den Ermittlern, Marco habe Luca Varani den tödlichen Messerstich ins Herz versetzt. Marco Prato behauptete, er habe Luca niemals mit einer Waffe berührt. Manuel sagte, er sei von Marco manipuliert worden. Marco gab an, sich in Manuel verguckt zu haben, aus blinder Verliebtheit habe er den Fehler begangen, mit ihm gemeinsame Sache zu machen.

Obwohl die bestätigten Fakten bereits reichlich Stoff boten, um sich erzählerisch in alle Richtungen zu verlieren, war die Idee des Messerstiches ins Herz auf symbolischer Ebene unwiderstehlich. Wer hatte den entscheidenden Hieb versetzt?

Man spekulierte und mutmaßte, Experten wurden interviewt und Leitartikel verfasst, bis die staatsanwaltlich veranlassten Untersuchungen endlich öffentlich gemacht wurden.

Die Untersuchungen ergaben, dass die Menge der in Luca Varanis Blut nachgewiesenen K.-o.-Tropfen sehr viel höher lag als eine spaßeshalber verabreichte Dosis. Die Spuren von Kokain entsprachen indes einem normalen Gelegenheitsgebrauch und schlossen weitere Einnahmen in der jüngsten Vergangenheit nicht aus. Das forensisch-genetische Gutachten war wichtig, um festzustellen, wer die Tatwaffen geführt hatte. Die Analysen ergaben »Spuren von Erbgut«, die neben denen des Opfers zurückzuführen waren auf: a) Foffo und Prato auf dem Hammergriff; b) ausschließlich Foffo auf dem Griff des Küchenmessers; c) ausschließlich Varani auf dem Messer mit kurzer Klinge, das ihm in die Brust gerammt worden war. Letzteres, so der Sachverständige, sei einer übermäßigen Menge DNA zuzuschreiben, die sich dem Blut des Opfers zuordnen lasse und die anderen Spuren überdeckt haben könnte.

Der Bericht des Gerichtsmediziners stellte abschließend klar, dass es keinen tödlichen Messerstich gegeben habe. Trotz der unglaublichen Anzahl von Verletzungen sowie der Hemmungslosigkeit, mit der sie dem Opfer zugefügt worden waren, ließ sich keine als »entscheidend« bezeichnen. Anders ausgedrückt, waren *alle* Handlungen entscheidend gewesen.

Luca Varani war praktisch verblutet.

Wir alle fürchten, in die Rolle des Opfers zu geraten. Wir leben mit dem Albtraum, ausgeraubt, betrogen, überfallen, getreten zu werden. Sich vor dem Gegenteil zu fürchten, ist schwieriger. Wir bitten Gott oder das Schicksal, auf der Straße keinem Mörder zu begegnen. Aber welche emotionale Hürde müssen wir überwinden, um uns vorzustellen, dass wir eines Tages in die Rolle des Täters schlüpfen könnten?

Und immer: *Ich bitte dich, mach, dass nicht mir so etwas passiert.* Und nie: *Ich bitte dich, mach, dass nicht ich so etwas tun werde.*

»Wären Marco und Manuel sich nicht begegnet, wäre dieser Mord nie begangen worden.«

Das sagte Dottor Francesco Scavo. Ich war am Abend zuvor aus Turin nach Rom gekommen, jetzt saß ich mit ihm in einem Café direkt gegenüber dem Gericht. Der Weg dorthin führt über den Piazzale Clodio, wo die Stadtlandschaft sich unversehens öffnet und den Blick auf Monte Mario freigibt. Dort oben zwischen den Hügeln ist die Sternwarte zu sehen.

»In den letzten fünfzehn Jahren habe ich an Fällen gearbeitet, die mich zum Nachdenken gebracht haben. Ich bin ein offener Mensch. Aber das Panorama, das sich mit diesem Mord vor mir aufgetan hat, ist ein anderes Kaliber.«

Scavo saß nur wenige Zentimeter von mir entfernt, mit seiner rahmenlosen Brille, dem schwarzen Haarschopf in der Stirn, dem ständig konzentrierten Blick.

Das Erste, was einen aus dem Konzept bringe, so sagte er, sei die Leichtigkeit, mit der zwei vollkommen normale junge Männer sich mit einem derartigen Verbrechen befleckt hätten. Die Ermittler waren Profis gewöhnt. Organisierte Kriminalität. Terrorismus. Natürlich familiäre Gewalt. Oder jugendliche Delinquenten. Alles Menschen, deren Beweggründe auf der Hand lagen. Hätte man Manuel Foffo und Marco Prato Ende Februar gesagt, dass sie eine Woche später im Knast landen würden, mit der Anklage, einen Dreiundzwanzigjährigen (der in Manuel Foffos Fall nicht einmal einen Namen hatte) massakriert zu haben, hätte das für sie wie Science-Fiction geklungen.

Für die Anklage stand ihre volle Zurechnungsfähigkeit außer Zweifel. Es stimmte, dass Manuel und Marco vollkommen zugedröhnt gewesen waren, als Luca Varani die Wohnung betreten hatte, aber es war ihre freie Entscheidung gewesen, diese Unmenge Kokain zu kaufen und zu konsumieren. Es stimmte auch, dass im Gegensatz zum klassischen vorsätzlichen Mord eine konkret nachweisbare Planung fehlte (beispielsweise die vorausgegangene Beschaffung der Mordwaffe), doch würde die Anklage, obschon schwieriger zu belegen, für eine Art *psychologischen Vorsatz* plädieren, und also auf einen kompliziert verknüpften Willen, der, Schritt für Schritt, zunächst geglaubt hatte, den Mord zu wollen, ihn dann wirklich gewollt und schließlich begangen hatte.

Die zweite wichtige Frage hatte zwar keine strafrechtliche Relevanz, gab Francesco Scavo jedoch nicht weniger zu denken.

»Die Erwachsenen kritisieren die Jungen. Das ist normal«, sagte er, »als ich jung war, grausten sich die Erwachsenen vor unseren langen Haaren, sie verachteten die Musik, die wir hörten, die Art, wie wir uns kleideten, und waren gegenüber den Werten, an die wir zu glauben behaupteten und für die viele von uns behaupteten kämpfen zu wollen, überaus skeptisch.

Aber diese Jungs, für welche Werte kämpfen die eigentlich?«, fragte er. »Würde man denen sagen, nach einer erfolgreichen Bewerbung auf eine Stelle in der öffentlichen Verwaltung könnten sie tausendachthundert Euro monatlich verdienen, würden viele von denen – aus egal, welcher Gesellschaftsschicht – verächtlich antworten: *Was soll ich bitte mit tausendachthundert Euro?*«

Als intelligenter Mensch dachte Scavo gar nicht daran, sie zu verdammen. Er empfand Mitleid und Bedauern, tiefes Bedauern. Zwar konnte er die Abgründe ihrer Herzen erforschen, doch was konnte er sonst tun, sobald er gefunden hatte, wonach er suchte?

»Was mich verblüfft hat, ist, dass viele von denen aus guter Familie stammen.«

Diesmal sprach einer der Carabinieri, die sich in den Ermittlungen besonders hervorgetan hatten. Er bezog sich auf Marco Pratos Freunde. Ohne den Befragten je das Gefühl zu geben, sie zu verurteilen, war es ihm gelungen, an entscheidende Informationen zu gelangen.

Noch immer versuchte er, seiner Rolle treu zu bleiben und kein Urteil zu fällen. Aber dass die Welt eine allemal merkwürdige Entwicklung genommen hatte, tja, das meinte er schon sagen zu können, ohne irgendjemandem zu nahe zu treten.

»Wir sind alle mal jung gewesen, haben alle mal Mist gebaut. Aber wenn ich unseren Blödsinn mit *ihrem* Lebenswandel vergleiche, geht mir auf, dass ich meine Jugend in völliger Arglosigkeit verbracht habe.«

Er konnte nachvollziehen, wie manche Vorstadtkids tickten. Er kannte die Kinder von Arbeitslosen, Einbrechern, Drogenabhängigen. Wenn Kinder in kaputten Familien oder in einem Umfeld aufwuchsen, in dem Elend und Gewalt Hand in Hand gingen, war klar, in wessen Namen sie die herrschende Ordnung herausforderten. In solchen Fällen wussten die Sicherheitskräfte, wie sie sich verhalten und erst recht, was sie denken mussten. Es ist einfacher, gegen eine Straftat vorzugehen, wenn klar ist, was den Täter antreibt. Doch der Grund, weshalb vollkommen normale junge Männer, denen es materiell an nichts fehlte, wie echt Verzweifelte zu leben schienen – wegen der Drogen, die sie konsumierten, wegen der Unfähigkeit, ihre eigene Identität in den Fokus zu bekommen, wegen der übersteigerten Sorge, wie die anderen über sie urteilten, wegen des respektlosen Umgangs mit ihren Körpern, wegen ihres Verhältnisses zu Geld, wegen der Achtlosigkeit, mit der sie ganze Lebensphasen verschwendeten –, das ließ ihn völlig fassungslos zurück.

»Einige von denen lassen sich in ihren WhatsApp-Chats voller Verachtung über die öffentlichen Verkehrsmittel aus. Wenn sie kein Geld fürs Taxi haben, fühlen sie sich minderwertig. Sie nennen die U-Bahn *Armenkutsche*. Armenkutsche. Zwanzigjährige Jungs. Ich nehme die Öffentlichen bis heute. Ich musste mich zusammenreißen, um mich nicht beleidigt zu fühlen.«

In Regina Coeli setzten sich die Gespräche mit den Angehörigen fort.

Monatelang bekam Manuel mehrmals die Woche Besuch von seinem Bruder Roberto, seiner Mutter und seinem Vater.

»Der kippt die ganze Scheiße über dir aus«, sagte Roberto während einer der ersten Unterredungen, »er meint, du seist derjenige, der alles entschieden hat, er habe nur deinem Willen gehorcht.«

Wenn sie von Marco redeten, nannten sie ihn so gut wie nie beim Namen. Sie sagten *der* oder *der andere.*

»Aber *ich* wurde doch unter Druck gesetzt«, protestierte Manuel, »*der* war es doch, der all die angestaute Wut in mir hochkochen ließ.«

»Dieser Mistkerl hat dich zur Gewalt angestiftet«, konstatierte Roberto, »wenn ich den jetzt vor mir hätte!«

Sie versuchten, Manuel zu beruhigen und damit sich selbst zu beschwichtigen: Seine Verantwortung einzugrenzen, bewahrte sie vor dem Gedanken, seine Schuld könnte absolut sein; ein Gedanke, der sie allesamt in den Wahnsinn treiben würde.

»Wie verbringst du deine Tage?«

Manuel sagte, er würde gut behandelt. Er saß noch immer in Einzelhaft. Aß zu den Mahlzeiten. Hatte regelmäßige Gespräche mit den Psychiatern. Jeden Tag verabreichten sie ihm einen Stimmungsstabilisator und ein Beruhigungsmittel. Die Polizisten lernten ihn allmählich kennen. Manche konnten ihn nicht sonderlich leiden, aber der Großteil hatte begriffen, dass er kein schwieriger Häftling war. Er dankte seiner Mutter dafür, dass sie ihm frische Wäsche mitgebracht hatte. Er sagte, es gebe ein Problem mit der Dusche: »Ich habe kein Duschgel.« Sollten sie ihm welches geschickt haben, hätte er von der Gefängnispolizei nichts ausgehändigt bekommen.

»Duschgel kannst du im Gefängnisladen kaufen«, meinte sein Vater.

»Wir laden dir jede Woche fünfundsiebzig Euro auf die Prepaid-Karte«, sagte sein Bruder.

»In Ordnung, danke euch.«

Sie kamen wieder auf den Mord zurück.

Roberto sagte, der Anwalt mache seine Arbeit, die Gutachter machten ihre Arbeit, das ganze Team würde sich für ihn ins Zeug legen. »Du wirst sehen, es wird sich alles zum Besseren wenden.« Dagegen sehe es für den *anderen*, fuhr Roberto fort, sehr viel schlechter aus. Er habe Vorstrafen, die Zeitungen schrieben, Marco Prato habe vor Monaten einen Jungen gekidnappt, ihm Drogen verabreicht und ihn missbraucht. Er sei ein *Wiederholungstäter*. Das könnten die Staatsanwälte nicht ignorieren.

»Ich habe seinen kriminellen Blick gesehen«, sagte Manuel.

»Er hat dich aufgehetzt«, sagte Roberto.

»Er hat psychologischen Druck auf mich ausgeübt«, lud Manuel nach.

»Aber stimmt es, dass dieser Junge so gefoltert wurde, wie die Zeitungen schreiben?«, fragte der Vater.

»Es stimmt«, gab Manuel zum hundertsten Mal zu.

»Aber es stimmt auch, dass ihr vollkommen zugekokst wart«, sagte sein Vater, »war die Droge womöglich gestreckt?«

»Selbst wenn der die Beweise vernichtet hat, gibt es die Gutachter«, sagte Roberto, »die Arbeit der Spurensicherung wird zeigen, dass …«

»Hört zu, ich sag's euch gleich«, unterbrach Manuel sie, »ehe ihr euch irgendetwas zusammenreimt: Schlagt euch aus dem Kopf, dass ich unschuldig bin. Ich *bin* schuldig.«

»Ja, sicher«, sagte Roberto, »aber der andere hat mit allem angefangen.«

»Ich verstehe überhaupt nichts«, sagte Daniela, »diese ganze Sache ist absurd.«

Hastig hinderten die Brüder die Mutter am Weiterreden. Manuel bedankte sich bei ihr für all die Hilfe, die sie ihm zu geben versuchte. Doch es bringe nichts, dass sie sich auch über die rechtliche Seite der Angelegenheit den Kopf zerbreche, sagte er, ihr fehle das Grundwissen, um der Unterhaltung zu folgen. Roberto sagte, es wäre besser, sich die kommenden Male ohne die Mutter zu sehen.

Die folgenden Wochen besuchten ihn nur Vater und Bruder, manchmal kam sein Bruder allein. Sie redeten weiter über die Strategie der Verteidigung. Sie redeten über das Leben in Haft. Bei Manuel wechselten Momente der Mutlosigkeit mit Anflügen von Zuversicht, in denen es ihm sogar gelang, sich eine Zukunft vorzustellen. Dann fing er wieder an, von den Start-ups zu reden.

»Ich habe in den letzten Tagen darüber nachgedacht.«

»Mit deinen Projekten wird es weitergehen«, tröstete ihn Roberto, »ich werde dir helfen und dafür sorgen, dass du sie auch von hier drin aus realisieren kannst.«

»Alle Unterlagen dazu sind im Rucksack.«

»Ich sehe zu, dass du den Inhalt des Rucksacks bekommst«, sagte Roberto, »ich bringe dich wieder in Kontakt mit dem Softwareentwickler, ich werde mich darum kümmern, dass er dich im Gefängnis besuchen darf.«

»Zuerst der Rucksack«, sagte Manuel, »dann Papier und Stift. Die haben mir hier noch nicht erlaubt, Kulis oder Bleistifte zu benutzen, aus Angst, ich könnte mir damit was antun.«

»Du wirst Stifte benutzen dürfen«, sagte Roberto, »du wirst den Inhalt des Rucksacks wiederbekommen. Wir werden dich mit dem Softwareentwickler zusammenbringen. Du wirst deine Projekte wieder aufnehmen.«

»Aber unter diesen Projekten wird ja trotzdem mein Name stehen«, Marcos Miene verdüsterte sich, »und mein Name wird für immer mit dieser Geschichte in Verbindung gebracht werden. Ich bin erledigt, so sieht's aus.«

Seine Stimmung verfinsterte sich. Und wenn seine Stimmung sich verfinsterte, stellte sich ihm ein weiteres Problem. Die Haft, sagte er, könne er ertragen, lebenslänglich sei eine schreckliche Vorstellung, aber damit könne er sich abfinden. Doch in einem Punkt fühle er sich den Ereignissen hilflos ausgeliefert.

»Jetzt glauben alle, ich bin schwul.«

»Wer glaubt, du bist schwul?«

»Meine Freunde, die Bekannten, die Unbekannten, *ganz Italien.*«

»Die glauben nicht, dass du schwul bist, der andere ist schwul.«

»Roberto, ich habe es mit dem getrieben. Er war als Frau verkleidet.«

»Und wenn schon? Wegen einem kleinen Arschfick bist du jetzt gleich schwul? Du warst der Aktive. Die Leute wissen, dass du nicht schwul bist.«

»Auch hier im Knast«, sagte Manuel, »nennt mich manchmal jemand im Vorbeigehen Schwuchtel. Sie haben es in den Zeitungen gelesen, im Fernsehen gesehen, jedes Mal, wenn ich aus der Nachbarzelle die Erkennungsmelodie der Nachrichten höre, kriege ich weiche Knie.«

»Auch die Zeitungen sagen, dass du hetero bist. Das steht in den Akten. Es steht da schwarz auf weiß. Wir mussten die Handys am Eingang abgeben … sonst würde ich dir zeigen, was so geschrieben wird.«

»Alle denken …«

»Nein, Manuel, es ist nicht so, als würde ganz Italien an deine Sexgeschichten denken. Für wen hältst du dich, für Berlusconi?«

An manchen Tagen ließ Manuel die Möglichkeit durchblicken, sich umzubringen. Dann fuhr Roberto jedes Mal aus der Haut.

»Red keinen Scheiß, Manuel. Das ist keine Ehrenrettung, sondern Schwachsinn.«

»Kommt auf die Art und Weise an«, antwortete Manuel, »wenn man es mit Alkohol und Lormetazepam macht, wie Marco es versucht hat, dann ja. Aber wenn man sich die Kehle durchschneidet, ist es was anderes.«

»Du bist ein Vollidiot«, antwortete Roberto, »und du willst mein Leben zerstören. Ich habe zwei Kinder.«

»Eben, du hast zwei Kinder. Du hast zwei Kinder, ein Leben, und ich mache einen Abgang und falle euch nicht mehr zur Last …«

»*Du bist* mein Leben. Mach mich nicht fertig. Das sage ich dir als Bruder. Das habe ich nicht verdient. Echt nicht.«

»Ich bin am Ende, ich habe noch nicht mal den Nerv, es bis morgen zu schaffen.«

»Ich hole dich hier raus, das verspreche ich dir. Das tue ich für dich. Aber wenn dir was an mir liegt, musst du stark sein, du musst *für mich* stark sein.«

»Vielleicht ist dir nicht klar, was es bedeutet, hier drin zu sein, dir ist nicht klar, was es heißt, erledigt zu sein. Ich habe nicht einmal mehr den Mut, den anderen ins Gesicht zu sehen.«

»Aber was redest du denn da für einen Scheiß, Manuel, was redest du für einen Scheiß?«

»Es war ein grausames Verbrechen. Ein schändliches, feiges, übles Verbrechen.«

»Doch es wurde in einem Zustand von …«

»Ich will eine Gesichts-OP. Nicht mehr ich sein. Ich habe den Anwalt gefragt, ob es eine Möglichkeit gibt, seinen Namen zu ändern, er meinte, dass sei wahnsinnig kompliziert.«

»Den Namen ändern?«

»Was fange ich denn mit meinem Namen an, wenn ich hier rauskomme? Und mit meinem Gesicht? Am besten gehe ich gleich in ein anderes Land.«

»Ins Ausland«, sagte Roberto genervt, »wir gehen alle ins Ausland, ändern alle unseren Namen, hauen ab. Auch die Kinder. Wir schicken sie zum Studieren ins Ausland.«

»Es heißt, ich hätte keine Reue gezeigt«, sagte Manuel, »in den Akten steht, mein Verhalten lasse nicht auf Reue schließen. Aber das stimmt nicht. Jeden Tag denke ich an diesen armen Kerl, nachts träume ich, ich wäre er, ich träume, jemand würde mit mir die gleichen Sachen machen, die ich mit ihm gemacht habe. Ich habe diese Albträume, und dann wache ich auf, und das Herz schlägt mir bis zum Hals. Wenn ich lebend aus dieser Geschichte rauskomme, nicht in zwei oder fünf, aber in zehn, fünfzehn Jahren … tja, dann werde *ich* derjenige sein, der – abgesehen von seinen Verwandten, von seinen Eltern – Luca am meisten liebt. Ich werde ihn sogar noch mehr lieben als seine Freunde. Denn hier drin werde ich jeden Tag an ihn denken müssen.«

Auch Marco bekam Haftbesuch. Vor allem sein Vater kam zu ihm.

Nach Ledo Pratos berühmtem Post – den die Zeitungen erwartungsgemäß in Stücke gerissen und den Professor einen Narzissten mit schwülstiger Schreibe genannt hatten – hatte es weder Interviews noch Erklärungen gegeben. Niemand von der Familie hatte sich in der Öffentlichkeit gezeigt, um über das, was geschehen war, zu reden. Von Signora Mariella,

Marcos Mutter, war nicht einmal ein Foto in den Zeitungen aufgetaucht. Das Schweigen ließ Raum für alle möglichen Interpretationen. Es war auch der Grund, weshalb ich Ledo Prato misstrauisch gegenüberstand.

Aber dann sah ich ihn im Besuchsraum von Regina Coeli.

Es passierte, als ich die Aufnahmen seiner Besuche bei Marco sichtete. Zwar ließen die Überwachungskameras keine Nahaufnahmen zu, doch das, was sie zeigten, war ausreichend. In einer dieser Aufnahmen betrat Ledo Prato den Besuchsraum des Gefängnisses. Marco war noch nicht da. In Jackett und Hemd unter dem schwarzen Mantel hatte sich Ledo umgeblickt und den verwaisten Raum in Augenschein genommen, die Stahlbetonwände, die lehnenlosen Hocker, bis seine Augen zufällig auf die Kamera stießen. Es war ein endlos scheinender Moment. Auf mich, der die Aufnahmen zeitversetzt sah, wirkte Ledo Prato wie ein gänzlich wehrloser Mann. Niemand rechnet damit, seinen eigenen Sohn im Gefängnis zu besuchen. Die Wucht des Schmerzes versetzt die meisten von uns in eine Art Ur-Unschuld zurück. Irgendwann haben wir keine Gegenwehr, keine Reserven mehr, wir können absolut nichts mehr tun, um das Schlimmste zu verhindern, und so brechen mit der Gegenwehr auch Privilegien, Strategien, Klassenzugehörigkeit und Rhetorik weg und lassen die arteigene schutzlose Nacktheit erkennen, die uns alle eint.

Wenige Sekunden später betrat Marco den Besuchsraum, und alles kehrte, soweit möglich, zur Normalität zurück. Ledo ging auf ihn zu. Marco war in Jeans und schwarzem Pulli, fast vollkommen glatzköpfig. Vater und Sohn schlossen sich in die Arme. Sie setzten sich einander gegenüber und fingen an zu reden.

»Du bist kalt«, sagte Ledo und drückte seine Hände.

»Weil sie mich vor den Besuchen filzen«, sagte Marco, »die stecken mich nackt in einen Raum, in dem ist es eisig.«

»Aber jetzt ist es besser, stimmt's?«

»Ja, hier drin ist es angenehm.«

Sie fingen an, über den Prozess zu reden. Ledo war wie immer sehr vorsichtig. Er sprach leise. Erzählte von seinen Treffen mit dem Anwalt. »Bartolo ist einer, der sein Handwerk versteht.« Sie überlegten, wie sie hinsichtlich der Gutachten und der Aussagen vorgehen würden. Marco sagte, es wäre eine gute Idee, Franca Leosini zu kontaktieren.

»Franca Leosini?« Ledo war verblüfft.

»Die Journalistin von RAI3«, bestätigte Marco, »sie könnte uns fähige Gutachter nennen. Sie ist eine einflussreiche Persönlichkeit. Progressiv. Eine Linke. Wir könnten uns an sie wenden.«

Franca Leosini war nicht einfach nur eine Journalistin von RAI3. Franca Leosini war die unangefochtene Expertin für Verbrechen im TV. Seit Jahren moderierte sie eine von Millionen Fans verfolgte Sendung und wurde von ihnen geradezu vergöttert. Noch immer vermischte Marco die Methoden der Rechtsprechung mit denen des Showbusiness, er sagte, sobald sämtliches Material auf seinem Handy gesichert sei, würde eine Bombe platzen. Unter seinen Kontakten seien viele VIPs, einige Nachrichten könnten für manche von ihnen kompromittierend sein. Um nicht in einen Skandal verwickelt zu werden, würden sie sich vor ihn stellen.

»Aber hattest du nicht gesagt, auf deinem Handy gebe es nichts, worüber man sich Sorgen machen müsse?«, fragte Ledo.

»Genau. Man muss sich auch keine Sorgen machen«, antwortete Marco, »das ganze Material bestätigt nur, wie komplex mein Leben ist, meine Widersprüchlichkeit. Das wird nützlich sein, um klarzustellen, dass ich dem Ganzen tatsächlich hilflos ausgeliefert war. Und selbst wenn auf dem Handy üble Sachen auftauchen sollten, wird das nützlich sein, um das Profil einer zwiespältigen Persönlichkeit zu zeichnen, aber es wird weder zeigen noch beweisen, dass ich irgendwas Bestimmtes getan habe.«

Es war unwichtig, inwieweit Marcos Überlegungen irgendeine realistische Grundlage hatten. Bemerkenswert war allerdings, dass *er* die Notwendigkeit verspürte, Ledo zu beruhigen. Einerseits schien er Mitgefühl mit seinem Vater zu haben und wollte ihn so weit wie möglich schützen. Andererseits beanspruchte er – selbst im Gefängnis –, die absolute Kontrolle über die Situation zu behalten, gleichsam der Hüter der richtigen Auslegung dessen zu sein, was passierte. Was dazu führen konnte, dass man ihm gegenüber glühende Abneigung, aber auch tiefes Mitleid empfand: Welche Art von Verletzung will ein junger Mann verbergen, der meint, des Mordes angeklagt und hinter Gittern, eine derartige Selbstsicherheit zur Schau stellen zu müssen?

Sie redeten über die Haftbedingungen.

»Wir sind zu viert in der Zelle«, sagte Marco, »außer mir ist da einer, der einen Haufen Mädchen bewusst mit HIV infiziert hat, dann ein Fotograf, der seine Models mit Psychopharmaka bewusstlos machte, um sie zu vergewaltigen, und ein Pädophiler. Ihre Verfahren laufen, vielleicht sind sie unschuldig, aber du kannst dir vorstellen, wir alle da drin zusammengepfercht, das ist wie die Zelle des Teufels.«

Marco fragte Ledo, ob sie Kontakt mit seiner Psychoanalytikerin aufgenommen hätten, Dottoressa Crinò. Diese Frau wisse alles über ihn. Sie könnte im Prozess nützlich sein.

»Rede mit ihr, triff dich mit ihr. Vertraut auf das, was ich euch sage.«

Ledo antwortete, der Anwalt habe versucht, Kontakt mit ihr aufzunehmen, aber die Analytikerin habe auf die Anrufe nicht reagiert.

An einem anderen Tag – wieder waren er und sein Vater im Gesprächsraum – wurde Marco politisch. Abermals beklagte er sich über die Haftbedingungen, sagte, die Heizkörper funktionierten schlecht, die Fenster seien »mittelalterlich«, die Zellen unbewohnbar, womöglich würden selbst die gesetzlich vorgeschriebenen qualitativen Mindestansprüche nicht eingehalten. Vielleicht, fügte er hinzu, könnte sein Vater seine Beziehungen spielen lassen.

»Nun ja«, sagte Ledo, »das Problem ist gerade nur, dass alle mitten im Wahlkampf stecken. Der zum Glück in einer Woche vorbei ist.«

»Aber es gibt einen Senator, einen vom Partito Democratico«, sagte Marco, »der stammt aus Sardinien und ist für das Thema Menschenrechte im Gefängnis sehr empfänglich.«

»Du redest von Manconi«, sagte Ledo, »ja, klar, da gibt es Manconi. Aber es gibt auch viele andere.«

»Und was ist mit *Dings?*«, fragte Marco, »Dings, wie heißt der noch mal … dieser Freund von dir im Senat.«

»Du meinst Giorgio.«

»Nein, nicht Giorgio, der andere«, sagte Marco, »sein Sohn war mit mir auf dem Giulio Cesare.«

»Ach so«, sagte Ledo, »der ist jetzt Kabinettschef des Ministers. Er war Staatssekretär. Aber das ist schon eine ganze Weile her, der ist seit Jahren schon nicht mehr im Parlament.«

»Aber er ist Kabinettschef, und *du* hast noch zu *ihm* Kontakt.«

»Ja«, sagte Ledo so verständnisvoll er nur konnte, »aber wenn man erst mal gewisse Ämter hat … wenn man die Abgeordneten empfangen muss, die eine Unterredung mit dem Minister haben, dann hat man natürlich andere Prioritäten als …«

»Du warst doch Berater des Ministers.«

»Ich war kein Berater. Ich habe mit dem Ministerium zusammengearbeitet, das ja, aber du musst bedenken, dass manche dieser Leute sich fragen, was es ihnen bringt.«

Ledo fügte hinzu, außer in Extremsituationen – beispielsweise, wenn einer im Knast zusammengeschlagen werde –, könne man bei Einzelfällen nicht viel bewegen.

Marco fragte Ledo, ob er seine Facebook-Seite kontrolliert habe. Was passierte im Netz? Was sagte man über ihn? Sein Vater sagte, die Situation habe sich ein wenig beruhigt, hin und wieder würde jemand an der Pinnwand beleidigende Kommentare hinterlassen, aber damit müsse man rechnen. »Doch um das Profil zu löschen«, sagte Ledo, »müsste man das Passwort haben.«

»Warum sollten wir mein Facebook-Profil löschen? Ich bin doch nicht tot.«

Dann fragte Marco nach seiner Mutter.

Sie versuche, das Geschehene zu verarbeiten, sagte Ledo, sie kümmere sich um die Wohnung, bisher sei ihr noch nicht danach, ihn im Gefängnis zu besuchen.

Beim nächsten Besuch seines Vaters fing Marco wieder mit Dottoressa Crinò an.

»Papa, stell dir mal vor, was das für mich bedeutet hat, diese Frau dreimal die Woche zu sehen, und das *jahrelang*. Sie weiß alles über mich, völlig ungefiltert, ich habe ihr nie einen Bären aufgebunden. Sie war der einzige Mensch, der mir nie ein Hintertürchen zugestanden hat; dass ich das hier durchstehe, habe ich ihr zu verdanken. Weißt du noch, wie arrogant, unerzogen und verwöhnt ich war? Ohne die Therapie bei der Crinò hätte mich der Knast schon längst fertiggemacht, mit den versifften Bädern, den kaputten Heizkörpern … Ihr müsst sie aufspüren. Ich brauche sie. Die ist bestimmt am Boden zerstört. Ich will ihr helfen, ich will ihr sagen: *Schauen Sie, Dottoressa, Sie waren gut*. Das muss ich ihr klarmachen. Sonst bringt die sich noch um, beruflich und menschlich. Die bringt sich um.«

Sein Vater sagte, sie hätten es versucht, der Anwalt habe Dottoressa Crinò mehrmals geschrieben, sie angerufen. Doch sie habe sich verleugnen lassen, nicht geantwortet und unmissverständlich zu verstehen gegeben, dass sie nicht die Absicht habe, ihm beim Verfahren zur Seite zu stehen. Sie wolle nicht mit dem Anwalt reden. Sie wolle nicht mit den Eheleuten Prato reden. Und man müsse davon ausgehen, dass sie auch mit ihm nicht reden wolle.

Marco sagte, er habe es geschafft, sich in einem Kurs für Musik und Literatur einzuschreiben. »Gestern haben die anderen Häftlinge während des Kurses angefangen, Liebeslieder zu singen, für mich haben sie *Ciao amore, ciao* gesungen, ich war total gerührt, mir kamen die Tränen.«

Auch was das einfache Leben in der Zelle betraf, hatte sich die Situation gebessert. »Ich habe ein Upgrade bekommen«, fuhr Marco fort, »jetzt kann ich mir Gaskartuschen zum Kochen kaufen und Kaffee kochen.« Jedenfalls, fuhr er fort, sei er nach wie vor voll guten Willens und stets bereit, neue Leute kennenzulernen, sich zu beschäftigen, ganz gleich womit, um in dieser Situation durchzuhalten.

»Brauchst du etwas?«, fragte Ledo.

Marco sagte, es wäre schön, wenn er ihm einen Bademantel, ein paar Hemden, seine Poloshirts und eine Jeans besorgen könnte. Dann kam er zum eigentlichen Punkt. Er tat es behutsam, doch sie konnten nicht länger drum herumreden: Seine Mutter. Sie war auch diesmal nicht mitgekommen.

»Sie braucht Zeit«, sagte Ledo.

»Vor ein paar Tagen habe ich ihr einen Brief geschickt«, antwortete Marco, »ich hab's ihr sogar geschrieben: *Nimm dir die Zeit, die du brauchst.*«

Er klang unnatürlich ruhig und gefasst. Aber es war klar, dass er an einem Abgrund balancierte. Er sagte zu seinem Vater, als Kind habe sich vor ihm eine Gefühlsleere aufgetan, die er auf die schlimmste Art zu füllen versucht hätte, mit Sex, mit Drogen, und wenn am Ende passiert sei, was passiert sei, nun, dann sei das die Erklärung. Trotz der Werte, die sie ihm zu vermitteln versucht hätten, habe ihn dieser Mangel an Liebe sein ganzes Leben lang begleitet. Er sagte, niemals würde er seiner Mutter dafür die Schuld geben, und dennoch, betonte er, diese Leere habe sie entstehen lassen.

»Vor Monaten«, fuhr Marco fort, »sagte sie mir, sie sei es leid, Mutter zu sein. Also habe ich ihr vor ein paar Tagen geschrieben: *Jetzt bin ich es, der nicht will, dass du die Mutter spielst, aber erlaube mir wenigstens, Sohn zu sein, dir Kraft zu spenden, dir klarzumachen, dass das Leben weitergeht.* Dann habe ich geschrieben: *Du musst nicht hierherkommen und die Mutter spielen, aber erlaube mir, dein Sohn zu sein.*«

Sie fingen wieder an, über den Prozess zu reden. Waren sich einig darin, dass sie ein ordentliches Verfahren wählen wollten.

Sein Vater sagte, nach dem, was passiert sei, würden Jahre vergehen, ehe die Dinge wieder ins Lot kämen.

»Ein Glück, dass ihr nichts auf mich überschrieben habt«, antwortete Marco.

Er glaubte tatsächlich, *er* könnte seiner Mutter Kraft geben. Und zugleich – eingesperrt in eine Zelle und mit einem Prozess vor sich, der mit lebenslänglich enden könnte – glaubte er, *er* müsse seine Psychotherapeutin vor dem Risiko eines vermeintlichen menschlichen und beruflichen Absturzes bewahren. Dass Marco sich auch weiterhin weder verletzt noch hilfsbedürftig oder psychisch instabil zeigte, war verblüffend. Es war schwer zu sagen, wo der Hochmut endete und wo das Leid begann. Vor allem eines erstaunte mich. Einerseits warf Marco seiner Mutter vor, sein Leben aus der Bahn geworfen zu haben, andererseits war er fester entschlossen denn je, ihr deshalb keine Schuldgefühle zu bereiten. Darin war er ehrlich. Er kämpfte mit allen Mitteln, dachte ich, um sie nicht zu hassen, um den Gedanken auszublenden, ihr Sohn würde ihr nicht genug bedeuten, in der Hoffnung, dies seien die Voraussetzungen – ähnlich einem Kind, das über jede vernünftige Zeit hinaus dort stehen bleibt, wo es verloren gegangen ist, weil es glaubt, dadurch das glückliche Ende heraufbeschwören zu können –, damit seine Mutter ihm früher oder später (»wenn sie so weit wäre«) ihre Liebe zeigen würde. Konnte man sich ein vertrackteres Gefühlsgemisch aus Schutzinstinkt, Liebesbedürftigkeit, Narzissmus, Gewalt und Selbstzerstörung vorstellen?

Kurz davor, in den Tagen nach dem Mord in die ureigene Tragödie abzugleiten – kurz davor, sich zu erkennen, sich selbst zu sehen, die unausweichliche Wahrheit ihres Wesenskerns zu begreifen –, hatten Marco und Manuel offenbar gleich darauf angefangen, wieder davon abzurücken. Als die Außergewöhnlichkeit dessen, was geschehen war, durch ihren Alltag als auf ihren Prozess wartende Angeklagte verdrängt worden war, hatte sich die Chance einer echten Fokussierung verflüchtigt. Die Treffen mit den Angehörigen, die Besprechungen mit den Anwälten, die bürokratische Ausarbeitung juristischer Strategien, der Umgang mit den Medien … Ihre neue Lage schien die abstumpfende und beschwichtigende Macht zu besitzen, sie wieder – wenn auch anders, als sie sie abgelegt hatten – in die Rollen zurückschlüpfen zu lassen, die sie seit jeher spielten.

Während der folgenden Wochen wurden einige meiner Eindrücke bestätigt, andere komplett widerlegt.

Neben den Besuchen ihrer Angehörigen hatten Marco Prato und Manuel Foffo einiges zu tun. Sie besprachen sich ausgiebig mit ihren Anwälten – der Prozessauftakt rückte näher –, und obwohl die Ausarbeitung der jeweiligen Verteidigungsstrategien an oberster Stelle stand, hielt die Bewältigung der Korrespondenz sie nicht minder beschäftigt. Jede Woche trafen im Gefängnis hunderte Briefe ein.

Häftlinge, über die im Fernsehen gesprochen wird, üben eine unwiderstehliche Faszination aus. Natürlich bekamen Marco und Manuel Post von ihren Freunden. Es gab Interviewanfragen von Journalisten. Aber vor allem trafen Briefe von Unbekannten ein, von zahllosen ganz normalen Leuten, deren irrationale Seite sich an Verbrechensmeldungen entzündete. Es waren knappe Briefe oder endlose Briefe, Briefe, die Marco Prato und Manuel Foffo das Allerschlimmste wünschten, Briefe von Menschen, die sie retten wollten, oder Briefe von Menschen, die mit der Ausrede, Trost zu spenden, selbst *gerettet werden* wollten. Auch makabre Briefe blieben nicht aus. Einen hatte der Verfasser mit Luca Varani unterschrieben, er behauptete, Prato und Foffo von einem dunklen, fernen Ort aus zu beobachten, forderte sie auf, über das Böse nachzudenken, das sie in die Welt gebracht hatten, und sagte, er würde sie dort, wo er jetzt sei, ungeduldig erwarten.

Manuel Foffo erhielt einen Brief von Pietro Maso, dem ehemaligen Sonnyboy aus San Bonifacio, der fünfundzwanzig Jahre zuvor berühmt geworden war, weil er seine Eltern ermordet hatte, um an das Erbe zu gelangen. Der gutaussehende, reiche, unverfrorene Maso war damals zu einer Art Star aufgestiegen. Inzwischen war er, etwas erschlafft, wieder auf freiem Fuß und ließ sich mit unbeschadeter Lässigkeit regelmäßig bei irgendwelchen Gurus und im Fernsehen blicken.

»Ich kann dir das, was du getan hast, nicht zum Vorwurf machen«, schrieb Maso an Foffo, »ich war schlimmer als du, aber ich kann verstehen, weshalb du deinen Vater umbringen wolltest. Ein dunkler, kaum merklicher Konkurrenzinstinkt, um von den Frauen der Familie sämtliche Liebe zu erhalten und zu beweisen, dass man nicht nur das schwache, wehrlose Söhnchen ist.« Nach einer langen Abhandlung darüber, was Manuel laut Maso im Gefängnis zu erwarten hätte (»du wirst mit vielen Psychiatern zu tun haben, die dir den Verstand und die Seele auseinandernehmen, manche in bester Absicht, andere nur, um dich in eine Pseudonormalität zu versetzen, du wirst der Schandfleck sein, der als Zielscheibe für jede Art von Empörung dient, und der Gegenstand, auf den sich die Verachtung aller einigt«), schloss der Brief mit einer Lektüreempfehlung: »Du wirst viele Bücher brauchen. Ich schenke dir eines, nämlich das, das ich geschrieben habe, als ich wieder freikam.«

Das Buch war wenige Jahre zuvor veröffentlich worden, und es brauchte keinen Psychiater von Weltruhm, um zu begreifen, dass das Gefängnis auf gewisse Charakterzüge Masos keine große Wirkung ausgeübt hatte.

Manuel antwortete voller Entrüstung und machte den Brief öffentlich: »Signor Maso, wenn Sie beabsichtigen, den tragischen Tod Luca Varanis auszunutzen, um für sich und insbesondere für das Buch, das Sie geschrieben haben und das ich nicht lesen werde, Werbung zu machen, haben Sie sich in der Adresse und im Empfänger geirrt. Sie haben nicht ein Wort der Reue gegenüber denjenigen verloren, die Ihnen das Leben geschenkt haben. Ich hingegen werde niemals meinen Frieden mit dem machen können, was ich getan habe. Lassen Sie mich in meiner tiefen Schuld in Ruhe, sehen Sie davon ab, mir zu schreiben oder meinen Vater mit hineinzuziehen, dessen Namen zu nennen Sie nicht würdig sind. Ich hoffe, Ihnen nicht mehr schreiben zu müssen, andernfalls wird mein Rechtsbeistand sich der Sache annehmen.«

Marco Prato zog es vor, keine Interviews oder sonstige öffentliche Erklärungen abzugeben. Was nicht bedeutete, dass er einen inneren Rückzug angetreten hätte. Vielmehr war er in Regina Coeli sehr rührig. Er gab Englisch- und Französischkurse für die anderen Häftlinge, half ihnen bei ihren Briefen an die Familie, nahm an den kulturellen Angeboten des Gefängnisses teil. Auch wenn der Ort, an dem er sich befand, nichts mit seinem gewohnten Nachtschwärmer-Netzwerk zu tun hatte, begann sein Name, die Runde zu machen. Marco Prato machte sich auch unter den Gefängnisbewohnern einen Namen. Was vielleicht nicht allen gefiel.

Am 6. August wurde Marco unerwartet und gegen seinen Wunsch, seine Hoffnungen und Erwartungen in das Gefängnis von Velletri verlegt. Die Gründe für die Verlegung waren nicht klar, aber die Folgen drohten umso gewisser zu sein. Velletri hatte den Ruf, sehr viel härter zu sein als Regina Coeli: wenige kulturelle Aktivitäten, minimale zwischenmenschliche Kontakte, ein trostloser Ort, wo die Häftlinge mitunter ganze Wochen damit zubrachten, ihre Zellendecke anzustarren.

Marco verfiel in Panik. In Velletri fühlte er sich isoliert, ausgegrenzt, ohne die kleinen Momente des Trostes, die das Gefängnis zu einem Ort machen, an dem man sich immerhin bemühen konnte, nicht durchzudrehen. Seine Anwälte legten unverzüglich Protest ein: Wenn die Strafe mit der Umerziehung und der Resozialisierung einhergehen sollte, böte Regina

Coeli unter diesem Gesichtspunkt fraglos mehr Aussicht auf Erfolg als das Gefängnis von Velletri. In Regina Coeli sei es Marco gelungen, zu einem humanen, erträglichen Zustand zu finden, und durch die Angebote der Einrichtung und das gute Verhältnis zu den Mitgefangenen lasse sich die Verbüßung der Strafe mit den Ansprüchen der Resozialisierung in Einklang bringen. Die Verlegung nach Velletri erscheine wie eine ebenso sinnlose wie ungerechte Strafmaßnahme und müsse als solche zurückgenommen werden.

Nach einer weiteren Eingabe beim Nationalen Garanten für die Rechte Inhaftierter kehrte Marco Prato nach Regina Coeli zurück.

Der Sommer verging, und der Herbst kehrte zurück. Foffos und Pratos Prozess rückte näher, über seine Vorbereitung kursierten die unterschiedlichsten Gerüchte.

Voreilige Kommentatoren verkauften ihre eigene Erregung als verbindliche Weltsicht und prophezeiten, Marco Prato und Manuel Foffo würden binnen weniger Jahre wieder frei sein. Manche behaupteten sogar, sie würden freigesprochen: Die Angeklagten stammten aus guten Familien, sagten sie, sie hätten hervorragende Anwälte, viel Geld, die richtigen Beziehungen, deshalb würde sich die Strafjustiz ihren Wünschen beugen.

Wer die Sache ansatzweise rational betrachtete, beschränkte sich auf die Anmerkung, dass sich die Verteidigungsstrategien der Angeklagten, so wie die Dinge lagen, womöglich voneinander unterscheiden würden. Manuel hatte seine faktische Beteiligung an der Tat zugegeben, Marco nie. Manuel hatte von Anfang an gestanden, die Hand gegen das Opfer erhoben zu haben, Marco hatte das stets verneint. Man konnte also vermuten, dass Manuel auf Unzurechnungsfähigkeit und verminderte Schuldfähigkeit setzen würde. Marco – dessen Anwälte seit Valter Foffos Interview bei *Porta a Porta* den Vorteil gehabt hatten, ihre Spielzüge zu planen, da Manuel ja seine Karten offengelegt hatte – konnte sogar so weit gehen, die Mordanklage gänzlich zurückzuweisen und eine Einstellung des Verfahrens zu fordern.

Es war nicht ausgeschlossen, dass der Prozess Überraschungen bereithielt. Doch gegebenenfalls würde man die Gründe dafür nicht in irgendeinem Akt der Willkür suchen müssen, sondern in den Instrumenten der Verteidigung, die jedem Angeklagten in einem normalen Rechtsstaat üblicherweise zur Verfügung standen.

Ich fuhr noch immer bei jeder sich bietenden Gelegenheit nach Rom. Sprach auch mit Leuten über den Mord, die gar nichts mit dem Fall zu tun hatten. Für gewöhnlich waren meine Gesprächspartner ausreichend über das Geschehen informiert und gleich bei der Sache, sobald ich den Mund aufmachte. Doch im Gegensatz zu mir waren sie nicht von dem Fall besessen, und diese größere Freiheit, dachte ich, erlaubte es ihnen, die Geschichte aus Blickwinkeln zu sehen, die mir verwehrt waren.

Eines Abends landete ich nach dem Besuch einer Buchvorstellung zum Abendessen im Ostiense-Viertel, dort, wo der Tiber sich mit dem Gerippe des Gasometers im Rücken, im dichten Dunkel aus Bäumen und Gestrüpp verliert. Dieser Teil Roms (die Blässe des Mondes auf dem stählernen Konstrukt, die wilde Vegetation) hatte mich schon immer fasziniert. Ich war am frühen Nachmittag mit dem üblichen Zug aus dem Norden eingetroffen. Die Gegenwart des Flusses nicht weit von mir, in der Dunkelheit, gab mir das Gefühl, zu Hause zu sein. Bei diesem Abendessen in einem kleinen Fischrestaurant waren zwei Schriftsteller, die Pressefrau eines Verlages, eine Psychologin, die Chefredakteurin einer Zeitung und ein Architekt. Der Varani-Fall kam zur Sprache, als ich auf die unvermeidliche Frage (»Was machst du zurzeit so?«) die unvermeidliche Antwort gab. Doch vorher drehte sich die Unterhaltung, wie es immer häufiger passierte, um die gravierenden Probleme, mit denen die Stadt zu kämpfen hatte. Die Diskussion ging ins Detail. Die Kinos machten dicht. Die Buchhandlungen machten dicht. Das Kulturleben, sagte die Journalistin, beschränke sich inzwischen auf die immer fantasievolleren Flüche, die man auf der Straße hörte. »Rom verkommt zum widerlichen Touristen-Klimbim«, sagte der Architekt, »überall gibt es nur noch Junk-Food-Läden. Oder zu Ödland, in dem sogar die Geldautomaten ausgeschaltet sind.« – »Die Wirtschaft besteht aus Bars mit Spielautomaten, illegalen Taxifahrern und freien Trägern, die schwarz bezahlen«, sagte die Psychologin. »Und dann gibt es noch die, die an Touristen vermieten: Autokannibalismus am bereits abgefressenen Kadaver«, sagte die Journalistin. »Da scheint es für mich doch auf der Hand zu liegen, dass wir das Problem sind«, sagte einer der Schriftsteller, »ich meine wir Römer, die herrschende Klasse ist der Spiegel unserer Verkommenheit, alles ist verkommen, selbst die Touristen. Stellt euch Rom von unserer Gegenwart befreit vor.« – »Stinklangweilig wäre das«, sagte die Psychologin. »Stellt euch diese Stadt menschenleer vor«, fuhr der Schriftsteller fort, »nur noch die Brunnen sind da, die Bogengänge, die Parks und Kirchen, die Statuen auf den Plätzen, aber auch die Straßenlaternen, die Krankenhäuser, die Strommasten, die auf den Balkonen stehengelassenen Transistorradios. Wären die Menschen verbannt, würden die Dinge endlich miteinander sprechen. An keinem anderen Ort der Welt wäre dieser Dialog musikalischer, geistreicher, fruchtbarer und bedeutungsvoller.«

»Was redest du da für einen Schwachsinn?«, sagte der Architekt herzlich lachend.

Wir fingen an, über den Mord zu sprechen.

»Wäre er ein Roman«, sagte der erste Schriftsteller, »wäre er *Frankenstein* in Zeiten des Smartphones, mit Marco Prato in der Rolle des Victor Frankenstein und Manuel Foffo als Kreatur. Marco Prato bringt seine rhetorischen Mittel zum Einsatz, um Manuel zu manipulieren, spielt mit seinen Schwächen, hetzt ihn gegen den Vater auf, dann überträgt er, ohne dass

Manuel es merkt, seine sämtlichen paranoiden Wahnvorstellungen, seine Traumata und Albträume auf ihn, ich meine Pratos Albträume und Wahnvorstellungen.«

»Kennst du diese Horrorfilme, in denen sich eine Gruppe junger Leute für ein Wochenende in ein Haus am Waldrand zurückzieht, und irgendwann in der Nacht, wenn alle schlafen, kommen die Monster?«, sagte der andere Schriftsteller. »Nur dass die Monster in diesem Fall nicht von außen kommen, sondern *von innen*, Ausgeburten der finsteren Abgründe dieser jungen Männer.«

»*Fantasia* von Walt Disney«, sagte die Journalistin, »Micky Maus *als Zauberlehrling*. So was in der Art. Marco und Manuel beschwören eine *Kraft* herauf, die sie irgendwann nicht mehr kontrollieren können. Man muss sich doch nur mal überlegen, was *in der Welt* los ist. Die Wirtschaft, die Politik, die digitale Revolution, die Stimmung der Massen … Alles gerät zurzeit komplett außer Kontrolle.«

»Ich habe den Eindruck, Manuel sieht in Marco seinen Vater«, sagte die Psychologin, »ich weiß, dass Marco schwul ist und sogar das Geschlecht wechseln will, aber psychisch gesehen ist er der männliche Part der Beziehung. Auf sexueller Ebene ist Marco der passive Part. Aber auf psychischer Ebene ist er der aktive, virile, dominante Part. Manuel ist Marcos Autorität ausgeliefert.«

»Verkleidet mit Perücke, Leggings und hohen Schuhen«, sagte einer der Schriftsteller, »lädt Marco die größte Schuld seiner weiblichen Seite auf, aber zugleich schiebt er sie der ikonischen Figur schlechthin zu, seiner Mutter, dem Menschen, der sein Leben mehr als jeder andere geprägt hat. So gesehen ist Dalida der Gipfel der Verkleidung. Er verkleidet seinen privaten Albtraum als Traum.«

»Die Verkleidung als Flucht. Und als Zuflucht«, sagte der Architekt.

»Marco und Manuel sind nicht einfach nur unreif«, fügte die Psychologin hinzu, »sie sind der Triumph der Ohnmacht. In diesem armen, in einen Zustand absoluter Erniedrigung versetzten Jungen haben sie sich selbst erkannt und Grauen empfunden. Ein Körper anstelle eines anderen. Der Mord an Luca Varani ist ein Ritualmord.«

Doch wie konnte Giuseppe Varani auch nur eine einzige dieser Theorien in Betracht ziehen? Wie konnte er hinnehmen, dass Marco Pratos und Manuel Foffos Kindheit, ihre Familientraumata, die Verdrängungen, die Drogen als Erklärungen, wenn nicht gar als mildernde Umstände für das herangezogen wurden, was geschehen war? Wie konnte man glauben, dass ein solches Verbrechen es nicht verdiente, in seiner simplen Offensichtlichkeit beurteilt zu werden?

»Wieso haben sie ihm Drogen gegeben?«, fragte er herausfordernd. »Um ihn zu vergewaltigen!«, antwortete er. »Um ihn zu foltern, ihn leiden zu sehen! Was gibt es da noch zu sagen? Dass sie versucht haben, ihm die Kehle durchzuschneiden, um ihn am Schreien zu hindern? Dass der Kopf meines Sohnes in der Leichenhalle verhüllt war, weil sie ihm auch den Schädel zertrümmert haben? Wir wollen Gerechtigkeit, wie es sich gehört, wie-es-sich-ge-hört!«

Er schrie es den Anwälten entgegen, er schrie es in die Fernsehkameras, und er schrie es auch mir entgegen, als wir uns an einem sonnigen, windigen Vormittag zum ersten Mal trafen. Wir saßen in einem Café an der Piazza Mazzini. Chiara Ingrosso, die Journalistin des *Fatto*, mit der ich Marco Pratos klinischen Befund geteilt hatte, hatte uns miteinander bekannt gemacht. Giuseppe Varani hatte seinen Süßwaren-Kleintransporter in unmittelbarer Nähe geparkt, um ihn im Auge behalten zu können. Jeans, graues Sweatshirt, ungepflegter Bart.

»Wie kann man nur behaupten, es sei keine vorsätzliche Tat gewesen?«, fragte er. »Die Tat *war* vorsätzlich. Und die Täuschung, die Misshandlungen, die Folter, die Grausamkeit, und es gibt die niederen Beweggründe. Wie kann es sein«, er riss die Augen auf, »in ganz egal, was für einem Verfahren, ob verkürzt oder nicht oder eingeschränkt oder sonst was … Wie kann es sein, dass man nicht von dem Opfer spricht? Von dem, was sie ihm angetan haben. Von dem, was er erlitten hat. Sie haben ihm die Hände zertrümmert, damit er sich nicht wehren konnte. Sie haben ihm so lange mit dem Hammer auf den Mund gedroschen, bis er keinen Zahn mehr hatte.«

Im Strafrecht – wurde kein Anwalt müde zu behaupten – ging es nicht um gleichwertige Entschädigung. Die Strafe war immer weniger hart als das Verbrechen. Andernfalls würden wir zum Talionsprinzip zurückkehren. Aber es war nicht das, wogegen Luca Varanis Vater aufbegehrte. Er akzeptierte die Grenzen unserer Grundordnung. Er respektierte sie. Doch er konnte nicht hinnehmen, dass man vor dieser Grenze auch nur einen Schritt zurückwich. Es gab keine Todesstrafe in Italien? Schön, aber es gab harte Haftstrafen, es gab lebenslänglich.

»Sie haben keine Reue gezeigt. Und ich will nicht, dass die mit sechzehn Jahren davonkommen. Die haben meinen Sohn *ausgeweidet!* Ich habe Fotos, und die werde ich im Gericht zeigen. Ich werde mit dem Richter reden. Dem werde ich schon klarmachen, was passiert ist.«

So ging das jedes Mal. Seine Stimme begann zu beben, dann ging er in die Luft. Nicht nur seine Stimme, sondern alles in ihm schien wie in einer Stichflamme emporzulodern. Wenn er im Fernsehen war, gehörten diese Ausbrüche dazu, vielleicht hatte er begriffen, dass er damit Aufmerksamkeit erregte, dass er so das Interesse für das, was passierte, aufrechterhalten konnte. Doch er tat es auch fern der Kameras. Er tat es bei jedem Menschen – er tat es an diesem windigen Morgen bei mir –, dem er die Fähigkeit zugestand, die Botschaft weiter zu verbreiten, als er es zu tun vermochte.

Manche fanden seine Auftritte überzogen. Aber Giuseppe Varani war kein Staatsanwalt, er hatte nicht den geringsten Einfluss auf das Schicksal von Manuel Foffo und Marco Prato, er war auch kein Journalist und bestimmt nicht einer dieser Kommentatoren, die, im Schutz der Körperlosigkeit und von abstraktem Gewalthunger besessen, in den sozialen Medien den Stab über das Leben anderer Leute brachen. Giuseppe Varani war ein Mann, der von seinem Schmerz ganz erfüllt war, und das, dachte ich, während ich ihn ansah, war ein heiliges Bild. Außerdem schien es mir, trotz der römischen Schnodderigkeit auf den Lippen, der theatralischen Gesten und der lebhaften Ausdrucksweise, als würde Lucas Vater sich auf ein Prinzip berufen, das mir – mit weniger Vehemenz – vor kurzem ebenfalls zu denken gegeben hatte. Die individuelle Verantwortung, der freie Wille: In was würden wir uns verwandeln oder auflösen, wenn wir uns von diesen beiden grundlegenden Lasten befreiten? Wir lebten in einer von tausend Umfragen und Statistiken unablässig analysierten, ausgeloteten, durchsiebten Welt, aber zugleich war es eine unverständliche Welt, in der es immer schwerer war zu begreifen, wer wirklich für was verantwortlich war. Die Wirtschaft brach zusammen. Wer war schuld? Die Erde wurde vom Klimawandel bedroht. Gab es dafür eindeutige Verantwortlichkeiten? Es war paradox, dass es in einer Zeit, in der sich die wesentlichen Veränderungen auf diesem Planeten unserem Verhalten zuschreiben ließen, zur schwierigsten Aufgabe überhaupt geworden war, die Wirkung auf ihren Ursprung zurückzuführen, und das vor allem auf menschlicher, individueller Ebene.

Ein Junge wurde von zwei anderen in eine Wohnung gelockt und tot wieder herausgetragen. War es möglich, dieses Verbrechen ganz *klassisch* den beiden jungen Männern anzulasten –

mitsamt dem ganzen Komplex von Schuld und Strafe –, oder musste man sich mit dem Gedanken abfinden, in eine *vollständig* neue Zeit und Welt eingetreten zu sein, in der diese Prinzipien nichts mehr galten?

Und genau unter diesem Gesichtspunkt erschien mir Giuseppe Varani – ausgezehrt, wirrer Blick, schwarze Augen, verzerrte Lippen – wie eine biblische Figur. Wenn Marco Prato und Manuel Foffo – dachte ich also, während ich noch immer über diese Fragen nachgrübelte, die mir keine Ruhe ließen – sich von der atavistischen Angst hatten mitreißen lassen, in der man sich am Schwächsten austobt, und man hier ihre Schuld dingfest machen, ihre Verantwortung suchen, ihre Entscheidung umgrenzen musste, damit sie sich nicht verflüchtigte (zuschlagen, um der Angst zu entkommen, selbst getroffen zu werden; sich wie ein Nichts fühlen und den anderen vernichten), wie war es dann möglich, ihnen zumindest theoretisch ein Bewusstsein dafür nahezubringen? Wenn ein Schuldiger, so dachte ich wieder, der nicht mehr über die Mittel verfügt, sich als solcher zu erkennen, die Idee selbst von Schuld, Verantwortung und also von freier Entscheidung leugnet, was musste man dann tun, um zu verhindern, dass diese Prinzipien – die für eine immer größere Anzahl von Menschen an Bedeutung verloren – auch für diejenigen zu schwinden begannen, die sie als fundamental erachteten? Was erwartete uns da?

»Sie hätten ihn mal auf den Jahrmärkten sehn sollen, er war ’ne echte Wucht!«

Giuseppe Varani redete von seinem Sohn, und während ich ihm zuhörte, streifte mich ein flüchtiger Gedanke – eine wichtige und vielleicht entscheidende Eingebung –, die mir sofort wieder entglitt.

»Sie hätten ihn mal unter Leuten sehn sollen … Was war ich stolz!«

Giuseppe Varani erzählte davon, wie er zusammen mit seiner Frau im Kleintransporter von Volksfest zu Volksfest getingelt war und Luca dabeihatte. Sein Sohn war ein Publikumsmagnet, so schön und strahlend war er, dass die Kunden ihn sahen und zum Stand kamen, Süßigkeiten und Nüsse kauften, Luca schwatzte mit allen, und die kleinen Mädchen, gut versteckt hinter ihren Müttern, schmachteten ihn an. »Alle schlossen ihn ins Herz. Es war jedes Mal ein Fest.« Giuseppe sagte, seine Frau sei zu Hause, vom Schmerz zerrüttet, und das Leben müsse weitergehen. Es sei nicht leicht. Jetzt müsse er allein auf die Märkte und Volksfeste fahren. Es sei sehr anstrengend und obendrein deprimierend. Er und seine Frau würden als Nebenkläger auftreten, eine Entschädigung fordern, doch es würde nicht leicht sein, etwas zu bekommen, denn vermögenstechnisch gesehen, fiel die Schuld der Söhne nicht auf die Väter zurück. Dann sagte Giuseppe, sie hätten ihn nicht angerufen. »Wer hat Sie nicht angerufen, Signor Varani?«, fragte ich. »Ledo Prato und Valter Foffo«, antwortete er. Niemand hätte sich gemeldet, niemand hätte ihn um Entschuldigung gebeten, niemand hätte es fertiggebracht, ihn auch nur einmal anzurufen. Sicher, es brauchte Mumm, das Telefon in die Hand zu nehmen und um Verzeihung zu bitten, das wisse er, angesichts der Unfasslichkeit dessen, was passiert sei, konnte eine Bitte um Entschuldigung geradezu beleidigend sein, wer es tat, setzte sich möglichen Schmähungen aus oder, schlimmer noch, eisigem Schweigen. Na schön, es konnte auch danebengehen. Aber auch *nicht* um Entschuldigung zu bitten, sei falsch. Und sie hätten nicht um Entschuldigung gebeten. Es gebe keine wirklich befriedigende Lösung, aber da sie nun einmal nicht angerufen hätten, tja, damit hätten sie die schlechteste Entscheidung von allen getroffen.

Giuseppe sagte noch, hin und wieder, unter der Woche, gehe er in Lucas Zimmer. Seine Frau hatte dafür gesorgt, dass seit seinem Todestag alles dort so geblieben sei, wie es war, mit den Heften, den Postern, dem Wecker, der Stereoanlage, als müsste Luca jeden Moment zurückkommen. Giuseppe betrat dann das Zimmer, stand minutenlang darin und blickte sich um. Aber der schwierigste Moment komme am Abend, sagte er, wenn er und seine Frau sich zum Essen an den Tisch setzten und keiner von beiden den Blick von dem leeren Platz losreißen könnte.

»Signor Varani«, versuchte ich, das Thema zu wechseln, »bald beginnt ja der Prozess.«

Daran konnte er sich festhalten, dachte ich, an den Analysen, den Gutachten, den Zeugenaussagen, am juristischen Ritual mit all seinen Tücken und Formalitäten.

»Ja, sicher, der Prozess«, murmelte er mit immer noch düsterem Blick vor sich hin, als hätte er meine Gedanken gelesen und als hätte meine Frage ihn gezwungen, einen Blick auf das *danach* zu werfen. Die Stichflamme, die ihn umfing, verlosch, und für einen winzigen Augenblick – es war das einzige Mal, dass es in meiner Gegenwart passierte – sah ich einen bloßen Ausdruck in seinem Gesicht, denselben wehrlosen Blick, mit dem er vielleicht, zurückgezogen im Zimmer seines Sohnes, heimlich fortfuhr, mit ihm zu reden.

»Zwei Prozesse für den Fall Varani?«

Anfang 2017 brachten die Zeitungen eine Nachricht, die für jeden, der den Fall mit juristischer Sachkenntnis verfolgte, eigentlich vorhersehbar gewesen war. Manuel Foffos Anwälte hatten ein verkürztes Verfahren beantragt. Pratos Rechtsbeistand hatten indes auf ein ordentliches Verfahren gesetzt. Das bedeutete, dass es – sofern der Richter der Vorverhandlung den Anträgen stattgäbe – zwei verschiedene Prozesse geben würde.

Am 26. Januar gab der Richter der Vorverhandlung, Nicola Di Grazia, Foffos und Pratos Anträgen statt. Die Staatsanwaltschaft legte beiden sowohl Vorsätzlichkeit als auch die erschwerenden Umstände Grausamkeit und niedere Beweggründe zur Last. Der Richter gab auch der Erhebung der Nebenklage der Eltern von Luca Varani und von Marta Gaia Sebastiani statt.

Michele Andreano, Manuels Anwalt, übergab dem Gericht ein umfangreiches medizinisches Gutachten, das die mangelnde Zurechnungsfähigkeit seines Mandanten belegen sollte, auch unter Berücksichtigung der Schäden, die ihm – ebenfalls laut der Verteidigung – der dauerhafte Konsum von Rauschmitteln im Laufe der Zeit zugefügt hätte.

Anders als viele glauben, ist das verkürzte Verfahren kein Schuldeingeständnis. Vielmehr handelt es sich um eine Schwächung der Verteidigung. Der Angeklagte verzichtet auf die Verhandlung, kann weder Zeugen herbeiziehen noch versuchen, die von der Staatsanwaltschaft zusammengetragenen Elemente zusätzlich zu entkräften. Natürlich gibt es für diese Nachteile eine Gegenleistung: Im Falle einer Verurteilung wird das Strafmaß um ein Drittel reduziert.

Beim Versuch, diese unterschiedlichen Strategien zu deuten, wie es erfahrene Leute bereits getan hatten, hätte man meinen können, Foffo ziele auf ein vermindertes Strafmaß ab, Prato indes auf die Einstellung des Verfahrens. Beide Angeklagte wiesen die Vorsätzlichkeit zurück. Prato setzte auf ein eklatantes Ergebnis. Aber Prato hatte sich für ein ordentliches Verfahren entschieden und riskierte folglich mehr.

Da das Gesetz beim verkürzten Verfahren die physische Anwesenheit beider Angeklagter nicht erlaubte, würden sich Prato und Foffo erst bei der Eröffnung von Marcos Prozess wieder von Angesicht zu Angesicht gegenüberstehen.

Luca Varanis Eltern waren gezwungen einzusehen, dass es zumindest für einen der Angeklagten gute Chancen gab, einer lebenslänglichen Freiheitsstrafe zu entgehen. Zwar schloss das verkürzte Verfahren die Höchststrafe nicht generell aus, doch der Richter hätte eine ganze Reihe erschwerender Umstände anerkennen müssen, und genau das hielten die Rechtsexperten für unwahrscheinlich. Allen voran die Vorsätzlichkeit. Aus den Ermittlungen der Staatsanwaltschaft waren keine unanfechtbaren Elemente hervorgegangen, die die Existenz eines Mordplans belegten. Sollte es einen derartigen Plan gegeben haben, so hatte er sich in den Köpfen der Angeklagten abgespielt, und genau das war äußerst schwer zu beweisen.

»Aber wie kann man denn behaupten, sie hätten es nicht geplant?«, wetterte Giuseppe Varani. »Sie haben ihn mit einem Trick in die Wohnung gelockt! Sie haben ihn mit Alcover betäubt! Die haben sich das genau überlegt. Und was ist mit Freiheitsberaubung? Sie haben ihn mit Gewalt in der Wohnung festgehalten. Ist das etwa keine Freiheitsberaubung?«

Im Netz fassten viele Kommentatoren die Nachricht des verkürzten Verfahrens als halben Freispruch auf.

Was habe ich euch gesagt? Jetzt kommen diese Kerle davon!

In Italien läuft das so, man muss nur die richtigen Leute kennen, und schon ist man raus aus dem Knast, selbst wenn man die eigene Mutter umgebracht hat.

So ging es wochenlang, im Netz geiferten Heerscharen hemmungslos herum, bis die Gischt der Mutmaßungen sich abermals am Wirklichkeitsprinzip brach.

Am 21. Februar 2017, nach einem äußerst dezidierten Plädoyer des Anwalts Michele Andreano, verurteilte der Richter Nicola Di Grazia Manuel Foffo zu dreißig Jahren Haft.

Andreano versuchte, eine zumindest stark eingeschränkte Zurechnungsfähigkeit durchzusetzen. Er stützte sich auf medizinische Gutachten, Analyseergebnisse und zog sogar die Neurowissenschaften heran. Das zusammengetragene Material war umfangreich und überaus detailliert. Andreano versuchte, nicht nur zu beweisen, dass Manuel unter einer chronischen Alkohol- und Kokainvergiftung litt, sondern dass seine schlechten Gewohnheiten – physiologisch begünstigt – mit den Jahren zu bleibenden neurobiologischen Schäden geführt hätten.

Trotz der medizinischen Nachweise erklärte der Richter Manuel für zurechnungsfähig. Der Angeklagte, sagte er, habe bewusst übermäßige Mengen Alkohol und Kokain konsumiert, er habe bewusst ein verkürztes Gerichtsverfahren beantragt und in jüngerer Vergangenheit Universitätsprüfungen abgelegt. All diese Elemente sprachen laut Richter gegen die Hypothese einer auch nur eingeschränkten Zurechnungsfähigkeit.

Das Urteil schloss die Vorsätzlichkeit aus.

Das Urteil erkannte den erschwerenden Umstand von Folter und Grausamkeit an: Sowohl Foffo als auch Prato waren sich der Luca zugefügten Leiden vollständig bewusst. Der erschwerende Umstand niederer Beweggründe wurde anerkannt: Prato und Foffo hatten Luca Varanis Leben zu »einem Gegenstand« gemacht, der ihren Trieben ausgeliefert war. Der

Wille, dem Opfer Leiden bis zu seinem Tod zuzufügen, schrieb der Richter, verfolgte den einzigen Zweck, eine »alle Grenzen überschreitende« Erfahrung zu machen, verbunden »mit einem übersteigerten Maß sexueller Perversion«. Die Art, auf die Luca getötet worden sei, verwies auf die Ausformung »einer verabscheuungswürdigen Regung, deren Maß an Perversion tiefen Abscheu erregt und dessen Abnormität gegenüber dem menschlichen Fühlen unentschuldbar ist«.

Die erste Verhandlung des Prozesses von Marco Prato wurde auf den 10. April festgelegt.

Am 13. Februar wurde Marco Prato gegen seinen Willen und all seinen Hoffnungen zum Trotz abermals in das Gefängnis von Velletri verlegt. Diesmal waren die Proteste seiner Anwälte zwecklos. Doch das war erst der Anfang.

Wenige Tage später prangte sein Gesicht plötzlich auf sämtlichen Zeitungen des Landes. Die Lunte hatte *Giallo* angezündet, ein auf Verbrechen spezialisiertes Skandalmagazin.

HORROR OHNE ENDE: PRATO HIV-POSITIV!
WER AN SEINEN WILDEN SEX-PARTYS TEILNAHM,
IST IN GEFAHR.

Die in riesigen Großbuchstaben gesetzte Schlagzeile nahm den Großteil der Titelseite ein. Verfasserin des Artikels war Albina Perri. Wie es aussah, hatte sich die Journalisten Pratos Krankenakte aus den Archiven von Regina Coeli beschaffen können. In einer dieser Unterlagen aus den Tagen der Verhaftung hatte ein Arzt des Gesundheitsamts handschriftlich vermerkt: »Krankenblatt des Häftlings Marco Prato: HIV-positiv getestet im März. Letzter negativer Test vor zwei Jahren. Übertragung: sexuell. Der Häftling gibt an, über seine HIV-Positivität informiert zu sein.«

Der Artikel sparte nicht mit Adjektiven (»wir haben das Blatt mit der *entsetzlichen* Diagnose gefunden«, »der Befund ist *unmissverständlich*«) und gab vor, die Verletzung der Privatsphäre mit dem Schutz von Pratos früheren Partnern rechtfertigen zu wollen: Es sei anzunehmen, dass die meisten von ihnen nichts von seiner HIV-Erkrankung wussten. Der Artikel erinnerte daran, dass Marco zahlreiche Heteros verführt habe, deren Freundinnen sich ihrerseits angesteckt haben könnten.

Von den Zeitungen wurde die Nachricht hemmungslos weiterverbreitet. Natürlich durften die Stimmen nicht fehlen, die darauf hinwiesen, Pratos HIV-Infektion könnte womöglich zu Panik unter den Hauptstadt-VIPs führen, die Marco verführt zu haben behauptete. Wenn die Promiwelt bebt, kaufen die Leser.

Angeklagter Mörder und möglicher Pestverbreiter. Die Situation wurde immer vertrackter. Richter und Vollzugsbeamte sollten sich nur an die Akten halten, doch wer glaubt schon, das Medienklima hätte keinen Einfluss auf ihre Entscheidungen, und das um Marco Prato war inzwischen mehr als heftig. Es brauchte einen Schachzug, um die Situation irgendwie wieder ins Lot zu bringen und zumindest einen Teil der öffentlichen Meinung dazu zu bewegen, den Angeklagten in einem anderen Licht zu sehen. Wenige Tage später brach Marco sein Schweigen und gewährte der Zeitschrift *Panorama* ein Interview.

Die Verfasserin des Beitrags war Annalisa Chirico, ehemalige Kommilitonin Marcos an der LUISS. Das Interview erfolgte per Brief, vermittelt durch Pratos Anwälte.

»Ich habe weder mit dem Hammer noch mit den Messern zugeschlagen«, behauptete Marco, »ich kann nicht zu lebenslänglicher Freiheitsstrafe verurteilt werden. Ich weiß, dass ich Lucas Tod nicht verhindert habe, aber ich habe ihn nicht umgebracht, und ich habe ihn nicht angerufen, um ihn umzubringen.«

Es war schwer, die Annahme zu widerlegen, Luca sei eingeladen worden, um einen Tag voller Exzesse zu verbringen, und ebenso schwer war es von der Hand zu weisen, dass Marcos Leben in den letzten Jahren ziemlich turbulent verlaufen war.

»Ist die Grenzüberschreitung die Schwester des Todes?«, fragte die Journalistin.

»Durch ein Mikroskop oder ein Schlüsselloch betrachtet«, sagte Marco, »haben wir alle eine dunkle Seite, die moralisch mehr oder weniger einwandfrei oder mehr oder weniger akzeptabel ist. Meine ist einfach an die Oberfläche gekommen. Ja, ich nahm Drogen, aber nicht übermäßig. Ja, ich hatte Sex, aber wie jeder Dreißigjährige. Die krassesten und abgedrehtesten Anfragen kamen von den Männern, mit denen ich mich umgab, sie brachten mich darauf. Ich habe wahnsinnig viel Gewalt erfahren, um den Wünschen heterosexueller Männer nachzukommen, in die ich verliebt war und mit denen ich mich als Frau fühlte. Es ist klar, wenn derart heikle Details öffentlich werden, kann das kollektive Gewissen mit dem Finger darauf zeigen, statt selbst in den Spiegel zu sehen. Das Gute an der öffentlichen Verurteilung ist, dass sie uns von unseren eigenen Monstern fernhält und uns in unserem Innersten normaler fühlen lässt. Ich bin überzeugt, dass die Normalität eine abstrakte Idee ist, und deshalb würde ich die ersten drei Buchstaben des Wortes Perversion streichen. Es sind alles unterschiedliche *Versionen* der Menschheit, einzelne Nuancen der Individualität, die auszuleben mitunter schmerzhaft ist.«

Die Journalistin fragte nach den Haftbedingungen im Gefängnis von Velletri.

»Als ich noch in Regina Coeli war«, sagte Marco, »gab ich Sprachkurse für Häftlinge, ich versuchte, ihnen bei ihren Briefen und dem sonstigen Schriftverkehr zu helfen. Hier in Velletri mache ich nichts von alldem, es gibt keine Aktivitäten, es gibt nichts, und das ist ein Drama, weil die Gefängniswirklichkeit – von der Unzulänglichkeit der Waschräume und des Essens einmal abgesehen – auf diese Weise ein reines Abbrummen ist, ohne jede Resozialisierung. Ich verbringe fast die gesamte Zeit ausgestreckt auf meiner Pritsche, denke an das, was passiert ist, und durchlebe jede Minute noch einmal. Mir fehlt alles, was da draußen ist. Mir fehlt es, zu Fuß unterwegs zu sein und dabei meine angebetete Dalida zu hören. Mir fehlen wirklich alle.«

»Was würden sie Foffo sagen wollen?«, fragte die Journalistin.

»Ich würde ihm sagen: *Manuel, befreie dich von dem Hass. So, wie du mich an dem Abend seelenruhig hast ziehen lassen, um zu sterben, lass mich jetzt leben und gib dieser dramatischen Nacht die Wahrheit zurück.*«

Hätte Marco Prato mit seinem Diskurs beabsichtigt, die niedersten Instinkte der Massen anzuprangern, hätte er ins Schwarze getroffen. Dort draußen wimmelte es vor Leuten, die ganz wild darauf waren, die Schuldigen ans Kreuz zu nageln, die Monster auf den Scheiterhaufen zu stellen und jede Art von Pranger zu errichten, um einen brennenden Rachedurst zu stillen. Aber Rache wofür? Wir fühlten uns gedemütigt, also mussten wir demütigen. Wir fühlten uns verletzt, also mussten wir verletzen. Wir fühlten uns im Grunde durchschnittlich, dumm, ängstlich und unbedeutend, in einer ausklingenden Zeit, die versprochen hatte, uns reich, klug und mutig zu machen. Also taten wir alles, um der Wirklichkeit nicht ins Gesicht zu sehen, wir prahlten mit unserem Scheitern, das wir für den Beweis unserer Aufrichtigkeit, unserer Güte, unserer Klarsicht, gar unserer Reinheit ausgaben, und machten uns auf die Jagd nach den Schuldigen (oder erschufen uns einfach welche), um das Kartenhaus bloß nicht zum Einsturz zu bringen. Hätte Marco Prato diesen psychologischen Zusammenbruch, diese umfassende Krankheit der ganzen Gesellschaft schildern wollen, hätte er Recht gehabt. Das Problem war nur, dass er – ungeachtet dessen, was der Prozess ergeben würde und zu welcher Strafe er verurteilt würde – für das, was passiert war, unbestreitbar verantwortlich war. Marco Prato bezichtigte die

Fanatiker des Prangers, um sich nicht mit seinen eigenen Verfehlungen auseinandersetzen zu müssen – eine Wahrheit über die anderen aussprechen, um einer Wahrheit über uns selbst aus dem Weg zu gehen; letztlich war auch das eine tiefgreifende Krankheit der Gesellschaft – und um sich nicht mit der augenfälligsten Tatsache überhaupt auseinandersetzen zu müssen, nämlich dass ein dreiundzwanzigjähriger Junge nicht mehr am Leben war.

Ich sah, wie das Knäuel sich zusehends verhedderte, und fragte mich, wie und wann all diese Knoten ans Licht kommen würden.

Schließlich kam Annalisa Chirico, die ehemalige Studienkollegin, die Journalistin, in die Marco einige Hoffnung bezüglich seiner Rehabilitation gesetzt hatte, im Laufe des Interviews auf Varanis Familienangehörige zu sprechen. Lucas Eltern, so sagte sie, glaubten nicht, dass das Wort Vergebung es verdiente, ausgesprochen zu werden.

»Ich werde Lucas Angehörigen einen Brief schreiben«, antwortete Marco, »dieser Gedanke begleitet mich schon seit einer Weile, aber ich halte es nicht für angebracht, jetzt darüber zu sprechen.«

»Was denn für einen Brief? Der hat uns überhaupt gar nix geschrieben!«, sagte Giuseppe Varani.

Lucas Vater, der außer sich darüber war, wie die Dinge bei Manuel Foffo ausgegangen waren, fürchtete, dass es bei Marco Prato noch schlimmer laufen könnte. Er begriff den Sinn des verkürzten Verfahrens nicht: Wie war es bei einem solchen Mord möglich, die Entsetzlichkeit der Fakten gegen die Logik der Bürokratie einzutauschen? Darüber hinaus war Giuseppe Varani frustriert, weil man ihn, so sagte er, während des Prozesses kein einziges Mal mit dem Richter hatte reden lassen. Was für eine Vorschrift war das denn? Hätte man ihm die Möglichkeit gegeben, die Fotos zu zeigen, seine eigene Pein zu schildern, abseits der Unterlagen und Gutachten zu erzählen, wer sein Sohn gewesen war und welches Ende sie ihm bereitet hatten, hätte irgendjemand es ihm einfach erlaubt, das besondere Leid in die Waagschale zu legen – die, symbolisch gesehen, das unumstößliche Inbild der Gerechtigkeit war –, zu dem sie ihn und seine Frau verdammt hatten (»uns haben sie *lebenslänglich* gegeben!«, sagte er), dann wären die Dinge vielleicht anders gelaufen. Jetzt war Signor Varani nervös und besorgt. Wenn Foffo, der sich schuldig bekannt hatte, dreißig Jahre bekommen hatte, was konnte dann bei Marco Prato passieren, der in alle vier Winde seine Unschuld posaunte?

Dann waren da noch die Erwartungen des Publikums. Das verkürzte Verfahren hatte hinter verschlossenen Türen stattgefunden. Niemand hatte Marco Prato und Manuel Foffo auf der Anklagebank gesehen. Jetzt stand das ordentliche Gerichtsverfahren an, es bestand die Möglichkeit, dass sich die beiden im selben Gerichtssaal wiederfanden. Die Schaulustigen würden sie zusammen sehen können, mit dem Höhepunkt einer Gegenüberstellung (der eine würde seine eigene Wahrheit behaupten, der andere würde sie bestreiten), die dramatisch zu werden versprach. Die Leute waren ganz wild darauf, die Show zu genießen. So begann der Countdown zum 10. April.

Doch als der 10. April tatsächlich kam, fand der Prozess wegen eines unvorhergesehenen Anwaltsstreiks nicht statt. Die Verhandlung wurde auf den 12. Juni vertagt.

Am 19. Mai, weniger als einen Monat vor der Prozesseröffnung, nahmen Luca Varanis Eltern an einem Fackelmarsch des jüngst gebildeten Komitees namens »Wir sind Luca« teil. Über hundert Menschen – Freunde, Angehörige, Leute aus dem Viertel – zogen nach Sonnenuntergang durch die Straßen von Boccea. Sie hatten ihre Transparente sorgfältig vorbereitet. Sie hatten T-Shirts mit einem Bild von Luca und dem Schriftzug WIR SIND LUCA bedrucken lassen. Die kleine Demonstration war allerdings nicht nur als Gedenkveranstaltung gedacht. Als der Fackelmarsch begann und die Menschen sich, die Transparente mit stolzem, schmerzvollem Blick erhoben, geschlossen in Bewegung setzten, konnten die Schaulustigen auf der Rückseite der T-Shirts einen weiteren Schriftzug lesen: LEBENSLÄNGLICH UND EXEMPLARISCHE STRAFE FÜR DIE MÖRDER.

Und dann kam der 12. Juni, der Tag der ersten Anhörung im Prozess gegen Marco Prato. An dem Morgen rollten Lucas Eltern mit der Unterstützung des Fackelmarsch-Komitees ein Transparent vor dem Gerichtsgebäude aus. WIR SIND LUCA. GERECHTIGKEIT FÜR LUCA VARANI. Ein Zeichen des präventiven Protests.

Doch auch in diesem Fall fand der Prozess vollkommen unerwartet nicht statt. Wegen eines erneuten Streiks der Strafverteidiger musste die Verhandlung ein zweites Mal verschoben werden. Luca Varanis Eltern und die Mitglieder des Komitees kehrten mit ihrem Transparent nach Hause zurück. Die Anhörung wurde für den 21. Juni festgesetzt.

Allmählich wurde das Warten zermürbend. Alle Aufmerksamkeit war auf Marco gerichtet. Die Erzählungen, die sich seit einem Jahr um ihn rankten, hatten ihn in der Vorstellung der Menschen zu einer Filmfigur gemacht – schillernd, widersprüchlich, beängstigend klarsichtig, gespalten, hypersensibel, manipulatorisch, zu jedem Trick fähig, zu allem bereit, um sein Bild glänzen zu sehen –, ohne dass ihn irgendjemand seit dem Tag des Mordes je in Aktion erlebt hätte. Was würde beim Prozess passieren? Wie würde sich Marco Prato in der Öffentlichkeit präsentieren? Welches Gesicht würde er den Fotografen und den Fernsehkameras zeigen? In welcher Tonlage würde er sich an die Geschworenen wenden? Würde er in weiblicher Form von sich sprechen? Was würde geschehen, wenn er Manuel Foffo gegenüberstünde? Würde er versuchen, ihn rhetorisch fertigzumachen, wie er es mit allen zu machen schien? Und selbst wenn er es täte, hieß es, würde er sich beim Staatsanwalt damit schwertun. Dottor Scavo war ein harter Brocken. Hatte Marco noch irgendwelche Asse im Ärmel, die er gegen ihn ausspielen konnte? Auf welche seiner zahlreichen Persönlichkeiten würde er zurückgreifen, und welche feinsinnige Argumentation oder Attacke würde er der Beweisflut entgegensetzen, die über ihn hereinbräche? Mit welcher außergewöhnlichen Lüge oder vernichtenden Wahrheit würde der Angeklagte im entscheidenden Moment herausrücken? In Rom herrschte abermals sengende Hitze.

Die Nachricht begann sich am 20. Juni übers Radio zu verbreiten, einen Tag vor der Verhandlung. Dann war das Netz an der Reihe und schließlich das Fernsehen.

Mich erreichte sie um 09:08 Uhr über WhatsApp.

Ich war gerade in Turin. Um mich auf den Prozess vorzubereiten, war ich in der Nacht zuvor beim Lesen einiger Unterlagen des riesigen Ordners, den ich über die Monate angelegt hatte, eingeschlafen. Ich hörte den Signalton der eingehenden Nachricht, als ich gerade den zweiten Kaffee des Tages trank. Ich griff nach dem Smartphone.

»Nicola, hast du schon gelesen? Ich bin fassungslos.« Das schrieb mir ein Freund, von dem ich seit Monaten nichts gehört hatte.

Es hätte irgendeine verstörende Neuigkeit sein können, von einem Erdbeben bis zu einem Terroranschlag. Und doch – noch ehe ich antwortete, »Nein, was ist passiert?« – spürte ich, worum es sich handelte. Ich wusste es seit Monaten, vielleicht seit Beginn der ganzen Geschichte, ich hatte damit gerechnet und es zugleich zu verdrängen vermocht. Es hatte diese Nachricht gebraucht, damit ich mir ernsthaft vergegenwärtigte, was ich nur unbewusst wahrgenommen hatte.

Wenige Augenblicke später erreichte mich ebenfalls auf dem Handy ein Link zur Homepage des *Messaggero*.

MARCO PRATO BEGEHT SELBSTMORD
IM GEFÄNGNIS

Ich sackte auf das Sofa, als hätte mir jemand eine Faust ins Gesicht gerammt.

In der Nacht war Marco Prato im Gefängnis von Velletri leblos im Bad seiner Zelle aufgefunden worden. Er hatte den Inhalt der zum Kochen verwendeten Gaskartusche inhaliert. Er hatte sich eine Plastiktüte über den Kopf gezogen, den Kocher hineingesteckt und sie mit einer Schnur um den Hals zusammengebunden. Sein Zellengenosse hatte nichts bemerkt, oder zumindest erzählte er das den Gefängnisaufsehern. Die Leiche war um 00:45 Uhr aufgefunden worden.

Im Bad neben der Leiche, so berichteten die Zeitungen, lag ein Zettel mit einer kurzen, in Druckbuchstaben verfassten Abschiedsnachricht.

»Der Selbstmord ist weder ein Akt des Mutes noch der Feigheit«, hatte Marco Prato geschrieben, ehe er starb, »der Selbstmord ist eine Krankheit, von der man nicht immer geheilt wird. Er hat keinen moralischen Hintersinn, er ist keine Hintertür und kein egoistischer Akt. Der Mediendruck ist unerträglich, die Lügen über diese Nacht und über mich sind unerträglich, dieses Leben ist mir unerträglich. Vergebt mir.«

Es folgten eine Unterschrift und ein Postskriptum.

»Sorgt dafür, dass wenn mein Vater in Kenntnis gesetzt wird, ein Arzt oder die Schwester meiner Mutter bei ihm ist (pensionierte Chefärztin), denn er leidet unter Bluthochdruck und Herzproblemen!«

Am nächsten Tag, dem 21. Juni, eröffnete und beendete die oberste Strafkammer des Gerichts Rom das Verfahren gegen Marco Prato. Der Tatbestand wurde aufgrund des eingetretenen Todes des Angeklagten für erloschen erklärt. Die Beschlagnahme der Wohnung in der Via Igino Giordani wurde aufgehoben.

Der Piazzale Clodio war von Journalisten belagert. Bei der Verhandlung war auch Marta Gaia Sebastiani anwesend. Kaum verließ sie das Gerichtsgebäude, stürzten sich die Reporter auf sie.

»Marta Gaia! Marta Gaia!«

»Ich habe keine Lust zu reden.«

Das Mädchen, die Augen hinter einer großen Sonnenbrille verborgen, klang resolut. Am Tag zuvor hatte sie einen Post auf Facebook verfasst, in dem sie sich schockiert zeigte über das, was geschehen war.

»Wollen Sie wirklich keinen Kommentar abgeben?«

»Nein«, Marta hob die Hand in Richtung Mikrofon, wie um sich zu schützen, »ein Leben ist ein Leben«, sagte sie, »man muss die Trauer der Familien respektieren.«

»Eine Tragödie in der Tragödie?«

»Ja«, antwortete sie und ging rasch davon.

Dann war ihr Anwalt Savino Guglielmi an der Reihe.

»Ich glaube, hier gehen alle als Verlierer hervor«, sagte er, von Fernsehkameras umringt, »der Staat, die Gesellschaft, der arme Varani. Wir alle verlieren. Die Unversehrtheit eines Angeklagten ist nicht gewahrt worden. Marco Prato bekommt kein Verfahren. Leider werden wir die ganze Wahrheit nie erfahren.«

Valter Foffo, Manuels Vater, wurde von den Journalisten telefonisch erreicht.

»Ihr traktiert mich mit Anrufen. Was soll ich denn zu diesem weiteren Schmerz sagen? Dass Prato sich das Leben genommen hat, habe ich im Radio gehört. Jetzt ist nur noch mein Sohn übrig. Die Gefahr? Dass er in diesem Drama ohne Ende der einzige Sündenbock bleibt.«

Auch Giuseppe Varani wurde von den Reportern aufgestört.

»Für Marco Pratos Familie tut es uns leid«, erklärte er, »keiner verdient es, so zu sterben, nicht einmal der schlimmste Verbrecher. Wir haben die Nachricht von einem befreundeten Journalisten erfahren. Meine Frau ist in Tränen ausgebrochen. Das, was passiert ist, tut uns leid. Aber unser Schmerz ist eindeutig größer als ihrer. Mein Sohn wurde umgebracht, er hat nicht beschlossen zu sterben.«

Der Psychiater des medizinischen Dienstes, der Marco im Gefängnis von Velletri betreute, hatte in seinen letzten Bericht geschrieben: »Seit dem 14. Februar regelmäßig untersucht. Wöchentliche Untersuchungen und unterstützende Gespräche. Während der medizinischen Bewertungen wurden keine selbstschädigenden Absichten geäußert. Stimmung als nicht depressiv diagnostiziert.«

Doch Mauro Palma, der nationale Garant für die Rechte Inhaftierter, erklärte: »In vielerlei Hinsicht ist das ein angekündigter Selbstmord. Bereits im vorigen Jahr hatten wir uns eingeschaltet, um Marco Prato wieder nach Regina Coeli zu verlegen, angesichts der Tatsache, dass die sogenannte psychiatrische Struktur in der Einrichtung von Velletri nicht existiert und dass eine Person, die bereits versucht hat, sich das Leben zu nehmen, weniger Hilfe erhalten hätte, als das römische Gefängnis sie gewährleistet.«

Um 11 Uhr morgens war Ledo Prato in der Leichenhalle der Poliklinik von Tor Vergata. Vor ihm Marcos Leiche. »Wir hatten uns im Gefängnis gesehen, wer hätte sich das vorstellen können«, flüsterte er kaum hörbar. Er hatte seinen Sohn am Nachmittag zuvor besucht. Er hatte ihn besucht, wie er es ununterbrochen getan hatte, seit Marco hinter Gittern gelandet war. Sie hatten sich umarmt. Sie hatten geredet. Jetzt waren sie dort.

Marcos Selbstmord war die traurigste aller überraschenden Wendungen und breitete zugleich eine schwere, schwarze Decke über den Fall. Obwohl die juristischen Folgen nicht zu Ende waren – es würde noch Foffos Berufung geben, das Kassationsgericht, die Nebenklage der Eheleute Varani und von Marta Gaia Sebastiani –, begann die Spannung von dem Moment an nachzulassen. Es war zum Höhepunkt gekommen, der Inhalt hatte den Behälter zum Platzen gebracht. Nachwirkungen blieben nicht aus, doch wer den Mord seit über einem Jahr verfolgt hatte, ohne sich davon losreißen zu können, wurde von dem unmissverständlichen Gefühl ergriffen, dass das Spiel gelaufen war.

Über die Gründe für den Selbstmord wurde monatelang spekuliert.

»Versuch, ein paar Vermutungen anzustellen«, sagte Francesco Scavo, mit dem ich mich inzwischen duzte.

Wir waren in der üblichen Bar am Piazzale Clodio. Wieder war ich an Monte Mario vorbeigekommen, hatte die Sternwarte in der Ferne gesehen. Ich empfand die übliche Benommenheit, die mich ergriff, sobald ich nach Rom zurückkehrte und wusste, dass ich die Stadt kurz darauf wieder verlassen würde, ich hörte den Verkehr auf dem Viale Angelico, wusste, dass weiter hinten die Piazza Mazzini lag, die Läden der Via Cola di Rienzo, und dass sich jenseits des Justizpalastes, direkt am Fluss, das Museum der Seelen im Fegefeuer befand, dessen kleine Sammlung sich bemühte, das Wirken der toten Seelen zu dokumentieren. Überirdische Fingerabdrücke auf Soutanen. Ein vom Feuer des Geistes einer verstorbenen Nonne gezeichneter Kissenbezug. An dem Tag war ich auf meinem Weg zu Dottor Scavo auf der Straße von einem kleinen Mädchen angehalten worden. »Ciao, magst du Tiere?« Das Mädchen stand vor einem Laden, in dem seine Mutter, wie ich sah, gerade Katzenfutter kaufte. »Klar«, antwortete ich, »ich habe auch eine Katze, genau wie du.« Das Mädchen mochte neun oder zehn Jahre alt sein, es war groß für sein Alter, trug eine grüne Hose, aus der die Knöchel hervorschauten, hatte einen Topfschnitt und sah mich mit Augen an, die zu den klügsten und aufgewecktesten gehörten, die ich je gesehen hatte. »Woher weißt du, dass ich eine Katze habe?«, fragte sie, nachdem sie meine richtige Antwort ironisch mit den ersten vier Noten einer berühmten Symphonie gewürdigt hatte. »Weil ich deine Gedanken lesen kann«, sagte ich. »Ach so«, sagte sie ernst, schien ihre Aufmerksamkeit aber dennoch nicht gänzlich von dem Paralleluniversum jener wunderbaren versunkenen Welt loszureißen, für die jeder jenseits der zwanzig alles geben würde, um dorthin zurückkehren zu können. »Wenn du meine Gedanken lesen kannst«, fuhr sie fort, »musst du mir auch sagen, wie meine Katze heißt.« – »Was für eine Frage!«, antwortete ich. »Sie heißt Beethoven.« – »Aber wie hast du …« Sie lächelte unmerklich. Aus dem Laden rief ihre Mutter nach ihr: »Na komm, hör auf, die Leute zu belästigen!« Ihre Stimme war voll zärtlicher Gereiztheit. Das Leben wäre erträglich, könnte ich für immer mit diesem Mädchen sprechen, dachte ich. Sie, die tatsächlich Gedanken lesen konnte, war so großzügig gewesen, mir die Illusion zu schenken, dass ich ebenfalls dazu fähig wäre.

»Alles, was über den Selbstmord gesagt wird, erscheint mir plausibel«, sagte ich jetzt zu Dottor Scavo, »vielleicht gibt es nicht nur eine Erklärung.«

Manche waren der Ansicht, der Anwaltsstreik sei der Tropfen gewesen, der das Fass zum Überlaufen gebracht hatte: Der ständige Aufschub des Prozesses hatte Marcos von der Haft und dem Medienpranger ohnehin bereits angeschlagene Gemütsverfassung gänzlich zusammenbrechen lassen. Viele interpretierten den Selbstmord auch als Gipfel der Geltungssucht des Täters. Indem er sich zwei Tage vor dem Prozess umgebracht hatte, sagten sie, habe Marco einen Abgang inszeniert, der einer Diva würdig war, und Dalidas tragisches Ende nachgestellt. »Vergebt mir, das Leben ist mir unerträglich«, hatte die Sängerin in ihre Abschiedsnachricht geschrieben. »Dieses Leben ist mir unerträglich, vergebt mir«, waren Pratos nahezu identische Worte gewesen. Als wäre das nicht genug, hatte Marco dem Justizapparat mit seinem Suizid einen dramatisch wirkungsvollen Schlag versetzt. Sich umzubringen, war der einzige Weg, um zu verhindern, dass der Prozess stattfand. Somit hatte Marco mit seiner extremen Tat die Situation abermals in die Hand genommen und verhindert, dass irgendjemand anders an seiner Stelle das Ende schrieb.

»Und dann wäre da noch die Sache mit Ettore Catanzaro«, fügte ich hinzu.

»Auch die«, sagte Scavo.

Ettore Catanzaro, einundvierzig Jahre alt, ehemaliger Häftling im Gefängnis von Velletri, dann in die Strafanstalt von Latina verlegt, hatte einige Wochen zuvor eine persönliche Anhörung bei der Justizbehörde beantragt. Als ein Maresciallo der Carabinieri ihn im Gefängnis aufsuchte, hatte er erzählt, Marco Prato hätte ihn im Gefängnis damit beauftragt, Manuel Foffo zusammenzuschlagen. »In Velletri bewohnte ich die Zelle Nummer 7«, hatte er gesagt, »Marco war in der 5. Anfangs war er in Isolationshaft, hin und wieder ließen sie ihn in die Abteilung raufkommen, um ein bisschen Gesellschaft zu haben, er plauderte mit meinem Zellengenossen, Medina, ein Kubaner, den Marco in Regina Coeli kennengelernt hatte. Eines schönen Tages kommt Medina zu mir und meint: *Hör mal, Ettore, Marco Prato hat eine Mordswut auf Manuel Foffo, er will ihn verprügeln lassen, er ist überzeugt, der hat das Gerücht über sein HIV in Umlauf gebracht. Er will wissen, ob du ihm helfen kannst.*« Catanzaro brummte für schwere Straftaten, er hatte Freunde in anderen Haftanstalten. »Ich hätte Manuel Foffo niemals verprügeln lassen«, erzählte er dem Maresciallo, »aber ich habe mitgespielt.« Als die Isolationshaft beendet war, kam Marco Catanzaro während der Freistunden in seiner Zelle besuchen. Catanzaro kochte für ihn (»Fettuccine mit Hackfleischsauce, Kotelett«), hin und wieder baute er eine Tüte (»ich hatte ein bisschen Gras im Salzstreuer versteckt«), und nach dem Mittagessen wurde geplaudert und ein bisschen Musik gehört. Tatsächlich, fuhr Catanzaro fort, hatte Marco versucht, ihn für das Zusammenschlagen von Manuel anzuheuern. »Er bot mir zweitausend Euro, um Foffo zu verprügeln, er meinte, er könnte sich das Geld besorgen. Ich sollte an einen Freund aus Tor Bella Monaca schreiben, der in Manuels Gefängnis einsaß, und ihn damit beauftragen. Mit Marco wurde es dann irgendwann vertraulich. Er erzählte mir von seinen Eltern, meinte, seine Mutter wäre ihn nie besuchen gekommen. Einmal, in meiner Zelle – inzwischen erzählten wir uns alles Mögliche –, habe ich ihn gefragt: *Sag schon, hast du eigentlich aktiv bei dem Mord mitgemacht?* Marco antwortete, *ja.* Und ich: *Wie viele Messerstiche hast du ihm verpasst?* Da sagte er, er hätte ihm zwei verpasst.«

Catanzaros Schilderung war protokolliert worden. Das Protokoll war an den Staatsanwalt gegangen. Vermutlich ging auch eine Kopie an Pratos Anwälte, die, so dachte ich, ihren Mandanten bestimmt darüber in Kenntnis setzten. Vorausgesetzt, diese Version entsprach der Wahrheit – und Catanzaros Schilderung ebenfalls –, hatte Marco also erfahren, auf welchen

Schreibtischen seine Vertraulichkeiten gelandet waren. Das konnte den Zusammenbruch seiner Verteidigungsstrategie bedeuten, und womöglich war ihm in dem Moment klar geworden, dass der dräuende Schatten lebenslänglicher Freiheitsstrafe länger wurde.

»Ledo Prato ist mich besuchen gekommen«, sagte Dottor Scavo in dem Moment.

Nachdem ein Prozess zu Ende gegangen ist, passiert das häufiger, als man vermuten würde. Die Angehörigen der Verurteilten suchen ihre Ankläger auf. Sie verspüren das Bedürfnis, Klarheit zu schaffen, sich zu erklären, gerade so, als wäre derjenige, der die mächtige Maschinerie der Justiz ins Rollen gebracht hatte, die geeignetste Person, um das Problem auch auf anderer Ebene anzugehen.

Doch in diesem Fall wollte Ledo Prato nur, dass eine Ermittlung zum Selbstmord seines Sohnes eingeleitet würde. Aus welchem Grund war Marco nach Velletri verlegt worden? Wie war es möglich, dass die Gefängnispsychiater seinen Zustand nicht bemerkt hatten? Dass Marco bereits versucht hatte, sich umzubringen, war allseits bekannt. Warum also hatte *niemand* etwas unternommen, um zu verhindern, dass die Situation kippte?

Ich verabschiedete mich von Scavo. Blickte auf die Uhr. Spazierte eine halbe Stunde lang ziellos durch die Gegend, dann tütete ich einen Brief ein, den ich an Manuel Foffo geschrieben hatte, den einzigen Überlebenden der drei jungen Männer. Ich stieg in die U-Bahn.

In einer hässlichen Osteria unweit der Via Cavour aß ich zu Mittag. Weil bis zur nächsten Verabredung noch Zeit war, machte ich mich auf den Weg zu San Pietro in Vincoli. Ich erklomm die Stufen der Borgia-Treppe, die im ewigen Schatten des darüber aufragenden Bogens lagen, belebt von einer Kletterpflanzenkaskade. Oben angekommen, erblickte ich die glatte, symmetrische Fassade der Kirche. Ich betrat das Seitenschiff und wanderte bis zur Statue. Seit fast fünfhundert Jahren stand sie dort und würde nach unserem Tod noch lange dort stehen. Über Michelangelos *Moses*, ein in seiner Großartigkeit ausgesprochen rätselhaftes Kunstwerk, wird seit jeher diskutiert. Als Sigmund Freud in Rom war, ging er jeden Tag zu San Pietro in Vincoli, stand stundenlang davor, versuchte zu begreifen, entbrannte in Hoffnung, sobald er meinte, etwas Bedeutsames erkannt zu haben, und versank wieder in Mutlosigkeit, sobald die Ahnung verflog. Er betrachtete die muskulösen Arme der Statue, die Gesetzestafeln unter dem rechten Arm, die im Schoß ruhende linke Hand, die in die Bartlocken greifenden Finger der rechten, das auf der Fußspitze abgestützte linke Bein, den nach links gewandten Kopf und die Mischung aus Zorn, Verachtung und Schmerz im Blick. Für viele hat Michelangelo hier den Augenblick festgehalten, ehe Moses, empört über das Verhalten seines Volkes, die Tafeln zu Boden schleudert. Dann packt er das goldene Kalb, verbrennt es im Feuer, zertrümmert die Reste zu Staub, verteilt den Staub im Wasser und zwingt die Israeliten, es zu trinken. Nachdem nun Sigmund Freud die Statue bei seinem x-ten Besuch pausenlos studiert hat, meint er, eine Erleuchtung zu haben. Ihm ist, als hätte Michelangelo bei der Erschaffung seines Moses einen gewaltigen eigenmächtigen Schritt vollzogen, indem er die biblische Erzählung veränderte und das zeigte, was die Heilige Schrift nicht enthält: nicht der im nächsten Moment losbrechende, sondern der zurückgenommene Zorn. Nach einer kurzen inneren Zerrissenheit, einem geheimnisvollen Kampf mit sich selbst, überlegt es sich Michelangelos Moses laut Freud anders. Die Empörung ist gezügelt, die Gewalt verpufft, der Schmerz gelindert. Der Prophet zertrümmert die Tafeln nicht mehr, und genau deshalb erhalten die Tafeln und folglich das Gesetz eine neue Bedeutung.

Einen Erzähler durch einen anderen ersetzen. Was war nach Freuds Interpretation in Moses' Kopf vorgegangen? Und was hätten wir tun können?, fragte ich mich, in den Anblick der Statue versunken, und dachte an Marco Prato. Was war die Aufgabe der Lebenden, wenn die Toten die ihre verfehlt hatten?

Ich verließ die Kirche. Schlenderte ein paar Minuten lang ziellos umher. Dann machte ich mich auf den Weg zur nächsten Verabredung. Nachdem ich am Piazzale Clodio gewesen war, wo Recht gesprochen wird, und in San Pietro in Vincoli, wo man die Seelen tröstet, war nun das Gebäude an der Reihe, in dem die Demokratie Tag um Tag entweder gerettet oder aufs Spiel gesetzt wird.

Ich wusste, dass sich Ledo Prato neben Scavo auch an den Senator Luigi Manconi gewandt hatte.

Zu der Zeit war Manconi Vorsitzender des Senatssonderausschusses zu Schutz und Förderung der Menschenrechte. Ich besuchte ihn um drei Uhr nachmittags. Wir kannten uns bereits, Manconi war damals fast siebzig Jahre alt, es war seine dritte Legislatur, und die Unabhängigkeit, mit der er seine Kämpfe ausfocht, machte es schwer vorstellbar, dass sein Mandat noch einmal verlängert werden würde. Er hatte sich um die Rechte der Immigranten gekümmert, um die Lebensbedingungen der Sinti und Roma, um Häftlinge, Asylbewerber, Behinderte, um Machtmissbrauch der Sicherheitskräfte gegen einfache Bürger. Seit einigen Jahren hatte ihn der Grüne Star fast vollkommen erblinden lassen. Er benutzte weder einen Blindenstock noch eine dunkle Brille und riskierte beim Überqueren der Straße immer wieder sein Leben. Ansonsten arbeitete er unermüdlich im Kreise seiner Assistentinnen in einem winzigen Büro im Palazzo Madama.

Ich kam zum Senat. Ich hinterlegte meinen Ausweis und wurde in den gewaltigen Maschinenraum der italienischen Demokratie geführt. Besser gesagt, in eine seiner Lungen. Der Amtsdiener ging voran. Während ich mich umblickte, dachte ich, dass sich die Orte der Macht in Italien allesamt gleichen. Hatte man die imposanten Schwellen überschritten, fand man sich in einem verwinkelten Labyrinth aus Zimmerchen und Fluren wieder. Hin und wieder eine museale Blickachse. Dann ein weiteres Spinnennetz aus Fluren, kleinen Büros und sargengen Aufzügen. Die Macht lebt in den Zwischenräumen. »Hier entlang«, sagte der Amtsdiener und deutete auf den x-ten Aufzug.

Das Büro des Senators Manconi war ein kleines, schmales Zimmer voller Unterlagen, Ordner und druckfrischer Bücher, die ihm die Verleger zusandten.

»Er kam zu mir, nachdem er sich an andere Politiker gewandt hatte«, bestätigte er mir.

Manconi sagte, Ledo Prato versuchte, sich auf institutioneller Ebene zu bewegen. Das war nicht so leicht. Er wandte sich von dem einen an den nächsten, musste warten, saß vergeblich in Vorzimmern herum, hoffte auf Anrufe, die nicht kamen.

»Er hat es vorgezogen, sich erst an Männer aus seinem Umfeld zu wenden. Ich glaube, das ist ganz natürlich. Aber die haben nur Zeit vergeudet oder sich in irgendwelchem bürokratischen Filz verheddert.«

Manconi sagte, in Kürze werde er eine Anfrage an Justizminister Andrea Orlando richten.

»Weißt du, wie viele Leute sich in italienischen Gefängnissen umbringen?«

Einer pro Woche, eröffnete er mir, ehe ich raten konnte.

»Und weißt du, wie sie sich umbringen?«

Oft würden sie sich aufhängen, sagte Senator Manconi. Die zweithäufigste Todesursache sei Gas. Sie benutzten die Kartuschen, genau wie Marco. Es gebe eine Möglichkeit, um diesen Tod zu verhindern und das Grauen wenigstens teilweise einzudämmen, und die sei so simpel, dass man nicht begreifen könne, warum sie nicht schon längst umgesetzt worden sei. »Man müsste die Gaskocher lediglich durch Kochplatten ersetzen.« Seit Jahren schon, sagte Manconi, stellten sie beim Justizministerium diesbezüglich Anträge.

Da fiel mir ein, was Marco während einer der letzten Gefängnisbesuche zu seinem Vater gesagt hatte. »Ich habe ein Upgrade bekommen«, war sein Kommentar zu der Tatsache gewesen, dass man ihm die Verwendung von Gaskartuschen genehmigt hatte, um sich Kaffee zu kochen.

Ehe ich ging, wollte Senator Manconi mir ein kleines Geschenk machen.

»Ich weiß nicht, zu welchen Schlüssen du durch deine Recherchen gekommen bist«, sagte er, »man kann die menschlichen Wesen, die uns interessieren, nie wirklich ganz kennen.«

»Man kennt ja nicht einmal sich selbst wirklich«, sagte ich, »sonst würde kein Mensch mehr irgendetwas schreiben.«

»Ja, aber zu einer gewissen Einsicht muss man schon gelangen. Diese Dinge folgen verschlungenen Pfaden, manchmal braucht es Jahre, und manchmal gelangt man nie ans Ziel.«

»Einsicht ist nicht von Dauer, selbst darin sind wir unbeständig.«

»Ganz gleich, wie es läuft«, sagte er, »ich will dir etwas geben, das dir nützlich sein könnte.«

Er bat einen seiner Assistenten, in dem kleinen Bücherstapel zu wühlen, der einen seiner Schreibtische einnahm. Nach kurzer Suche fand der Assistent den Band. Manconi wog ihn in den Händen und überreichte ihn mir.

»Ohne den Anwesenden zu nahe treten zu wollen«, sagte er lächelnd, »ich halte das für das schönste italienische Buch der letzten zehn Jahre.«

Die Anfrage an Minister Orlando (unterzeichnet von Manconi, Corsini, Stefano) wurde am 6. Juni gestellt. Die Antwort traf fünf Monate später ein, am 7. Dezember.

Der Minister schrieb, obgleich er sich der Dramatik jedes einzelnen Aktes der Selbstverletzung bewusst sei, dürfe man nicht verschweigen, dass die Zahl der Suizide in italienischen Gefängnissen in den letzten Jahren zurückgegangen sei. Was Marco Prato betreffe, könne man anhand der Berichte der Gefängnisverwaltung nicht darauf schließen, dass sein Zustand »unterschätzt oder vernachlässigt« worden sei.

In diesem Ton setzte sich der fünf Seiten lange Bericht fort. Es klang ein bisschen nach eingefahrenem Rollenspiel. Dennoch fand sich, eingeschoben zwischen den üblichen Beschwichtigungen, eine Information, über die man nicht hinweglesen konnte. Die Antragsteller hatten wissen wollen, warum Marco Prato in das Gefängnis von Velletri verlegt worden war. Die Antwort des Ministers war vielsagend.

> Der Antrag auf Verlegung aus Rom in eine andere Anstalt wurde mit der Neigung des Häftlings begründet, die Schwächen der Mitgefangenen auszunutzen, um eine Führungsrolle einzunehmen.

Diese Auskunft – die man womöglich auf Nachfrage von der Gefängnisleitung erhalten hatte – ließ vermuten, dass es Marco in Regina Coeli gelungen war, Dynamiken in Gang zu setzen, derer er sich auch bediente hatte, als er noch auf freiem Fuß war. Die anderen manipulieren. Ihren Willen brechen. Sie nach seiner Pfeife tanzen lassen. Unter denen, die den Fall verfolgten, erinnerten sich einige an das, was Marco bezüglich eines im Gefängnis besuchten Musik- und Literaturkurses gesagt hatte. Die anderen Häftlinge hatten ihm *Ciao amore, ciao* von Dalida vorgesungen. »Du überredest eine Gruppe Häftlinge nicht dazu, dir dein Lieblingslied zu singen, wenn du sie nicht in der Hand hast.« Manche vermuteten, Marco habe sich nicht darauf beschränkt, seine Verführungskünste nur auf intellektueller Ebene walten zu lassen. Wenn er Sex mit den anderen Häftlingen gehabt hatte, dann konnte die Nachricht seiner

HIV-Infektion Folgen haben. Vom Verführer zum Pestverbreiter. Möglicherweise hatte man ihn verlegt, um der Rache einiger Häftlinge zuvorzukommen.

Es vergingen weitere Wochen. Am 16. Oktober 2017 erhielt ich eine WhatsApp-Nachricht von Chiara Ingrosso. Etwas Unerwartetes sei geschehen, sie wolle mit mir darüber sprechen. Einige Tage später trafen wir uns unweit der Ponte Milvio.

Es war die Zeit, in der die zweite Instanz des Verfahrens konkrete Formen annahm. Manuel war in das Gefängnis von Rebibbia verlegt worden. Außerdem hatten wir erfahren, dass er beschlossen hatte, den Anwalt zu wechseln. Michele Andreano raus, Fabio Menichetti rein. Es hieß, er habe es aus familiären Gründen getan, Andreano war nun einmal der Anwalt, an den sich sein Vater gewandt hatte, und Valter – dem er gleichwohl zugestand, für zahlreiche Kosten aufzukommen – stand er nach wie vor misstrauisch gegenüber. In den Momenten größter Verwirrung hatte er sogar geglaubt, Valter könnte sich gegen ihn verschworen haben.

Abgesehen davon, gab es über die Foffos widersprüchliche Meldungen. Manche behaupteten, sie hätten ihre Geschäfte ins Ausland verlegt. Andere, sie seien noch immer in Rom und damit beschäftigt, gegen die wirtschaftlichen Schwierigkeiten anzukämpfen, in die der Mord sie gestürzt hatte.

Von den Pratos wie immer kein Ton.

»Genau darüber will ich mit dir sprechen«, sagte Chiara Ingrosso.

Inzwischen arbeitete sie als Korrespondentin für verschiedene Formate des Fernsehsenders Mediaset. Sie reiste durch Italien, heftete sich den Beteiligten der blutigsten Verbrechen an die Fersen und versuchte, ihnen eindeutige Statements zu entlocken. An Material mangelte es nicht, die menschlichen Wesen brachten sich auch weiterhin gegenseitig um. Chiara sagte, diese Fälle wühlten sie auf, aber es gelinge ihr, professionellen Abstand zu wahren. Beim Varani-Mord sei es anders: Jeder Gerichtsreporter habe einen Fall seines Lebens, bei dem es ihm schwerfalle, sich abzugrenzen. Chiara war erstaunt, wie sehr der Mordfall sie aus ihrem alten Leben gerissen habe, ohne dass sie es merkte. Wer sich zu nah an manche hässlichen Geschichten heranwage, sagte sie, werde davon *gezeichnet*, und den Gezeichneten würden seltsame Dinge passieren. Ich wiederum dachte daran, wie ich aus Rom fortgerissen worden war.

»Es passierte vor ein paar Wochen«, sagte sie, »ich war am Flughafen von Brindisi. Ich sollte nach Rom fliegen. Ich hatte eingecheckt und wartete auf den Boarding-Aufruf.« Plötzlich (»bis zu dem Moment war es ein heiterer, sogar sonniger Tag gewesen«) verdunkelte sich der Himmel, und wie aus dem Nichts brach ein heftiger Sturm über der Stadt los. Der Wind war so stark, dass der Flughafen geschlossen werden musste, die Flüge wurden nach Bari-Palese umgeleitet und ein Shuttlebus zur Verfügung gestellt, um die Passagiere dorthin zu bringen. »Als wir dort ankamen, mussten wir erneut durch die ganze Security-Schleuse.« Ehe es durch den Metalldetektor vor der Rolltreppe in den zweiten Stock ging, meinte Chiara, ein bekanntes Profil zu sehen.

Direkt vor ihr, ihr den Rücken zugewandt, stand ein hochgewachsener, distinguierter Herr in einem dunklen Anzug. »Er sah aus wie er, und zugleich war das ein so unglaublicher Zufall, dass ich es kaum fassen konnte.« Im oberen Stock angekommen, beschleunigte Chiara Ingrosso den Schritt, überholte den Mann und drehte sich nach ihm um. »Ich glaube, ich habe Sie schon einmal gesehen«, sagte sie. »Gut möglich«, sagte er mit unveränderter Miene. »Sie sind Marcos Vater«, sagte

Chiara. Ledo Pratos Augen wurden feucht. »Ich fing ebenfalls an zu weinen«, erzählte sie. Es war ein wahrer Moment der Wiedererkennung (»ich glaube, er hat meine persönliche Betroffenheit gespürt«). »Waren Sie eine Freundin meines Sohnes?«, fragte er und fasste sich wieder. Chiara verneinte und sagte, sie sei Journalistin. Die Miene des Mannes veränderte sich abermals. »Aus Ehrlichkeit nannte ich ihm die Beiträge, die ich über den Fall gemacht hatte. Er wurde frostig, erinnerte sich an jeden einzelnen, schließlich hatte Marco seine Selbstmordentscheidung auch mit dem Druck der Medien begründet, und womöglich hatte ich meinen Teil dazu beigetragen.« Die beiden gingen wieder auf Distanz, verabredeten sich für einige Tage später, um in Ruhe miteinander zu sprechen. »Wir haben uns bei der Villa Torlonia getroffen«, erzählte Chiara, »aber die Atmosphäre von der Begegnung am Flughafen wollte sich nicht wieder einstellen. Ich brachte ihm eine Dalida-CD als Geschenk mit, er fand das geschmacklos. Ich versuchte, ihm zu erklären, dies sei meine Art, die Erinnerung an Marco in Ehren zu halten.« Ledo blieb ziemlich unterkühlt, hielt sich während des ganzen Treffens zurück und ließ keine Vertraulichkeit zu, ein Interview lehnte er ab.

»Jedenfalls ist es kein Zufall, dass ich ihm über den Weg gelaufen bin«, sagte Chiara.

»Wie meinst du das?«, fragte ich.

»Ich habe es verdient«, sagte sie. Wie groß war die Wahrscheinlichkeit, dass sie mit Ledo Prato im selben Flugzeug saß, und wie wahrscheinlich war es, dass wie aus dem Nichts dieser absurde Sturm über Brindisi losbrach, ohne den sie ihn gar nicht bemerkt hätte? In den vergangenen anderthalb Jahren hatte sie so intensiv über den Mord nachgedacht, hatte so viele Leute interviewt, so viele Unterlagen gelesen, so viele Stimmen gehört, dass der Zufall oder das Schicksal, sagte sie, ihr Ledo Prato geschickt hatte.

»Ich weiß nicht«, meinte ich, aber alles in mir spürte, dass sie recht hatte.

Das war der Punkt, an dem mir aufging, dass ich mich von dem Fall lösen musste. Ich musste die Beute loslassen, es war so weit; mein Bedürfnis zu verstehen, war zur Abhängigkeit geworden, der ich jetzt zu erliegen drohte. Es gibt den Moment, in dem man sich tief in den Mord hineingräbt, doch dann kommt der Moment, in dem der Mord sich gnadenlos in einen hineingräbt, man beginnt, alles im Hinblick auf den Fall zu interpretieren, überall sieht man Zeichen, Zusammenhänge, Vorahnungen, und unversehens verwandelt man sich in seinen eigenen Ermittlungsgegenstand. Es kommt ein Punkt, an dem man nicht mehr weitergraben, kein Licht mehr ins Dunkel bringen kann, und dann ist es das Dunkel, eine blinde, pneumatische Leere, die in einem um sich greift. Also muss man den Blick woandershin wenden, sich von dem Fall lösen, um sich zumindest den Hoffnungsschimmer zu bewahren, dass das letzte Puzzleteilchen, das wichtigste, das, nach dem man bisher vergeblich gesucht hat, irgendwann an die Oberfläche steigt.

Als ich nach Hause kam, fand ich Manuel Foffos Antwort auf meinen Brief vor. Ich las. Er enthielt keine bahnbrechende Enthüllung. Ich fand auch eine Bestätigungsmail für ein Treffen vor, das ich noch einmal angemahnt hatte. Ich druckte mir die Bahnfahrkarten aus und machte mich für die Abreise bereit.

»Früher arbeitete ich in einem Architekturbüro. Dann habe ich in einer Fotoagentur angefangen. Heute habe ich gekündigt.«

Wir hatten uns an der Porta Venezia verabredet. Der Verkehr war entspannt, die Straßen waren sauber, die Gehsteige voller geschäftiger Menschen. Schöne Läden, große Ausstellungen, brandneue Wolkenkratzer. Die Stadt verströmte fieberhafte Energie. Mailand. Als ich aus der U-Bahn stieg, schickte ich ihm eine Nachricht. Er hieß Andrea, war sechsundzwanzig Jahre alt und Marco Pratos letzter Freund gewesen. Als ich Tage zuvor mit ihm telefoniert hatte, war er furchtbar nett gewesen. Ich war ein vollkommen Unbekannter und bat ihn, über eine entsetzliche Erfahrung zu sprechen. Seine scheinbare Ruhe erstaunte mich.

Wir gaben einander die Hand. Gingen zu einer Bar. Er war ein junger Mann mit feinen Zügen, gut gekleidet, durchdringender, wacher Blick. Wir setzten uns und bestellten zwei frisch gepresste Orangensäfte.

»Marco und ich haben uns über Facebook kennengelernt«, fing er an zu erzählen, »es war gewissermaßen dem Algorithmus zu verdanken.« Wie jeden Tag hatte das soziale Netzwerk ihm Nutzerprofile für Freundschaftsanfragen vorgeschlagen. »Ich sah Marcos Fotos und fand sofort, dass er gut aussah. Ich fing an, seine Posts mit Likes und Herzchen zu versehen. Wir begannen zu chatten. Erst da ging mir auf, dass *er* bereits versucht hatte, mich über Tinder zu kontaktieren. Da hatte ich ihn gar nicht beachtet, aber jetzt war ich interessiert. Wir beschlossen, uns zu sehen.«

Ab Oktober 2015 trafen sie sich regelmäßig. Waren ein paar Monate zusammen. Hätte Andrea Marco so beschreiben sollen, wie er ihn bis zum Tag des Mordes kennengelernt hatte, wäre sein Urteil rundum positiv ausgefallen. »Er war immer freundlich, beschützend, hat sich um mich gekümmert. Ein Engel. Er wurde nie wütend, nie gewalttätig, im Gegenteil, er war sehr lieb.«

In Rom lebte Andrea allein in einer großen Wohnung. (»Meine Familie ist über ganz Italien verstreut.«) Also ging Marco ihn häufig besuchen. »Ich habe ihn nie Kokain nehmen sehen, er hat nie von Strichern gesprochen, mir gegenüber hat er nie erwähnt, das Geschlecht ändern zu wollen. Ich fand ihn klug und sehr einfühlsam.«

Ich fragte mich, ob er der Junge war, von dem Marco bei der staatsanwaltlichen Vernehmung behauptet hatte, er habe sich mit ihm »entsetzlich gelangweilt«.

Währenddessen erzählte Andrea weiter. Am 31. Dezember 2015, sagte er, war er bei den Pratos zum Mittagessen eingeladen. Er wusste, dass Marcos Homosexualität für die Familie ein heikles Thema war. Marco hatte ihm von den Problemen mit seiner Mutter erzählt. »Tatsächlich war es besser, als ich erwartet hatte.« Das Mittagessen lief relativ gut. Am Tisch saßen Marcos Eltern, seine Schwester und die Tanten. Die Tanten, so Andrea, waren »fantastisch«. Auch die Schwester (»ein ziemlich cooles Mädchen«) hatte ihn gut aufgenommen. Die Mutter war freundlich, aber distanziert, vielleicht war eine gewisse Spannung zu spüren, aber nichts, mit dem man nicht umgehen konnte. Ledo hatte sich merkwürdig verhalten.

»Kurz nach meinem Eintreffen ist er vom Tisch aufgestanden und weggegangen. Ich fürchtete, es passte ihm nicht, mit dem Freund seines Sohnes unter einem Dach zu sein. Oder vielleicht war er einfach müde.«

Am selben Abend bei der Silvesterparty sollte Marco Manuel Foffo kennenlernen.

Nach den Feiertagen begannen Andrea und Marco, sich voneinander zu entfernen. »Er machte den Anfang, weil er das Gefühl hatte, ich sei nicht richtig bei der Sache. Er hatte recht. Ein paar Monate nach dem Beginn unserer Beziehung hatten sich meine Gefühle abgekühlt.«

Im Februar machten sie Schluss, aber ihr Verhältnis blieb ungetrübt. Sie sahen sich auch weiterhin, gingen zusammen aus. Am 1. März trafen sie sich in einer Kneipe.

Tags darauf versuchte Andrea, ihm eine Nachricht zu schicken. Er bekam keine Antwort. Am 5. März schickte er ihm eine weitere (»Du rutschst in den Chats ganz nach unten und das gefällt mir nicht. Ich schreibe dir, auch wenn es dir scheißegal ist.«). Dann, am 7., las er auf Facebook von dem Mord.

»Ich konnte es einfach nicht fassen. Ich war erschüttert. Da war ein Foto von Marco in einem schwarzen Pulli und darunter die Nachricht, er sei verhaftet worden. Ich kannte dieses Foto, weil ich es aufgenommen hatte, und das machte alles noch absurder. Ich dachte an einen Fake, Marco war in Rom bekannt, vielleicht wollte jemand ihm einen üblen Streich spielen. Im Laufe weniger Stunden wurde mir klar, dass alles wahr war. Ich versank im Chaos, war völlig von der Rolle, an die folgenden Tage erinnere ich mich als eine Art Halluzination.«

In der Zeit schrieb Andrea an seiner Diplomarbeit.

»Am nächsten Tag ging ich zur Uni. Ich hatte vor, meiner Professorin zu sagen, dass ich die Diplomarbeit nicht machen würde. Ich traf sie im Flur, sie unterhielt sich leise mit ein paar Assistenten; als ich näher kam, merkte ich, dass sie über den Mord redeten. Ich spürte, wie mein Blut gefror. Sie wusste nicht, dass Marco und ich zusammen gewesen waren. Es war alles völlig irre.«

Andrea sprach mit der Dozentin, erzählte ihr alles.

»Die Professorin nahm mich unter ihre Fittiche, sie gab mir Kraft, versuchte, mich zu unterstützen, wo es nur ging. Dass ich meinen Abschluss gemacht habe, ist ihr zu verdanken, das werde ich ihr nie vergessen.«

In der ersten Zeit schrieb Andrea Marco Briefe. Marco antwortete aus Regina Coeli. Anfangs sprach er nicht über die Haft, und er sprach nie über den Mord. Dann fing er an, sich zu öffnen. Er schien sich an das Gefängnisleben zu gewöhnen, interagierte mit den anderen Häftlingen, schloss Bekanntschaften. So ging es ein paar Monate. Dann platzte eine weitere Bombe. Marcos HIV-Infektion wurde bekannt.

»Da hörte ich auf, ihm zu schreiben. Ich brach jeden Kontakt ab. Ich fühlte mich betrogen, und natürlich war ich in Panik. Ich habe sofort einen Aidstest gemacht. Du kannst dir vorstellen, wie angespannt ich war. Zum Glück war er negativ.«

Aber die Nächte waren hart. Kaum schlief er ein, wurde Andrea von Albträumen gequält, von schrecklichen Träumen buchstäblich geschüttelt.

»Was träumtest du?«, fragte ich.

»Ich träumte, Marco würde mich umbringen. Oder schlimmer noch, ich träumte, *ich* würde jemanden umbringen. Es waren grauenvolle Nächte. Irgendwann verschwanden die Albträume.«

»Wann passierte das?«

Er seufzte und sah mich lange an.

»Ich weiß, es ist traurig, das zu sagen, aber die Albträume hörten auf, als Marco sich umbrachte.«

Nach Marcos Selbstmord beschloss Andrea, Rom zu verlassen. Es war zu viel, es war ein unvorstellbares Jahr gewesen, er musste diese Geschichte hinter sich lassen.

»Nach wenigen Tagen in Mailand kam ich mit einem Jungen zusammen. Vielleicht nicht die beste Idee, aber ich war am Boden zerstört.«

Es vergingen ein paar weitere Monate. Andrea fing an zu arbeiten, kehrte lange nicht nach Rom zurück, er fühlte sich nicht bereit, sich der Stadt zu stellen. Aber früher oder später würde er es tun müssen.

»Ich ließ noch ein paar Monate ins Land gehen, dann gab ich mir einen Ruck und kehrte zurück. Ich dachte, solange ich mich nicht überwinden könnte, wieder einen Fuß nach Rom zu setzen, würde ich nicht sagen können, die Sache wirklich überwunden zu haben. Ich erinnere mich noch an die Zugfahrt. Als ich in Termini ankam, war es auch schön: wieder das Durcheinander, die Hitze, die Verwirrung. Aber dann riefen sie mir auf der Straße *Schwuchtel!* nach. Gleich zweimal an einem Tag. Ich beschloss, dass ich in Mailand bleiben würde.«

Während er redete, fühlte ich mich plötzlich schuldig. Schuldig, weil ich fünfundvierzig Jahre alt war und er nicht einmal dreißig. Eine generationelle, eine objektive Schuld. Die Erwachsenen sind immer schuld, wenn junge Leute in einer Welt leben, die widerlich ist. Wessen Verantwortung sollte es sonst sein?

»Ich will wieder nach Rom zurückziehen.«

Das hatte ich noch niemandem gesagt. Meine Frau und ich hatten vor ein paar Tagen angefangen, darüber zu sprechen, wir spürten, dass unsere Pläne noch zu wackelig waren, um sie mit anderen zu teilen, doch zugleich drohten diese Pläne nie Wirklichkeit zu werden, wenn man sie früher oder später nicht mit jemandem teilte.

»Einmal traf ich auf der Straße einen von denen, die mit der *Sache* zu tun hatten«, sagte Andrea unterdessen, »wir blickten uns an und gingen grußlos aneinander vorbei. Wir waren

Überlebende, und es ist, als wären alle Überlebenden verdächtig.«

Er und die anderen Schiffbrüchigen der *Pequod*, dachte ich. Kurz darauf stand Andrea auf, wir gaben uns die Hand, ich zahlte die Rechnung.

»Aber wieso hast du gekündigt?«, fragte ich am Ende. »Hast du einen besseren Job gefunden?«

»Nein«, sagte er, »ich habe mich nach einer Weile in der Agentur nicht mehr wohlgefühlt.«

»Und was hast du jetzt vor?«

»Wer weiß.«

»Hast du Pläne?«, hakte ich nach.

»Ich glaube nicht«, antwortete er lächelnd.

Da erschien er mir freier als ich und jünger denn je. Er erschien mir strahlend, siegreich, und einen flüchtigen Moment lang empfand ich wieder den Rausch jener Tage, in denen man weiß, dass man nichts zu verlieren hat, und stark ist, auch wenn man schwach ist. Ich zwang mich, ihn nicht zu beneiden, doch nur aus Angst. In Wirklichkeit fühlte ich mich befreit, durch einen Stellvertreter erlöst. Ich weiß nicht, wie er es geschafft hatte, doch hatte er den Fluch dieser Geschichte gleichsam abgeschüttelt, den Gegner besiegt, es hatte ihn Leid gekostet, das hatte er selbst gesagt, doch jetzt war er *auf der anderen Seite*, dem Schatten vorläufig entronnen, am anderen Flussufer, auf dem Weg in die Zukunft. Ich dachte, dass er keiner verlorenen Generation angehörte. Wie konnten wir so etwas nur glauben? Verloren wären wir selbst, wenn wir sie im Stich ließen. Ich sah ihn jenseits der Porta Venezia verschwinden. Etwas stieg an die Oberfläche, ich sah es auf dem Wasserspiegel glitzern.

Sechster Teil

Das Buch der Begegnung

Das Schuldgefühl bekämpft man nur durch Ausübung der Tugend.

SIMONE WEIL

[…] Wenn der Liebe zur Disziplin
der Schritt des Soldaten entspränge, der nicht siegt,
sondern sich zurückzieht ohne einen einzigen Schuss […]

AMELIA ROSSELLI

DIE FAHRGÄSTE WERDEN DARAUF HINGEWIESEN,
DASS JEDER VERBALE ODER KÖRPERLICHE ANGRIFF
AUF DAS DIENSTHABENDE PERSONAL
EINE STRAFTAT DARSTELLT.
TÄTLICHKEITEN WERDEN GESETZLICH GEAHNDET.

Am Piazzale Flaminio stieg ich aus dem Bus. Die Sonne strahlte über der Stadt. Im Monat zuvor war der Fahrer der Linie 46 auf dem Weg zur Piazza Venezia von einer Gruppe betrunkener Jugendlicher brutal zusammengeschlagen worden. Im Mai war dem Kontrolleur im 545er etwas Ähnliches passiert. In beiden Fällen hatten die Fahrgäste nicht eingegriffen. Das Fahrzeug setzte seinen Weg fort, und ich sah es im Verkehr verschwinden. Ich überquerte die Straße. Wanderte ohne Ziel. Meine Frau und ich lebten wieder in Rom. Wir hatten uns bei Freunden einquartiert, bis wir in unsere alte Wohnung zurückkehren konnten. Nur noch für kurze Zeit würde ich die Stadt mit neuen Augen sehen können, dachte ich. Santa Maria dei Miracoli, der Kirchturm im Morgenlicht. Monate zuvor hatte das Berufungsgericht die dreißig Jahre Haft für Manuel Foffo bestätigt. Sein neuer Anwalt, Fabio Menichetti, ein Mann von bestechender Rhetorik, hatte Krankenakten und medizinische Studien eingereicht. Die Gerichtsgutachter hatten Manuel zwar eine leichte Persönlichkeitsstörung attestiert, jedoch ausgeschlossen, dass sie für die Tat entscheidend war. Manuel war bei klarem Verstand gewesen, als er Luca umgebracht hatte. Ich betrachtete die Wasseruhr auf dem Pincio, eingeschlossen in ihrem Glaskäfig inmitten der Pflanzen. An jenem Tag war ich ebenfalls im Gerichtssaal gewesen. Manuel war in Jeans und weißem Hemd gekommen, das Haar war ordentlich geschnitten, sein Äußeres gepflegt. Er hatte sich zwischen die Gefängnisaufseher gesetzt. Die ganze Zeit über hatte er den Richter ernst und respektvoll angesehen. Nur ein einziges Mal hatte er sich zu uns umgedreht. Es waren Journalisten da, ein paar Neugierige, Luca Varanis Eltern. Manuels Eltern waren nicht anwesend, auch nicht sein Bruder. Die Autos schossen den Muro Torto entlang, ich sah sie im unterirdischen Tunnel verschwinden. Das Berufungsgericht hatte die dreißig Jahre bestätigt und dem gerichtlichen Verfahren ein Ende gesetzt. Um die letzte Instanz zu durchlaufen, hatte Manuel sich an zwei neue Anwälte gewandt. Diese Unstetheit mochte sich mit der Suche nach einer durchschlagenden Verteidigungsstrategie erklären lassen. Oder mit der Verlorenheit des Angeklagten. Ich hatte mit einem der neuen Anwälte gesprochen, Giammarco Conca. Er war ein ruhiger, herzlicher Vierzigjähriger, lebte außerhalb der Stadt, das Schicksal seines Mandanten lag ihm am Herzen. Er erzählte mir, Manuel sei in einer schwierigen Situation; sosehr er sich auch bemühe, mit dem, was passiert sei, fertigzuwerden, versinke er häufig in Orientierungslosigkeit, Einsamkeit, Schuldgefühlen und Groll.

Seit Monaten schrieben wir einander Briefe. Auf meine Anstöße antwortete Manuel freundlich und verlässlich. Er schrieb in Druckbuchstaben, seine Prosa war so elementar, dass sie an manchen Stellen nicht leicht zu deuten war. Man hatte den Eindruck, es koste ihn große Mühe, die Gedanken, die ihm wichtig waren, den Fliehkräften des Chaos zu entreißen. Dem, was er schrieb, entnahm ich, dass er seine Probleme mit dem Vater nicht überwunden hatte; mit einigen Journalisten hatte er jeden Kontakt abgebrochen, kaum hatte er erfahren, dass sie ihn interviewt hatten. Was ihm am meisten Sorge bereitete, war, dass Valter oder andere Menschen an seiner statt sprachen und Dinge sagten, die so nicht stimmten. Es gab eine korrekte Version der Fakten, und dann gab es eine andere Erzählung – eine geklitterte, verdrehte, teuflisch falsche –, die diese Fakten aufs Übelste unterlief. Sein Vater, die Journalisten, wir alle mussten aufpassen, nicht in diese Falle zu tappen. Aber wer erfand diese Täuschungen? Wer stellte die Fallen? Mir war, als sei es in Manuels Augen abermals Marco Pratos Hand, die die von ihm so sehr gefürchtete apokryphe Geschichte weiterschrieb. Er wurde das Gespenst nicht los. Über den Anwalt Conca ließ Manuel mir ein kurzes »Memoir« (so nannte er es) zukommen, das seine Version der Fakten enthielt. Er bat mich, es aufmerksam zu lesen. Das tat ich, doch konnte ich darin nichts finden, was die Rekonstruktion der Fakten wesentlich verändert hätte. Vielmehr sprach aus jeder von ihm eigenhändig geschriebenen Zeile ein unermüdlicher, zehrender, endloser Kampf mit Marco Prato, ein Ringen um das letzte Wort. Es war Marco, der ihn manipuliert habe, schrieb Manuel, er habe ihn verwirrt, erpresst, gedrängt, in jener verfluchten Nacht das Haus zu verlassen, es sei seine Schuld, dass er schließlich gemordet habe, und er sei es, Marco Prato, der ihn verleumdet und sogar im Gefängnis das Gerücht gestreut habe – ständig bekam Manuel das von den anderen Häftlingen zu hören –, dass er »sein Partner« gewesen sei. Es war, als würde er die Kraft, die ihn in den ersten Monaten des Jahres 2016 unterjocht hatte, noch immer spüren. Diese Kraft verwirrte ihn, laugte ihn aus, *überlebte*. Ich überquerte die Via Rasella. Betrat den kleinen Park neben dem Quirinalspalast, die sogenannte Villa Carlo Alberto mit dem von Rosen eingefassten Reiterstandbild. Über Marco Prato erreichten mich noch immer gegensätzliche Aussagen. Manche schilderten ihn ähnlich, wie Manuel es getan hatte. Andere hingegen beschrieben ihn noch immer als einen lieben, empathischen, großzügigen Menschen. Ich erreichte die Via Lanza, stieg die Borgia-Treppe hinauf und stand kurz darauf im Hof der Fakultät für Maschinenbau. Ich dachte an die Familie Prato. Es war schwer vorstellbar, wie sie einen so heftigen Schlag verkraften konnte. Erst die Mordanklage, dann Marcos Suizid. Hin und wieder kamen mir Nachrichten von Ledo Prato zu Ohren. Er eröffnete Ausstellungen, nahm an literarischen Veranstaltungen teil, zeigte sich stets sehr diskret, freundlich und durch und durch untadelig. Eine Art, die Tragödie zu schultern, ohne daran zugrunde zu gehen, dachte ich. Flügelschlagen. Durch die Fensterfront der Fakultät sah ich einen Taubenschwarm. Von Signora Prato hörte man nichts. War sie das schwarze Loch im Gefühlsuniversum ihres Sohnes oder eine vom Schmerz zerrüttete Frau, die nur darum bat, fern des Rampenlichts weinen zu dürfen? Zwei Müllsäcke standen vor San Pietro in Vincoli Wache. Ich hätte noch endlos darüber mutmaßen können, ob Marco oder Manuel der größere Manipulator war, wie die Frustration des einen und das Liebesdefizit des anderen sie zu Unvorstellbarem befähigt hatten. Sollte ich jedoch benennen, welches, neben dem Instinkt brutaler Unterwerfung, das Übel war, das allen anderen vorauszugehen schien, so hätte ich es in einer besonderen Einsamkeit ausgemacht. Einer Einsamkeit, die uns, zumal wenn sie von Geselligkeit übertüncht ist, in unserem Ego verfaulen lässt und eins ist mit der Angst, missverstanden, verletzt, beraubt, beschädigt zu werden, der Angst, die unsichtbar in unserem Inneren heranwächst, die uns dazu bringt, alles aufzurechnen, der Angst, die selbst das Gute verzerrt, das wir uns zu tun bemühen. Auf der Piazza Vittorio strahlte die Sonne auf die Palmen und Gebäude. Eine Straßenbahn überquerte den Platz. In den letzten Wochen hatte ich das Buch gelesen, das mir Senator Manconi geschenkt hatte. Es hatte lange auf dem Nachttisch gelegen, dann in den Umzugskisten. Kürzlich hatte ich es wiedergefunden. Es hieß *Das Buch der Begegnung* und war das Zeugnis eines langjährigen Experiments der Aussöhnung zwischen Opfern und Verantwortlichen des linken Terrors in Italien. Über Jahre, von 2009 bis 2015, hatten Angehörige der Opfer des Terrorismus einige der für den Tod ihrer Lieben Verantwortlichen getroffen. Das Projekt war inspiriert von den berühmten Experimenten der *Restaurative Justice* und ging von der These aus, dass die gewöhnliche Rechtsprechung, deren Vorgehen niemand in Zweifel stellte, den Opfern nur selten Genugtuung verschaffte und den Verantwortlichen zugleich nicht das nötige Rüstzeug gab, um das, was sie getan hatten, vollständig zu erfassen. Die Begegnungen der beiden Seiten, fernab des Medienrummels, waren von den Verfassern des Buches organisiert worden, unterstützt von einer kleinen Gruppe unabhängiger »Bürgen«. Man ging von wenigen Vorbedingungen aus: Auf der einen Seite waren sich die Verantwortlichen des Terrors bewusst, das Leben ganzer Familien zerstört zu haben, auf der anderen Seite waren die Angehörigen der Opfer bereit, die menschliche Dimension der Gegenseite anzuerkennen. »Unsere Absicht«, schrieb einer der Autoren im Vorwort, »war und ist es noch immer, mit uns Vermittlern *dazwischen* einen gemeinsamen Weg mit jenen Menschen zu beschreiten, die entsetzliches Leid erfahren haben, und denen, die es verursachten, alle geeint von etwas Geheimnisvollem, in vielerlei Hinsicht Unerklärlichem und zugleich Starkem, Unausweichlichem, Entscheidendem: der Frage oder der Suche nach Gerechtigkeit. Während dieses Weges«, fuhr der Verfasser fort, »sind wir auf Probleme, Fragen, Knoten gestoßen, die nur *das schwierige Andere* würde lösen können, und auf Zweifel, die nur das Vertrauen in *das schwierige Andere* würde zerstreuen können.« Mehr als einmal, dachte ich, hatte sich Luca Varanis Vater darüber beklagt, nie einen Anruf von Manuels und Marcos Eltern erhalten zu haben. Ein entsetzliches Schweigen brechen. Den ersten Schritt tun. Nur schwerlich würde es zu so etwas kommen, bedachte man, wie groß das Unverständnis und das Misstrauen zwischen beiden Seiten inzwischen war, und in Anbetracht des Umstands, dass es weder Vermittler noch Bürgen dafür gab. Da waren Gefühle und Gemütsverfassungen im Spiel, die sich nur schwer bändigen ließen: Zorn, Scham, Verzweiflung. Doch vielleicht konnte nur so etwas – ein Schritt wider den Instinkt, eine unmögliche Geste – den Bann brechen und das Perpetuum mobile aus Übel und Einsamkeit zum Stillstand bringen. Ein Schrei. Dann flitzte ein Kind, das sich von der Hand der Mutter losgerissen hatte, für ein paar Sekunden unter den Bogengängen der Piazza entlang.

Die Autos schossen über die Flaminia, aber wir standen auf der Via della Villa di Livia. Wir suchten Blumen aus. Ich war noch nie in Prima Porta gewesen. Die Stadt der Toten erstreckte sich riesig gen Osten, mit kilometerlangen Straßen innerhalb der Mauern, auf denen sogar Busse fuhren.

Ich war mit Chiara Ingrosso dort, wir warteten auf Lucas Eltern.

»Lass uns die da nehmen«, sagte sie und deutete auf Chrysanthemen.

Die von 1 bis 40 durchnummerierten Verkaufsstände zogen sich rund um den Friedhof. Hauptsächlich waren es Blumenhändler, aber es gab auch Steinmetze, die Statuen und im frühen Nachmittagslicht blendend weiß leuchtende Grabsteine ausstellten.

Die Varanis kamen mit einem Alfa 167. Chiara winkte mit den Armen. Das Auto bremste ab. Wir überreichten Lucas Mutter die Blumen. Stiegen ins Auto und fuhren gemeinsam auf den größten Friedhof Italiens.

In der Stadt erstickten die Touristen vor dem Eingang des Pantheons. Hier zeigte sich der Sommer weniger gnadenlos. Süßliches Licht und gemäßigte Hitze legte sich gleichgültig auf die Grabsteine und Kapellen der riesigen katholischen Abteilung und den Abschnitten der anderen Religionen. Neben den Krematorien lag der Garten des Gedenkens, drei Hektar Hügelland, auf dem die Asche der Verstorbenen zwischen Bäumen und Sträuchern verstreut werden konnte.

Nach ein paar weiteren Kreuzungen parkte Giuseppe Varani. Wir stiegen aus dem Auto. »Wartet, ehe ihr eintretet«, mahnte er.

Die Kapelle war ein kleiner, orangefarben gestrichener Quader. Kaum trat ich über die Schwelle, wurde mir klar, warum Lucas Vater uns gewarnt hatte. »Komm raus, komm raus, Nicò!« Sofort fiel ein Mückenschwarm über mich her. Ich machte auf dem Absatz kehrt.

Also wohnte ich der Operation bei, die die Eheleute Varani zumindest im Sommer bei jedem ihrer Besuche durchführen mussten. Signor Varani umrundete das Auto. Öffnete den Kofferraum. Ging mit einer Sprühflasche in der Hand auf die Kapelle zu. Versprühte Insektenmittel. In der Zwischenzeit hatte seine Frau sich eine Plastikflasche gegriffen und goss Wasser vor den Eingang, damit sich keine Erdkrusten bildeten. Es war, als würden die beiden ein heiliges Ritual vollziehen.

Die Kapelle beherbergte rund fünfzig senkrecht übereinander angeordnete Grabstätten. Ich las die Geburtsdaten auf den Plaketten. Luca war der Jüngste. Die Alten bevölkerten Friedhöfe und Plätze. Lucas Grab quoll vor Blumen über. Neue unterzubringen, war jede Woche schwer. Signor und Signora Varani wussten nicht einmal, von wem die Blumen stammten. Da waren Karten, Gedichte, der Brief eines Lehrers, ein Navajo-Sprichwort. Alles zusammen bildete eine Art kleinen Altar. Wir beteten zusammen. Dann machte Lucas Mutter eine Geste, die ihr offensichtlich zur Gewohnheit geworden war. Mit den Fingerknöcheln klopfte sie gegen den marmornen Schrein.

Ich verließ die Kapelle. Vor mir das Grün der Bäume und die Gräber. Irgendwo hier ruhte der Dichter Sandro Penna. Es war mitten am Nachmittag, die Insekten durchschwirrten die Luft, und das Licht war vollkommen.

Dann luden uns Lucas Eltern zu sich nach Hause ein.

Chiara und ich folgten ihnen mit dem Auto. An der Landstraße hielten wir an. Signor Varani tankte. An der Bar der Tankstelle wollte er uns etwas zu essen spendieren. Aus Anstand lehnten Chiara und ich zunächst ab. Tramezzini und Cola. Giuseppe Varani brachte uns alles auf einem kleinen Tablett. Ich hatte ihn immer zornig gesehen. Jetzt waren beide von entwaffnender Freundlichkeit. Sie hatten sich LUCA aufs Handgelenk tätowieren lassen. Wir setzten uns wieder ins Auto. Folgten ihnen bis zur Via della Storta, die Stadt lag weit hinter uns. Da war das Haus, in dem Luca gelebt hatte. Das Gebäude war dreigeschossig. Um hineinzugelangen, musste man über ein Gerüst steigen, das Erdgeschoss wurde gerade saniert. Nach den Plänen der Varanis hätte das Lucas Wohnung werden sollen. Aber jetzt? Wir stiegen in den ersten Stock hinauf und setzten uns ins Wohnzimmer. Auf der einen Seite der Esstisch. Auf der anderen der Fernseher und die Anrichte. Überall Spitzendeckchen und in den Regalen Krüge.

Nachdem wir eine Weile geplaudert hatten, sagte Lucas Mutter, wir könnten einen Blick *nach nebenan* werfen. Ich stand auf. Wir durchquerten den Flur. Signora Varani öffnete die Tür. Das Bett mit dem Tom-&-Jerry-Kissen und einem zweiten Kissen mit dem Union Jack. Computer und Monitor auf dem Schreibtisch. Ein Modellauto auf dem Mousepad, das mit umgefallenen Kegeln nach einem Strike bedruckt war. Eine gleich neben dem Bett an die Schranktür geklemmte kleine, schwarze Plastiklampe, die Luca zum Lesen an- und vor dem Einschlafen ausknipste. Ein paar Bücher im Regal. *Der kleine Prinz*. Ein Wörterbuch. Eine große Plüsch-Micky-Maus an der Wand. Daneben, ebenfalls an der Wand, der einzige Gegenstand, der einem Ahnungslosen etwas über die Situation verraten hätte. Einer Erinnerungscollage von Fotos, die Luca in unterschiedlichen Momenten seines Lebens zeigten.

Wir kehrten ins Wohnzimmer zurück. Setzten uns an den Tisch und fingen wieder an zu reden. Signor Varani bot uns einen Johannisbrotlikör an. Das Wohnzimmer ging nach hinten hinaus. Die Sicht aus den geöffneten Fenstern war wunderschön. Man sah das Umland, die großen Pinien, die Weiden. »Und? Wie schmeckt der Likör?« Bald würde die Sonne untergehen. Die Hitze würde einem sanften Sommerabend weichen. Wir saßen da und redeten, während der Sternenhimmel sich der Szenerie bemächtigte, sich in seinen vertrackten Mechanismen von Drehung und Rotation unseren Blicken offenbarte, diese gewaltige Maschinerie, die uns entstehen und wieder zu Staub werden lässt.

Sobald man die Schwelle eines internationalen Flughafens überschritt, waren alle Städte gleich. London, Paris, New York. Die Unterschiede zergingen in den Kollektionen der Bekleidungsgeschäfte. Und jetzt Rom, dachte der holländische Tourist und stieg in die Vorhalle des Terminals 3 hinauf.

Die neuen Bereiche waren vor wenigen Monaten eröffnet worden. Ein großer, lichtdurchfluteter Pavillon, dessen Formen eine schwerelose Welt ohne Konflikte und Widersprüche heraufbeschworen. Die ersten beiden Ebenen waren dem Shopping gewidmet. Dann ein riesiger Gaststättenbereich. Das Speisenangebot reichte von asiatisch bis italienisch. Es gab das »temporary restaurant« eines Sternekochs. Weiter vorn die großen Modedesigner. Ordnung. Schönheit. Italien, wie es wäre, würde man seine Kreativität von einem skandinavischen Geist verwalten lassen. Zum Glück war es nicht so, dachte der holländische Tourist. Und würde es nie sein.

Nach der Verhaftung hatten die Polizisten versucht, ihn einzuschüchtern. Sie sagten, im Gefängnis würden die anderen Häftlinge ihm die Behandlung angedeihen lassen, die solchen wie ihm gebührte. Nichts von alldem war passiert. Am Ende mussten sie ihn sogar laufen lassen. Eine Gesetzeslücke. War der Minderjährige jünger als zehn Jahre, wurde das Vergehen von Amts wegen bestraft. Bei über Vierzehnjährigen griff der Tatbestand der Kinderprostitution, es sei denn, der Geschädigte erhob Anklage. Doch zwischen zehn und vierzehn Jahren hätte die Klage von einem Elternteil oder einem Erziehungsberechtigen des Minderjährigen erhoben werden müssen – der Minderjährige selbst konnte das nicht. Das wusste er natürlich. Nicht jedoch der Junge, der Dreizehnjährige, der ihn angezeigt hatte. Zusammen mit anderen Verzweifelten war er auf einem Boot angekommen. Eltern gab es nicht. Erziehungsberechtigte auch nicht. Sie hatten den Mann gehen lassen müssen.

Der holländische Tourist nieste, bestellte Croissant und Cappuccino. Blickte durch die riesige Glasfront, die auf die Landepiste hinausging. Sein Flug wurde aufgerufen.

Der Airbus A330 der Thai Airways rollte über die Startbahn, und schon waren sie in der Luft. Für wenige Augenblicke schwebte das Flugzeug über dem Tyrrhenischen Meer. Dann beschrieb es einen Halbkreis und nahm Kurs in die entgegengesetzte Richtung. Ehe die Flughöhe die Welt dort unten unkenntlich machte, blickte der Mann noch einmal auf Rom. Er nieste erneut. Wie seltsam. Plötzlich hatte er heftiges Halsweh. Durch das Fenster konnte er das Kolosseum erkennen. Wer je ein Buch in seinem Leben gelesen hatte, wusste, dass dies das Erbe der Welt war. Sie beklauten einen in der U-Bahn. Sie beleidigten einen an der Ampel. Sie neppten einen in den Restaurants, husteten einem ins Gesicht. Doch unterm Strich war die Bilanz positiv. Die Stadt schenkte einem sehr viel mehr, als sie dafür verlangte.

Die in diesem Buch erzählte Geschichte ist wirklich passiert.

Ihre Rekonstruktion ist das Ergebnis einer langen Dokumentationsarbeit, die Gerichtsakten sowie Gutachten, Abhörprotokolle, inzwischen rechtskräftige Urteile, Audio- und Videobeiträge, offizielle Erklärungen und Interviews umfasst. Bei der Nacherzählung der Ereignisse, der Versionen der Betroffenen und der Schilderungen der Protagonisten habe ich mich getreu an diese Dokumentation gehalten. Für einige Figuren, die in die Ereignisse verwickelt waren, in der Darstellung der Medien jedoch gar keine oder kaum eine Rolle spielten, wurden aus Diskretion Fantasienamen verwendet.

Ich danke denen, die mir bei der langen Vorbereitungsarbeit geholfen haben. Besonders danke ich Chiara Tagliaferri, der Journalistin Chiara Ingrosso und allen, die sich bereit erklärt haben, zu reden oder relevantes Material beizusteuern.

Dieses Buch ist Alessandro Leogrande (1977–2017) und Fabio Menga (1974–2018) gewidmet.

Bibliografische Angaben

Guido Bertagna, Adolfo Ceretti, Claudia Mazucato (Herausgeber), Il Libro dell'incontro, Vittime e responsabili della lotta armata a confronto, il Saggiatore, Mailand 2015.

Umberto Eco, Wie man mit einem Lachs verreist und andere nützliche Ratschläge, übersetzt von Burkhart Kroeber, Deutscher Taschenbuch Verlag, München 1995.

Gustave Flaubert, Bouvard und Pécuchet, übersetzt von Hans-Horst Henschen, Wallstein Verlag, Göttingen 2017.

Decimus Iunius Iuvenalis, Satiren, übersetzt von Harry C. Schnur, Philipp Reclam jun., Stuttgart 1969.

Amelia Rosselli, Le poesie, Garzanti, Mailand 1997.

Andrea Valcarenghi, Underground: a pugno chiuso!, mit einem Vorwort von Marco Pannella, Nda Press, Rimini 2007.

Paul Valéry, Mauvaises pensées et autres, Gallimard, Paris 1942.

Vergil, Aeneis, übersetzt von Edith und Gerhard Binder, Philipp Reclam jun., Stuttgart 2012.

Simone Weil, Cahiers 4, übersetzt von Elisabeth Edl und Wolfgang Matz, Carl Hanser Verlag, München 1997.

Die Bibelzitate sind der Lutherbibel von 2017 entnommen, Deutsche Bibelgesellschaft Stuttgart, 2016.

Die italienische Ausgabe erschien unter dem Titel »La cittá die vivi«
bei Giulio Einaudi Editore, Turin.

Die Übersetzerin dankt der Casa di Goethe in Rom
für das ihr gewährte Aufenthaltsstipendium.

1. Auflage

Umschlaggestaltung: semper smile, München
Umschlagmotiv: © plainpicture/Andreas Grigoleit;
gettyimages / Maxim Burlyay
Redaktion: Viktoria von Schirach
Satz: GGP Media GmbH, Pößneck
Druck und Einband: GGP Media GmbH, Pößneck
Printed in Germany
ISBN 978-3-442-75960-6
www.btb-verlag.de
www.facebook.com/penguinbuecher